자릿골의
비가

자릿골의 비가
悲歌

송기숙 장편소설

창비

1

　햇볕이 쨍쨍 내리쪼이고 있는 청량한 가을 하늘 아래 하나의 전설적인 광경이 벌어지고 있었다. 열두어살 난 계집아이가 시커먼 구렁이를 한마리 잡아 팔뚝에 감아쥐고 달려오고 있었기 때문이다.

　"워매, 끝심이 저년이 뭣을 저라고 온다냐?"

　"워매, 저것이 꾸렝이 아닌가?"

　"아이고, 저 징한 녀언!"

　밭매던 여편네들이 새파랗게 소스라쳤다. 처음에는 무슨 새끼 토막이 아닌가 의아했던 여편네들이 그것이 구렁이인 것을 알고 몸서리를 치며 악을 쓴 것이다.

　"이 징한 년아, 얼른 안 내뿔래?"

여편네들은 발을 구르며 악을 썼다. 그러나 소녀는 되레 히죽히죽 웃으며 달려오고 있었다. 가슴에 한아름이나 되는 구렁이 뭉텅이를, 그것이 무슨 빨래 뭉텅이기나 한 것같이 끌어안고 히죽히죽 웃으며 달려오는 소녀의 표정은, 무슨 그만한 보물덩어리라도 그렇게 끌어안고 달려오는 만족감과 희열이 넘치고 있었다.

"이것이 뭣인지나 아요? 흑질백장(黑質白章)이여라우."

이것이 구렁이 중에서도 얼마나 값이 나가는 종잔지 그것이나 알고 설레발들이냐는 투로, 열두어살 어린것답지 않게 앵도라진 소리를 질러, 발을 구르는 여편네들의 코앞에다 구렁이라도 떼밀어대듯 한마디 핀잔을 주었다.

"뭣이 으째야, 이 징한 년아!"

"피이."

여편네들의 고함소리는 그것이 그 구렁이만한 금덩어리더라도 얼른 내던지라는 발악이었고, 끝심이의 '피이' 소리는 좀 되바라지게 새긴다면 '징한 년 좋아하네'였다.

치맛자락을 무릎 위에까지 걷어올리고 소매를 높이 말아붙인 것이 묻지 않아도 도랑새우를 훑다가 그런 횡재덩어리를 만나 매 꿩 덮치듯 덮쳐가지고 달려오고 있는 모양이었다.

구렁이는 그냥 시커멓기만 한 것이 아니고, 배때기는 또 희기가 백지장이어서, 구렁이가 몸뚱이를 뒤틀 때마다 그 희고 검은 몸뚱이가 흰옷에 검은 빨래 섞어 짜는 것같이 희뜩거리며 가을 햇빛을 받아 윤기를 번득이고 있었다.

끝심이가 밭둑으로 바짝 올라서자 여편네들은 질겁을 하며 뒤로 물러섰다. 여편네들이 질겁을 하는 꼴을 보고 한번 히죽 웃으며 밭둑을 돌아서는 순간이었다. 끝심이가 발을 삐득했다.

"워매매, 워매매."

끝심이가 앞으로 코를 박으며 나동그라질 듯 줄걸음을 쳤다. 여편네들은 호미자루를 틀어쥐며 비명을 질렀다. 아차, 아차, 앞으로 금방 나동그라진다 하는 고비를 두개나 넘고 용케 중심을 잡아 섰다. 끝심이는 그 자리에 서서 한참 용을 쓰고 있었다. 구렁이한테 물리기라도 한 것 같은 표정을 하며 구렁이를 싸안듯 몸뚱이가 오그라들었다. 발끝이 돌에 차이는 순간 손을 헛놨던지 구렁이가 몸뚱이를 뻗질러 활등처럼 뒤틀어오른 것이다. 끝심이는 한쪽 무릎을 땅에 꿇고 허리를 꼬며 입을 앙다물고 버티는 것이었다. 여편네들도 호미자루를 틀어쥐며 끝심이를 따라 용을 쓰고 있었다. 끝심이가 여기서 꺾이는 날에는 그대로 구렁이한테 휘감겨버릴 것 같았다.

아슬아슬한 순간이 고비를 넘어서고 있었다. 끝심이가 기어이 구렁이를 꺾어 쥐어버린 것이다. 여편네들이 후유 한숨을 내쉬었다.

끝심이는 경황 중에도 여편네들 쪽으로 고개를 돌려 한번 히죽 웃어주고 다시 가던 길을 달리기 시작했다. 아까보다 조심스러운 걸음이었다. 여편네들은 그냥 넋 나간 꼴로, 달려가는 끝심이의 등뒤에서 놀란 눈망울을 말뚱거리고 있을 뿐이었다.

끝심이는 왼팔에다 구렁이를 한바퀴 감아 목줄기를 바투 거머쥐고, 오른손으로는 꼬리 부분을 역시 한바퀴 감아쥐었는데, 손에 감기고 남은 꼬리가 끝심이 팔뚝을 어루만지듯 휘감아 올라갔다 내려갔다 하고 있었다. 그때마다 가슴 앞에서는 구렁이 몸뚱이가 활등처럼 불뚱거리고 있었다. 그 불뚱거리는 몸뚱이 속에는 무슨 힘

뭉치가 그렇게 위아래로 오르락거리고 있는 것 같았다. 붙잡힌 목줄기 위에 뽀조롬히 나온 대가리에는 눈알이 팥알처럼 튀어나와 징글맞게 뒤룩거리고 있었고, 거칠게 날롱거리는 혓바닥에서는 시퍼런 독이 펑펑 쏟아지고 있는 것 같았다.

여편네들은 호미자루를 그대로 쥔 채 굳어 서서 멀어져가는 끝심이의 뒷모습을 한참 동안 건너다보고 있었다. 이마빼기에 따로 뿔이 돋은 것도 아니고, 얼굴 생김새나 팔다리 생긴 것이 어디 도깨비 넋이라도 들 만한 데가 달리 있어 뵈는 것도 아닌 예사 것이 어디에 저런 징그러운 독기가 들어 있어 제 키만한 구렁이를 엿가락 주무르듯 하는지 한참 기가 막혀 있는 것이다.

"워매, 저녀러 가시내가 이참에는 또 뭣을 저런다냐?"

"아니, 볼바 죽인다냐 으짠다냐?"

동구 앞에 들어선 끝심이가 땅바닥에다 구렁이를 놓고 발로 짓밟고 있는 것 같았다. 자세히 보니 한쪽 발로 구렁이를 밟고, 그쪽 손을 땅바닥에다 문지른 다음 또 다른 쪽 손을 그렇게 했다. 손에 땀이 났던 모양이었다. 손에 흙고물을 묻히고 있었던 것이다.

끝심이는 다시 일어서서 닭 찬 독수리처럼, 거진 제 가슴통만한 구렁이 몸뚱이를 끌어안고 휑하니 마을로 사라졌다.

"아이고, 그 꾸렝이 같은 인생, 그 존 살림 다 지져 묵고 을판에는 꾸렝이를 잡등마는 저 쥐만한 가시내조차 저 꼴이그마."

여편네들은 일손을 잡으며 욕을 끝심이 아버지한테로 돌렸다.

"에미만 살았더라도 저 꼴은 안됐을 것인디. 그러고 보면 새끼덜 퍼질러놓고 죽은 죄는 죄 중에서도 상죄여."

"염라대왕도 눈이 멀었제. 잡아갈라면 그 꾸렝이 같은 애비나 잡

아가제, 그래도 살아볼라고 콩조각을 쪼개 사는 여편네를 잡아가
분께 새끼덜이 저것이 꼴이 꼴이냔 말이여?”

“그런디 아까 그 꾸렝이는 먼 꾸렝이가 배딱지가 그로크롬 희카
단가. 나는 그런 꾸렝이 첨 봤네. 그 가시나그가 뭣이라고 하데마
는.”

“흑질백장이라고 안 그러던갑네. 그것이 해돋이에 산 퇴깽이를
물고 있는 놈을 한나 잡아논다 치라면 그것은 그냥 부르는 것이 값
이라여. 저 아래 장산리 째보네 아배가 폐병으로 오늘낼하다가 그
것을 한나 묵고는 거짓말같이 허물을 한벌 싹 벗고 살아났는디, 그
것을 묵고 난께 병만 여원 것이 아니라 심도 장사라네.”

“그런께 그 가시내가 무선지도 모르고 그랬그마. 그러면 아까 그
것이 돈도 큰돈이겠네. 잘했다, 잘해. 꾸렝이를 잡든지 독새를 잡든
지 묵고살기만 해라. 돌아온 장에는 그것을 폴먼 추석 옷 한 가슴
이래도 끊겄구나.”

“잘만 폴먼 추석 옷 한 가슴이 아닐 것이네.”

“그런디 그 쥐만한 가시내한테서 어디서 그런 호랭이 잡을 심이
나온단가? 우리 같으면 우선 그 꾸렝이한테 감겨서 죽을 것 같어.”

“저런 짐승이 내중에 다른 약발을 안 받아서 그러제 보통 사람이
묵으면 겁난다네. 여편네가 한 죽이 있어도 못 당한다여.”

“깔깔깔.”

“그러면 끝심이 그 가시내도 그런 것을 묵었다는 소리여?”

“아니, 안 들어봤간디? 장을 볼라서 꿔갖고 밥반찬으로도 일삼
아서 묵는다여.”

“아니, 그것이 먼 소리란가? 참말이여?”

"허허, 내가 뭣 얻어묵을라고 거짓말을 해? 독새나 먹꾸렁이같이 값나가는 것은 내다 폴고, 꽃배암이나 보통 배암 같은 것은 껍데기를 벗게서 몰려놨다가 짱에 꾸대끼 꿔갖고 반찬 겸해서 묵는다드란께."

"워매, 징상스런 것들도 다 있네."

"그런께 아까 끝심이 그년 얼굴 보소. 지름기가 번들번들 안하던가? 그것을 묵으면 저실에 춘지도 모르고 감기 꼬불 같은 것도 없다여. 약초도 캐다가 값 안 나가는 물곳 같은 것은 과 묵고, 또 요새 해룡(海龍)이 동냥 기술도 늘어서 배곯는다는 소리는 옛말이고, 그런 보약으로만 장복을 한께 쥐만한 것이 아까 그 심 쓰는 것 봐!"

"참말로."

"부러운가? 그러면 자네도 낼부텀 꾸렁이 잡아다가 자네 서방 삶아주소. 깔깔."

"아이고, 지랄. 나는 소용없은께 자네 서방이나 많이 삶아주게. 깔깔깔."

"아이고, 나는 꾸렁이 아녀도 저녁마다 징상스럽네."

"깔깔깔."

텃골댁이 언젠가 절름발이인 자기 남편 험담을 하면서, 다른 일에는 힘이 없어 빌빌하면서도 그쪽으로만 힘이 쏠렸는지 그것을 저녁마다 일삼아서 보챈다고, 꼴에 꼴값하느라고 보채도 너무 보챈다며 욕설을 퍼부은 일이 있었는데, 거기다가 그것을 또 먹어놓으면 일이 어떻게 될 것인가 싶어 호들갑스럽게들 웃은 것이다.

"그런디, 해룡이 동냥하는 솜씨 말이여, 굼벵이도 궁그는 재주 있고, 메기가 눈은 작아도 제 묵을 것은 다 찾아 묵는 질속이 있다등마는, 장타령하는 것 본게 참말로 그 질로 묵고살겄데. 지난봄에 친정에를 갔었는디, 바깥에서 먼 노랫소리 같은 소리가 뜬금없이 나더란 마시. 먼 소린고 하고 문 틈새로 내다본게 이것이 해룡이 아닌가? 저것이 안 댕기는 데가 없구나 함시롱 그대로 내다보고 있었어. 그래도 내 땅 까마구라고 반갑기는 하데마는 내가 내다본 치라면 무색할 것 같아서 그냥 하는 짓만 보고 있었어. 그런디 장타령을 하는 것 본게 계제가 착착 맞아 돌아가는 것이 참말로 혼자 보기 아까워. 요렇게 허리를 꾸부정해갖고 한 손은 등거리에다 척 얹고 또 한 손으로는 요렇게 뭣을 하나 빼드는 시늉을 함시롱, '일 자 한장을 들고 보니 일월이 삼세 오삼세, 뒤빗자 한장을 들고 보니 뒤비 탕탕 좁은 질 임도 가고 나도 간다', 깔깔깔."

텃골댁은 해룡이 흉내에 제물에 신이 나서 간드러졌다.

"그러다가 입침이 주르르 흐른게는 요렇게 소매로 쓱 문지르고 나서 다시 한장을 빼서 들여다보는 시늉을 함시롱, '삼자 한장을 들고 보니 삼월이라 삼질날에 연자 새끼가 날아든다', 깔깔깔."

여편네들은 간드러졌다.

"삭신이 온전했더라면 새끼덜 나서 핵교 댕길 것인디. 끌끌끌."

"그래도 굽은 나무가 선산 지킨다고 그것이 동냥질이라도 한게 안 묵고산다고?"

여편네들은 한참 말이 없었다.

"시제 때도 아닌디 먼 사람들이라냐?"

마을 뒷산으로 눈이 간 텃골댁이 뇌었다. 하얀 두루마기를 입은 사람들이 몽망골 산줄기에 붙어 서성거리고 있었다.

"어뜬 것들이 묏자리 잡으러 왔는갑네. 흥, 그새 산이 가실 타는

구나."

  그들은 앞산을 향해 손짓을 하기도 하고 엎드려 무엇을 들여다
보기도 하는 것이 묏자리를 잡는 사람들임에 틀림없었다. 자랏골
(龜洞)은 묏자리 잡으러 오는 묏도락(墓道樂)꾼으로 가을이 시작
해서 시제(時祭)꾼들로 가을이 끝난다. 가을뿐 아니고 일년 열두달
이 묏일로 날이 새고 해가 간다고 해도 과언이 아닐 것이다. 아니,
자랏골 사람들은 온통 이 묘를 위해서 그 묘에 얹혀사는 사람들이
었다.

  자랏골에는 옛날부터 명당이 세개가 있다는 전설이 내려오고 있
었다. 지금 동네 가운데 덩실하게 자리를 잡고 있는, 읍내 이양문
(李良文)이 묘가 그중 하나라는 소문이 나고부터 묏도락꾼들의 발
길은 한층 부산해져서, 사십여년 동안 자랏골은 이 묏도락꾼들의
발길이 끊이지 않는 셈이었다. 이웃 고을에서는 말할 것도 없고, 멀
리 경상도나 충청도에서까지 묏도락꾼들이 한다는 풍수를 앞세우
고 몰려들었다. 그래서 지금 자랏골 안통의 논밭은 거의가 그런 묘
에 딸린 위토(位土)고, 삼십여호의 자랏골 사람들은 그 위토를 벌
어먹으며 묘를 지켜주는 산지기들이 태반이었다. 두서너 집을 내
놓고는 이렇게 모두 남의 뫼 그늘에서 사는 산지기들인데, 집까지
통째로 산직집이어서 자기 것이라고는 부지깽이 하나밖에 없는 사
람들이 태반이고, 더러는 논 서너마지기만 부치고 있는, 말하자면
반산지기도 몇 집 있었다.

  높은 산이 울타리처럼 빙 둘러 마을을 싸안고 있어, 소쿠리에 밤
알 담아 흔들어놓은 꼴로 안쪽에 옹기종기 집이 붙어 있는 자랏골
마을은 울타리처럼 둘러싼 산줄기가 사방으로 다 쳐다보이게 높아

다른 곳에 비하면 하늘이 셋에 둘꼴로 좁았다. 이렇게 하늘이 좁아 일광시간이 짧으니 산자락에 얹힌 논다랑치들은 항상 햇빛 가난인 데다가 산골이라 찬물까지 쳐, 벼포기들은 자라다가 그대로 풋대에 서리를 맞히기 십상이었다. 다른 곡식도 늘 그렇게 햇빛을 그려 가을이 다른 동네보다 좋게 보름은 늦게 들었는데, 그런 논밭을 벌어먹고 사는 자랏골 사람들도 그렇게 크다 만 벼포기처럼 궁기에 찌들어 산다. 남의 것일망정 그런 밭뙈기나 산전 한 다랑치도 없는 끝심이 같은 집은 뱀 같은 것을 잡거나 비럭질을 해다가 먹으며 더 찌든 인생을 살아가고 있는 것이다.

마을 앞 손바닥만한 들판과, 산자락에 얹힌 궁상스러운 논밭뙈기가 이렇게 사람 사는 터전이었으나, 처음부터 사람이 아니고 멧돼지 노루 같은 산짐승들이나 살아야 할 산골이어서, 시늉만의 이런 논밭뙈기 말고는 뭐 하나 사람 바치게 생겨먹은 곳이 없었다. 이런 깊은 산골이면 산자락을 돌아가는 물굽이나 바윗돌 한군데쯤 맺힌 데가 있는 법인데, 여기는 어찌 된 산골인지 더러 묏자리 잡으러 온 사람들이 풍류 삼아 술 한잔 내다 마실 바윗돌이나 나무그늘 하나 구색을 갖춘 데가 없었다.

명물이 있다면, 마을 한가운데 왕릉처럼 덩실하게 버티고 있는 읍내 양문이 묏등이었다. 자랏골에 처음 들어오는 사람이면 누구나 그 묏등을 보고 놀라는데, 그 묏등의 봉분이 엄청나게 큰 것에도 놀라지만, 그보다도 묏등이 동네 한복판에 버티고 있다는 사실에 더 놀란다.

낮은 산줄기 하나가 마을 한가운데로 흘러내려오다가 자라 대가리처럼 고개를 쳐든 바로 그 대가리 부분에, 양문이 묏등이 논 두

어마지기 요량의 널찍한 묏벌을 꽃방석처럼 깔고 덩실하게 솟아 있는 것이다. 그 묏등의 양쪽과 앞뒤에는 사람 사는 집들이 임금 주변에 국궁한 신하들의 조심스러운 몸가짐으로 숨을 죽이고 엎드려 양문이 묏등의 위세를 돋우고 있었다.

사실 자랏골 안통은 오로지 이 묏등을 위해서 있는 것 같았다. 양쪽으로 저만치 조심스레 뻗어 내려오다가 그친 산줄기들을 좌청룡 우백호로 거느린 이 묏등은 동네를 둘러싼 산줄기로 한결 아늑해서 굳이 풍수지리설이 아니더라도 그 묏벌에 들어가 사방을 둘러보면 범상한 눈에도 명당이게 보였다.

자랏골 사람들은 이 묏등을 '양문이 묏등'이라고 부르는데, 그 안에 든 백골이 양문이가 아니고, 그 어머니라고 했다.

양문이는 지금도 이 고을에서 울리는 부자지만, 이 묏등도 옛날 돈바람에 쓴 것이라 처음 이 묏자리를 사는 데도 엄청난 돈을 들였고, 묘 치장도 대단해서 우선 묏등의 크기와 생김새부터가 예사 묏등과는 달랐다.

밑에다 한돌이 둥글게 석축을 하고, 그 위에 사람 키 두길 높이의 덩실한 봉분을 날렵하게 올려놓았는데, 뫼꼬리가 없이 그냥 수박덩어리처럼 둥근 묏등이 유리면 같은 오석(烏石) 상석을 앞에 받고 앉아 위풍을 뽐내고 있었다.

양문이가 이 묏등을 쓴 것은 꼭 사십년 전인 기미 삼일운동이 일어나던 그 앞 해, 그러니까 무오(戊午·1918)년 봄이었는데, 그때부터 지금까지 이 자랏골에 들어서는 풍수들은 열이면 열, 이 묏자리가 명당이라는 데 한 사람도 이견을 말하는 사람이 없었다. 게다가 양문이는 이 묏등을 쓰면서부터 소리가 나게 운이 틔어, 장마에 물

외덩굴 뻗듯 한 운이 지금까지 뻗치고 보니, 그것이 명당 소응(所
應)의 발복이랄밖에 달리 할 말이 없었다. 본래부터 근동을 울리는
부자였으니 그동안 재산 는 것은 그렇다 치고, 아들 다섯이 끄트머
리 외팔이 하나만 놓아두고는 그 험한 6·25 같은 때도 손끝 하나
다치지 않은데다가, 모두 덩실한 고관으로 재벌로 출세를 했고, 그
중 큰아들은 지금 두번째나 이 고을 국회의원이다.

그런데 양문이는 이 묏등을 쓰고 나서, 그것이 꼭 명당 소응으로
그리 되었는지 어쩐지 그것은 알 수가 없는 일이지만, 하여간 그렇
게 크게 발복을 했으나 자랏골은 사십년을 내리 우환 그칠 날이 없
었다. 잊어버릴 만하면 이 묏등으로 해서 일이 터져, 자랏골 사람들
은 그때마다 사냥판에 내몰린 짐승 꼴로 그 곤욕이 도무지 말이 아
니어서, 그 싸가리에 목숨 잃은 사람만도 칠팔명에, 얻어맞아 텃골
양반처럼 다리가 부러져 병신이 되거나 겉으로는 병신이 되지 않
았더라도 속으로 골병이 든 사람, 징역살이를 한 사람, 하여간 자랏
골 사람치고 이 묏등으로 해서 다치지 않은 사람은 거의 하나도 없
었다. 끝심이 집안 꼴이 저 꼴인 것도 따지고 보면 그 이유의 절반
은 저 묏등 때문이었다.

자랏골 정기가 형국을 따라 이 묏등으로만 쏠려 그것이 재를 넘
어가서 양문이 집에서만 만화방창으로 발복을 하고, 자랏골에는
춘풍에 우거지 처지듯 우환만 처져, 그렇지 않아도 남의 선산 그늘
에서 가뜩이나 꾀죄죄한 인생들이 한바탕씩 몽둥이찜질을 당하고
나면 궁상스럽고 추렷하기가 그에 더할 수가 없었다. 처음 이 묏등
을 쓰려고 할 때, 어떤 풍수가 마을에 닥칠 그런 환란을 미리 예언
을 했었는데, 풍수설 같은 시꺼운 소리가 아니더라도, 사람 사는 동

네 한가운데다가, 그것도 사람 얼굴로 쳐서 콧잔등 같은 데다 송장을 눕히는 것이 망조일 것은 어린애도 짐작할 수 있는 일이었다.

아무런들 사람 사는 동네 한가운데다 송장을 눕혀야는, 한치 벌레에도 닷푼 결기, 아니 닷푼도 채 못되고 서푼이나 될까 한 그 결기, 그것이 말썽의 씨라면 씨였다. 황토밭의 다박솔같이 용렬하고, 바람다지 탱자처럼 얼튼 인생들이었지만, 그래도 그것이 있어 그들을 사람이게 하는 그 결기가 맹감나무 덤불 속에 천도깨비처럼 웅크리고 있다가 간혹 묏등을 건드리는 것이었는데, 그때마다 그것이 몰고 오는 바람은 생사람 살이 찢기고 뼈가 부러지는 폭풍이었다.

처음부터 남의 선산 그늘에서 고사리나 뜯어 먹고 사는 자랏골 사람들은 욕심이랬자 기껏 도토리 주워 먹고 사는 다람쥐의 그것이어서, 자식새끼들 삼시 세때 끼니나 안 굶기고 큰 동티만 없으면 그것으로 그만이었지, 섬지기로 셈할 논밭 모을 궁리도 없었고, 하다못해 요새 면서기 한자리라도 벼슬길 타보려는 과람한 생심은 처음부터 없는 사람들이라, 양문이가 여기다 묏등을 써서 관운 재운을 눈에 안 보이는 명당 소응으로만이 아니고, 그것을 짐으로 져 갈 것이어서 그렇게 짊어져간다 하더라도, 개 발에 놋대갈로 제 분수에 닿지 않는 그런 관운 재운에 시샘할 위인붙이들은 당초에 아니었다. 이 자랏골이 생기고부터 지금까지, 비락박토일망정 섬지기를 넘겨 제 이름 밑에 논밭문서 가져본 사람도 없고, 감투라고는 개가 쓰다 버린 짚벙거지 하나도 주워 써본 사람이 없었기 때문에, 토정비결에 그 흔하게 오르내리는 관재(官財)운이라는 것도, 관운이라면 개한테 붙은 명첩지에나 빗대 웃었고, 재운이랬자 후장 나뭇짐에 혹시 눈먼 웃돈이나 몇푼 붙을까 하는 기대가 고작이어서, 어디까지나 동네 한가운데다 묏등이, 여기 살아 눈 뜬 사람들의 사람대접이냐는 그것뿐이었지, 그 어쭙잖은 풍수설 타고 넘어갈 관재운 걱정은 아니었다.

그런데 원래 묏자리는 죽은 뼈다귀 상관이라 산 사람끼리의 말썽은 마장(魔障)이 안되는지, 이 묏등 일로 다쳐 상한 사람이 줄로 누워도, 양문이 물외덩굴 운수는 사십년을 내리 가뭄 한번 타지 않았다. 되레 이 묏등으로 해서 동네 시끄러운 일은 양문이 발복 소문만 널리 퍼지게 해서 묏도락꾼만 더 불러들였는데, 그들이 동네에 떨구고 간 푼돈이 마을에 덕이라면 덕이었다 할 것인가?

하여간 이런 묏도락은 8·15나 6·25 같은 난리가 한바탕씩 몰아가고 나면 한층 더 극성을 피웠는데, 그런 난리 뒤의 죽고 산 공론이 선산 끝으로 돌아가기가 십상이라, 집안 망한 사람들의 좋은 묏자리에 대한 비원은 이만저만이 아니어서, 어떤 사람들은 자랏골에 두달 석달 죽치고 앉아, 조금이라도 그럴싸해 보이면 도랑 가운데도 쇠(나침반)를 놓아보는 것이었다.

옛날부터 전해 내려온 전설대로 자랏골에 명당 셋이 있다는 것이 정말이라면 그중 나머지 둘을 찾아보자는 속셈이었는데, 양문이 묏자리도 원체는 동네 대밭 속의 엉뚱한 자리였듯이, 명당이란 되레 그런 엉뚱한 곳에 있기가 십상이라는 것이어서 별의별 곳에 쇠를 놓아보는 것이었다.

그렇게 해서 저마다 명당을 하나씩 찾아 조상의 뼈다귀를 파다 옮기고 논밭 짓덕을 해서 위토를 달아놓지만, 아직도 양문이만한 부자가 났다는 소문이 없고, 더구나 6·25 지나고 나서는 발 끊긴 산주가 여럿인 것으로 미루어, 그런 것도 얻어걸릴래야 걸리는 것이지 나대기만 한다고 쉽게 찾아지는 것은 아닌 모양이었다.

이 명당 전설이 언제부터 어떻게 유래되어 내려온 것인지 아무도 아는 사람이 없지만, 그것이 꽤 오래전부터 전해 내려온 전설인 것만은 틀림이 없었다. 그것은 이 근동에서 고려자기가 나는 곳은 이곳뿐인데, 그것도 썩 값진 것으로만 난다는 사실로 추측할 수 있는 일이었다. 화려한 상감청자, 순금으로 된 문갑, 더러는 금불상 등 희귀한 것이 쏟아져나와 왜정 때는 또 호리꾼들이 묏도락꾼들만큼이나 부산하게 앞뒷산을 싸대고 돌아다니며 도굴을 했다. 부장품이 이렇게 값진 것으로 나온다는 것은 옛날에도 그런 부자나 권세 있는 사람들이 명당을 찾아 여기다가 묘를 썼다는 이야기가 되는 것이다.

왜놈들이 한창 고려자기에 환장을 하고 나댈 때는 이 자랏골 사람들만으로도 전문적인 호리꾼이 서너 사람이나 되었었는데, 그때 그들은 밤낮으로 눈에 불을 켜고 땅을 쑤셔 재미를 보았다. 그 무렵에 파낸 것만도 줄잡아 한 트럭은 되었을 것이라고, 그때 호리꾼이었던 사람들은 당시를 되새기며 미련을 감추지 못했는데, 그 한 트럭이 반 트럭 정도는 과장이라 하더라도 그만한 보물덩어리를 파내고도 그것으로 팔자를 고치거나 논밭 한뙈기 장만했다는 얘기가 없는 것으로 보아, 재미라야 기껏 노적가리에 불붙이고 싸라기 주워 먹는 재미였겠지만 어쨌든 그것도 재미는 재미였다니, 명당설 덕이라면 자랏골 사람들에게는 이런 정도의 덕이 고작이었다. 하여간 싸라기 줍는 재미를 재미로 알아 막걸리 한두 잔 값에 신명이 났을 자랏골 사람들은 결국 오늘까지 그만큼의 인생, 좋게 보아

제 타고난 분수대로 그 분수만큼의 세상을 살아오고 있는 것이다.

그러니까 자랏골을 울타리처럼 둘러싸고 있는 산줄기도, 너희들은 꼭 이만큼의 농토만 벌어먹고 살아라 하듯, 삼십여호가 일년 양식이 빠듯할 넓이의 들판과, 산자락에 논다랑치 몇개를 덤으로 얹은 다음 팔로 싸안듯 자랏골 안통을 옥죄어 싸안고 있었다.

팔처럼 싸안은 두 산줄기가 저만치 동네 건너편에서 서로 맞닿으려다가 자랏골 안통에서 흘러나간 개울에 밀려 그 개울에 길을 내주며 저 아래로 나란히 흘러내려가고 있었다. 양쪽 산줄기가 이 개울을 옥죄듯 꼭 그만한 거리로 사이를 두고, 오불꼬불 장난하듯 굽이굽이 굽이를 치며 달려 내려가기를 오리쯤 하다가 오른쪽 산줄기는 아랫마을 장산리(長山里) 뒤꼍에서 멈추고, 다른 산줄기는 그대로 혼자 냇물을 달고 한참 내려가다가, 저쪽에서 흘러온 강물에 막혀 우뚝 머리를 치솟아 독 오른 뱀 대가리처럼 멈추었는데, 생기기가 그렇게 생겨 그 끝이 용머리로 불렸다.

이 굽이굽이 산굽이와 꼬불꼬불 냇물이 때나게 빼어난 경관은 아니더라도, 산수의 구색이란 덤덤한 제 생긴 대로 어디서든 그만치는 아름다운 법이고, 또 그것이 계절 따라 제 계절대로 제 멋이 있는 법이어서, 초가을 따가운 햇살 밑에 누릇누릇 가을색을 띠어가는 산과 들은 높고 푸른 하늘 밑에 다사로운 초가을 정취를 내고 있었다.

햇살에는 피엿같이 찐득한 기름기가 흐르고, 들판의 벼이삭은 가을 햇발의 그 기름기를 빨아 그것을 여물로 머금어가고 있는 것 같았다. 도토리나 밤알도 그렇게 알이 차고, 땅속의 고구마도 이 따가운 햇살의 기름기를 빨아 한창 살이 붙어가고 있을 것이며, 겨울에 한두마리씩 잡히는 오소리란 놈도 어디 양지바른 바위틈에 누워 저 햇볕을 받아 발바닥에 기름기를 채우면서 도둑놈처럼 게으른 낮잠을 즐기고 있을 듯했다.

용머리 앞으로는 자동차가 다니는 큰길이 뻗대어 있고 여기서 달구지길이 장산리 앞 들판을 지나 자랏골을 향하고 있었다. 그 달구지길에 소달구지 한대가 자랏골을 향해 붙어 있었다. 쇠바퀴 밑에 빠각빠각 자갈을 으깨면서, 세월 따라 그 세월과 동행하듯 느린 소걸음 그대로 움직이고 있었다.

"종수(金鍾洙) 자네가 동네일을 추껴든께 원언히 미덥그마. 득철이 그 자석은 하는 일이 일일마다 꼭 오리 홰 탄 것맨키로 먼 일을 해도 마음이 안 놓여서, 선차에 물읍(잡부금)을 물어도 이것을 내가 옳게 물고 있는가 꺼꿀로 물고 있는가 알 수가 있어사제. 그런디 오늘 그 비료대를 알아본다고 하더니 쪼깐 알아보았는가?"

"아이고, 그 비료대 말도 마씨요. 인계 맡음시롱부터 가닥을 추릴 수가 없글래 골통거리 하나 생겼구나 했등마는, 아니사까, 은행에 가서 알아본께 내 재주로는 알가닥을 추릴라도 추릴 수가 없습디다. 다 냈다는 것이 한푼도 안 내진 것이 없는가, 이만환 냈다는 것이 만환백이 안 내진 것이 없는가, 이놈의 장부부터가 미친놈 신골망태도 아니고 배추장사 치부책도 아녀논게 이런 것 추껴들고 더 덤벙거렸다가는 애먼 놈 옆에 벼락 맞는다고, 이러다가는 없는 논 폴게 생겼습디다. 오늘 가서는 비료대 인계 맡은 것 도로 떠넹겨불 참이요."

종수는 서류 봉투를 들었다가 옆으로 내팽개치며 투정이었다.

"외불이 것이나 내 것은 어찌 됐디야?"

얼굴이 수염투성이의 영감이 입에 물었던 곰방대를 빼면서 퉁방울눈을 종수한테로 돌렸다.

"그래도 여그 두 양반은 지대로 정리가 되았습디다."

"곰영감이나 내나 지대로 냈은게."

외불이가 안심한 듯 혼잣말처럼 뇌었다.

"그래도 두 양반은 다행인지 아씨요. 여그서만 말이요마는, 다 냈다는디 덜 내진 것이 여러건입디다."

"득철이 그놈 큰일날 놈이네, 거."

곰영감이 곰방대를 빼면서 퉁방울눈을 뒤룩거렸다.

"동네일을 봐도 쪼깐 재미가 있어사 한단 마제, 면에를 가나 은행에를 가나 입 달렸다는 놈은 죽 돌라묵은 강아지새끼 욱대기는 것도 아니게, 사람 붙저지를 못하게 욱대기만 하니 사람이 정신을 차릴 수가 있어사 먼 일을 봐도 볼 것 아니요. 가는 데마다 구동리, 구동리 하고 종주먹이요그랴."

종수는 제물에 울화가 끓어 울상이었다.

"종수 자네가 고생을 쪼깐 하게 생겼네. 그래도 으짤 것인가? 일을 한번 맡으기가 불행이제, 이왕 맡은 일을 으짤 것이여? 처음부터 득철이하고 야물딱지게 개탕을 쳐나감시롱 비료대나 뭣이나 이참에 자네가 가닥을 쪼깐 제대로 추려놔사 쓸 것 같네. 자네라도 있기 망정이제 자네 말고 자랏골에 눈 백힌 놈이 또 누가 있는가?"

위로를 곁들인 외불이의 간곡한 부탁에 종수는 조금 누그러진 기색이었으나, 그래도 심란해서 견딜 수 없다는 표정이다.

"방불하면이사 이왕 맡은 일을 가지고 티각을 놓겠소? 다른 것은 몰라도 비료대만은 안되겄그만이라우. 은행에를 가서 한나절을 맞대보아도 우선 내 재주로는 가닥을 추릴 수가 없는디 으짤 것이요?”

“아니, 그런께 그 자석이 일을 잘못 보아서 그런 것이여, 다른 속이 있는 것이여? 아무리 으짠다고 삼십가호 남짓한 손바닥만한 동네 비료대 한나를 가지고 그 꼴이라면 육년 동안이나 핵교를 댕겼달 것이 없고, 암만해도 먼 딴속이 있는 놈이 아닌가 모르겠네.”

“하여간 일이 그로크롬 되았으면 오늘 저녁에라도 회의를 부쳐가지고 은행에 내진 대로 다 이애기를 해줘. 자잘한 잡부금도 아니고, 비료대가 그것이 보통 돈이여?”

곰영감이 퉁명스럽게 내쏘았다.

달구지는 들길을 지나 산굽잇길로 들어섰다. 여기서부터는 길이 가파른 데가 많아 사람들은 달구지에서 내려섰다. 곰영감은 앞에 가서 소고삐를 잡고 두 사람은 달구지 뒤에 처졌다.

“다른 물읍은 못 추려봤는가?”

“오늘은 비료대만 보다가 말았소마는 다른 물읍이라고 별다를랍디여?”

“하기사, 가재가 모로 기제 거기서라고 바로 길라등가마는, 하여간 비료대가 그로크롬 되았으면, 이것이 암만해도 말썽이 붙은 것 같네.”

“다른 것도 보통 문제가 아닐 것 같소. 내가 시방 인계 맡은 것이 물읍만 열일곱가지나 되는디, 걷힌 대로 이것저것 뭉뚱그려다가 웃독 빼다 아랫독 괴고 아랫독 빼다 웃독 괴대끼 해놔서, 이놈의 것이 시방 사방팔방으로 뒤얽혀갖고 가닥을 추릴 수가 없는디, 이것도 본인들 대놓고 가닥을 한번 추리자고 한께는 먼 속인가 차일

피일 홀애비 굿날 물리대끼 물리고만 있그만이라우.”

“머이, 그로크롬 꾸물거리고 있는 것이 암만해도 먼 요다구가 있는 모냥이그마. 기집년이 궁뎅이가 빤지롬하면 애기가 드는 법인디, 그 자석 지 주제에 넥구다이까지 하고 댕기는 것이 암만해도 쪼깐 수상혀. 쇠뿔은 단짐에 빼랬다고 손을 써도 얼른 써사 쓸 것 같네. 오늘 저녁에라도 당장 회의를 부쳐!”

“다른 일로도 시방 회의 부칠 일이 있은께 그 자리에서 대조할 것은 대강 대조를 해사 쓰겄그만이라우.”

“암, 잘 생각했네. 한 사람 한 사람쓱 불러 세와놓고, 여그 득철이한테서 인계 맡은 문서에 적히기를 너는 뭣이 얼마 내졌고, 또 뭣이 얼마 남았다, 맞냐 틀리냐, 득철이 보는 앞에서 이로크롬 조목조목 각단을 쳐간다 치라면, 거기서 불거질 것은 다 불거지고 발라질 것은 발라질 것이여.”

“그러고저러고 방불해사 샌님하고 벗한다고 이놈의 물읍이 엔간해사제, 이로크롬 갓도 끝도 없이 물읍이 나오다가는 촌사람들 모두 지둥뿌리 빳게 생겼그만이라우. 이것이 한두가지가 아니고 수십가지나 되는 물읍이 간 데마다 얽혀가지고 면에를 가나 지서에를 가나, 제미럴 놈들이 꼭 언제 맡겨논 것 내노라대끼 사람 촌분을 못 차리게 한단 말이요.”

“아까 자네가 인계 맡은 것이 몇가지라고 했제?”

“비료대를 빼놓고도 열일곱가지란 말이요.”

“이로크롬 뜯어가니 촌놈들이 살겄는가? 나는 이때까지 엔간하면 고름이 살 될라디야 하고 말썽 없이 내왔네마는, 그래도 이것이 갓이 있고 끝이 있어사제, 밑구녁 뚫어진 도가지에 물 붓기도 아니고 참말로 해도 너무하는구마, 너무해. 깨구락지도 움쳐야 뛴다고 사람이 쪼깐 정신을 차릴 수가 있어사 어뜨크롬 해본단 말이제, 눈 썹만 뽑아도 똥 나오게 생긴 비패런 촌놈들한테서 모구 다리에 피 빼대끼 훑어만 갈라고 환장을 하니, 사람이 어뜨크롬 숨을 쉬고 살 겄냔 말이여.”

곰영감은 소고삐를 잡고 혼자 앞서가며 구수한 자줏빛 연기를 날릴 뿐이었다.

달구지는 그사이 산굽이를 네개째 돌고 있었다. 열두 모퉁이라 는 자랏골 산길이 별로 가파른 곳은 없었지만, 길이 고르지 않아 달구지가 이따금 큰 돌멩이를 차고 넘느라고 텅텅 소리를 내며 가 고 있었다.

냇물이 산굽이를 후비져 크게 웅덩이를 이루며 돌아간 높은 언 덕 위로 달구지가 돌아서자, 저만치 앞에 후주레한 거지 하나가 몹 시 절름거리는 걸음으로 걸어가고 있었다. 거지는 달구지를 돌아 보더니 그 자리에 서서 기다렸다.

“큰아부지, 푸나무 내고 오시요?”

입에서 흐르는 입침을 쓱 문지르며 곰영감한테 꾸벅 고개를 숙 였다. 영감은 눈은 저만치 앞에다 둔 채 고개만 조금 까닥하다가 마는 것 같다.

“해룡이, 장 잘 보았는가?”

종수가 알은체를 했다. 거지는 웃음 반 울음 반의 기묘한 웃음을 웃으며 외불이한테도 꾸벅 고개를 숙였다.

해룡이는 발을 절어도 그냥 예사로 저는 것이 아니었다. 발목에 긴 스프링이라도 하나 붙은 것같이 몸뚱이가 상하좌우로 사뭇 휘

청거렸다. 한쪽 발을 떼어 그쪽으로 몸무게가 가면 몸뚱이가 그쪽
으로 흥청 내려갔다가, 위태로운 순간에서 뿔끈 솟아오르며 저쪽
발로 다시 몸무게가 옮겨지고, 또 자칫 주저앉는가 하는 순간에 다
시 이쪽으로 옮겨오고 했다. 이렇게 흥청거리는 두 다리가 한 짐
이나 무거운 몸뚱이 하나를 가까스로 지탱하며, 혼신의 힘을 다해
서 위태롭고 고된 전진을 하고 있었다. 몸뚱이가 그렇게 휘청거릴
때마다 두 손은 또 제각기 짝짝으로 허공을 휘저었다. 그러니까 네
팔다리가 몸뚱이 하나를 가운데다 두고 낙지발처럼 온통 사방을
휘젓는 거여서, 이것은 걷는다기보다 꼭 헤엄치는 꼴인데, 등에 얹
힌 바랑은 그것도 한몫 제멋대로 나대어, 가뜩이나 거추장스런 몸
뚱이에 위의 것까지 얹혀놓으니 거북살스럽기가 다람쥐 첩 얻은
꼴이었다.

　처음 날 때 배 속에서 발만 하나 나오고 말아, 기계로 빼내면서
어미만 살리면 다행이라고, 태 속의 것을 그냥 난도질을 해버렸는
데, 그렇게 뽑아내놓고 보니 걸레같이 찢겨발린 핏덩어리에 그래
도 숨이 붙어 있어 비록 병신일망정 병신자식 두벌 사랑으로 안쓰
럽게 거둬본 것이, 결국 저렇게 헌 베짜치 주워 찾춰 기워놓은 누
더기 꼴의 험한 인생이 되고 말았다. 이렇게 처음부터 천둥이로 얻
어진 생명이니 뒤탈이나 없었으면 몸뚱이가 저토록 거추장스럽지
는 않았을 것인데, 아무리 눈먼 병이라지만 저 험한 삭신 어디 거
기가 기어들 데라고, 나중에는 소아마비까지 기어들어 팔다리를
녹여버리자 저렇게 도무지 사람 꼴이 아니었다.

　그런데 엎친 데 덮치기도 여러번으로, 나중에는 손가락까지 하
나를 씨앗귀에 물려 잘리고, 그도 모자랐던지 귓바퀴까지 한쪽을

말한테 뜯기고 말았다.

일곱살 때부터선가 그 험한 꼴의 걸음마를 처음 시작했는데 몸놀림이 매양 그 꼴이다보니 어쩌다가 돌아가는 씨앗귀에 손가락을 물린 것이 덧이 나서 손가락을 잘렸고, 귀는 읍내 양문이 말이 먹고 있는 수박껍질을 주워 먹으려다 말한테 뜯기고 말았다. 그래서 험한 입들이 웃다가 심심하면 우스개의 입가심으로 해룡이가 곧잘 입에 오르내리는데, "기계가 먹다 두고, 씨아시가 먹다 두고, 말이 먹다 둔 놈"이라고 짓궂은 농을 하기도 했다.

해룡이가 바랑을 뒤집더니 그 속에서 무엇을 꺼냈다. 편지였다. 집배원한테서 자랏골 편지를 부탁받은 모양이었다. 집배원은 이따금 해룡이를 만나면 이렇게 해룡이한테 편지를 맡겼는데, 바랑 진 것이 서로 비슷해서 집배원을 해룡이 동생이라고 동네 사람들은 놀려대기도 했다. 해룡이는 그런 심부름을 하는 것이 동네 사람들한테 생색이 나기도 하는 일이려니와, 공무 비슷한 일이기도 해서 이렇게 편지를 가져오는 날이면 팔다리가 한결 부산스러웠다.

해룡이는 편지 뭉치 속에서 하나를 뽑아 자기 큰아버지한테 내밀었다. 제가 무슨 글씨를 알아 구별해내는 것이 아니고, 집배원한테서 받을 때 제 나름대로 기억해두는 방법이 있는 모양이어서, 한번도 틀리게 돌린 일이 없었다.

"문길(文吉)이?"

"야."

곰영감은 다가서는 종수한테 편지를 건넨다. 종수는 대뜸 봉투를 찢고 눈으로 읽어 내려간다.

"이번 추석에는 휴가 온다고 했그만이라우. 정말 오랜만에 휴가를 오는구나. 계급이 하나 올라서 상병이고, 흐흥 요 자식."

종수는 제가 더 신이 나는 모양이었다.

"다른 말은 없는가?"

무어라 글씨가 많이 쓰였는 것 같은데, 그것이 휴가 온다는 한마디로 요약되어버리자 좀 섭섭한 듯 되돌려받은 편지 알맹이를 꺼내보며 묻는다.

"집안 안부 묻는 것 말고는 다른 말은 없소."

종수는 해룡이한테 다른 편지도 받아 하나하나 뒤집어본다.

"춘자한테서는 또 돈이라냐? 등기가 아닌 것 본께 돈은 아닌 것 같은디."

"돈 왔다는 것이 며칠 안되았는디, 그새 돈이사 올 것이여?"

"아니라우. 전에 오던 가남이면 하마 올 참 되았소. 돈이 아니면 또 추석인께 한 짐 이고 지고 올라고 마중 나오라는 소식이었지라우."

"그 가시나 서울서 돈 보낸다는 소리 들어본다 치라면 갈보질한다는 소문이 암만해도 헛말이 아닌 모냥이여."

갈보질이란 말이 너무 노골적이고 투깔스러워 종수는 허허 한참 웃었다.

"그리 어찌 않고서사 서울바닥이 어디라고, 칡더울 밑에서 금방 나간 년이 그로크롬 많은 돈을 벌어 보내냔 말이여?"

"그래도 서울이 좋기는 존 모냥입디다. 붕알만 한나 달랑 차고 올라가도, 올라갔다 하면 가는 놈마다 굶어 죽었다는 소리는 없고, 그래도 명절 때 집에 올 때 보면 속살로야 으짤갑시 옷 한벌씩이래도 땟국 빠진 것을 걸치고 오거던이라우."

"하기사 그래. 동네서 여럿 나갔제?"

"촘촘히 시어본께 꼭 열둘입디다."

"허허. 이러다가는 몇년 안짝에 동네 비게 생겼네. 혹시 자네는 생각 없는가? 하하."

"하하. 나도 생각 중이요. 못난 놈 잡아들이라면 없는 놈 잡아들인다고, 촌사람들은 차근차근 못살게 생겼어라우."

농으로 시작된 말에 한숨이 얹힌다.

"그래도 지 손으로 끙끙 흙 파묵고 사는 밥이 젤 속 편한 밥인 줄 알소. 선차에 읍내 장에만 가서 보아. 모도가 눈치판이고 도둑판 아니던가? 그 속에서 지 양심 지니고 살아져? 서울서 돈 벌어보겠다는 배짱이먼, 선차에 양심부터 싹 잡아띠어가지고 시렁에다 집어 올려놓고 낯빤대기에는 쇠가죽을 뒤집어써사 할 판인디, 사람이랏 것이 양심 한나 변해보소. 안되네. 그것이 눈에 안 뵈서 그러제 천도라는 것이 있는 법이라, 언제 안 좋아도 안 좋아. 암, 안 좋고말고. 그런 뒤끝은 안 존 법이여."

달구지가 마지막 산굽이를 돌아섰다. 덩실한 양문이 묏등을 가운데 받들고 있는 자랏골 동네가 한눈에 들어왔다.

해는 이미 서산 너머로 얼굴을 숨기고, 산그림자가 저만치 산 중턱을 기어오르고 있었다. 곰영감의 얼굴이 오늘따라 더 굳어지는 것 같았다. 종수는 그런 곰영감의 얼굴을 보고 있다가 퍼뜩 떠오르는 생각이 있었다. 오늘은 저 묏등으로 해서 이 동네서 제일 먼저 목숨을 잃었던 곰영감 아버지의 제삿날이었다. 그런데 그 곤욕이 삼대째나 대를 물리는지, 얼마 전에는 아들 문길이가 일을 저질러 놓고 동네를 도망쳐 나가 군에 입대해서 피신 겸 지내다가 이번에 휴가를 온다는 것이니, 이래저래 곰영감의 마음은 뒤숭숭할밖에 없었다.

그런데 묘하게 저 묏등은 추석이나 설 같은 명절과 연이 깊어, 일이 났다 하면 대개 그런 날이나 그런 날을 전후해서 사건이 터졌는데, 그 제일 첫번째 사건도 추석 바로 앞에 일이 벌어졌었다.

네 사람은 한참 말없이 제 길만 걷고 있었다. 달구지 바퀴 밑에 자갈 으깨지는 소리가 유난히 빠각거려, 땅속으로 파고드는 소리로 무겁고, 거기 해룡이의 걸음걸이만 한결 요란스러웠다. 동네 앞에 있는 다리를 건너고 있었다.

"이랴, 처처."

다리 위로 달구지를 몰고 가던 곰영감이 느닷없이 고함을 질렀다. 달구지가 휘청 다리 난간 밑으로 굴러떨어지려는 순간이었다. 뒤따르던 세 사람은 그 자리에 딱 굳어서고 말았다. 썩은 나무 난간을 우지직 할퀴면서 달구지 바퀴가 공중에서 홀렁 몇바퀴 헛돌고 있었다.

"이랴랴!"

곰영감은 무섭게 고함을 지르면서, 빗나간 달구지 한쪽을 불끈 추켜들어 소채 저만치 훌쩍 밀어 팽개쳤다. 아슬아슬한 곡예였다.

두길의 높이, 나동그라졌다 하면 소나 달구지는 말할 것도 없고 사람까지 안암해서 박살이 나는 판이었다. 저만치 달구지를 끌어다놓은 영감이 허허 안도의 웃음을 웃으며 되돌아왔다. 셋은 아직까지 그 자리에 서서 얼음판에 자빠진 쇠눈으로 영감을 건너다보고 있었다. 너무도 위태로웠던 순간에 아찔해서만이 아니었다. 달구지를 숫제 들어 앞으로 내팽개치듯 했던 곰영감의 그 엄청난 힘에 질려, 지금 저 영감이 사람인가 잠시 넋이 나가 있는 것이다.

영감은 이랴 처처, 고함을 지르면서 난간에 발을 버티고 상체를 다리 밖 허공에 띄운 채, 위태롭게 중심을 잡아 종종걸음을 치면서 달구지를 저만치 내동댕이쳤던 것이다. 보통 사람으로는 상상도 할 수 없는 위태로운 곡예였고, 또 무서운 힘이었다. 빈 달구지라고 는 하지만, 발붙일 데가 그렇게 옹색스런 곳에서 달구지를 통째로 들다시피 굴려보내기란 누가 감히 흉내도 못 낼 일이었던 것이다.

"허허, 사참했네."

곰영감은 무너진 데를 발로 밟아보면서 다시 한번 웃었다.

"고쳐야겠어. 다 썩었어."

영감이 발뒤꿈치로 썩은 데를 쾅쾅 구르자, 썩은 나뭇조각이 우수수 떨어져나가고 흙이 무너졌다.

"이번 추석 쇠고 손 놀 때 울력 한번 부쳐사 쓰겄그만이라우. 오늘 저녁 회의 끝에는 이것도 한번 의논을 해보아사 쓰겄소."

종수는 저도 곰영감처럼 썩은 데를 밟아보면서 말을 받았다.

달구지길이 끝난 동구에서 곰영감은 달구지에서 소를 풀어내고 세 사람은 먼저 마을로 들어섰다.

골목에서 놀던 조무래기들이 해룡이를 발견하자 와 함성을 지르며 몰려나왔다.

"니 땅이냐 내 땅이냐, 니 땅이냐 내 땅이냐."

해룡이 걸음걸이를 흉내내며 마치 합창이라도 하듯 소리를 맞춰 놀려대는 것이었다. 알깃알깃 뒤를 돌아보며 되도록 팔다리를 크게 놀려 해룡이 흉내에 신바람이 났다.

"저런 빌어묵을 자식덜!"

종수가 꽥 고함을 질렀다. 놈들은 종수의 고함소리에, 우케 멍석의 참새떼처럼 와 웃으며 도망쳤다. 해룡이는 웃음 반 울음 반의 괴상스러운 웃음을 흘릴 뿐이었다.

"니 땅이냐 내 땅이냐, 니 땅이냐 내 땅이냐."

깔깔거리며 잠깐 도망쳤던 조무래기 패들이 이번에는 아까보다 좀 먼 거리에서 뒤를 돌아보며, 아까보다 손발을 더 크고 익살스럽게 내두르며 소리를 질렀다.

"니 땅이냐 내 땅이냐, 장땅이냐 콩땅이냐."

잔뜩 신이 나서 내두르는 손발이라, 이건 그냥 춤을 추는 꼴이었다. 손발과 몸뚱이를 아무리 크고 위태롭게 놀려봐도 괴상망측한 해룡이의 걸음걸이에는 미치지 못했다. 몸뚱이를 기어코 해룡이만큼 크게 놀려보려고 뒤뚱거리다가 그중 한 놈이 발랑 뒤로 나가떨어졌다. 종수와 외불이는 기어코 웃음을 터뜨리고 말았다. 해룡이도 그것이 제 흉내였던 것을 잠시 잊은 듯 으흥, 괴성으로 웃고 있었다.

"니 땅이냐 내 땅이냐, 자랏골도 내 땅이고 낙월면(落月面)도 내 땅이다."

가뜩이나 심심하던 산골 아이들이라, 해룡이만 나타나면 구렁이 본 참새떼처럼 신명이 나서 놀려댔다. 해룡이는 지금은 이런 놀림에도 이력이 나서 그러지 않지만, 전에는 그때마다 눈알을 부라리며 쫓아다녔다. 팔뚝에 잔뜩 힘을 주어 으르면서, 당장 잡아 요절을 낼 것같이 화가 났다. 그러나 제 깐에는 죽을힘을 다해서 쫓는다고 쫓아가는 것이었으나, 애꿎은 팔다리만 허공에서 한바탕 요란스럽게 요동을 치다 말아, 조무래기들의 흥만 돋우어줄 뿐이었다.

조무래기들에게는 해룡이가 그렇게 화가 나서 쫓아오는 것이 가장 신명이 나는 대목이라, 그렇게 화를 낼 때까지 극성스럽게 약을 올렸다.

그래도 여기는 한동네라 극성이 이만치다. 개새끼들까지 한몫 덩달아 골목이 발칵 뒤집히는 왼데 동네서는 도무지 정신을 차릴 수가 없었다.

맨 처음 바랑을 메고 왼데 동네 가서 골목이 발칵 뒤집혔을 때는, 너무도 어이없는 극성에 그만 그 자리에 주저앉을 뻔했다. 미리 그리리라고 각오를 안한 것은 아니었으나, 이렇게 기가 막힐 것인가는 미처 상상을 못했었기 때문에 그대로 동네를 도망쳐 나오고 말았다. 자기의 꼴이 그렇게도 괴상스러운가, 원숭이 같은 짐승처럼 전혀 사람 축에 못 드는 것인가, 해룡이는 동네를 빠져나와 마치 사람 사는 울타리 밖으로 쫓겨난 것 같아 새삼스럽게 설움이 복받쳐올랐다.

그러나 그렇게 울고 있다고 누가 목구멍에 밥 떠넣어줄 리가 없고, 타고난 신세가 기왕에 부러진 팔자로 이 지경이고 보면 그래도 산목숨 살아갈 방도라고는 이 길 내놓고는 달리 무슨 도리가 없던 것이어서, 다시 파탈을 하고 나설 수밖에 없었다.

그럭저럭 파탈을 하고 나서니 비럭질에도 이력이 붙기 시작했다. 처음에는 꽁무니에 달라붙는 조무래기 패들이 그렇게도 지겨울 수가 없었으나, 비럭질을 하다보니 그 조무래기들 때문에 되레 다른 거지들에게보다 손 인심들이 후하구나 하는 생각이 들자, 사람은 이래저래 살기 마련인가보다 싶어, 요사이 와서는 꽁무니에 조무래기들이 달리지 않으면 되레 허전하기까지 했다. 그러니까,

그런 주제꼴이 비럭질 밑천으로는 큰 밑천이라는 것은 다른 거지들과 비교해서 알 수가 있었는데, 비럭질이 계절을 타는 봄철 같은 때는, 이런 꼴치레가 아니었더면 굶어 죽기 알맞겠다는 생각이 들기도 했다. 기왕에 부러진 팔자로 비럭질을 해먹는 판에는 이런 풍신 밑천이라도 제대로 활용을 하자는 생각에서, 요사이는 거기다가 장타령까지 얹어 솜씨를 가다듬었다.

이렇게 궁상스럽게 끌고 온 인생이 이제 서른에 꼭지가 차버렸다. 거지들이 신세 자탄으로 노상 두고 쓰는 말마따나, 오란 데는 없어도 항상 바쁜 인생이라, 네 활개 휘저으며 허위허위 나댈 때는 모르지만, 성한 사람 서너 배나 팔다리를 휘저으며 하루종일 싸대다가 자랏골 열두 모퉁이를 아득바득 세며 돌아 마지막 모퉁이에서 숨을 내쉴 때면, 더구나 그것이 저녁 무렵이면, 그게 조금은 과람한 생각인 줄은 알면서도, 자기 같은 병신일망정 여편네나 하나 있어 맞아준다면 인생이 이토록 고달프지는 않을 것 같았다.

그런데 나와 맞는다는 것이 다른 데서도 하루종일 시달리고 온 조무래기들뿐이어서, 놈들이 앞뒤로 극성을 피우고 나서면 걸레같이 늘어진 몸뚱이에 와락 피로가 몰려들고, 울화가 아니라 설움이 복받쳐올랐다.

6·25 때 군에 가 죽은 형님만 살았더라도 신세가 이토록 고달프기야 하랴 싶었다. 이 어쭙잖은 팔다리에 얹힌 세 목구멍 가운데서, 자기 말고 덤으로 얹힌 아버지와 동생 끝심이는 그 형님이 감당을 했을 것이니, 그래서 자기 혼자 목구멍이기만 하다면 자기처럼 천둥이로 굴러다니는 오그라진 곰배팔이나 찢어진 언청이라도 하나쯤 얻어걸리지 말라는 법이 없을 게 아니냐고, 달밤 같은 때 호젓

이 혼자 나앉으면 그런 달콤한 공상에 노상 침이 넘어가는 것이었다. 그런데 형은 죽어도 어떻게 죽었는지, 복 없는 귀신은 죽어 물밥도 못 얻어먹는다지만, 죽은 사람 죽은 복이야 그것은 또 그런다 치고, 산 사람이 박복해서 그런지 남의 집에는 찾아오는 전사통지서도 온 적이 없고, 그래서 남들은 다 타 먹는 연금 같은 것도 못 타 먹게 죽어버렸던 것이다.

반 폐인이 되다시피 한 아버지는 자기가 그렇게 망치다시피 한 인생이니 어쩌는 수 없는 일이지만, 혼자 계집 생각을 하다가 문득 동생 끝심이한테 생각이 미치면 안쓰러워 견딜 수가 없었다. 전에는 이렇게 추석 같은 명절이 닥쳐오면, 빌어먹어도 푸짐한 남의 집 추석 음식 생각에 주책없이 군침만 돌던 것이었으나, 계집애들이란 그런 눈부터 먼저 뜨이는지 대여섯살 무렵의 추석이던가, 어디서 무색 헝겊쪼가리를 색색으로 주워다가, 그것을 누더기에 줄레줄레 꿰달고 나온 것을 보고 울컥했던 그다음부터는, 이렇게 추석이나 설 같은 명절만 닥치면 먼저 끝심이의 누더기에부터 눈이 가, 세 식구 목구멍 깜냥에도 한 짐인 어깨가 주저앉을 지경으로 무거워만 지는 것이었다. 굼벵이가 궁그는 재주 내놓고는 뛰고 나는 재주 없듯, 재주라고는 비럭질 재주뿐이라 이럴 때면 팔다리를 한껏 부산하게 움직여 나댄다고 나대보지만 돋우고 뛰어야 복사뼈고 곤자리가 뛰어야 제 길로 한길이었다. 더러 횡재라는 것도 재수치레하면 있기도 하는 모양이지만, 처음부터 들고 난 거지 팔자에 횡재수가 붙는대야 거지 바랑 어느 구석에 중뿔난 재수가 얻어 붙겠는가.

2

저녁을 먹은 자랏골 사람들은 한 사람씩 정자나무 밑으로 모여들었다. 아침저녁으로 찬바람이 살랑거리고부터 좀 한산했던 정자나무 밑이 오늘 저녁은 장터처럼 술렁거렸다. 양문이 묏등에서 한쪽으로 조금 비껴 동각(洞閣)이 앉았고, 그 동각 마당의 축대 밑으로 예사 집 마당 서너개 넓이에 아름드리 정자나무가 여러그루 솟아 있었다. 그 고목들이 빽빽하게 가지를 얼싸안아 지붕처럼 두껍게 하늘을 가리고 있어 비라도 오는 날이면 대낮에도 컴컴할 지경으로 녹음이 짙어, 오늘은 추석을 이틀 앞둔 열사흘 달이 중천에 밝았으나 정자나무 밑은 불 꺼진 방처럼 어두웠다. 좀팽나무 등걸에 호롱불이 하나 걸려 사방을 어슴푸레 비춰주고 있었다. 그러나 굴속에서 사는 너구리들처럼 어둠에는 익숙한 사람들이라, 초가을 저녁 개운한 맛이면 굳이 달빛 아래가 아니더라도 답답한 줄을 몰랐다.

호롱불 밑에서는 아까부터 종수와 득철이가 이마를 맞대고 문서때기를 들여다보고 있었다. 동네 사람들은 나오는 족족 저저금 앉기 편한 대로 축대나 나무뿌리 불거진 위에 자리를 잡아 앉았다. 늙은 축들은 집에서 차근히 밀짚 멍석을 내다가 널찍하게 깔고 편좌를 하기도 했다.

전에는 좀팽나무와 느티나무 사이에 아담한 정자가 하나 있어 실하게 삼십명은 앉을 수가 있었으나, 재작년 태풍에 쓰러진 뒤 아직 지을 엄두를 내지 못하고 있었다.

사람들이 거진 모인 듯하자 종수가 일어섰다.

"우뎀이 양반들도 다 오셨소?"

윗덤 아랫덤 해보아야 길 하나 사이여서 오는 데 달리 시간이 걸리는 것도 아니었으나, 늘 늦으면 그쪽 사람들이 늦기 때문에 나온 소리였다.

"어이, 얼추 왔는갑네. 쌀쌀 시작해보소."

어둠 속에서 누가 거들고 나섰다.

"그러먼 지금부텀 회의를 시작하겄습니다."

종수의 말에 수런거리던 말소리들이 그쳤다.

"오늘 저녁 회의는 비료대 작포 진 것하고, 내가 득철이한테서 인계받은 물읍이 더러 착오 난 것이 있은께 그것도 대조를 쪼깐 하고, 반갑잖은 물읍이 또 한가지 나왔은께 그것도 날파를 해사 쓰겄고, 또 빌어묵을 놈의 추비(追肥)가 인자사 나왔단 말이요. 그래서……"

"아니, 추비가 인자사 나와?"

어둠 속에서 모래 씹어뱉는 소리가 튀어나왔다.

"그 제미 떡을 치다가 꼬끄라질 자석들이, 시방 나락은 낫 들고 나가게 생겼는디, 그것을 인자사 내주면 그것을 갖다가 쌂아 묵으란 소리여, 볶아 묵으란 소리여? 잣것들이 시방 미쳐도 한두벌로 안 미쳤그마."

여기저기서 웅성거리며 욕설이 터져나왔다.

"좌우간 그것은 이따 말씀하기로 하고, 저, 뭣이냐, 저 앞에 다리도 고쳐사 쓰겄은께 이로크롬 모인 짐에 그것도 한번 의논을 해보고, 오늘 저녁 회의는 대강 이런 것이그만이라우."

"다리를 고쳐사 쓰기는 쓰겄제마는 뺄칸 민산에서 나무가 있어사제?"

"그래도 먼 수를 써도 써사제, 다 허물어진 다리를 그냥 둬? 제미랄 것, 오늘도 곰영감 구루마가 건너오다가 큰 숭한 일 날라다 말았어."

외불이였다.

"하여간 그것은 이따 차근차근 이애기합시다. 몬자 비료대 이애긴디라우, 그것을 아까 득철이하고 합의를 봤는디, 비료대만이는 득철이가 도로 맡아서 처리를 하기로 했은께 인자부텀 그것은 나하고는 상관이 없어졌그만이라우. 그 안에 나한테 냈던 것도 죄다 득철이한테 넘겨주었은께 그것은 모두 득철이하고 처리를 하기로 하고, 내가 받아서 득철이한테 넘긴 액수만 여그서 말씀드리겠소. 맞는가 으짠가 보씨요."

종수는 호롱불을 따서 문서때기를 받쳐들며 부르기 시작했다.

"내산양반 사천육백사십환. 맞소?"

호롱불 밑으로 고개를 내둘러 내산양반을 찾는다.

"어이, 딱 맞네."

"솔골양반 육천삼백환!"

"뭣이?"

의외라는 소리다.

"저참에 근 팔천환 돈을 줬는디, 그것백이 안돼?"

"그때 그것을 몽땅 비료대로만 주셨간디라우? 오백환은 면사무소 수리비, 이백환은 상이군경 원호비 미수금, 삼백환은 나협회비, 이백환은 치도비, 그래서 천이백환인께 칠천오백환 낸 것에서 그것을 뺀다 치라먼 육천삼백환 아니요? 맞지라우?”

대답이 없다.

“맞소 으짜요?”

“맞는갑네.”

끝내 볼 부은 소리다. 종수는 계속 부른다. 서너 사람이 제대로 넘어가다가 또 걸린다.

“내 것도 딱 맞네. 그런디, 어야, 종수! 우리집 작은새끼 후원회비 그것 쪼깐 알아봤는가 으쨌는가?”

“바뻐서 못 가봤그만이라우.”

“저 사람이 자다가 먼 봉창을 뜯고 있는가 모르겄네 시방.”

외불이가 저런 병신이 있는가 하는 소리로 핀잔이었다.

“그런 소리는 이따 따로 해! 옹그전에서 사그접시 흥정을 하고 나선다 치라먼 어뜨크롬 회의를 할 것이여? 먼 말을 해도 회의 순서나 쪼깐 알고 하소. 회의 순서나 쪼깐 알고 하란 말이여!”

“지미, 회의를 꼭 순서만 찾아서 해사 그것이 회의하는 맛이간디?”

“그러먼 회의를 순서를 안 찾아서 하먼 뭣으로 해? 꼴에 이것이 먼 벵치횐지 알고 맛은 찾고 앉었네.”

모두 와, 웃음이 터졌다.

“벵치회고 홍에회고, 저저금 할 말이 있은다 치라먼 할 말은 쪼깐 조근조근 해감시롱 회의를 해도 해사제, 별것도 아닌 것을 갖고 넹택없이 앙상한 상판으로 소락떼기나 꽥꽥 지름시롱 해사 그것이 회원가?”

“뚫어진 입이라 말 한나는 술술 잘 나온다.”

폭소가 터졌다.

"저녀러 객인(作人)이 어디가 많이 근지럽다냐 으짠다냐?"

발끈했으나, 그대로 누르는 것 같았다.

비료대 이야기가 끝이 나고 다른 안건으로 넘어가려는 참이었다. 크음, 기침을 하고 나서는 사람이 있었다.

"자리가 그런 자린께 득철이한테 이애기를 쪼깐 해사 쓰겄그마. 기분 존 일은 아니제마는 괴기는 씹어야 맛이고, 말은 해사 맛이더라고, 할 소리는 해부러사 쓰겄어."

몽구리고 나서는 기세가 만만치 않았다.

"나는 비료대를 저지난 장날까지 다 해서, 이장 인계하기 전까지 싹 씻어부렀는디 말이여, 그것을 우리 말순이란 년한테 촘촘히 적으락 해갖고 맞대본께 말이여, 외불이보담 좋게 이천환은 더 물어졌다 이거여. 외불이하고 나는 논도 일곱마지기 똑같고, 밭도 아홉마지기 똑같은디, 그것을 갖다가 평수로 따지더래도 내 것이 외불이 것보담 까죽이 적었으면 적었제 크든 않을 것이여. 그래서 비료를 탈 적에도 똑같이 탔는디, 어뜨크롬 되아서 외불이보담 나한테서 이천환 상관이나 더 받아갔는가, 그것을 쪼깐 말을 해쥐사 쓰겄어. 내가 외불이보담도 어디가 한반디나 더 이쁘게 생긴 데가 있어서 비료를 더 주고 돈을 더 받아갔는가, 그렇잖으면 딴 요다구가 있는가 말을 쪼깐 해보아!"

오랫동안 단단히 몽구렸던지, 마디마디 쐐기 박듯 오금을 박고 나서는 가락이 이만저만 감사나운 게 아니었다. 종수 곁에 앉아 있던 득철이가 앙상한 눈으로 쏘아보고 있었다.

"여태까지 암말도 안하고 있다가 으째서 인자 와서 시비요? 동네 사람 앞에서 우세를 한번 시켜보겠다는 배짱인 것 같은디, 그로크롬 쉽게는 안될 것이요. 그때그때 문서 놓고 주고받고 다 끝난 계산인께 따지고 자시고 할 것도 없을 것이요마는, 피차간에 조용히 하잔께 하는 소린디, 연필에다 춤 묻혀가지고 한 계산이 계산일랍디여마는, 하여간 정 섭섭하거든 따로 한번 가지고 오씨요. 맞대나 봅시다.”

“뭣이 으짜고 으째? 문서 놓고 주고받았은께 으짠다고? 기역자 왼다리가 어뜨크롬 생긴지도 모르는 놈이 은제 문서때기 딜여다봄시롱 돈 주었간디?”

“그런께 따질라면 그때그때 따지제 으째서 인자 와서 난리가 난리요?”

“좋네. 그때그때 못 따진 것은 무식한 내 잘못이라고 허세. 그런디, 눈깔이 안 백힌 나는 문서때기 보고도 못 따진께 못 따졌제마는, 눈깔이 지대로 백힌 자네는 먼 배짱으로 더 받아갔는가, 어디 도둑질해간 배짱을 한번 이애기를 해보라 이 말이여!”

“뭣이 으째라우. 이 양반이 보자보자 한께 너무하네 시방. 어디 도둑질한 증거를 대시요, 증거를 대요!”

“증거? 허허. 말 한번 진솔로 쏘옥 뺐다. 바로 자네가 그 배짱으로 널름널름 받아다가 처묵었그마. 자네가 동네 사람들한테서 돈 받아갈 적에 증거 냉기고 받아갔던가? 영수증을 써주었어, 손바닥에다 도장을 찍어주었어? 어디 말을 해보아.”

“그 일은 따로 둘이 따지시요.”

종수가 끼어들어 수습을 했다.

“요녀러 자석, 내 말이 아직 안 끝났은께 그리 알고 있어! 한번 벌린 입인께 기어코 아퀴를 짓고 말텨!"

"허허."

득철이는 옆 사람 체면 보아서 참는다는 투였으나, 뒤가 구린지 꼬리 사리는 기세가 역연했다.

"또 반갑잖은 잡부금이 한가지 나왔는디, 지금 김주임이 우리 낙월 지서에서 삼년이나 있었던갑습디다. 면민을 위해서 삼년이나 수고를 하고 가는디 그냥 있을 수 있냐, 이래서 우리 동네로 칠천 오백환이 나왔그만이라우. 그래서 이것을 날파를 해사 쓰겠는디, 등급별로 날파를 할 것인지 평균 질러불 것인지 그것을 정해주서 사 쓰겄소."

"그런께 시방 그것이 지서 주임 송별금이란 것인가?"

"예, 맞소."

"즉어멈 떡을 치다가 꼬꾸라질 놈덜, 코빼기가 어디에 붙었는지 제대로 구경도 못한 자석, 송별금이 뭣 몰라삐틀어진 송별금이여?"

"상놈의 종자덜, 촌놈덜 뜯어갈 속으로는 통 뚫어져서 모구 다리에 골 내네 시방."

"연주창 앓는 놈 갓끈을 핥아 처묵든지, 당창쟁이 콧구녁에서 마늘씨를 빼묵고 말제, 글 안해도 비패런 땅나구 귀 비어가고 좆 비어가고, 시방 눈썹만 건드려도 똥이 나오게 생겼는디, 송별금이 뭔 개뼉다구 몰라진 송별금이여. 아무리 상놈의 살림은 양반의 양석이라고 하제마는, 개새끼들이 해도 너무하네."

"건너다보니 절터요 찌그르르하니 입맛이제."

"그런께 지놈이사 삼년이 아니라 삼십년을 있었더래도, 그동안에 월급은 월급대로 다 타 처묵고, 또 그만치 따로 뜯어다 처묵었으면 그만이제, 인자 갈 적에는 싸갖고 가자고 보따리까지 벌리는 격이그마. 액삭하고 비패런 촌놈덜, 인자 더 뜯어가자도 뜯어갈 것이 없은께 그만치 뜯어가고도 양이 안 차거던, 어디 노래기 푸넘한 데 가서 시룻번이나 쪼깐 얻어 처묵고 가라고 그러소."

욕설을 퍼부어보았자 물 건너 술막 꾸짖기였으나, 욕설이 그칠 줄을 몰랐다.

"어뜨크롬 하까라우? 등급별로 하까라우, 평균 질러불까라우?"

욕설이야 으레 그러거니 하고, 종수는 날파 방법만 채근했다.

"깝깝하게 그것을 묻고 있는가? 지가 지서 주임이라고 하제마는 코빼기가 앞꼭지에 붙었는지 뒤꼭지에 붙었는지도 모르는 자석, 뉘 아들놈은 덕을 더 보고, 뉘 아들놈은 덕을 덜 보았간디, 등급별로 할 것이여?"

여태 말이 없던 양문이 산지기 질천(質千)이가 말을 부지르고 나왔다.

"그러먼 평균 질러불자, 이 말이요?"

"잔소리 되게 두말해?"

질천이는 얼굴을 한쪽으로 홱 치우면서 쏘았다.

"이런 것을 등급으로 날파를 안할라먼 등급은 뭣에다 쓰자고 맨들어났어? 그래, 질천이 자네하고 얻어묵고 사는 해룡이하고 같단 말이여?"

외불이가 이의를 달고 나섰다.

"저 사람이 자다가 봉창을 뜯고 있다냐 으짠다냐? 물을 면제하기로 한 것이 석삼년도 더 된 해룡이는 이런 데나 끄집어다 대라고 얻어묵어감시롱까지 세상을 살고 있는지 아는가?”

여기저기서 피글피글 웃음소리가 났다. 엉뚱하게 입길에 얹힌 해룡이는 저만치 좀팽나무 곁에 앉아 옆사람 따라 헤프게 웃고 있었다.

“말을 하자먼 그렇다 이 말이여. 애초에 우리가 등급을 정해논 것은 이런 물읍을 저저금 심에 맞게 물자고 정해논 것인디, 덕 본 것을 따지는 것이 그것이 말이여, 막걸리여? 말이 말 같은 소리를 해사 쓸 것 아녀?”

“참말로 누가 말 같잖은 소리를 하고 있는가 모르겠네 시방. 물읍이 생기기를 그로크롬 생겼는디, 따질 것을 안 따져?”

“그런께 덕 본 것으로 치먼 이 동네서 뉘 아들놈이 덕을 더 보고 덜 보았난 말이여? 어디 지서 주임 덕 본 사람 있으면 손 쪼깐 들어 보씨요. 질천이 말대로 하자먼 이로크롬 덕 본 사람이 한나도 없은 께 물읍을 안 물어사 쓰겠그마.”

“나온 물읍을 어뜨크롬 안 물어?”

“물잔께 하는 말이여.”

“나도 물잔께 하는 소리여.”

말끝이 묘하게 돌아갔다.

“그러먼 둘이 다 똑같그마. 똑같은 이약을 갖고 무담씨 모주 묵은 되야지 껄때청으로 꽉꽉 괌이네. 무단한 사람 간 놀래게.”

와, 폭소가 터졌다. 전방호(田方浩)였다. 그는 언제나 좋은 것이 좋은 것 아니냐는 투로 매사가 무사태평인데, 그래도 동네서 식자가 들었다면 그가 들어 옛날에는 그가 동네 이장을 도맡아서 한 사람이다. 그러나 원체가 물황태수로 무작정 호인이기만 해서, 뭣 하나 되는 일도 없고 안되는 일도 없는 사람이라, 무슨 일에든지 끊고 맺는 맛이라고는 없다보니 동네 사람들도 답답했지만, 면에서 하도 고개를 내두르는 바람에 하는 수 없이 득철이한테로 이장을 넘겼었다.

"제미랄 놈덜, 덕 본 것으로 따진다 치라면 되레 내놓고 가얄 것이여."

"으짜까라우?"

그때 곰영감이 기침을 하고 나섰다. 좌중이 조용해졌다.

"여러 소리 할 것 없이 등급으로 해!"

동네 사람들은 잠시 질천이한테로 눈이 갔다. 질천이는 말이 없었다.

"등급으로 하는 데 이의 없소?"

종수가 좌중을 둘러봤다.

"그러면 등급으로 하겠소."

곰영감은 저만치 뒷자리에 앉아 무슨 일에나 별로 말이 없었지만, 동네 사람들 마음은 언제나 한 자락이 곰영감한테 눌려 있었기 때문에 그가 맨 뒷자리에 앉아 아무 말을 하고 있지 않아도 그가 맨 앞에 덩실하게 버티고 있는 것 같았다. 그래서 그가 만약 자리를 비우거나 하면, 너무 크게 자리가 나서 어디가 한군데 구멍이라도 뚫린 것 같은 허전함을 느꼈다. 그래서 이런 회의 때도 모두가 제 의견 좇아 제 말을 하면서도 곰영감 눈치 보아가면서 말길이 돌아가기 십상이었다.

"아까 계산을 해본께 등급 한나에 오십환씩이면 끄트머리가 딱 맞습디다. 그런께 칠등은 오칠은 삼십오, 삼백오십환, 육등은 오륙 삼십, 삼백환, 알겄지라우?”

“젠장칠 놈의 것, 고슴도치 물외짐 걸머지대끼 잘도 걸머진다.”

“오등은 오오는 이십에 오, 사등은 사오 이십, 삼등은 삼오 십에 오, 이등은 이오 십, 백환, 모도 이로크롬 된께 이것은 다른 물읍보담 몬자 쪼깐 내줘사 쓰겄소.”

“어야, 종수, 그로크롬 똥 매라운 년 국거리 썰대끼 실렁실렁 넘어가지 말고 찬찬히 쪼깐 일러줘! 아까 삼등이 얼매라고?”

“제미, 삼등이면 삼오 십에 온께 백오십환이제 얼마여?”

좀팽나무 밑에서 나온 소리를, 이 병신아, 하는 투로 누가 곁에서 쉐알리듯 쏘아붙였다.

“그러고 추비가 인자사 나왔는디, 늦었제마는 우리 동네만 요로크롬 늦게 나온 것이 아니고, 전군(全郡)적으로 다 늦은 것이라놔서 할 수가 없는갑습디다. 닐 곰영감 구루마가 신고 올 텐께 그리 아씨요. 그러고 다음에는……”

또 욕설이나 쏟아질 일이라 종수는 어물쩍 넘기려고 다른 안건으로 뛰어넘으려 했으나 그게 아니었다.

“제미랄 놈덜, 이레 제사에 야드레 병풍도 분수가 있고 굿 뒤에 날장구도 방불해사제, 사람이 밥 묵고 살라고 농사짓는 일을 애기덜 장난으로 아까 으짜까?”

“야미 거름 살라고 박이 터질 때는 강 건너 불구경으로 손발 개 얹고 앉았던녀러 새끼덜이, 과부년 똥녁가래 내세우대끼 촌놈덜 느그덜 으짤라디야 하고 처맽기는 것 보면 으아이고, 호랭이는 시방 뭣을 묵고 사는고?”

“참말로, 미쳐도 쪼깐 곱게 미쳐사 욕이 안 나온단 마제, 책상머리에 앉아서 수판 고동 튕기고 있는녀러 새끼덜은 나락을 비다 놓고 소금 치대끼 거름을 친다 치라면, 소다가리 친 밀개떡맨키로 쌀이 불어나는지 아까 으짜까?"

욕설이 고비를 넘는 틈을 타서 종수는 다음 이야기를 얼른 꺼냈다.

"그러고 득철이한테서 인계받은 물읍이 쪼깐 착오가 난 것이 있는디, 그것은 회의 끝난 뒤에 따로 대조를 해볼 것인께 그 양반덜은 이따 남으라고 하면 쪼깐 남으시요. 그러고 모도 건너댕김시롱 본께 아시겠지요마는, 저 아래 다리를 이번 추석 쇠고 손 놀 때 새로 놨으면 쓰겄는디, 나무가 젤 문제그만이라우."

"나무를 몇주나 가지면 될란고?"

"못 잡어도 지둥가슴으로 열주는 넘겨잡아얄 것이여."

"지둥가슴이먼 여닐곱주먼 되제, 손바닥만한 다리 한나 놓는디먼 놈의 나무가 열주를 넘겨 들어?"

"그래도 이왕 놀라면 이참에는 구루마가 쑥쑥 빠져 댕기게 놔사제, 또 사람이나 포로시 비켜 댕기게 놀라고? 비료나 뭣이나 이왕 구루마를 대서 실어올 적에는, 동네 앞에까지 똑똑 떨어져사 그것이 돈 주고 구루마를 부리는 맛이제, 다리 건너까지 가서 새판잽이로 지고 올라면 그것도 두벌일이고, 비가 오거나 으짜거나 하면 그런 때는 또 얼마나 성가시더냔 말이여? 석자 베를 짜도 베틀 벌이기는 일반인께 이왕 손을 붙여서 다리를 놀라면 구루마가 쑥쑥 빠져 댕기게 놔얄 것이여."

외불이였다.

"으짜요, 곰양반? 지금 다리는 구루마가 빠져 댕기기는 너무 좁지라우?"

"눈으로 봄시롱도 갑갑하게 묻고 앉았네."

외불이가 튀겼다.

"지금보담 서너자만 넓히면 되지라우?"

종수가 곰영감을 향해 물었다.

"그럴 것이네. 나무는 꼭 지둥가슴이 아니더라도 여남은주는 있어사 될 것 같고."

곰영감이 비로소 입을 열었다.

"나는 시방 먼 소리들을 해쌓는가 모르겠네. 다섯주고 열주고 중놈 대가리맨키로 뺄칸 민산에서 부지땅도 아니고 지둥가슴을 어디서 뽑가낸다는 소리여?"

질천이였다.

"그런다고 다리가 다 쓰러져가는디 그대로 내잦혀둘 것이여?"

외불이가 칵 쏘아붙였다.

"그냥 안 둘란께 나무를 어디서 비어내난 말이여? 생호랭이 눈썹을 찾고 말제."

어째서 너는 내 말이라면 못 잡아먹어서 환장이냐는 역정이 섞여 말꼬리가 치켜올라갔다.

"그런께 의논을 해보자는 것 아니라고? 달괄도 구르다가 서는 모가 있는 법인디, 이 산중에서 맘만 있으면 손바닥만한 다리 한나 놀 나무 몇주 못 뽑가내?"

"허허, 갑갑한 사람 한나 보겠네. 의논을 한다고 없는 나무가, 나 여그 있소 하고 땅속에서 뽈깡 쏫캐 나올 것이여? 과부댁에 가서 바깥양반 찾기제."

다리 놓자는 데 질천이가 이렇게 나오는 데는 그만한 이유가 있었다. 자기 이곳과 상관이 있는 일로, 가을이면 자기 기계방아 두고 아랫동네 현미기(玄米機)로 볏섬 내가는 꼴이 보기 싫기 때문이다. 다리를 안 고친다고 못 내갈 바는 아니지만, 그렇게라도 심통을 부리지 않고는 직성이 풀리지 않을 만큼 그 일로 속이 상해 있었다.

질천이는 재작년까지만 해도 기계방아로 옹골진 재미를 보아왔다. 탈곡과 정미로 첫해에 본전을 뽑고 나니, 그 다음해부터는 그만치가 고스란히 이익이어서 내가 왜 진작 여기에 눈을 뜨지 못했던가, 여태까지 윗데 사람 좋은 일 시켜준 것이 발등을 찍고 싶게 억울했다. 봄에 보리 치고 가을에 정미하는 재미는 이미 계산된 재미지마는, 설 같은 때 떡국심을 뽑으면 그것이 또 설 찬값에 너끈하던 거여서 덤으로 보는 재미가 섬 틈에 오쟁이로 옹골졌다.

다른 동네보다 요미(料米)가 비싸다고 여편네들이 콩당거렸으나, 이게 전에 윗데 놈들이 정해 받아가던 그대로지 내가 뭐 위의 것 받더냐고 콧등으로 흘려버렸던 것도, 자랏골 볏섬이 제가 어디로 가마 타고 나가겠느냐는 배짱에서였었다. 그런데 웬걸, 아랫동네에 현미기가 설치되자 자랏골 볏섬이 가마가 아니라 달구지를 타고 아랫동네로 솔래솔래 빠져나가는 게 아닌가. 처음에는 돈살 쌀만 나가는 것 같더니, 나중에는 집에서 먹을 것까지 천연덕스럽게 나들이를 하는 것이었다.

달구지는 아랫동네 정미소에서 대것다, 달구지 가에다 져다놓으면 공짜로 저절로 실려갔다가 쌀로 실려와 제자리에 떨어지는 것이어서, 별다른 수고랄 것도 없이 쌀 더 나고 질까지 좋다보니 너나없이 현미기로만 달렸다.

현미기로 가져가면 한 가마에 요미가 반되 싼 것은 둘째고, 질천이 정미기로 찧는 것보다 쌀이 좋게 되가웃, 더러는 두되가 실하게 더 날 때도 있어, 요미 계산까지 합치면 적게 잡아 두되 상관이고, 장에를 내가도 현미기 쌀이냐 정미기 쌀이냐부터 물어, 현미기 쌀이래야 임자가 쉬웠다. 또 어린놈들이 무엇을 알까마는 책에서 배워 그렇다고, 정미기에서 찧으면 죄다 일그러져버리는 쌀눈이 그게 달걀로 치면 노른자위 같다는 거여서, 사람이 먹어 진짜 살로 가는 것은 그것이라는데, 장에서 임자가 쉬운 것도 다 그런 이유일 것이니, 하여간 같은 값이면 다홍치마라고 좋다는 것이 좋고, 또 정미기에서 찧으면 세벌 네벌, 마지막 깎이기까지 먼지 뒤집어쓰고 일일이 떠 부어야 하는데 현미기에서는 한번 쏟아만 놓으면 이쪽에서는 손을 대자도 대잘 것이 없어 담배나 한대 피우고 있을라 치면 하얀 쌀로 찧어져 나오는 것이었다. 품을 좀 버린다고는 하지만, 무얼 이고 지고 가는 것도 아니고 천연덕스럽게 뒷짐을 지고 달구지 뒤를 따라 한나절쯤 나들이하는 맛이 썩 개운하다보니, 사람이 살다가 더러는 이렇게 한숨씩 돌릴 때도 있어야 할 게 아니냐면 그만이었다. 처음에는 동네다 기계방아를 두고 남의 동네로 볏섬을 빼낸다는 것이 좀 야박하게 느껴졌으나, 한 가마니에 적잖이 두되 상관이다보면 열 가마니면 두말이니 이건 체면 가지고 따질 일이 아니었다.

질천이는 하는 수 없이 풋엿장수 인심 쓰듯 요미를 서되에서 두되로 뚝 자르고, 본시 무뚝뚝한 상판이었으나 이것도 장삿속이라 없는 웃음 인심까지 고루 써가면서 볏섬을 잡아보려고 안간힘을 썼으나 허사였다. 그렇게 속까지 더럽게 보이고 나니, 누구 한 놈

요절을 내야 풀릴 것 같게 울화가 꼬약거렸으나 생사람 붙잡고 시비할 수도 없어 애먼 여편네한테나 이따금 악을 써서 화풀이를 할 뿐이었다.

시콩시콩 발동기가 피스톤을 차고 넘어 힘을 얻으면, 벨트를 끼운다, 정미기 추를 얹는다, 날파람 나게 나댈 때는 이렇게 몇해만 벌면 양문이가 조카같이 보일 것 같았는데, 마당 한쪽에 거적때기를 뒤집어쓰고 녹슬어가고 있는 기계방아를 보고 있자면 오장에다 화덕을 뒤집어놓은 것 같았다.

그런데 이번에는 달구지가 집 앞에까지 쑥쑥 들어와 볏섬을 실어가라고 다리를 고치자는 공론이니 복장이 잠잠할 이치가 없었다.

"내가 두주 내제. 읍내 문(文)씨덜한테 사정을 하면 이런 일에 나무 두주쯤이사 안 내노리라고? 전부 열주 잡고 나머지 야달주만 더 맨들어봐!"

외불이였다. 질천이 너 복장 한번 터져라 하는 투로 질천이 쪽을 힐끔거리면서 앞장을 섰다.

외불이는 읍내 문가들 산직답 다섯마지기를 부치고 있었는데, 그 묏벌에 소나무가 기둥감으로 백여주가 넘게 들어차 있었다. 자랏골에서는 저것 하나가 산소 구색을 갖추었구나 싶게, 사방을 둘러보아야 빨간 민산에서 거기만 한군데 아름드리 소나무가 어깨를 벌리고 서서, 여름에는 묏벌에 선선한 그늘을 드리우고, 겨울에는 바람을 막아 묏벌을 아늑하게 싸안고 있었다. 또 큰 나무들만 내는 그 은은한 솔바람 소리는 산천이 살아 숨쉬고 속삭이는 소리로 그 솔바람 소리가 자랏골 안통에 퍼져 마을의 정취까지 한결 아늑하게 했다.

자랏골은 해방되던 이듬해 산불이 한번 크게 나서 이 넓은 산이 노루새끼 비그을 데 한군데도 안 남기고 깡그리 타버리고 말았다. 꼬박 사흘 밤 사흘 낮을 탔는데, 그래도 그중에서 문가들 산소의 벌목이 살아남은 것은 오로지 외불이의 기지와 억척 때문이었다.

그 엄청난 불에다 무슨 재주로 손을 쓰랴, 다른 사람들은 처음부터 입만 벌리고 있었는데, 외불이는 달랑 톱 한 자루를 들고 묏벌로 달렸다. 불길이 문가들 산소에 이르자면 좋게 하루 상관은 있어 보여서 자신이 있었다. 묏등을 중심해서 알맞은 거리로 원을 그려 무작정 나무를 베어 눕혔다. 이만하면 불길이 건너지 못하겠다 싶게 짐작을 잡아 둥그렇게 테를 둘러 나무를 베어 넘긴 것이다. 하루를 베고 밤까지 새워 베고 나니 부르튼 손에 피가 배었으나, 하루 일의 보람으로는 너무도 크게 백여주의 벌목이 고스란히 살아난 것이다. 뒤늦게 외불이 흉내를 내는 축들이 있었으나, 외불이만큼 일을 추리지 못해, 때맞춰 불어온 강풍을 타고 불길이 도랑 건너듯 그 테를 뛰어 건너 단숨에 핥아버리고 말았다.

나중에 이것을 안 문가들은 당장 문중 회의를 열어 산직답 두마지기를 더 사 얹어주고 거기다가 황소까지 한마리 덤으로 얹었는데, 산직답은 우선은 외불이가 벌어먹는다 하더라도 결국은 자기들 것이지만 소는 거저 준 것이었다.

이렇게 불 속에서 집어내듯 해서 또 오늘까지 한주도 잃지 않고 지켜낸 나무다보니, 다른 일도 아니고 동네 다리 놓는 일이란다면, 그것이 비록 선산 지키는 벌목이라 하더라도 자기가 말을 한다면 총중에서 두주쯤은 주머니 속 물건 꺼내기겠어서 큰소리를 치고 나선 것이다.

그런데 외불이는 여기에 올깃한 딴 속셈이 하나 있었다. 지금 외불이가 살고 있는 집도 산직집인데, 집이 너무 허술하다고 늘 집 걱정을 해오던 산주들이 집수리하자는 공론 끝이 벌목을 손대자는 데까지 미친 일이 있었다. 그런데 얘기가 벌채 허가 문제에 이르자 요사이 바싹 심상찮게 나오고 있는 도벌 닦달로 이야기 끝이 오락가락하다가 그만 흐지부지되고 말았었다. 호랑이 어금니만큼이나 아끼는 벌목을 그런 식으로 입에 올린 것은 처음 있는 일이었는데, 산직집도 결국 묏등 지키자는 마련이라면, 나무를 묏등 가에 세워 놓는 것만 대수겠느냐는 소릴 것이어서, 외불이는 그뒤부터 늘 그 궁리였는데, 이런 기회라면 하품에 딸꾹질로, 다리 일에 묻혀 안 듯 모른 듯 네댓주 더 눕혀 집수리를 해버리면 일이 표 안 나고 넘어갈 것이 아니냐는 생각이었다. 설사 무슨 싸가리가 붙는다 하더라도 다리 놓고 남은 것이라고 둘러대면 그만일 것이었다.

"나도 한주 낼라네."

곰영감이었다. 모두 눈이 곰영감한테로 쏠렸다. 희미한 등불을 옆으로 받으며 곰영감은 말을 해놓고 곰같이 쭈그려앉아 곰방대만 빨고 있었다. 곰영감 아버지 산소에는 콩 거둬낸 뒤의 수숫대처럼 장송 세그루가 껑충하게 서서, 억울하게 죽은 원혼을 지키며 스산하게 바람소리를 울리고 있었는데, 낸다면 그중 하나를 내겠다는 소릴밖에 없어 놀란 눈으로들 영감을 바라본 것이다. 그것이면 실하게 세 토막은 나올 것이니, 다른 사람 두주 내는 것만큼이나 실속은 있겠지만, 세그루 중 하나를 베어버린다면 묏벌 꼴도 꼴이 아니려니와 나무가 너무 크고 매끈하게 빠져 있어 다리 놓는 데 쓰기에는 너무 아깝기도 했다. 달구지를 부리고 있으니 다리를 놓는다면 그 혜택은 내가 제일 많이 보는 셈인데, 이런 판에 손 개었고 앉아 남의 입만 처다보고 있겠느냐는 생각에서일 것이지만, 암만해도 그 벌목에 손을 대서는 안될 것 같은 생각들이었다. 그 벌목은 거기 묻혀 있는 곰영감 아버지의 원혼이 그렇게 나무로 서서 동네를 건너다보고 있는 것같이 느껴졌기 때문에 거기다 손을 댄다는 것은 거기 그렇게 서 있는 원혼을 건드리는 것같이 사위스럽고 끔찍하게 느껴졌다. 더구나 아는 사람은 알고 있을는지 모르지만, 오늘 저녁이 그 벌목 밑에 누워 있는 곰영감 아버지의 제삿날이다보니, 그 벌목 이야기가 한껏 야박하게 느껴졌다.

"그런다고 그 벌목에다 손을 대서 쓴다요? 그것은 뇌두씨요. 그것은 뇌두고 차라리 우리집에 있는 감나무 그놈을 빕시다."

한쪽에 앉아 있어 그가 이 자리에 나와 있는지 어쨌는지도 몰랐던 텃골양반이 말리고 나섰다.

"허허. 그 몽달귀신 넋으로 생긴, 감도 안 여는 것, 식은밥으로 인심 사네."

곁에서 좌중을 웃겼다.

"감은 안 열어도 다리 놓는 데사 저도 한몫하겠제."

또 한바탕 웃음이 터졌다.

"자네는 자네대로 그것을 내소. 내가 내는 것은 상관 말고."

곰영감이 타이르듯 했다.

"아니라우, 그래도 그것을 그래사 쓴다요?"

"여러 소리 말고 그로크롬 해!"

곰영감이 다시 말리고 나서자 텃골양반은 더 달고 나서지 못했다.

"일이 솔래솔래 잘되아가요. 낼 사람은 늦기 전에 싸게싸게 내씨요. 아구가 차불면 내고 싶어도 못 낼 것이요."

종수가 익살을 부려 좌중을 웃겼으나 선뜻 또 나서는 사람이 없었다. 그러자 종수가 차곤이한테로 고개를 돌렸다.

"아야, 차곤아, 나도 텃골양반맨키로 우리집 대밭 속에 있는 솔나무 그놈 빌란께, 너도 느그 집 울타리에 있는 그 팽나무 그것 비자. 칠십 묵은 망구랭이같이 허리가 택 꼬부라져서 그것을 비어봤자 지대로 쏠란가 모르겄다마는, 쓰고 못 쓰고는 그때 가서 보기로 하고 우선 인심이나 써라."

느티나무에 등을 기대고 있던 차곤이가 빤히 종수를 쳐다보았다. 그게 될 법이나 한 소리냐는 얼굴이었다.

"기갈이 들면 돌담도 허문다등마는, 아무리 나무가 없다고 울타리가 말짱 그 팽나무 한나에다 힘을 태우고 있는디, 그것을 비어뺀지면 울타리는 으짜란 소리여?"

"울목이 없으면 담 치먼 안되냐? 나도 내년 봄에는 담을 칠란다. 하여간 잔소리 말고 내라. 오죽하면 오뉴월 달구세끼가 지붕을 허빌 것이냐?"

"담 칠라먼 독은 어디가 쉽게 있간디?"

차곤이는 끝내 볼멘소리다.

"인마, 이 넓은 산중에 독이 없어 담을 못 쳐? 젠장, 쪽쪽 곧은 지둥가슴 내는 사람도 있그마는, 꼬부라진 좀팽나무 한나 가지고 빼고 앉었네. 그것 백날 둔다고 무슨 살림밑천 될성부르냐? 가실에 우케 덕석에 응강이나 찌고, 그것 뒀다가 손자물림해도 나무 생긴 목자가 니 짓상 될 꼬라지도 싹수가 첨부텀 글렀은께, 이럴 때 인심이나 써! 보리개떡으로 찰떡 인심 난께."

모두 와, 웃었다.

"내지? 담 쌀 독은 느그 뒤안에 있는 바우 그놈만 떨어도 담 한 쪽은 넉넉히 칠 것이다. 폰돌씨 겐노 쪼깐 빌려다가 그것 떤다 치라면 마당 넓어지고, 담 치고, 또 동네 다리까지 놓고, 누 좋고 매부 좋고 동네까지 안 좋냐?"

"그러면 폰돌씨, 으짤라우? 겐노를 쪼깐 빌려줄라우? 겐노 상하면 장산리 부리깐에 가서 치어다드리께."

차곤이는 할 수 없겠다 생각했던지 누그러지며 엉뚱하게 판돌이를 걸고 나왔다.

"젠장, 요새 그런 쐬가 어디 쉽게 있간디?"

볼 부은 소리다.

"겐노가 그것이 쉿덩어린디, 상하면 그것이 어뜨크롬 상한다고 쐬타령인가 몰겄네. 그것이 상한다면 깨진다는 소린디, 깨지는녀러 쉿덩어리가 그것이 온전한 쉿덩어리여?"

곁에서 핀잔을 주자 모두 웃었다. 판돌이의 투정이 얼핏 듣기에는 그런 것도 같았으나, 따져놓고 보니 맹물 같은 소리였다.

판돌이는 석수 일을 따라 떠돌아다니던 뜨내기로, 저 아래 막다 둔 저수지 일이 한창이던 왜정 때 여기까지 발길이 닿았었는데, 해방과 함께 그 일이 그쳐버리자 날 샌 올빼미 신세가 되어 괴 딸 아비로 여기 눌러살고 있었다. 저수지 일이 다시 시작되기만을 기다리며 그동안 날품도 팔고 밭뙈기도 몇마지기 일궈, 그럭저럭 세월을 보낸 것이 오늘에 이르고 말았다. 그는 그때 쓰던 석수 연장을 신주 모시듯이 모셔놓고 저수지 일이 시작되기만을 기다리고 있는 셈인데, 이 켄노우도 그 석수 연장 중의 하나여서, 여태 누구한테도 함부로 내돌린 적이 없는 물건이었다.

제 말로는 발파(發破)며 기타 돌 다루는 솜씨가 이 근동에서는 자기를 덮을 사람이 없다고 뽐내었지만, 더러 그런 일을 나갔다가 며칠이 못되어 돌아오고 마는 것을 보면 별로 신통한 솜씨도 아닌 듯했다. 대단한 재주는 못되더라도 이왕 손에 익힌 일이니 맘먹고 일자리를 찾기로 하면 아무런들 자랏골 칡덩굴 밑에서 산전 일궈 먹고사는 것에 대랴 싶은데, 그 산전 몇마지기를 못 잊어 그러는지 알 묻어놓은 자라처럼 여기를 뜨지 못하고 있었다. 그러나 석수 일에 대한 미련은 예나 제나 한결같아, 제 솜씨 자랑과 함께 곧잘 옛날 석수 일 하던 향수에 젖곤 하는데, 그때마다 말꼬리나 대가리는 일본놈에 대한 칭찬으로 침이 밭아, 순경이나 면직원을 욕할 때는 말할 것도 없고, 하다못해 성냥 한 통을 놓고도 왜정 때 물건과 비겨 핀잔이었다. 아까 쇠 이야기도 그것이 왜정 때 쇠라는 소리였다.

"그러면 겐노를 못 빌려주겠다 이 말이요?"

차곤이가 여전히 놀려대는 가락으로 다그쳤다.

"이만해도 동네 대산디, 나무는 없은께 못 내제마는 있는 겐노사 그것 쪼깐 안 빌려줄라던가?"

방호가 농조로 구슬리고 나왔다.

"왜 말이 없어? 그 깡깡한 쇳덩어리를 그것이 먼 괴기라고 회 쳐 묵을 것이여, 호박이라고 삶아 묵을 것이여?"

외불이의 익살에 또 웃음이 터졌다.

"조심해서 써얄 것이여."

승낙이되 또 노루 꼬리같이 있으나마나 한 꼬리가 붙었다.

“아따, 그놈의 겐노, 깜진 여편네 첫애기만치나 어렵게 나온다.
하하하.”

“어야, 폰돌이, 겐노를 조심해서 쓰먼 어뜨크롬 쓰라는 소리여?
제미, 나무 내는 사람도 있그마는 놈 안 가진 겐노 쪼깐 가졌는가
까다롭기는 옹생원 똥구먹이그만잉. 겐노를 조심해서 쓰먼 겐노로
바우덩어리를 때리지 말고 살짝살짝 들었다 놓기만 하라는 소리
여, 물렁물렁한 흙을 때리라는 소리여? 말을 해도 꼭 야드레 삶은
호박에 이빨도 안 들어갈 소리만 골라서 하고 자빠졌네.”

“하하. 그런게 바우는 삭가레로 떨고, 겐노로는 큰애기 젖꼭지
만지대끼 그 대가리로 바우 등거리나 살살 만치다가 갖다줘!”

“하하하.”

“끄악.”

좌중의 웃음 속에서 난데없는 괴성이 저만치 어둠 속에서 터졌
다. 해룡이였다. 다시 폭소가 터졌다.

큰애기 젖꼭지 만지듯 사알살 만지다 갖다주라는 소리가 꼴에
수캐라고 크게 우스웠던가, 그만 그런 괴성으로 참던 웃음이 터져
버린 모양이었다.

“하여간 인자 여섯주는 됐소. 또 누구 없소?”

종수가 자리를 수습하며 나섰다.

“어야, 태문이, 자네 으짤란가?”

“뭣을 으짜기는 으째?”

외불이가 태문이를 은근한 가락으로 끌어들이자, 아까 득철이한
테 비료대 따지던 흥분이 아직 가라앉지 않았는지 뚝배기 깨지는
소리로 튀겼다.

"아따, 이 사람아, 뭣이기는 뭣이여? 안골 자네 산소에 웁뜨로 있는 것, 그놈 이참에 써묵세."

외불이는 좋은 것이 좋은 것 아니냐는 가락으로 달랬다.

"젠장, 뉘 집 산소는 개 불두덩인가? 많이 있는 사람 놔두고 으째서 날보고 그런 소리여?"

심히 비위짱 상한다는 투로 칵 쏘고 나서, 저쪽으로 얼굴을 싹 거두어가버렸다. 질천이를 걸고 튀긴 소리였다. 나무가 많이 있는 곳은 문가들 산소 내놓고는, 양문이 위토인 질천이 밭가에 삼십여 주가 있는 것뿐이었기 때문이다. 벌목이 아니고 그냥 밭가에 서 있는 나무들인데, 산에서 외따로 떨어져 있었기 때문에 불을 피했던 것이다.

"내놀 만한 사람치고는 어디가 많이 있어?"

치려면 변죽만 울리지 말고 들보를 쳐버리란 투로부터 능청을 떨었다.

"내놀 놈은 누구고 안 내놀 놈은 누구여?"

태문이는 꽥 고함을 질렀다. 처음부터 질천이를 걸고 한 말이라 쏘기는 외불이를 쏘았으나, 울려가는 데는 뻔했다.

"낼 사람은 차차 다 낼 것이요. 하여간 저것을 이로크롬 한번 맘묵었을 적에 고쳐부러사제, 하루 물림 열흘 간다고 홀애비 굿날 물리대끼 오늘낼하고 있다가 아조 내려앉아보씨요. 손 바쁜 장마 같은 때라도 내려앉아논다 치라면 애기덜 핵교 댕길 일도 탈이고, 또 저것이 이 아랫동네 사람덜 읍내 장에 가는 질이 되아논게, 윈데 사람들이 보나따나 그것이 다 우리덜 체면 깎일 일이고, 하여간 누구 혼자 좋자고 하는 일이 아닌게 다 내 일이다 생각하고 협조를 합시다.”

태문이의 티격으로 분위기가 좀 굳어지려는 눈치이자, 종수가 제법 어른스럽게 한마디 설득을 하고 나왔다. 자꾸 울려가는 말이 질천이를 몰아치고 있어, 그것이 그 심통에 잘못 튀기면 다 된 밥에 괜한 코가 빠지는 게 아닌가 염려스럽기도 해서였다.

“으쨀란가?”

외불이가 짓궂게 다그쳤다.

“다른 사람 내는 것 보고 내도 젤 낸중에 낼라네.”

“이 사람아, 좋자는 동네일에 으째서 나무 한나 갖고 꼿꼿하기는 개구락지 생킨 살무사 대가리맨키로 그런가? 기왕에 줄라면 께 활딱 벗고 주는 것이여. 치매끈 끄를 때 사정하고 고쟁이 벗을 때 사정하고, 줘도 그로크롬 준다 치라면 준 본정이 있간디?”

“우하하하.”

“그런께 괭이새끼 달괄 궁글리대끼 그러고 있지 말고 낼라면 아싸리 탁 내놔! 벌목이라고 한께 그것이 벌목이제, 생애 나간디 돌부처맨키로 저만치 지 혼자 욉뜨로 서서 딴전 보고 있제, 어디 그것이 선산 지키간디?”

또 웃음이 터졌다. 사실 그랬다. 묏등에서 훨씬 떨어져 있어, 묏벌을 에워싸고 있는 맛은 조금도 없는 나무였다. 어쩌다가 거기 한 그루가 불을 피해 엉뚱한 자리에 서 있었는데, 주위가 하도 빨간 민둥산이다보니 그게 벌목 대접을 받아 그 우세로 여태 남아난 셈이었다.

“아, 그런께 누가 안 낸다고 했간디? 내가 시방 그럴 만한 속셈이 있은께 다른 사람이나 채근해보아.”

태문이는 꽁초를 박박 빨아 내던지며 끝내 질천이를 물고 늘어지는 투였다.

"젠장, 없으면 지 애비 제사도 못 지내는 것인디, 나무가 없으면 말어불제, 뉘 산에 나무가 많니 적니 할 것은 뭐여? 다리 놓아서 존 일 볼 놈덜은 따로 있는디, 어뜬 시러베아들놈이 건데기 주고 국물 얻어 처묵을라고 산주들한테까지 가서 아쉰 소리 해다가 나무를 내는고?"

질천이가 끝내 본색을 드러냈다. 좋은 일 볼 놈들이란 물론 장산리 현미기 얘기겠는데, 한 가닥은 곰영감한테도 퉁겨가는 소리 같아, 좌중은 얼핏 곰영감 눈치를 살피기도 했다.

"꼭 그로크롬 건데기 국물을 따진다 치라면 어디 이런 일 하겄소? 누가 얼마나 표 나게 존 일을 보는 사람이 있는가는 모르겄소마는 저것이 동네 다리제 누 개인 다리간디라우? 동네 다린께 동네 사람들이 다 나서서 협조를 해사제 그로크롬 콩이냐 서숙이냐, 건데기 국물을 따진다면 다리 놔놓고, 건너댕기는 사람마다 세금 받아사 쓰겄소그랴."

종수가 만만찮게 핀잔을 주고 나섰다.

"협조? 협조가 뭣이여? 이녁 동네 기계방애는 녹슬어놓고 왼데 동네 방애 찍으러 댕기는 것도 그것이 협존가? 참말로 말을 말잔께 속조차 없는 줄 아네. 허 참."

몹시 아니꼽다는 투로 고개를 거두어갔다.

"아니, 이 사람아, 자네 시방 그것이 말이라고 하고 있는가 막걸리라고 걸치고 있는가? 쌀 한 가마니에 쌀이 두되 상관이여. 쌀이 두되면 얼만지 알어? 숭년에 열 식구 이틀 양석이여, 이틀! 외할미

보래개떡도 커사 사 묵는 법인디, 그래 자네 기계방애 녹슨다고 동네 사람들이 죄다 그런 손해를 보라? 허허, 경오가 삼칠 장이네."

외불이가 쏘아붙였다.

"협조란께 하는 소리여."

"협조가 뭣이간디? 손해 볼 것은 같이 손해를 보고 이익 볼 것은 같이 이익을 보아사 그것이 협조제, 자네 칠푼 벌이에 놈의 돈은 열네닢이 나가는디 그것이 협조여? 젠장, 떡부리 암탉인가 자기 앞은 못 봐. 그러먼 자네도 현미기를 놓든지 말든지 할 일이제, 협조 으짜고 함시롱 큰 떡은 내 앞에 놓아라?"

"그런께 많이덜 내다 찍어. 나는 나락 내가는 꼴 보기 싫은께 다리 놓는 데는 협조 못하겄어."

처음부터 억지소리라 몇발짝 안 가서 속살을 내놓았다.

"태문이, 여러 소리 말고 내소. 은제는 외갓집 콩죽으로 살았던가?"

외불이가 오금을 깡 박으며 성냥을 칙 그어 담배에 불을 붙였다.

"나사 이런 데 찌어보았자, 나무가 없은께 난쟁이 교자꾼 참연디."

전방호가 늘어진 소리를 하며 끼어들자 모두 굳었던 얼굴에 웃음이 번졌다.

"옛날에 저 다리를 놀 적에도 말이네, 시방 태문이보고 하는 소린디, 바로 그 묏등에 누워 계시는 자네 한아씨가 설두를 해서 저것을 놨어. 그런께 그것을 비어내기가 쪼깐 뭣한다 치라먼 떡 톱을 들고 가서 말이네, 묏등에다 곱게 절을 한 자리 딱 하고 나서, 조부님, 조부님이 놨던 다리가 시방 다 허물어져서 새로 다리를 놔사 쓰겄는디, 나무가 하도 없어논께 동네 사람들이 이놈을 비자고 사정을 하글래 할 수 없이 이러고 왔는디 으쨌으면 쓰겄소, 이래봐. 그러면 고 양반, 묏등 속에서도 허허 웃음시롱, 이놈아, 일이 그로크롬 되았으면 비어사제 으짤 것이냐, 이러고 선선하게 웃을 것이네. 그 양반이 살아 계실 때 보면 이런 일에는 솔찬히 성근진 양반이라 틀림없이 그럴 것이네."

방호의 늘어진 익살에 모두 웃었다.

"아싸리 인자 툭 까놓고 말인디, 내가 그런 시언찮은 벌목 한나가 아까워서가 아니라, 그것을 비었다가 또 어뜬 놈이 묵어대불면 큰일이글래 이러고 있는 것이여. 나는 시방 그것이 무섭그마. 이것은 모도 알고 있는 일이제마는, 작년 시안에 솔가지 몇뭇 내렸다가 어뜬 제미랄 놈인가는 모르제마는, 어뜬 놈이 도벌했다고 묵어대분 통에 내가 시방 속으로 어뜨크롬 곯고 있는지 그것은 다 모를 것이여. 벌금은 벌금대로 뭄시롱도 술 사고 밥 사고 하니라고, 그때 색갈이 진 것이 시방 쌀로 두 가마니가 다친 데 붓대끼 질어나고 있어. 거그다가 또 이런 일로 걸려놓는 날에는 나는 신세 조지고 말 것 아녀?"

태문이는 이를 앙다물며, '어뜬 제미랄 놈' 대목에서는 주먹을 쥐고 으르기까지 했다.

그러고 보니 그가 여태 버텼던 데는 이런 깊은 속이 있었던 모양이었다. 그때 그것을 먹어댄 것이 질천이라는 소문이 나돌았는데, 소문만 그랬지 그것이 질천이라는 것이 딱히 밝혀진 것은 아니었으나, 그때가 현미기 일로 태문이와 대판 싸움이 붙었던 다음이라 모두 그렇게 믿고 있었다. 그러니까 태문이가 이번에 끝까지 질천이를 물고 늘어진 것은 그때 그 앙갚음이기도 하겠지만, 그도 같이 나무를 베게 해야 뒤탈이 없겠다는 더 깊은 계산이 있었던 모양이었다.

"아니, 이로크롬 동네 다리 놓는 일에까지 허가 없이 나무를 비어서는 안되는가? 그런다 치라면 이것이 말짱 금주에 누룩 흥정 아니라고?"

텃골양반이 지레 겁을 먹는 표정이었다.

"이런 일에도 허가를 내고 비어사 쓰는가?"

외불이가 종수를 건너다보았다.

"이런 일이라고 허가 없이 비어서 쓸랍디여마는, 손발이 맞으면 포도청 들보도 빼온다고, 동네일인께 안 듯 모른 듯 살짝 해불면 으짤라디야 했등마는, 안되는 집 모사에는 계란에도 유골이라고 모도 이래싼게 어디 일이 되겠소?"

"허허, 이러다가는 손바닥만한 동네서 오뉴월 똥 도둑질도 못해 묵겄네."

"젠장, 묵어대기는 이런 일에 어뜬 제미랄 놈이 묵어대? 자기는 저 다리 안 건너댕길 사람이간디?"

"좌우당간, 일을 저질러놓고 봐! 이 동네 사는 사람이면 저 다리 안 건너댕기고는 못 살 것인께 동네 사람덜 전부가 나서서 톱질을 해도 같이 하고 잽혀가는 상관이 있더래도 같이 잽혀가! 만당 간에 나무에 손 안 멜라고 하는 사람이 있은다 치라면 그 사람은 묵어댈 사람으로 알면 될 것이여. 젠장칠 것, 나무 한 토막 비고 징역을 살면 몇년이나 살 것이여? 만당 간에 이런 일에 묵어대는 놈이 있어 가지고 우리가 징역을 살게 된다면, 살고 나와서 저 죽고 나 죽고 사생결단을 내고 말제 그냥 뒤?"

외불이가 기발한 방법을 내놓으면서 지레 한바탕 을러멨다.

허공에 주먹질로 누구에게랄 것 없이 을러메는 소리였으나 아까 하던 말이 있다보니, 낮은 데로 물 흐르듯 주먹 끝이 향하는 곳은 뻔했다.

"젠장, 꼭 누가 묵어대서만 그놈덜이 나오는가? 지난봄에도 뜬 금없이 나와갖고 동네를 한바탕 뿔딱 뒤재주치지 않던갑네."

질천이가 구린 데 가리자는 가락인지 뇌까리고 있었다.

"어뜬 놈이 안 묵어댔으면 지난 시안에는, 그 자석덜이 어뜨크롬 박태문이가 솔가지 내린지를 알고, 쥐새끼 구먹 찾아들대끼, 박태 문이 집이 어디요 하고 물어서 쬐하니 우리집으로 쇳캐 들어왔는 고? 그 자식덜이 눈구먹에다 만리경을 대고 있었을 것이여, 사냥개 라고 솔가지 냄새를 맡고 왔을 것이여? 어뜬 제미 떡을 치다가 꼬 꾸라질 작자가 묵어댔은께 그로크롬 찾아왔제."

이 자식 넌 줄 안다는 투로, 눈알을 부라리며 질천이를 향해 악 을 썼다.

"제미, 으째서 나한테 대고 소락떼긴고? 그것을 내가 묵어댔었 다는 소리여 시방?"

질천이가 발끈했다.

"누가 자네보고 묵어댔다고 했간디? 불낸 놈이 불이여 한다등마 는, 자네 어디가 쪼깐 찔린 데가 있는 모냥이네."

"그런께 묵어댄 놈이 있은다 치라면 고 자석을 찝어내놓고 지지 든지 볶으든지 할 일이제, 관청에서 뺨 맞고 집구석에 와서 지집 친다고, 으째서 동네 회의석상에서 걸레 씹어 묵는 소리로 난리가 난리여? 그래, 이 자리가 시방 태문이 안방인가?"

그럴싸한 명분이 잡히자, 질천이는 사뭇 삿대질까지 하면서 작대기 으르듯 말꼬리를 치켜올렸다. 회의 초판부터 물 위에 기름처럼 떠버려 가뜩이나 자리가 불편했던 다음이라, 이런 공분을 과장해서 발 디딜 자리를 얻어보자는 수작 같기도 하고, 자기의 칙칙한 구석을 그렇게 가려보자는 수작 같기도 했다.

"아따, 그러고 본께 질천이 경오가 시방 튕겨논 먹줄이네. 질천이가 은제부터 회의석상 찾았던고? 부처님 궐 나면 대 설 양반 한 나 나왔네."

"뭣이 으째? 그래, 내 말이 틀려? 회의석상이란께, 회의석상!"

"허허. 얌전하당께는 며누리가 부뚜막에 행감까지 치고 앉네."

"뭣이 으째? 그 소리 한번 더 해보아!"

질천이가 벌떡 일어서며 으르고 나왔다.

"한번 더 해보라고? 그래. 얌전한 며누리가 부뚜막에 행감 치고 앉는다고 했어. 으째? 얌전 부려도 밑구녁으로 보일 것은 다 뵈는구마."

덤빌 테면 어디 한번 덤벼보라는 투로 천연덕스럽게 한술 더 뜨고 나섰다.

"뭣이 으짜고? 밑구녁으로 뵈기는 뭣이 뵈여? 응? 뭣이 뵈난 말이여?"

질천이가 눈알을 부라리며 대들었다.

"밑구녁으로 보이는 것이면 그것이사 빤한디 묻고 있어?"

"저런 제미."

질천이는 태문이한테로 와락 달려들었다. 종수가 잽싸게 끼어들었다. 질천이를 홱 밀어붙였다.

"아니, 시방 왜들 이래쌓소?"

질천이가 다시 달려들려는 것을 더 우악스럽게 밀어붙이며 악을 썼다. 질천이도 고래고래 악을 쓰기는 하면서도 종수의 기세에 그대로 물러서고 말았다.

"허허, 나 별놈 한나 보겠네. 도둑이 매 든다등마는 찔리기는 되게 찔리는 모양이여. 안 좋아, 뒤끝이 안 좋단께. 하늘이 파랗기만 한께 거그가 아무것도 없는 성불러도, 내려다볼 것은 다 내려다보고 있어. 뇌성벽력은 그것이 장난으로 쿵쿵하는지 알어?"

태문이가 노골적으로 나왔다.

"허허, 저런 제미."

질천이가 또 욱하고 일어섰다. 종수가 또 훌쩍 떼밀어버렸다. 아무리 큰소리쳐도 뜨물 먹고 건주정인 줄 다 아는데, 말리는 놈은 그냥 허수아비여서 속없는 줄 아느냐는 역정 끝이라 밀어붙이는 손길이 우악스럴밖에 없다보니, 그 바람에 질천이가 뒤로 벌렁 나가떨어지고 말았다. 그렇게 나가떨어졌으면 손을 잡아 일으켜야 유감 없다는 표시겠으나, 밉직했던 뒤끝이라 그대로 태문이 쪽으로 고개를 돌리며 역정을 냈다.

"당신들이 시방 동네일에 훼방을 놓자고 작정을 한 것이요 뭣이요? 조근조근 이약을 해도 될 일을 가지고 왜들 이 야단이요? 누구는 소리 지를지 몰라서 이러고 있는 줄 아시요?"

질천이는 그 자리에 한참 버르적거리고 있다가 한참 만에 일어나며 독기 어린 눈으로 종수를 노려보았다. 뒤로 나가떨어지며 엉덩이를 찧어도, 하필 똥달뼈 끄트머리가 날캄한 돌 끝에 마쳐 워매하게 뼛속을 찔렀었다. 그 아픔이 골속으로 무지근하게 스며들며 등에서 식은땀이 쭉 흘렀다. 눈에서 불이 날 지경이었으나, 이 판국에 겉으로 내색을 할 수는 없고, 골수로 퍼지는 아픔을 참자니 창자가 꼬일 지경이었다. 한참 만에야 아픔이 구렁이 기어가듯 가라앉기는 했으나, 댓진 먹은 살모사처럼 사지가 늘어졌다. 종수가 뭐라 나불거리는 소리도 귀에 앵겨오지 않고 눈에서 딱정벌레만 오락가락했다.

"다리고 지랄이고 어뜬 놈 나무만 비어봐라. 참말로 칵 묵어대불 것인께."

기어코 심통이 터지고 말았다. 용 못된 이무기 심술만 남는다고, 아무리 발명을 해보았자 이미 내놓은 역적, 어디 배때기에 칼 댈 놈 있으면 나서보라는 발악이었다.

"뭣이 으째라우?"

종수가 질천이를 빤히 건너다보고 있다가 탁 가라앉은 소리로 말꼬리를 치켜올리고 나섰다. 한바탕 붙어버릴 기세였다. 나도 이만했으면 이제 내 길로 한길인데, 달구세끼가 발 벗었으니 항상 오뉴월인 줄만 아느냐는 그런 객기가 넘치고 있는 것 같았다.

"칵 묵어대분단 말이여."

질천이는 이를 악물며 씹어뱉듯 말을 뱉었다. 지금도 엉덩이가 얼얼해서 우선 그 분에 받쳐, 찢어 삼킬 듯이 말마디에 힘을 꼬아넣고 있었다.

"묵어대라우? 왜 이러시요? 부조 않는 나그네가 무슨 배짱으로 교자상은 치요, 치길? 왜 치난 말이여?"

질천이가 말마디에 힘을 꼬아넣던 그 가락으로 종수도 말에 힘을 꼬아넣다가, 마지막은 반말지거리로 말꼬리를 독 오른 뱀 대가리처럼 치켜올렸다.

"이 새끼, 반말이여?"

"반말? 나잇값을 하씨요, 나잇값을 해요!"

"너 이 새끼, 시방 참말이냐?"

종수가 이렇게 나오는 것은 질천이뿐만 아니고 다른 사람들도 좀 의외였다.

"허허, 나 참 기가 맥혀서. 아야, 시방 니가 자라 콧등만한 동네 이장 한나 추껴든께, 그것도 감툰지 알고 세상이 그냥 동전짝만하게 뵈냐?"

질천이는 잔뜩 비웃는 가락으로 따지고 들었다.

"그러요. 자랏골 이장 한번 해보기가 평생소원이더니, 당신 말대로 세상이 동전짝만하게 뵈요. 국회의원 뭣등 지키는 우세 하고 깝죽거리는 사람은 어뜨크롬 뵈는지 아시요? 그 동전짝에 올려논 좁쌀만하그만이라우."

국회의원 뭣등 지키는 우세 한다는 말은 좀 엉뚱한 소리였으나, 복장을 한번 뒤집어놓자니 그런 치사한 구석으로 말이 튀겼다.

"이 새끼를 그냥!"

질천이가 성큼 일어섰다. 종수는 눈썹 하나 까딱하지 않고 그대로 서 있었다. 질천이는 댓바람에 종수 멱살을 틀어잡았다.

"이 주먹만한 새끼, 어디 또 한번 아가리를 놀려봐라."

질천이는 종수 멱살을 바짝 옥죄어 앞뒤로 흔들어대며 을렀다. 종수는 질천이의 우악스러운 힘에 꼼짝을 못하고 질천이가 흔드는 대로 하염없이 고개가 흔들렸다. 사람들이 우 몰려들었다.

사실, 처음부터 종수는 질천이의 적수가 아니었다. 우람하게 발 그라진 어깨판이며, 나뭇등걸같이 힘줄이 선 질천이의 어깨 토막에 비기면 종수는 어느 모로 보나 어린애에 불과했다. 종수가 아무리 한창 물이 오르고 있다 하더라도, 아직 뼈가 무른 갓 스물 애송이였다. 종수와 질천이 사이에 동네 사람들이 끼어들어 두 사람을 떼어놓으려고 했으나, 질천이의 우악스러운 힘에 그 사람들까지 이리저리 밀리고 있었다.

저만치 곰영감이 곰방대를 빼물고, 이윽이 이쪽을 보고 있었다. 눈에 긴장이 피어오르고 있었다. 성큼 일어섰다. 성큼성큼 걸어나와 사람들을 헤쳤다. 그대로 질천이 멱살을 틀어잡았다. 아까 질천이가 종수를 틀어잡던 그런 가락이었다. 질천이가 제물에 종수 멱살을 놓고 말았다.

"요녀러 새끼."

곰영감이 질천이 멱살을 바짝 옥죄었다. 그 손을 위로 뽑아올렸다. 질천이는 용쓰는 독사 대가리처럼 대가리가 하늘로 올라가며 몸뚱이가 늘어졌다. 곤두발을 치며 곰영감 팔을 붙잡았으나, 이미 힘을 쓰지 못했다. 벌겋게 달아오른 질천이의 얼굴에서는 눈알이 튀어나올 것 같았다. 동네 사람들은 이 무서운 광경에 잠시 넋을 잃고 건너다보고만 있었다.

곰영감은 그렇게 질천이 멱살을 치켜들고 있다가 더 어쩌지 못하고 저만치 훌쩍 밀어버리며 으음, 괴로운 신음소리를 흘렸다. 질천이는 보릿자루처럼 풀썩 나가떨어졌다.

영감은 그래놓고 말없이 자기 집을 향해서 곰같이 굼뜬 발걸음을 옮기고 있었다. 곰영감의 가슴속 가장 깊은 데서 비어져나온 것

같은, 그 으음 하는 신음소리의 여운만이 정자나무 밑 어둠 속에
남아 잠시 자랏골 사람들을 누르고 있었다.

3

집으로 돌아가는 자랏골 사람들에게는 곰영감이 질천이를 밀어
붙이며 내뱉었던 으음 하는 신음소리의 여운이 귀곁에 붙어 오래
오래 꼬리를 끌고 있었다. 낮게 새나오는 소리였지만, 가슴속 저 밑
바닥에 깊숙이 눌려 있다가 지층이라도 뚫고 새나오듯 무겁게 울
리는 그 신음소리는 옛날 그 아버지 용골영감의 죽음에까지 이어
지는 음울한 소리여서, 질천이한테 대들던 종수의 당돌하고 독기
어린 행동과 함께 자랏골에 또 한바탕 무서운 회오리바람을 몰고
올 것 같은 불길한 예감으로 가슴을 눌러오고 있었다.

곰영감이 질천이와 무슨 직접적인 원한이 있는 것은 아니지만,
6·25 때 저 묏등 사건으로 죽은 종수 아버지의 의혹에 찬 죽음에는
그 의혹의 한 가닥이 질천이한테 걸려 있었다. 그래서 아까 종수가
질천이한테 대들 때 국회의원 어쩌고저쩌고 저 묏등을 들먹이고
나온 말은, 여태까지 입 밖에 내지 않던 소리라 동네 사람들은 그
소리를 들을 때 섬찟했었는데, 결국 그 티격 끝에 그런 싸움이 붙
었고, 또 영감까지 대들어 그런 음울한 신음소리를 흘리고 보니, 처
참했던 옛날의 사건들이 동네 사람들의 기억 속에서 무슨 악몽처
럼 되살아나는 것이었다.

여기 양문이 묏등이 들어서기 그 앞 해 겨울이었다. 십여년 전에

홀연히 집을 나갔던 이 동네 청년 하나가, 뜻밖에도 덩실한 사각모를 쓰고 대학생이 되어 나타났다. 자랏골 산골에서 코 흘리고 자랐던 놈이 느닷없이 대학생이 되어 덩실하게 사각모를 쓰고 나타났으니, 이것은 간단하게 개천에서 용이 난 정도가 아니었다. 이 고을을 통통 털어 대학생이라고는 이름만 들었지 그 곁에 가본 사람도 없던 판이라, 이것은 너무도 기가 막혀 꿈일까 눈을 비벼볼 지경이었다.

어느날 홀연히 집을 나간 뒤, 일본서 공부한다는 편지가 간혹 온다는 것이었지만, 제나 내나 자랏골 칡덩굴 밑에서 고추에 산골 흙 고물 묻히고 자란 주제에 저라고 별달리 뛰고 나는 재주 지녔을 까닭이 없고 보면, 일본이 어디 주인 없는 물외밭이라고, 불알 두쪽만 차고 나간 주제에 그런 데 가서 제 입 깜냥만 한대도 장하달 것인데, 공부까지가 어림 반푼어치나 당할 소리냐고 모두 콧등으로 흘려버렸었다.

무변낱인 용골영감과는 달리, 그 청년의 아버지 고당(古堂)영감은 식자가 많이 들기는 든 것 같았지만, 원체가 입이 뜨고 점잖아 아들 얘기에도 이렇다저렇다 말이 없다보니, 그게 다 여자들 입에서 흘러나온 소리라 동네 사람들은 더 신용을 안했었다. 그랬던 그가 떠날 때만큼이나 또 홀연히 동네에 나타나면서 말쑥한 쎄일러복에 날렵한 망또를 걸치고, 대궐 처마귀같이 덩실한 사각모를 머리에 얹고 나타나자, 처음에는 모두 어리벙벙해서 한참 동안 입을 벌리고만 있었다. 너무나 황홀하고 얼떨떨했다. 얼굴에는 옛날 코 흘리개 때의 모습이 그대로 남아 있기는 했으나, 자라나는 얼굴이라 십년 세월이 짧지 않아 어른으로 크게 둘려, 설면설면하기도 하고 또 사각모와 양복이 헌병이나 관리들의 그것같이 거기서 풍기는 위풍이 썰렁하기도 해서 얼른 손을 잡고 반기기에는 도무지 살갑지가 않았다. 십년 전 코 흘릴 때의 정분이면 그대로 쫓아가서 끌어안고 살을 비비며 반긴달 수도 있었으나, 그 십년 동안에 변해버린 그 훤칠하고 의젓한 외모만큼 그 속살도 그렇게 고고해졌다면 자랏골 촌놈들을 쉽게 손 맞잡아 반겨줄 것인가 싶은 생각에, 남의 집 사위 보듯 저만치 엉거주춤 서 있을 수밖에 없었다.

그런데 배워도 사람이 옳게 배워 그러는가, 집집마다 드나들며 어렸을 때의 그 곱살하던 품으로 깊숙이 고개 숙여 다소곳이 인사를 하고 다니는 것이 아닌가? 양복쟁이기로는 그 무시무시하던 헌병이나 관리들과 한가진데, 그런 양복쟁이의 큰절을 한 자리씩 받게 된 자랏골 사람들은, 어디 용상에라도 덜렁 올라앉은 만큼이나 오지고 황홀해서 어쩔 줄을 몰랐다. 이런 기막힌 대접에 도무지 어수선하기만 해서 경황없이 맞절로 고개를 마구 주억거리다가, 덥석 손을 끌어쥐고 흔들면서 감격해 마지않았다.

“워매, 그런께 시방 자네가 이것이 먼 일이란가?”

나뭇등걸같이 우악스러운 손으로 보드랍고 따뜻한 대학생의 손을 움어잡으며, 그냥 입에 오르는 대로 단조로운 몇 마디 감탄만을 두번 세번 되풀이할 뿐, 무슨 그럴싸한 인사말을 격식 찾아 하는 사람은 한 사람도 없었다. 곁에서 코 흘리고 자랐던 놈이 한다는 대학생이 되어가지고 이렇게 나타난 것만도 내 일같이 오지고 고마운데, 그 대학생한테 사람대접으로 그렇게 인사를 받고 나자, 자랏골 사람들은 그것만으로도 여태까지 양복쟁이들한테 죄 없이 당하고 살아오던, 그 한없이 억울하던 것의 반분은 풀리는 것 같아 그들은 제 살이라도 깎아줄 듯 들떠버리고 말았다.

고당영감도 평소에 별로 잔감정을 내보이지 않던 태도와는 달리, 이날따라 한껏 신명이 나서 노상 벙글거리며, 그달음으로 돼지를 한마리 눕혀 동네에 한판 큰 잔치를 베풀어 아들의 금의환향을 자축했다.

그 김태율(金泰律)이란 대학생이 지금 종수로서는 큰아버지인데, 그때 종수 아버지는 열두어살 어린애였다. 그런데 그때까지도 동네 사람들은 잘 모르고 있었지만, 고당영감과 용골영감은 둘이 다 동학군에 가담해서 크게 활약을 하다가 쫓겨 이 자랏골에 숨어들어와 살고 있던 사람들이었다. 둘이 다 전봉준 장군 막하에서 너무 이름이 나게 활약을 했던 사람들이라, 당호(堂號)나 택호(宅號)는 물론 변성명까지 한 채, 세상에는 더 눈을 돌리지 않고 그냥 덤덤한 자랏골 사람들로 깊숙이 묻혀 살고 있었다.

그들은 그런 난리 속에서 쫓겨오면서도 어지간히 살 마련을 해왔던지, 특히 고당영감은 그것이 훨씬 나중 일이기는 했지만, 논도 여남은마지기 사고, 집도 하나 귀가 바른 기와집을 지었다. 그러고나서 나중에는 자기 아버지 산소까지 옮겨왔었다.

"될성부른 나무는 떡잎부터 알아본다고, 놈이 어렸을 적부텀 보통 놈이 아니것다 했등마는, 영락없그마."

"개천에서 용 난다는 말이 있기는 하제마는, 그것이 말인게 쉽제, 이 숭악한 산골 칡더울 밑에서 저런 큰 인물이 날 줄이사 세상에서 뉘 아들놈이 꿈이나 꿨냔 말이여."

막걸리잔에 거나해진 자랏골 사람들은 감탄과 칭찬에 침이 밭았다.

"그런께 자랏골 정기는 저놈이 시방 몽땅 타부렸그마. 몽망골 즈 그 조부 뫼가 그것이 지대로 자리를 잡아 앉은 모냥이여?"

"맞네. 죽은 양풍(梁風)이 생겨묵은 빠두가 불 맞은 족제비 상으로 곰상스럽게 생겨 그러제, 쇠 한나는 지대로 났던 것 같어."

"작자가 입이 재재바르고 생긴 것이 그래서 알아주들 안했제, 속에 든 식자야 그것이 보통 식자였간디?"

칭찬 끝이 엉뚱하게 죽은 풍수한테로 돌아갔다.

"법과람서? 그라면 대학을 졸업한다 치라면 판검사나 군수 한나는 떼어논 당상이그마. 허허, 참말로 사람이랏 것이 살기는 오래 살고 볼 일이여."

일일이 자리를 찾아다니며 한잔씩 쳐준 술잔을 읂어받으며, 이 자랏골에서 판검사나 군수가 나올 환상에 지레 신명이 났다.

"빌어묵을 것, 쥐구녁에도 볕 들 날 있더라고, 자랏골에서 판검사나 군수가 나기만 해보아라. 우리도 잣것, 한 쭉지 피고 산다."

"암은, 원앙산 그늘 관동 팔십리 간다고, 이 동네서 그런 인물이 한나 난 담에사, 일본놈덜도 즈그덜이 여그다 사정을 두제 안 두고는 못 배길 것이여."

"옛말 그른 것 보았간디? 본시 큰 나무 덕은 못 봐도 큰사람 덕은 보는 법이여."

자랏골 사람들은 이 사나이가 몇달 뒤에 몰고 와 이 자랏골을 한바탕 휘몰아칠 폭풍은 꿈에도 생각하지 못하고, 가지 돋은 사령으로 어사 덕분에 큰기침할 것에만 지레 신명이 나서, 김칫국에 모지랑 노랑 수염들을 쓰다듬으며 웃음소리들이 한결 호들갑스러웠다.

그런데 노루잠에 개꿈으로 속절없는 한때의 헛꿈이었을망정 자랏골 사람들은 정말 오랜만에, 다리 아래 굽실거리기만 하던 허리를 펴고, 비록 기분으로나마 남 앞에 변변히 나서볼 자기 모습을 한번씩 상상해보았었다.

자랏골 사람들은 헌병이나 관리들한테만 굽혀 살고 산주들한테만 매여 사는 것이 아니라, 아무 상관이 없는 이웃 동네 사람들한테도 그렇게 굽혀 살았다.

고당영감이나 용골영감처럼 세상 시세에 밀려 세상의 눈을 꺼려 숨어 들어와 사는 사람들은 좀 다르지만, 자랏골 사람들은 거개가 지금 판돌이처럼 거지부처 발 닿는 대로 떠돌아다니다가 아무데나 그럭저럭 머무느라면, 그런 사람들끼리는 쉽게 정이 붙기 마련이어서, 박복한 놈 어디 가면 비단 깔린 청산이 기다리랴, 슬며시 뿌리를 내린 사람들이라, 족보는 고사하고 가승(家乘) 하나 알뜰하게 갖춘 집이 없다보니 어디 가서 누구하고 통성명을 하더라도 뼈다귀 줄기 따지는 대목에 이르러서는 갈데없이 곤쇠아비동갑일 수밖에 없고, 더구나 발 뻗은 데가 남의 선산 그늘이라 이름까지 내놓은 산지기다보니, 나가나 들어오나 젊어도 소승 늙어도 소승, 주억거리는 것이 고개고 굽실거리는 것이 허리였다.

우리는 양반의 끗댕입네 하고 거드름을 부리는 이웃 동네 사람들도 그길로 길속을 알아 촘촘히 가닥을 추려보면 돝 팔아 한냥, 개 팔아 닷돈으로 그렇게나 한냥 반의, 그런 명색뿐인 어쭙잖은 참봉 나부랭이거나 아전 지치레기들일 것이 뻔한데, 그런 뼈다귀를 뒤져 반촌민촌으로 반상을 가르고, 더구나 자랏골은 그런 민촌 중에서도 숭악한 상것들이나 사는 데로, 어쩔 때는 말까지 탁탁 반말로 부질러내릴 때가 있었다.

고당영감이 식자가 들었다고는 하지만, 지금도 숨어 살다시피 하는 판이라 새삼스럽게 갓 망건 챙겨 쓰고 출입할 염은 당초에 없는 것 같고, 하여간 자랏골 생긴 이래 누구 하나 의젓하게 바깥출입해본 사람도 없고, 감투라고는 향청 머슴놈 짚벙거지 하나도 빌려 써본 사람이 없는 판에, 이 고을에서 세상 개명하고 첫 대학생이 이 자랏골에서 덜렁 나버렸으니, 동네 사람들은 한동안 어디를 다녀도 발이 땅에 붙는지 흙에 붙는지 모르게 들떠버리고 말았다.

그런데 그런 헛꿈만 한껏 부풀게 하느라고 그랬던지, 그가 온 며칠 뒤에 자랏골 사람들로는 상상도 못할 엄청난 일이 한 장면 벌어져 십년 묵은 체증이 대번에 삭아질 지경이었다.

일이 묘하게 되느라고, 그 대학생이 와 있는 어느날, 헌병 하나가 보조원 둘을 달고 칼집 끝에 서릿발을 일으키며 자랏골에 나타났다. 죄지은 것 없이 이미 반은 죽을상으로 자랏골 사람들이 샛노랗게 질려 있는데, 놈들은 언제나 그러듯 이 집 저 집 쓸고 다니며, 술이면 술, 생솔가지면 생솔가지, 닥치는 대로 뒤져 수첩에 이름을 적었다. 신 신은 발로 방이고 마루고 그대로 밟고 다니며 건듯하면 뺨을 갈기고 발길질이었다. 뺨이야 그까짓것 내놓은 뺨이니 때앗하고 나서 아픈 게 가시면 그만이었지만, 술이나 솔가지로 이름이 적히는 날에는 벌금이나 징역으로, 없는 살림에 들고 날 판이라, 어른 아이 할 것 없이 김칫국 채어 먹은 거지 떨듯 손발을 떨었다.

옆구리에 시퍼런 칼을 철걱거리며 널도깨비 갈밭 헤매듯 한참 그렇게 서슬을 번득이고 쏘다니다가, 이건 꼭 월천하다 사또 만난 꼴로 난데없는 대학생과 딱 부딪치고 말았다.

그 집이라고 다를 것이 없어, 가죽장화 신은 그대로 미친개 걸레

씹어발기듯, 방이며 마루를 휘젓고 나와 마룻장을 꽝꽝 구르며 고함을 치다가 얼핏 고개를 돌리는 순간이었다. 이게 뭔가. 마당에 느닷없는 대학생 하나가 덜렁 버티고 서서 이쪽을 노려보고 있지 않은가. 읍내에 다녀오는 길이었던지 훤칠한 대학생 정복을 하고 있었다. 헌병놈들은 잠시 넋이 나간 꼴이었다.

"나니까(뭐야)?"

여태 헌병을 노려보고만 있던 대학생은 헌병의 뺨이라도 갈길 듯 다가서며 깡 고함을 질렀다. 헌병은 뭐라 대답을 하지 못하고 겨우 마루에서 내려서고 있었다. 태율이는 헌병을 향해 마구 삿대질을 하며 호령호령이었다. 신으로 손가락이 오가는 것이 신을 신고 마루에 올라간 것을 닦달하는 소리 같았는데, 일본말로 내갈기는 소리라 자랏골 사람들은 노래청에 든 귀머거리 격이었지만, 알아듣지 못하는 소리라 청산유수로 들렸다. 아니, 화가 나서 치는 호령이라 청산유수가 아니고 장마 뒤에 쏟아지는 폭포소리 같았는데, 칼끝 같은 삿대질이 모자와 신발로 오르락거리며 쏟아지는 호령소리가, 이것은 포도대장 나졸 닦달도 아니고 그냥 도리깨로 태질하는 꼴이었다. 그러나 헌병은 한마디도 대거리를 하지 못하고 고개를 떨군 채 고양이 앞에 쥐 꼴도 아닌 자세로 다소곳이 서 있었다.

자랏골 사람들은 울타리 구멍에 족제비눈으로 숨을 죽이고 붙어서서, 경황 중에도 난놈은 저러는가 기가 막히기도 하고, 아무리 대학생이라지만 그래도 일본 헌병놈을 저렇게 무섭게 닦달을 했다가 뒤가 무사할 것인가, 바직바직 간이 밭으며 입안에서 침이 타고 있었다.

헌병놈은 걸레처럼 기가 죽어 나중에야 뭐라고 한마디씩 말주벅을 하는 것이었으나, 그때마다 태율이는 더 꽝꽝 고함을 질렀는데, 도대체 평소에는 생사람 오한 들게 하던 저 무지한 헌병놈의 그 서릿발 같던 서슬이 찬물에 묻 꼴이어서, 저놈들도 기가 죽기로 하면 저러는가 어이가 없을 지경이었다.

태율이는 한참 개 패듯 닦달을 하고 나더니, 이번에는 어린아이 등 어르는 가락으로 뭐라 조근조근 이르는 것 같았다. 놈들은 그제야 살았다는 표정으로 고개를 주억거리며 사뭇 하이, 하이를 연발하더니, 이름 적은 수첩 갈피를 그 앞에서 북 찢어버리고, 모자에다 손바닥을 착 올려 쪼개지게 경례를 하고 돌아서는 게 아닌가.

놈들은 그 시퍼렇던 서슬이 도무지 걸레가 되어 동네를 빠져나가는 것이었는데, 갓 쓴 망신이듯 칼 찬 망신이라 추렷하기가 뚝비 맞은 장닭이었다.

자랏골 사람들은 생시에도 상상을 못하고 꿈에도 상상을 못했던 이런 기막힌 광경에 그냥 멍청하게 서서 헌병들이 저 아래 산굽이를 돌아간 한참 뒤에까지 그대로 멍청한 표정이었다. 울타리에 붙어 모둠 방망이질하던 가슴만이 아직도 벌떡거리고 있었다.

그날 저녁, 사랑방과 목롯방은 그냥 참새 볶아 먹은 꼴이었다.

"아무리 대학생이라고 하제마는 세상에 맥을 못 추어도 그로크롬 맥을 못 추까? 괭이 앞에 쥐새끼가 그럴 것이여? 그 보조원놈은 먼 데서 봐도 뒷다리가 달달달달 떨리더란 마시."

"뒷다리만 떨렸간디? 멀리서 들어도 태가지 떠는 소리는 쥐새끼 천장 쏘는 소리여."

"태가지 떠는 소리가? 에끼."

"어어, 저 사람이 시방 서울 가본 사람을 이길라고 그러네."

"아무리 그런다고 태가지 떠는 소리가 세릿 팍까지 들린단 말이여?"

헌병이 당하는 것을 직접 본 사람들은 그런 기막힌 구경을 했다는 것이, 마치 서울 임금님 얼굴 본 것만큼이나 옹골지고 기막힌 일이어서, 구경을 못해 감질이 난 사람들에게 마치 요술방망이라도 놀리듯 이야기를 부풀릴 대로 부풀렸다.

"태가지고 뭣이고 그 상판때기는 또 어쩌고? 뒈진 놈 상판때기가 그로크롬 흴 것이여?"

"그러고 보면 그 자석덜 바지에 똥이나 안 쌌는가 몰라?"

"가만있자, 그로크롬 말을 해서 듣고 본께, 그 보조원놈 걸음걸이가 쪼깐 수상한 것 같그마."

"맞네. 그 자석 걸음걸이가 어그적어그적하는 것 같었어."

"그런께 자네도 그로크롬 보았어? 그 자석 영락없이 바지에다 똥 싸 담았그마. 허허. 나 혼자만 그로크롬 봤으면 영락없이 거짓말이라고 하겠네. 하하하."

"아니, 그로크롬 바지에다 똥을 싸놓았으먼 꼴이 그것이 먼 꼴이었을 것이여?"

"그런께 그 자석들이 어른은 참말로 옳게 한번 만났그마."

"어른? 어른도 그냥 어른이 아녀. 호랭이 잡아묵는 담비가 있다 등마는, 그 자석들 꼴랑지를 한번 내리기로 한께 이것은 그냥 살았달 것이 없데."

"그러제마는 아무리 그런다고, 그로크롬 사죽을 못 쓰까? 즈그덜 상전도 아닌디?"

"저 사람이. 자네 시방 뭣을 알고 하는 소린가, 모르고 하는 소린가. 이 사람아, 대학생인께 넬모레먼 즈그 욱에 상전도 한참 쳐다보아사 보이는 두 곱 시 곱 상전이여."

이 소문은 삽시간에 이웃 동네까지 퍼졌다. 그 기막히고 신바람나는 이야기를 자랏골 사람들만 알고 말기에는 너무도 아까워, 어떤 사람들은 달리 무슨 볼일도 없으면서, 때 묻은 두루마기 자락에 비파소리를 일으키며 일삼아서 윈데 동네로 소문 파발을 놓고 다녔다.

헌병 보조원은 바지에 똥을 싸서 하는 수 없이 동네서 핫바지 하나를 얻어 입고 똥 싼 바지는 싸들고 갔다는 식으로 과장되어, 대학생 났다는 소문과 함께 근동을 떠들썩하게 했다.

사또 덕에 큰기침으로 대학생 바람에 자랏골 사람들이 이렇게 한창 우쭐해 있을 때, 청천벽력 같은 소문 하나가 나돌았다. 고당영감이 일본으로 이사를 가려고 살림을 몽땅 내놓았다는 어이없는 소문이었다. 자랏골 사람들은 닭 쫓던 개 꼴이 아니라, 가슴속에서 꽈당 기둥이 무너지는 것 같은 소리를 들으며 손발에 맥이 풀리고 말았다.

그런데 자세한 소문 내막을 살피고 나니 멍청하게 있을 수 없는 더 어이없는 사건이 뒤따르고 있었다. 고당영감의 집이며 살림, 그리고 논밭 일습을 읍내 양문이가 샀다는 게 아닌가. 고을을 울리는 양문이가 어디 살 데가 없어서 자랏골로 이사 올 까닭은 없고, 산직답이고 산직집일 것은 물을 것도 없는 일인데, 여기서 동네 사람들의 관심은 그가 묘를 쓰면 어디다 쓸 것인가로 쏠렸다. 그것은 옛날부터 고당영감 대밭이 명당자리라서, 양문이가 그것을 자기한테 팔라고 간혹 사람을 넣어온다는 소문이 있었기 때문이었다.

양문이는 그 묏자리 하나에 오백석을 주겠다거니, 삼백석에 읍내다 논밭을 또 여기 있는 만큼 사 얹어주겠다거니, 별의별 조건을 다 내놓으며 고당영감에게 사람을 보내온다는 것이었다. 고당영감이 그런 소문을 낱낱이 내는 것이 아니어서 확실히는 알 수 없는 일이었으나, 하여간 그 일로 사람을 넣어오고 있었던 것은 사실이었다.

그러나 그때마다 고당영감은 사람 사는 동네 가운데다 묏등을 쓰겠다는 것이 어디 당할 소리냐고 되레 호령을 한다는 것이어서 동네 사람들은 고당영감의 그런 처사를 아주 통쾌하고 고맙게 여겨오고 있던 참이었다.

오백석이 어떻고 삼백석이 어떻고 하는 소리는 고당영감의 그런 통쾌한 처사를 더 돋보이게 하기도 하고, 또 그 자리가 그만한 명당이라는 사실을 과장하기 위해서 누가 살을 붙여 한 이야긴지는 모르지만, 하여간 양문이가 오래전부터 이 묏자리에 눈독을 들이고 있었고, 또 그때마다 고당영감이 퇴짜를 놓아오고 있었던 것은 사실이었다.

"돈이 아니라 금덩어리를 쏟아놓아도, 동네 가운데다 묏자리 폴아묵을 허욕은 없은께 두번 다시 그런 맹랑한 소리는 입밖에 내지 말라더라고 하시요. 사람 사는 동네 가운데다 송장을 눕히겠다는 소리가 내 귀에는 총한 정신 가진 소리로 안 들려!"

방 안에서 이렇게 흘러나온 소리를 그 집에 일 갔다가 들은 사람이 있었다.

이런 고당영감이 그것을 양문이한테다 팔았다니 도대체 알 수 없는 일이고, 더구나 고당영감이 일본으로 이사 간다는 소리부터가 너무 갑작스럽고 엉뚱해서 자랏골 사람들은 얼른 믿어지지가 않았다.

아들이 그만큼 출세를 했으니 이런 험한 산골 촌구석에서 사람 사는 데로 떠난다면 얼핏 그럴 법할 것도 같았으나, 아들은 그렇게 되어 이미 자랏골 사람이 아니니까 그런다손 치더라도, 오래도록 정붙여 살던 곳을, 더구나 늙은 말년에 훌쩍 떠나기가 빈 밥상 물리듯 그렇게 쉬울 것인가 싶지 않았기 때문이다.

더구나 자랏골 사람들이 그를 믿고 의지하며 살던 것이 친 살붙이에 비겨 덜할 것이 없던 터라 그가 여기를 떠난다는 것만으로도 그에 더 섭섭할 바가 없는데, 자기 안 먹는다고 침 뱉는 격으로, 동네 가운데 묏자리까지 팔고 간다면 사람 인정이 이에 더 야박할 수가 없었다.

사람이 살다보면 저저금 자기 형편이 있는 것이어서, 사세가 그렇다보면 그런 형편 좇아 떠날 수도 있는 것이니 거기까지 인정에 막히랄 수는 없는 것이지만, 떠나는 뒤끝이 이래서는 인정도 아니고 도리도 아닐 것 같았다.

어찌 됐든 자랏골 사람들은 부러진 내막을 알고 싶어 안달이었으나 고당영감은 그 소문이 나고부터 아프다는 핑계로 집 안에 깊숙이 틀어박혀 얼굴을 내놓지 않았다. 태율이는 이틀거리로 재를 넘어 다니는 것 같더니 해동할 무렵 온다 간다 말이 없이 동네에서 사라져버렸다.

자랏골 사람들은 일이 일이다보니 모여 앉으면 그 공론이었는데, 여기저기서 흘러나온 이야기를 모아보면 그 소문은 거개가 사실이었고, 또 묏등 들어앉을 자리는 대밭 내놓고는 갈 데가 없었다. 고당영감 평소의 인품으로 보아 대밭에 묏자리만은 동네 생각해서 달리 무슨 마련을 했을는지도 모른다는, 혹시나 하던 기대마저 무너지고 말았다.

그것이 확실한 소문인가는 모르지만 읍내에서 넘어오는 소문을 들어보면 무려 오백석을 주었다는 것인데, 논이 열서마지기에 밭이 열마지기, 그리고 집이 끼여 있기는 하지마는 거기에 묏자리가 안 끼고야 아무리 돈 많은 양문이라 하더라도 돈 주체 못해서 그 많은 돈을 떠맡겼겠느냐는 것이어서 더 따지고 자시고 할 것도 없었다.

그런 소문이 나고 얼마 후에 말로만 듣던 양문이가 말을 타고 재를 넘어왔다. 지금은 팔십객 쪼그라진 영감이지만 그때는 한창 팔팔한 사십대 장년이어서, 알맞게 기름기가 흐르는 얼굴에 금테안경의 훤칠한 풍신을 말 잔등에 얹고, 말발굽 소리도 요란스럽게 자랏골에 들어섰다. 먼저 대밭부터 한번 살펴보더니 동네를 한바퀴 돌아본 다음 의젓하게 말 머리를 돌리는 것이었다. 동네 사람들은 사또 행차 구경하듯 먼발치로만 양문이의 거동을 멍청하게 건너다보고 있었는데, 양문이의 그 당당한 위풍에 눌려 강아지새끼들도 꼬리를 사리고 울타리 뒤에서 짖었다.

묏자리와 동네를 둘러보고 돌아서는 양문이의 그 당당한 위풍은 마치 자기의 군사들이 점령해놓은 새 영토를 순수(巡狩)하고 돌아가는 제왕의 자태 그것이었다.

소문으로만 떠돌던 이야기들이 발등에 불덩어리로 떨어지고 있음을 실감했다. 여기다가 송장을 눕힐지 썩은 뼈다귀를 묻을지 모르지만, 아무리 그것이 명당이고, 또 양문이라 하더라도 전에 고당 영감이 했다는 말마따나, 사람 사는 동네 가운데다 묏등을 쓴다는 것이 도무지 총한 정신 가진 처사가 아닐 것 같은데, 이미 만만해서 넘보아온 말뚝 자리였으니 이제 남은 일은 메둥이질뿐인 셈이었다. 사실, 양문이의 그 거동을 보고 나니 그쯤 거드름이면 자랏골쯤 동네 가운데가 아니고 뉘 집 안방에라도 묏등을 쓰고 말 것 같게 보였다. 금테안경 너머로 내려다보이는 자랏골 무지렁이들쯤이야 칠월 참새 열쭝이만큼도 안 보일 것이고, 불강아지 무녀리만큼도 안 여겨질 것이니, 그런 놈들 동네 가운데면 어떻고 또 안방인들 대수랴 싶을 것이었다.

"그 영감이 큰소리치고 앉았다고 하글래 우리도 한 양반 모시고 사는구나 했등마는, 그런께 그 양반이 맘은 걸걸해도 왕골자리에 똥 싸 뭉개고 앉았던 것이그마."

"놈의 염병이 내 고뿔만 못하다고 하제마는 그래도 사람 인심이 이럴 수가 있어."

"다 저저금 이익 추리면 그만이제, 나가는 년이 물 질어놓고 나가고, 남의 동네 세간살이 걱정까지 하고 나갈 것이여?"

이 동네서 대학생 났다는 것으로 들떴던 것이야 남의 풍장 맛에 날장구 치려는 것이었으니, 그것이야 누구를 탓하고 자실 일이 못되었지만, 떠나는 인심이 이러다보니 핀잔 끝이 거칠어질 수밖에 없었다.

그러나 겉으로 하는 그런 핀잔 뒤에서 자랏골 사람들은 저마다 따로 올깃한 꿍꿍이속이 하나씩 있어, 뒷전에서는 눈빛을 빛내며 그 궁리에 몰두하고 있었다. 벼락은 이미 떨어진 벼락이고 보면, 그

86

산지기 끗이나 어떻게 한번 잡아볼 수 없을까 하는 생각들이었다. 사실은, 이 소문이 처음 났을 때부터 몇 사람은 이미 고개는 덩덩 한 곳에 얹어 끄덕여도 속살로는 그런 쪽으로 침을 삼키고 있었다.

논이 열서마지기에 밭이 그렇고, 또 자랏골에서는 저것 하나가 집 꼴이다 하게 네 귀가 반듯한 기와집까지 얹혀, 그것이 몽땅 한 목으로 공중에 떠서 주인을 기다리고 있는 셈이니 자랏골놈으로 거기에 입침을 흘리지 않는다는 놈이 있다면 그것은 개자식이었 다. 재주라고는 두더지 사촌으로 땅 뒤지는 재주밖에 없고, 기왕에 내놓은 산지기, 새삼스럽게 울 막고 살 것도 없었다. 더구나 산직 답과 산직집이 그런 것도 그랬지만, 산주가 이 고을을 쩡쩡 울리는 양문이다보면, 자랏골 산중놈으로는 그렇게라도 세도 그늘에 한번 얹히고 싶은 것이 또다른 달콤한 구미로 입맛을 당기게 하는 일이 었다. 빌어먹어도 정승 집에서 빌어먹으랬다고, 들고 나면 초롱꾼, 메고 나면 상두꾼, 기왕 찢어져서 언청이로 내놓은 산지기일 바에 는 그런 세도 그늘에라도 가려야 솔가지 하나라도 무슨 관청 상관 이 있는 날에는 사정이 있을 것이기 때문이었다.

밑져야 본전으로 어떻게 염정이라도 한번 들여놓고 볼 일이어 서, 자랏골 사람들은 양문이한테 댈 줄을 잡기에 정신이 없었다. 개 똥참외도 먼저 맡는 이가 임자라고, 마음은 바쁜데 정작 줄을 대보 자니, 양문이까지는 지체가 너무 아득해서 아무리 궁리를 해보아 야 자랏골 사람들은 한 다리를 걸쳐도 거기까지 줄을 댈 길이 아득 했다. 꾀죄죄한 산골 촌놈 주제꼴을 하고, 그런 집에 우죽우죽 찾 아들어 그런 어마어마한 사람과 그런 어마어마한 이야기를 입밖에 내서 말을 걸어볼 생심은 처음부터 꿈도 꿔볼 수가 없었기 때문에 중간에 사람을 넣어야겠는데 아무리 둘러보고 쳐다보아도 그럴 만한 사람이 쉽지 않았다.

모두가 산골 너구리 사촌으로, 이웃 동네 사람과는 구정물 한 방울 튀어간 연이 없고, 그런 데와는 변변한 혼사 하나 맺어본 연이 없는 사람들이었다. 오다가다 낯익힌 사람 가운데 혹시 그 동네 사람은 없었던가, 혹시 양문이 친척 가운데 닭마리나 싸들고 가면 우리 같은 촌놈들과 통정을 할 수 있는, 외로 빠진 양문이 친척붙이라도 만만한 사람이 어디 촌구석에 박혀 있지 않을까, 여러가지로 궁리를 하다가 그래도 읍내 사람이라면 그런 길속으로야 산골 촌놈들보다 낫겠지 싶어, 그런 일로라면 광주 생원 첫 서울로, 무작정 읍내를 향했다.

잘해야 소돼지 팔 때 낯익힌 거간장이나, 단골로 다니는 술집 주인, 좀 의젓하다는 것이 어쩌다가 신세진 적이 있는 대서방 영감 정도였는데, 그래도 읍내서 굴러먹은 사람들이라면 그런 길속으로는 들은 것이 있어도 귓구멍이 도자전 마룻구멍일 것이고 궁리가 터져도 자랏골 촌놈들보다는 시원스럽게 터질 것 같아 우선 그런 집에부터 닭꾸러미를 디밀면서 의논을 했다.

지금 텃골양반 아버지 덕재영감은 더러 약초를 캐다 팔아 낯이 익은 약방이 하나 있어 그 집을 찾아갔다.

"그런 일이 있었던가? 양문이라면 내 말 괄시 못할 처지제. 다른 데 맞춘 데만 없은다 치라면 그런 것이사 별반 어려운 일이 아닐 것이여."

말이 너무 쉽게 나오는 바람에 덕재영감은 잠시 어리둥절했다. 그러다가 다시 상투가 땅에 닿도록 머리를 굽실거리며 이 일이 성사만 되는 날에는 그 은혜는 평생 잊지 않겠다고 몇번이고 같은 말을 되풀이했다. 정말 그렇게 되기만 하는 날에는 그 은혜를 평생뿐만 아니라 죽어서까지도 잊지 않겠는데, 입으로 하는 말만으로는 그 간절한 뜻이 제대로 전해지지 않는 것 같아 안타까울 지경이었다. 그러나 그 간절하고 뼛속에서 우러나는 자기 마음을 달리는 전할 길이 없어, 은혜 잊지 않겠다는 소리만 두번 세번, 맏딸 이바지 짐에 쑥떡 괴듯 눌러 괴며 고개를 주억거렸다. 영감은 그때마다 염려 말라고 장담이 땅이 꺼졌다.

이 약방영감은 평소에 말이 좀 헤프고 자발이 없었으나 덕재영감은 그 장담을 애써 믿으며, 오늘 저녁에 당장 가보겠으니 안심하고 돌아가서 기다리라는 약방영감의 말에 그저 황홀하기만 해서 수없이 고개를 주억거리고 돌아왔다.

덕재영감은 약방영감의 그 말만 듣고도 일이 이미 된 것같이 신명이 나서, 오동나무 보고 춤추는 격으로 미리 막걸리부터 한잔 걸치고 두루마기 자락에 바람소리를 일으키며 세상이 온통 자기 것인 것 같은 기분으로 재를 넘어왔다.

그런데 그날만도 동네 사람들이 여럿 나들이를 했다는 마누라의 귀띔이었다. 덕재영감은 약방영감을 믿기는 하면서도 마음이 달아 안절부절못했다. 자랏골 사람들은, 나뭇짐 지고 나가는 것을 내놓고는 알뜰하게 어디 따로 나들이할 데가 없는 것은 제나 내나 뻔해서, 바깥출입이라면 발 닿을 데는 한곳으로 환했다.

동네 사람들이 이렇게 술덤벙물덤벙, 팔 대군에 일 옹주로 산신제물에 메뚜기 뛰어들듯 나대고 있으니, 아무리 약방영감 장담이 땅이 꺼졌어도 덕재영감 마음은 청산에 매 띄워놓은 기분으로 도무지 차근하게 마음이 잡히지 않았다. 동네 사람들이 저마다 있는 궁리 없는 궁리 다 짜서 그럴싸한 사람을 하나씩 골라, 부들언치 겉언치로 구슬려서 양문이 집에 보낼 것이니 마음이 달아오를 수밖에 없었다.

덕재영감은 저녁 내내 물레방아 궁리만 굴리고 있다가 창이 빼꼼하자 벌떡 일어나서 잠을 설친 빨간 눈에 고양이 세수를 하고 새벽같이 재를 넘어갔다.

"될성부르그마."

"되, 될성불러요?"

무릎이라도 끌어안을 듯 다가앉으며 되물었다.

"이삼일 뒤에 보자고 하는디, 하여간 그 사람 내 말이라먼 쉽게 괄시를 못할 처진께 일은 되고 말 것이네."

"이삼일 뒤라고요?"

"일이랏 것이 그렇게 쐬엄의 불 끄대끼 되는 것이 아녀."

"예예, 그저 영감님만 믿고 있습니다."

이삼일 뒤라니 어째서 이삼일 뒤까지 물려놓고 있는가, 그것이 궁금하지 않을 수 없었으나 기왕 내맡긴 송사를 놓고 닷 곱에 참녜서 홉에 참견, 일일이 다그치고 나섰다가 혹시 비위짱이라도 건드릴까 조심스러워 그저 샌님 거동이나 구경하고 있을밖에 없었다.

이삼일 뒤라는 어정쩡한 소리를 듣고 나니 더 좀이 쑤셔 견딜 수가 없었다. 이삼일 뒤라는 시간이 이삼년 뒤보다도 더 아득하고 멀어서 그것이 평소에 쉽게 말하던, 그런 두세 밤 뒤로 느껴지지 않았고, 또 그때 보자는 이야기도 날아가는 구름장에 치부해놓은 것 같기도 했고, 꿈에 땅 마련한 것 같기만 해서 도무지 무슨 짐작으로 가늠이 앵겨오지 않아 안타까웠다. 안심하고 집에 가서 기다리고 있으라고 했지만 안심하고 집에 박혀 있을 일이 따로 있지, 이런 엄청난 일을 놓아두고 방구석에 처박혀 있을 수가 없었다. 다음 날도 새벽같이 집을 나섰다.

언제 쓰자는 하눌타리며, 잉어 낚는 데 곤쟁이가 아까우랴, 애꿎은 닭장만 뒤져 닭꾸러미를 챙겨들고, 풀방구리에 새앙쥐 드나들 듯 재를 넘어 약방영감 집을 드나들었다.

그런데 새벽부터 나서는 것은 그만큼 좀이 쑤시기도 해서지만 남의 눈을 그렇게 긋자는 것이기도 했는데, 그렇게 읍내에 당도하고 보면 늘 그것이 이른 식전이어서, 손에 든 것이 있다고는 하지마는 그렇게 일찍 남의 집에 들어서기가 그것이 사랑방일망정 잔뜩 굽혀드는 터수로서는 만만찮기가 사돈네 안방이었다.

이렇게 굽혀들고 조여 앉아 애를 태우며 기다려 그 사흘이 되었다. 그런데 약방영감은 아직도 시원한 대답을 못 얻어낸 눈치로 또 이삼일 뒷물림이 아닌가.

도대체 덕재영감은 간이 받아 견딜 수가 없었다. 동네 사랑방에를 나가, 다른 사람들은 어떻게 일을 하는가 시치미를 떼고 말끝 돌아가는 것을 살펴보았으나, 모두가 골패짝 쥔 눈으로 되레 이쪽 눈치를 떠보려 했다. 부러 객쩍은 소리를 이죽거리며 남의 속살을 뽑아보려고 슬슬 봐돌며, 겉으로는 웃음소리들이 호들갑스러웠지만 속에서는 불꽃이 이글거리고 있어 이럴 때 함부로 끼어들었다가는 이쪽 속만 뽑히고 말 것 같았다.

씨암탉까지 훑어내버린 덕재영감은 이제 더 꾸려갈 닭도 없었지만 고산강아지 감 꼬챙이 물고 나서듯 닭꾸러미만 디밀기도 멋쩍어, 나무를 한 짐씩 져다 부려주기도 하고, 그 집에 가서 장작을 패주는 등 집안일까지 거들어주며, 양반은 글 덕 상놈은 발 덕 아니더냐고 그저 수굿하게 부지런히 드나들며 자기가 할 만한 일이면 진일 마른일 가리지 않고 거들었다.

남자들이 이러는 사이, 여편네들은 여편네들대로 한몫, 급하면 부처님 다리 안는다고 뒤꼍에다 정화수를 떠놓고 북두칠성이건 부처님이건 아무한테나 골백번이고 절을 했다.

그런데 며칠 만에 양문이한테 갔던 약방영감이 두루마기 자락에 날파람을 일으키며 들어서더니 이리 들어오라고 성화였다. 덕재영감은 미리 가슴이 멎었다.

"일이 되았어. 되았은께, 묏등을 쓰는 날까지는 입 딱 봉하고 가만히 있어. 암, 양문이가 내 말을 괄시할 것이여?"

약방영감은 지레 신명이 나서 야단이었다. 너무 간절했던 일이라 막상 일이 됐다고 들으니 정말 되었는지 얼른 믿어지지가 않았다. 덕재영감은 약방영감이 설레발을 치는 곁에 눈만 말똥거리며 한참이나 멍하니 앉아 있었다.

"하여간 입을 딱 봉하고 묏등 쓰는 일에 협조를 혀! 내 말이 무슨 말인가 시방 알겠제? 여편네한테도 말을 해서는 안돼!"

"예예, 암은요, 여부 있겠습니껴."

덕재영감은 아직도 자기가 양문이 산지기로 들어간다는 것이 실감이 되지 않아, 그저 건성으로 예예 소리를 하고 있었다.

덕재영감은 그 기막힌 말을 듣고 발이 땅에 붙는지 공중에 붙는지 모르게 재를 넘었다.

입을 놀리지 마라. 암, 그래사제. 그래사 쓰고말고. 세상일이란 것이 혀끝 하나 잘못 놀리면 사람 목숨도 왔다 갔다 하는 것이거든. 옳은 소리여, 옳은 소리. 암, 옳은 소리고말고. 어흠, 논이 열서마지기에 밭이 열마지기, 땡그르르 소리나는 기와집은 그것이 또 뉘 것이냐?

덕재영감은 주막에서 술을 한잔 걸쳤다. 너구리 굴 보고 피물 돈도 내어 쓰는 것, 막걸리가 아니고 소주를, 안주까지 돼지 족통으로 하나를 뜯고 나서 황홀하고 덩덩한 기분으로 재를 넘었다. 한잔 걸치고 나니 예사 때는 그렇게 팍팍하고 지루하던 잿길이 누운 소 잔등 넘기였다.

너무도 옹골지고 황홀하고 꿈이어서 깨어질까 싶게 가슴에 한아름 뻑적지근한 기분을 도무지 혼자는 주체할 길이 없었다. 재 꼭대기에 올라서서 자랏골 안통을 내려다보니 자랏골 안통이 전부가 내 것같이 느껴져 이만하면 평양감사가 어떤 것인지는 모르지만, 그런 놈도 눈 아래 조카 같고, 도대체 이 기분을 혼자만 안고 있어야 한다는 것이 기가 막혔다. 이리저리 서성거리다가 자발없이 혼자 한번 땅재주를 넘어보기도 하고, 꿈이거든 지금 깨지라고, 짚세기 신은 발로 생돌멩이를 하나 냅다 걸어차보기도 했다.

집에 오니 여편네가 오늘도 몇번이나 몽망골 잿길을 쳐다본 뒤였던지 어찌 되었느냐고 눈을 밝히며 달려들었다. 그러나 덕재영감은 그냥 웃기만 할 뿐이었다. 자네도 서방 하나 잘 맞은 덕에 말년 신수가 훤하게 폈네 하며 와락 부둥켜안고 싶었으나, 아까 그렇게 여러번 이르던 약방영감 말이 아니더라도 큰일에 여편네 끼어 제대로 되는 일 있더냐는 생각을 가다듬은 다음이라, 그렇게 함부로 속살을 내보일 계제가 아니던 것이어서, 커엄, 자꾸 삐져나오

려는 웃음을 거두며, 제법 거드름이 붙은 기침을 뱉어 짐짓 여편네
앞에 위의를 갖추었다.

밥상머리에 앉아서도 여편네는 전 같지 않은 태도에 말을 좀 하
라고 안달이었으나, 엉뚱한 딴전을 피워 소웃음만 간혹 한번씩 웃
어놓고, 안달이 난 여편네를 뒤로하고 이번에는 며칠 만에 동네 사
랑방으로 써억 나서보았다.

자랏골 천지가 그냥 한눈 아래인 기분이라 여기서도 제법 큰기
침을 하면서, 그러나 한쪽으로는 시침을 떼고 들어섰다. 그런 눈으
로 자랏골 사람들을 내려다보니, 하나하나 얼뜨고 좀스럽기만 해
서 모두가 눈 아래로 조카같이만 보였다.

그런데 그 주제꼴들을 하고도 모두가 무엇이 좋아 그런지 웃고
벙글거리는 것이어서, 그것이 더 만만하게 보였다. 이래서 인생은
다 제 잘난 맛에 사는 모양이라고 생각하며 동네 사람들을 둘러보
고 있었는데, 어찌 된 일인지 산지기 염으로 나들이를 하고 왔음직
한 사람들이 하나같이 그렇게 저마다 가슴속에 꽃봉오리를 따 담
은 표정으로 벙글거리며, 웬만한 소리에도 웃음소리가 방뼈가 욱
신거리게 호들갑스러웠다. 며칠 전의 엉큼하던 눈빛들은 찾아볼
수가 없고 모두가 춘풍에 능수버들같이 느긋한 표정들이었다. 덕
재영감은 뭐가 좀 이상하다는 생각이 들었으나, 약방영감의 그 찰
떡 같던 말이 다시 떠올라 안심을 했다. 모두가 언청이 퉁소 대듯
제 깜냥으로들 줄을 하나씩 대고 나서, 또 제 좋을 대로들 생각을
하고 저러거니만 싶어 덕재영감은 속으로 혼자 웃으며, 날은 좋아
웃는다마는 동남풍에 잇속 그을리는 줄이나 알라고 혼자 배를 쓸
며 시치미를 떼고 앉아 있었다.

94

그런데 여기서도 지금 곰영감 병열이를 비롯한 젊은 축들은 동네 가운데다 묏등 쓴다는 것에만 지금도 눈꼬리를 치켜세우고 주먹을 으르고 있었다.

"지가 양문이면 양문이제, 사람 사는 동네 가운데다 송장을 눕혀?"

"송장을 눕힌다먼 지금 당장 묏등을 쓰는 것이 아니고, 지 애비나 누가 죽기를 지달렸다가 묏등을 쓴다는 소린가?"

"아녀. 전에 죽은 즈그 어매 뼉다구를 파다가 윙긴다는 것 같어."

"하여간 송장이고 뼉다구고, 지 애비 콧잔등에다 묏등을 앉히고 말제, 그래 거그가 어디라고 동네 가운데다가 묏등을 쓰냔 말이여?"

"그 새끼 시방 자랏골놈들 보기를 쥐새끼 무녀리만치도 못 보는 모양인디, 쓸라먼 한번 써보라고 해. 그 묏등이 제대로 남아난가 으짠가 구경이나 하게."

"그런디 요새 가만히 본께, 양문이 산지기 딸라고 모도덜 짚세기 죽이나 닳아지등마."

"덩덩한께 굿인지 알고, 장에 쑤염 난 놈은 다 제 할애비로 모시고 양문이 집에 드나듬시롱, 털도 없이 양문이 앞에서 부얼부얼하는 모양인디, 그것이 그로크롬 쉬울란가 모를 일이여."

"그런디 가만히 들어본께 줄을 댔다는 양반마다 너도 한나 나도 한나, 떡 쪼가리를 한나쓱 들고 넘어오는 모냥 같은디, 손쓰는 잔치에 쑥떡 쪼가리도 아니고 그것이 산지긴다 치라면 결국 한 사람일 것 아녀? 그런디 너도 오냐, 나도 오냔다 치라면 그 집 산지기가 몇이 될 것이여?"

"하하. 그러고 보면 부자놈이라 산지기를 두어도 대여섯 놈 둘모냥이네. 그러면 나도 낼은 쌀쌀 한번 나서볼까?"

"한 여편네가 두 서방 두었다는 소리는 들었어도 한 묏등에 산지기 여럿 둔다는 소리는 가다가 인자 한번 듣네. 하하."

"사돈네 잔치에 보리개떡도 다 몫이 있는 것인디, 그런께 그놈의 잔치가 미친년 서방 맞추는 것도 아니고, 술 취한 놈 달걀 포는 것도 아닌다 치라면, 거그는 다 놀놀한 딴속이 있는 모냥인디, 모도 시러베장단에 호박국 끓이고덜 있그마."

"철 그른 동남풍에 늦은 밥 묵고 파장 갔다 와서 기분들 내지 말고 일찌감치 생수 자시고 맘들 잡어."

덕재영감은 귀가 번쩍했다. 약방영감을 떠올렸다. 땅이 꺼지는 기분이었다. 입 다물고 있으라는 당부를 너와 나만 알고 있자는 은근한 통정인 것으로 한껏 미덥게 여겼더니 바로 거기에 무슨 꿍꿍이속이 있는 게 아닌가 싶어, 어찌 된 셈판인지 어리둥절하지 않을 수 없었다.

동네 사람들이 양문이 욕설을 퍼부을 때는, 제아무리 그래보아야 거목에 낫 걸기고 향청 머슴놈 싸리비 걸머메고 나서는 얼뜬 수작들로 보여 속으로 콧방귀를 뀌었던 것인데, 양문이 수작이 이렇게 나타나고 보면 이게 다 맹물에 헛배만 부른 꼴이 되고 말았다. 손발에 떡심이 풀려 산지기 염의 몇 사람은 턱 떨어진 강아지 지리산 쳐다보듯 핀잔하는 동네 사람들 입만 쳐다보고 있었다. 그러나 쉽게 미련을 버릴 수는 없었다.

그런데 양문이가 묏등 일을 시작한다는 소문이 넘어왔다. 그 소문과 함께 일을 시작하기 전에 동네 사람들한테 술을 한판 낸다는 것이었다. 모두 고당영감 집으로 와달라고 했다. 부잣집 잔치답게 중돝을 한마리 눕혔다는 것이다.

그때까지 고당영감은 전혀 바깥출입을 안하고 집에 틀어박혀 있었는데, 소문만 그렇게 아프다고 낸 것이 아니고 정말 많이 아프다는 것이었다. 아무도 만나본 사람이 없고 그 집 사람들도 초상난 집안 사람들처럼 말이 없었지만, 약방 출입이 잦은 것으로 보아 병세가 심상치 않은 모양이었다.

잔치 수발은 동네 여인네들이 했다. 거기서 나대는 여편네들을 보니 산지기 염이 있는 사람들이 누구누구인가 환했는데, 덕재영감 마누라를 비롯해서 대여섯명의 여편네들이 자기 집에서 그릇을 가져온다, 김치를 퍼온다, 거기서도 시새움이 불을 튀겼다.

이런 한편에서는 젊은 축들이 동각에 버티고 서서, 양문이 술 먹는 놈이 누군가 봐야겠다며 시퍼런 도끼눈으로 버티고 있었다.

"주는 술인께 묵고 보제."

"그런 더런 술을 묵어라우? 그것이 시방 쓸개가 있는 소리요?"

덕재영감한테 병열이가 시퍼렇게 대들었다.

"술이사 그것이 깨끗하고 더러운 술이 있으리라고? 큰애기 성복(成服) 술도 묵는 것인디, 멀쩡한 공술을 안 묵어? 허허."

덕재영감은 농으로 어물쩍 넘기려고 했다.

"아무리 공술이라고, 간 빼갈라고 등치는 술을 먹는단 말이요?"

"간을 빼가기는 뉘 간을 빼가고, 등을 치기는 또 뉘 등을 친다고 그래쌍고?"

"동네 가운데다 송장을 눕힌다는 것이 그러면 존 일이라 이 말이요?"

"자기 땅에다 자기 묏등 쓰는디 우리가 으짤 것이여?"

"허허. 그새 양문이 산지기 다 됐소그랴. 맞춰논 사우도 초례청에 들어봐사 그 집 사우여라우. 그래, 동네가 시방 망조가 드는디, 내 이곳만 추리면 그만이란 소리요?"

덕재영감과 이렇게 티격을 하는 사이, 동네 사람들은 하나씩 빠져 양문이 술자리로 가서 붙고, 동각에는 주먹 쥔 젊은 축들을 비롯해서 여남은 사람만 남고 말았다.

얼마 전까지만 해도 이런 소리를 하면, 속이야 어느 쪽으로 두었건 그래도 한마디씩 맞장구를 치는 눈치더니, 정작 이편이냐 저편이냐로 갈라지는 길목에 이르자 월천꾼에 난쟁이 빠지듯 하나둘 뒷구멍으로 새나가고 말았다. 산지기 줄을 대고 있는 사람은 물론, 그렇지 않은 사람들도 어지간한 사람은 그쪽으로 붙었다.

양문이 같은 세도라면 일은 이미 글러버린 것, 웃고 살자 해서 오란 것인데 그런 사람이 내민 손을 당겨서 뿌리칠 것이 무엇이냐는 생각들인지 몰랐다. 젊은 놈들이 한때 혈기에 철없이 설치지만, 양문이가 누구라고 결기 부려보았자 버마재비 수레바퀴에 달려드는 것이지, 그게 될 법이나 한 소리냐는 생각이기도 하고, 더구나 돼지까지 잡아 동네에 잔치를 붙이는 것이, 손 내미는 호의로는 사람대접이 방불하다 싶기도 한데다가, 또 걸걸한 판이라 발길이 음식 끝으로 당기기 마련이었다.

"나는 이공도란 사람이요. 여그다 묏등을 쓸라고 하는 이선생으로 치면 나는 집안 아재비뻘 되는 사람인디, 그 이선생이 오늘 여그 나와갖고 인사를 드릴라고 했습니다마는 불시에 일이 생겨서 시방 내가 이러고 대신 왔소."

이공도란 작자는 한껏 거드름이 붙은 뽄새로 이렇게 운을 떼고
나서 커엄, 뜸을 한번 들인 다음 다시 계속했다. 양문이는 같잖은
촌것들, 막걸리나 한잔 찌클어주었으면 되었지, 돼지까지 잡아 하
는 대접에 귀하신 몸이 나갈 것까지야 뭐 있겠느냐는 배짱으로 다
른 사람을 보낸 것인지 모를 일이었다.

"이것은 이선생이 다 전해달라는 말씀입니다마는, 자기도 여그
다가 논밭을 사고 부모를 모시게 되었은께 이선생도 자랏골 사람
이 된 것이나 진배없으니 서로 한동네 사람으로 지내자 해서, 그
인사로 이런 자리를 만든 것입니다. 세닢 주고 집 사고 천냥 주고
이웃 산다고, 인자부텀 이웃사촌으로 지내자는 뜻이니 박주 일배
나, 별반 차린 것은 없제마는 이런 일에 꼭 걸어야 정일 것도 아니
고, 술은 충분하니 이것을 다 이선생의 성의로 아시고 많이 드시기
바랍니다."

이공도는 생긴 것하고는 달리 구수하고 살가운 말마디가 횃대에
동저고리 넘어가듯 했다.

"그런디, 듣자 하니 동네 가운데다 묏등을 쓴다고 쪼깐 뭣하게
생각하는 사람들이 한두 사람 있는 것 같은디, 인간 만사란 것이
다 생각 나름입니다. 생각 나름일 것이, 우리 동네에 와보신 이가
있으시면 보았을 것이요마는, 이선생 바로 담 절에는 적잖이 묏등
이 세 봉산이나 있습니다. 그것이 있어 기분이 안 좋다면, 그래도
이 고을에서 이양문이라고 하면 괄시할 사람이 없는 처진디 그것
을 그냥 두고 말겠소? 하기사 따지고 보면, 자기 땅에다 자기 묏등
썼는디 내 기분 상한다고 으짤 것이요마는, 말을 하자니께 그런다
이 말입니다. 하여간 이선생도 이 동네 사람이 되었은께 서로 도울

일이 있으면 돕고 협조할 일이 있은다 치라면 협조를 해감시롱 살
도록 합시다. 이선생이 분주한 사람이기는 하제마는, 호랑이도 자
식 난 골에 두남둔다고, 요로크롬 한번 연을 맺은 다음에사 이 동네
에 먼 일이 있은다 치라면 그냥 손 개얹고 보고 있든 않을 것이요.”
　촌놈들 귀에 달콤한 생색 일성으로 끝을 맺었다. 동네 가운데다
묏등을 쓴다는 것도 그렇게 따져놓고 보니 별일이 아닌 것 같았다.
사실, 그 동네 양문이 집 옆에는 묏등이 있기도 했다. 그러나 그 집
보다는 훨씬 낮은 데 비켜 있어, 그 묏등으로 해서 집터가 눌린다
거나 하는 것은 전혀 아니었기 때문에 여기의 경우와는 처음부터
비교가 되지 않았다. 이공도는 그런 엉뚱한 예를 들어 비위가 상하
면 양문이가 누구라고 그냥 두었겠느냐, 허나 남의 묏등을 어쩌겠
느냐, 녹비에 가로왈로 앞뒷벽을 쳐서 은근한 공갈을 놓았다. 아재
비 못난 것 조카 장물짐 진다고 친척붙이 그늘에서 이런 일이나 맡
아 하게 생겨먹은 이공도는 낯짝이 빤지르르하게 생긴 것부터가
촌놈들 구슬리는 데는 이력이 나 있게 보였다.
　동네 사람들 가운데 어정쩡하게 생각하는 사람들 쪽에서 생각하
면, 이공도란 작자 하는 말마따나 만사가 생각 나름이니, 나야 내
땅에 묏등을 쓰든 죽을 쓰든 상관 말라면 그럴 법도 할 것 같았다.
그렇게라도 동네가 양문이 같은 사람과 연을 맺어놓으면 큰사람
덕은 보는 법이니, 내 밥그릇에서 밥을 떠가는 손해만 아니라면 그
쯤 마음을 누그리고 서로 좋자는 대로 얼려 사는 것이 좋을 것 같
기도 하고, 또 세상 사는 것이 서로 좋은 게 좋을 것인데 이렇게 술
까지 내면서 살갑게 나오는 사람한테 침 뱉고 돌아설 법이 있겠느
냐 싶기도 했다.

100

이렇게 술자리가 어느만큼 어우러지는 것을 기다렸다가 이공도는 한마디 부탁을 했다. 내일부터 대밭을 치겠다며 동네 사람들이 모두 나서서, 동네에 울력 났다 생각하고 하루쯤 품을 내주면 양문이가 대단히 감사하게 생각할 것이라고 했다. 묏등 쓰는 것을 부당하게 여기는 쪽에서 따지면, 안뒷간에 뒤 보려고 안아가씨더러 거적문 열어달라는 소리였으나, 모셔들이기로 작정하는 쪽에서 보면, 기왕 맞아들일 때는 손잡아 맞는 것이 인사가 아니겠느냐고 할 수 있었다. 굴풋하던 판에 푸짐하게 막걸리를 한잔씩 마시고 난 사람들은 그렇다 마다 해야고 맞장구를 치고 나왔다.

그런데 바로 등 뒤에 날벼락이 기다리고 있었다.

"이 쓸개 빠진 놈덜, 느그덜 콧잔등에다 묏등을 쓰겠다는디, 말 한마디 못하고 술만 넙죽넙죽 퍼마셔? 그래도 좆 한나 찼다고 사내 새끼들이냐? 양문이 술 한잔이면 양문이한테 니놈덜 여편네 사타구니도 쩍쩍 벌려줄텨? 이 굼벵이만치도 못한 놈덜. 내일 어느 놈이고 일 나가는 놈만 있어봐라. 다리몽댕이를 분질러 앉혀놀텨!"

용골영감이 정자나무 밑에 어슬렁거리고 있다가 간 떨어질 소리로 호령을 했다.

"한 놈이라도 나가는 놈이 있기만 해봐!"

영감은 뚝배기로 개 패는 소리로 산을 쩌렁쩌렁 울렸다. 막걸리잔에 얼굴이 불콰해서 헤벌럭거리며 나오던 얼굴들이 대통 맞은 병아리 꼴이 되고 말았다. 영감은 한바탕 호령을 해놓고 어슬렁어슬렁 자기 집으로 사라져버렸다.

용골영감이 이렇게 성을 내는 것을 자랏골 사람들은 생전 처음 보았다. 동네일에 이런 간섭을 하고 나선 것도 처음이었다. 고당영감 말고는 누구하고 깊이 혀 달아 이야기하는 법도 없고, 항상 밭 둑에 돌부처로 동네 사람들과는 언제나 저만치 혼자이던 영감이었다. 돌부처같이 그 크고 둔한 몸집 속에 자기 혼자만의 외따른 세계를 따로 하나 안고 있는 것같이 항상 말이 없었는데 그 혼자인 세계가 너무 깊이 안으로 닫혀 있고, 또 그가 거느린 분위기가 너무 무겁고 두꺼워서, 동네 사람들은 그 곁을 지나면서도 인사할 것을 깜박 잊는 수가 있을 지경이었다. 아이들은 그 영감이 나타나면 그가 지나는 길을 멀찍이 내주면서 영감을 멍청하게 쳐다보고 있기가 십상이었는데, 그것은 영감이 무서워서라기보다 그가 거느리고 있는 분위기가 꼭 돌부처의 그것이어서 사람같이 느껴지지 않기 때문인지 몰랐다.

고당영감과는 달리 식자는 든 것이 없었지만, 그 우람한 허우대며 힘 쓰는 것이 보통 장정 몇 곱이어서, 그대로 옛날이야기에 나오는 힘센 장사를 연상시켰다.

그런데 어디서 어떻게 흘러나온 이야긴지 그 집에는 대대로 물려온 보검이 한 자루 있다는 소문이 동네 사람들 귓속말을 타고 퍼져, 그를 보는 눈에 한층 두려움을 더하게 했다. 자루와 칼집은 온통 누런 황금인데, 거기에 보석이 별처럼 박혀 있다거니, 칼의 크기가 사람의 키만큼 크다거니, 그 칼의 생김새에 대해서만도 이야기가 구구했다. 영감은 그 칼을 가지고 밤중에 산으로 가서 칼연습을 한다는 소문도 있었는데, 그 칼이 어찌나 잘 들던지, 공중에 한바탕 휘둘러 바위를 치면 바위가 동강이 나고, 나무를 치면 나무가 무토막같이 동강이 나서, 아름드리나무가 제자리에서 한바퀴 빙그르 돌다가 넘어진다고 하기도 했다. 이렇게 보통 칼이 아니라, 나라에 큰일이 나면 다락 속에서 웅웅 울기 때문에 이따금 제를 지내 달래기도 한다는 것이었다.

병열이한테 넌지시 물어보면 병열이는 모른다고 고개를 저었는데, 그것은 절대로 그런 칼이 집에 있다는 것을 입밖에 내지 말라는 조상 전래의 엄명이 있기 때문이라고 수군거렸다. 어떻게 난 소문인지 알 수 없으나, 그런 칼이 있다는 소문과 함께 그 주변 이야기도 그럴싸해서 그런 이야기를 할 때마다 동네 사람들은 놀란 눈으로 고개를 끄덕였다. 언젠가는 집안에서 이 칼을 쓸 만한 큰 장수가 하나 나올 것이니, 그때까지는 아무나 섣불리 힘을 쓰지 말고 칼을 지키고만 있으라는 선조의 유언이 있다는 것으로, 용골영감이 저렇게 힘이 세기는 하지만, 아직 그 칼을 쓸 만한 후손이 못되기 때문에 이 자랏골에 묻혀 사는 것이라고, 무슨 옛날이야기 같은 소문이 나돌고 있었다. 그런데 그가 묻혀 살아도 꼭 이 자랏골에 묻혀 사는 것은 여기가 그런 장수가 하나 날 만한 곳이기 때문이라고 하기도 했다.

그런데 자랏골 사람들은 그 용골영감이 제대로 힘을 쓰는 것을 꼭 한번 구경한 적이 있었다. 동네 가운데로 흐르는 도랑의 돌다리가 장마에 무너져, 그것을 고치느라고 장정 서넛이 지렛대를 대고 끙끙거리고 있었다. 마침 그 곁을 지나던 영감이, 그 돌부처같이 항상 굳어만 있던 얼굴에 보일락말락 미소를 띠더니 장정들을 비켜세웠다. 도랑에 대가리를 처박고 꿈쩍도 않던 바위에 영감의 손이 닿자 거짓말처럼 밀려올라가 제자리에 앉아버렸다. 영감은 또 여태 못 보던 표정으로 손을 털고 나서 허허 한번 공허하게 웃고 지나가버렸다. 젊은 축들은 넋 나간 표정으로 영감의 뒷모습만 보고 있었다.

　그러니까 영감은 그때 꼭 한번 사람들이 보는 앞에서 힘을 쓴 셈인데, 지금은 그 이야기보다 정자나무 밑의 큰 들돌을 머리 위로 훌훌 넘겼다는 엉뚱한 얘기가 그가 힘 썼다는 이야기로 전해지고 있었으나, 영감이 그런 맹랑한 짓으로 힘자랑을 했을 턱이 없고 보면, 그것은 중간에서 누가 지어낸 이야기였을 것이다. 지금도 그 돌다리는 동네 한가운데 놓여 있는데, 크기로 비교하면 큰 들돌 두세 배가 너끈했으니, 그 무게를 비교하면 그런 이야기가 꾸며져 나올 법도 했고, 또 실제로 들었다면 머리 위로 넘겼을지도 모를 일이었다.

　하여간 이렇게 산속 깊숙이 웅크리고 있던 호랑이가 으르렁거리며 동네로 튀어나온 꼴이 되고 말았으니 자랏골 사람들이 새파래질밖에 없었다. 더구나 산지기 염이 있는 사람들은 그 사이에 끼여 어떻게 처신을 해야 할 것인가 암담했다.

4

　다음날 아침 용골영감은 호랑이 상판을 하고 나와서, 얼씬거리는 놈이 있으면 정말 다리몽둥이를 분지르고 말겠다는 서슬로 대밭 주위를 어슬렁거렸다. 어슬렁거리고 있다가 이번에는 차근히 거기 낮은 담돌 위에 올라앉아 곰방대를 피워 물었다. 동네 사람들만 그렇게 닦달을 하는 것이 아니라, 양문이가 넘어오면 그를 붙잡고 한바탕 결판을 내고 말지 모른다는 생각에 동네 사람들은 겁을 먹었다.

드디어 양문이가 말을 타고 넘어왔다. 양문이의 훤칠한 풍신 뒤에 이공도란 작자도 어깨판을 벌리고 들어섰다. 동네 사람들은 모두 담구멍에 족제비눈을 하고 숨을 죽이고 있었다.

양문이는 대밭을 한번 둘러보았다. 그런데 어제 약속했다는 것과는 달리, 근처에 어리친 강아지새끼 한마리 얼씬거리지 않자 어리둥절한 표정이었다. 자기들이 오면 북단(北壇) 거동에 보군진(步軍陳) 몰리듯 동네 사람들이 모두 나와 자기들을 맞이할 줄 알았다가, 되레 빈집 같은 냉기에 살기마저 풍기고 있으니 어리둥절한 모양이었다. 이공도는 양문이 앞에서 어쩔 줄을 몰랐다.

두 사람은 남의 집에 든 것같이 썰렁한 눈으로 주위를 살피다가 용골영감과 눈이 부딪쳤다. 찔끔하는 표정이었다.

영감은 쇠눈 같은 퉁방울눈을 뒤룩거리며 양문이를 건너다보고 있었다. 영감을 멍청하게 건너다보고 있던 양문이와 이공도는 놀란 눈을 서로 한번 맞대고 나서 다시 한번 주위를 돌아보았다.

울타리 구멍의 자랏골 사람들은 숨이 멎을 지경이었다. 더욱이 산지기를 약속받은 사람들은 간이 탔다.

양문이와 이공도는 뭐라 귓속말을 주고받으며 영감을 힐끔거렸다. 영감은 눈을 돌려 저만치 허공에 띄우고 곰방대만 빨고 있었다. 양문이와 이공도는 뭐라 말을 하기는 하면서도 그 표정이 노래지고 있었다.

산지기를 약속받은 사람들에게는 이 순간이야말로 살고 죽기가 달린 순간이었다. 여기서 뛰쳐나가 양문이한테 붙어야 산지기를 딸 것 같았다. 동각 뒤 울타리에 몸을 숨기고 있던 덕재영감도 손발이 달달 떨리고 있었다. 앞으로 나서려고 마음을 사려먹었으나 얼른 발이 떼어지지가 않았다. 덕재영감은 안간힘을 썼다. 이판사판, 다리몽둥이를 분지르든 배를 따든 하라고 저승 문턱 넘는 각오로 성큼 앞으로 나섰다. 순간, 어디에 박혀 있다 나오는지 서너 사람이 덕재영감 뒤를 따라 양문이 곁으로 나섰다.

"오셨습니껴?"

양문이한테 고개를 주억거리는 것이었으나, 목덜미를 등 뒤의 호랑이한테 내맡긴 사람들이라 얼굴빛이 사색인데다 다리가 달달 떨리는 사람도 있어, 제정신이 아닌 게 누구의 눈에도 환했다.

양문이는 사세를 알아차릴 만큼 알아차린 눈치였다. 그들의 인사는 받는 둥 마는 둥 하고, 그들과 용골영감을 한번 번갈아 보더니 빙그레 웃음을 짓고 나서 말 잔등에 성큼 몸을 올려놓았다. 두 사람은 가타부타 말이 없이 재를 넘어가버렸다.

양문이의 그 여유만만한 표정을 본 자랏골 사람들은, 일이 한번 터져도 크게 터질 것 같은 불안에 싸여 쥐 죽은 듯 조용한 속에 하루 동안 눈알을 말뚱거리고 있었다.

다음날, 양문이는 자기 동네 장정들을 여남은명 몰고 넘어왔다. 말 탄 양문이를 선두로 힘꼴이나 써 보이는 십여명의 장정들이 들이닥치자 동네 사람들은 가슴이 철렁했다. 그 기세로 대밭이 아니라 용골영감부터 요절을 내는 것이 아닌가 겁이 났다. 그러나 그것은 일을 너무 무섭게만 여겨 넘겨 가진 생각이었고, 양문이는 그저 담담하고 차근하게 일을 시킬 뿐이었다. 이공도만 좀 겁먹은 표정으로 자꾸 뒤를 돌아보았고, 그 동네 장정들은 영문을 몰라 그러는지 서로 농을 주고받으며 대를 자르기 시작했다.

어제 나섰던 동네 사람들도 이왕에 어제 호랑이한테 내맡겼던 목숨이라, 그 배짱으로 그런지 그 동네 장정들과 얼려 일을 하고 있었다.

그런데 오늘은 용골영감이 얼른 나타나지 않았다. 양문이 동네 장정들한테 묻혀 일하는 자랏골 사람들은 일을 하면서도 목덜미가 스멀스멀한지 자꾸 뒤를 돌아보는 것이었으나, 용골영감은 나타나지 않았다. 그 일에 끼어들지 않은 동네 사람들은 울타리 밑이나 담 밑에 엉거주춤 서서 장정들이 일하는 것과 용골영감 집 골목을 번갈아 보고 있었고, 동네 아이들도 겁먹은 표정으로 자꾸 용골영감 집 골목을 돌아보는 것이었으나 영감은 나타나지 않았다. 영감이 집에 숨기고 있다는 그 무시무시한 칼을 휘두르면서 산이 무너지는 고함소리를 지르고 튀어나올 것 같은 환상에 가슴이 조이는 것이었으나 영감은 쉽게 나타나지 않았다.

대가 자꾸 넘어지고 있었다. 대가 잘리고 넘어지는 소리만 누에 뽕잎 먹는 소리로 사각사각 가슴을 갉아가는 긴장 속에서 무거운 시간만 안타깝게 흘러가고 있었다.

대밭 한쪽이 훤하게 깎여졌다. 영감은 그때까지도 얼굴을 내밀지 않았다. 해가 중천에 오르고 대밭이 반나마 깎여져 동네 한가운데가 마치 상투라도 밀어올려가는 꼴로 민틋하게 살을 내놓고 있었으나 영감은 나타나지 않았다. 해거름에 손을 놓을 때까지도 영감은 얼굴을 내놓지 않았고, 다음날 마지막 대가 잘려 끝내 맨대가리가 되고 다시 대뿌리를 파기 시작하는 것이었으나 영감은 끝내 그림자도 비치지 않았다.

한바탕 큰 난리가 날 것 같은 긴장이 풀리자, 동네 조무래기들은 양문이가 타고 온 호마 곁에 모여들어 말 구경이나 했고, 어른들은 한 사람씩 일갓에 얼씬거리며 쉴참을 먹을 때면 한 사발씩 막걸리를 얻어 마시기도 했다.

나중에 들어보니 고당영감이 그날 저녁 용골영감을 불러 갔다는데, 아마 그때 섣불리 나서지 말라고 일렀는지 모를 일이었다.

양문이는 부지런히 재를 넘나들며 일을 채근했는데, 대뿌리를 맨 마지막 잔뿌리까지 걷어내고 나서 아래쪽으로는 석수장이까지 데려다가 곱게 석축을 하는 한편, 떼도 고운 것으로만 골라다가 비단결같이 묏벌을 입혀갔다.

동네 사람들은 이미 용골영감은 다리 부러진 장수로 잊어버리고 산지기를 약속받은 사람들 말고도 한두 사람씩 나서서 일을 거들기도 하고, 그 곁에 엉거주춤 서성거리다가 술참 때만 되면 으레 그럴 걸로, 자기 일 하던 사람들까지도 술통 곁으로 모여들었다.

동네 사람들을 얼려가면서 하자는 일이어서 그런지 부잣집치고는 처음부터 활수하는 편이어서 먹새가 그만큼 푸졌던지, 여기 오는 사람이면 누구한테나 술잔이 고루 돌아갔다. 이 새 저 새 해도 먹새가 제일이라, 항상 가난한 자랏골 사람들의 주린 창자로는 건너다보니 절터요 찌그르르하니 입맛이라 발길이 음식 끝으로 뻗을 수밖에 없었는데, 내리 열흘 동안의 술판이 엔간한 잔치보다 푸짐해서 자랏골 사람들은 살다가 때를 만난 기분이었다.

병열이를 포함한 몇몇 젊은이들만 끼어들지 않았을 뿐, 날마다 술참 때만 되면 합덕 방죽에 줄남생이 늘어앉듯 막걸리 옹배기 곁에 늘어앉아, 이런 일에는 덩덩해야 좋은 그런 판으로 양문이 일발을 돋워주고 있었다. 나잇살이나 한 축들은 막걸리잔에 거나해지면 곰방대 밑의 모지랑 노랑 수염을 쓰다듬으며, 이 묏자리 좌향이 어떻고 형국이 어떻고 멍첨지 맹자왈의 명당론 일성으로 주제에 매화타령들이 또 만발했다. 그러다가 누가 큰기침만 해도 용골영감이 아닌가 찔끔해서 대밭 속 참새떼처럼 숨을 죽였다.

그런데 이삼일 뒤로 다가선 천장(遷葬)날에 맞추느라 마지막 일손을 서두를 때였다. 어처구니없는 날벼락이 떨어지고 말았다.

누가 그랬는지 묘가 앉으면 관이 들어앉겠다 싶은 자리에 큼직한 구덩이를 하나 파고, 틉틉한 똥을 실하게 한 장군 요량이나 퍼다 부어놓은 것이다. 일을 바삐 추리느라 이공도를 비롯한 양문이 동네 장정들은 고당영감 집에서 묵고 있었는데, 아침 일찍 일갓을 돌아보다가 이 어처구니없는 광경을 보고 그 자리에 새파래져버렸다.

"이 찢어 죽일 놈들!"

망연자실, 넋이 나가 있던 이공도는 한참 만에야 악을 쓰며 이를 갈았다. 그 동네 장정들과 산지기 염의 동네 사람들도 기가 막혀 그 자리에 서 있었다.

"우선 똥을 퍼내!"

동네 사람들은 그제야 정신이 나는지 정신없이 나댔다. 산지기 염의 동네 사람들은, 이런 진일에서 자기의 열의를 보이겠다는 듯 똥 다투는 개 꼴로 대가리를 부딪치며 뜨거운 것 집어내듯 똥을 퍼냈다. 자기가 가장 열심이라는 것을 보이려고 손발은 놔두고 얼굴에 튀어배기는 똥덩어리도 아랑곳없이 똥을 퍼냈다.

"어느 놈인지 그저 잡히기만 해봐라."

이공도는 다시 이를 갈며 자기 동네 장정들을 몰아붙여 동네 똥통부터 말끔히 뒤지기 시작했다. 말을 타고 넘어왔다가 이 소식을 들은 양문이는 대번에 상판이 똥 집어먹은 곰 상이 되고 말았다. 시퍼렇게 도끼눈으로 눈꼬리가 찢겨 올라간 양문이는 장정 하나를 읍내 헌병 분견소로 몰았다.

"사정 보지 말고 안방까지라도 뒤져!"

착 가라앉은, 그러나 속힘이 꼬여 박힌 양문이의 말소리에는 그저 한달음에 찢어 삼킬 것 같은 증오가 서려 있었다. 그 동네 장정들 십여명이 눈에 불을 켜고 동네를 쓸고 다녔다.

어제까지 손 섞어 일하던 놈들이, 네놈들 언제 봤더냐는 서슬로 어깨판을 되발리고 집집마다 돌아다니며, 똥통을 찾아 마구간이고 부엌이고 가리지 않고 뒤지고 다니면서 뭐라 나서는 놈이 있으면 상하 구별 없이 죽 먹은 개 욱대기듯 닦달을 했다. 똑같이 흙 파먹고 살던 놈들이면서도 양문이 위세를 한번 업고 나서게 되자, 자랏골놈들과는 근본이 다르다는 뽄새로 설쳤다. 놈들 이렇게 설치는 꼴이 똥 부린 증거만 잡자는 것이 아니라, 벙거지 쓴 김에 큰기침이나 한번 원 없이 해보자는 배짱으로 설쳐도 더럽게 설쳤다. 무식한 놈들이나 할 일이게, 뒤져도 기껏 더러운 똥통이나 뒤지고 다니는 놈들이, 제 놈이 무슨 헌병이나 된 것같이 괜히 작대기까지 하나씩 들고 다니면서 그것을 헌병 칼 휘두르듯 아무 상관도 없는 울타리를 푹푹 쑤셔보기도 하고, 외양간을 기웃거리다가 죄 없는 소 엉덩짝을 한대씩 갈기는 험한 놈까지 있었다.

"당신이 했제?"

"그것이 먼 소리요? 그것은 오늘 아침에 전소매 찌끈 소매박이요."

"전소매 찌끈 소매박에 똥이 묻어?"

"애기덜이 요강에 싼 똥 아니요? 보면 모르겠소?"

"쌍놈의 새끼덜, 누가 했는지 잽히기만 해봐라. 염라대왕이 지 외조부래도 목숨이 붙어나든 못할 것인께."

무섭기는 가어사가 더 무섭다고, 헌병들이 촌놈들한테 부리던 그런 서슬로 말까지 탕탕 놓으며, 제 놈들도 헌병한테 그렇게 한번 당해보았을 것 같은 그런 위세에 죄 없는 사립문짝이 나자빠지고 강아지새끼들까지 죄 없이 배때기를 채었다. 자랏골 사람들은 이 새끼야, 네놈들이 무슨 헌병이나 되느냐고 속으로는 눈을 칩떴으나, 일이 원체 험하다보니 자칫하다가는 목숨이 날아갈 판이라 잔뜩 주눅이 들어 겉으로는 설설 기며 눈길을 조심할 수밖에 없었다.

다른 것이라면 몰라도 똥 다루는 길속이라면, 그 속으로는 못 속일 머슴놈들이 그렇게 이 잡듯이 뒤졌으나 똥 퍼낸 흔적은 물론 방불하다 싶은 똥바가지 하나 찾아내지 못했다. 저 죽을 짓을 하면서 어떤 미련한 놈이 제 똥통에서 제 똥바가지로 퍼다 부었을 것 같지는 않았지만, 그래도 쉽게 찾아볼 증거라고는 그것밖에 없어 한나절을 뒤졌는데도 도대체가 꿩 궈 먹은 자리였다.

용골영감 집은 이공도가 직접 나서서 뒤졌다. 용골영감은 마루가에 돌부처처럼 쭈그리고 앉아 먼 산을 바라보며 곰방대만 뻐금거리고 있을 뿐, 장정들이 앞뒤란을 쓸고 다녀도 알은체를 하지 않았다. 고당영감이 어떻게 달랬기에 그렇게 무섭던 용골영감이 자기 집까지 이렇게 뒤지는데도 말 한마디 없는지 알 수 없는 일이었다.

"굼벵이만치도 못한 자식들. 그래, 손바닥만한 동네서 똥통 하나를 못 찾아?"

　양문이의 고함소리에 장정들은 다시 눈에 불을 켜고 양문이를 따라 논밭 귀퉁이며 산자락까지 뒤지고 다녔다. 뭣 빠진 강아지새끼들처럼 이렇게 들판을 싸대다가 다시 동네로 들어왔다. 만만한 것이 홍어 뭣이라고 촌놈들 닦달하는 맛이 그럴듯해서 이번에는 안방까지 뒤지고 다녔다.

　"아니, 시방 해도 너무하그만잉. 그 더러운 똥통이 먼 보물단지라고 안방에다 모셨을 것이여? 또 정지는 삶아 묵을라고 거그다가 뒀을 것이여?"

　아무리 어쩐다고 같잖은 것들이 남의 집 안방까지 제 마구간 드나들듯 하는 것을 보고야 오장이 뒤집혀서 그냥 보고만 있을 수가 없었다.

　"이 쌍놈의 새끼덜, 뭣이 으짜고 으째? 놈의 묏등 들어앉을 데다 똥 뿌린 것은 그래 잘했단 말이여?"

　"내가 시방 똥을 뿌렸간디?"

　"자랏골놈들이 했제 누가 했어?"

　"그런께, 삐린 놈이 있으면 그런 놈을 잡아다놓고 지지든지 볶으든지 헐 일이제, 내 집 안방이 뉘 집 마구간이간디, 들어가도 한번만 들어가고 말제 족제비 담 구멍 드나들대끼 하냔 말이여?"

　"어뜬 놈이든지 잽히기만 해라. 그저 뼉다구가 온전한가 보자."

　너무했다고 생각했던지 딴전으로 오금을 박으며, 처음 서슬과는 조금 무르게 꽁무니를 뺐다. 자랏골 사람들은 반은 숙인 눈길일망정 양문이 동네 장정들한테는 이만치라도 오기 버팀을 할 수가 있었으나, 헌병들이 들이닥치자 이것은 도무지 쥐도 아니고 개도 아니었다.

놈들은 들이당짝 몽둥이찜질이었다. 먼발치로 옷자락만 살랑해도 간이 올라붙던 헌병들인데, 일이 일이다보니 외양간의 소도 오한이 들 지경이고 기둥 박힌 땅덩어리도 욱신거렸다. 사람이고 짐승이고 걸리는 대로 걷어차고, 이건 미친개 걸레뭉텅이 찢어발기는 것도 아니고 개구리밭에 태질도 아니었다. 그러나 놈들도 끝내 무슨 꼬투리를 잡지 못하자, 노소 가릴 것 없이 사내 꼴 뒤집어쓴 놈으로, 귓불에 피만 말랐다 하는 놈이면 한 놈도 남기지 않고 쓸어모아 읍내 분견소로 몰고 갔다. 손발을 떨고 있어 저것들이 살았구나 하게 눈만 하나 퀭하게 남겨놓고, 새파랗게 사색을 뒤집어쓴 자랏골 사람들을 푸줏간에 소 몰아넣듯 분견소 뒷마당에 다 몰아넣어 꿇어앉혀놓고, 한 놈씩 끌어내다 쇠좆몽둥이로 조져댔다.

말을 들어 그런 것이 있기는 있다는 것을 알고는 있었으나, 정작 쇠좆몽둥이가 저렇게 생겼던가, 경황 중에도 주책없는 호기심이 번득였는데, 그 유순한 소의 물건이 용처 맞춰 잠깐 손봐놓으니 씀씀이가 이렇게 기가 막힐까는, 정작 때려 맞아보니 알겠어서 한대 맞으니 제발 두대 정이 없었다. 거무튀튀하고 날캉날캉한 것이, 생사람 잡으려고 길기는 언제 또 이렇게 오사하게는 길었던가, 그 정 떨어지게 긴 것을 공중에 휘둘러서 잔뜩 힘을 채다가 태기 치는 서슬로 벗은 등짝을 한번 갈라놓으면 넋은 넋대로 몸뚱이는 또 몸뚱이대로 마룻바닥에 나둥그라지는 것이었는데, 등이 아니라 창자가 꼬이는 아픔에 닭 끌어안은 구렁이처럼 오그라져 버둥거리는 위에다 다시 한대를 더 앵겨놓으면, 뒹굴던 몸뚱이가 이번에는 팟종으로 늘어지고 말았다.

살이 찢어져도 엇결로 찢어지는 비명소리가 벽을 뚫고 나올 때

마다 기다리는 매가 더 아파 김칫국 채어 먹은 거지 떨듯 몸을 떨
며 그때마다 귀를 막고 고개를 처박았다.

그중 혼자 용골영감만은 그냥 덤덤히 앉아 쇠눈 같은 퉁방울눈
을 하늘 한편에 띄우고 평소의 그 돌부처 상으로 쭈그려앉아 있을
뿐이었다. 그 돌부처 몸집에, 허공에 띄운 퉁방울눈만 껌벅거리고
있는 용골영감의 표정은 다가오는 매에 겁먹은 표정은 조금도 아
니었고, 더구나 원한이나 무슨 비통 같은 것과도 전혀 상관이 없는
그런 덤덤한 눈이었다.

양문이 뭣등 쓰는 데 평소 감정을 보였던 젊은 놈들이 맨 먼저
모질게 맞았다. 지금 곰영감 병열이와, 또 해룡이 아버지 병만이 형
제는 더 경을 쳤다. 드디어 용골영감을 끌어냈다. 그때 용골영감은
육십이 넘은 나이였고 병만이는 열여덟 뼈가 무른 나이였는데, 늙
었다고 누그리고 어리다고 사정 두던 매가 아니었다.

용골영감은 그 무지한 쇠좆몽둥이에도 그냥 돌부처였다. 물까지
축여 묵직한 쇠좆몽둥이가 벗은 등짝을 휘감아 살이 묻어나게 몸
뚱이를 훑어가도 영감은 꿈쩍도 안했다. 두대, 세대, 영감의 퉁방울
눈에 핏발이 설 뿐이었다. 쇠좆몽둥이가 몸뚱이를 훑칠 때마다 훑
친 데만 살이 움적움적 움직일 뿐, 포청 장비(張飛)의 일그러진 상
으로 터질 듯한 노기만 삼키고 있었다. 아픈 표정이 아니고 노기였
다. 매가 떨어질 때마다 얼굴에 그 노기만 더해가고 있었다. 그렇
게 때리는 놈은 조선놈 보조원이었는데, 놈은 영감의 이런 꼴에 잠
시 놀라는 눈치로 눈이 둥그레지는 것 같더니 이내 다시 이를 앙다
물며 새로 쇠좆몽둥이를 꼬나잡았다. 제물에 악이 받쳐 놈은 미친
듯이 쇠좆몽둥이를 휘둘렀다. 영감의 몸뚱이는 부들부들 떨고 있

었다. 벽에 박은 퉁방울눈에서는 피가 뚝뚝 듣는 것 같았다. 놈들은 다시 겁먹은 눈이 되었다. 곁에 있는 놈과 다시 눈이 마주쳤다. 왜 놈 헌병이 이를 갈며 쇠좆몽둥이를 빼앗아 들었다.

그때 양문이가 나타났다. 마룻바닥에 늘어져 있는 사람들과 용 골영감 꼴을 보더니 양문이도 잠시 질리는 표정이었다. 헌병들한 테 그만하라는 고갯짓을 해놓고 대장실로 들어갔다. 그 무시무시 한 헌병놈들이 양문이 앞에서는 설설 기었다. 자랏골 사람들은 양 문이 위세가 저러는가 새삼 놀라며, 제발 살려달라는 간절한 소망 으로, 대장실에서 나오는 양문이 거동 하나하나를, 그 손끝 하나 놀 리는 것까지 지켜보고 있었다. 대장과 한참 뭐라 속닥였다.

모두 풀어줬다. 자랏골 사람들은 서리 맞은 구렁이같이 늘어진 삭신을 운신해서 재를 넘어오는 동안 벙어리떼처럼 말이 없었다.

다음날 양문이가 넘어왔다. 다시 돼지를 잡아 잔치를 붙인다는 것이었다. 뺨 치고 등 어르는 격이었으나, 치면 맞을 뺨 그렇게라도 풀어주었던 것이 고마운 판에 술까지 낸다는 것이니, 비록 그것이 뺨 뒤의 선심이라 하더라도 그만큼은 사람값에 쳐주는 것 같아 고 맙게 느끼는 사람들이 많았다.

용골영감을 내놓고는 동네 사람들이 다 모였다. 병열이를 비롯 한 젊은 축들은 딩딩한 표정이었으나, 모여들긴 했다. 어제까지의 객기로는 등 시린 웃음이 달가울 수가 없었겠지만, 가뜩이나 자기 들한테 혐의가 쏠렸던 다음이다보니 여기서 안 나간다는 것은 정 면으로 적의를 보이는 것이어서 거기까지는 배짱을 부릴 수가 없 었던 모양이었다.

"잠시래도 고생들 했소. 나하고 입장을 바꾸어놓고 생각을 해보씨요. 쓸개에 뜨물이나 들었으면 모를까, 온전하게 오장 가진 놈치고야 부애가 안 나겄소? 남의 조상 모실 자리에 똥이라면, 이것을 어디 남의 안방에다 뿌린 것하고도 비길 일이요? 부애 난 것으로 해서는 기어코 그 자식을 잡아내서 징역을 살릴라고 했제마는, 무식한 귀신이 저 죽을지 모르고 한 일, 죄 없는 사람들이 너무 욕을 볼 것 같아서 참았소."

양문이는 한바탕 생색을 냈다. 안방 타령을 하기로 하면, 동네 가운데는 동네 안방이 아니어서 묏등을 쓴다는 것이냐, 네놈 행실은 시렁 위에 얹어놓고 말은 바로 하자? 맞상대로 말가닥을 따지기로 한다면 이랬으나, 그 장비 호령이던 용골영감까지도 꼼짝없이 경을 치고 난 판에 언감생심 어느 장사가 양문이 앞에 그런 소리를 하고 나설 것인가?

"내가 이 동네하고 연을 맺어 손해될 것이 뭣이요? 내가 크게 잘난 것은 없소마는, 남을 도울 때는 도울 줄도 알고 경오가 그렇게 막힌 놈도 아닌디, 첨부터 이러고 나온 것을 보면 나도 맘을 달리 묵어사 쓸란가 모르겄소. 이담에는 이런 일이 없을지 아요마는, 내가 한번 맘을 욱히 묵은다 치라면 그렇게 무른 놈이 아닌께, 이 가운데 그런 사람이 있으면 나를 건드려보았자 남생이 등거리에 풀 쐬기고, 칼 물고 뜀뛰기라는 것만 알아두시요."

양문이는 공갈 일성으로 말을 일단 맺고 나서, 이것으로 이번 일은 서로 유감을 풀자며 술을 권했다.

"그런께 어뜬 빌어묵다가 자빠질 작자가 그런 벼락 맞을 짓거리를 해갖고 이로크롬 동네 인심을 사납게 한가 모르겄어."

"글씨 말이여. 내가 됐더라도 어디 저 양반 글타 하겄다고?"

"그래도 저 양반이 저만치 무던한께 그랬제, 깐딱했더라먼 징역을 살아도 여러 놈이 살 뻔했어. 놈의 젯상에 똥을 뿌리고 말제, 그래도 즈그덜도 선산 모시고 사는 놈들이 해도 그것이 할 짓거리라고 했난 말이여?"

푸짐한 돼지고기에 막걸리를 걸쭉하게들 걸치고 나니 그것이 뺨 뒤의 술이더라도 이만한 잔치가 없어, 밤 잔 원수가 금방 은혜로, 양문이 편역에 너도나도 한마디씩 또 말부조가 푸짐했다.

술판이 파할 무렵이었다. 느닷없이 고당영감 안방에서 곡성이 흘러나왔다. 동네 사람들은 짚이는 것이 있어 섬찟했다. 그렇게 정정하던 영감이 설마 그렇게까지 병세가 심했을까 했었는데, 울음소리가 영락없는 초상 곡성이었다. 막걸리잔에 얼굴이 불콰했던 자랏골 사람들은 모두 숙연해지고 말았다.

영감은 동네 사람들이 헌병들한테 끌려갔다는 말을 듣고, 두루마기를 내놓으라는 둥 헛소리를 하며 동네 사람들 안부를 몇번이나 묻고 하더니, 용골영감을 찾기도 하고 나중에는 일본 간 아들 이름을 부르며 숨을 거두었다는 것이었다.

자랏골 사람들은 새삼스럽게 동네 한 귀퉁이가 무너지는 느낌이었다. 이 얼마 동안은 그를 원망하기도 했으나 평소 그의 인품도 있고, 더구나 동네 사람들이 끌려갔다는 소리에 두루마기를 찾았다는 소리에는 가슴이 뭉클하기도 해서 눈시울을 적시는 사람들이 많았다. 밤 잔 원수 없듯 어제까지의 섭섭한 생각은 금시에 사라지고 옛정이 되살아나 모두 고개를 떨구었다.

이런저런 일로 해서 양문이는 묏일을 가을로 미루었다. 고당영감이 죽자 그 집에는 가을 묏일할 때까지라며 양문이 일가붙이라는 춘영이란 자가 들어왔다. 고당영감이 죽자 식구라고는 고당댁과 지금 종수 아버지뿐이어서 그들은 행랑으로 나앉았는데, 돈을 가지고 일본으로 간 큰아들은, 고당영감이 죽으면서 그 아들에게는 알리지 말라고 당부를 했다지만, 하여간 그때도 나타나지 않았고 그뒤로도 소식이 끊겨 두 모자만 꿩 떨어진 매처럼 외롭게 남고 말았다.

이렇게 춘영이가 들어서고 나자 산지기 염 있는 사람들은 물론 동네 사람들은 고당영감 남은 식구들 걱정보다 양문이 산지기가 어떻게 되는가, 그 점에 더 관심이 쏠렸는데, 춘영이가 살림을 가져오는 것이 심상치 않아 산지기는 이미 임자를 찾아간 것이라고 웃었으나, 산지기를 약속받은 사람들은 가을까지만이라는 말을 애써 믿으려 하며, 이제는 춘영이 모시기를 또 상전같이 했다.

춘영이 일이라면 큰일은 큰일대로, 작은 일은 또 작은 일대로 날파람이 날렸고, 여편네들은 여편네들대로 진일 마른일을 가리지 않아 부엌 앞 구정물통이 제대로 꼭지를 차보지 못했고, 조석 문안으로 그 여편네 비위 맞추기에 고추장이 열두 단지였다.

춘영이는 늘 임시라고 나불거리는 것이었으나, 속살은 딴마음이 분명했는데, 가을까지라는 말을 믿고 아쉬운 기대를 버리지 못해 산지기 염의 몇몇 사람들은 춘영이 모시기를 제 외삼촌으로, 그 집 드나들기를 풀방구리에 새앙쥐같이 했다.

싹수가 이미 글렀다고 손 털고 나서는 사람들이 하나씩 늘어나기 시작했다. 이렇게 냉수 마시고 김칫국 마셨던 입을 가신 사람들은 과거 안 볼 제는 시관(試官)이 개떡인 법이라, 춘영이 말이라면 말끝마다 가시가 돋쳤고, 안길로 들은 그 여편네 발꿈치가 달걀이라고 흉이었다. 그러나 춘영이는 망나니짓을 하여도 옥관자 맛에 큰기침이라고, 양문이 위세를 믿고 설치는 가락이 늘어, 자기 주변에 싸고도는 만만한 조카놈들 앞에서 노상 에헴 하는 뽄새가 동네 사람들한테까지 뻗쳐 콧대가 높아가고 있었다. 위인이 원체가 일가붙이 선산 그늘에나 얹혀 빌어먹게 속이 옅고 용렬하다보니, 시지도 않아서 군둥내부터 나느라고, 딴속이 있어 제 앞에 굽실거리는 사람들만 보고 꼴에 거드름이 붙어간 것이다.

뜯고 보아야 보리 밥티기 한 낱 제대로 붙을 데가 없고, 아무리 기침소리를 가다듬어보았자 거드름이 얹힐 구석이라고는 구레나룻 한 가닥도 자리 잡아 돋은 것이 없어, 갈데없이 채 맞고 자란 탱자 꼴의 좀스러운 쥐 상인데, 그 어쭙잖은 풍신에 낯짝을 치켜들고 큰기침하는 꼴이 도무지 꼴 같지가 않아 자랏골 사람들은 춘영이가 먼발치로만 비쳐도 비위짱이 상했다.

"잣것이, 저것은 이름까지 어째서 춘양이여, 춘양이가? 지가 먼 천하일색인가? 체 보고 옷 짓고 꼴 보고 이름 짓는다등마는 이름 한나는 꼴값하겄다."

"그러면 양문이는 이양문인께 이도령인가? 하하."

"맞네. 이도령이네. 양문이가 온다 치라면 곁에 방자 행단이를 줄레줄레 달고 서방님 사또님이니, 이도령 거동에 춘향이가 아니고 뭣이겄어?"

"그런디 그 방자 행단이들 말이여, 변덕이 죽 끓대끼 하는 저 잣것 지랄에 덕석 노릇 하기도 그만했으면 안 징그러운가 몰라?"

"글쎄 말이여. 솥 떼놓고 몇달인디, 가실이 되면 그놈의 쇠붕알이 떨어지기는 떨어질 것인가?"

"여름에 안 떨어진 쇠붕알이 가실이라고 떨어져? 코째기 내기를
했으면 해도, 산지기는 폴쎄 된장에 풋고추 백히대끼 제 쥔 찾아갔
어."

"그러면 모도 싸짊어진 소금에는 쉬만 슬게?"

천장날이 추석 뒷날로 났다. 그런데 묏자리 한쪽 석축이 여름 장
마에 무너지고, 또 다른 데도 더 손볼 일이 있어 양문이 머슴놈들
을 비롯해서 대여섯명의 그 동네 장정들이 춘영이 집에 묵으면서
며칠간 일을 하고 있었다.

추석을 며칠 앞둔 추석달이 휘영청 밝았다. 그날따라 달이 유독
밝아 지금 외불이 집에 동네 처녀들이 모여 강강수월래를 하고 있
었다.

"가앙 가아앙 수월래애."

용골영감 큰딸, 그러니까 지금 곰영감으로서는 손아래 누이 옥
분이가 선소리를 메겼다.

"다알아 다아알아 바알근 다아알아."

"가앙 가아앙 수월래애."

"이태애배애기 노오드은 다알아."

"가앙 가아앙 수월래애."

강강수월래 소리는 청청한 달빛을 타고 자랏골 안통에 가득히
퍼져나갔다. 자랏골 초가집 지붕마다 깃든 설움과, 그 설움이 앙금
으로 가라앉아 굳어진 한이, 청청한 소리로 하늘에 울려퍼져, 울려
퍼진 소리들이 산골 골골마다 골을 타고 올라가서 바위 밑 음침한
정적으로 한 무더기씩 멈춘 천년 조용한 세월에 닿고, 소리 죽여
흐르는 시냇물에 묻어들어 수풀 속 귀뚜라미까지도 가슴 졸여 귀

기울이게 했다. 언제 들어도 구성지고, 가슴에 한아름씩 울컥한 정감을 안겨다주는 이 강강수월래 소리에 자랏골 여인네들과 어린애들은 저절로 발이 끌려 외불이 집으로 모여들었고, 남자들은 남자들대로 초가을 교교한 달빛을 창에 받으며, 굴속 너구리처럼 말똥거리는 눈으로 저마다 한아름씩 호젓한 정취에 젖고 있었다. 청청한 달빛의 그 빗살을 타고 와서 가슴속 엷은 가락 잔줄에 실소리로 자그럽고, 더러는 울컥한 설움이게 파동 치는 소리들이 마을자리 천길 밑자락에 서리서리 똬리를 치며 내려앉고 있었다.

　　병이 났네 병이 났네
　　우리 어매 병이 났네
　　죽순 노물 원하글래
　　왕대밭에 들어가서
　　와당탕탕 꺾어다가
　　아랫물에 씻어갖고
　　웃물에다 헹궈다가
　　우글부글 끓는 물에
　　애양살짝 디쳐서는
　　은장두라 드는 칼로
　　오송송송 썰어갖고
　　삼년 묵은 참지름에
　　육년 묵은 간장에다
　　오물쪼물 주물러서
　　새벽 같은 사그접시

오복쏘복 담어갖고

부모 방에 들어간께

가고 없네 가고 없네

황천질에 가고 없네

황천질이 질 같으면

오고 가고 내 못할까

여막문이 문 같으면

열고 닫고 내 못할까

옥분이의 선소리가 어느새 빨라졌다. 처녀들은 꽃송이처럼 둥둥 떠서 땅을 구르며 뛰기 시작했다. 삼단 같은 댕기꼬리를 휘날리며 꽃송이가 빙빙 돌았다.

이 광경을 울타리 구멍으로 들여다보고 있는 엉뚱한 놈들이 있었다. 양문이 동네 더벅머리 총각 두 놈이었다. 놈들은 그중 설소리 메기는 옥분이를 황홀한 눈으로 바라보고 있었다.

달빛에 보아도 총중에서 뛰어나게 이쁘고 몸매가 태깔이 빠져 있었다. 놈들은 돌아가는 꽃송이 속에서 계속 옥분이한테만 눈이 붙어 황홀한 눈이 빙글빙글 돌아가고 있었다.

놈들은 그렇게 늦게까지 구경을 하다가 침을 삼키며 춘영이 사랑방으로 기어들었다. 사랑방에서는 투전판이 한창이었다.

"자랏골에도 물건 하나 쓸 만한 것 있드란께."

"물건이라니?"

"뉘 집 년인가 물건이 하나 제대로 빠졌어."

"빠져봤자 지가 자랏골 촌것이제 별것 있간디?"

"아니, 달빛에 보아도 보통 것이 아녀. 자랏골에 묻혀 있은께 그러제, 땟국 훑어내고 읍내다 내놓으면 입춤 안 흘리는 놈이 없을 것 같어."

"그래?"

"잣것이 시방 한창 물이 올라놔서, 잡어다가 생으로 칵 씹어도 비린내도 안 나겠드마."

"허허. 니가 단단히 반했구나."

"괜찮등마."

"그러면 니 것 맨들 꾀를 한나 가르쳐줄거나?"

"그런 신통한 꾀가 쉽게 있간디?"

"가서 지다리고 있다가 즈그 집 갈 적에 말이다, 뒤를 슬슬 따라가다 으슥한 디 가서 칵 잡아채! 내 말 안 들으면 너 죽고 나 죽는다고 한바탕 을러메갖고는, 두말할 것 없이 그 자리에서 봐부러."

"젠장, 몽둥이는 누가 맞게? 허허."

"이 병신아, 몽둥이 맞을 것 생각하면 입춤만 생키고 있다고 니 것 될성부르냐? 우리 동네 곰재양반도 그 동네서 머슴 살다가 곰재댁을 그로크롬 해서 얻었어. 봐놓고 동네다 소문을 쫙 내봐. 딸 안 주고 배기는 장사 있는가? 성씨 한나 반듯하게 가진 놈이 없는 숭안한 산지기들, 지나 내나 내놀 것이 뭣이 있다고 떠냐, 이 자식아. 그래노먼 자랏골 촌것들 즈그덜이 으짤 것이여. 우물고누는 꼬닥순께 내가 시킨 대로 해봐."

"니가 그럴 배짱 있겠냐?"

처음에는 농으로 시작된 소리 같았으나, 이러고 나오자 좀 미욱하게 웃고 있던 놈의 눈에 정말 빛이 번쩍했다.

다음날 아침. 용골댁은 동자가 기동할 무렵인데 부엌이 조용해서 웬일인가 나가보았다. 옥분이 모습이 보이지 않았다. 옥분이 방문을 열어보았으나 비어 있었다. 물 길러 갔나 했으나 물동이도 그대로 있었다. 한참 집 안을 서성거리다가 밖으로 나가보았다. 여태 그런 일은 없었지만, 어제저녁 밤이 늦어 뉘 집으로 떼몰려가서 자고 오는 것이 아닌가, 제 아버지가 알까 싶어 가슴을 졸이면서, 갈 만한 집을 잠시 생각해보며 골목을 나섰다. 그러다가 얼핏 뒷산으로 눈이 갔다. 용골댁은 제자리에 굳어 서며 잠시 자기 눈을 의심했다. 소나무에 허옇게 늘어진 것이 있었다. 사람이 분명했다. 그만 혼겁을 해서 벼락에 소 뛰어들듯 골목으로 뛰어들어 영감한테로 달려들었다.

"예 말이요, 쪼깐 나가보씨요. 사람 죽었소."

"뭣이?"

"뒷산에 사람이 목을 매고……"

영감은 갑작스러운 소리에 한참 눈을 썸벅이다가 말을 알아듣고, 좀 놀라는 표정으로 일어섰다. 돌부처의 그 굼뜬 걸음이 조금 빠르게 골목을 나서서 뒷산으로 걸어갔다.

소나무 밑에 이른 영감은 그 자리에 굳어버리고 말았다. 영감의 퉁방울눈이 도끼 맞은 쇠눈으로 그냥 머쓱하게 한참 동안 시체에 꽂혀 있었다. 금방 튀어나올 것 같은 영감의 퉁방울눈이, 혀를 빼문 딸의 얼굴에서 풀물이 묻은 저고리를 지나 흙이 이겨 박힌 치마로 내려오고 있었다. 한 짝만 신겨 있는 짚신 신총에 콩이파리가 끼여 있고, 봉두난발의 머리에도 콩이파리에 흙이 이겨 붙어 있었다. 흙에 이겨 범벅이 된 통치마 한쪽이 폭이 타져 있고, 그 타진 치맛자락이 바람에 나풀거리는 사이로 피 묻은 속옷이 희뜩였다.

딸의 시체를 바라보고 있는 영감의 눈에 시퍼런 살기가 소리를 내듯 피어오르고 있었다. 흙빛이 된 얼굴을 돌려 춘영이 집을 이윽이 건너다보았다. 상체를 부르르 떨며 거친 숨을 몰아쉬었다.

영감은 다시 고개를 돌렸다. 나무 위로 올라갔다. 아까보다 빨라진 동작이었다. 나뭇가지에서 새끼를 끄르는 영감의 손이 떨고 있었다. 새끼를 끌러 아가미 꿰인 생선 꼴로 대롱거리는 딸의 시체를 한 손으로 조심스럽게 땅에 내려놓았다. 폭이 타진 치맛자락을 고쳐 덮어놓고, 그달음으로 동네를 향했다. 돌부처가 살아 걸으면 저럴까 싶게 꿈뜨던 영감의 걸음이 날듯이 빨랐다.

용골댁은 집집마다 돌아다니며 자기 딸을 찾고 있었다.

영감은 내려오다가 콩밭 한군데로 눈이 갔다. 콩대가 이겨져 크게 자리가 나 있었다. 장정 발자국이 여럿 찍혀 있고 콩잎이 짓이겨져 있었다. 영감은 더 빠른 걸음이 되었다. 춘영이 집으로 쏠려 들어갔다. 장정들 방 앞에 멈추었다. 토방에는 투박한 짚신들이 아무렇게나 널려 있었다. 신총이 손가락만큼씩이나 굵은 짚신들이 널려 있는 속에, 흠뻑 흙을 뒤집어쓴 짚신 두켤레가 다른 짚신들을 당돌하게 헤치고 들어가 한가운데 버티고 있었다.

방 안에서는 코 고는 소리들이 방뼈가 욱신거리게 요란했다. 영감의 얼굴에는 살기가 굳어버려, 그대로 돌부처의 그것이었다. 주위를 두리번거리더니 집 모퉁이로 돌아갔다. 장작더미에서 장작개비 하나를 추려 들었다. 그중 길고 단단한 놈을 골라 오른손에 꼬나쥐고 다시 방문 앞으로 갔다. 문고리를 잡아챘다. 큼직큼직한 몸뚱이들이, 물먹은 보리가마니같이 여기저기 늘어져 드르렁드르렁

코를 골고 있었다.

"일어나!"

꽝, 장작개비로 문턱을 내리치며 고함을 질렀다. 장정 하나가 눈을 썸벅이며 고개를 들었다.

"일어나!"

다시 방뻐가 욱신하게 호령을 했다. 영감의 눈에서는 이글이글 불이 타고 있었다. 한두 놈씩 눈을 떴다. 놈들은 누운 채 고개만 들고 게슴츠레한 눈을 한참씩 썸벅이고 있다가, 영감의 호랑이 상에 놀라 모두 겁먹은 눈으로 오뚝이같이 발딱발딱 몸뚱이를 세웠다. 영감은 한달음에 삼켜버릴 것 같은 기세로 한 놈씩 매무새를 살폈다.

"이리 나와서 이녁 신을 찾아 신어!"

영감은 고함을 질렀다.

장작개비까지 들고 아닌 밤중에 그야말로 홍두깨여서 놈들은 무슨 영문인지 그냥 눈만 말똥거릴 뿐이었다. 영감은 다시 한번 고함을 질렀다. 그제야 한 놈이 영감의 눈치를 살피며 옆으로 빠져나와 제 신을 찾아 신었다. 그 신은 아니었다. 한 놈이 나오기 시작하자 모두 뒤따라나오고 있었다. 그러나 미척미척 뒤로 물러앉으며 구석으로 기어드는 놈이 있었다. 영감은 먹이 본 맹수처럼 성큼 쫓아갔다. 놈은 이미 죽을상으로 영감을 쳐다보며 두 손으로 영감을 막았다. 영감은 그놈 멱살을 거머쥐었다. 멱살을 잡아 개구리새끼보다 더 해깝게 문밖으로 끌고 나왔다. 등으로 문을 막아서며 멱살 쥔 손을 뻗어올렸다. 장작개비로 골통을 내리쳤다. 퍽, 호박이 뭉둥이 맞는 소리가 났다. 놈은 보릿자루처럼 맥을 놓으며, 대가리가 아니고 허리뼈가 부러진 듯 몸뚱이가 허물어졌다.

영감은 다시 방 안을 더듬었다. 또 한 놈이 구석으로 파고들고 있었다. 성큼 들어갔다. 솥뚜껑 같은 손으로 가슴팍을 거머잡았다. 끌고 나왔다.

"나는, 나는 하기는 안……"

숨통이 죄여 말이 끊겼다. 그 말이 채 끝나기도 전에 또 퍽, 호박이 몽둥이 맞는 소리가 났다. 단단한 대가리가 아니라 꼭 호박이 몽둥이 맞는 소리였다.

영감의 얼굴은 살기가 굳어버린 것 말고는 다른 감정이 전혀 느껴지지 않았다. 돌부처의 그 굳은 표정일 뿐이었다. 다른 장정들은 너무도 뜻밖이었으나, 조금은 그 이유를 짐작할 수 있는 일이기도 하여 저만치서 그냥 넋을 잃은 채 굳어 있었다.

어느새 동네 사람들이 모여들어 사립께 굳어 있고, 뒤꼍에서는 용골댁의 미친 듯한 울음소리가 아침 하늘을 찢고 있었다.

뒤늦게야 소식을 들은 병열이와 병만이가 몽둥이를 들고 뛰어왔다. 토방에 구르고 있는 시체로 눈이 갔다가 저쪽을 보고 있는 아버지한테로 눈이 갔다. 희번덕이던 눈이 거기 서 있는 장정들한테로 튀겼다. 마치 우리에서 튀어나온 맹수들처럼 그쪽으로 몸을 날렸다. 닥치는 대로 후려갈겼다. 넋이 나가 있던 장정들은 들어오는 몽둥이를 피해 무논의 물오리떼처럼 튀겨 우닥탁 울타리를 뛰어넘었다.

형제는 거의 미쳐버렸다. 뒷산에서는 울음소리가 하늘을 찌르고, 들판과 산에는 쫓고 쫓기는 장정들로 수라장을 이루었다.

이렇게 한쪽이 수라장인 것과는 전혀 딴판이게 영감은 거기 토방 한쪽에 걸터앉아 지난번 헌병대 분견소에서 그랬던 것처럼 하늘 한편에 망연히 눈길을 띄우고 있었다.

뒷산의 울음소리가 목쉰 소리로 잦아들고, 장정들을 쫓던 병열이 형제가 돌아서고도 얼마 뒤에까지 그렇게 돌부처 꼴로 앉아 있던 영감이 이내 자리에서 일어났다. 어슬렁어슬렁 자기 집으로 향했다. 마당을 한바퀴 돌아보더니 마당 가운데 한참 서서, 또 하늘에 한참 눈길을 띄우고 있었다. 다시 집을 나왔다. 무슨 생각을 했는지 돌부처 걸음을 앞산으로 옮겼다.

그때는 나무가 울창했었는데, 그 나무숲 속으로 사라졌다. 동네 사람들은 무슨 일일까 하는 눈길만 서로 부딪치고 있었다. 영감이 사라지고 한참 뒤였다. 앞산에서 무슨 짐승의 비명 같은 소리가 두어번 들리는 것 같았다. 동네 사람들은 숨을 죽이고 무슨 소린가 귀를 기울였다. 한참 그렇게 기다렸으나 그 소리는 다시는 나지 않았다. 동네 사람들은 한참 그렇게 눈길들만 부딪치고 있다가 불길한 예감이 들어 조심스럽게 용골영감이 사라진 산으로 가보았다.

산 중턱쯤 이르렀을 때였다. 자랏골 사람들은 다시 무시무시한 광경에 굳어 서고 말았다. 거기 바위 밑에 피를 낭자하게 뒤집어쓰고 용골영감이 누워 있었다. 바위에다 머리를 찧어 죽은 것이다. 아까 춘영이 집에서처럼 퉁방울눈을 하늘로 향해 멀겋게 뜬 채 그 큰 몸집이 바위 밑에 누워 있었다.

널도깨비가 복은 안 줘도 화를 주려면 쌍으로 준다더니, 아직 동네에 들어서지도 않은 도깨비가 벌써 두번째 재앙을, 그도 이번에는 너무도 처참한 재앙을 몰아와 한꺼번에 네 사람이나 줄초상이 나고 말았다.

양문이는 또 하는 수 없이 묏일을 뒷물림했다가 그해 겨울에 기어코 묘를 쓰고 말았다.

병열이 형제의 도끼눈에는 불길이 이글거렸지만, 막상 어쩌고 나서지는 못했다. 그들뿐만 아니라 몇몇 젊은이들도 가슴에 불덩어리가 타고 있었으나, 너무도 기막힌 일을 당했던 뒤여서 되레 허탈한 표정들이었다. 묏등을 쓰는 양문이도 그 동네 장정들도 마 캐는 중놈들처럼 말없이 묏등을 써놓고 넘어가버렸다.

그 이듬해 동네에는 또 한바탕 기막힌 일이 벌어졌는데, 동네를 이토록 쑥대밭으로 만든 장본인인 그 대학생은 한번 동네를 나간 뒤로는 전혀 소식이 없었다.

5

그 이듬해 봄이었다. 읍내 장에 갔던 자랏골 사람들은 엄청난 사건을 구경했다. 난데없는 만세소리가 여기저기서 터지고, 이어서 헌병들의 총소리가 여기저기서 콩 튀듯 했다. 아닌 밤중에 날벼락이어서, 어찌 된 영문인지 미처 정신을 제대로 차리지 못한 채 줄행랑부터 놓았다.

국기라면 면에서 나누어준 일본 국기밖에 구경한 적이 없고, 그래서 국기라면 원래가 그렇게 생긴 것인가보다고만 알고 있었는데, 이것이 진짜 우리나라 국기라고 미친 듯이 휘두르며 목이 찢어져라 만세를 부르는 것이었다. 웬 영문인가 머쓱한 눈으로 어정쩡하게 있는데 말 탄 헌병들이 들이닥치면서, 밟히는 놈은 창자가 터

져라고 휘젓고 다니면서 하늘 찢어지는 소리로 또 빵빵 총을 쏘아
대는 게 아닌가.

그때는 산이 울창했을 때라 자랏골 사내들은 아이들까지도 나뭇
짐을 지고 재를 넘었고, 여편네들은 달걀 한 꾸러미, 잘해야 무명베
한두필을 끼고 가서 석유병이나 사고, 쌀 한두됫박, 또는 갈치 꼬리
몇 낱씩을 사들고 재를 넘어오는 것이었다. 너구리 굴처럼 답답하
고 조용하던 산골이, 그래도 닷새 걸러 하루 장날만은 나들이 다음
이라 밤이면 얘깃거리들이 푸짐했는데, 그날은 이런 기막힌 사건
을 구경했으니 그 무시무시한 얘기로 밤새는 줄을 몰랐다.

"아이고, 그놈의 총소리 참말로 징상스럽데, 징상스러워."

"참말로 벼락소리를 어디 거그다 댈 것이여? 생바우도 쪼개지겠
어."

"허허, 저 사람, 벼락소리가 뭣이여. 나무를 폴고 내려오는디 말
이여, 골목에서 막 나오는디, 아, 그 잣것덜이 저쪽에서 호마를 타
고 우크르, 산 무너지는 소리로 쇳캐 내려오등마는, 해필 내 곁에
뽀짝 와갖고는, 거그서 뜬금없이 빵 하고 하늘 무너지는 소리로 총
을 쏘더란 마시. 아이고매, 나 죽었구나. 그때는 그로크롬 죽었다는
생각밲이는 못하고 정신이 어디로 달아나부러서, 도치 맞고 나자
빠진 소맨키로 눈만 멀뚜웅멀뚜웅하고, 그 자리에 그러고 그냥 한
참 서 있었네그랴. 하도 놀래논께 이것이 놀렸는지 으쨌는지, 그냥
놀랜 둥 만 둥 해갖고 한 식갱이나 서 있은께 정신이 돌아오기는
돌아오데마는, 이런 젠장, 이참에는 또 귀가 꽉 틀어맥혀갖고, 먼
소리가 쪼깐 들려사 사람이 어뜨크롬 운신을 할 것 아녀? 아이고,
내가 시방 죽기는 안했어도 귀창은 이것이 폴쎄 어긋나부렀구나.

워매, 그런게 시방 내가 귀창이 터져부렀으면 이것이 귀머거리가
아니냐 생각한께 이참에는 눈앞이 캄캄하데. 팔자에 없는 귀머거
리라니, 시방 이로크롬 말인께 쉽네마는, 그때는 눈앞에 뵈는 것이
없어. 사람이랏 것이 세상에 나와갖고 사대육신이 썽썽해사 개똥
밭에서 이슬을 받아묵고 궁글어도 그것이 사람이제, 소리 듣는 귀
가 그것이 귀창이 터져부렀으면 사람이 그것이 사람일 것이여? 손
바닥으로 쌔려봐도 앵 소리만 나고 소리는 통 안 들려. 그런께 금
매 그 잡아 죽일 것들이 총을 쏘드래도 사람덜이 쪼깐 덜 놀래게,
아니 멀리 사람 있는 것 봐감시롱 쏴도 쏴사 쓸 것 아녀. 시방도 먹
먹하그마."

"저 잭인이 시방 정신이 있는 소리를 하고 있다냐, 없는 소리를
하고 있다냐? 그것들이 생사람도 쏴 죽이는 무지한 것들인디, 촌놈
귀창 걱정까지 해감시롱 총을 쏠 것 같어? 말을 해도 꼭 석새에서
두새 빠진 소리만 하고 있네. 끌끌끌."

"이 사람아, 쥑일 사람은 쥑이드래도 산 사람은 쪼깐 조심을 해
사제, 그로크롬 뜬금없이 벼락 치는 소리로 아무데서나 쏴잦힌다
치라먼, 귀창도 귀창이제마는 간은 또 온전할 것인가? 그 근방에
혹시 애기 밴 여편네라도 한나 있었더라먼 속에 든 애기까지, 애기
어매 안암해서 안팎 초상이 나고 말았을 것이여."

"그놈들이 그로크롬 무지하게 설치는디, 그런다고 뙥립이 되기
는 될란가 몰라?"

"뙥립? 뙥립이 뭣이간디?"

"이 깝깝한 사람아, 뙥립이 뙥립이제 뭣이기는 뭣이여?"

"아, 모른께 묻제잉. 누구는 그런 것을 뱃속에서부터 배와갖고

나왔간디?”

“모른 것은 손바닥에다 쥐여줘도 몰라.”

“일본놈 쫓아내고 우리만 사는 것이 뫼립이제 뭣이여?”

“아이고, 그 징상스런 것들이 쉽게 쫓아내지까?”

“뭐이, 들어본께 서울서는 일본놈들을 홰딱 쫓아내고 시방 임금
도 새 임금이 들어앉았다는디그래?”

“아니네, 이 사람아. 임금이 죽었다등가 으쨌다등가 그런 것 같
데.”

“먼 임금이 죽어?”

“아, 임금이 임금이제 먼 임금?”

“일본놈들이 폴쎄 없애부렀다는디, 먼 임금이 또 있다가 인자사
죽어?”

“하여간에, 서울서는 시방 큰 난리가 난 모냥이여. 일본놈덜을
거진 쫓아냈다는 것 같어.”

“그로크롬 무지하게 총을 가지고 나대는 놈덜을 어뜨크롬 쫓아
냈으까?”

“허허. 총이 멋이여. 조선놈들이 시방 지대로 심을 안 쓰잔께 그
러제, 맘묵고 쓰기로만 하먼이사 왜놈덜 저것덜 총이 그것이 말하
간디? 잇날에도 한번 은제 왜놈덜이 수수만명 떼끓어서 쳐들어왔
는디, 다 들어오두룩 내뿌러뒀다가 말이여, 어뜬 도통한 중이 한나
나서갖고 휘딱 한번 도술을 부려분께 풍지박산이 되고 말았더라
여. 그 통에 그 수만명이 달아나는디, 귀때기야 떨어져라 냇중에 찾
자 함시롱, 꼭 우케 덕석에 참새떼 날아가대끼 내빼더라여.”

“아하, 그런께 잇날에도 그런 일이 한번 있기는 있었그마. 그런

디, 요새도 그로크롬 도술 부리는 중이 쉽게 있으까?”

“아, 있제 없어? 달구세끼가 천마리면 봉이 한마리 난다는디, 조선 천지에 중이 몇이라고 총중에 그런 중 한나 없을 것인가?”

“그런디, 헌병놈덜 무지하기는 참말로 무지하데. 나무를 일찍 폴고 나서 석유를 한 병 사갖고 포목전 근가지기를 내려오는디 말이여, 저 욱에서 뺑 하고 먼 벼락 치는 소리가 나글래, 어디서 먼 저런 천둥 무너지는 소리가 난다냐 하고 얼쩡거리고 서 있은께는 이참에는 삐익 하고 휘각소리가 또 귀창이 안 찢어진다고? 돌아본께는 그 휘각소리에 말이여, 그로크롬 좁쌀 백히대끼 꽉 들어백혔던 장꾼덜이 저 욱에 어물전 꼭대기에서부터 쫙 갈라지는디, 꼭 그 휘각소리에 댓조각이 쪼개지는 것맨키로 쫙 갈라져서 신작로가 한나 딱 생겨불데. 그 신작로로 말이여, 아이고 그 징상스런 놈의 호마, 그로크롬 봐서 그런가, 양문이가 타고 댕기는 놈보담도 서너 배나 더 큰 것 같은 호마가, 쥐둥이에다 기버큼을 물고 사정없이 쉿캐 내려오네그랴. 땅이 욱신욱신하게 뛰어내려오는 호마 욱에서 헌병놈은 또 뭣이라고 소락떼기가 찢어짐시롱, 쁘앙쁘앙 그 천둥 무너지는 소리로 총을 갈기고 있으니, 이것이 판이 먼 판이겄는가? 나는 그 총소리에 그 자리에 있는 장꾼덜 다 죽은지 알았어. 워매, 대목을 침시롱 자빠지고 엎어지고 서로 뒤엉켜갖고, 꺽저기탕에 깨구락지 뛰어오르대끼 뛰는 속에서, 나도 아무데라도 우선 대가리부텀 처박음시롱 뛰어들었제 으쨌더란가? 한참 그로크롬 대가리를 처박고 있은께 쪼깐 조용해진 것 같아서 시방 내가 죽었다냐 살았다냐 하고 슬그재기 정신을 차려본께 이것이 또 먼 일잇 것인가? 눈앞이 울긋불긋해서 찬찬히 내려다본께 발밑까지 말짱 먼 꽃밭에 들어온 것맨키로 사방이 훤하더란 마시. 내가 시방 죽어갖고 저승에를 와서 저승이 이로크롬 생겼다냐 으쨌다냐 했등마는, 허허 거그가 저승이 아니고 놈의 비단전이더란 말이여. 그런께, 겁짐에 뛰어든다고 뛰어든 것이 놈의 비단전으로 뛰어들었던 모냥이여. 하하하.”

“아니, 그런께 그 털멩이를 신고 놈의 비단전으로 뛰어들었어?”

“이 사람아, 그때는 사람 목숨이 한나 왔다 갔다 하는 판인디, 그 정신에사 내가 털멩이를 신었는지 구쓰를 신었는지 알았을 것이여? 하하.”

“허허. 아무리 그런다고 그 털멩이를 신고 놈의 비단을 밟아부렀어?”

“털멩이가 또 그냥 털멩이였간디? 풋대죽 같은 진탕을 이기고 댕겨놨으니, 꼴이 또 그것이 꼴이였으 것인가? 하하하.”

“그러고 본께, 난리 싸가리에 호강은 자네 털멩이가 했네그랴. 사람도 못 입는 비단을 밟고 댕겼은다 치라면, 그런께 그것이…… 하하하.”

“아이고, 털멩이고 지랄이고 그놈의 호마! 헌병도 헌병이제마는, 그놈의 짐승이 기버큼을 물고 쇗캐 내려오는 것 본께 그놈한테 한 번 밟혀놨다 하면 지가 아무리 항우장사래도 창시가 터지고 말제 무사하던 못하겄데.”

“그런디, 아무리 난리 속이라고 하제마는 비단전 여편네가 암말도 않던가?”

“으째서 암말도 안하겄어? 저도 어디 구석지에 백혔다가 일어남시롱 악을 쓰는디, 겁짐이고 또 나 혼자만 뛰어든 것이 아니기는 했제마는, 그래도 정신을 차리고 나서 생각한께 미안하기는 영판 미안하데. 그런디 그 통에 지게목발에 달아매났던 석유병이 이것이 또 온데간데없어져부렀더란 마시. 뚤레뚤레 둘러본께 잣것이 그것도 놀랬던가, 내가 대가리를 처박고 있다가 나온 비단전 구석지에 꺼꾸로 대가리를 처박고 안 있는가? 저것을 가지고 가사 저녁에 불을 쓰게 생겼는디, 그 여편네보고 집어주라고 하면 비단 밟은 놈, 뭣이 이쁘다고 그것을 곱게 집어주겠는가? 저쪽으로 대고 다른 사람한테다 악을 쓰고 있는 새에, 에라, 이왕 밟은 것 한번 더 밟아불자 하고 또 실멍실멍 밟고 가서 얼른 추깨들고 사정없이 내빼부렀제 으쨌더란가? 흐하하하."

"저런 젠장. 하하하."

"그런디 내려옴시롱 본께 말이여, 헌병 한 놈이 어뜬 중늙은이 한나를 잡아가는디, 이런 제미, 그 무지한 것들이 사람을 꼭 개 패대끼 치고박고 함시롱 끗고 안 간가? 그런디 또 그놈의 늙은이는 그로크롬 험하게 끗겨감시롱도 자꼬 만세만 부르네그랴. 저놈의 늙은이가 시방 죽을라고 환장을 했다냐 으쨌다냐, 저로크롬 험하게 팬다 치라면 매를 쪼깐 피했다가 만세를 불러도 부르제 저런다 하고 보고 있는디, 아, 이참에는 바로 내 뒤에서 어뜬 놈이 또 뜬금없이 그 늙은이를 따라 만세를 부르고 나서네그랴. 그 무지한 헌병들이 이참에는 이쪽으로 달라들 판이여. 아이고, 이 아사리판에 어세두세하고 있다가는 어느 귀신이 물어갈지 모르겄다 싶어서 정신없이 장판을 빠져나오고 말었제 으쨌더란가."

"그런께 그 끗겨감시롱 만세 부른 늙은이가 쇠전머리에서 먼 종우때기를 읽음시롱 연설을 하다가 잡혀간 늙은이그마."

"그 늙은이가 뭣을 읽음시롱 연설을 했어?"

"그런께 들어봐! 나는 각설이타령을 구경하다가 저쪽에서 약장
수가 빠이롱을 놀린다고 하글래 또 그쪽으로 가서 한참을 구경을
했는디, 아따 그 자석 빠이롱으로 도라지타령을 빼는디, 그놈의 자
석 어디서 배왔는가 참말로 도라지타령 한번 멋들어지게 빼데. 나
는 빠이롱 놀리는 것을 거그서 생전 첨 구경을 했는디 말이여, 눈
구먹을 실눈으로 간잔지롬하게 감고, 활맨키로 생긴 것을 살살 문
댐시롱 넘어가는디, 참말로 팔자데, 팔자."

"저 사람이 옹그전 보다가 먼 유그전을 보고 앉었었는고?"

"그 자석이 하도 팔자로 놀리글래 하는 소리여. 그래서 거그 한
참 정신이 폴려 있는디, 먼 사람들이 쇠전머리로 두세두세 뫄들더
란 마시. 이보담도 존 굿이 났다냐 하고 그쪽으로 가본께는 어뜬
늙은이가, 그런께 아까 그 끗겨갔다는 늙은이가 그 늙은인디, 뭣이
라고 한참 연설을 해쌓등마는, 먼 종우때기를 피들고 뭣을 한참 읽
어가데. 이것도 굿은 굿이다 하고 보고 있는디, 연설을 할 적에는
뭣이라고 하는가 쪼깐 알아묵겄등마는, 그 읽는 소리는 먼 소리가
먼 소린가, 우리 같은 촌놈덜 귀에는 귀신 씻나락 까묵는 소리도
아닌 소리를 한나절이나 읽고 있데. 서울서 먼 난리가 터졌다고 하
던 소리가 있었은께, 저것을 다 읽은 담에는 그런 소리가 또 있을
것이다 하고 듣고 있는디, 제미, 애기 판수 파랭갱(八陽經) 외는 소
리도 아닌 소리가 질기는 또 오사게 질어. 맘은 바뻐 죽겄는디 뭣
이라고 그로크롬 도깨비 여울물 건너는 소리를 까잦히는고, 더럽
게는 질게 까잦히고 있는디, 미처 그것을 다 읽지도 못해서 저 욱
에서 그 벼락 치는 총소리가 콩을 튀네그랴. 제미, 읽던 것을 그때

사 내잦혀놓고 말을 하고 있는디, 뭣이라고 지대로 몇 마디 하도 못해서 그 징상스런 헌병덜이 들이닥쳤어. 와따, 그런디 그때 본께 사람이 이녁 목숨 한나는 다 중한가, 눈 한번 깜박하고 난께는 독수리 밑에 뼁아리새끼덜맨키로 다 달아나불고 거그는 그 종우때기 읽던 늙은이하고 그 곁에 있던 몇 사람만 덜렁 서 있어. 나는 그냥 거기 있는 쌀가마닌가 뭣인가 그 새다구에다 대가리를 처박고 있는디, 그 벼락 치는 총소리에 나는 꼭 내 대가리 어디에 총 사실이 한나 백힌 줄만 알았어.”

“그런께 그 종우때기 읽은 영감이 설두를 해서 그런 일이 일어났는갑는디, 그 영감이 머라고 연설을 하던가? 서울서는 참말로 일본놈들 다 쫓아냈다고 하던가? 그러고 그로크롬 하면 일이 어뜨크롬 된다고 하던가?”

“그런께 뭣이라고 그로크롬 딱 찝어서 말은 않는디, 먼 소리가 먼 소린가, 하도 문자를 많이 써서 말을 한께 똑똑히는 못 알아듣겄는디, 서울서는 학생들이랑 뽈깡 뒤집히고 조선팔도가 말짱 불이 붙었다고 하는 것이, 하여간에 보통 일은 아니라는 소리 같어.”

“잇날맨키로 중이 도술 부린다는 이얘기는 없고?”

“똑똑히 들어볼라고 듣기는 들었는디, 똑 부러지게 뭣이 으짠다는 소리는 없고, 아 참, 그러고 본께 그 시님이란 것이 일트면 중이제? 도술 부린다는 소리는 않데마는, 서울서 서른몇명을 뽑아서 뭣으로 내세웠다는디, 그 속에는 시님도 한난가 둘인가 찌었다고 한 것 같그마.”

“옳제, 그러면 시방 일이 지대로 되어가는 모냥이네. 막바지에 가면 그 중이 영락없이 도술을 부리네.”

"그런께 그 영감이 시님이 찌었다고 함시롱 머라고 하던가? 시님이 찌었다고 할 적에는 그 시님이 먼 요량이 있어서 찌었다고 했을 것인디, 그 소리 못 들었어?"

"서른몇 명이 앞에 나섰다등가, 뭘로 뽑혔다등가 해쌓는디, 내가 말을 중간에 듣기도 들었제마는, 제미럴 놈의 늙은이가 하도 문자를 써서 먼 말을 해싼께 그 속에 그런 소리가 있었던가 으쨌던가 모르겄어. 그로크롬 찝어서 물은께 그런 소리를 한 것도 같고……"

"제미, 들었담시롱 명문 집어묵고 와서 휴지똥만 깔기고 앉았네. 샌님 글귀 돌아가는 것은 몰라도 말귀 돌아가는 짐작은 있는 것인디, 그런 말을 대강 눈치를 채도 채제 그런 짐작이 없어?"

"젠장, 기역자 왼다리가 어뜨크롬 생긴지도 모른 놈이 그런 문자속을 어뜨크롬 알어?"

"맞네. 안 본 용은 그려도 본 뱀은 본시 못 그리는 것인디, 더구나 그런 문자 속이사 알 것인가? 찬찬히 생각해감시롱 더 들은 소리가 있으면 해봐!"

"내 말이 틀림없을 것이네. 해필 중이 그 속에 찌었을 적에는 다 생각이 있어서 그러고 나왔제, 중이 할 일이 없은다 치라면 염불이나 하고 앉었제, 심심해서 그런 데 나왔을 것이여?"

"그런디 이천만 동포가 한나로 똘똘 뭉쳐갖고 으째사 쓴다고 하는 것이, 중이 찌기는 찌었어도 혼자 심으로는 쪼깐 부친가 으짠가, 우리 백성덜이 전부 나서사 쓴다는 것 같어."

"그런께 우리 같은 촌놈덜도 일본놈 쫓아내는 디 같이 나서서 심을 합치라 이 말이여?"

"그런께 대강 그런 소리 같은디, 제미랄 놈의 영감탱이가 먼 소리를 쪼깐 할라먼 뚝 떨어지게 하는 것이 아니라, 뭣이 으짠다고 소락떼기만 빽빽 질러쌈시롱 문자만 써서 말을 한게, 하여간 똑똑 히는 모르겄는디, 말귀 돌아가는 것이 그런 것 같어.”

“그라먼 중이랑 찐 그 서른몇명은 먼 사람들인디, 먼 일을 어뜨 크롬 한다등가?”

“제미, 몰겄네. 묻지도 말소.”

“젠장, 기왕에 들을라먼 똑똑히 쪼깐 듣고 오제. 그런게 풀강아 지 서울 구경 갔다가 왔그마.”

“촌놈들 문자 속이사 풀강아지 서울 구경이고 봉사 씨름굿이제, 자네는 별 조화 있간디?”

“그런게 그 식자깨나 들었다고 앞에 나서는 잭인딜 말이여, 제미 랄 놈들이 모도 나서서 일본놈을 쫓아내든가 말든가 하자고 할라 먼, 촌놈들도 쪼깐 알아묵을 소리로 말을 해도 해사 쓧 것 아니냔 말이여. 일이 이만저만해서 이러고저러고 한게, 느그덜도 다 나서 사 일이 되겄다, 이로크롬 이약을 쪼깐 조근조근 해줘사 쓧 것 아 녀? 무식한 놈덜 귀에는 잔내비 경문 읽는 소리도 아니고, 도깨비 여울물 건너는 소리도 아닌디, 그런 소리로 백날 야지랑을 까봐야 먼 소용이여? 해필 장판에 나와서 그런 것을 보면 우리 같은 촌놈 덜도 으짜란 소리 같은디, 뚝심으로 몽댕이 휘두르기로 하먼이사 촌놈덜 뚝심을 즈그덜한테 델 것이여? 제미 떡을 치다가 꼬끄라질 자석덜, 즈그덜까지만 아는 소리로 옥작옥작하다가 말라먼 즈그덜 안방에서 염벵을 하든지 말든지 헐 일이제, 장판에까지 나와서 지 랄을 해갖고 촌놈덜 장도 못 보게 난리를 치난 말이여?”

“이 사람아, 우리 같은 촌놈덜이 나서봤자 뚝머심 싸리빗지락 을

러메고 나서는 꼴이제, 총 가진 놈덜 앞에 맨주먹 한나 쥐고 나셨다가 어느 귀신한테 잡혀갈 것이여? 아이고, 나는 총소리가 아니라, 그 징상스런 호마만 봐도 기버큼 물고 나대는 것 본께 정내미가 삼천리나 떨어지데."

"젠장, 주먹이 여럿이면 눈이 반 본다고, 그 영감이 말했다끼, 조선팔도까지도 갈 것도 없이 그 장판 사람만 지대로 똘똘 뭉쳐갖고 대들어봐. 그 앞에서 총이 말하간디?"

"진장칠 것, 모도 나선다고만 하면 나도 나서겄네. 저참에 쇠좆몽댕이 맞은 것 생각하면, 잣것 그놈덜 간을 내서 칵 씹어도 시방 지대로 분이 안 풀리겄어."

"저 사람덜이 시방 정신이 있는 소리덜이란가 없는 소리덜이란가? 소리가 그로크롬 벼락을 치는디, 거그서 사실이 나간다 치라면 물렁물렁한 사람의 살따구, 한꺼번에 백명은 못 뚫고 나갈 것이며 천명은 못 뚫고 나갈 것이여? 무른 땅에 말뚝은 메둥이질이나 해서 들어가네. 손구락 한나만 깐닥한다 치라면, 그 무시무시한 소리를 냄시롱 사실이 쉿캐 나가는디, 그 앞에서 몽댕이가 말을 할 것이여, 바우덩어리가 말을 할 것이여? 난장에 계란은 껍데기 깨지는 소리나 남시롱 깨질 것이네."

"모구도 여럿이 모이면 천둥소리를 내는 것이여. 어디 으슥한 데 숨었다가 쉿캐 나감시롱 총 쏘는 어깨축지를 한나 물고 늘어져도 늘어진다 치라면 지가 어뜨크롬 총을 쏘아? 어깨만 한나 그로크롬 지대로 잡고 늘어지는 날에는 되야지 산맥이제 즈그덜이라고 별 조화 있간디?"

"그 천장같이 높은 호마 욱으로 어뜬 장사가 뛰어오른다는 소리여?”

“그것이사, 한두 놈이 어디 높은 데 숨었다가 뛰어내려도 될 것이고, 하다못해 수십명이 사방에서 독덩어리를 한나쏙만 땡겨도, 장판에 깔린 사람 수가 몇이라고 즈그덜이 그 속에서 정신을 차려사 총을 쏴도 쏠 것 아녀?”

“아 참, 그런디 말이여, 그놈덜한테 도꽉을 땡기거나 그런 짓거리는 절대로 말라고 하데.”

“뭣이? 도꽉을 땡기지 말라고? 그 늙은이가 그러던가?”

“응, 그놈덜이 달라들기 전에 두번 시번 신신당부를 하등마.”

“그것은 또 먼 소리여? 자네, 시방 아까 명문 집어묵고 와서 휴지똥 깔긴다고 하등마는 참말로 그러고 앉았는갑네. 총 가지고 생사람을 쏴 죽이는 놈들한테 도꽉 한나도 땡기지 말라니, 자네가 말을 헛들어도 단단히 헛듣고 왔네.”

“아녀, 두번 시번 당부를 하는디, 그 소리는 똑똑히 들었어.”

“허허, 사람 알다가도 모를 소리 한번 듣겄네. 그럴라면 그놈덜 눈을 피해서 일을 하든지 말든지 헐 일이제, 니거리 장바닥에서 날 잡아가거라 하고 떠벌려놓고 생매를 맞고만 앉아 있자? 으짜든가, 그 영감 미친 영감 아니던가? 그러고 본께 서울서 으쨌다는 소리도 그 미친 입으로 개 입에 벼룩 씹히대끼 떠벌린 소린 것 같네.”

“참말로 그리 어찌 했는가 모르겄그마. 조선팔도 사람이 똘똘 뭉치자는 소리도 뭉쳐갖고 뚜드러만 맞을라면, 가만히 앉아서 맞제 미쳤다고 뭉쳐갖고 맞어? 으짜든가, 암만해도 총찮은 영감 같네.”

“미치기는 뭣이 미쳐?”

“아니, 모르겄네. 그런 실없는 소리 떠벌리고 댕기다가 헌병들한테 뚜드러맞고 간경이 섯들러서 더 총찮아졌는지 몰라.”

“아, 미친놈이 글을 읽어?”

“미쳐도 배와논 지랄인디 글이사 못 읽을 것인가?”

“미친 것은 아녀. 거그 같이 따라나와서 만세 부른 사람이 몇이
라고, 그러면 그 사람들도 다 미쳤게?”

“아하, 인자 알겠네.”

“뭣을 알어?”

“그런께 그 중이 도술을 부릴라고 팔도 사람들이 다 나서서 일
본놈들을 건드려만 노라는 소린 모냥이그마. 호랭이도 굴에서 나
와사 불질을 할 수가 있대끼, 요것덜이 폴딱폴딱 뛸 때라사 도술을
부려도 제대로 걸리는 모냥이여. 쪽제비나 꿩 같은 짐승도 그놈덜
이 나와서 활동을 해사 홀룽개에 걸리든지 덫에 치든지 안한다고?
뛰댕겨도 그것덜이 정신없이 뛰어댕겨사 제대로 걸리대끼, 일본놈
덜도 조선 사람이 나서서 잔뜩 부애를 질러가지고 환장을 하고 나
대사 그것덜이 도술에 걸려도 사정없이 걸리는 모냥이여.”

“젠장, 자네가 도술을 부려봤는가? 꼭 도술을 부려본 사람맨키
로 말을 하그만잉.”

“풍월은 못해도 운자 돌아가는 짐작은 있는 것이여. 내가 도술을
부려보지는 못했제마는 이치가 그럴 것 같어. 깨구락지도 움츠릴
때는 뛰자는 속이고, 굼벵이도 지붕에서 떨어질 때는 다 지 속이
있는 것 아닌가? 그런디 이런 큰일에 그런 총찮은 짓을 할 것이여,
다 속이 있어서 그러제.”

“아무리 도술이 아니라 별것이라 하더라도, 조선팔도에 안 백힌
데가 없는 일본놈덜을 어떤 장사가 다 쫓아낼 것이여? 여그저그 백

힌 놈덜을 촘촘히 시면 그 수가 몇만명도 넘을 것인디.”

“그런께 서른몇명이라고 하는 그 사람들이 모도 중이 도술을 갈쳐갖고 나온 사람들이 아닌가 몰라?”

“그 속에는 야소교 믿는 사람도 있고, 또 뭣이라 하더라? 응, 천도교 믿는 사람도 있다는 것 같은디, 한다는 잘난 사람만 뽑아놨다는 것 같어.”

“그래? 아이고, 그런다 치라면 시방 일은 한번 볼만하게 벌어질 것 같네. 조선팔도가 욱신욱신하는 이런 일에, 앞에 나서라고 뽑아온 사람덜이면, 중이 도술 부리대끼 다 즈그덜도 한가지썩은 기고 나는 재주를 가졌을 것인디, 그런 사람이 서른몇명이면 산인불도 못 뽑을 것인가. 허, 쪼깐 있으면 천둥 무너지는 소리 한번 날 것이네.”

“야소교꾼덜은 그것덜이 지 에미 지 애비 제사도 안 지내는 숭악한 상녀러 것들이라는디, 그것들도 그런 재주는 있으까?”

“이 사람아, 야소교꾼들도 중들이 부처님 믿대끼 즈그덜도 크게 한반디 믿는 데가 있을 것이여. 천도교도 들어본께 그것을 제대로만 믿은다 치라면 별 조화 다 부린다여.”

“그러겄제. 하다못해 장산리 당골래도 귀신을 부리는디, 팔도에서 그런 질속으로만 긴다 난다 하는 사람들을 뽑아놨은다 치라면 참말로 겁날 것이여.”

“젠장칠 것, 아무리 도술이 아니라 별것이라도 그 벼락 치는 총소리 한번 들어본께, 그 앞에서 도술이 맥을 출 것 같지 않데. 그놈의 소리가 한번 벼락을 쳐논다 치라면 사람이 정신을 차려사 도술이고 염불이고 맥을 춰도 출 것 아녀?”

"잇날에는 중이 혼자 나서가지고도 더 많은 수를 쫓아냈다는디 그래? 그것이 책에 적혀 있어서 읽음시롱 이약하는 것을 내가 들었는디, 그 중이 을판에는 일본까지 쫓아가서 일본 임금을 불러다가 무르팍을 착 꿀쳐앉혀놓고 항복을 받은 담에 말이여, 인피, 그런께 사람 가죽 말이여, 그 인피 삼만장하고 큰애기 삼만명을 뽑아서 보내라 해가지고는 그것을 받고사 용서를 해줬다여. 또 그라고 그때 이름이 뭣이라고 하더라마는여? 하여간 무시무시한 영웅이 한 사람 나왔는디, 그 양반은 배를 남생이맨키로 맨들어갖고 물속으로 뀌어댕김시롱, 일본놈 배가 저그서 나타난다 치라면 물속으로 쑥 들어가서 들입다 밑창을 받아부는디, 앵기는 배마다 그로크롬 사정없이 받아분 통에 배가 수백척이 까파졌다여. 그럴 때 사람은 또 얼마나 많이 죽었을 것인가? 시방도 해남인가 어디 간다 치라면 물살이 센 데가 있는디, 바로 거그가 그 자리라 시방도 그때 뿌서진 배 조각이 궁글어댕긴다등마."

"맞네. 나도 그 소리를 들었는디, 그 양반 성이 이(李) 뭣이라고 하데. 시방 강강술래도 그 양반이 젤 첨에 맨들었는디, 큰 바우를 한나 중간에 두고 삥삥 돌아댕김시롱 강강술래를 한께는, 그 미련한 일본놈덜이 그것을 보고, 아이고, 조선에는 얼마나 군사가 많으면 저로크롬 갓도 끝도 없이 쏟아져나온다냐 하고 잔뜩 겁을 집어묵고 뒤도 안 돌아보고 돛 달아 붙었다여."

"나도 그런 소리는 어디서 들은 것 같네. 그런께 그 도사가 나서 도술을 부린 것이 그때그마."

"그렇단께는."

"빌어묵을 것, 이참에도 도술을 부릴라면 한바탕 야물딱지게 부

려갔고, 그 징상스런 헌병놈의 새끼덜 급살이나 쪼깐 크악칵 새려
불면 씨언하겄네."

"그로크롬 일본놈덜이 쫓겨가는 날에는 양문이 저 작자도 지가
심을 못쓸 테제. 그런다 치라면 쌍놈의 새끼 쫓아가서 코 빠진 것
구경이나 쪼깐 해주세."

"호마 타고 껍죽거릴 적에는 천하가 몽땅 제 세상인 줄 알았다가
꼴 한번 좋겄다."

"썩을 놈의 새끼, 일본놈들이 쫓겨간 담에는 그런 새끼덜부텀 잡
아다가 닦달을 해도 야물딱지게 해사, 다시는 그런 놈덜이 안 나올
것이여."

그런데 다음날 아침 자랏골에는 또 어이없는 사건이 벌어져 있
었다. 아침에 눈을 비비고 묏벌에 나왔던 춘영이는 느닷없는 광경
에 그만 그 자리에 굳어버리고 말았다. 묏등 꼭대기가 반나마 뭉개
지고 거기 난데없는 깃대 하나가 꽂혀 나풀거리고 있는 게 아닌가.
어제 장에서 구경한 그 국기였다.

춘영이는 놀란 토끼 벼락바위 쳐다보듯, 거기 한참 넋이 나가 있
다가 뭉개진 묏등으로 기어올라갔다. 춘영이는 거기 올라가서 그
안을 들여다보다가 하마터면 뒤로 나가떨어질 뻔했다. 뭉개낸 꼭
대기에 큼직하게 구덩이를 파고, 지난번에도 그랬듯이 틉틉한 똥
을 실하게 두 장군 요량이나 차근히 퍼다 부어놓은 것이다. 춘영이
는 망연자실, 손발에 맥이 풀려 멍청하게 똥구덩이를 내려다보고
있었다. 그 곁에는 수건 너비의 태극기가 때마침 불어오는 아침 바
람을 타고 기세도 좋게 소리까지 내며 나부끼고 있었다.

"허허. 이런 제미, 어뜬 놈이 뒈질라고 또 환장을 했네, 환장을 했

어. 이것이 시방 먼 꼴이란가?”

춘영이는 어떻게 손을 써볼 엄두를 얼른 내지 못하고 한참 기가 막혀 있었다.

“다 죽었다, 다 죽었어. 이참에는 살어볼 생각 말어.”

뫼등에서 뛰어내리더니 정신 나간 놈처럼 이번에는 모둠발로 집을 향해 뛰어들어갔다. 똥바가지를 집어들고 불에 덴 소처럼 뛰어나왔다. 뫼등으로 다시 뛰어올라갔다.

“허허, 이런 즉어멈. 이런 즉어멈. 다 죽었다, 다 죽었어.”

춘영이는 허리춤에서 뱀 집어내듯 정신없이 똥바가지를 휘둘러 똥을 퍼냈다. 똥을 퍼내면서 또 입은 입대로 가만두지를 않았다.

“다 죽었당께, 다 죽었어.”

똥을 얼추 퍼내고 나서 어디랄 것이 없이 동네를 향해 한바탕 악을 썼다.

“망둥이가 뛴께 전라도 빗자루도 뛴다등마는, 이 잣것덜이 건잠도 모르고 깨춤이네 시방. 이것이 사람 할 짓거리라고 했으까? 세상에 이것이 사람 할 짓거리여?”

버럭버럭 악을 쓰며 다시 집으로 들어가 삽을 들고 나왔다. 똥물이 스며든 흙을 파내기 시작했다. 동네 사람들이 모여들어 겁먹은 눈으로 수런거리고 있었다. 같이 일을 거드는 사람도 있었다.

“다 죽었어, 다 죽어. 너나없이 다 죽었어. 디질라고 환장을 해도 분수가 있어사제, 이것이 시방 뉘 뫼이냔 말이여? 염라대왕이 즈그 외할애비라도 이번에는 살았달 것이 없어.”

동네 사람들이 일을 거드는 곁에 서서 악을 썼다. 발밑에서 아직도 태극기가 파르르 소리를 내며 나풀거리고 있었다.

"이런 제미."

국기를 쭉 뽑아 갈기갈기 찢어 팽개쳤다. 춘영이는 다시 뛰어내려 뭣벌 아무 데서나 흙을 파다가 구덩이를 메웠다. 동네 사람들은 어느새 거의 나서서 춘영이가 시키지 않아도 열심히 거들었다. 그렇게 자기 발명이라도 하려는 듯 몸을 사리지 않고 일을 했다. 구덩이를 대강 메우고 나서 춘영이는 다시 한번 동네를 향해 악을 써놓고 그달음으로 재를 넘어갔다.

자랏골 사람들은 또 날벼락이 떨어졌구나 싶어 모두 제 얼굴이 아니었다.

"어뜬 놈이 또 이 지랄을 했어? 이런 배짱 있으면 대낮에 낮바닥 내놓고 할 일이제, 으째서 밤에만 이 지랄을 해갖고 애먼 사람까지 죽여? 지난해맨키로 죄 없는 사람까지 다 죽이지 말고 이참에는 나서서 죽어도 혼자나 죽어!"

"이참에도 안 나선다 치라면 우리가 그놈을 찾아도 찾아사 우리가 지대로 숨을 쉬고 살겄어."

묘가 똥을 먹으면 어쩐다는 것을 너무도 잘 알고, 또 지난번에 하도 험하게 경을 쳤던 다음이라 자랏골 사람들은 모두가 제정신이 아니어서, 입을 모아 죄지은 놈은 나서라고 악을 썼다.

묘가 이렇게 똥을 먹으면 마치 물먹은 숯불처럼 거기 뭉쳐 있는 영기(靈氣)가 빠져나가버린다는 것이어서, 그 묏자리가 천하 없는 명당이더라도 사람으로 치면 혼백이 빠져버린 것이나 마찬가지로 영영 못쓰게 되어버린다는 것이다. 그래도 봉분이 하도 커서 똥물이 저 밑바닥 뼈에까지는 스며들지 않았을 것 같아 이만치라도 다행이다 싶었으나, 이번에는 지난번하고도 달리 생봉분을 뭉개고 한 짓이라 일의 험하기가 지난번에 비길 바가 아니었다. 더구나 그 국기가 나풀거리고 있던 것이 꺼림칙했다. 어제 장판에서 헌병들이 그렇게 쥐 잡듯 하던 것으로 보면 일은 그 국기 때문에 더 험하게 될 것 같았다.

드디어 기다리던 벼락이 떨어졌다. 양문이를 선두로 말 탄 헌병 세 놈이 말발굽 소리에 쇳소리도 요란하게 칼집을 철걱거리며 들이닥쳤다. 헌병들은 말에서 뛰어내리자 똥구덩이 곁에 꽂혀 있던 태극기부터 찾았다. 찢어발겨져 똥을 뒤집어쓰고 발에 짓밟혀 엉망이 된 태극기를 집어들더니, 놈들은 다시 눈에 불이 켜졌다. 놈들은 그게 무슨 보물이라도 되는 것같이 잔디에다 문질러 대강 똥을 닦아낸 다음 종이에 싸서 말안장에 간수했다.

자랏골 사람들은 또 헌병대 분견소에 끌려갔다. 지난번 닦달은 이번에 대면 어린애 장난이었다. 쇠좆몽둥이가 아니라 사꾸라 몽둥이에 고춧가루물을 뒤집어씌웠다. 다리에 각목을 묶어 매다는가 하면 손가락 사이에 막대기를 찔러 틀었다. 장판에서 만세 불렀던 사람들 사이에 섞여 사흘 동안 살이 찢기고 뼈가 부서졌다. 지난번에 쇠좆몽둥이는 아프기만 하라는, 그래도 좀 사정이 있는 매였으나 이번에는 뼈가 부러지면 부러진 대로, 대갈통이 깨지면 깨진 대로 그대로 골병이 들거나 죽으라는 매질이었다.

그러나 범인이 나오지 않았다. 그러자 놈들은 병열이 형제가 했다는 것으로 몰아, 모두 그렇게 불게 해서 억지 도장을 찍게 했다. 팟종이 되어 늘어진 판에 모른다고 버틸 장사가 없어 다 그렇게 불고 손도장을 찍었다.

몸뚱이에 어혈(瘀血)이 맺혀 구렁이를 감은 듯 반송장이 되어 나온 자랏골 사람들은, 집에 와서는 또 한차례 지겨운 곤욕을 치러야 했다. 맞아 어혈이 든 데나 골병에는 똥물밖에 약이 없다는 것이어서, 개똥에 미끄러져 쇠똥에 입 맞추듯, 똥 일로 얻어맞고 또 이번에는 그 똥물로 어혈을 풀어야 할 판이니, 똥 같은 인생이라 똥 같은 일만 장마에 개똥참외 열리듯 줄레줄레 뒤를 이었다.

똥이라도 푹 썩은 것일수록 좋대서, 자랏골 여편네들은 되도록 똥통이 큰 집으로 사발을 하나씩 들고, 온양온천에 헌 다리 모이듯 모여들었다. 똥물이라도 그것이 사람이 마실 것이어서 밥 먹던 국 사발에 더러운 줄 모르고 똥물을 받았다. 똥바가지를, 그중 자루 긴 것을 구해다가 깊숙이 찔러 바닥을 긁어내면 청동빛으로 퍼렇게 썩은 똥물이 올라왔다. 거기서 지푸라기 썩은 것이나 다른 험한 것은 추려내고, 다시 그것을 체를 대어 곱게 걸러낸 다음 입에 걸릴 것이 없게 해서 남편이나 아들한테로 가져갔다.

이불을 뒤집어쓰고 우황 든 소 앓듯 끙끙 앓고 있던 사내들은 똥 사발을 앞에 놓고, 낙태한 괭이 상이 되어 똥사발을 내려다보았다. 그것을 입맛으로 먹을까마는, 입맛이 없어 밥알도 모래알 씹듯 우물거리던 다음이라 그 거무튀튀한 꼴을 보니 되레 창자가 꼬여 입으로 넘어올 것 같았다. 죽는 셈 치고 벌컥벌컥 들이켜는 비위 좋은 사람도 있었으나, 대부분은 제대로 마시지 못했다. 죽을 용을 쓰고 한모금 머금었다가 왝 뱉어내고, 상이 밤송이가 되어 김치만 볼이 미어지게 씹으며 말 그대로 똥 집어먹은 꼴로 나자빠지는가 하면, 한모금 들이켰다가 되레 다른 속의 것까지 몽땅 게워내고 더 큰 소리로 끙끙 앓는 사람도 있었다.

한모금이라도 어떻게 마신 사람들은 그래도 골병은 면할지 모르겠다고 조금은 안심이 되었으나, 그것을 전혀 못 마신 집 여편네들은 애가 달아 똥사발을 앞에 놓고 남편과 실랑이를 벌이고 있을 무렵, 똥물은 그렇게 생으로 마시는 것이 아니라 푹 고아서 마셔야 제대로 약이 된다는 소문이 나돌았다.

"똥이 그것이 지 썩을 대로는 다 썩었는디 그것을 또 곤단 말이여?"

"무슨 약이든지 과서 안 묵든갑네. 그것을 약 대리대끼 푹 대려 갖고 묵어사 약발이 지대로 뱃속으로 풀려 들어가서 어혈을 푼다는마. 거그다가 개똥을 섞으먼 더 좋고."

"개똥? 개똥은 또 왜?"

"진짜로 약은 개똥이라여. 개똥이 사람똥맨키로 푹 썩은 것이 없어서 그러제, 그런 것이 있은다 치라면 얼병에는 그것 덮을 약이 없다여."

먼저 마신 사람들은 또 한 사발씩, 개똥을 섞어 곤 똥물을 마셨다. 뜨뜻한 게 더 역겨워 아까 좋게 넘어갔던 생똥물까지 넘어올 지경이었으나, 죽는 것에 대랴 하고 벌컥벌컥 들이켰다. 그러나 처음에 못 마신 사람들은 이번에도 마찬가지여서 똥사발이 날아가고 애먼 여편네한테만 악을 써서 생사람 주눅을 들게 했다.

어혈탕국에 밥 말아 먹는 것도 아니고, 숫제 생똥물이니 사람의 비위 가지고는 도대체가 제대로 코를 두를 수도 없었는데, 병이란 게 처음부터 언어맞아 걸린 더러운 생병이라, 약도 더럽게 똥물이 다보니 사람 환장할 지경이었다.

그러나 똥사발을 집어던졌던 사람들도 한 사람씩 다시 똥물을 마시기 시작했다. 재주라고는 두더지 사촌으로 땅 뒤지는 재주밖에 없는 터수에 사대육신이 온전해야 입에 밥이 들어올 것인데, 어혈이 안 풀려 몇달이고 시난고난 죽치고 누웠다가 병이 골수로 스며들고, 또 놀란 뼈가 제대로 발라지지 않는 날에는 제 목숨 혼자만 죽고 마는 것이 아니라 처자식까지 거지 신세가 되는 것이다.

똥물 소동이 한바탕 지나고 나자, 이번에는 이 집 저 집에서 개 패는 소리가 또 요란했다. 이런 일로 몸 보하는 데는 개가 제일이래서 개라면 강아지새끼까지 모두 두들겨다가 그슬렸다. 개는 산신이 아끼는 짐승이래서, 자랏골 사람들은 몇 집을 내놓고는 개를 먹는 사람이 없었는데, 사람이 죽고 사는 판이다보니 우선 목숨부터 살아놓고 볼 일이어서 이런저런 것 따지고 가릴 경황이 없었다.

그런데 그날 저녁 엉뚱한 일이 벌어져 자랏골 사람들은 새파랗게 질려 이불 속을 파고들었다. 늑대가 앞뒷산을 쓸고 다니며 저녁내내 으르렁거린 것이다. 산중에서 늑대 우는 것쯤이야 예삿일이지만, 이날 저녁에는 예삿일이 아니게 별의별 괴성을 다 지르며 떼 몰려다니는 바람에, 그러지 않아도 무덤 속 같은 동네가 몸서리치는 귀기에 휩싸이고 말았다. 그 우는 소리로 들어 수십마리로 느껴졌는데, 이놈들이 심지어는 집 앞에까지 어슬렁거리고 다니는 것이 기어코 무슨 일이 나고야 말 것 같았다.

자랏골 사람들은 개를 잡아먹은 것 때문에 산신이 노한 것이라고 생각했다. 산신이 노해서 저렇게 늑대를 보낸 것이라면 저것들이 그냥 저렇게 으르렁거리다만 말 것인가 싶어, 반은 죽은 얼굴로 문고리를 잠그고 안으로 안으로 이불 속으로만 파고들어 서로 붙안고 밤을 지새웠다.

사람한테 얻어맞아 반은 죽어 있는 판에, 산신까지 저렇게 노해버렸다면 이제 다 죽은 목숨이 아닌가 간이 밭아오르기만 했다. 저렇게 으르렁거리는 서슬로 사람한테 달려들기로 한다면 다 죽어가는 몸뚱이 그대로 내맡길밖에 없었다.

비록 개를 좀 잡아먹었다기로서니, 먹어 살찌려고 그런 것이 아니고 맞아 골병이 든 데 약으로 먹은 것을 가지고 이런 재앙을 내리다니, 경황 중에도 야박한 생각이 들었으나, 그런 생각을 깊이 하고 있기만도 사위스러워 그저 한번만 용서해주기를 마음속으로나마 부처님 다리 안듯 간절하게 빌고 있었다. 사람한테고 신령한테고 그저 기어 살고 매여 사는 못난 백성들의 심사 그대로였다.

그러나 한 사람, 용골댁한테만은 늑대소리가 귀에 앵겨오지 않았다. 감방에 들어 있는 아들들 생각에 밤새워 눈물만 흘리고 있었다.

영감 잃고 딸 잃어 엉긴 설움만도 제대로 삭이지 못해 그 설움만 가지고도 마음 갓 둘 데가 없는 판인데, 생때같은 자식들이 피나무 껍질 벗겨지듯 얻어맞고 차디찬 감방에 맨살을 뒹굴리며 늘어져 있을 것을 생각하면, 하도 억장이 무너지면 이러는가, 되레 허탈한 꼴로 속절없이 눈물만 흘러나왔다.

이런 일이 벌어지고 보니 영감 생각이 더욱 간절해서, 영감이 없는 지금 자기는 도무지 허수아비로만 느껴졌다. 나이가 크게 층이 져 시집올 때부터 늙은 영감이었지만, 여편네 아껴주기를 자식같이 아껴주고, 덤덤한 대로 깊고 짐짐한 정이 유별해서 하늘같이 믿고 의지하던 영감이었다. 그 영감만 살아 있었더라도 이런 일을 당해 혼자 이토록 막막하고 허허하지는 않을 것이어서, 두벌 세벌 겹겹으로 나오는 것이 눈물뿐이었다.

첫닭이 울자 용골댁은 부엌으로 나갔다. 자식들한테 넣어줄 밥을 지어야 했기 때문이었다. 밖에는 아직도 늑대소리가 동네를 뜯고 있었으나, 남보다 두 곱 세 곱으로 맞아 거진 송장이 된 삭신을 차디찬 마룻바닥에 뒹굴리고 있을 자식들 생각을 하면 늑대소리 같은 것에 괘념할 경황이 없었다.

일찍 밥을 지어 밥보자기를 챙겼다. 남들이 한 대로 똥물도 곤 것을 옹기병에 담고, 개고기도 한 다리 얻어온 것이 있어 같이 챙겼다. 다른 사람들은 그래도 집에 와서 따뜻한 방에 누워 똥물에 개고기에 조리를 하는데, 제대로 먹지도 못하고 멍든 삭신을 찬 데다 뒹굴리고 있을 생각이 들기만 하면 그저 가슴을 칼로 에는 것만 같아, 쏟아지는 눈물 때문에 제대로 손을 놀리지 못했다.

개는 자기 집에도 한마리가 있었으나 그것은 병만이가 너무도 아끼는 것이기도 했으려니와 바로 엊그제 새끼를 낳아 그것은 손을 댈 수가 없었기 때문에, 자기도 나중에 사다가 잡아서 갚아주기로 하고 한 다리를 얻어왔었다. 이웃에 사는 인심이면, 보통 때야 개고기 한 다리쯤 서로 나누어 먹고도 남았지만, 이번은 사정이 사정이다보니 그냥 쉽게 공으로 주라기가 어려웠다.

동이 트기를 기다렸다가 용골댁은 밥을 이고 눈물을 앞세우며 집을 나섰다. 산길로 접어들자니, 늑대소리는 그쳤지만 짙은 숲 속의 어둠에 경황 중에도 싫은 정이 들었으나, 잡아먹을 테면 잡아먹으라고 그대로 발길을 밀어올리고 있었다.

그런데 산길을 오르다가 병만이가 파놓은 함정 있는 데로 얼핏 눈이 갔다. 함정이 꺼져 있었다. 개가 없어 아쉽던 판에 노루새끼라도 한마리 빠지 않았는가, 바쁜 걸음임에도 잠시 그쪽으로 발을 옮겼다.

밥 석작을 인 채 밋밋이 함정 속으로 눈을 내리떠보았다. 그러다가 그만 윽 하고 까무러칠 뻔했다. 시커먼 함정 바닥에서 무엇이 시퍼렇게 불을 켜고 올려다보고 있는 게 아닌가? 용골댁은 새파래져서 주춤주춤 뒤로 물러섰다. 하도 놀라 발이 땅에 붙는지 공중에 붙는지도 모를 지경이었다. 빠진 짐승은 늑대임이 틀림없었다. 그러니까 어제저녁 그놈들이 그렇게 극성을 피웠던 것은, 저놈이 저기 빠졌기 때문이 아니었던가 생각하니 더 겁이 났다. 주변 시커먼 숲 속에서 금방 늑대들이 뛰쳐나와 자기를 덮칠 것만 같아 목덜미가 스멀스멀했다. 그러나 이 자리에서 돌아설 수는 없었다. 용골댁은 다시 마음을 독하게 도사리고, 떨어지지 않으려는 발을 억지로 떼어 잿길로 밀어올렸다. 등에서 식은땀이 났다.

어제저녁 늑대들이 그렇게 극성을 피운 것은 산신이 노해서는 물론 아닐 것이고, 그놈들 습성으로 보아, 저놈이 함정에 빠졌기 때문에 그 앙갚음으로 사람한테 적의를 보인 것도 아닐 것이며, 개 그슬린 냄새를 맡고 식욕이 동해서도 아닐 것이다. 대개 이때쯤이 교미기라 전에도 간혹 이때쯤이면 그런 일이 있었는데, 그러니까 우연히 그것이 그날 저녁과 일치했던 것 같았다. 그리고 늑대는 여우만큼이나 교활하고 음흉한 짐승이기 때문에 함정에 빠는 일은 거의 없었는데 교미기의 흥분으로 정신없이 돌아다니다가 그놈이 그만 실수를 한 것 같았다.

용골댁은 밥을 넣어주고, 오늘도 분견소 주위를 애타게 서성거렸다. 아들들 소식이라도 한마디 들을 수 없을까 해서, 장날 만세 부르다가 잡혀 들어간 사람들의 친척들과 함께 종일 서성거리며 이 사람 저 사람을 붙잡고 염탐을 해보았으나 아들의 소식은 들을 수가 없고, 이따금 안에서 찢겨나오는 비명소리에 창자만 밭아올랐다. 좋은 소문이라고는 한마디도 없고 별의별 흉흉한 소문만 꼬리에 꼬리를 물었다. 아무 데 사는 아무개는 죽어서 송장으로 나왔다거니, 모두 서울로 끌고 간다거니, 기막힌 소문뿐이었다.

용골댁은 하루종일 그렇게 서성거리다가, 또 내일 밥해올 일도 있고 하여 저녁밥을 일찍 넣어주고, 다시 눈물을 앞세우며 재를 넘었다. 동네 사람들하고 같이 다닐 때는 우선 말동무라도 되고 서로 위로를 하기도 하다보니 이렇게 답답하고 외롭지는 않았는데, 혼자 넘는 잿길이란 이렇게도 팍팍하고 더딜 수가 없었다.

눈물이 앞을 가려 길인지 골짜긴지 모르고 재를 넘어오다가, 얼핏 아침에 늑대가 빠졌던 함정으로 눈이 갔다. 순간 용골댁 눈에 긴장이 감돌았다. 용골댁은 한참 동안 그쪽을 보고 섰다가 치맛귀로 눈물을 말끔히 닦고 그쪽으로 발을 옮겼다. 안을 들여다보았다. 늑대가 그대로 눈에 불을 켠 채 위를 쳐다보고 있었다. 큰 개만한 늑대였다.

용골댁은 근처를 두리번거렸다. 근처에는 큼직한 돌들이 땅에 박혀 있었다. 용골댁은 그중 큰 것을 뽑아냈다. 머리 위로 치켜들어 늑대를 향해 내리쳤다. 맞지 않았다. 시퍼렇게 불을 켠 늑대가 훌쩍 솟구쳐오를 뿐이었다. 용골댁은 더 큰 놈을 뽑아다가 힘껏 내리쳤으나 이번에도 맞지 않았다. 늑대는 아까보다 더 높이 솟아올랐다. 뛰어오르기만 하면 그대로 한입에 삼켜버릴 것 같은 기세였다. 음흉한 짐승이라 전혀 소리라고는 내지 않고 그렇게 길길이 솟구쳐오르기만 할 뿐이었다. 또 돌을 뽑아다가 이번에는 더 정확히 겨냥을 해서 대가리를 향해 내리꽂았다. 퍽, 등에 맞았다. 그래도 소리를 내지 않았다. 등골이 오싹할 지경으로 시퍼런 눈에 독기만 피울 뿐이었다. 용골댁은 기어코 늑대를 죽이고 말았다.

보통 때 같으면 상상도 못할 짓이었으나 용골댁은 다시 땀을 뻘뻘 흘리며 그것을 끌어냈다. 막대기 끝에 올가미를 걸어 끌어올린 것이다. 그것을 저쪽으로 가지고 가서 개 그슬리듯 그슬렸다. 개하고 같은 종류라 맛이 비슷하기도 하지만 약발은 더 선다는 소리를 들은 적이 있었다. 참말로 그런지 어쩐지는 모르지만, 맞은 데는 개보다 더 약이 된다니 개가 없던 판에 안성맞춤이었다.

병열이 형제는 이년 징역을 받았다.

이런 일이 있은 뒤, 어떤 풍수가 하나 떠들어와서 양문이 묏등에 대한 괴상스러운 형국 풀이를 했다. 이 동네로는 험한 이야기였지만 그럴싸한 이야기였다.

이 동네 이름이 자랏골이듯 저 묏등의 형국이 자라 형국이어서, 그 후손들은 자라가 그런 것처럼 자식을 낳아놓기만 하면 누구의 도움을 받지 않고도 저절로 잘될 것이라는 소리는 이미 들어서 다 알고 있는 것이라 새삼스럽달 것이 없었다. 그런데 저 묏등으로 해서 동네 사람들이 다치는 것은, 자라를 건드려 자라가 움직이기 때문에 다치는 것으로, 언제든지 저 묏등을 건드리기만 하면 본인은 말할 것도 없고 그 묏등 곁에 있는 동네 사람들이 다칠 수밖에 없다는 것이다. 그러니까 왼데 사람이 와서 건드려도 묏등 형국이 그렇게 생겼기 때문에 할 수 없이 동네 사람까지 싸잡아서 다칠 수밖에 없다는 것이다. 자랏골 정기가 온통 저 묏등에만 뭉쳐 있어, 이것은 명당이라도 보통 명당이 아니기 때문에, 더구나 묏등에 해를 입히려고 건드리면 제가 천하 없는 장사라도 그가 사람인 다음에

는 자라 등에 풀쐐기로, 묏등에는 해가 없고 그렇게 사람만 다친다
는 것이다.

양문이가 일부러 그 작자를 들여보내 그런 소리를 하게 한 것이
아닌가 하는 의문이 들 법도 했으나 순진한 자랏골 사람들은 얼핏
듣기에 그럴듯한 소리라 겁먹은 얼굴로 고개를 끄덕일 뿐이었다.
그러니까 이것이 양문이가 시켜서 하게 한 소리라면, 앞으로는 묏
등에 그런 미련한 짓을 하여 화를 자초하지 말라는 그럴듯한 경고
도 되려니와, 지난번에 용골영감이 당한 것이나 이번에 그 아들 형
제가 당한 것은 모두가 그들이 그럴 만한 일을 했기 때문에 자업자
득이라는 소리가 되던 것이다.

그리고 이것은 훨씬 뒤의 일이고 이번 사건하고는 관계가 없는
일이지만, 또 하나 괴상스런 형국 풀이가 다른 풍수의 입에서 나
왔다.

여기가 낙월면인 것은 글자 그대로 달이 떨어졌다 해서 붙여진
이름일 것인데, 얘기가 그렇다보니 달이 떨어졌으면 어디에 떨어
졌고, 그 떨어진 달은 어떻게 되었을 것인가 하는 이야기가 심심찮
게 입에 오르내렸었다. 그때마다 낙월면 사람들은 서로가 아전인
수로 그 달이 자기 동네에 떨어졌다고, 자기 동네 있는 그럴싸한
바위를 들이대는 것이었다. 그러나 다른 동네 사람들이 대는 바위
는 우선 생김새부터가 도무지 신통치 않았다. 그래서 자랏골 사람
들은, 지금 종수네 바위박이 논에 있는 바위가 바로 그 달이 떨어
진 바위라고 우겼다. 그 바위가 신통하게 둥글기 때문이기도 하지
만, 다른 논에는 더 큰 바위가 박혔어도 그런 이름이 아닌데 유독
그 논 이름만 전부터 바위박이로 불리다보니 모두가 그렇게 믿고

있었다.

그 바위는 정말 꼭 달 모양으로 둥글고 위가 평평한데, 저절로라기에는 너무도 신통할 만큼 그렇게 둥글고 평평한 바위가 어지간한 집 마당 크기로 넓었다. 그것이 논배미 두개 사이에 걸쳐 어른의 배꼽 높이로 박혀 있어, 모심을 때는 못밥 먹기에 안성맞춤이었고 올벼를 심으면 새막 짓기에 또 그만한 자리가 없었다.

그런데 양문이 묏등의 혈이 이 바위에까지 뻗쳐, 일테면 이 바위가 자라 밥에 해당한다는 묘한 풀이였다. 그러니까 양문이 묏등은 이 바위가 없어진다면 작대기 부러진 옹기짐이고 꿩 떨어진 매라는 것이다. 그 논은 고당영감이 양문이한테 살림을 팔아넘길 때, 처음에는 자기 아버지 묘의 산직답으로 떼어놓았던 것이었다. 그러니까 고당영감은 꼭 일본으로가 아니더라도 어디로든 동네를 뜰 생각이 분명했던 모양인데, 영감이 그렇게 죽고 마누라와 아들 하나만 달랑 남게 되자 조상의 선산 모시자고 한 일이 뜻밖에 처자식 위한 일이 되어 그 모자는 그 서마지기로 근근이 입에 풀칠을 할 수 있게 되었다.

그런데 그 논의 형국 풀이가 화근이 되어 6·25 때는 종수 아버지가 양문이에 대한 보복으로 그 바위를 떨어버리려다가 목숨까지 잃는 비운을 당하고 말았다.

6

곱댁은 장짐을 챙기던 손을 멈추고, 오늘 돈 될 것을 잠시 손꼽아보았다. 명밭에서 발라낸 무가 일곱 다발, 고구마순이 여덟 다발, 올벼쌀이 서되, 이것이면 그럭저럭 추석 장을 볼 것 같았으나, 군대 간 아들 문길이가 첫 휴가를 온다는 데 생각이 미치자, 이것만으로는 조금 아쉬운 생각이 들었다. 생선 꼬리 하나라도 맛깔스러운 것을 사야 할 것 같고, 겨울이 닥쳐오니 속샤쓰 하나라도 따뜻한 것을 사 입혀 보내야 할 것 같았다. 군대서 그런 것을 배급을 준다고는 하지만, 그 많은 수를 계절 따라 하나하나 촘촘히 다 손이 가질 것인가 미덥지가 않았다.

마루방으로 들어가 벽에 걸린 도라지 두름을 따보았다. 이번 시아버지 제사 때도 아껴 썼던 것이지만, 당장 돈이 될 것이라고는 그것밖에는 손을 대자도 댈 것이 없었다.

몰깃몰깃한 것만을 추려서 말린다고 말렸지만, 말려놓으면 앙상한 것이 도라지 두름같이 볼품없는 것도 없는데, 처음부터 돈사자고 말린 것이 아니라 더 엉성했다. 꼴만 보고 값을 너무 놓아 부를 것 같아 몇번이나 맵슬러보다가 그대로 들고 나왔다.

아들 생각을 하고 도라지 두름을 들고 나오다 생각하니 마음에 걸리는 것이 있었다. 홀로되어 와 있는 딸 필순(畢順)이 생각이었다. 시집갈 때 해갔던 옷이 아직은 가짓수가 골라 이번 추석은 섭섭한 대로 그냥 넘기고 말자고 마음을 먹었던 것인데, 그가 손 굵히며 캐 모은 도라지를 손대자니, 이런 추석 같은 큰 명절을 그냥 말기가 야박하게 느껴졌다.

명절을 기다리는 젊은것들 마음이란 그런 쪽으로 쏠리기 마련이고, 더구나 청상으로 친정에 군식구가 되어 있는 신세가 강아지나 소에 비겨, 까닭 없이 서글프고 허전할 것이어서 시늉만이라도 저고리나 한 감 끊어주는 것이 그래도 그런 마음을 어루만져주는 것이 될 것 같았다.

문길이 위로 딸 둘 중에서 맏이 것은, 가마 속에서부터 태기가 있었던지 시집에 들자마자 떡두꺼비 같은 아들을 둘씩이나 쑥쑥 뽑아내고 탈 없이 잘 사는데, 필순이는 위의 것보다 훨씬 무던하다 싶은 자리에다 보내 한결 마음이 흐뭇해 있었더니, 반년도 채 못 되어 군대 갔던 남편이 멀쩡한 길이었다는데 차가 뒤집혀 저렇게 청상이 되고 말았다. 여기 자랏골 거지(居地)가 그렇다보니, 항상 자식 하나라도 사람 사는 데로 여워보기가 마음속에 간절한 소원이다가, 우선 거지로만 쳐도 턱걸이 혼사라게 자기 친정 동네에 보내어 두루 흐뭇하고 든든했다가, 청천벽력으로 저 꼴이 되어 오자 내가 누구한테 크게 적악한 바도 없는데 무슨 죄밑으로 저것이 저 꼴인가 지나 새나 그것이 가슴에 얹혀 있었다.

곱댁 친정 고읍(古邑)은 근래에는 별반 내세울 것이 없지마는, 그래도 전에는 다 행세깨나 했던 선비의 가풍이 남아 있던 곳이었다. 그래서 거기는 처음부터 이런 산지기붙이들이나 사는 자랏골하고는 비교가 안되던 것이어서, 더구나 통혼 같은 것은 꿈도 꿔볼 수 없는 곳이었다.

그런데 곱댁이 이리 시집을 오게 된 것은, 그 아버지가 묏도락에 한창 바람이 나서 자랏골을 들락거릴 때 어쩌다가 그 무뚝한 용골 영감과 낯을 익힌 것이 연이 되어 혼사가 이루어졌던 것이다. 용골 영감 집에서 기거를 하고 밤에는 용골영감과 오래도록 이야기를 하기도 하여 동네 사람들은 별일이다 했었는데, 그때는 병열인 곰 영감의 우람하고 훤출한 덕데와 무던해 뵈는 성품에 끌려 그랬던지 자기 집안의 맹렬한 반대를 물리치고 혼인을 시켜버렸었다.

그렇게 혼사를 치르고 나서 자기 선산을 이쪽으로 옮기고 거기다 산직답을 네댓마지기 달아준 다음, 자기도 나중에는 자기 손으로 미리 잡아두었던 자리에 묻혔는데, 살아 아들이 없어 쓸쓸했던 그는 죽어서나마 곰같이 든든한 사위가 지켜주는 곳에 묻히고 싶었던지 모른다.

어찌 되었든 고읍 같은 반촌(班村)과 통혼이 되었다는 것은 세상이 많이 달라졌다고 하는 지금도 어려운 일인데, 더구나 사십년 저쪽의 일로는 누구나 고개를 갸웃거릴 일이어서, 심지어는 곱댁이 제대로 시집을 못 갈 무슨 부정한 행실이 있었거나, 아니면 막된 속병이라도 있는지 모른다고 수군거릴 지경이었다. 자랏골 촌놈으로는 너무 과람한 턱걸이 혼사를 하고 보니 이런 엉뚱한 소문까지 나돌았던 것인데, 어쨌든 병열이는 택호까지 의젓하게 '고읍양반'이 되고 말았다.

그런데 고읍양반이 소리나는 대로는 '곰양반'이어서, 석(石)가가 면장을 하면 성을 바꾼다더니 본색이 산골 촌놈이라, 아무리 고읍 같은 반촌으로 장가를 가도 본색 속임은 못한다고들 웃었는데, 생기기를 자기 아버지를 닮아 곰같이 우람하고 동작도 그렇게 굼떴을 뿐만 아니라 하는 일도 변통수가 별로 없이 고지식했기 때문에 딴은 안성맞춤의 택호였다. 곰영감뿐만 아니라 '곱댁'도 '고읍댁'이 줄어진 택호여서 그것을 꼼꼼히 새겨보지 않고는 내외간에 택호에서 고읍이 자취를 감추어버렸는데, 택호에서 고읍이 그렇게 자취를 감추었듯 곱댁도 친정 지체 티라고는 조금도 내는 법이 없이 그저 평범한 자랏골 아낙네로 항상 곱살하고 얌전하기만 했다.

그러나 더러 이웃 동네 사람들이 눈 아래로 보는 것 같은 눈치
일 때는, 속살로까지야 마음이 노상 잔잔하지만은 않던 것이어서,
딸이라도 하나 사람 사는 데로 보내자고 벼르다가 친정붙이 무던
한 집과 혼담이 익어, 거지로 웅켰던 마음이 조금은 풀리는 것 같
았는데 그게 제 복에 닿지 않았던지 저 꼴이 되어 가슴에 얹히고
말았다.

"돈 쪼깐 없소?"

영감이 밥상을 물리는 것을 기다렸다가 곱댁은 옷을 갈아입으며
조심스럽게 입을 뗐다. 영감은 말없이 숭늉만 불어 마시고 있었다.

"주섬주섬 치워놓고 너도 어서 옷 갈아입어라."

영감은 으레 저러는 것, 곱댁은 밥상을 내가는 딸만 채근하고 있
었다. 영감은 곱댁이 옷을 다 갈아입을 때까지 뻐끔뻐끔 담배만 빨
고 있었다.

"지가 캔 것이글래 돌갓 두두름 갖고 가요마는, 저것 저구리나
한 가슴 끊어주고 문길이 속사쑤래도 한나 사서 입혀 보낼라면 쪼
깐 더 있어사 쓰겄소."

곱댁은 무단 사이에 끼워넣은 도라지 두름을 고쳐 끼며 변명하
듯 다시 말을 했다. 여태 곰방대만 뻐끔거리고 있던 영감이 무겁게
엉덩이를 떼고 일어섰다. 시렁에서 조그마한 나무궤짝을 내렸다.
꺼멓게 손때가 전 나무궤짝에는 쥐불알만한 쇠통이 하나 달려 달
랑거리고 있었다. 영감은 쌈지 새끼 주머니에서 참새 혓바닥만한
열쇠를 꺼내 그것을 땄다. 그 속에는 등기문서 같은 종이첩이며, 무
슨 영수증 나부랭이, 누렇게 바랜 몇장의 편지봉투, 그리고 장식이
꽤 호화로운 은장도 등등 부엉이 집 같은 속에서 지폐 뭉치 하나를

끄집어냈다. 백환짜리 지폐가 사십여장이 넘어 보였다. 그 속에서 다섯장을 세어 내고 뚜껑을 닫으려다가 다시 두장을 더 뽑아냈다.

"문길이 휴가 온다 치라면 여비도 주어사 쓸 것이고……"

곱댁은 손을 내밀려다가 주춤한다.

"참말로 그러겄소. 모도들 휴가 왔다 갈 적에 보면, 돈을 많이 가져가는 것 같습디다. 대장한테 술도 받아줘사 쓰고, 여그저그 교제를 해사 맞기도 덜 맞고 편하다고 합디다."

"삼천환 넘겨 있은께."

곱댁은 엉거주춤 돈을 받아 세어보고 나서 거기서 석장을 떼어 다시 영감한테 내밀었다.

"사백환만 있으면 아순 대로 쓸 것 같소."

"그냥 갖고 가!"

"인자 어디서 돈 나올 데가 또 있소?"

"쓰고 남으면 갖고 오소그랴."

곱댁은 망설이다가 주머니에 돈을 챙겼다.

몽망골 잿길에는 벌써 장꾼들이 서너 패 붙어 있었다.

"워따, 뭣을 그로크롬 한 짐쓱 였소?"

"검불만도 못한 푸성거리제 뭣이겄소?"

"누구는 으짜고라우. 나는 명밭에 무시까장, 망할 것이 멜갑시 쪼들어분 통에 짐치가슴 한 단도 못 가지고 가그만이라우. 멘맛한 감자순대만 한 짐 였소마는 이것이 먼 돈 될랍디여? 올벼쌀 서되 갖고 가는디, 이까짓 것 가지고 가보았자 터주에 놓고 조앙에 놓고 나면 멸치 꼴랑지 한나나 지대로 사질란가 모르겄소. 돈도 돈도 너무 들어간께 어뜨크롬 사람이 숨을 쉬고 살 수가 있어사제라우."

"나는 텃밭에서 꼬치가 그것이 쪼깐 손을 대졌어서, 익은 것이랑 선것이랑 되는대로 훑어봤는디, 다른 것은 손을 대자도 델 것이 있어사제라잉. 그래도 절골 다랑치에 차나락을 마침 이른 것을 싱개서 그것 몇 뭇 잡아보았소마는 새끼덜 신발만 해도 그것이 시커린디, 이것 쪼깐 가지고 가서 어디다 붙여사 잘 붙인다고 할 것인고. 그래도 곱맥은 커나는 애기덜 없은께 우리보담은 덜할 것이요."

"애기덜 없다고 해도 들어가는 구멍이사 어디 한이 있습디여?"

"말도 마씨요. 지난 장에는 올벼쌀 서되 가지고 가서 석유 한 병 사고, 풀일 한다고 갈치 꼴랑지 몇마리 사고 으짜고 십환짜리까지 쪼개감시롱, 손톱여물을 썰어도 모지라서 애기덜 과자 한입 뿌치도 못 사가지고 왔등마는, 집이 온게 물읍 물 것 안 냉겨왔다고 또 벼락난리가 아니요그랴."

"참말로, 그 썩을 놈의 물읍은 이로크롬 서발곱새 좌우 발판 늘어지는 촌사람덜한테 어짠다고 갓도 끝도 없이 쏟아져만 나오는고. 참말로 이러다가는 금년 농사도 지은다고 지어봤자 마당에서 손 털고 나서게 생겼그만이라우."

"그 징상스럽던 왜정시대도 공출은 험하게 훑어갔제마는, 물읍은 이로크롬 험하게 나오지는 않았던 것 같은디, 참말로 모구 대가리에 골을 내도 쪼깐쓱 숨을 쉬게 해사 쓸 것 아니요. 개구락지도 옴쳐사 뛴다고, 어뜨크롬 쪼깐쓱 정신을 차리게 해사 물읍을 물든지 잡부금을 물든지 할 것 아니냔 말이요."

"그래도 평식이가 서울서 쪼깐쓱 보내오지라우?"

문길이나 종수와 같은 또래로, 계모임 비슷한 모임을 만들어 자랏골을 부흥시킨다고 설치다가 엉뚱한 짓을 저질러 문길이와 함께 질천이를 두들겨패놓고 도망쳤던 패거리 중의 하나다.

"아니, 으짜겄소. 그래도 지난 설에는 꼴엣것이 철든 것맨키로 반찬값 하라고 몇푼 보냈글래 그런가부다 했등마는, 이참에는 이 망할 놈이 누구를 뚜드러 패가지고 징역을 살게 되었다고 되레 돈을 보내라고 안했소? 눈썹만 뽑아도 똥 나오게 생겼제마는, 그래도 징역을 살게 생겼다는디사 어쩔 것이요. 멘맛한 것이 색갈이라, 두 가마니나 내서 보내주고 난께 금년 농사를 지어도 시방 놈의 농사를 짓고 있소."

"아니, 누구를 어뜨크롬 때렸간디 색갈이를 두 가마니나 내서 보내라우? 나는 그런 소문도 못 들었소, 예."

"그것이 먼 자랑거리라고 소문내겄소. 버릇 배우랑께는 과부댁 문고리 빼들고 엿장사 부른다등마는, 망할 자식이 놈의 쌈에 말려들어갖고 그 지경이 되었다고 안 그러요. 이놈의 자식이 아무리 일러도 지 타고난 성질이 그로크롬 불같어논께 그런 데 나가 있어도 꼭 오리 홰 탄 것맨키로 맘이 안 놓인단 말이요. 기어코 벌어서 그 빚은 제가 갚는다고 그러요마는 이발소에서 벌먼 몇푼이나 벌어서 지 입 묵고 그 많은 돈을 갚겄소?"

일행은 재 꼭대기에 이르러 잠시 짐을 내리고 땀을 들였다. 자랏골 안통이 한눈에 들어왔다. 눌눌하게 익어가고 있는 들판의 여기저기가 쥐 뜯어 먹다 둔 것처럼 올벼 논의 벼가 걷혀 있었다. 곶감 타래 헐리듯 일년 농사가 헐린 것이다. 그래도 지금은 들판이 저만큼이라도 차 있어 보기만 해도 배가 부르고 눈요기만으로도 마음이 든든하지만, 목구멍뿐만 아니고 양잿물 한 덩어리, 석유 한 병까지 농사에 의지해야 하고, 이 조목 저 조목 대추나무 연줄 걸리듯

한 잡부금을 물고 나면, 해도 넘기기 전에 뒤주 밑이 긁힐 집이 태반이다. 거기다가 색갈이라도 짊어진 사람들은 그대로 타작마당에서 손을 털고 나설 판이었다.

전에 나무가 많을 때는 나뭇짐을 지고 가서 그것으로 가용 푼돈을 썼고, 또 나무 한 짐이면 쌀 두되 값은 되던 것이어서 부지런히만 나대면 나뭇짐만 져 넘겨도 그럭저럭 굶지는 않고 살아갈 수가 있었으나, 지금은 그런 길도 막히고 보니 살기가 더 막막하고 답답했다.

필순이는 저만치 혼자 앉아 들국화 송이를 꺾고 있었다.

"필순이도 고운때 벗기 전에 얼른 새 짝을 찾아주어사 쓸 것인디, 더러 혼담이 들어오요?"

"금매 말이요. 마음은 바쁘제마는 어디 마땅한 자리가 있어사제라우. 사람이 쪼깐 방불하다는 자리는 주렁주렁 딸린 것이 많고, 그런 것이 또 엔간하다 싶으면 다른 것이 너무 보잘것이 없고, 입에 맞는 떡이 어디 쉽게 있을랍디여마는, 나는 데마다 넘고 처진단 말이요."

곱댁은 한숨 섞어 푸념을 늘어놓았다.

"아무리 으째도 딸린 것 많은 데만은 피하씨요. 머리 검은 짐승 거두는 것은 지옥 늦이라는 옛말도 있대끼, 남의 속으로 빠진 것은 아무리 정성으로 거둬봤자 다 지절로 큰지 알고 입으로 공 갚는단 말이요. 우리 성님 애 녹는 것 보씨요."

"필순이 같으면이사 새 큰애기 고르대끼 고르제라잉. 이름이 그래서 헌각시제 고운때 초벌도 지대로 안 벗은 새 큰애기 아니요. 인물 저만하것다, 딸린 것이 있소 뭣이 있소? 열 집 사우 안돼본 사람 없고 열 집 며누리 안돼본 여편네 없다고, 그저 여편네 팔자는 뒤웅박 팔잔께 고를 때 맘 툭 놓고 델 만한 데만 있은다 치라면 열 번이고 스무번이고 쳐다보고 내려다보고 고를 대로 고르시요."

"아문이라우. 짐바리하고 사돈네는 고를수록 좋다고 안 그럽디여. 여자 높이 놀고 낮이 놀기는 그저 시집 한나에 달렸은께 잘 고르시요."

필순이 혼사를 놓고 말부조들이 한창 푸짐한 판에, 저 아래서 텃골댁이 땀을 뻘뻘 흘리며 올라오고 있었다. 돼지새끼 한마리를 망태기에 담아 바구니에 달랑 이고 올라오며 허겁부터 떨었다.

"아이고, 이놈의 더우가 섣달이 꺼꾸로 돌아온다냐 으짠다냐? 팔월 늦더우에 암소뿔이 물러 빠진다고 하등마는 더우도 더우도 징상스럽네."

"텃골댁은 되야지새끼 그놈 폴면 추석 장은 걸게 보겄네."

"아이고, 말도 마씨요. 남은 것이라고는 달랑 이것 한나뿐인디, 이것을 폴아서 어느 구석에다 붙여사 잘 붙인다고 할 것인고. 이럴 때 어디서 돈 한 짐 짊어지고 오는 목대기 귀신은 없는가?"

"춘자는 이번 추석에도 온다고 편지가 왔다는디 써운이는 소식 없는가? 써운이도 집 나간 지가 이년이 넘었은께 다른 애기덜 같으면 여러번 왔다 갔을 것인디?"

"망할녀러 가스나그가 한번이나 다녀간단 마제, 한번 집을 나간 뒤로는 집에 올 생각을 않는그만이라우."

"편지도 없어?"

"이참에는 편지도 몇달 끊겼는디, 한번 다녀갈라고 그러는가 으짠가 모르겄그마."

"춘자는 공장에 들어가서 그로크롬 잘 번다는디 써운이는 그런
데 쪼깐 못 들어가는가?"

"금매, 춘자 그 가시나 돈 보낸다는 소리 들어보면, 먼 공장이 그
로크롬 숱한 공장이 있는고. 돈 맨드는 공장에 있어도 그로코롬은
못 숱할 것 같어."

"흥!"

텃골댁은 다 알조 아니냐는 투로 콧방귀를 뀌었다. 춘자는 이미
골로 빠졌다는 소문이었고, 지금 하는 소리들도 은근히 비꼬는 소
리들인 것이다.

"써운이는 어렸을 적부텀 얌전해논게 설마 허방으로사 빠질라
든가마는 그래도 잘 일러!"

"암, 늘 일러사제. 쪽박하고 가스나그하고는 내돌리먼 탈이 나는
법인게 잘 일러! 춘자 그 가스나그가 참말로 그런 데 빠졌는가 으
쨌는가, 우리 눈으로 보들 못했은게 모르제마는, 빈총도 안 맞은 것
만 못한 것인디, 그런 소문이 으짠 소문이라고, 그런 소문이 한번
나돈 담에는 그 가스나그를 누가 사람으로 칠 것이여?"

"다 지 될 나름이제. 그런 짓이 사람으로 할 짓이간디, 타고나지
않고사 그런 데 빠질 것이여?"

텃골댁은 자신있게 말을 했다.

"그래도 사람 일이랏 것이 다 그런 것이 아녀. 시시덕이는 재를
넘어도 새침데기는 골로 빠진다는 말이, 사람을 겉 보고는 모른다
는 소리가 아닌갑네."

"아무런들 써운이가 춘자 같은 가스나그 본이사 받을 것이여?
나갈 때는 따라나갔어도 서울 가자부텀 상종을 않는다는마."

그러나 텃골댁 얼굴에는 어딘가 어두운 그림자가 지나가고 있었다. 내색을 않으려고 안간힘을 쓰는 것 같았으나 마음 한쪽은 노상 평온하지만 않은 모양이었다.

춘자는 이 동네에서 제일 먼저 반봇짐을 쌌었는데 반년 만에 돌아오면서 촌티를 싹 벗고, 식구들 옷이며 신이며 트렁크를 두개나 이고 지고 왔었다. 제나 내나 자랏골에서 흙 파먹고 살던 촌년이 저렇게 벌어올 제는 갈보질 내놓고 딴짓 했겠느냐고 입을 비죽거렸으나, 자랏골 산중에서 못 먹고 못 입고 살던 눈으로는 은근히 부럽지가 않을 수 없었다. 춘자는 무슨 공장에 들어 그렇게 벌고 있다고 떠벌렸으나 동네 사람들은 그것을 쉽게 믿으려 하지 않았다.

그런데 춘자가 다시 서울로 간 다음, 동네서 써운이가 없어지고 말았다. 동네서 누구보다도 얌전했던 써운이가 없어지고 나자 동네 사람들은 사람 속이란 모를 것이라고 어이없어했다.

그런데 서울서 지내고 있는 동네 사내아이들이 써운이가 식모살이하고 있는 집에를 직접 가서 만나본 적이 있었기 때문에 그런 쪽으로는 빳지 않았다는 것은 확실했다. 그러나 사실이 그렇더라도 그런 이야기 끝이란 남의 이야기 좋게 하는 경우는 드물다보니 써운이도 알랴는 투로 말꼬리가 외로 사려지기 십상이었다.

들 가운데 굴레방다리에는 벌써 되배기꾼들이 여럿 나와 오늘따라 한결 성화였다. 쌀 같은 곡물은 물론 닭이나 달걀, 심지어는 김칫거리 등속의 푸성귀까지 중간에서 받아다가 되넘겨 파는 장판 깍쟁이들이다. 장판에서 그 길로만 닳아진 여편네들이라 그들과 자칫 잘못 상대했다가는 저울눈이나 되를 속이는 등 엉뚱한 바가지를 씌웠다.

그러나 장에 가지고 가보았자 대개는 시세가 빤해서, 몇푼 안되는 것 붙들고 하루종일 품을 버리고 있는 것보다 어지간하면 그들한테 넘기는 것이 나을 때도 있긴 했으나 그래도 여기까지 힘들여 이고 온 것을 장판에 내놓아보지도 않고 넘기고 말기가 허전해서 대개는 그들한테 주지 않고 장에까지 이고 갔다.

되배기 여편네들은 무슨 짐이든지 무작정 끌어내려놓고 보자는 식이어서, 어느 짐이고 우악스럽게 낚아채는 바람에 어지간히 드세가지고는 그대로 지나가기가 어려웠다. 그러나 자랏골 여인네들은 꽝꽝 소리를 질러 찰거머리처럼 달라붙는 되배기꾼들을 뿌리치고 무사히 뚫고 나갔다.

그런데 텃골댁이 어떤 사내한테 돼지새끼 망태기를 빼앗기고 말았다. 빼앗겼다기보다 부르는 대로 값을 주겠다는 바람에 엉거주춤 내맡긴 것이다.

"이것 나한테 포씨요. 금방 눈먼 공돈이 굴러들어왔는디, 이런 공돈이면 그것으로 되야지새끼나 한마리 사다놓아사 이것이 지대로 내 것이 될성부르요. 흐흐. 저그 저놈덜이 시방 야바우꾼덜인디, 금방 저놈덜한테서 돈을 땄소."

사내는 흥정보다도 돈 딴 것에 들떠 있었다.

"얼마 받을라요?"

야바위꾼 돈 따먹은 놈치고는 좀 어수룩해 보이는 사내가 연방 벙글거리며 달겨붙었다.

"못 받아도 오천환은 받아사 쓰겄는디라우."

저지난 장에 팔았던 제대로 자랐던 놈 값이었다. 첫배 새끼 일곱마리 중 이놈 한마리만 어미젖을 제대로 먹지 못해 불강아지처럼 용렬한 꼴이었는데, 다른 놈들 젖을 떼고 나서 어미젖을 두장도 막이나 독차지하고 나니 조금 나아지기는 했으나, 원체 못난 무녀리라 지금도 제대로 꼴이 아니었다. 그런데 이 작자 달려드는 꼴이 어수룩해 보여 입 벌어진 대로 불어본 것이다.

"그것은 너무 비싸요."

"그럼 마씨요."

텃골댁은 망태기를 끌어당겼다. 한 오백환쯤 빼줄까 하다가 한번 버텨보자고 튀긴 것이다.

"애따, 이왕 공으로 딴 것, 개평 준 셈 치자! 저놈덜한테 딴 것이 꼭 오천환인디, 흐흐흐. 느그덜이 그런 기술 가지고 놈의 돈을 따묵어야, 이 병신들아!"

사내는 돈을 세어 건네면서도 정신은 그쪽에다 두고 들떠 있었다.

"아짐씨, 저놈덜 야바우하는 솜씨나 쪼깐 구경하고 가씨요. 술 취한 놈 달걀 포는 것도 아니고, 강원도 꿀장사도 저보담은 낫을 것이요."

사내는 쿡쿡 웃으며 돼지 망태기를 챙기고 나서 텃골댁을 그쪽으로 끌었다. 아무리 대목장이라고는 하지마는 야바위꾼들이 아침부터 여기까지 나와서 별스럽게 설친다 하면서, 이제 돼지도 팔아버렸것다 바쁜 일도 없어 무슨 판이 그렇게 숫한 판이 있는가, 사내들 사이로 밋밋이 고개를 밀어넣었다. 야바위판이 어떤 판이라고 여편네가 그런 데를 다 기웃거려야는 생각도 잠깐 지나갔으나, 야바위를 하는 것도 아니고 잠깐 구경쯤이야 그게 무슨 흉이 되겠느냐 싶어 돈 싼 보자기를 뚤뚤 말아 한 손에 꽉 거머쥐고 엉거주춤 고개를 디민 것이다.

야바위꾼은 작은 연고곽 세개를 신문지 위에서 이쪽저쪽으로 옮겨놓으며 제 깐에는 제법 야바위꾼 가락으로 떠벌리고 있었다.

"자, 돈 놓고 돈 먹기. 산에 가야 범을 잡고, 또랑 치고 가재 잡고, 남자는 배짱, 여자는 절개. 이 빨간 놈이 든 곽을 잡아내기만 하면 앉은자리에서 삼 배. 자, 이놈만 잡아내면 앉은자리에서 삼 배."

놈은 약갑을 들어서 하나하나 벌려 보이며, 보시다시피 이 두개에는 파란 종이때기가 들어 있고, 이놈 하나에만 빨간 종이때기가 들어 있는데, 이 빨간 놈이 든 갑만 잡아내면 앉은자리에서 삼 배라는 것이다.

"인천 바다가 사이다라도 고뿌 없이 못 마시고, 한라산이 금덩어리라도 배짱 없이는 못 가져가요. 돈 놓고 돈 먹기, 이것만 잡아내면 삼 배."

놈은 떠벌리며 약갑을 이리저리 옮겨놓다가 마지막 동작은 제법 수를 쓴다고 홀딱 손을 놀리는 것이었으나, 그 말주변과는 전혀 딴판으로 명색이 수를 쓴다는 동작이 너무 굼떠서 텃골댁은 아이고 하고 소리를 지를 뻔했다. 저러다가 아까처럼 또 돈을 놓치고 말겠다 싶어서였다.

"삼수갑산을 갈망정."

구경하고 있던 사내 하나가 솥뚜껑으로 자라 덮치듯 바로 그놈을 덮쳤다. 사내는 포켓에서 백환짜리 두장을 꺼내 던져놓았다. 짰다. 영락없었다. 야바위꾼은 입술을 빨며 육백환을 세어 던졌다.

도대체가 남의 돈 따먹겠다고 야바위하는 놈이, 어쩌면 저런 놈이 다 있는지, 아까 그 사내의 말마따나, 술 취한 놈 달걀 파는 것도 아니고 저게 총한 정신 가진 놈이냐 싶었다. 돈을 주체 못해 환장이나 했다면 모를까 남의 것 따먹겠다고 벌이는 수작이라면, 그래도 집구석에서라도 혼자 연습이나 좀 해서 우선 손놀림부터가 모주할매 바가지 내두르듯 해야 할 것인데, 수를 쓴다는 손놀림이 조막손이 달걀 굴리는 것도 아니고, 도대체 굼벵이가 야바위판을 벌인다 해도 저러지는 않겠다 싶었다.

그래도 어디서 주워들었는지, 손님을 꼬신다고 인천 바다 어쩌고 나불거리는 소리는 제대로 뚫린 입이라 술술 빠져나왔으나, 그 굼뜬 손놀림을 보고 있자면 보는 쪽에서 애가 달아 견딜 수가 없었다. 저런 밥으로 패 죽일 작자를 서방이라고 따라 사는 년은 신세가 얼마나 고달플 것인가, 텃골댁은 남의 여편네 걱정까지 하고 있었다.

"자, 돈 놓고 돈 먹기, 남자는 배짱 여자는 절개."

또 아까처럼 약갑을 슬슬 놀리다가 휘딱 손을 놀렸다. 아까보다 조금 빠르기는 한 것 같았으나, 굼벵이가 뛰면 몇길이겠는가. 그때 아까 돼지 산 사내가 텃골댁 옆구리를 꾹 찔렀다. 텃골댁은 자기도 모르게 후딱 손이 나갔다. 사내가 찌르는 바람에 그에 퉁겨 손이 저절로 나간 것 같았다. 입으로 돈보자기를 끌러 그중 오백환을 세어 던졌다. 너 같은 얼병이 풋돈이라면 나라고 못 먹겠느냐는 배짱이었다.

"다 노씨요. 틀림없소."

돼지 사내가 옆구리를 찌르면서 충동질이었다.

"왜들 옆에서 야단이요? 놀라면 당신이 노씨요."

야바위꾼이 가볍게 핀잔을 주었다. 그러나 사내는 다시 옆구리를 꾹꾹 찔렀다. 오천환을 다 놓으면 일만 오천환, 그렇게 많이 따먹어도 괜찮을까 싶어, 텃골댁은 돼지 사내를 돌아보았다. 그는 그런 사정 두지 말라는 눈짓이었다. 텃골댁은 그대로 보자기를 활활 풀어 모두 쏟아놓았다. 너 같은 솜씨라면 누구한테 털려도 털리고 말 것, 도둑질하는 것도 아니고 이쯤 대수냐는 배짱으로 줴알려서 밀어버리는 독한 마음으로 다 쏟아놓은 것이다. 일만 오천환이면 그것이 얼마냐, 텃골댁은 잠시 자기가 무엇을 하고 있는지도 모를 지경으로 얼얼한 속에서 약갑을 깠다. 어깻죽지에 날개라도 돋아 우화등선하는 황홀한 기분이랄까? 그런데 이게 뭔가? 파란 종이가 아닌가? 지금 자기가 무엇을 헛보고 있는 것이 아닌가 눈을 한번 썸벅여보았다. 그러나 틀림없이 파랬다. 텃골댁은 대통 맞은 병아리 꼴이 되어 멍청한 눈으로 돼지 사내를 돌아보았다.

"아, 그것 이상하다."

텃골댁은 공중에서 꽈당 발판이 무너지는 기분으로 한 손에 한 짝씩 약갑을 든 채 한참 그렇게 넋이 나가 있었다. 이것이 꿈이어서 제 세상으로 깨어났으면 싶은 생각으로 한참 그렇게 서 있었으나, 결코 꿈이 아니었다.

"허허. 거 묘하네."

돼지 사내는 남의 일이라 그냥 묘하다고만 했다. 야바위꾼은 쑥구렁이 꿩알 끌어안듯 돈을 챙겨 주머니에 넣고 나서, 언제 그런 일이 있었느냐는 듯이 다시 약갑을 놀리면서 남자는 배짱 여자는 절개를 외치고 있었다. 여태 꿀장수도 아니고 갈포래 장수도 아니게 보이던 놈이 갑자기 음창벌레가 둔갑한 놈 같았다.

텃골댁은 아랫도리가 부들부들 떨리고, 도무지 제정신이 아니었다. 저만치 자랏골 사람들이 한 패가 오고 있었다. 이러다가는 또 동네 소문까지 퍼질 것 같아, 경황 중에도 그것이 맘에 쓰여 돌아서려다보니, 이미 동네 사람 둘이가 곁에서 구경을 하고 섰다가 멍청한 눈으로 텃골댁을 건너다보고 있었다.

돼지 샀던 놈도 그놈이 그놈으로 다 한패거리였던 것을, 망신을 사자면 제 아비 이름도 안 떠오른다더니, 장판에서도 다 그렇게 해먹는다는 것을, 내가 돈에 환장을 해서 눈에 허꺼무가 끼었던가, 이럴 때는 그대로 선 자리에서 벼락이라도 깡 때려주었으면 싶었으나, 세상은 햇볕이 쨍쨍 나고 있어 되레 이것이 남의 세상인 것같이 생소하게 느껴질 지경이었다.

생각하면 할수록 기가 막혔다. 퍼질러 앉아 통곡이라도 터뜨리고 싶었으나 그것은 우세도 두벌 우세가 아니냐는 생각에 독심을 먹고 마음을 붙잡아, 그래도 갈 곳이라고는 장에밖에 없어 그쪽으로 발을 옮겼다.

도대체 장은 무엇으로 보며, 또 동네 소문은 어떻게 나겠는가? 야바위꾼 돈 따먹으려고 덤비는 년이라면 돈에 환장을 했어도 한두벌로 환장을 한 년이 아니라고, 웃고 숙덕이고 깔깔거릴 것을 생각하니 손재수야 쓰려도 혼자 속으로 곯으면 그만이지만, 망신살까지 이렇게 홍살문 살로 뻗치고 말았으니 이 꼴을 하고서야 어디 우물길에나 제대로 낯짝 쳐들고 나다니겠는가.

생각하면 겹겹으로 기가 막혔으나 그래도 우세 같은 것이야 우선은 다음 일이고, 오늘 당장 장은 무엇으로 본단 말인가. 맨손 쥐고 장에 가보아야 고자 처갓집 가는 격이고, 추석 단대목에 누구보고 돈 꾸어달라고 손 벌린다는 것도 섣달 그믐날 시루 빌리자는 얼빠진 수작일 것이었다. 추석날 산주들은 들이닥칠 판인데 이 일을 어째야 하는가. 귓불에 피 마르고 안아뀸으로 이렇게 기막힌 꼴은 처음이었다.

저마다 이고 지고 가는 장꾼들의 모습이 이렇게 부럽고 느긋해 보일 수가 없었다. 자기는 생전 저런 일이 없었던 것같이, 이고 지고 가는 모습이 그지없이 부러웠다. 한 발 앞이 지옥이라더니, 한 발을 삐득하고 나니 세상이 이렇게도 험한 꼴이 돼버리는가.

텃골댁은 설삶은 말 대가리같이 잔뜩 우거지상이 되어, 가얏고 뒤에 체장수 따라가듯 장꾼들 뒤를 따라가며 가서 어떻게 돈을 마련할 것인가 궁리를 굴려보았다. 사판이 하도 험하다보니, 그렇게 해서 돈만 나온다면 쇠말뚝에도 파리 발을 비벼보겠고, 강아지한테 문안을 드리라도 드리고 싶은 심정이었으나, 도대체가 돈 나올 궁리가 서지 않았다. 새알에 멜빵 할 서캐조롱 장사 궁리에서, 화적떼 봇짐이라도 털 궁리까지 이 궁리 저 궁리, 참빗으로 훑듯 궁리를 짜보았으나 옴치고 뛸래야 뛸 데가 없고, 비벼볼래야 비벼볼 언덕이 없어, 아무리 궁리를 굴려보아야 돌아보아도 물레방아고 던져보아야 마름쇠였다.

정작 장판에 들어서고 보니 모든 것이 낯설게만 느껴지고 그냥 아뜩하기만 했다. 닷새 만에 하루씩 자기 집 문턱 드나들듯 했던 장판인데, 이 꼴을 하고 들어서자니 어디로 가야 하는가, 꼭 핑계 잃은 사돈네 집에 들어가기였다.

그러다가 퍼뜩 떠오르는 생각이 있어 발을 멈추었다. 딸 써운이가 오늘 올지 모른다는 생각이었다. 오늘 오겠다고 무슨 기별이나 편지가 있었던 것은 아니지만, 아무래도 이번 추석에는 한번 올 것 같고, 온다면 오늘밖에 올 날이 없었다.

사실, 아까 재 꼭대기에서 곱댁 일행과 이야기할 때, 어디서 돈 싸짊어지고 오는 목두기 귀신이 없는가 했던 것도 실은 써운이가 올지 모른다는 생각에서 그런 은근한 기대를 임자 없는 목두기 귀신에 빗대 말했던 것이다. 써운이는 원체 말이 없는 계집아이라 이럴 때도 온다 간다 기별을 하고 어쩌고 어살버살 떠벌리고 오지 않고 슬그머니 자기 앞에 나타나줄 것만 같았다. 그렇게 생각을 하고 나니, 지금 써운이가 어디 정류소에라도 와서 자기를 기다리고 있을 것만 같았다. 푸줏간에 들어가던 황소걸음이던 발길이 금방 날개라도 달린 듯 가벼웠다. 텃골댁은 크게 볼일이라도 있는 사람같이 장판을 무질러 정류소로 갔다. 서울서 밤차를 타고 왔다면 지금 왔을 만한 시간일 것 같았다.

텃골댁은 정류소에 이르자, 아무 차나 거기 멈추어 있는 차면 무작정 안을 들여다보았다. 금방 어디서 엄마, 하고 달려들 것 같은 환상으로, 여기저기 정신없이 돌아다니며 차 안을 살폈다. 다 살폈으나 없었다. 다시 한번 더 살펴보았다.

한참 그렇게 싸대다가 정류소 안으로 들어가서 기다렸다. 쥐구멍에 들어온 벌처럼 한쪽에 엉거주춤 서서 밖을 내다보고 있었다. 그렇게 섰다가 차가 나타나기만 하면 어디서 오는 차인지 물어볼 경황도 없이 무작정 뛰쳐나가 안을 살폈다. 오는 차마다 그렇게 달려나가 살피기를 몇대나 했는지 모른다. 어느새 점심때가 가까워지고 있었다. 춘자 어머니가 나타났다.

"써운이도 온다는 편지가 있습디여?"

"야. 그런디 춘자는 대강 이 시간이 되면 오던가라우?"

"기차로 와서 뻐스를 갈아타고 오면 대강 이 시간이면 당도합디다마는 오늘은 으짤란가 모르겄소.”

평소에는 써운이 소문이 춘자하고 한 무더기로 싸여서 날까 싶어, 텃골댁은 춘자 어머니하고 가까이 혀 달아 이야기하는 것도 꺼려왔는데, 오늘은 하도 험한 망신을 당한 다음인데다 써운이를 기다리는 마음이 사뭇 아쉬운 판이다보니, 속 빈 강정의 잉어등같이 허허한 기분으로 기약 없는 딸을 기다리는 마음으로는, 느긋한 춘자 어머니가 살찐 부처 곁의 상전댁같이 의젓하게 보였다.

춘자 어머니가 온 다음부터는 차가 들어와도 아까같이 경황없이 뛰어나가지는 않았지만 눈이 번득이기는 아까보다 더했다. 느긋하게 기다리고 있는 춘자 어머니를 보니 그동안 편지 한장 없었던 써운이가 새삼 야속하게 느껴졌다. 차가 서너대 오고 나서였다.

“아이고, 쩌그 온다.”

춘자 어머니가 소리를 지르며 뛰어나갔다. 창밖으로 춘자 얼굴이 보이고, 낯익은 동네 아이들 얼굴이 보였다. 텃골댁은 춘자 어머니를 앞질러 차 곁으로 달려갔다.

춘자가 내렸다. 뒤따라 곱댁 아들 문길이가 군복을 입고 내리며 인사를 했다. 텃골댁은 건성으로 인사를 받으며, 정신없이 차 안만 살폈다.

“우리 써운이 안 오디야?”

텃골댁은 부처님 다리 안는 심정으로 대들었다.

“안 봤는디라우. 아까 기차에도 안 탄 것 같고, 이 차에도 안 탔어라우.”

텃골댁은 다리에 맥이 풀려 하마터면 그 자리에 주저앉을 뻔했다. 왈칵 눈물이 쏟아질 것 같았으나 꾹 눌렀다. 텃골댁은 주인 잃은 신줏단지처럼 그 자리에 멍청하게 서 있었다.

춘자는 이번에도 트렁크를 두개나 들고 내렸다. 텃골댁은 그 트렁크가 사돈네 씨암탉보다 오달져 보였다. 가자는 것을 텃골댁은 그 자리에 서 있었다.

모두 정류소를 떠나고 나자 아까보다 더 적막하고 아뜩한 기분이었다. 그러나 여기 말고는 어데 가볼 데가 없어, 언 수탉같이 썰렁한 얼굴로 그 자리에 서서 망연히 밖을 내다보고 있었다.

이렇게 무작정 서서 기다릴 수만은 없었으나, 어떻게 나대볼 무슨 궁리가 떠오르지 않았다. 그렇게 멍청하게 서 있다가, 그래도 차가 들어오면 행여나 해서 소절 난 까마귀 빈 통수 들여다보듯 차 안을 기웃거렸다.

어떻게든 다른 마련을 해야 할 것 같았으나, 우물고누 꼬닥수에 막힌 꼴이어서 움치고 뛸래야 뛸 재간이 없었다. 이 기막힌 심정으로는 근참 가는 배도 둘러먹겠고, 상감 망건 사러 가는 돈이라도 돌려쓸 지경이었으나, 앞뒤가 콱콱 막혀 있었다. 그래도 손 내밀어볼 데라고는 동네 사람밖에 없었는데, 모두가 뻔한 형편 언 놈한테 쪼이자는 얼빠진 수작일 것이었다.

동네 사람들 얼굴을 하나씩 떠올리다가 퍼뜩 궁리가 멈추는 곳이 있었다. 상회(商會)에서 쌀돈을 좀 내달라자는 생각이었다. 그 돈이 어떤 돈인가 생각하면 아린 이빨이라도 건드리는 것 같았으나, 달리 길이 없다보니 하는 수 없었다. 급하면 포도청 돌담도 허비는 것, 진상 가는 봉물짐이라도 털어서 장은 보아야 할 형편이다보니 하는 수 없었다.

그 쌀돈이라는 것은 가을에 쌀을 주기로 하고 상회에서 내다 쓰는 돈인데, 이자가 엄청나게 비쌌기 때문에 어지간한 일로는 생심도 낼 수 없는 무서운 돈이었다. 비료대나 농약 또는 사람이 죽게 되는 급한 판에나 내다 썼는데, 이자가 육부 혹은 일할이나 되는 험한 돈이었다.

그러나 그런 급한 일에 달리 돈을 변통할 재주가 없는 자랏골 사람들은, 그런 때 그렇게라도 돌려쓸 수 있는 것만 감사해서 일이 생기면 미운 삼촌으로 거기를 들락거리며, 다리 아래 소리까지 해가며 살을 깎듯 그 돈을 내다가 썼다. 그런데 거기는 한 가마니 단위로 큰 거래만 하는 곳이기 때문에, 이런 적은 돈도 될까 싶었으나, 종수가 나서면 어쩔는지 모른다는 생각이 들었다.

이미 동네 사람들한테 자기 소문이 쫙 퍼졌을 것 같아 동네 사람들 만나기가 죽을 일만 같았으나, 언제 나도 소문은 나고 말 것이고 우세는 이미 해놓은 것이고 보면 어차피 헌 갓 쓰고 똥 누기였다.

세상을 살다가 이런 일도 당하는 수가 있을 것인가, 텃골댁은 새삼스럽게 기막힌 심정이었다.

쇠전머리 주막집 부근 동네 사람들이 많이 모이는 곳으로 갔더니 거기 종수가 문길이와 평식이 등 젊은 놈들과 얼려 웃고 떠들고 있었다. 자기 이야기가 아닌가 하여 멈칫해졌으나 어물거릴 때가 아니었다. 종수를 불러 세워 막 이야기를 꺼내려는 판인데, 느닷없이 솔골댁이 사색이 되어 뛰어들었다.

"워매, 내 돈, 모시베를 모시베를……"

숨이 넘어갔다. 묻지 않아도 무슨 일인가 짐작할 만했다. 모시베 판 돈을 쓰리맞은 모양이었다. 적잖이 한필이나 팔아가지고 미처 몇발짝도 옮기지 않았는데, 사람 사이에서 보자기에 싼 돈이 온데

간데없어졌다는 것이다. 모두 벼락 맞은 꼴로 솔골댁의 숨넘어가
는 소리를 한참 듣고 있었다.

"파출소에 신고를 하자."

문길이가 나섰다.

"신고한다고 그 새끼들이 돈 찾아줄지 알아? 다 그 새끼들하고
짜고 해먹는단 말이야."

평식이가 나섰다.

"그래도 우선 신고를 해놓고 봐야 해! 텃골댁 일도 신고하고 말
이여."

이미 텃골댁 일도 알고 있었다. 그런 야바위하다 떨린 것도 신고
를 하면 찾을 수 있는가 생각하니, 귀가 번쩍 뜨였다. 신고를 해야
한다거니, 신고를 해보았자 아무 소용이 없다거니, 한참 옥신각신
이 벌어졌다. 전에도 동네서 쓰리맞은 사람이 많아 여러번 신고를
해보았으나 돈을 찾지 못했고, 다른 동네 사람들도 이런 일은 거의
장마다 당하는 일이지만 경찰에서 돈을 찾아주었다는 소리는 들은
적이 없었다.

그러나 달리 나대볼 재간이 없다보니 신고라도 해놓고 보자는
쪽으로 의견이 기울어 종수가 앞장을 서서 파출소를 향했다.

텃골댁은 혹시나 하는 은근한 기대를 가지면서도 여편네가 그런
짓 했다고 핀잔깨나 당할 것 같아 그것이 좀 켕겼으나 돈을 찾을
수만 있다면 그런 핀잔쯤 백번은 못 당하랴 싶은 생각이었다.

"돈을 어뜨크롬 간수했간디 그런 험한 일을 당했소?"

텃골댁은 한마디 위로를 했다. 똥 싼 주제에 매화타령으로 그슬
린 돼지가 달아맨 돼지 타령이었다.

“텃골댁은 그런 일을 당했을 적에 바로 가서 신고를 했더라면 그
래도 그놈들은 눈으로 본 도적놈덜인께 금방 쫓아가먼 잡았을지도
모른디, 그러고만 있었소?”

종수가 핀잔이었다. 그렇게 말을 해서 듣고 보니 모두가 어리병
신에 총찮은 일만 한 것 같아 다시 낯이 달아올랐다.

일행이 파출소에 들어서자, 순경들은 피투성이가 된 놈들을 서
너 놈이나 잡아다놓고 닦달을 하고 있었다. 종수가 틈을 기다렸다
가 순경 하나를 붙잡고 말을 걸었다.

“쓰리?”

순경은 퉁명스럽게 되물었다.

“예.”

순경은 자리에 앉더니 종이와 펜을 챙겼다. 주소 성명을 묻고 나
서 당한 장소와 시간, 그리고 액수를 일일이 물어 적었다. 순경은
싸움한 놈들 닦달하던 흥분이 아직 안 풀려 말이 퉁명스러웠다.

“여기도.”

종수가 텃골댁을 가리키며 야바위꾼한테 당했다고 하자 순경은
대번에 눈꼬리가 치켜올라갔다.

“여자가 야바위를 한단 말이요?”

한바탕 핀잔을 주고 나서 아까처럼 주소 성명부터 물어 적었다.

“직원들이 지금 다 나가고 없은께 이따 다섯시경에나 한번 들러
보씨요.”

신고만 하면 그대로 뛰쳐나가 쓰리꾼과 야바위꾼을 잡으려고 장
판을 뒤질 줄 알았다가, 태연히 앉아 미주알고주알 캐물어 적고 있
는 것만도 역정이 끓어올랐는데, 이번에는 나가볼 생각도 않고 다

섯시에 오라니 모두 어이가 없었다.

"다섯시요?"

평식이가 나섰다.

"그때 와요!"

"그때까지 기다리고 있으면 쓰리꾼하고 야바위꾼이 돈 싸짊어
지고 이리 옵니까?"

평식이가 금방 대들 기세로 따졌다.

"뭣이?"

싸움하다 잡혀온 놈들 쪽으로 돌아서던 순경이 눈을 칩뜨며 돌
아섰다.

"뭐라고?"

어디서 굴러온 풀강아지가 큰소리냐는 식으로 금방 한대 갈길
듯이 다그쳤다.

"당장 가서 잡아얄 것 아니요?"

"야, 인마, 손이 부족해서 그래. 보면 몰라?"

다그치던 서슬 같아서는 한대 올려붙일 것 같았으나 평식이의
단순해 뵈는 얼굴을 보고 그런지 성깔을 누그리는 것 같았다.

"허허, 이런다니까. 다 짜고……"

평식이가 말을 하다가 아차 했던지 말꼬리를 숙였다.

"뭐야, 이 새끼, 짜다니 누구하고 짜?"

순경은 대번에 평식이 멱살을 잡았다.

"이것 놓지 못해. 법치국가여!"

"야, 이 새끼, 법치국가 좋아하네. 그래, 법치국가다, 법치국가여.
어쩔래, 응?"

순경은 평식이 멱살을 잡은 채 그대로 마구 흔들면서 뒤로 밀고
갔다.

"법치국가니까, 어째? 응? 응?"

벽에다 대가리를 깡깡 쥐어박았다. 평식이는 순경이 너무 드세
게 나오는 바람에 기가 죽어 순경의 팔목을 잡은 채 순경이 짓찧는
대로 하염없이 대가리를 벽에다 깡깡 찍히고 있었다. 종수가 다가
가서 잘못되었다고 대신 사과를 했으나 순경은 막무가내였다.

"이 새끼야, 다시 한번 아가리를 놀려봐. 짜기는 누구하고 짰단
말이야?"

화가 머리끝까지 치솟은 순경은, 생각하면 할수록 화가 나는지
평식이 대가리를 벽에다 마구 짓찧었다.

"한번만 용서해주십시오."

종수가 다시 고개를 숙이며 사정을 했다. 멱살을 되게 틀어잡힌
평식이는 결박진 맹꽁이처럼 맥을 추지 못했다. 순경은 한참 만에
숨을 씩씩거리며 멱살을 풀어놓았다.

그들은 쫓겨나듯 파출소를 나왔다.

"야, 인마, 멀라고 그런 쓸데없는 소리를 했어?"

문길이가 핀잔을 주었다. 평식이는 넋 나간 놈처럼 말을 하지 못
하고 뒤통수만 만지작거렸다.

그들이 정류소 있는 데를 내려오고 있을 때였다. 어떤 청년 하나
가 텃골댁 앞으로 다가오더니 색안경을 벗으며 꾸벅 인사를 했다.

"작은어무니, 장에 오셨소?"

앞서 가던 텃골댁은 청년을 멍청하게 건너다보았다.

"아니, 너 선찬이 아니냐?"

텃골댁은 말을 하면서도 멍청한 꼴이었다.

"예, 그동안 별일 없으셨소?"

"아이고, 니가 이것이 먼 일이냐?"

텃골댁은 그제야 덥석 청년의 손을 붙잡았다. 일행은 멍청하게 청년을 건너다보고 있었다. 찬찬히 보니 알 만한 얼굴이었다.

"니가 종수지? 너는 문길이고? 야, 많이 컸다."

선찬이는 환하게 웃으며 손을 내밀었다. 그들은 멍청한 얼굴로 선찬이에게 손을 내맡기고 서 있었다.

너무도 까맣게 잊고 있었던 사람이었다. 마치 죽었던 사람이 저승에서 살아오기라도 한 것같이 느껴질 지경이었다. 특히 종수는 양문이 묏등으로 해서 죽었던 자랏골 사람들이 몰려 사는 저승 어디에서 그들의 소식이라도 가지고 이승에 잠깐 심부름 온 것이 아닌가 하는 착각이 들었다.

선찬이는, 그 아버지가 해방되기 바로 그 앞 해, 역시 양문이 묏등 때문에 일어난 엉뚱한 사건으로 그들에게 억울하게 맞아 죽었었는데 그 앙갚음으로 6·25 때 양문이 둘째아들이 숨어 있는 양문이 산직집 행랑채에다 불을 질러놓고 동네를 도망쳐 나갔던 사람이다. 동네 아이들은 그 엄청난 불길을 지금도 잊을 수가 없었다.

종수 아버지가 죽고 난 일주일쯤 뒤였을 것이다. 밤중에 느닷없이 불이여, 소리가 났다. 동네 사람들이 모두 몰려나와보니, 엄청난 불길이 집채를 핥고 있었다. 그런데 그 불길 속에서 뛰어나온 사람이 있었다. 낯선 사람이었다. 나중에 알고 보니 그가 양문이 둘째아들이라는 것이다. 그러고 나서 선찬이가 없어졌다.

그때 양문이 산지기는 선찬이 아버지가 죽게 되었던 얄궂은 사건이 연이 되어 텃골양반이 하고 있었는데, 선찬이의 이 방화사건 때문에 도로 그 집에서 쫓겨나고 거기에 질천이가 들어앉게 되었었다.

그러니까 선찬이는 자기 작은아버지 신세를 망친 놈이라 할 수 있었는데, 그것이 죄스러워 그랬던지 십년 가까이 소식 한장 없었다. 그러던 그가 홀연히 나타났으니 모두 놀라지 않을 수 없었다.

그런 일이 있었다 하더라도 피붙이 반가운 정이란 어쩔 수 없는 모양이어서 텃골댁은 선찬이 손을 잡고 눈물을 흘리고 있었다. 더구나 오늘 텃골댁 형편은 원을 만나든지 시주를 받든지 해야 할 험한 판이다보니, 당장 그 형편만으로도 훤출하게 빼고 온 선찬이가 살찐 부처같이 보였을는지 모른다.

7

해방이 되던 그 앞 해, 그날도 추석날이었다. 성묘 왔던 양문이가 무슨 낌새를 느꼈던지 고개를 갸웃거리며 봉분 앞 상석 밑을 발로 밟아보았다. 뒤꿈치로 굴러보고 지팡이로 쑤셔보고 하더니 삽을 가져오게 했다. 그때까지도 산지기는 처음 묘 쓸 때의 그 춘영이었는데, 춘영이는 시키는 대로 삽을 가지고 와서 양문이가 파란 데를 파보았다. 양문이 아들들과 손자 등 여남은명이나 되는 식구들은 무슨 일인가 눈을 둥그렇게 뜨고 모여들어 지켜보았다.

춘영이가 몇번 삽질을 하자 뭣이 삽 끝에 걸리는 것 같았다. 뗏장을 걷어내고 흙을 파냈다. 무슨 대석작이 묻혀 있었다. 모두 눈을 둥그렇게 떴다. 눈알이 튀어나올 것같이 바라보고 있는 속에서 대석작이 열렸다. 이게 뭔가? 깜짝 놀라 모두 한 걸음씩 물러섰다. 사람의 해골과 뼈가 가득히 들어 있었다. 양문이 식구들은, 그 해골이 히히 웃는 것 같은 모습에 넋이 나가 한참 동안 서로 말을 못하고 보고 있을 뿐이었다. 누가 도장(盜葬)을 해둔 것이다.

"허허. 어뜬 찢어 죽일 놈이 이런 짓거리를 했으까? 시방 제명에 못 죽어서 환장한 놈이 또 한나 있네."

모두 벼락이라도 맞은 꼴로 멍청하게 서 있는 사이 양문이 아들 중 막내 외팔이가 악을 쓰고 나왔다.

묏자리가 좋다는 묏등에는 더러 있는 일이라 자랏골에는 심심치 않게 이런 도장 사건이 있었으나 설마 동네 한가운데 있는 묏등에다, 더구나 이것이 뉘 묏등이라고, 호랑이 아가리에다 생대가리를 처넣고 말지 누가 감히 이런 겁 없는 짓을 했을 것인가, 자랏골 사람들은 얼른 상상도 못한 일이었다.

뒷이야기로는 이 묏등이 하도 명당이기 때문에 양문이 꿈에 현몽을 해서 그렇게 찾아낸 것이라고, 여기서도 그 어쭙잖은 명당 타령이었으나, 그거야 어찌 됐든 자랏골 사람들은 이 도장 사건 때문에 또 한바탕 사냥판에 내몰린 짐승 꼴로 험한 곤욕을 치르고 말았다.

"이것은 묻잘 것도 없이 이 동네 놈 소행이여. 이 동네 놈 소행이 틀림없은께 동네 사람덜이 나서서 그놈을 찾아내사 동네가 무사하게 생겼어. 일을 시끄럽지 않게 하자먼 그 재주백이는 없은께 알아서들 혀! 내 말이 시방 먼 말인지 알겄제?"

양문이는 그때 이장이던 전방호를 불러 세워놓고 포도대장 나졸 닭달도 아니게 닦달을 했다.

이쪽 말은 들으려고도 않고, 마치 달라는 놈한테 맡기는 꼴로 똥넉가래 내세우듯 호통을 쳐놓고 돌아섰다.

전방호는 멍청하게 서서 턱 떨어진 강아지처럼 말하는 양문이 입만 쳐다보고 있었다.

"여봐! 만당 간에 그놈을 제대로 못 찾아냈다가는 동네가 어뜨크롬 될 것인가 알겠제?"

돌아서는 전방호를 외팔이가 되돌려 세워 또 한바탕 을렀다. 동네를 향해서 험한 소리로 폭백을 하더니, 이번에는 엉뚱한 짓을 했다. 춘영이 집에서 간짓대를 하나 가지고 나와 그 끝에다 해골 대가리를 꿰더니 뭣벌 한쪽에다 그 간짓대를 꽂아놓는 것이다.

호랑이 새끼 속에도 스라소니가 있다더니, 다른 아들들은 제 아비를 닮아 모두가 풍신들이 훤칠했으나 이 작자만 하나 여산 풍경에 헌 쪽박처럼 용렬한 꼴이었는데, 자식이 꼴에 꼴값하느라고, 해도 험한 짓을 했다.

놈은 그렇게 간짓대를 꽂아놓고 춘영이를 한쪽으로 데리고 가더니 뭐라 귓속말을 한참 속닥였다. 무엇을 단단히 일러두는 것 같았다. 춘영이는 고개를 끄덕이며 사뭇 예, 예, 하는 표정이었는데, 그들의 표정으로 보아 무언가 심상찮은 애긴 것 같았다.

그러고 나서 그 뼈석작을 춘영이한테 들려 그 집으로 들어가더니 한참 만에 나왔다. 그것을 어디에 숨겨놓고 나오는 모양이었다. 그러는 사이 양문이는 다시 전방호를 불렀다.

"내일까지여. 내일까지 못 찾는다 치라면 나는 나대로 할 일을 하고 말 것인께 잘 알아서 혀! 내 말이 시방 먼 말인지 알겠제?"

동네 사람들은 처음에는 물 건너 불구경으로, 속으로는 고소하기까지 해서 그냥 구경만 하고 있었는데, 이렇게 벼락이 동네로 떨어지고 나니 도장을 당한 양문이보다 더 어이없는 표정으로 서로를 건너다보았다. 무슨 말인지 알겠느냐고 으르며 자기 할 일을 하겠다는 양문이 서슬은 그게 바로 동네다 순사를 몰아넣겠다는 공갈임에 틀림없었기 때문이었다.

그때는 더구나 전쟁통이라 세상이 험하기가 이만저만이 아니어서 순사 온다면 울던 아이도 울음을 그치던 때였다. 이런 일이 아니더라도 징용이다, 공출이다, 건듯하면 잡아가고 패고 조지는 통에 사람이 살아 숨을 쉬고 있어도 그것을 그냥 살았다고 할 수가 없을 만큼 가슴은 항상 참새가슴이고, 속은 갓방 인두 달듯 달아 있는 판인데 이런 일이 벌어졌으니 자다가 날벼락도 이런 벼락이 없었다.

그때 나라 꼴은 그대로 죽어가는 송장에나 비겨야 하게 생겨 있었으나, 양문이 세도는 하늘을 찌를 지경으로 시퍼렜었다. 원래가 이렇게 시세 따라 사는 작자들은 시국이 험하면 험한 만큼 그 시세를 업고 그 위세에 더 날이 서게 마련이어서, 그때 양문이라면 날아가는 새에 손가락질만 해도 떨어질 지경이었다. 그 조카 코야마(小山)란 놈이 경부(警部)로 승진을 해서 한창 악명을 떨치고 있었을 뿐만 아니라, 또 얼마 전에 총독부에서는 일본농업시찰단이라 해서 전쟁 지원에 공로가 있는 놈들을 뽑아 일본으로 시찰을 보낸 일이 있었는데, 양문이는 전국에서 몇명 안되는 그 시찰단에 끼어 시찰을 하고 돌아온 뒤였으니 더 할 말이 없었다.

그때 코야마란 놈은 이 고을 사람들이 그 이름만 들어도 몸서리를 칠 지경으로 험한 놈이었는데, 이따금 그놈이 양문이 성묘길에 따라온 적이 있어 자랏골 사람들은 먼발치로 그놈을 건너다보며 가슴을 벌렁거린 적이 있었다.

그러니까 양문이는 도장도 도장이지만 그런 자기의 위세가 손상을 당한 것이 더 화가 났는지 모른다.

"허허, 먼 날벼락이 이런 날벼락이 있는고? 즉어멈 떡을 치다가 꼬꾸라질 자석, 즈그덜 묏등에 도장한 놈이먼 즈그덜이 찾든지 지지든지 헐 일이제, 사돈네 송사에 중놈도 아니고, 똥 뀐 놈 곁에서 냄새도 못 맡은 우리가 먼 죄가 있간디 우리한테 어거지여, 어거지가?"

선찬이 아버지였다.

"제미랄 놈, 저나 내나 다 같이 하늘 밑에 벌레기는 마찬가진디, 저는 으째서 문서 없는 동네 상전이 되아가지고 우리덜을 저그 머슴놈 자릿저고리만도 못하게 닦달이여, 닦달이? 즈그덜이사 도장을 당했든지 즈그 어매 뼉다구를 잃었든지, 괭이 초상에 애먼 쥐새끼보고 단지하라는 소리여 뭣이여?"

종수 아버지였다.

"그런께 양문이 말은, 시방 이런 동네 가운데 있는 묏등에다 도장할 놈은 누가 생각을 하더래도 이 동네 놈이라고뱁이는 생각할 수가 없는 일인디, 나는 그놈을 찾을라면 법 알림 하는 재주뱁이는 없다, 그런다 치라면 순사덜이 쫓아나와서 동네 사람들을 닦달할 판이니, 그런다 치라면 동네가 시끄럽지 않겄냐? 석수쟁이 눈 깜작도 같은 석수쟁이라사 그것이 돌조각 깜작인지 지대로 깜작인지 알 것이고, 새전 토끼 질도 같은 토끼라사 짐작이 있을 것인께, 동네 사람덜이 나서서 그놈을 찾아내사 동네가 조용하겄다, 시방 양문이 말은 이런 소린디, 그런께 동네다 당장 순사를 안 몰아넌 것만도 우리를 생각한다는 소리여."

방호는 그때나 지금이나 그저 무슨 일에든지 남이 좋자는 대로 좋은 물황태수라 양문이 말을 이렇게 듣기 좋게 새기고 있었다.

"자네 시방 그것이 말이라고 듣고 와서 하고 있는 것이여, 막걸리 괴는 소리를 듣고 와서 매화타령이여? 자네는 이 동네 구장이 아니고 누구 구장이간디, 자랏골 밥 묵고 양문이 똥을 깔기고 있는가? 저 썩을 놈의 묏등이 명당인가 지랄인가 된다는 소리는 조선팔도에 소문이 쫙 나서 모른 놈이 없은께 어뜬 놈이든지 맘만 있은다 치라면 새벽 괭이 담 넘어오대끼 슬쩍 넘어와서 지리산 까마구 깃발 물어다놓고 달아나대끼 달아난다 치라면 귀신도 모를 놈의 일, 우리라고 그것을 양문이 할애비가 한 짓인지, 금강산 중놈이 와서 하고 간 짓인지 어뜨크롬 안다는 소리여? 그런께 자네가 그래도 이 동네 구장인다 치라면 애매하다고 따지지는 못할갑시 뭣이 으짜고 으째?"

선찬이 아버지가 시퍼렇게 쏘아붙였다.

"허허. 내가 그 시퍼런 양문이를 앞에 세와놓고 그로크롬 대쪽 빠개대끼 따질 만치 똑똑하다면 이로크롬 옹구장사 맏며누리로 자랏골 구장이나 하고 있겄는가?"

"제미, 아무리 양문이라고 하제마는 그래도 참새도 죽을 적에는 쩍 하고 죽는 것인디, 턱 떨어진 왜가리맨키로 양문이 입만 쳐다보고 있다가 곰 창날 받대끼 그런 뚜부에 이빨도 안 들어갈 소리나 듣고 와서 괴 불알 앓는 소리도 아니고, 도깨비 여울물 건너는 소리도 아넌 소리로 연설이나 풀고 있단 말이여?"

"허허, 나는 이리 가나 저리 가나 동서 사방에 걸렸어도 북이네, 북. 이왕에 북인께 부애 풀이는 하소마는, 그 미친년 널뛰대끼 하는 것 못 보았간디 그래싼가? 만만한 데다 말뚝 박는다고, 샌님이 땅나구 배때기를 찰 적에는 다 차보던 가남이 있어서 차는 것인디, 따진다고 그놈덜이 누그러질 것 같은가?"

"그래도 이치가 환한 소리를 왜 못 따져?"

"양문이가 언제는 이치 앞세우고 자랏골놈덜 닦달하던가? 도적 놈보고 인사불성이라고 한다 치라면 얼굴이나 쪼깐 붉어질 것이네마는, 양문이한테 자랏골놈덜 이치가 그것이 쇠발괄일 것인가, 개발괄일 것인가?"

"그런께 아무리 애매해도 깩소리 한번도 못해보고, 애먼 뚜께비가 그대로 떡돌에 치이고 말자?"

"그런께 시방 우리가 헐 일은 어뜨크롬 했으면 양문이 서슬을 잘 피하냐 하는 것인디, 내 생각은 우리 동네 사람덜 산소나 한번 돌아봤으면 으짜까 싶그마."

"산소를 돌아봐서 뭣하게? 중 도망은 절에나 가서 찾제마는, 어뜬 놈이 제 묏등에서 뼉다구를 파다가 도장을 했으면 나 여그서 파갔소 하게 파냈을 것이라고, 비싼 밥 묵고 그런 비지개떡 같은 짓거리를 하고 다녀?"

"내 말은 그로크롬 해서 찾자는 것이 아니라, 그런 짓거리라도 해보아사, 그놈덜이 낼 와서 지랄을 할 적에 말밑천이 될 것 아니냐 이것이여. 딱따구리 부작도 더러는 귀신 쫓는 수가 있는 것인께 우리 동네 사람덜 산소는 다 돌아보았는디 우리 눈으로 보아서

는 그럴 만한 묏등이 없더라, 허니 땅속을 들여다보는 재주가 있은
다 치라면 느그덜이 찾든지 말든지 해라, 이러고 나자빠져도 나자
빠져사 쓸 것 같어. 때리는 시늉을 했으면 우는 시늉이라도 해사제,
우리 같은 놈이 양문이 서슬 앞에 독사 대가리같이 뻣뻣하게 섰다
가 그놈덜이 치면 맞제 딴 재주 있겄어?”

“그것이 다 개구먹에 망건 치기제, 무슨 놈의 말밑천이 되기는
될 것이여? 우리는 애초부텀 그 묏등 도장하고는 상관이 없는 사람
들인께, 느그덜이 아무리 닦달을 해도 중놈 어물값 닦달이다, 이러
고 버틸라면 첨부텀 야물딱지게 버텨사제 무담시 덤벙거리고 나섰
다가 느그덜이 덤벙거리는 것 본께 먼 냄새를 맡아도 맡았구나, 이
러고 나온다 치라면 이참에는 무단한 선왕재 지내고 지벌 입어. 껑
저기탕에는 가만히 있는 것이 개구리 지혜여.”

“허허. 그런께 이것이 그로크롬 말을 해서 듣고 본께, 덤벙거리
고 나서기도 그렇고, 그런다고 가만히 있기도 그렇고, 제미랄 놈의
것, 앞뒷산이 그냥 첩첩이구마.”

“그런께 양문이 그 자석은 제 에미를 갖다가 저그다 장사를 지낸
것이 아니라 그 뼉다구를 묻어놓고 동네 쪽에 두르고 매골(埋骨)
방자를 했으까 으쨌으까? 제미랄 놈의 귀신이 잊어불만 하면 동네
다 이런 재앙을 몰고 오니, 저놈의 묏등이 베락을 맞든지 호랭이를
물려가든지 해사 동네 사람덜이 지대로 숨을 쉬고 살 모냥이여. 저
놈의 묏등에 왼눈 한나도 깜짝 안한 놈덜한테 이런 쌩벼락이라면,
저놈의 묏등 밑에서는 똥도 방오(方位) 봐감시롱 눠사 쓰겄어.”

“그래도 가만있다가 당하는 것보담도, 아까 방호 말대로 동네 묏
등이나 한번 돌아보는 것이 쫄 것 같어. 즈그덜이 찾으라고 해서

찾는디, 그것을 가지고 트자구사 잡을 것이여?”

“제미랄 것, 나는 화냥년 묏등에다 잔을 붓어놓고 성묘를 했으면 했제, 그런 짓거리는 못하겠어.”

선찬이 아버지는 끝내 벋대었다.

“이 사람아, 횃대 밑에서 호랭이 잡는 소리 해보았자, 양문이 앞에서 찾을 것이라고는 쥐구먹백이 없은께 아무 소리 말고 나서!”

선찬이 아버지와 종수 아버지는 계속 뻗대었으나, 곁에서 끄는 바람에 마지못해 같이 따라나섰다. 서너 패로 나누어 산을 뒤졌다.

이렇게 나서고 보니 떨떠름했던 사람들도 우선 자기 산소부터 사람들을 끌고 가려 했다. 서로 자기 혐의를 그렇게 벗어보자는 식이었다.

“허허, 그래도 양문이 덕분에 금년 추석에는 자랏골 조상덜이 호강하네. 아닌 성묘가 한 추석에 두번씩이니, 누워 있는 조상덜로 봐서는 후손덜이 잘난 놈 묏등 밑에서라도 살아사 쓰겄그마.”

입이 벌어졌다 하면 양문이 핀잔이었다.

“가만있자, 자네 묏등은 첨부터 뼈가 안 든 묏등인디 가봤자 뭣 하겄어?”

안골을 헤매던 사람들 가운데서 선찬이 아버지에게 말했다.

“빈 묏등을 멀라고 가봐?”

“하하. 그런디 양문이가 땅속을 들여다보는 재주를 지녔은다 치라면 도장은 영락없이 자네가 했네. 그런데 시방 우리가 이러고 댕기는 것은 묏등 속에 뼉다구가 있냐 없냐, 그것을 찾으러 댕기는 것인디, 우리 알기로는 뼉다구 안 든 묏등이라고는 자네 묏등백이 더 있는가?”

"하하. 참말로 그러겄네."

모두 웃었다.

"재수 없는 소리 말어! 땅속 들여다보는 재주 지닌 놈이면 초분(草墳) 속은 못 들여다볼 것이여?"

"저만치 물 건너 있는 초분이 이 집 초분인지 뉘 집 초분인지 뉘 아들놈이 알 것이여?"

"가만있자, 그리고 본께 묏등은 안 봐도 초분 속은 들여다봐사 쓰겄그마."

"에끼!"

초분 속을 들여다보자는 선찬이 아버지 말에 모두 얼굴을 찡그렸다.

선찬이 아버지는 자기 아버지 덕재영감을 초분에 모셔놓고 나중에 그리 옮기려고 가봉분을 써놓고 있었다. 지금은 그런 장법(葬法)이 거진 없어졌지만, 이 지방에는 그때만 해도 초분법이 남아 있었다. 사람이 죽었을 때 시체를 곧장 땅에다 매장을 하는 것이 아니라, 시체를 관이나 대발에 싸서 높이 짚으로 이어놓았다가 삼사년 살이 다 썩어나가기를 기다린 다음 깨끗한 뼈만 추려다가 땅에 묻는 장법이었다.

동네 사람들은 동네 사람들 산소를 다 돌아보았으나, 겉으로 보아서는 그럴 만하다 싶은 묏등은 발견할 수가 없었다. 양문이 묏벌에서 나온 석작으로 보면 그 짓을 한 것이 일년 남짓밖에 안되었을 것 같았는데, 일이년 이내에 묏등에 손을 대었다면 그런 속으로는 대강 짐작이 있을 사람들이었지만, 떼장이나 뭣이나 모두가 멀쩡했다.

하여간 이 동네서는 근래에는 묏등에 손대서 이장이나 개사토 같은 것을 한 사람이 없고, 재작년에 춘영이가 자기 아버지를 이장해왔으나 친척에다 산지기인 춘영이를 의심한달 수는 없는 일이고 보면, 자랏골 사람들로는 의심이 갈 만한 사람들이 전혀 없는 셈이었었다.

"저놈의 해골 데그빡이나 누가 쪼깐 끄집어내려부러. 제미 떡을 치다가 꼬꾸라질 자석, 사람 사는 동네가 지놈 똥둑간이간디, 다른 날도 아니고 일년 가다가 젤 깨끗한 추석날 저런 지랄을 해놓고 가난 말이여?"

"이 사람아, 똥둑간이나 마나, 미친개 배때기를 차고 말제, 저것을 건드렸다가 또 먼 쌩벼락을 맞을라고 저것을 끄집어내려?"

"제미, 지가 양문이면 양문이제, 존 명절날 동네다 홍살문은 못 세우더라도 저 짓거리가 사람 사는 동네다 해놀 짓거리여?"

그런데 다음날 아침에 일어나보니 해괴한 일이 벌어져 있었다. 간짓대 끝에 꿰놓은 해골 대가리가 밤사이에 온데간데없어져버린 것이다.

"허허. 어떤 놈이 이런 귀신 간 내갈 짓거리를 했으까? 거름벼늘 밑에 묻어논 뼉다구까지 가져가부렸네. 아니, 어떤 놈이 죽어도 몇 불로 죽을라고 이런 짓거리를 했어?"

춘영이는 동네를 향해 악을 썼다. 그런데 이렇게 되고 보니 어제 양문이가 동네 사람 소행이라던 말이 억담이 아니게 되어버렸다. 동네 사람들은, 그래도 설마 이 동네 사람 중에서야 그런 짓 할 놈이 있었겠느냐 싶었기 때문에 비록 뒤꼭지에 주먹질이었을망정 욕설을 퍼부으며 오기 버팀을 했던 것인데, 이렇게 되고 보니 그 작자를 잡아낼 때까지는 동네가 시끄러울 수밖에 없었다. 이렇게 되자 동네 사람들 태도가 싹 달라지고 말았다. 서로가 도장한 놈이 어떤 놈이냐는 서슬로 눈에 싸늘한 냉기가 감돌기 시작한 것이다.

외팔이가 아침에 일찍 넘어왔다가 그 소리를 듣고 펄펄 뛰었다. 춘영이는 우선 제 발명부터 하느라고 동네다 대고 고래고래 욕설을 퍼부으며, 어제저녁 뜬눈으로 울타리 밑에 쭈그리고 앉아 그 해골을 지켰는데 그렇게 지키다가 새벽녘에 두번도 아니고 꼭 한번 깜박 졸다가 번쩍 눈을 떠보니 해골이 간데온데없더라고 설레발이었다.

"여보시요, 그것이 시방 말이라고 하고 있소? 썩은 해골 대가리가 발이 달려서 내려왔단 말이요, 날개가 달려서 날아갔단 말이요? 도장당한 것은 당한 것이라 치고, 그래 낚시 끝에 물려준 괴기도 못 잡고 놓친단 말이요? 어제 잘 지키란 소리를 몇번이나 했소? 잘 지키란 소리를 내가 몇번이나 하더냔 말이요. 도장까지 해감시롱 제 조상 뼉다구 위할 놈이면 그 해골이 간짓대 끝에 매달려 있는 것 보고 가만히 있들 않을 것인께 잘 지키라는 소리를 내가 몇번이나 하더냔 말이요? 엉?"

외팔이는 아재비뻘이 된다는 춘영이를, 못난 조카 닦달도 아니고 생선 물어간 강아지 닦달도 아니게 험한 소리로 몰아세웠다. 아재비 못난 것 조카 장물짐 진다고, 아재비가 못나도 그냥 내놓은 산지기라 외팔이 앞에서 춘영이는 평소에도 달리면서도 쉰네, 뛰면서도 소인이었으나 이런 험한 일을 당하고 보니 죽 쏟은 며느리도 아니게 주눅이 들어 안절부절못했다.

춘영이를 이렇게 닦달을 해놓고 나서 외팔이는 이번에는 동네를 향해 악을 썼다.

"가만있어. 이로크롬 되았으면 이 동네 놈 소행이 틀림없다는 소리가 되았은께 내가 그놈을 어뜨크롬 잡아내는가, 그 구경을 쪼깐 해봐! 인자 독 안에 든 쥔게 지가 뛰고 나는 재주를 지녔더라도 안 잽히고는 못 배길 것이여."

외팔이는 한참 악을 써놓고 그길로 휑하니 읍내로 재를 넘어갔다. 순사를 몰고 올 것임에 틀림없다고 생각한 자랏골 사람들은, 코야마 경부가 순사들을 앞세우고 달려들 환상에 간이 발아올랐다. 그놈들 평소 하던 행티로 보면 촌놈들 닦달이야 고추밭에 말 달리기도 아닐 것이어서, 죄가 있고 없고가 문제가 아니었다. 동네 사람들은 언 수탉같이 썰렁한 얼굴을 하고 조그맣게들 웅크리고 서서 눈을 말똥거리고 있었다.

"제미랄 놈덜, 죄 없는 놈덜이사 으쩌리라고?"

큰소리를 치는 사람이 있었으나 그래도 말꼬리가 힘이 없었다.

동네 사람들은 처음에는 한군데 몰려서서 한마디씩 말주벅을 하면서 애써 마음을 달래고 있었으나 그들이 올 만한 시간이 되자 오줌 마려운 놈들처럼 서성거리더니 한 사람씩 월천꾼에 난쟁이 빠지듯 빠져나가, 더러는 지게를 지고 산으로 가기도 하고, 더러는 낫을 들고 들로 새기도 했다. 나중에야 어떻게 당하더라도 우선 놈들의 첫 서슬이나 피해보자는 속셈들이었다.

선찬이 아버지는 지금 텃골양반인 자기 동생과 집에서 작두로 보리 거름할 풀을 썰고 있었다. 죄 없는 놈 어쩌라는 배짱이었다.

그런데 점심때가 지났는데도 순사들은 나타나지 않았다. 이상하다 하고 있는데, 엉뚱한 데서 엉뚱한 놈들이 나타났다. 몽망골이 아니라 엉뚱하게 안골에서 장정 네댓 놈이 외팔이를 앞세우고 나타난 것이다. 긴 막대기를 든 놈도 있고 삽을 든 놈도 있었다. 그런데 놈들이 내려오는 기세가 만만치 않았다.

가까이 보니 그놈들이 들고 있는 긴 막대기는 예사 막대기가 아니고, 옛날 호리꾼들이 가지고 다니며 묏등을 쑤시던 쇠막대기였다. 양문이도 옛날에 여기서 도굴깨나 해갔었는데 그때 쓰던 것을 지금까지 두었다가 그것을 가지고 나왔는지 따로 구했는지 모르지만, 하여간 여태 그것으로 자랏골 안통의 묏등을 쑤시고 다녔던 모양이었다. 우선 순사들을 몰아넣지 않은 것만 다행이었으나 그놈들 들이닥치는 기세가 만만치 않다보니 모두들 눈이 둥그레져서 놈들의 거동을 놀란 눈으로 지켜보고 있었다.

동네로 들어온 외팔이 일행은 그길로 춘영이 집으로 쏠려 들어갔다. 춘영이를 불러 세워놓고 안골을 가리키며 한참 무얼 묻는 것 같더니 아까 들어가던 기세로 다시 되돌아서서, 바람 찬 범처럼 이번에는 선찬이 집 골목으로 쏠려들었다.

"이 새끼덜, 뼉다구 어디 뒀어?"

"뭣이? 먼 뼉다구럴?"

선찬이 아버지는 멀뚱한 눈으로 놈들을 바라보며 반문했다. 선찬이 아버지는 작두를 들어올려 그것을 밟으려다 멈춘 자세로, 텃골양반은 풀을 먹이려다 멈춘 자세로 놈들을 멀거니 건너다보고 있었다.

"이 새끼덜, 다 알고 왔는디 의뭉 까기는?"

외팔이는 대번에 선찬이 아버지가 짚고 있는 작대기를 빼앗아, 그것으로 선찬이 아버지 등짝을 후려갈겼다. 사정없이 후려갈기는 작대기를 선찬이 아버지가 잽싸게 붙잡았다.

"어디서 먼 허깨비를 보고 왔간디 애먼 놈덜한테 난리가 난리여?"

호리꾼 쇠막대기와 삽을 보고 대강 사세를 짐작한 모양이었으나, 빈 묏등일망정 파제꼈을 것에 결이 났던지 선찬이 아버지는 이를 앙다물며 붙잡은 작대기를 사정없이 흔들어버렸다. 작대기 저쪽 끝을 잡은 외팔이가 하염없이 흔들리고 있었다. 선찬이 아버지는 그렇게 몇번 드세게 흔들다가 그대로 작대기를 뒤로 훌쩍 밀어버렸다. 외팔이가 뒤로 벌렁 나가떨어졌다.

"아이고, 이 새끼 사람 친다. 저 새끼 죽여!"

외팔이가 악을 썼다. 곁에 섰던 장정들이 개떼처럼 달려들었다. 놈들은 잡히는 대로 몽둥이를 집어 형제를 개 패듯이 후려갈겼다. 나무토막이면 나무토막, 삽이면 삽, 놈들은 맞으면 죽으라고 사정없이 후려갈겼다.

"윽!"

선찬이 아버지가 낮으나 안으로 꼬여드는 비명을 지르며 배를 싸안더니 그대로 앞으로 꼬꾸라졌다. 한두번 길게 뻗지르더니 그대로 맥을 놓고 나동그라지고 말았다. 너무도 갑작스러운 사태에 정신없이 패던 놈들이 멈칫했다. 선찬이 아버지는 한번 맥을 놓더니 보릿자루처럼 늘어져 꼼짝을 하지 못했다.

텃골댁이 사람 죽었다고 악을 썼다. 울타리 밖에 있던 동네 사람들도 덩달아 악을 쓰며 집 안으로 몰려들었다. 그러지 않아도 거기다 정신을 쏟고 있던 동네 사람들이 선찬이 집으로 몰려들었다.

곰영감이 맨 먼저 몽둥이를 들고 달려들었다. 놈들은 무논의 오리떼처럼 모두 도망을 쳤다. 외팔이만 얼굴이 새파랗게 질려 그 자리에 서 있었다.

"이놈아, 이 집 뼉다구는 초분에 있어. 똑똑히 알고나 사람을 죽여라."

곰영감은 외팔이 멱살을 잡아 공중으로 뽑아올리며 이를 갈았다. 외팔이는 마치 귀 잡힌 토끼처럼 공중에서 발을 허위적거리며, 하나밖에 없는 팔로 곰영감의 소나무 등걸 같은 팔목을 잡고 늘어졌다. 왼손으로 놈의 멱살을 잡아 치켜올리고 오른손에 몽둥이를 꼬나든 곰영감의 모습은 꼭 옛날 자기 아버지 용골영감이 그 동네 머슴놈들을 장작개비로 패 죽일 때의 그 모습이었으나, 곰영감은 차마 그 작대기로 외팔이의 골통을 내려치지는 않았다.

"이 새끼야, 자랏골놈들도 사람이다. 먼 웬수가 졌다고 또 이 지랄이냐?"

영감은 멱살을 잡은 팔을 더 뽑아올리며 악을 쓰고 있었다. 악이 아니라 비명이었다. 동네 사람들은 종수 아버지를 비롯해서 네댓 사람이 그 동네 장정들을 쫓아가서, 두 놈을 잡아 반죽음을 시켜놓고 돌아왔다.

선찬이 아버지는 한참 만에 숨결이 돌아오기는 했으나 이미 얼굴에 사색을 뒤집어쓰고 있었고, 텃골양반은 한쪽 다리를 쓰지 못했다.

그때 열두살이던 선찬이는 마당 한쪽에 파랗게 질려 서서 이 광경을 처음부터 끝까지 지켜보고 있었다.

선찬이 아버지 형제를 방으로 떠메 들이고 난 동네 사람들은 한쪽에 모여 수군거리기 시작했다.

"도장은 춘영이가 수상혀."

"맞네. 나도 그로크롬 생각했네. 그날 저녁 그로크롬 지켰다는 놈이 해골을 도적맞았다는 것도 그렇고, 또 이로크롬 험한 일이 났는디, 그 자식 전에 설치던 깜냥으로 보면 암만해도 어디가 찔린 데가 있는 놈이여."

"그러고 본께 묏등 위할라고 이장까지 해온 놈이 묏등 감장하는 것도 그것이 미운 외삼촌 묏등 닦달도 아니고, 하여간 저 작자가 틀림없어."

"가서 파보더라고."

"아무리 그런다고 자기가 지키는 묏등에다, 더구나 친척까지 된다는디 그런 짓거리사 했으까? 잘못하다가는 또 생파뫼 사건이 나는 것 아녀?"

"아녀, 저 작자가 초랭이 방정에다 속은 또 따로 굴뚝 여대치게 칙칙한 속을 가진 놈이여."

동네 사람들은 밤이 되기를 기다렸다가 춘영이 아버지 묏등으로 갔다. 추석 달이 밝아 한 부조였다. 그러나 달이 밝다고는 하여도 묏등을 파는 일이라 등에 밤송이를 담은 것같이 등골이 오싹오싹했으나, 모두 결이 난 다음이라 다투어 삽질을 했다.

파보니 예상한 대로였다. 빈 묏등이었다.

"허허, 이런 죽일 놈."

"이 새끼를 쫓아가서 으짜까? 그 자리에서 죽이고 마까?"

"가만있어. 찾은 짐에 뼉다구까지 찾아사 써. 그 자석 멀리는 갖다가 숨기지 못했을 것이고 틀림없이 즈그 집구석 어디에 숨겼을 것이여."

동네 사람들은 도둑괭이처럼 춘영이 집으로 스며들어갔다. 송장 뼈를 방구석에 숨겼을 것 같지는 않고, 나무벼늘이며 짚벼늘 속을 뒤졌으나 없었다. 한 패는 소 마구간 위에 있는 더금으로 올라갔다. 그 집 행랑채에는 마구간 위 천장 밑에 더금이 큰 게 있었는데, 그 것이 어지간한 집 헛간만하게 넓어, 거기다 베틀이며 가마니틀 등 자주 쓰지 않는 살림을 넣어두었다. 껌껌한 속에서 부싯돌을 켰다. 미리 준비해가지고 다니던 유황 묻은 관솔에다 불을 댕겼다. 구석 구석 뒤져봤다. 헌 가마니 밑에 뭐가 있는 것 같았다. 그쪽으로 불 을 가져갔다. 뼈석작이었다.

동네 사람들은 그대로 안방 문을 박차고 들어갔다. 자던 춘영이 가 눈을 씀벅이며 일어났다.

"야, 도적놈아, 이것이 뉘 뼉다구냐?"

춘영이 앞에 뼈를 쏟아놓았다. 춘영이는 얼굴이 새파랗게 질렸 다. 그대로 발로 차고 지르고 수라장이 벌어졌다. 이러다가는 살인 이 나고 말 것 같아 나이 먹은 축들이 말렸다. 춘영이를 그대로 끌 어다가 그 집 골방에다 처박은 다음, 거기다 해골 대가리까지 처박 아넣고 그대로 밖에서 문에다 꽝꽝 못질을 해버렸다.

양문이는 순사를 보내 춘영이를 잡아갔다. 그리고 선찬이 아버 지 형제를 데려다 읍내 병원에 입원을 시켰다.

"허허. 열두살 때부텀 화냥질을 했어도 배꼽에다 연장 박는 놈 못 봤다고 하더니, 산지기를 오래 했제마는 지놈이 지키는 묏등에 다 도장했다는 놈은 살다가 시방 그놈 한나 보네."

"그러고 보면 저것이 명당이래도 보통 명당이 아니라는 소리가 맞는 모양이여. 죽어서도 샛서방이 찾아드는 묏등이라면, 저것이 보통 명당이어가지고사 그런 일이 어디 쉽겄어? 하하하.”

 “그런께 그 춘영이 애비란 놈도, 그놈이 지 아들 애비 같으면 초
랭이 방정에다 낯빤대기는 삼년 묵은 박달 방망이였을 것인디, 그
런 놈이 남의 댁네 안방에 들어가서는 또 얼마나 초랭이 방정을 떨
었을 것인가? 허허! 내가 쪼깐 미안스럽소마는 우리 늙은이덜끼리
그러고저러고 할 것 있소. 좁제마는 쪼깐 같이 지냅시다, 이러고 염
치 좋게 들어가서 청 빌려 안방이라고, 뽀짝뽀짝 아랫목으로 내려
가서 내중에는 아조 행감을 떡하니 치고 앉아서, 지가 바깥양반 행
세를 했을 것 아녀? 하하.”

 “그러고 보면, 양문이가 여태까지 성묘를 한 것은 그런께 의붓아
버지한테까지 안암해서 성묘를 한 것이그마.”

 “하하, 그랬제. 양문이가 양 명절에 음식을 장만해가지고 와서
성묘를 한다 치라면, 주인은 뒷자리로 내잦혀놓고 지가 앞으로 썩
나서서 행감을 치고 앉음시롱, 모지랑쑤염을 싹 배틀어 훑고 나서,
오냐, 왔냐? 그동안에 집안은 다 무사하디야? 나는 시방 느그 어매
하고 이러고 의논 좋게 살고 있다, 죽어서까지 촌수 개리고 으짜고
할 것도 없고, 하여간 두 늙은이가 의논 좋게 살고 있은께 그리 알
아라, 이러고 애비 행세를 했을 것 아녀? 하하하.”

 모두 배를 쥐고 웃었다.

 “그러고 나서 음식을 운감할 적에는, 가만있자, 금년에는 곶감
맛이 으짜냐? 음, 맛이 괜찮구나. 요것은 또 전복이라는 것 아니냐?
이런 귀한 것은 어디서 이로크롬 고루 구했냐? 그러고 본께 이런
것이 다 와이로 들어온 것이구나. 하여튼 고맙다, 이러고 초랭이 방
정을 떰시롱 자발을 부렸을 것 아녀? 하하하.”

자랏골 사람들은 양문이가 도장을 당해서 그동안 이렇게 산지기 아버지한테 성묘했을 것이 고소해서 이런 익살이 그칠 줄을 몰랐다. 그것만으로도 양문이한테 당하던 반분은 풀리는 것 같았다.

그런데 선찬이 아버지는 닷새 만에 딸깍 죽어버리고 말았다. 텃골양반은 죽지는 않았지만 다리는 영 병신이 될 것이라는 소문이었다. 양문이 쪽에서는 선찬이 아버지가 죽자 장례비를 두둑이 보내고, 가족들 살아갈 마련을 해주겠다거니, 좀 당황하는 눈치였다.

그러나 선찬이 아버지 장례를 치르고 난 자랏골 사람들은 이번에야말로 그대로 있어서는 안된다고 들고일어났다. 고소를 하라고 텃골양반을 충동질했다.

"아무리 지가 양문이라고 하더라도 세상에 법 명색이 있고 보면 이번에는 지가 무사하들 못할 것이여. 두말 말고 고소를 해. 당장 고소를 해야 혀!"

"저 새끼한테 이참에 뜨거운 꼴을 못 보이먼 영영 틀렸은께 맘 단단히 묵고 고소를 해! 한번이라도 그래놔사 지가 자랏골 사람덜도 사람인 줄 알제, 이번에 어물어물하고 넘어간다 치라면 우리는 다시는 사람대접 받기는 틀렸네."

텃골양반은 집에 와서 치료를 하고 있었는데 다리 때문에 꼼짝을 할 수도 없었지만, 동네 사람들이 이렇게 들고일어나도 얼른 어떻게 움직일 눈치가 아니었다.

그동안 양문이 쪽에서 사람을 넣어 구슬리고 있었던 것이다. 자기 산지기로 들어오라는 것이다.

"피차에 운수가 없을라고 일어난 일인께 이왕에 지나간 일은 지나간 일로 잊어버리고, 산 사람 살아갈 궁리나 하자 해서 내가 이러고 찾아왔소. 한 발 밑이 저승이라, 사람이랏 것이 운수가 불길한다 치라면 항우장사도 하찮은 댕댕이넌출에 넘어져 죽는 것이고, 여든에도 구들 동티에 죽는 것 아니요? 사람이 죽고 사는 일이랏 것이 그것이 다 사람 심으로 되는 것이 아니고, 다 저저금 타고난 운수소관이고 팔자소관이제 뭣이겄소? 팔자 도망은 독 안에서도 못하는 것인디, 기왕에 운수가 불길하고 팔자가 그래서 이리 된 일을 가지고 거그다가 맘을 쓰고 있어보았자 죽었던 사람이 살아나는 것도 아닌다 치라면 이럴 땔수록 맘을 차근히 묵어야 할 것이요. 물론 억울하게 당해서 마음이 아플 것이요마는 양문이 그 어른도 그 점이 맘이 아퍼서, 죽은 사람은 어쩔 수가 없는 일이고 산 사람 구제를 하자 해서 이러고 나온 것인디, 그 양반이 이로크롬 맘을 쓰는 것은 써도 크게 쓰는 것 같소."

작자가 겉보기에는 어수룩했으나 양문이 세객답게 말이 매끄러워 말마디가 횃대에 동저고리 넘어가듯 했다.

"그런께 양문이 이 양반이 이로크롬 맘을 쓰고 나오는 것은, 사람이 죽고 사는 것이 다 연이 있는 것인디 그로크롬 죽고 사는 것이 절로 맺어진 연이 아닌다 치라면 내 집에 들어와서 같이 한울타리 안에서 살아사 쓰겄다, 이런 뜻일 것이요. 그런께 산지기로 들어오라는 것은 말이 그래서 산지기제, 이것은 앞으로 친동기나 진배없이 살자는 것인께 이로크롬 크게 맘을 쓰고 나온다 치라면 이쪽에서도 내미는 손을 잡는 것이 인사가 아니겄소? 설마 그런 맘이사 묵고 있을랍디여마는, 아닌 말로 욱한 마음에 고소를 한다고 합시다. 양문씨 같은 사람이 돈이 없소, 권세가 없소? 양문씨 권세라면 날아가는 새도 떨어뜨릴 판인디, 그런 사람한테 대들어봤자 당신이나 내나 관청 근처에 구정물 한 방울 튀어간 연이 없는 사람이고 보면, 그런 관청 상관으로야 양문씨 같은 사람한테 대든다는 것이 장나무에 낫 걸기제 뭣이겄소? 양문씨는 멀리 갈 것도 없이 읍내 의사하고 고개만 한나 깐닥거림시롱 진단서 한장만 끊어버린다 치라면 일은 거그서 끝날 것이요. 이 사람이 죽은 것은 맞아 죽은 것이 아니고 다른 병으로 죽은 것이다, 이런 진단서 한장이면 우리 같은 놈이사 관청 담벼락에다 대가리를 처박아도 남생이 등거리에 풀쐐기제 누가 왼눈 한나나 깜짝하겄소? 그러고 설사 고소를 해서 잡아간다 하더라도 잡혀갈 사람은 외팔이나 양문씨가 아니고 그날 몽댕이 휘둘렀던 놈덜일 것인디, 그놈덜도 우리하고 똑같이 흙 파 묵고 사는 무지렁이들 아니요? 미운 파리 잡을라고 고소를 해보았자 결국 잡혀가는 놈덜은 그런 촌놈덜이고, 또 그로크롬 되면 그날 이 동네 사람들도 몽댕이를 휘둘러서 사람을 팼은께 저쪽에서 맞고소를 하고 나온다 치라면 이 동네 사람덜도 같이 징역을 살 판이요그랴. 그런께 고소를 한다고 하더라도 다치는 것은 이런 못난 촌놈들뿐이요. 하여간 이런 소리는 무담시 내가 한번 해보는 소리고, 양문씨 이 양반이 겉으로 말은 잘잘 안해도 이참에 속 쓰는 것 본께 큰사람답게 쑵디다. 나보고 여그를 한번 갔다가 오라고 함시롱, 산직답 그것이면 그 사람이 다리를 못 쓴다 하더라도 머슴 한나는 데리고 살아갈 수 있을 것인께 그로크롬 살아갈 마련을 하도록 잘 일러라, 죽은 사람이 살아난다고 한다면 내 전답을 다 주어도 아깝지 않다마는 죽은 사람이 살아날 이치는 없는 것이고, 산 사람 살아갈 궁리나 해사 쓸 것 아니냐, 이로크롬 속 너른 말씀을 하지 않겄소? 그 말을 듣고 난께 무단 내가 콧구녁이 알큰합디다."

작자는 메기 잔등에 뱀장어 넘어가듯 매끄러운 소리로, 제 혼자 째고 발기고 엎었다 뒤집었다, 있는 소리 없는 소리를 모주할매 열바가지 내두르듯 했다.

텃골양반은 머루 먹은 수캐처럼 눈만 말똥거리고 있었다.

"우선 당장 닥칠 일부터 생각해봅시다. 돌아가신 형님한테서 어미 없는 자식이 하나 있다는 소리를 들었는디, 우선 그 부모 없는 자식 밥술이래도 따뜻하게 먹일라먼 우리같이 땅 파묵고 사는 사람덜이 전답 내놓고사 따로 무슨 재주가 있소? 욱하는 마음은 한때 제마는 춥고 배고픈 서름은 백년이요, 죽은 사람 쪽으로 생각하더라도 남은 자식 밥 따뜻하게 먹고 사는 것 말고 소원이 있다면 또 먼 소원이 있겠소? 옆에서는 다 놈의 일인께 이러고저러고 말하기 좋은 대로 야단들일 것이요마는, 그런 사람덜이 내중에 끼니 굶으면 밥 한술 싸가지고 올 사람들이요?"

텃골양반은 이미 마음이 그쪽으로 기울어 있었으나, 사실 동네 사람들 때문에 마음이 거기 걸려 엉거주춤하고 있을 뿐이었다. 그러나 아무리 생각을 해보아도 그 길 내놓고는 달리 살아갈 방도가 없었다. 온전한 사대육신을 거느리고도 들고 나는 판이었는데, 다리병신이 되어버린 다음에야 어쩔 것인가? 텃골양반은 눈 질끈 감고 그렇게 승낙을 하고 말았다.

이런 얄궂은 인연으로 텃골양반은, 자기 아버지 덕재영감 때부터 소원이던 양문이 산지기가 되었으나 그것이 그냥 수월한 것이 아니었다. 동네 사람들이 생각했던 것보다 드세게 나온 것이다.

"아니, 아무리 양문이 산지기가 으짠다고 하제마는, 그래 형제간의 목숨을 팔아서 산지기를 사?"

"그 작자가 시방 사람 쓸개를 찬 작자여, 짐승 쓸개를 찬 작자여?
원수는 갚지 못할망정 형제를 죽인 놈 산지기가 되어 그 조상 뼉다
구를 지켜준다는 말이여?"

동네 사람들은 이렇게 되고 보니 그날 몽둥이 휘두르며 나선 것
이 남의 초상에 단지(斷指)도 아니고, 이중삼중으로 배신당한 기분
이었다.

"세상에 저런 작자하고 어뜨크롬 한동네서 얼굴을 맞대고 살 것
이여? 자라 새끼도 어미를 따라 어기적 걸음을 배우는 것인디, 아
무리 우리가 놈의 선산 그늘에서 살아가는 놈덜이라고 하제마는
그래도 사람 사는 법도는 지키고 사는 놈들인디 이래가지고서야
어뜨크롬 새끼덜한테 형제간 우애 타령을 할 것이며, 피붙이 윤기
타령을 할 것이여?"

"이러니 양문이 같은 놈덜이 우리를 사람으로 보겄어? 우리덜이
라도 사람이라는 소리를 하고 살라면 우선 저 작자하고는 상종을
말고 살아사 쓰겄그마."

동네 사람들의 이야기는 차차 거칠어져갔다. 그때는 그래도 종
수 아버지를 비롯해서 동네에 성미깨나 쓰는 사람들이 있어 그 사
람들이 들고일어난 것이다. 한쪽에서는 덕석말이를 해서 본때를
보여야 한다는 과격한 소리가 나오기도 했으나 그것은 너무 가혹
하다고 생각했던지 별로 동조하는 사람이 없었다.

"덕석몰이는 요새 세상에는 안될 말이고, 새암 질을 막아부는 것
이 졸 것 같어. 너 같은 놈하고는 한 새암물을 묵고는 못 살겄은게
동네 새암물을 묵지 말아사 쓰겄다. 만약에 니가 그 말을 안 듣고
동네 새암물을 묵은다 치라면 우리 동네 사람덜이 전부 도랑물을

묵을 테니 알아서 해라. 이로크롬 새암 질을 막아분다 치라면 덕석몰이를 해서 한때 맛을 보이고 마는 것보다 다른 사람덜한테도 더 오래 뽄보기가 될 것 같어.”

“그것이 좋겠그마. 이런 놈한테는 이런 벌이 돌아간다는 것을 새끼덜이 본다 치라면 우리 새끼덜 가운데서는 그런 놈이 다시는 안 나올 것이여.”

이 소리를 들은 텃골양반은 그대로 자리에 눕고 말았다. 아픈 다리보다 동네 사람들한테 사람 취급을 받지 못한 것이 더 쓰려 이불을 뒤집어쓰고 다시 끙끙 앓기 시작했다.

그런데 이것이 또 벼락을 몰고 왔다. 느닷없이 코야마 경부가 순사 서너 놈을 거느리고 동네에 나타났다. 아무리 세상이 어쩐다기로서니 동네 사람들끼리의 이쯤 일을 가지고 경찰에서까지 어쩔 것인가, 멍청한 얼굴로 서로를 쳐다보고 있었다.

코야마 경부는 동네 사람들을 전부 모이라고 했다. 동네 사람들은 모두 썰렁한 얼굴을 하고 모여들었다. 놈들은 나오는 족족 힘꼴이나 써 보이는 사람들을 골라 한쪽으로 세웠다. 동네 사람들이 다 모이자 그렇게 일곱명을 골라 세우더니, 가타부타 말이 없이 그들을 몰고 재를 넘어갔다. 무슨 일이냐고 모깃소리만하게 물었으나 잔소리 말고 가자고만 했다.

그까짓 우물길 좀 막은 것이 죄라면 그놈의 죄가 몇푼어치나 될 것인가, 배짱을 가다듬는 것이었으나 끄는 놈이 백정이라 가슴이 떨렸고, 더구나 그런 일 내놓고는 달리 영문을 알 수 없다보니 눈 가리고 벼랑길 가는 기분이었다.

그런데 놈들은 경찰서로 끌고 가는 것이 아니고 엉뚱한 창고 속에다 처넣었다. 그 속에는 웬 사람들이 백명도 넘게 붙잡혀와 있었다. 멀뚱한 눈으로 무슨 일들이냐고 물으니 징용이라는 것이다.

기가 막혔다. 그러나 옴짝달싹할 수가 없었다. 자랏골 사람들은 이렇게 옴짝달싹 못하고 네발 묶인 짐승 꼴이 되어 북해도 탄광으로 끌려가고 말았다.

살아 생이별은 생초목에 불이 붙는다는데, 처자식 얼굴 한번 똑똑히 보지 못하고, 정들였던 고향산천을 그렇게 떠나고 말았다. 그 속에는 종수 아버지, 차곤이 아버지, 득철이 아버지도 끼여 있었다.

양문이는 자랏골에 그런 놈들이 있어가지고는 또 언제 자기 뭣등에 화가 미칠지 몰라 미리 그런 불씨를 그렇게 뽑아버렸던 것이다.

8

해방이 되었다. 그 무지하던 일본놈들이 쫓겨간다는 것이다. 천하는 처음부터 제 놈들 천하이듯 목줄에다 철판 두르고 천년만년 살 것같이 설치고 발기던 그 일본놈들이 몰려간다는 것이다.

세상에 태어나서 사람으로 살아 눈코 뜨고 숨쉰다는 바로 그것이 그놈들 총칼 앞에서는 그대로 죄가 되어 떨고 살던 그 기막힌 세상이 끝이 나게 되었다는 것이다. 허기진 배를 졸라매고 뱃골 빠지게 지은 농사는 처음부터 제 놈들 것이었던 것같이 긁어가고, 어린 새끼들은 풀뿌리 나무껍질에 생살이 부어오르던, 그 피맺힌 원한의 세월, 죄 없이 얻어맞고 허물 없이 떨고 살던 그 저주와 통분의 세월이 이제 끝이 나게 되었다는 것이다.

남의 산직답일망정 그것이 이제야 제대로 내가 버는 내 땅 같고, 날마다 바라보던 푸른 산과 푸른 하늘이 이제야 제대로 내 산천 내 하늘이 된 것이며, 이제야 내 인생도 내가 작정하는 내 인생이 된 것이다.

가진 것이 적으면 적은 대로, 인생이 초라하면 초라한 그만큼, 저마다 한몫씩 저저금의 제 인생이 있는 것이고 보면, 함박 쪽박 속에서도 오롱조롱 소리가 나는 것, 다 제가 지닌 제 인생의 제 분수대로 다 한몫씩은 해방의 터질 듯한 환희와 감개가 있었다.

산골에 묻혀 사는 촌놈들이라 처음 나라가 망해 어쩐다고 야단일 때는, 그것이 크게 안된 일인가보다만 생각하고 국상(國喪)에 죽산말(竹散馬) 지키는 멍청한 꼴들이었지만, 나라 없는 설움이 어떤 것이던가는 정작 살아 겪어보니 알겠어서 거기서 풀려난 기쁨은 그 험하게 당한 만큼 메어졌다.

공출이 없어지고 징용이 없어지고, 내 전답 내 살림이 내 것이 되었다는 기쁨이야 자랏골 사람들의 기쁨만이 아니었지만, 그 험한 세상의 권세를 등에 업고, 돌 진 가재, 산 진 거북으로 불쌍한 촌놈들을 패고 죽이고 호령하던 양문이가 힘을 못 쓰게 되었다는 것만으로도 자랏골 사람들은 덩실덩실 춤을 추고 싶을 지경이었다.

"우리, 양문이 집에 가서 그놈 코 빠진 꼴 구경이나 쪼깐 해주세. 하하, 이런 것을 보고 세상이 음지가 양지 되고, 양지가 음지 된다는 말이 있는 것이여."

"양문이 그 자석, 일본놈 상전들 못 잊어져서 어뜨크롬 사까?"

해방이 되었으니 일본놈들한테 빌붙어서 그 권세를 업고 날뛰던 양문이 같은 놈부터 닦달을 할 줄 알았다. 모가지까지 뎅경뎅경

자르지는 않는다 하더라도, 하여간 어떻게 닦달을 할 줄 알고 자랏골 사람들은 그런 소식이 넘어오지 않는가 귀를 기울이고 있었다. 자랏골 사람들이 그 작자한테 당한 것 말고도, 이 고을에서 양문이만큼 일본놈 서슬 업고 떵떵거리고 산 놈도 없었다. 이웃 면에서는 커다란 간척지에 무슨 꼬투리를 잡아 그것을 몽땅 제 것으로 만들었었고, 또 다른 간척지를 막으면서도 미곡 증산 시책이라고 해서 제대로 임금도 안 주고 그 지방 사람들을 동원해서 일을 시킨 적도 있었다.

그러니까, 굳이 법에서가 아니더라도 그런 사람들이 가만있질 않을 것이라고 생각했다.

자랏골 사람들 가운데서는 저 묏등을 파 없애버리자고 나서는 사람들이 있었으나, 주먹에 핏사발이나 들고 성깔깨나 쓰던 사람들은 다 징용에 끌려가서 오지 않고 있었기 때문에 그런 일에 얼른 앞장을 서고 나설 사람들이 없었다. 더구나 저 묏등으로 하도 여러 번 경을 쳤던 사람들이라 어지간한 객기로는 엄두를 낼 수 없는 일이었다.

그런데 날마다 재를 넘어오는 소식은 자랏골 사람들이 바라는 대로가 아니고, 어떻게 되는지 도무지 갈피를 잡을 수 없는 뒤숭숭한 소리뿐이었다. 장날이면 장날대로, 무싯날이면 또 무싯날대로 자랏골 사람들은 나뭇짐을 지고 읍내를 넘나들었기 때문에 그만큼 바깥소식이 빨랐으나, 무토막 자르듯 가닥이 잡히는 소리는 없고, 세상이 어떻게 돌아가는 것인지 그냥 뒤숭숭하기만 했다.

그래도 자랏골 사람들은, 시국이 제대로 자리를 잡아갈 것이라고 기다리며, 바깥에 나갔다 들어오는 사람이면 강아지새끼 거동에도 귀를 기울였다. 그래도 탁 부러지는 소식은 없고 시들방귀 같은 소리만 자꾸 재를 넘어오더니, 하루는 어처구니없는 소식이 들려왔다. 읍내 사람들은 일본놈 재산을 나눠 갖기에 눈들이 벌게졌는데, 일본놈이 경영하던 양조장을 양문이가 차지했다는 것이다.

"그것이 먼 소리여? 아니, 양문이가 그것을 차지해? 에끼, 이 사람, 자네가 말을 들어도 총찮은 소리를 어디 듣고 왔네. 시방 이 세상이 어뜬 세상이간디 다른 사람도 아닌 양문이가 그런 것을 차지한단 말이여?"

"그런께 읍내 사람들이 하느니 그 말이데."

"그런께 자네가 시방 제대로 듣고 왔다는 소린가?"

"몇 사람한테 들은 소리라고 그래?"

"허허. 해방이 되면 일본놈 밑에서 춤추던 양문이 같은 놈은 죽음도 초주검 자릴 줄 알았등마는, 그런께 이로크롬 해방이 되아도 그놈 상에는 항상 이밥에 잣죽이란 소리여?"

"읍내서도 하는 소리가 말짱 그 소린디, 그런 것을 차지해도 전부텀 일본놈하고 고개 깐닥거리던 놈들이 다 차지한다능마."

"해방이 되었다고 덩덩하글래, 그래도 이참에는 총한 정신 가진 놈덜 세상이 될 줄 알았등마는 이것이 먼 짓거리여?"

"그런께 해방이 되나 따나 웃물 묵던 놈이 항상 웃물 묵그마."

"아무리 공작은 날거미만 묵고 살고 수달피는 발바닥만 핥고 산다고 하제마는, 그래도 세상이 법도란 것이 있는 것인디 이것이 말짱 먼 짓거리들이여."

"그런께 시방 해방 덕을 보아도 그로크롬 말자리나 허던 놈들이, 벼락 맞은 소 뜯어 묵대끼 덕을 보아도 온통지게 보고 있그마."

자랏골 사람들은 그런 엉뚱한 횡재야, 처음부터 모가지 짧은 강아지 등겨섬 넘어다보는 격이어서 그런 엉뚱한 것에 생심은 당초에 없었지만, 양문이 같은 놈이 그런 큰 떡을 추켜들었다는 소리에, 해방이 되어도 그런 놈들이 또 설치고 살 것인가 하는 생각에 아뜩한 기분이었다.

"미운 놈 볼라면 질 나는 밭 사라고 하등마는, 좋다 만 꼴 볼라면 이로크롬 자꼬 해방이 되아사 쓰겄그마."

"아니, 가만있소. 시방 세상이 어세두세한께 끓는 국에 맛 모른다고, 망둥이도 뛰고 곤자리도 뛰고 하는디, 나라가 지대로 서서 법도가 잽힌다 치라면 그런 자식들을 그냥 둘 것이여? 이것들이 죽어도 지대로 죽을라고 자리 잡고 있네."

"아니, 그래도 어디 알겄다고? 양문이 그 자석도 지가 사람이면 자기 한 가남이 있을 것인디, 이로크롬 초장부텀 나대는 것을 본다 치라면 시세 따라 노는 놈이라 도감포수 마누라 오줌 짐작하대끼 시방 시국이 어뜨크롬 돌아가는가, 먼 짐작이 있어도 쪼깐 짐작이 있은께 저 지랄이제, 밥 싼 놈 졑에서 똥 싼 놈이 우쭐거려도 똥 싼 짐작이 있은다 치라면 엉뎅잇짓이 달라도 다른 것인디, 큰 떡부터 추켜들고 나설 것이여? 암만해도 돌아온 후장이 도깨비장이 될지 사람장이 될지 모르겄그마."

"이 사람아, 일본놈덜이 물러갔으면 그만이제 먼 놈의 도깨비가 또 날 것인가? 읍내에서는 시방 말자리나 하는 젊은 사람들이 치안댄가 청년단인가를 꾸며가지고 금방 나설라고 한다여."

"맞네. 나도 그런 소리를 쪼깐 들었네. 여운형인가 그 양반이 시방 일을 꾸미고 있고, 미국서 이승만 박사도 나오고 있는 중이고 김구 선생도 나오고 있다네."

"그랬으면 그랬제, 하다못해 우리 동네서 징용 갔던 사람들만 돌아와도 양문이 저런 자석이 전맨키로 설치라고 그대로 두고 말겄어?"

자랏골 사람들은 양문이가 읍내 양조장을 차지했다는 말에 멀쑥했다가 멍첨지 맹자왈로, 자기들 나름대로 시국 풀이를 하고 나서 조금은 또 안심하는 기색이었다.

그런데 자랏골 사람들은 시국 소식도 소식이었지만, 동네 징용 갔던 사람들이 얼른 안 나오는가를 더 기다렸다. 다른 동네에서 갔던 사람들은 한 사람씩 왔다는 소식도 있었는데 자랏골 사람들은 아직 한 사람도 오지 않고 있었다.

"나무 폴고 오는가? 먼 존 소식 없던가?"

"내가 시방 나무를 폴고 오는가, 읍내서 나무를 사서 짊어지고 오는가 모르겄네."

"허허. 저 작자가 어디서 먼 털을 뜯겼간디 저런 소리를 하고 있는고? 어디, 먼 일이간디 그로크롬 물 건너 외삼촌 부고 받은 상을 하고 있는가?"

"허허. 이놈의 세상이 말짱 어뜨크롬 돌아가는 세상인가 모르겄어."

"먼 소리를 들었간디 그로크롬 변죽만 울리고 있어? 어디 말을 쪼깐 해보아사 속을 알 것 아녀?"

"먼 소리를 듣기는 들었는디, 하도 험한 소리를 들어서 내가 시방 총한 정신인가 총찮은 정신인가 생각 중이네."

"읍내 어뜬 큰애기가 알을 낳았다고 하던가?"

216

“그런 소리 같으면 웃고나 말겄는디, 순사놈덜이 새로 심을 쓰게 되았다여.”

“뭣이 으째? 순사들이 새로 심을 쓰게 되아? 자네 시방 총한 정신으로 하는 소린가?”

“글씨 말이여. 총찮아도 시방 그 소리를 들은 내가 총찮애사 이 것이 말이 되아도 되겄어서, 내가 총한 정신인가 총찮은 정신인가를 읍내서부텀 생각을 하고 오고 있는 중이란 마시.”

“이 사람아, 지금이 어느 세상이라고 순사들이 심을 쓰게 되았다는 소리가 그것이 말이 되는 소린가? 자네가 어디서 먼 소리를 듣기는 들었는갑네마는, 들어도 석새에서 넉새 빠진 소리를 들었는 모냥이네. 하하하.”

“이 사람아, 해방이 된 것이 언제라고 봉창을 긁어도 분수가 있제, 그슬러논 되야지가 심을 쓰게 되았다먼이나 모를까, 순사덜이 심을 쓰게 되았다니, 그것이 어림 반푼이나 근종에 나가는 소리라고 듣고 와서 하고 있어? 자네 시방 어디 미친놈 지랄청에 들어갔다가 오는갑네.”

“하하하. 저 사람이 요새 쪼깐 정신이 가물가물한 모냥이그마.”

“허허. 이런당께. 내 말을 쪼깐 들어보고 말을 해도 하소. 내가 나무를 폴러 간 집이 그 청년단인가 치안댄가 그런 것 한다는 집인디, 나도 첨에는 그 사람들이 그런 소리를 해쌓글래, 저 잭인덜이 어디서 저런 미친 소리를 듣고 와서 저 지랄들이라냐 했등마는, 이 약을 찬찬히 듣고 본게 그것이 아녀. 해방이 되자마자 어디로 쥐구녁을 찾아 숨어부렀던 순사놈덜이 어끄저게 즈그덜까지 모아가지고, 먼 위원회라고 하디야 머라고 하디야, 그런 것을 즈그덜도 청년단 꾸미대끼 꾸며가지고 우선 청년단부텀 쌔려잡을 궁리를 하고 있다는 것이여. 그런디 그것을 미국놈덜이 그러라고 해서 그런다고 안 그런가?”

“뭐? 미국놈덜이?”

“잉, 미국놈덜이 그러라고 욱에서 명령을 내린 일이라 서울이나 광주 같은 데서도 다시 순사덜이 말짱 나와갖고, 거그서는 폴쎄부텀 순사덜 세상이 되아부렀다여.”

“허허, 이것이 먼 소리여?”

“아니, 순사덜이 엊그제까지 누구한테 붙어서 뭣 하던 놈덜이간디 그놈덜을 죽이기는 못할갑시, 그놈덜한테 다시 칼을 쥐여준단 말이여?”

“아니, 이놈의 세상이 어뜨크롬 돌아가는 놈의 세상인가 모르겄네.”

“참말로 미국놈덜이 그랬다고 하던가?”

“내 눈으로 안 본 소린께 모르제마는 그 사람덜 겁을 먹고 있는 눈치만 보아도 틀림없는 것 같어.”

“미국놈덜이 서양서 온 놈덜이라 우리하고 종자가 쪼깐 다르기는 다르다고 하제마는, 그래도 그놈덜도 사람 너울을 지대로 뒤집어쓴 놈덜이라면 눈깔이 백혔어도 얼굴에 백혔을 것이고, 오장육부도 배때기에 들었을 것인께 종자가 다르다고 하더라도 즈그덜도 사람의 종잔다 치라면 사람 살아가는 이치야 그것이 달라도 그로크롬 다르지는 않을 것인디, 순사들을 으짜다니 그것이 시방 먼 짓거리까?”

“그 자석덜이 어디다 정신을 놓고 와도 크게 놓고 왔그마. 그놈덜이 일본놈덜하고 전쟁인가 지랄인가를 할 적에는 할 일이 없어서 장난으로 한 것이 아닐 것이고, 못된 짓거리 하는 일본놈덜을 쳐부숴가지고 세상 이치를 바로잡자 해서 했을 것인디, 그랬은다 치라면 그 일본놈덜 처치야 따로 즈그덜이 알아서 할 일이고, 조선 땅에 와서 즈그덜이 할 일이라면 일본놈 앞잡이로 조선놈덜 못살게 하던 놈부텀 젤 첨에 닦달을 해도 해사 쓸 것인디 그놈덜 닦달은커녕 그놈들 손에다 칼을 잽혀주다니, 이것이 대관절 말이여 막걸리여?"

"아니, 그놈덜한테다 그로크롬 칼을 쥐여준다 치라면 이참에는 그 칼로 누구를 닦달하라는 소리제? 허허, 세상에 이것이 먼 소리가 이런 소리가 다 있으까?"

"그러고 본다 치라면 요새 애기덜이 부르고 댕기는 노래가 그것이 이치에 맞는 소린 모냥이여. 미국을 믿지 말고 쏘련에 속지 말라고 하등마는, 참말로 미국놈덜 그놈덜이 믿을 놈이 못되는 모냥이그마."

"참말로, 그 소리가 그냥 애기덜이 말하기 좋게 말을 맞춰 부르는 소린 줄만 알았등마는 돌아가는 싹수가 그대로 딱 들어맞그마. 뭐라고 하디야? 미국을 믿지 말고 쏘련에 속지 마라, 중국이 죽어가니 일본이 일어난다, 조선아 조심해라, 이러던가 으짜던가 한 것 같은디, 그런다 치라면 을판에는 또 일본이 일어나서 쳐들어온다는 소린가? 세상살이가 돌아가는 물레방애라고 하등마는, 참말로 이것이 장난도 아니고, 먼 일이 이런 일이 있댜?"

"이 사람아, 아무런들 그로크롬이사 될라든가마는, 하여간 미국놈덜 그놈덜 속을 알다가도 모르겄그마. 키 크고 속 찬 놈 없다제마는, 그런께 그 자석덜이 키만 떨렁하니 커갖고 모도가 껄렁껄렁한 껄렁이덜인 모냥이그마. 원자폭탄인가 뭣으로 미친개 호랭이잡대끼 일본놈덜을 잡기는 잡았제마는, 속은 건밭에 쒸시대맨키로 경둥경둥한 놈덜인 모냥이여."

"그런께 그 자석덜이 독수리 깐치 집 뺏대끼 조선 땅덩어리를 일본놈덜한테서 뺏기는 뺏었제마는, 본시 그로크롬 껄렁이덜인데다가, 더구나 여그서 미국이 어디라고, 즈그덜이 조선 땅덩어리에서 죽이 끓었는지를 알았을 것인가, 장이 끓었는지를 알았을 것인가? 우선 말을 알아묵어도 알아묵어사 이쪽 사정을 알 것인디, 이쪽 말을 알아묵들 못한께 그냥 계집년이나 홍탐을 하고 나자빠져서, 어뜬 놈이든지 앞에 와서 알랑거리기만 한다 치라면 그놈이 순사가 되았든지 어뜬 놈이 되았든지 오냐오냐, 고개만 깐닥거리고 있는 모냥이그마."

"하기사 되놈이 김풍헌을 알 것인가, 이풍헌이 누군지 알 것인가?"

"아무리 그런다고 하제마는, 그래도 그 자석덜이 정신머리가 있고 넋쪼가리가 있는 자식들인다 치라면 성인도 시속을 따르고, 호랭이도 놈의 골에 들어가먼 그 골 질을 걸어가는 것인디, 이쪽 물정을 모른다 치라면 조선 천지에 미국말 알아묵는 놈이 그래도 한둘은 있을 것인께 그런 놈을 찾아다가 이쪽 물정을 조근조근 물어서 선은 이렇고 후는 이렇다는 사정을 쪼깐 촘촘히 들어가지고 먼일을 해도 해사 쓸 것이 아니냔 말이여? 미친년도 속옷은 안에다입고 신은 발에다 신는디, 아무리 망했던 나라라고 하제마는 밀개떡도 안팎이 있고 털멩이도 오른짝 왼짝이 있는 것인디, 아무리 속

이 빈 놈들이라고, 그래 왜정 때 그 지랄을 치던 순사덜한테 칼자
루가 그것이 말이여 막걸리여?”

“세상 돌아가는 싹수머리가 암만해도 이것이 틀린 것 같어. 즈그
덜이 아무리 무지한 일본놈덜을 이겼다고 하제마는 세상일이랏 것
이 총칼로 할 일이 따로 있고 송곳으로 할 일이 따로 있는 것이 아
니냔 말이여? 쥐 잡는 디는 천리마가 괭이만 못하고, 구녁 뚫는 디
는 청룡도가 끌만 못한 것인께 이런 자잘한 나라 안 일은 조선놈덜
말을 지대로 들어가지고 해사 쓸 것인디, 순사놈덜한테 덜렁 칼자
루라니, 이것이 그냥 총찮은 짓거리고 말 것이여?”

“그러고 본다 치라먼 우리가 시방 미국놈덜을 잘못 생각하고 있
는 것 같어. 우리는 우리 즐 대로만 생각해서 그놈덜이 우리덜 해
방시켜주었다고 좋아서 덩덩하는디, 포수가 호랭이를 잡을 적에
그 골 노루 좋으라고 잡을 것이여?”

“말은 시방 하다가 자네가 지대로 한 것 같네. 이것이 다 즈그덜
대로 올깃한 딴속이 있어서 하는 짓거린 것 같그마. 이것도 한 나
라 정친디, 아무리 으짠다고 이로크롬 미친년 갈밭 매대끼 총찮은
짓거리사 할 것이여? 들어본께 북선(北鮮)서는 쏘련놈덜이 들어와
가지고, 그저 아무것이나 걸리는 대로 베락 맞은 소 뜯어 묵대끼
털어가고 뺏어가는 굿이라는디, 미국놈덜이라고 그런 욕심 없을
것인가? 그런께 이놈덜은 쏘련놈덜하고는 달리 뺏어가도 크게 뺏
어갈 요량으로 살살 밑자리를 잡고 있는 것 같어. 저놈덜이 일본놈
앞잽이하던 순사덜한테 칼을 쥐여주는 것도 시방 그 속인 것 같은
디, 하찮은 경마잽이도 솜씨로 하는 것이고 갈보질도 해본 년이라
사 엉뎅잇짓이 남았어도 남았을 것인께 일본놈덜 앞에서 알랑거리

던 놈덜을 이참에는 즈그덜 앞에 알랑거리라고 그런 것 같어. 그놈 덜은 이무 내논 역적으로 이 세상이 되면 죽어도 초주검 자릴 것이 라는 것은 누구보담도 즈그덜이 더 잘 알고 있을 것인디, 그런 목 숨을 살려준 은혜까지 있고 본다 치라면 이놈덜이 새 상전 모시기 를 불속이라면 못 뛰어들 것인가, 물속이라면 못 뛰어들 것인가? 일본놈덜 모시던 가락이 있것다, 입안에 쎗바닥 놀대끼 할 것 아 녀?"

"허허. 이런 떡을 치다가 꼬꾸라질 놈의 세상, 우리 조선놈덜은 타고나도 먼 웬수진 운수만 타고났간디, 늑대가 물러나고 난께 이 참에는 그 자리에 호랭이가 들어앉는단 말인가?"

"아니, 모두들 너무 급하게덜 생각하는 것 같어. 퇴깽이가 지 방 구에 놀랜다고, 우리가 당해도 하도 험한 일만 당해와서 떵 소리만 듣고도 베락인지 알고 놀래는디, 시방 나라 질서가 지대로 안 잽혀 서 그러제, 아무런들 미국놈덜이 그런 짓거리사 할라든가? 이승만 박사나 김구 선생 같은 양반이 온다 치라면 그때는 발라질 것은 다 지대로 발라질 것이네."

"이 사람아, 한나를 보면 열을 안다고, 시방 미국놈덜이 한다는 짓거리를 봄시롱도 그런 소리를 하고 있어? 초저녁 구름이 따뜻해 사 새벽 구름도 따뜻한 것인디, 이미 싹수가 노랑 싹수여. 그래도 명색이 한나라 정치를 한다는 놈덜이, 다람쥐 살림에도 규모가 있 고 뚜께비 눈 깜작에도 요량이 있는 것인디, 순사한테 칼을 쥐여줬 다는 소리가 이것이 정칠 것인가, 말 삼은 소 신일 것인가? 아무리 이승만 박사나 김구 선생 같은 이가 으짤다고 하제마는, 총 가진 놈덜은 따로 있는디, 총 가진 놈덜 앞에서는 그 양반덜이라고 기고 나는 재주 없단 것은, 일본놈덜 앞에서 꼼짝 못했던 것으로 봐도 환한 것 아녀? 저놈덜 하는 짓거리가 저러고 보면, 그 양반덜이 와 봤자 파방에 수수엿 장수제 뭣이었어?"

"그러면 이놈덜이 들어와서도 왜놈덜맨키로 공출이다 뭣이다 해서 뜯어가도 온통지게 뜯어갈라고 시방 초를 잡고 있다는 소린 가?"

"되어가는 싹수머리가 그런 짐작백이는 어디 다른 짐작을 하겠 어? 일본놈덜보담 더했으면 더했제, 덜하든 않을 것 같어."

"이 사람아, 그런께 시방 자네가 미국놈덜한테 가서 물어보고 왔 는가?"

"샌님 차고 오는 오쟁이가 떡 담은 오쟁인지 빈 오쟁인지는 물 건너부텀 아는 것인디, 그놈덜 한다는 짓거리 들어보면 모르겄 어?"

"오쟁이고 지랄이고 자네가 미국놈덜한테 가서 공출을 내라고 할라요, 안 내라고 할라요 하고 물어봤냔 말이여? 응?"

"아니, 으짠다고 이 사람이 나한테 시방 눈구먹을 까뒤집고 소락 떼기를 질러싼고?"

"지대로 알지도 못하는 소리를 가지고 얼챙이 퉁소 대대끼 아무 데나 대고 공출이니 지랄이니 재숫대가리 없는 소리를 하고 있은 께 그러제 으째? 일본놈덜한테 당한 것만도 이에 신물이 나는디, 무식한 봉사 파랭갱 외대끼 되지도 않는 풍월을 읊고 있어?"

"이 사람아, 내가 시방 그로크롬 되면 쓰겄다고 하던가 으짜던 가? 그놈덜 하는 짓거리를 본께 그렇다는 것이제."

"말이 씨 된께 해도 그런 재숫대가리 없는 소리는 하지 마라, 이 말이여."

그런데 바로 그 다음날 기막힌 소리가 넘어왔다. 양문이 조카 코야마 경부가, 그 악명 높던 코야마 경부가 서장 자리에 앉게 되었다는 것이다.

"아니, 뭣이 으짠다고? 그것이 시방 참말이여?"

"거짓말이먼 쓰겄는디, 그것이 갈데없는 참말이라 읍내 사람덜이 시방 모도가 환장한 속이데."

"허허. 이런 제미랄 놈의 세상이 이것이 미친놈의 세상이여, 총한 놈의 세상이여?"

"해방되았다고 하글래 인자 쪼깐 존 일이 있을란가 하고 깨춤 첬등마는, 되아가는 싹수가 사우 연장 본께 외손자 보기는 영 글렀네."

"일본놈덜 쫓겨 들어가는 바람에 양문이 업족제비도 일본으로 비행기 탄 줄 알았등마는, 이번에는 진짜로 조카놈이 서장이 되았으먼 양문이는 이 세상이 되아도, 장비야 내 배 다칠라 하고 읍내 니거리 길이 좁게 생겼그마. 허허."

해방에 걸었던 자랏골 사람들의 들뜬 기대는 이렇게 주먹 맞은 망건 꼴로 무색해져버리고, 세상은 좌우로 갈려 갈피를 잡을 수 없을 만큼 뒤숭숭해졌다. 당장 살기는 해방이 되었다고 해서 무엇이 눈에 보이게 나아진 것이 없고, 왜정 때의 그 압제에서 고삐가 풀리자 모두가 제멋대로여서 이러다가는 세상이 어찌 될 것인가 되레 겁이 났다. 자랏골 사람들만 하더라도 도벌 닦달 같은 것이 없다보니, 무슨 나무든지 마음대로 툭툭 잘라다가 장작을 패서 읍내로 져 넘겼다.

그러는 사이 징용 갔던 사람들이 한 사람씩 돌아오기 시작했다. 그래도 그들은 다 성깔깨나 쓰던 사람들이라 그들이 돌아오면 양문이를 어쩌지는 못한다 하더라도, 뭔가 동네에 활기가 돌아도 돌 것 같은 막연한 기대에서 그들을 기다렸던 것인데, 돌아오는 꼴을 보니 모두 물에다 한번씩 데쳐놓은 푸성귀처럼 눈만 하나 퀭해가지고, 꼭 옛날 헌병들한테 잔뜩 두들겨 맞고 오던 그런 꼴을 하고 있었다. 얼마나 배를 곯고 고생을 했는지, 혼백은 일본에다 빼놓고 몸뚱이만 돌아온 것같이 멍한 꼴이었다.

종수 아버지와 외불이가 맨 먼저 돌아왔고, 얼마 안 있어 또 한 패가 돌아왔다. 그러나 차곤이 아버지와 득철이 아버지는 끝내 소식이 없었다. 모두 한군데로 갔던 것이 아니고 뿔뿔이 헤어졌다는데, 득철이 아버지는 광산에서 도망치다가 총에 맞아 죽었다는 소문이 들려왔고, 차곤이 아버지는 광산이 꺼져 죽었다는 소문이었다. 그러나 무슨 사망통지서가 온 것도 아니고, 그들이 오면서 같이 있었다는 사람들한테 들은 소리들이라 확실한 소리는 아니었다.

그러니까 그때 잡혀갔던 일곱 사람 가운데서 다섯 사람은 송장 여대치게 생긴 꼴일망정 돌아오기는 돌아왔으나, 나머지 두 사람은 죽은 것이 확실했다. 그들이 살았다면 돌아오지 않을 사람들이 아니었기 때문이었다.

다음해 봄, 어떤 낯선 사람이 하나 자랏골을 찾아왔다. 옛날에 죽은 고당영감을 찾았다. 그런데 그날은 종수 아버지도 집에 없어 동네 사람들은 멀뚱하고 있었다. 그날이 마침 한식날이라 묘에 왔던 양문이가 알은체를 하고 나섰다.

"어째서 그 양반을 찾습니까? 그 양반 돌아가신 것이 옛날도 까마득한 옛날인데."

"예, 꼭 그분을 만나자 해서 온 것이 아닙니다. 옛날 이 동네 김태율이란 사람 있었지요? 그 영감님 아들 말입니다."

"김태율이?"

양문이가 눈을 썸벅이며 고개를 갸웃거리다 눈에 긴장이 피어오르려는 참이었다.

"일본서 대학 다녔던 사람 말이요."

"아아! 예, 있었습니다."

양문이는 아 소리를 길게 내며 그 사람 앞으로 한 발 다가섰다.

"그분을 어찌 아시요?"

"만주서 그분과 같이 지냈습니다."

"만주서?"

"그분이 무슨 일을 했는지 동네서는 아직 모르고 있습니까?"

"무슨 일을 하다니요?"

양문이가 의아한 눈으로 그 사람을 건너다보고 있었다.

"허허. 그러겠지요."

그 사람은 좀 맥없이 웃었다.

"무슨 일을 했습니까?"

"독립운동을 하다가 돌아가셨습니다."

"아아, 독립운동?"

양문이는 아 소리를 다시 길게 늘이며 눈에 반짝 빛이 나는 것 같았다.

"이럴 것이 아니라 좀 들어갑시다."

양문이는 묏벌의 나무를 손보던 손을 그제야 털고 서둘렀다. 텃골양반이 살고 있는 자기 산직집으로 그 사람을 맞아들였다.

"참 귀한 분을 만나겠습니다. 우선 통성명부터 합시다. 나는 이양문이라고 합니다."

"아, 그러십니까? 나는 경기도 고양(高陽) 사는 최××입니다."

"그러니까, 그분하고 같이 독립운동을 하셨던 모양입니다그려."

"뭐, 나야 독립운동이랄 것이 없고, 그 양반을 잠시 따라다녔지요. 그런데 그 양반이 돌아가시면서 나라가 독립이 되거던 꼭 자기 고향에 가서 전해달라는 말이 있어 이러고 왔습니다."

"아, 무슨 말입니까?"

"그때 여기서 가지고 간 돈을 한푼도 딴 데다 쓰지 않고 독립운동에만 썼다는 이야기를 전해달라고 합디다. 혹시 여기서 무슨 떳떳지 못한 돈을 가지고 나갔던가요?"

"아, 아니올씨다."

그때 선찬이가 옆에서 이 말을 듣고 있었다. 양문이는 선찬이를 저리 가라고 쫓아버렸다.

양문이는 그 사람하고 한참 동안 이야기를 하더니, 두 사람은 같이 고당영감 묘로 가서, 거기다 술을 따라놓고 절을 했다. 그러고 나서 양문이와 함께 재를 넘어가버렸다.

자랏골 사람들은 선찬이가 듣고 전하는 부분밖에는 그 이야기를 더 알 수가 없었다. 그때 선찬이는 열서너살인가 하는 나이였기 때문에 동네 사람들은 어린아이 입에서 전해진 이야긴데다, 더구나 토막 이야기여서 그것이 어느만큼 사실인가 어리둥절했었으나, 그래도 그 부분은 일단 정확한 것 같아 자랏골 사람들은 모두 감동하는 표정들이었다. 종수 아버지는 그길로 양문이를 찾아가서 그 자

세한 이야기를 물었으나, 그때 자기가 준 돈을 가지고 독립운동을
하다가 죽었다더라고 짤막하게 말할 뿐, 종수 아버지 같은 사람을
오래 상대해서 조근조근 이야기해주려는 눈치가 아니었다. 그래서
종수 아버지는 그 사람을 한번 찾아가볼까도 생각했었으나, 우선
먹고살기에도 곤곤한 판이라 멀리 경기도까지 찾아가서 그런 일을
얼른 알아볼 만한 여유가 없었다.

그런데 그런 일이 있은 뒤 양문이는 이 고을 광복회장에 취임을
했다. 자랏골 사람들은 광복회라는 것이 무엇인지, 무슨 일을 했던
사람들이 모인 단체인지, 또 양문이가 어떤 경위로 그런 자리에 앉
게 되었는지, 그런 것에 깜깜한 사람들이었다. 실은 그런 단체가 있
는지 없는지조차 모르고 있었다.

그런데 양문이 아들이 국회의원에 출마했을 때, 그도 아주 우연
한 기회에 자랏골 사람들은 그런 것이 있어 양문이가 그 회장이라
는 사실과 그 대강 내력을 알게 되었다. 이웃 면에 서는 장에 갔다
가 양문이가 선거 연설 하는 것을 엉거주춤 듣고 있다가 자랏골 이
야기가 나오는 바람에 깜짝 놀라 눈이 번쩍 뜨였다.

"여러분, 여러분 가운데는 아직까지도 내가 옛날에 일본놈을 등
에 업고 내 사리사욕을 취한 친일파라고 욕을 하는 사람이 있는 모
양인데, 이것은 꼭 임진왜란 때 적장을 껴안고 죽은 논개라는 기생
을 갖다가 그가 왜장을 껴안았다는 것만 가지고 화냥년이라고 하
는 것이나 마찬가지로 억울한 소립니다. 내가 겉으로는 일본놈하
고 가까웠습니다마는 속으로는 다 나라를 위해서 할 수 없이 눈가
림으로 그렇게 한 일이었습니다. 나는 우선 내 재산 수만금을 독립
자금으로 바친 사람이고, 그래서 해방이 되자마자 그런 것을 알 만

228

한 사람은 다 알고 있었기 때문에 나를 광복회 회장으로 추대를 했
던 것입니다."

군중 속에서 거짓말 마라고 소리를 지르는 사람이 있었다. 그쪽
이 한참 웅성거렸으나 경찰들이 나서서 수습을 했다. 양문이는 의
젓하게 서서 그쪽이 조용해지기를 기다렸다가 다시 연설을 시작
했다.

"그 일례를 들어 말씀드리겠습니다. 바로 저 이웃 낙월면에 가
면 자랏골이라는 조그마한 산골 동네가 하나 있는데 그 동네는 왜
정 때, 그러니까 삼일운동이 일어나기 전에 훌륭한 독립투사가 한
분 났습니다. 그 사람은 일본서 대학을 다니다가 뜻한 바 있어 학
업을 중단하고 독립투쟁에 몸을 바친 사람입니다. 이 사람이 하루
는 나를 찾아와서 하는 말이, 독립운동을 해야겠는데 자금이 크게
들겠으니 나보고 그 자금을 대라는 것이었습니다. 그런데 다 아시
다시피 그런 때 그런 자금을 대었다가 만당 간에 발각이 되었다 하
는 날에는 귀신도 모르게 처치가 되는 때였습니다. 그러나 그런 자
금을 우리 같은 사람이 대지 않으면 누가 대겠습니까? 나는 목숨
을 걸고 거기에 응하기로 결심을 했습니다. 그렇지만 그냥 주었다
가는 암만해도 뒤가 무사할 것 같지가 않아 겉으로는 무슨 큰 거래
를 하나 한 것같이 꾸몄습니다. 마침 그 동네에 전부터 명당이라는
묏자리가 하나 있었는데, 마침 그것이 그 사람 것이어서 그것을 산
것같이 소문을 내고 쌀로 사백석이라는 엄청난 돈을 주었습니다.
쌀로 사백석이면 지금 계산하더라도 그것이 얼맙니까? 그러나 속
으로 그런 꿍꿍이속이 있었기 때문에 괴값에 쇠값을 치르었던 것
입니다. 그 사람 이름이 김태율이라는 사람인데, 그 사람은 그 돈을

가지고 가서 독립운동을 했고, 그뒤로도 나는 여러번 그런 자금을 대었습니다. 그분은 독립운동을 하다가 애석하게도 일본놈 총칼에 맞아 세상을 떠났으나 같이 독립운동을 하던 동지들이 해방이 되니까 나한테 줄줄이 인사를 왔던 것입니다. 그중에는 지금도 경기도에 살고 있는 최××이라는 사람도 있는데, 그런 일들이 세상에 알려지기 시작하자 모두 내 참뜻을 알고 나를 억지로 광복회 회장에 추대를 한 것입니다. 내 말이 믿어지지가 않으면, 무엇 때문에 이양문이 같은 친일파를 갖다가 광복회 회장을 시켰는가, 나를 추대한 사람들한테 물어보기 바랍니다. 해방이 된 것이 몇년이고, 또 내 그런 공로가 세상에 알려져서 내가 광복회 회장이 된 것이 몇년인데, 아직도 그런 모략을 하는 사람이 있고, 또 그런 모략이 먹혀들어가고 있으니 이런 한심한 일이 어디 있습니까? 나는 내 아들이 국회의원이 되고 안되고에 상관이 없이 그런 누명은 벗자 해서 내가 오늘 이 자리에 나온 것입니다."

군중들이 조용해졌다.

"그때 내가 일본놈들하고 친한 것은 사실이었습니다마는, 산에 사는 미물인 여우 같은 짐승도 다 굴을 팔 적에는 들 굶 날 굶을 파는 것이 아니겠습니까? 그러지 않아도 나를 주목하고 있는데 내가 겉으로 친일을 하지 않았다가는 내 사업이 여러가지로 방해를 받을 판이니, 나 같은 사람마저 그렇게 되는 날에는 독립투사들이 어디서 자금 한푼 얻어 쓰겠습니까? 그리고 저 아래 간척지 사건만 하더라도 그렇습니다. 만약에 그것을 그때 내가 나서서 내 앞으로 차지하지 않았더라면 그것은 고스란히 일본놈 것이 되고 말았을 것입니다. 그때 나 말고 일본놈한테 대항을 해서 그것을 차지할

장사가 누가 있었습니까? 기왕에 일본놈한테 다 빼앗기게 생긴 것,
잠시 내 앞으로 명의를 걸어놓았다가 내중에 때가 되면 도로 돌려
주자고 마음을 먹고 그것을 차지했던 것이고, 그래서 해방이 되자
그대로 여러분의 손으로 돌아갔습니다. 그리고 또 거기서 난 소출
은 한푼도 내 배에 넣지 않고 독립자금이나 기타 공익사업에 썼습
니다. 일본놈 배때기로 들어갈 것을 갖다가 나라를 위한 일에 쓴
것이 친일입니까? 여러분, 그것이 과연 친일파가 할 짓인지 애국자
가 할 짓인지 말씀해보십시오.”

양문이는 연단을 꽝 쳤다.

“그러면 해방됐을 때 상환료를 받지 말고 그대로 돌려주었어야
쓸 것 아니요?”

군중 속에서 악다구니가 터졌다.

“그런 소리가 나올 줄 알았습니다. 그러나 그것은 하나만 알고
둘은 모르는 소리이며, 자기의 이익밖에 공익이라는 것은 전혀 생
각하지 않는 소립니다. 내가 그 돈을 어디다 쓰고 있는 줄이나 알
고 그런 말씀을 하시는 것입니까?”

양문이는 얼굴이 시퍼레가지고 또 꽝 연단을 쳤다.

“나는 예나 지금이나 그 돈은 한푼도 내 사욕을 채우는 데는 쓰
지 않고 있습니다. 그것을 지금 장학금으로 적립을 하고 있다, 이
말입니다. 여러분, 우리는 지금 그 어느때보다도 유능한 젊은이들
을 키워야 할 때입니다. 우리 주변에는 돈이 없어 공부를 못하는
유능한 젊은이들이 얼마나 많이 있습니까? 나는 그런 인재들을 양
성하기 위해서 장학재단을 만들어 운영을 하고 있으며, 그 상환료
는 다 그리 들어가고 있습니다. 여러분은 이왕에 남의 것이 되었던

땅을 차지하게 되었으니 그만한 댓가는 치르어야 할 것이고, 또 그것이 공익사업에 쓰이게 된다면 얼마나 떳떳한 일입니까? 그것이 그렇게 억울하다는 말씀입니까? 여러분같이 자기 눈앞의 이익만 생각을 한다면 국가 민족을 위해서 일할 사람은 누구란 말입니까? 우리가 우리 사회를 생각하지 않고, 우리가 우리 민족과 국가를 생각하지 않는다면 일본놈들이 생각을 해준단 말입니까, 쏘련놈들이 생각을 해준단 말입니까?"

양문이는 입에 게거품을 물고 연단을 꽝꽝 내리쳤다.

"양문이가 도적놈이라는 것은 천하가 다 안다. 사기 치지 마라."

한쪽에서 악다구니가 터져나오고 그쪽으로 또 경찰들이 우 몰려갔다.

"야당의 모략이 저렇습니다. 나는 누가 뭐라 해도 떳떳하게 살았고, 또 앞으로도 그렇게 살 것입니다. 나는 왜정 때 그렇게 나라를 위해서 내 재산을 떨어 바치고도 지금 친일파라는 어처구니없는 누명이 남아 있습니다마는, 내가 나라를 위한 일을 하고 또 공익사업을 할 적에는, 내 개인의 이익이나 명예를 위해서 한 것이 아니기 때문에 나는 어떤 오해나 비난에도 굴하지 아니하고 내 소신대로 살아갈 것입니다. 그래도 알 만한 일은 다 알아주는 것이 세상이라는 것은 해방이 되고 나서 나를 광복회장으로 추대하는 것을 보고 알았고, 그런 때야말로 그런 일을 한 보람이 나는 것입니다. 나는 이번에 나의 이런 정신을 이어나가라고 내 아들한테 국회의원에 출마할 것을 권했습니다. 여러분의 그 깨끗한 한 표를 기호 이번에다 찍어 이종석이가 나라를 위해서 일할 기회를 한번 주시기 바랍니다. 잘 부탁합니다."

양문이는 넉살좋게 웃으며 말을 마치고 내려왔다.

그런데 양문이의 이 이야기 가운데, 옛날 묏자리 판 이야기를 들은 자랏골 사람들은 어리둥절하지 않을 수 없었다.

"그런께 양문이가 첨부텀 묏자리를 산 것맨키로 해서 그로크롬 많은 돈을 주었다는 것이여?"

"그런께 거짓말인지 참말인지는 모르제마는 그랬다고 그러는디, 그뒤로 독립운동을 한 양반덜이 줄을 서서 찾아듬시롱 고맙다고 한 통에 해방이 되아서사 그 일이 밝혀져가지고 그 광복횐가 하는 그 회장으로 앉게 되었다고 하더란 말이여."

"그런께 광복회라는 것이 그런 사람덜이 모인 횐가?"

"그런 모냥이여."

"허허. 이것 참 먼 속인가 알다가도 모르겄네. 화냥년이 수절했다는 소리가 낫제, 양문이가 일본놈 쫓아내는 독립운동에 자금을 댔다는 소리가 그것이 말이 되는 소리여?"

자랏골 사람들은 도무지 갈피를 잡을 수가 없었다.

그런데 그런 것은 그렇다 치고, 그 후진 양성을 위한 장학회라는 것이 얼핏 듣기에는 또 그럴싸했으나 내용은 맹랑하기 짝이 없는 것이었다.

해방이 되고 나서 토지개혁이 될 것 같자 양문이는 이런 장학재단뿐만 아니라 명목만의 학교법인 인가도 받아, 그 명목으로 자기 토지의 명의를 거의 변경시켜놓고 있었다. 그 간척지는 원체 덩어리가 크고 또 그 지방 사람들의 원성이 높던 땅이었기 때문에 그대로 내놓았지만 다른 전답은 그런 장학재단 혹은 학교 부지 또는 실습지로 둔갑을 시켜 법망을 피했었다.

그리고 그 장학회에서 장학금이 나가기는 나갔는데, 그것은 모두 자기 손자들이나 친척들의 자녀한테만 나갔다.

이것은 나중에 야당 후보가 소상히 파헤쳐 깠기 때문에 세상에 널리 알려지고 말았다.

그러나 그가 독립자금을 댔다는 사실만은 움직일 수 없는 사실이 되어, 그 광복회 회원들이 나서서 선거운동까지 하고 다녔다.

9

종수 또래들은 문길이 사랑방에 모여 선찬이를 둘러싸고 앉아 그동안 쌓인 이야기를 털어놓고 있었다. 동네 아이들은 처음 장에서 선찬이를 만났을 때, 마치 어디 산굽이를 돌아가다가 맹수라도 만난 것같이 두려운 표정이었으나, 선찬이가 동네 사람들 안부를 한 사람씩 묻고, 동네 아이들 머리라도 쓰다듬을 듯 살갑게 나오자 금세 옛날의 정이 되살아났다.

"판돌이는 지금도 동네서 사냐?"

아이들은 웃기부터 했다.

"그 양반 지금도 석수 연장을 신줏단지 모시대끼 모셔놓고, 저 아래 저수지 일이 시작되기만 기다리고 있는디, 그놈의 일이 오뉴월 쇠붕알도 아녀논께 이러다가는 그 양반, 없는 손자 턱에 수염 나게 생겼어. 하하."

"지금도 솜씨 자랑은 땅이 꺼지고?"

"하하. 자기 아니면 그런 저수지 일은 할 사람이 없을 것 같어. 그런께 그 안에 혹시 죽게라도 된다면 그 솜씨만은 관 밖에다 내놓고 가야 저수지 일이 시작되더라도 제대로 일이 될걸. 하하.”

모두 크게 웃었다.

“그런께 그때 동네서 나가가지고 이번이 시방 첨 오시는 거제?”

“아니다. 실은, 군대 땀세 호적문제로 한번 왔다가 동네는 안 들어오고 갔었다마는, 그때 대강 동네 안부는 들었다.”

“아, 그랬어?”

“그때는 내가 여그 나다니기만 한다 치라면 덜컥 채갈 것만 같아서 못 들어왔었는디, 그런 일이 있은지도 한 십년 가까이 되고 했은께 괜찮을는지도 몰라서 이러고 슬그제기 들어와봤다마는, 그래도 어디 알겠냐? 양문이 그 작자가 하도 무서운 사람이 되아는께 으짤란가 모르겄다. 하하.”

선찬이는 좀 공허하게 웃었다. 동네 아이들은 그 일이 어떻게 되는 것인가, 꺼림칙했기 때문에 두려운 생각이 들었으나, 선찬이 말하는 것을 보니 말은 그렇게 해도 벙어리 차접 맡은 속으로 어디 믿는 데가 있어 하는 소리 같아 적이 안심이었다.

“그동안에 저 묏등 싸가리로 해서 다른 일은 없었냐?”

“자잘한 일은 한두가지 있었는디, 전같이 그로크롬 큰일은 없었어.”

“왜 큰일이 없었어? 묏벌에 나무 잘라낸 사건은 컸제.”

평식이가 나섰다.

“묏벌에 나무를 잘라?”

“전부터 양문이는 묏벌에다 나무를 심어도 비싼 나무만 구해다가 심어놓고, 또 그것 가꾸기를 자식같이 애낌시롱 안 가꿨다고?

그런디 누가 그랬는가, 그것을 이십여주나, 그것도 존 것으로만 골라 잘라버렸어."

"어어, 그러면 또 난리 한번 났겠구나."

"아니, 그래도 전같이 난리가 나지 않았어."

"왜?"

"그때 국회의원 선거가 닥치고 있었거던. 그래서 그 선거 땀세 사건을 크게 안 맨들라고 속이 애려도 참은 것 같어."

"참말로 그때가 선거 때만 아니었더라도 양문이가 그 나무 애끼는 것으로 보면 동네 사람덜 또 뭣 한번 늘어졌을걸."

"그러고 보면 그 알량한 선거래도 자주 있어사 쓰겠더만. 선거란 것이 첨부텀 무슨 도깨비장난도 아니기는 아니제마는, 그래도 그런 선거 때가 되면 양문이가 자랏골 사람들도 제 아재비같이 보거던."

"인마, 등 치고 간 내는 수작이제 속조차 그런 줄 알어?"

"속이사 어디로 두었건 고개 숙이면 그것이 인사제 뭣이여?"

"맞어. 속이사 으쨌건 선거 땀세 그 작자가 사람 무서운 줄 알고, 평소에도 이쪽에서 인사를 하면 그만치라도 받제, 옛날에사 그 작자가 자랏골 사람들을 눈 아래로 안 내려다보았간?"

"그런께 그때 벌목 사건만 하더라도 선거 같은 것이 아니었더라면 똥 사건이 문제가 아니었을 거여."

"또 다른 일은?"

선찬이가 말을 돌렸다.

"또 있제. 이참에는 문길이하고 평식이가 질천이를 늘어지게 패놓고 도망을 쳤다가, 이년 만에사 오늘 돌아온 거여. 하하."

차곤이 말에 모두 배를 쥐고 웃었다.

"인마, 그것이 우리가 첨부텀 양문이나 질천이를 으짤라고 그랬었간디?"

문길이가 웃으며 튀겼다.

"헛간에서 울었어도 그 집 조상인디, 그 묏등에다 작대기를 꽂아놓고 또 그 집 산지기를 패서 이빨을 다섯개나 어긋냈으면 그것이 다 그것이제 뭣이여? 하하."

"질천이를 팼다고? 왜?"

선찬이가 바싹 흥미가 당긴 듯 다그쳤다.

"이애기를 하자먼 길어. 하하."

"그러고 본께 나 같은 놈덜이 또 있었던 모양이구나. 그러면 오늘 우리가 한꺼번에 자랏골로 들어온 것이, 양문이 땜세 동네를 도망쳐 나갔던 놈덜이 밖에서 양문이를 으짜자고 작당이라도 해가지고 자랏골로 쳐들어온 것 같다. 으째? 잣것, 이왕 이렇게 된 김에 쫓아가서 저 묏등을 한번 쳐부숴버릴까? 하하."

모두 배를 쥐고 웃었다.

"가만있자, 그러고 본께 오늘 저녁에 여그 모인 놈들은, 모두가 양문이 덕을 톡톡히 본 놈덜이구나. 어어, 참말로 평식이만 빼놓고……"

모두 서로를 돌아보았다. 그러면서 웃던 웃음들이 잦아졌다. 정말 평식이만 빼놓고는 모두 아버지가 죽었고, 문길이는 할아버지와 고모가 죽었으니 양문이와는 살부지수 관계들이었다. 말하던 선찬이도 뜻밖이란 표정으로 놀라는 얼굴이었고, 다른 아이들도 새삼스럽게 놀란 표정으로 얼굴이 굳어졌다.

“어디, 동네서 몇 사람이나 죽었는가 한번 시어보자.”

선찬이가 손을 꼽으며 세기 시작했다.

“젤 첨에 문길이 조부님하고 고모, 그리고 그 동네 머슴놈들 두 놈, 그런께 네 사람에다, 해방되던 앞 해에 우리 아부지가 그렇게 되었고, 그리고 징용 가서 죽은 차곤이 아부지하고 득철이 아부지, 또 육이오 때 종수 아부지, 그런께 여덟이냐? 야, 죽은 뼉다구 싸가리에 생사람이 여덟이나 죽었구나. 맞아 병신이 되고 골병이 든 것은 놔두고 사람만 여덟이나 죽다니 한심하구나, 한심해.”

선찬이의 탄식에 모두 침통한 표정이었다.

득철이는 한쪽에 앉아 아까부터 이야기에 끼어 있기는 하면서도, 분위기에 제대로 얼려들지 못하고 혼자 외따로 앉아 있는 것같이 분위기에 층이 져 있었다.

“그런께 잣것, 법이 있은께 양문이를 어쩌지는 못해도 말이여, 아까 그 선거 같은 때라도 표는 두말할 것도 없고, 점심 싸 짊어지고 댕김시룽 양문이 저놈이 어뜬 놈인디, 그런 놈 아들을 국회로 보내냐고 떠벌리고 댕기면 말이여, 이종석이 지가 낙동강 오리알 이제 국회의원이 뭣이여?”

차곤이가 침울한 분위기를 깨고 한마디 객기를 부렸다.

“법으로 따지기로 한다면 그런 것은 법에 안 걸리는 줄 아냐? 법은 항상 그 작자덜 법이라 자루는 항상 그 작자들이 쥐고 있는디, 날을 쥐고 심쓸 것 같어? 법으로 따지면 백년 가도 틀렸다. 생사람을 죽여놓고도 장비야 내 배 다칠라 하고 떵떵거리고 사는 놈들인디, 법으로 따져가지고 일이 될 것 같어?”

선찬이는 좀 일그러진 웃음을 웃고 있었다. 선찬이 입에서는 금방 무슨 보복을 해야 된다는 말이라도 터져나올 것 같았다. 동네 아이들은 숨을 죽이고 선찬이 말을 듣고 있었다. 더구나 종수는 아까부터 선찬이 말을, 마치 가슴에 펑펑 돌멩이가 떨어지는 것 같은 충격으로 듣고 있었다. 아까 선찬이가 동네서 죽은 사람들을 셀 때도, 선찬이는 자기 아버지 이야기도 남의 이야기처럼 쉽게 하고 있었지만, 종수는 자기 아버지를 들먹일 때 가슴에서 쿵 소리가 나면서 몸서리가 처졌다. 정자나무 축대 밑 자갈밭에 험하게 죽어 넘어져 있던 자기 아버지의 처참한 모습과 함께 그 죽음에 대한 의혹이 새삼스럽게 머리를 때렸기 때문이었다. 종수는 언제든지 이렇게 자기 아버지 죽음을 되살리는 소리를 들을 때마다 어디 막다른 골목에서 총을 겨누는 사람이라도 만난 것 같은 아찔한 절망감과 함께 둔기로 머리라도 얻어맞은 것 같은 현기증을 느꼈다.

6·25 때 종수 아버지는 양문이 묏등과 관계가 있다는, 자기 논 가운데 있는 바위를 발파해버리기 위해서 판돌이와 함께 발파 구멍을 내놓고, 내일 발파한다고 하는 날 밤에 그런 느닷없는 참변을 당했던 것이다.

그러니까 양문이 쪽에서 그 바위를 호랑이 어금니 아끼듯 아끼는 것으로 보아, 그것은 틀림없이 양문이 쪽에서 시켜 한 짓이라는 것은 누구나 쉽게 짐작을 할 수 있는 일이었으나, 직접 죽인 것이 누구인지는 아직도 모르고 있었다. 그때 산지기였던 텃골양반은 원체 성품이 유약하기도 했지만, 더구나 다리병신이었기 때문에 그가 그랬다고 할 수도 없고, 또 그 동네 사람이 여기까지 와서 그랬다고 하기도 어려운 일이었다. 그런데 그 사건이 있은 뒤 6·25가 끝나고 양문이는 선찬이 일 때문에 텃골양반을 산지기에서 쫓아

내고 그 자리에 질천이를 들어앉혔는데, 거기에 질천이를 들어앉
힐 만한 이유가 따로 없었기 때문에 동네 사람들은 입밖에 내어 말
은 하지 않았지만 모두가 눈을 둥그렇게 떴었다. 그러나 종수는 그
일에 질천이가 간여했을 것이라고는 생각하고 싶지가 않았다. 한
동네서 낯을 맞대고 살고 있는 질천이가 그런 짓을 했을 것이라고
생각하면 너무도 끔찍해서 도무지 감당을 할 수가 없었기 때문이
었다. 그래서 종수는 설마 질천이가 그런 짓을 했다면 그를 이런다
하게 산지기로 들어앉힐 수야 있을 것인가 하는 생각으로 질천이
에 대한 의혹을 스스로 애써 부정하고 있었다. 그러나 자기 아버지
죽음에 생각이 미치면 자꾸 그 의혹이 질천이한테 가서 멈추는 것
을 어쩔 수 없었다.

그래서 종수는 자기 아버지 죽음을 일깨워주는 무슨 말이 나오
기만 하면 그 일 자체를 통째로 생각을 하고 싶지가 않았기 때문
에, 그런 소리가 자기와는 처음부터 전혀 무연한 무슨 라디오 같은
데서 나오는 소리같이 들으려는 애매한 태도를 취하는 것이었다.
자기 아버지 일을 생각하기만 하면 그 끔찍스럽고 무시무시한 일
이, 마치 무슨 바위덩어리가 살아 커지듯 엄청난 부피로 커지면서
자기를 짓눌러오는 것이었고, 그래서 만약 자기가 그 일을 알아보
려고 나선다거나, 하여간 그 일을 건드리고 나서기만 하면 그 바위
밑에 깔려 끽소리도 못하고 죽어버릴 것 같은 막연한 공포감이 드
는 것이었다. 그러면서도 어쩌다가 그 일이 떠오르면, 어디 먼 데서
자기 아버지가 자기 이름을 목마르게 부르고 있는 것 같기도 하고
무엇인가를 안타깝게 호소하고 있는 것 같기도 해서, 그런 일에 애
써 고개를 돌리고 있는 자기가 너무도 무력하고 비겁하게 느껴지

면서 견딜 수 없는 죄책감에 휩싸이는 것이었다.

그런데 이번 회의 때 다리 일로 질천이한테 그렇게 맞닥뜨려 덤볐던 것은 나중에 생각해보니 그런 깊은 감정이 고개를 쳐든 것임에 틀림이 없었다. 자기 마음속 어디 깊은 곳에 웅크려 있던 그런 감정이 자기도 모르는 사이에 불쑥 고개를 쳐들고 일어났던 것 같아 종수는 그런 자신에게 겁이 나기도 했었다. 그때 그 감정은 그 자리에서 질천이를 죽여버리고 싶기까지 한 무시무시한 감정이었는데, 그런 자폭적인 생각을 자기는 아주 쉽게 해버렸던 것이고 보면, 그런 엄청난 감정이 언제라도 자기의 마음 밑바닥에서 잡귀처럼 고개를 쳐들고 일어나 자기를 떼밀어버리고 자기로서는 도저히 감당할 수 없는 어마어마한 곳으로 자기를 끌고 갈 것 같았기 때문이었다.

그런데 오늘 느닷없이 나타난 선찬이가 평소 동네 사람들로는 감히 입에도 담지 못하던 이야기들을 아주 쉽게 해버리자 종수는, 선찬이가 이 동네에 무슨 엄청난 바람을 몰고 올 것 같은 두려움에 휩싸이고 있었다. 사실 선찬이는 자기들과는 달리 그런 엄청난 일을 아주 쉽게 해버릴 수 있는 성격이었다. 열여덟살 때 집에 불을 질러놓고 밤중에 동네를 도망쳐 나갈 만큼 간이 크고 겁이 없는 작자였다.

종수는 선찬이가 이야기하는 사이, 언젠가 이 동네에 한번 불어닥칠 폭풍우가 지금 선찬이를 통해서 구체적인 사건으로 다가오고 있는 것이 아닌가 하는 생각을 하고 있었다. 그 바람은 조그마한 행랑채 하나를 태우는 정도의 바람이 아니고 자랏골을 몽땅 불질러버릴 수 있는 바람인지도 모르고, 자기도 그 바람 속에 말려들어

어떤 파멸 속으로 끌려들어가버릴지 모른다는 생각이 들었다. 그러나 그것은 반드시 두려움만은 아닌, 어떤 신선한 공감을 동반하고 있었다.

"하여간 양문이가 자랏골 사람들을 사람으로 안 보게 생겼어. 옛날 일을 생각한다 치라면 그냥 칵 으째도 분이 안 풀릴 것인디, 막걸리 한잔 풀어주먼 해롱해롱해가지고 거그다 표나 찍어주고 있으니 그런 놈들을 사람으로 보겄어? 우리 동네일은 또 놔두고라도, 왜정 때 일본놈 앞잽이도 상앞잽이 노릇 한 놈이 독립운동은 지가 다 한대끼 설치고 댕겨도 말 한자리 못하고 말이여."

오늘따라 차곤이가 한껏 흥분을 해서 이죽거렸다.

"아 참, 그런디 말이다, 옛날 종수 느그 큰아부지 되는 양반 말이다, 그 양반 이애기를 내가 자세히 들었다."

선찬이가 생각난 듯이 종수를 보며 말했다.

"아니, 왜정시대 그 양반?"

선찬이의 느닷없는 소리에 종수는 빤히 선찬이를 건너다보고 있다가 이렇게 물었다.

"맞아, 그 양반. 해방되던 다음해에, 같이 독립운동했다고 누가 여그 찾아왔다고 안 그러던? 그분을 내가 찾아가서 만났어."

"그분이 지금도 살아 있어? 어디에?"

종수가 다그쳤다. 모두 눈이 둥그레져서 선찬이를 쳐다보았다.

"경기도 고양이란 데 살고 있는데, 그때 여그 왔을 때 양문이하고 이애기하는 것을 내가 곁에서 들음시롱, 그 양반 고향이 고양이라고 해서, 묘한 이름도 다 있다 하고 그 지방 이름을 안 잊어버리고 있었거던. 그런디 내가 군에서 제대할 무렵인디, 신병 하나가 들어왔글래 고향이 어디냐고 했더니 고양이라고 하더란 말이다. 그 소리를 들은께 퍼뜩 그 양반 생각이 떠오르더라. 그래서 그런 양반 아냐고 물었더니 모른다는 거여. 그 양반 이름이 또 차곤이 아부지 이름하고 비슷해서 그것도 내가 안 잊고 있었거든. 그렇지만 그런 유명한 사람이면 아는 사람이 그 지방에는 있을 것 같아서 어뜨크롬 알아볼 길이 없겠느냐고 했더니, 마침 자기 사촌형님이 군청에 근무한다고 하더라. 그래서 그리 편지를 했더니 그 양반이 살아 있다는 거여. 그 소리만 들어도 꼭 느그 큰아부지를 만난 것만치나 반갑더라."

선찬이는 지금까지 그때의 흥분을 감추지 못하는 것 같았다.

"그런디 나는 군대에 있을 때 휴가를 나가보았자 어데 갈 데도 없고 해서 휴가를 밀쳐두고 있었거던. 그때 나는 공병대에 있었는데, 다른 데보다 공병대는 신병 휴가가 까다로웠는데 내가 적당히 서둘러가지고 그놈 휴가를 얻었어. 그러니까 핑계 좋아 외갓집 간다고, 그 핑계로 그놈 고향으로 휴가를 같이 갔다. 하하."

"그래, 그분을 만났어?"

평식이가 성급하게 물었다.

"허허. 그렇게 그 양반을 찾아갔는디, 나 세상 살다가 허망한 꼴을 당해도 그런 허망한 꼴은 첨이다."

무슨 일인지 선찬이는 한참 웃었다.

"으째서?"

선찬이는 말을 하다 말고 담배를 한대 태워물었다. 모두 선찬이 이야기에 침을 삼키고 있었다.

"나는 그래도 그로크롬 독립운동을 하신 양반이면 못해도 어디 군수 한자리는 하고 있을 줄 알았단 말이다. 그런디 군수는 놔두고, 이것은 군자 말년에 배추씨 장사도 아니고, 다 찌그러져가는 성냥곽만한 판잣집에서 열서너살 묵은 손주 한나를 데리고 사는디, 거지도 그런 알거지는 없겠더라. 거그 갈 때는 그런 양반이 나 같은 놈을 만나주기나 할 것인가, 그것이 걱정이었는디 가본께 꼴이 이것이 어디 꼴이냐?”

선찬이는 다시 어이없다는 듯이 웃었다. 그러나 아이들은 따라 웃지 않았다.

“아니, 그런 사람이먼 나라에서 안 먹여 살려?”

문길이였다.

“글쎄, 거그 가서 들은께 그 동네 사람들이 하느니 그 말인디, 독립운동했던 것을 지대로 신청을 한다 치라먼 정부에서 뭣이 쪼깐 나오기는 나온 모냥이더라마는, 그 양반 성미가 어뜨크롬 괴팍스러운지 그런 것은 그만두고라도 옆엣사람덜이 신청해서 나온 무슨 훈장인가 표창장인가 하는 것도 사정없이 집어 팽개침시롱, 나라꼴을 이 꼴로 만들어논 놈이 무슨 자격으로 누구한테 이런 것을 주느냐고, 대통령한테다 욕을 더럭더럭 하더란다. 그래서 그것을 가지고 왔던 사람만 혼이 나서 도망쳐갔다고 안 그러냐.”

“대통령한테 욕을 해? 그런께 배짱 한나는 무서운 사람이그마.”

“독립운동을 한 사람이면 목숨 같은 것은 이미 헌신짝으로 내갖혀놓고, 나라만 찾을라고 기를 쓴 사람덜일 것인디 그런 사람덜 눈에 대통령이 뵐 것이냐?”

평식이가 알은체를 했다.

“그런디 그 양반 독립운동을 하다가 징역살이를 십여년이나 하고 해방이 되어서사 풀려났다는디, 그러는 동안에 맞기는 또 얼마나 맞았겄냐? 그래서 그런 골병에다 또 성깔까지 그래논께 이 양반 안아팎으로 골골해서 내가 찾아갔을 적에는 눈만 한나 퀭해갖고 사람 꼴이 아니더라. 그 하고 사는 꼴에다 그런 몰골을 본께 내가 시방 누구 장사를 지내러 왔다냐 으쨌다냐 하는 생각이 들어서 얼른 이애기를 하고 싶은 생각이 안 들 지경이여. 멜갑시 그런 양반 붙잡고 이애기하다가는 참말로 애먼 송장 칠 것 같은 생각이 들더란 말이다. 하하."

선찬이는 웃었으나, 동네 아이들은 감동한 얼굴일 뿐이었다.

"그래서 으쨌어?"

평식이가 다그쳤다.

"그래도 거그까지 갔는디 그냥 올 수야 있겄냐? 그래서 내가 아무 데 사는 아무개란 사람인디, 그때 우리 동네 오셨을 적에 말씀하신 김태율 씨란 양반 이애기를 자세히 듣고 싶어서 왔다고 한께는, 그 퀭한 눈을 한참 깜박이더니 한참 만에사 정신이 드는가, 그 눈이 반짝 빛이 나더라. 자리에서 벌떡 일어남시롱, 다시 고향을 묻더니 그 김태율 선생하고 무슨 관계가 되느냐고 하더라. 아무 관계는 없는디 동네 사람들이 그 일을 자세히 모르고 있은께 알고 싶어 왔다고 했등마는 그제야 고개를 끄덕임시롱 들어오라고 하더라."

"그런께 고 양반이 종수 큰아부지하고 같이 독립운동을 했으면 어뜨크롬 싸웠어?"

평식이가 성급하게 물었다. 미주알고주알 파지 말고 그 대목부터 이야기하라는 재촉이었다.

"그런께 그 양반이 독립운동에 뛰어든 것은 삼일운동이 일어난

그 다음해였다는디, 고향에서 면서기를 하다가 집어던지고 만주로
튀었던 모양이더라. 그때 만주에는 독립단이 여러개 있었는디, 그
중 한군데로 연줄이 닿아서 들어갔더니 엉뚱하게 포수들을 상대로
피물장사를 하라고 하더란다. 피물이라면 짐승가죽 아니냐. 홍길
동이보고 배추씨 장사 하란 것이 낫제 독립운동하러 만주까지 간
사람을 보고 피물장사를 하라고 하니, 그것이 말일 것이냐?"
　"허허."
　"내가 그런 짓이나 할라고 여그까지 온 줄 아냐고 대든께는, 암
말 말고 그 물정을 잘 익히라고 함시롱, 아무 데 가먼 이러이러한
조선 사람 포수가 있을 것인께 그 사람을 찾아가서 장삿길을 트라
고 하더란다. 그래도 먼 속이 있기는 있는 것 같아서 개 머루 묵대
끼 하라는 대로 그 사람을 찾아가서 피물장사를 시작했구나. 내중
에 알고 본께 그 포수가 바로 종수 큰아부지, 그런께 김태율 씨더
란다."
　"하, 포수?"
　동네 아이들은 엉뚱한 소리에 어리둥절한 표정이었다.
　"응, 가짜로 그로크롬 은신을 하고 있는 것이 아니라 진짜 포순
디, 그 양반이 속에 엄청난 계획을 품고 그로크롬 포수생활을 하고
있었더란다. 자기가 장사를 할 때는 그런 속은 전혀 모르고, 여그
저그 심부름도 해주고 더러는 산막에서 같이 지냄시롱 사냥판에도
따라나가보기도 하고 했는디, 실은 그로크롬 같이 지내는 동안에
이 사람이 그런 큰일을 같이할 만한 사람인가 아닌가를 여러가지
로 뜯어보았던 모냥이라고 하더라."
　"아아."

"그런디 그로크롬 포수래도 다 같은 포수가 아니라 거그도 등급이 있는디, 호랭이를 잡았다 하면 그 포수가 젤 일등가는 포순디, 그로크롬 호랭이를 한마리쓱 잡으면 그것을 잡을 때마다 그 총에다 무슨 표시를 하는 모냥이더라. 그런디 그 양반은 총에 그런 표시가 두개나 있더란다."

"아, 그런께 호랭이를 두마리나 잡았구나."

"그래서 다른 포수들이 그 앞에서는 쩔쩔매더란다. 거그는 중국 포수, 일본 포수, 로시아 포수, 이런 포수들이 늘 왔다 갔다 하는디 그 양반만한 포수가 별로 없더란다. 더구나 이 양반이 잡은 호랭이 중에는 로시아 호랭이가 한마리 있었는디, 그것은 팔십관이나 나가는 무시무시한 호랭이였더란다. 팔십관이면 일관이 여섯근인께 얼마냐, 육팔은 사십팔, 사백팔십근, 근 오백근인디, 그러면 황소만한 놈 아니냐?"

"우와!"

한꺼번에 탄성이 터졌다.

"아니, 그로크롬 큰 호랭이도 있으까?"

"시베리아에는 더 큰 놈도 있다고 하더라. 그런디 경기도 그 양반이 그로크롬 반년 가까이 팔자에 없는 피물장사를 하고 있는디, 하루는 그 양반이 내가 서울로 일본 고관들을 만나러 가게 되었은께 같이 안 가겠냐고 함시롱 빙그레 웃더란다. 얼떨결에 그러자고 한께는, 내일 떠나니께 짐을 꾸리라고 함시롱 자기가 깊이 간수해놓았던 물건들을 몽땅 내놓더란다. 서울로 동행할 피물장수는 그 양반 말고 또 한 사람이 있었는디, 그 양반이 내놓는 물건을 보고 두 사람은 입이 떡 벌어지고 말았단다. 그 오백근짜리 호피 말고도 다른 호피가 넉장, 꼭 가지만한 웅담이 여섯개, 또 북만주에서만 난다는 검은 족제비 가죽이 여남은장, 그런께 전에 자기덜한테 주었던 것은 모두 시시한 것이고, 진짜 알맹이는 그때사 내놓더란다. 그런디 마지막 보따리를 한나 내놈시롱 이것을 잘 간수하라고 해서 본께는 권총 두 자루하고 폭탄이더란다."

"아아!"

"깜짝 놀라서 쳐다본께는 다시 또 빙그레 웃음시롱 고개만 깐닥하더란다. 그때사 서울 간다는 뜻을 알아차리고 난께 손발이 부들부들 떨리더란다. 폭탄은 호랭이 대가리 속에다 그럴듯하게 숨기고 권총도 요령지게 숨겨서 짐을 쌌는디, 그 다음날 나설 때 본께는 또 포수가 두 사람 따라나서는디, 그중 한 사람은 일본 포수더란다."

"일본 포수?"

"첨에는 자기들도 놀랐는디, 바로 그 일본 포수가 총독부 경무총감이라디야 머라디야, 하여간 꽝장히 높은 놈 조칸디 그놈 소개로 그런 사람덜을 만나러 가는 길이더란다. 그 일본 포수는 사냥 솜씨가 별것이 아니어서 태율씨하고 또 같이 가는 다른 포수를 상전같이 모시는디, 이 작자가 이 양반덜을 더 모시는 것은 그 작자를 호랭이 사냥판에 데리고 가서 호랭이를 몰아가지고 그놈한테 쏠 기회를 한번 만들어주었기 때문에 더 그랬던 것이라고 하더라. 그런께 이놈이 이 양반덜을 서울로 모시고 가는 것은 제가 호랭이 잡았다는 증인을 데리고 가는 셈이다그랴. 하하."

"섶을 지고 불로 들어가는 줄은 모르고. 하하."

"그런디 누구나 호랭이 가죽 좋아하지 않는 놈이 있겠냐마는, 유독 일본놈들이 그것을 좋아하는디, 그때 조선에 나와 있는 일본놈 고관들은 조선 호랭이 가죽 구하는 것이 한창 유행이었더란다. 그런디 또 일본놈덜은 뭣이든지 어뜨크롬 사삭스럽던지, 하다못해 어디서 바둑판 한나를 구해도 이 바둑판은 어느 산에서 몇년 자란 무슨 나무로 만든 것이라는 것을 미주알고주알 캐가지고, 앉으면 그런 것이 자랑거리인 모양이더라. 그런 놈덜이라 더구나 그런 호피 같으면 어디서 누가 어뜨크롬 잡은 것인가를 오죽 파겄냐? 그런디 그것을 직접 잡은 사람한테서 듣는다는 것은 기막힐 일이겄제. 그런께 그 양반덜은 서울만 가면 그런 사람덜한테 칙사 대접을 받을 판이다. 그 일본 포수는 서울에 가면 총독을 소개하겄다고 떠벌리는디, 이런 포수들하고 그로크롬 같이 댕긴다는 것만도 신이 나서 어쩔 줄을 모르더란다."

"그런께 서울 가서 총독을 만나면 총독을 당장 쏴 죽일 판이제?"

"짬 봐서 그럴 요량이었겠지. 그런께 시방 사람 호랭이를 잡을라고 호랭이 가죽을 뒤집어쓰고 호랭이 굴로 들어가는 판이다. 하하."

"맞어. 호랭이를 잡을라면 호랭이 굴로 들어가야제."

"그런디 그때는 만주서 서울까지 이미 철도가 놓아져서 기차가 있기는 있는디, 기차에서는 조사가 어찌나 심하던지 짐짝에서 바늘 한나까지도 찾아내가지고 따지는 통에 그런 총이나 폭탄을 가지고는 도저히 기차를 탈 수가 없다그랴. 그래서 일본놈 포수를 꼬셔가지고 슬슬 사냥을 함시롱 가자고 해서 산으로만 걸어서 압록 강을 넘게 되었단다."

"아, 압록강!"

교과서에서 배운 압록강이 나오자 모두 감탄을 했다.

"그래도 그동안에 몇번 검문을 당하기는 당했는디, 그 일본 포수가 주선을 해서 모두가 포수거나 피물장사라는 증명을 미리 일본 헌병대에서 받아오기도 받아왔제마는, 그것보다도 바로 그 일본 포수가 권력 있는 놈 조카라 일본놈들이 검문을 해보았자 이쪽에서는 문선왕(文宣王) 긴 송사(訟事)여서 모두가 무사히 통과됐단다. 피물짐을 뒤질라고 하면, 우선 그 오백근짜리 호랭이 가죽부텀 훌쩍 뒤집어논다 치라먼 이놈덜이 입이 떡떡 벌어져가지고 그것부텀 구경하느라고 정신이 없었는데, 또 그 일본놈 포수가 넉살이 좋아 뭐라 한두 마디 농을 한다 치라먼 다른 짐은 더 보지도 않고 덮어버리더란다."

"하하. 감쪽같이 속는구나."

"죽은 호랭이 가지고 아웅 했던 거지. 그로크롬 해서 그 무시무시한 국경 검문소까지 무사통과로 넘어오는디, 강 건너서 개울에 빨는다고, 엉뚱한 데서 사고가 났다그랴."

"사고?"

"한군데서 검문을 당하다가 그 권총을 그만 잘못 간수해서 그것이 땅으로 툭 떨어지고 말았어. 그래 얼른 그것을 옆으로 감추었는데 검문하는 놈이 그것을 못 본 것 같더란다. 등에 식은땀이 났는데, 하여간 그것이 그대로 넘어갔어."

"그런디?"

"그런디 그날 저녁 잠을 자고 있을 때 이놈덜이 그 집을 빙 둘러 포위를 했다그랴. 그러니까 아까는 총 든 포수들이 셋이나 버티고 있으니까 어쩌지 못하고 그대로 보냈다가 이렇게 덮친 것이란다."

“어어.”

“한밤중에 문이 벼락을 침시롱 손들어, 한다그랴. 그런디 그렇게 잠을 자도 한 사람씩 교대로 불침번을 서고, 또 모두가 그런 사람들이라 잠을 자기는 자도 항상 도치 비고 자는 기분이어서 모두 깊은 잠은 안 들었던가, 그 벼락 치는 소리에 모두 안고 자던 총부텀 들고 일어났어. 사판을 금방 알아채고 종수 큰아부지가 문앞에 버티고 선 헌병 가슴팍을 들이받음시롱 뛰쳐나갔단다. 밤중에 난장판이 벌어졌어. 그런디 밖에 있는 수가 워낙 많아노니 첨부텀 싸움이 되지 않았단다. 총 쏘는 소리가 콩 볶는 소린디, 그래도 그 경기도 양반은 그 속을 피해서 도망을 치다가 본께는 누가 길가에 쓰러져 있는디 그것이 종수 큰아부지더란다.”

“죽었어?”

“죽지는 않았는디 허벅다리에 크게 부상을 입고 꼼짝을 못하고 있었어. 그래서 그 양반을 업고 산으로 도망을 쳤단다. 날이 샐 때까지 산속으로만 도망을 쳐서 바우 밑에 있는 굴에 은신을 했단다. 그런디 그 양반은 피를 너무 흘려서 가망이 없더란다.”

“허허.”

모두 주먹을 쥐며 애석해했다.

“거그서 이틀간이나 버티다가 결국 숨을 거두었다그랴.”

“그런 양반이 그로크롬 허망하게 죽어?”

“글쎄 말이다. 그런디 이 양반이 눈을 감을라고 할 때, 나라가 독립이 되거던 자기 고향에 찾아가서 자기 안부를 전해달라고 함시롱 그때사 자기 본이름하고 고향을 대더란다.”

“그런께 그때까지도 본이름을 몰랐어?”

"그런 독립운동을 하는 사람들은 절대로 자기 이름이나 고향을 서로 알려주지 않고 또 묻지도 않는단다. 그런 것을 알고 있다가 잡혀서 고문을 당하게 되면 보통 독한 사람이 아니고는 불 것 아니냐? 그런디 이 양반이 다른 말은 별로 하지 않고, 고향에 가거던 그때 가지고 간 돈을 한푼도 다른 데다 쓰지 않고 독립운동에 썼다는 말을 자기 아부지가 살아 계시면 자기 아부지한테, 돌아가시고 없으면 자기 동생이나 동네 사람덜한테 전해달라고 함시롱 눈을 감더란다."

모두 침통한 표정으로 선찬이 입을 쳐다보았다. 평식이는 눈으로 손이 갔다.

"그러면 그전에는 무슨 일을 하셨어?"

"다른 사람들 다칠까 싶어서 그런 말도 않더란다마는 다리에 총 맞은 흉터가 두군데나 있고, 또 가슴에는 칼자국이 있더라는디, 그것으로만 보아도 전에 여러번 싸운 적이 있는 모양이라고 하더라. 그런디 그로크롬 호랭이를 잡을 수 있는 사냥 솜씨는 일이년에 익혀지는 솜씨가 아니라는디, 그것은 총 솜씨도 솜씨제마는 우선 그만치 담을 키우기가 어렵기 때문이여. 그런디 그런 엄청난 계획을 품고 있던 사람이라 담도 그만치 컸을 것이어서 그런 무서운 담력으로 호랭이를 잡았을 것이라고 하더라. 그런게 원래 담이 큰 사람이기도 했제마는 그런 사냥을 함시롱 담이 더 커지기도 했을 것 같어. 그러니께 그것을 달리 생각한다 치라면 사람 호랭이를 잡을라고 진짜 호랭이를 잡음시롱 담을 키우고 있었다고 할 수도 있제."

"그런디 경기도 그 양반은 해방이 되었을 적에 여그 와가지고 으째서 그런 이애기를 동네 사람들한테는 안 해주고 양문이한테만 하고 갔어?”

“그때 동네 형편이 그렇게 되어 있기도 했제마는, 나도 그것이 쪼깐 불만스러워서 물어봤더니 그 양반은 양문이가 이 동네 사람인 줄만 알았다고 그러더라. 그래서 읍내까지 따라간 것도 자기를 바래다줄라고 그러는 줄만 알았는디, 읍내 가서는 말자리나 하는 사람들을 여러 사람 모아놓고 술을 한판 걸게 내더란다. 그럼시롱 그 자금을 자기가 댄 것이라고 자랑을 늘어놓아서 그런 줄만 알고, 감사하다고 수십번 인사를 하고 갔다는 거여.”

“그런께 양문이는 그때까지도 아무것도 모르고 있다가 그 돈이 그로크롬 쓰인 것을 그때사 알고 그런 거짓말을 한 것이제?”

“그것이 말이라고 묻고 있냐? 그 작자가 일본놈 쫓아내자는 독립자금을 댔을 놈이여? 그때 내가 곁에서 들을 때만 하더라도 그 양반이 어디서 무엇을 했는지도 모르고 있었어.”

“그런께 그 작자가 광복회장인가 뭣이 된 것도 그런 식으로 순사기를 쳐서 갈보가 열녀 된 것이그마.”

“그로크롬 더럽게 일본놈 앞잽이 노릇 한 작자가 그런 양반 행적을 가로채가지고 광복회장이 되어? 허허.”

문길이가 흥분을 했다.

“이것은 그냥 도적놈이 아니고 무슨 도적놈이지?”

“그런 새끼를 그냥 두어?”

“그런께 지난번에 우리가 동네를 도망쳐 나갈 적에 시시하게 질천이나 쳐놓고 도망을 칠 것이 아니라, 저 묏등을 칵 으째불고 나가든지 할 것인디. 허허.”

평식이가 주먹을 쥐었다.

모두 흥분을 했으나 종수와 득철이만 입을 봉하고 있었다. 선찬이는 빙글빙글 웃으면서 그들이 흥분하는 꼴을 보고 있었다. 그러다가 엉뚱한 소리를 했다.

"나하고 한번 으째볼까?"

그러나 아이들은 대답을 않고 웃기만 했다.

"그런 배짱 없지?"

"없기는 왜 없어."

평식이가 발끈하고 나섰다. 그러나 선찬이는 그냥 웃고 말았다.

"아까 공병대에 있었다고 했제? 공병대에 있었으면 그 다이너마이트나 쪼깐 숨겨뒀다 가지고 오제 그랬어? 잣것, 종수 아부지가 튀다 둔 바우를 튀어불든지 묏등을 튀어불든지 하게 말이여."

선찬이는 평식이 말에 잠깐 찔끔한 표정이었다.

"인마, 그런 것을 쉽게 가지고 다닐 수 있는 줄 알어?"

선찬이는 좀 긴장된 표정이었다.

"그런께 몰래 가지고 오제, 그런 것을 가지고 옴시롱 떠벌리고 올 것이여?"

"야, 쓸데없는 소리 마라."

선찬이는 뭔가 좀 꿍기는 표정이었다.

"그런께 우리가 지난번에만 이 일을 알았더라면, 그때 질천이가 아니라 저 묏등을 파잦헤불고 도망을 치는 건디."

평식이는 좀처럼 흥분이 가시지 않았다.

"그런께 그때 일이 제법 컸던 모냥이구나."

선찬이는 그 일에 흥미를 느끼는 모양이었다.

"쪼깐 유치하기도 했어."

아이들은 모두 웃었다.

10

문길이와 평식이가 동네를 나간 것은 어처구니없는 일 때문이었다.

삼년 전, 그러니까 그들이 열예닐곱살 되었을 때였다. 문길이 평식이 차곤이 등 그 또래의 여남은 놈들이 지남회(指南會)라는, 계비슷한 것을 만들어 자랏골을 한번 크게 부흥시켜보자는 소년다운 꿈에 부풀었었는데, 의외로 일이 잘되어 지나치게 의욕에 부푼 나머지 엉뚱한 일을 저질러버렸던 것이다.

그 지남회가 만들어질 때 우연한 계기가 있었는데, 그 계기가 묘하게 자랏골의 운명이라고나 해야 할 묏등과 관련이 있는 일이어서 그들을 더 흥분시켰다.

서울 어느 대학에서 위토 관계를 중심으로 한 사회조사를 자랏골로 나온 적이 있었다. 산주와 산지기와의 관계, 한 집에서 지키는 묘의 수와 위토의 규모, 곡수의 증여 여부 및 시제를 차릴 경우 거기 드는 비용 같은 것을 조사했는데, 자랏골 사람들로는 오래 살자니 별일도 다 있다 하게 어디 내놓잘 것도 없는 시시콜콜한 이야기를 귀찮을 만큼 꼬치꼬치 물어 그것을 낱낱이 적고 있었다. 대학이라면 무슨 어마어마한 것을 연구하는 곳으로 알았는데 이런 구질구질한 것을 다 연구하고 조사하는가, 도무지 이해가 되지 않았으나 자기들로서는 그래도 무슨 건덕지가 있어서 그러겠지 싶고, 또 조사하는 교수나 거기 따라온 학생들의 행동거조가 역시 대학생들답게 얌전하고 다소곳해서, 부끄러운 데를 내보이는 것 같은 달갑잖은 이야기를 묻는 대로 다 대답을 해주었다.

동네 아이들은 또 어른들과는 달리, 이 험한 산골에 대학교수와 대학생들이 왔다는 것만으로도 적잖이 흥분을 하지 않을 수 없었다. 교수라면 수염도 덥수룩하고 근엄하기만 해서 곁에도 가기 어려울 줄 알았다가 예사 사람과 별반 다른 데가 없는 것에 조금 실망을 하기는 했지만, 하여간 대학교수와 대학생들을 가까이 대할 수 있다는 것만으로도 사뭇 흐뭇하고 자랑스러웠다. 대학생들은 교수에게 항상 정중하고 조심스러웠으며, 교수는 학생들을 아무개 군 하고 불러 얘기를 하고 일을 시키고 했는데, 아이들은 그들 태도와 말마디 하나하나를 호기심에 찬 눈으로 바라보았고, 어쩌다가 그들이 무슨 심부름이라도 시키면 먹이 다투는 강아지처럼 서로 나서려고 야단이었다.

그들은 문길이 사랑방에서 묵으면서 일을 했는데, 모기 때문에 이만저만 고생을 하는 게 아니었다. 한여름이니 어디라고 모기가 없으랄 법은 없지만, 자랏골이 유독 험한 곳이어서 다른 데보다 모기들이 더 극성을 부리는지 모른다는 생각이 들어, 대학생들이 모기 물린 다리를 내놓고 웃을 때면 자랏골 아이들은 괜히 미안하고 부끄러워 골을 붉혔다.

그래서 자랏골 아이들은 서로 의논한 결과 그들에게 모깃불을 많이 피워 모기를 쫓아주기로 했다. 논둑 밭둑을 쏘다니며 마른풀을 거두어다가 크게 모깃불을 피워 밤늦게까지 모기를 쫓아주며 그들의 이야기에 귀를 기울이는 것이 큰 재미였다.

그런저런 일이 기특하게 보였던지, 그들이 내일 떠난다 하는 날 저녁, 그 교수가 자랏골 아이들에게 얼마큼의 돈을 주면서 고루 나누어 가지라고 했다. 꼭 아이들의 수고뿐만 아니고, 이따금 옥수수를 삶아다 주거나, 또 그 교수가 술을 좋아한대서, 술을 담근 집에서는 막걸리를 한 뚝배기씩 걸러다 주기도 했는데, 그런저런 것까지 합쳐서 아이들한테 그렇게 사례를 하는 것 같았다.

교수가 돈을 내밀자 자랏골 아이들은 모두 미척미척 뒷걸음질을 칠 뿐, 누구도 그것을 받으려고 손을 내밀지 않았다. 산골 아이들이라 암띠기도 했지만, 그런 일쯤에 돈을 받는다는 것이 야박하기도 하고, 또 그런 분한테서 덜렁 돈을 받는다는 것이 무람없이도 느껴지는 것 같았다.

받으라고 맡기거니 물러서거니 한창 실랑이를 벌이고 있을 때, 문길이가 앞으로 나서더니 아주 어른스럽게 거절하며 엉뚱한 소리를 했다.

"저희들은 이런 산골에서 살기 때문에 별로 돈 쓸 데가 없습니다. 그 돈은 여비에나 보태 쓰시고, 저희들한테는 돈 대신 저희들의 앞날을 위해서 도움이 될 좋은 말씀이나 한마디 들려주시면 고맙겠습니다."

교수와 학생들은 문길이 말에 껄껄 웃었다. 그러나 문길이는 낯을 붉히지 않고 계속했다.

"우리는 이런 산중에서 살기 때문에 교수님같이 훌륭한 분은 좀체 만나뵐 수가 없습니다. 교수님같이 훌륭한 분이 우리 동네에 오신 것은 이것이 첨입니다."

문길이는 더듬거리는 말로 계속했다. 이런 기회에 우리 장래를 위하여 도움이 될 말씀을 한마디 들려주시면 돈보다 몇 배나 값진 선물이 되겠다고 말한 다음, 교수님의 말씀이 어려울지 모르지만 그래도 대강은 알아들을 수 있을 것이라는 것을, 그래도 모두 국민학교는 나왔다는 사실을 들어, 이야기를 제법 요령있고 정중하게 했다.

교수는 아까보다 더 크게 웃었으나 문길이의 진지한 태도에 어느만큼 감동한 눈치였다. 같이 웃던 대학생들이 한 말씀 해주시라고 거들었다. 그러나 교수는 웃기만 하고 있었다. 학생들이 자꾸 권했다. 교수는 마치 못 부르는 노래를 지명받기나 한 것처럼 거북한 표정이었으나, 학생들이 짓궂게 권하자 교수는 처음 태도와는 달리 선선하게 그러마고 승낙을 하고 나섰다. 그러면서, 그런 이야기는 해주겠으니 돈은 돈대로 받으라는 바람에 더 거절을 못하고 문길이가 나서서 거북스럽게 받았다.

막걸리로 반주를 한잔 거나하게 걸친 다음이라, 교수는 아주 기분 좋은 낯색으로 이야기를 시작했다. 아이들은 교수를 중심으로 마루 귀퉁이며 댓돌 여기저기에 대학생들과 섞여 앉아 숨을 죽이고 교수의 말에 귀를 기울이고 있었다.

"여러분 중에는 이런 산골에서 산다고 비관하는 사람이 있는 것 같은데, 어디서나 마음먹고 노력하기에 따라서는 얼마든지 훌륭한 사람도 될 수 있고, 잘살 수도 있습니다."

교수는 이런 이야기를 상당히 장황하게 늘어놓았다. 교수니까 무슨 굉장한 이야기를 해줄 것으로 기대했다가, 국민학교 때도 얼마든지 듣던 이야기여서 속으로 적이 실망했다. 교수의 입에서 그런 이야기가 나오니까 좀 그럴싸하게 들릴 뿐이었다. 그런데 말이 차차 구체적으로 들어가자 아이들은 새로 긴장을 느끼기 시작했다.

"과학적인 생활이란 것은 그렇게 어마어마한 것이 아닙니다. 여러분, 나침반 알지요? 그것을 맨 처음 사용하기 시작한 것이 동양 사람입니까, 서양 사람입니까? 국민학교 때 배웠을걸."

그것은 당나라 사람이었으니까 우리 동양 사람이었다고 종수가 대답했다.

"맞았습니다. 나침반을 맨 처음 사용한 것은 서양 사람이 아니라 우리 동양 사람이었습니다. 동양 사람이 이렇게 나침반을 먼저 사용하기는 했는데, 그것을 제대로 이용한 것은 서양 사람이었습니다. 서양 사람들은 그것을 여러가지 과학적으로 응용한 결과 특히 항해술을 발달시킨 나머지, 나중에는 아메리카 대륙까지 발견하고 말았습니다. 서양 사람들이 이렇게 아메리카 대륙을 발견하는 동안 우리나라 사람들은 그것을 가지고 무엇을 했습니까? 여러분들은 풍수들이 무슨 신비스런 요술방망이기나 한 것처럼 소중하게 간수하고 다니는 그 '쇠'라는 것을 본 적이 있을 것입니다. 그러니까 우리 선조들은 그것을 가지고 기껏 묏자리나 잡고 다녔습니다. 선조들을 좋은 자리에 묻어 자손들이 복을 받기를 바랬지만, 그 결과는 어쨌습니까? 멀리는 놔두고 근래만 보더라도, 일본 사람들의 종살이를 하면서 그 곤욕이 얼마나 컸고, 육이오 때는 또 어쨌습니까? 나는 이 자랏골에 와서 몇가지 조사를 하는 동안 여러가지 느낀 것이 많지만, 특히 우리 조상들이 묏자리라는 허황한 것에 얼마나 정성을 쏟았는가에 새삼스럽게 놀랐습니다. 그러니까 여러분은 저 산을 볼 때 좋은 묏자리를 잡아 복을 받자는 눈으로 보지 말고, 어떻게 이용하면 직접 우리 생활에 유익할까, 그런 눈으로 봐야 합니다. 과학적인 눈으로 보라 이 말입니다."

아이들은 손끝 하나 까딱하지 않았다. 정말 옳은 소리라고 속으로 감탄을 했다.

교수는 담배를 한대 태워물고 나서 다시 웃음을 담은 온화한 표정으로 이야기를 계속했다. 마치 시냇물이 흘러가는 것처럼 낭랑한 교수의 말소리는, 달빛을 타고 저 건너 산에까지 건너가 뼛속에까지 파고들 것 같았다.

"이것은 좀 거북한 말이지만, 여러분의 부모들은 저 자연을 이용한다는 것이 기껏 땔나무나 하고 풀을 베어다 퇴비 만드는 것으로밖에는 이용할 줄을 모르는 것 같은데, 이런 말을 하다보니 문득 생각나는 것이 있습니다. 서울 근처에 사는 내 친척 한분이 앙고라 토끼를 기르고 있습니다."

그 사람은 그 토끼털을 일본인가 어디로 수출해서 큰돈을 번다는데, 토끼 사료로는 칡덩굴이 좋다는 이야기를 들었다는 것이다. 칡덩굴만 먹여도 되는지 어쩐지 알 수 없지만, 만약 여기서 그런 토끼를 기른다면 우선 칡덩굴은 얼마든지 손쉽게 얻을 수 있을 것이니 그만치 한몫 보고 들어가는 것이 아니냐고 했다. 요는 칡덩굴을 볼 때 그것을 베어다가 거름할 것만을 생각할 것이 아니라, 달리 더 유용하게 이용할 방도를 궁리해보라는 것이다. 그것이 바로 과학적인 생활이라고 했다.

"며칠 전에 나보고 서울에 취직자리 하나 구해달라고 부탁한 사람이 있었는데, 여러분이 국민학교에서 배운 지식만도 잘만 이용하면, 서울 가서 천대받고 고생하는 것보다 여기서도 몇 배나 잘살 수 있고, 우선 떳떳하게 살 수 있을 것입니다. 여기 와서 들은 말 가운데, '칡덩굴 밑에서 사는 놈이 별수 있느냐', '송충이가 갈잎을 먹으면 죽는다', 이런 말을 많이 들었습니다마는 그것은 잘못된 생각입니다. 여러분은 배운 사람들이니까 칡덩굴 밑에 눌려 살 것이 아니라, 여러분을 누르고 있는 칡덩굴을 낫으로 쳐서 돈 벌 궁리를 해봐요. 송충이가 솔잎이 아니면 죽는다고 꼭 솔잎만 먹고 칡덩굴 밑에 엎디어 있으면, 그 송충이는 평생 송충이 신세를 못 면할 것입니다. 농사를 솔잎에 비긴다면, 이 좁은 농토만 가지고는 부자가 되기는커녕 밥도 제대로 못 먹을 것입니다. 갈잎을 한번 먹어보는 것입니다. 생으로 못 먹겠으면 삶아서 먹어보고, 하여간 궁리를 해보면 틀림없이 먹을 방법이 생길 것입니다. 칡덩굴 이야기를 하자니까 또 한가지 생각나는 것이 있는데, 갈포벽지라는 아주 비싼 벽지, 벽 바르는 종이 말인데, 그런 게 있어요. 그것을 어떻게 만드는지는 잘 모르지만, 재료를 칡덩굴로 해서 삼베나 모시베 짜듯이 짜는 모양인데, 돈 많은 사람들이 아주 비싸게 사서 벽을 바르고 있습니다. 그것도 외국으로 수출을 하기도 한다는데, 그 원료도 바로 여러분 곁에 있는 칡덩굴 아닙니까? 하여간 이렇게 해서 안되면 저렇게, 저렇게 해서 안되면 또 이렇게, 한번 해서 안되면 두번, 두번 해서 안되면 세번, 그러니까 칠전팔기, 즉 일곱번 쓰러지면 여덟번 일어나는 정신으로, 꾸준하고 끈질긴 정신으로 머리를 써보면 무엇이 되든지 되는 것입니다."

교수의 이야기는 자랏골 아이들의 마음을 대번에 사로잡고 말았다. 정말 옆에다 큰 돈벌이를 두고 몰랐다는 흥분으로 들뜨고 말았다.

교수의 이야기를 들은 바로 그 다음날, 그들은 서로 힘을 합해서 뭐든 한번 일을 해보자고 의논이 돌았다. 우선 회를 하나 만들어 일을 하자는 데 의견이 모여 당장 창립총회 비슷한 회의를 열었다.

먼저 회의 이름은 그 교수의 말 가운데서 가장 감동적이었던 나침반을 따서 짓자는 종수의 의견에 전원 찬성이었다. 그래서 '나침반회'로 하기로 했다가, 부르기가 좋지 않다고, 같은 뜻인 지남철을 따서 지남회로 하자는 데 만장일치의 가결을 보았다. 지남철을 가지고 묏자리나 잡고 다니던 그따위 비과학적인 조상의 태도를 전적으로 배격하고, 아메리카 대륙을 발견한 것과 같은 과학적이고 거창한 일을 해보자는 결의가, 굳이 누구의 설명에서라기보다 그대로 각자의 가슴속에서 불타고 있었다.

회장은 역시 만장일치로 문길이가 되고, 누구든지 회의 정신에 어긋나는 일을 하는 놈이 있기만 있으면 여지없이 닦달을 하는 감찰부장에는 뚝심이 센 평식이, 여러가지 과학적인 일을 연구하는 연구부장에는 국민학교 때 늘 일등만 했던 종수가 역시 만장일치로 뽑혀, 자랏골을 금방 부유한 낙원으로 변모시킬 것 같은 흥분과 열기의 우렁찬 박수 속에서 문제의 지남회가 탄생했다.

사업은 먼저 그 교수가 말한 앙고라토끼를 한번 길러보기로 하고, 그 교수가 준 돈은 한푼도 손대지 말고 두었다가 토끼 사는 데 보태기로 했다. 그리고 토끼 살 자금은 누구한테 의존할 것이 아니라 독립정신을 가지고 어디까지나 자력으로 마련할 것이며, 그러기 위해서는 한장도막에 하루씩 품일을 해서 돈을 마련하고, 그래도 부족하면 가을에 각자 자기 집에서 쌀을 조금씩 훔쳐내기로 했다. 좋은 일을 하자는 것이니 그쯤 부모 눈을 속이는 것쯤이야 아무것도 아니라는 평식이의 흥분에 차곤이가 조금 난처한 표정을 지었을 뿐, 모두 옳소 소리도 우렁차게 대찬성이었다.

이렇게 대강 사업 목표와 그 윤곽이 잡히자 평식이가 긴급동의라며 번쩍 손을 들고 일어섰다. 평식이는 언제나 그렇듯 미리 흥분부터 했다.

"우리 동네는 동네 사람들의 정신을 좀먹는 여러가지 최고로 나쁜 폐풍이 있습니다. 우리 지남회원들은 이런 썩어빠진 폐풍을 때려부숴야 합니다. 첫째는 노름이고, 둘째는 술집입니다. 여름에도 비만 오면 술집에 모여 술을 마시고 노름을 하고 해서, 살림을 못 하는 사람이 있다는 사실을 알아야 합니다. 우리는 이런 폐풍부터 때려부숩시다."

평식이의 열변에 옳소 소리가 터졌다. 그러자 이번에는 차곤이가 또 평식이만큼이나 흥분한 얼굴로 손을 번쩍 들며 긴급동의라고 나섰다. 회의 절차로 긴급이 아니라, 그 일들이 그만큼 긴급하고 중요하다는 서슬들이었다.

"미신도 폐풍입니다. 그것도 때려없애야 합니다."

이번에도 아까처럼 옳소가 터졌다.

"모두 좋은 의견입니다. 그러면 어떻게 그런 폐풍을 없앨 것인가, 그 방법을 말해주기 바랍니다."

문길이가 제법 의장답게 말가닥을 추리고 나왔다. 잠시 서로 얼굴만 쳐다보고 있었다. 한껏 흥분들을 하기는 했으나, 정작 고양이 목에 방울 달 방법을 내놓으라니 금방 꿀 먹은 벙어리 꼴로 서로 쳐다보며 눈만 말똥거렸다. 한참 그러고 있자니까 평식이가 또 손을 번쩍 들었다.

"노름을 하기만 하면 쫓아가서, 방에다 똥을 확 찌클어불면 됩니다. 신도 가져다가 똥통에다 칵칵 처박아불고……”

와 하고 웃음이 터졌다. 평식이다운 발상이었다. 모두 웃고 있었으나 평식이는, 이것이 어디 지금 웃을 일이냐는 듯이 좌중을 향해 눈알을 한번 부라리고 나서 말을 계속했다.

“그로크롬 똥을 한번 찌클어불면 그담부터는 어뜬 집에서든지 노름방도 안 빌려줄 것이고, 똥을 찌클다가 우리들이 잽혀도 자기덜이 잘못한 일이기 때문에 때리지도 못할 것입니다. 그러고 그담부터서는 챙피해서 노름도 안할 것입니다.”

킬킬거리면서도 그럴듯한 말이라고 생각했다. 뚝심만 센 것이 아니라 생각하는 것도 상당히 치밀해서 감찰부장으로 한결 믿음직했다. 회원들은 노름꾼들이 얼굴과 몸뚱이에 똥을 잔뜩 뒤집어쓰고 도망치는 꼴을 상상하며, 지레 신명이 나서 한참 웃어제꼈다.

“미신타파도 굿을 하거나 한다 치라면 거긋다 똥을 찌클어부까?”

차곤이 말에 따라 웃기는 했으나, 그것은 좀 심하다고 생각했던지 그 말에 동조하고 나서는 사람은 없었다. 미신과 술에 대해서는 연구부장인 종수가 차차 좋은 방법을 연구하기로 하고, 창립총회는 이것으로 마쳤다.

일이 잘되느라고, 한장도막에 하루씩 품일을 하자던 게 품일이 아니고 좋은 일감이 하나 생겼다. 산갓을 하나 얻어 푸나무를 쳐놓았다가 늦가을에 팔면 훨씬 이익이 클 것 같아, 궁리 끝에 외불이가 보는 문가들 산이 교섭이 되었다. 회원들이 보리풀을 하루만 쳐주기로 하고 문가들 산소 위의 넓은 등성이 둘을 얻어내는 데 성공한 것이다. 연구부장인 종수가 착안해서, 그가 교섭까지 한 것이다.

회원들은 종수의 활동에 박수를 보냈다.

배가 불러오던 벼가 이삭을 빼물자부터 희망에 부푼 지남회원들은 사업자금 마련을 위한 제일차 사업으로 푸나무 베기에 신바람이 났다. 일이 원체 신나다보니 날파람 나게 돌아가는 낫 끝에서 번갯불이 이는 것 같았다. 편을 갈라 경쟁을 하기도 하고 풀주먹 크기를 겨루기도 했다.

한장도막 닷새가 오로지 이 하루를 위해서 있는 것 같아 그날을 기다리는 나흘 동안의 생활도 그 하루로 해서 뿌듯한 보람으로 찼다. 이발하듯이 벗겨져나가는 앞산을 건너다볼 때마다 그들은 혼자 서서도 노상 벙글거리며 산을 건너다보았다.

산등성이 하나가 다 벗겨지고 뜨물이 들기 시작하던 벼이삭이 누렇게 고개를 숙여갈 무렵이었다. 그날도 아침에 일찍 모여 앞산으로 향하고 있는데, 평식이가 불쑥 그럴듯한 제안을 하나 했다. 회가(會歌)를 하나 만들자는 것이다.

"좋아. '나의 살던 고향'으로 하자."

종수였다.

"그것보담 '전우의 시체'가 좋아."

평식이였다. 두 의견이 맞서 한참 동안 치열한 논쟁이 벌어졌다. '나의 살던 고향'은 계집애들이나 부르는 노래라거니, '전우의 시체'는 군대 노래니까 안 좋다거니, 한참 옥신각신하다가 다수결로 표결에 부친 끝에 '전우의 시체'가 회가로 결정되었다.

회가가 결정되자 낫을, 그것이 무슨 총이라도 된 것같이 어깨에 메고 목이 찢어져라 노래를 부르며 앞산을 향했다. 국가의 운명을 짊어진 군사들이 전우의 시체를 넘고 넘어 결전장으로라도 나가는 듯 우렁찬 소리로 노래를 부르며, 앞으로 앞으로 전진을 하고 있었다.

마침 그때였다. 힘찬 전진의 대열 앞쪽에서 느닷없이 노래가 뚝 그쳤다. 모두 그 자리에 우뚝 섰다. 모두 건너편으로 눈이 쏠렸다. 아랫동네 무당이 머리에 징을 이고 걸어오고 있었다. 서로 눈을 마주쳤다. 자랏골의 부흥을 위해서 때려부숴야 할 투쟁 목표의 하나로 삼고 있는 미신의 장본인이 바로 눈앞에 나타난 것이다. 그러나 이 자리에서 이 무당을 당장 어쩔 수는 없었다. 무당이 가는 앞에 슬그머니 길을 내주었다.

사기충천했던 그들은 이 엄연한 적을 보고도 어쩔 수 없는 안타까움에 꿀 먹은 벙어리가 되어 있었다. 사열받는 병사들처럼, 앞을 지나가는 무당을 좇아 눈길만 따라가고 있을 뿐이었다.

무당은 놈들의 수상한 거동을 눈치챘는지 어쨌는지, 그저 유유히 제 갈 길만 가고 있었다. 금방까지의 그 투지만만하던 놈들이 주먹 맞은 꼴로 기가 죽어 무당의 뒷모습만 멍청하게 건너다보고 있었다.

"좇아가서 저놈의 징을 칵 깨부까 으짜까?"

평식이가 주먹을 쥐며 이를 앙다물었으나, 뚝보인 그도 그저 한 번 해보는 소리인 것이 완연하게 기가 없어 모두 피글피글 웃기만 했다. 당장 어쩔 수 없는 것이 그지없이 분했지만, 분하다고 분대로 할 수 없는 안타까움을 어루만지며 힘없이 산으로 올라갔다.

미신타파에 대해서 이러쿵저러쿵 저마다 한마디씩 지껄였으나, 모두가 고양이 방자의 쥐 푸념으로 그저 한마디씩 해보는 무력한 애기들일 뿐, 여기서라고 무슨 뾰족한 수가 나올 까닭이 없었다.

그들은 한참 풀을 치다가 잠시 쉬어 앉아 있는데, 무당이 다시 동네서 나오고 있었다. 푸닥거리를 하려면 저녁참에 와야 할 것인데 아침부터 오는 것이 좀 이상하다 했더니, 그러니까 푸닥거리를 하러 온 것이 아니었던지 징 위에다 무엇을 포갠 것이 아까와 다를 뿐, 아까와 같은 모습으로 나오고 있었다.

네깟 놈들 어쩔 테면 한번 어째보란 듯이 천연덕스럽게 활개를 치고 앞을 왔다 갔다 하는 것이, 꼭 비양이라도 지르고 다니는 것 같아 놈들의 눈에 다시 긴장이 오르기 시작했다. 바로 눈앞에 아른아른 갈씬거리는 먹이를 보고도 달려들지 못하는 맹수의 안타까움에 비길 바가 아니었다.

무당이 다리를 건너 산등성이 밑으로 잠깐 모습을 감추었다가 나올 무렵이었다. 무슨 생각을 했는지 평식이가 벌떡 일어나 주위를 두리번거렸다. 밑이 땅에 박혀 있는 바위덩어리 하나를 뽑아냈다. 동네 정자나무 밑에 있는 작은 들돌만한 바위였다. 하, 그것을 몰랐다는 듯이 다른 놈들도 뛰어 일어났다. 저마다 바윗돌을 찾아 눈을 번득였다. 평식이는 바위가 굴러갈 방향을 가늠해서 바위를 세웠다. 훌쩍 굴려버렸다. 다른 놈들도 따라 했다. 밑으로 훌쩍훌쩍 굴러 내려갔다. 처음 한두바퀴는 돼지처럼 굼떴으나, 차츰 속력을 얻기 시작했다.

여남은개의 바위가 마치 멧돼지떼처럼 굴러 내려갔다. 큰 바위에 부딪쳐 길길이 솟아오르기도 하고, 바위에다 그대로 대가리를 곤두박아 산산조각이 나기도 했다. 선불 맞은 멧돼지처럼 튕겨내려가는 게 그냥 장관이었다. 공중으로 솟구칠 때는 비탈에서 빠져나간 자동차 바퀴처럼 서너길을 훌쩍 떠올라 핑그르르 어지럽게 돌아서 저만치 나가떨어졌다. 바위들은 마치 활강 경주라도 하듯 정신없이 튕겨 내려가다가, 어떤 놈은 길을 잘못 들어 문가들 선산 벌목에 대가리를 들이받아 소나무 중동을 허옇게 까놓기도 하고, 바위를 들이받아 불꽃을 튀기며 산산 박살이 나기도 했다.

무당은 위를 쳐다보다가 겁이 나서 그 자리에 멈추어 있었다. 놈들은 무당이 못 가고 있는 것에만 신명이 나서 정신없이 쏘다니며 바윗돌을 굴려내렸다. 그러다가 엉뚱한 광경에 그만 무춤하고 말았다.

산 저쪽 등성이에서 굴려내린 바윗돌 두개가 다른 놈들이 굴러가는 방향과는 엉뚱하게 방향을 잡아 서더니 곧장 무당을 향해서 솟구쳐 내려가지 않는가. 마치 무당을 족치자고 약속이나 한 것처럼 똑바로 그쪽을 향해 쫓아가고 있었다. 꼭 성난 멧돼지가 사람을 보고 그러듯 등성이를 무질러 그쪽으로 달려가고 있었다.

무당은 미치적미치적 물러서더니 사뭇 다급해지자 뒤돌아서서 냅다 뛰었다. 무당이 뛰고 있는 바로 그 앞으로 한 놈이 내리꼰져 길을 가로질렀다. 아차 할 거리로 앞을 가로지른 것이다. 무당이 찔끔 멈추는 순간, 다음 놈이 우당탕 달려들었다. 무당은 징을 내팽개치고 갈팡질팡하다가 그만 그 자리에 나동그라지고 말았다. 놈들은 간이 바싹 올라붙었다가 후유 한숨을 내쉬었다.

만약 그 바윗돌이 무당을 들이받았더라면 그 무지무지한 기세에 사람이 무슨 꼴이 되었을 것인가? 혼뜨검만 한번 내주자고 처음부터 저만치 거리를 보며 굴렸던 것인데, 굴러내리는 것에만 신명이 나서 방향을 잘못 잡아 그 꼴이 된 것이다.

징을 내동댕이치고 나가떨어진 무당이 좀 켕기기는 했으나, 그래도 맞지 않았으니 다친 데는 없겠지 하고 일어나기를 기다리고 있었다. 그런데 무당은 얼른 일어나려는 기미가 보이지 않았다. 바위에 맞은 것은 아니었는데 이상한 일이었다. 나둥그라진 꼴이 좀 이상했다. 완전히 맥을 놓고 걸레처럼 늘어진 것 같았다. 놈들은 겁먹은 눈을 서로 부딪쳤다.

"묘하다. 가보까?"

문길이가 앞장을 서자 모두 엉거주춤 따라나섰다. 그들이 가까이 갔을 때에야 무당은 버르적거리며 겨우 일어나 앉았다. 코피가 저고리를 벌겋게 물들이고 있었고, 무릎이 까졌는지 거기도 홍건히 피가 내배고 있었다. 더구나 그 얼굴이 말이 아니었다. 까무러쳤던지 산 사람 얼굴이 아니라게 희었다.

저녁나절 지서에서 순경이 나왔다. 놈들은 새파랗게 질려 순경 앞에 늘어서서 발발 떨었다. 순경은 콩밥은 갈데없으니 각오하라며 이름부터 적기 시작했다.

"맨 먼저 바위를 굴리자고 한 놈이 누구야?"

평식이가 맨 먼저 굴리기는 했지만, 그도 굴리자고 말로 충동질한 것은 아니었기 때문에 그런 사람은 없었다고 해야 할 것 같았으나, 되바라지게 대거리를 하고 나서면 순경의 서슬에 아무래도 이로울 것이 없을 것 같아 아무도 입을 떼지 않았다. 왜 대답을 못하느냐고 다잡았다. 바른대로 대지 않겠느냐고 고함을 질러서야 문길이가 나서며 누가 굴리자고 한 것은 아니었다고 대답했다. 거짓말할 테냐고 또 깡 고함을 지르며, 왜 무당을 죽이려 했느냐고 이번에는 사뭇 엉뚱한 소리를 하고 나왔다. 죽이려고 그런 게 아니라고 문길이가 나서자, 정말 콩밥을 몇년씩 먹어야 정신을 차리겠느냐고 또 으름장을 놓았다.

순경은 푸나무는 뉘 것을 베었으며, 그게 뉘 산이냐고 처음부터 다시 가닥을 추렸다. 문길이가 대답을 하는 말 가운데 지남회라는 말이 나왔다.

"지남회? 그게 뭐냐?"

문길이는 얼른 대답을 못하고 어물어물했다. 순경은 다시 다그쳤다.

"앙고라토끼 기르기 위한 모임입니다."

"뭐? 토끼 기르는 모임?"

토끼뿐만 아니고 여러가지 좋은 일을 해서 동네를 부흥시키자는 모임인데, 술, 노름, 미신 등 폐풍도 타파하자는 것이 목적이라고 대답했다. 순경은 좀 어이없다는 표정을 지었다.

"응, 그러고 보니 미신을 타파하기 위해서 무당을 그렇게 죽여버리려고 했구나."

"아닙니다. 절대로 그런 것은 아닙니다."

문길이는 괜한 소리를 했다 싶었던지 손을 내저을 듯 앞으로 나서면서, 혼만 한번 내주려고 그랬는데 그만 바위덩어리가 제절로 그쪽으로 굴러갔다고 다급하게 설명을 했다.

"그러니까 바위덩어리가 무당하고 무슨 원수를 져가지고 제 발로 그렇게 쫓아갔다 이 말이야?"

"아닙니다. 저만치……"

"뭐가 아냐? 거기서 굴리면 무당 있는 데로 굴러갈지도 모르고, 그 바위에 무당이 맞으면 죽을지도 모른다고는 생각했겠지?"

"아닙니다."

"잔소리 말어. 너희놈들은 틀림없이 미필적 고의에 의한 살인미수죄를 범했어."

살인미수죄라는 소리에 놈들은 가슴이 철렁했다. 무슨 뜻인지 알아들을 수는 없었으나, 미필적 고의 어쩌고 죄명이 어마어마하고 또 긴 것으로 보아, 사람을 죽이려 했어도 그런 무지무지한 바위덩어리로 으깨 죽이려고 했으니 몽둥이나 칼로 죽이는 것보다 훨씬 무섭고 흉악한 죄를 졌다는 것이 아닌가, 무시무시한 쪽으로만 짐작이 가며 눈앞이 캄캄했다.

그러나 한 가닥 안심이 되는 것은, 그렇게 닦달을 하면서도 아까 지남회 이야기가 나온 뒤부터 순경의 서슬이 한결 누그러진 것 같은 점이었다. 순경은 다시 미필적 고의 어쩌고 하다가 그것이 처음부터 좀 허황한 소리였던지 제물에 풀썩 웃고 말았다.

"앞으로 또 이런 못된 짓을 할 테야, 안할 테야?"

"안하겠습니다."

기죽은 소리로 대답을 했다.

"전부 잡아다가 톡톡히 콩밥을 한번 먹이려 했지만, 내 이번만은 특별히 한번 봐주겠어. 또 한번만 이따위 미련한 짓을 했단 봐라. 그때는 정말 잡아다 콩밥을 먹일 테야. 이놈들아, 미신타파도 좋지만 그러다가 무당이 맞아 죽었더람 어쩔 뻔했나 말이야. 다음부턴 조심해! 알겠나?"

"넷!"

모두 큰소리로 대답을 했다. 알았다는 대답이 아니라, 살았다는 환성 같았다.

순경은 용서만 해준 것이 아니었다. 지남회 사업에 대해서 여러

가지로 격려까지 해주며, 좋은 일만 하면 지서에서도 도울 일이 있으면 도와주기까지 하겠다고 했다. 그리고 미신타파 같은 것은 그 정신이야 좋지만, 그것이 마른나무 꺾듯 하루아침에 되는 일이 아니니, 솔선수범해서 다른 사람이 본을 따르도록 하라는 것이다. 솔선수범이라니, 쫓아다니며 두들겨 말려도 시원찮은데, 남더러 본을 따르라고 가만히 지켜 앉아만 있으면 어느 세월에 미신이 타파될 것이라는 소리인지, 새겨보면 맹물 같은 소리였으나 그렇게 격려해주는 것만 고마운 판이라 따지고 나설 계제가 아니어서 예, 예, 했다.

그런데 그렇게 순경한테서 용서를 받기는 받았지만, 징값은 말할 것도 없고, 무당이 허리가 삐었대서 그 치료비를 물어주느라고 그해 가을 푸나무 친 것이 몽땅 들어가고도 모자라 집에서 따로 얼마씩 돈을 거두어야 했다.

"강아지 못된 것 들에 가서 짖는다등마는, 요녀러 새끼덜이 집에서 하라는 일은 빌빌 봐돔시롱 뭣이, 퇴깽이를 키어서 으짜고 으째?"

집에서는 완전히 신용이 떨어져, 다시 그따위 모임에 나가기만 하면 그때는 다리몽둥이를 부질러 앉혀놓겠다고 호통을 치는 바람에 그들은 한참 동안 영 맥을 추지 못했다. 손이 부르트도록 푸나무 친 것이 호박씨 까서 한입에 털어넣듯 날아가버린 것은 둘째고, 집에서 이렇게 신용까지 잃고 보니 사실상 회의 활동이 중지되고 말았다.

가을이 거진 끝나고 일손이 좀 가벼워지자 회원들은 그 교수가 말했던 칠전팔기의 정신을 발휘할 때는 지금이라고 주먹을 쥐었다.

역시 연구부장답게 종수가 이번에도 기발한 방법을 하나 연구해 내었기 때문이다. 비록 낮에는 집안일을 하더라도 밤에는 간섭을 받지 않으니 밤 시간을 이용해서 가마니를 짜자는 것이다. 문길이 사랑방이 전부터 그들의 보금자리니까 장소는 문제없고, 가마니틀도 동네에 전부터 노는 것이 많아 문제가 아니었다. 짚을 가져나오기가 손쉽지 않겠지만, 흔한 것이 짚이니 짬 보아서 담 너머로 두어뭇씩 던져 눈을 그어놓았다가 어두울 때 집어오기란 마음먹기에 따라서는 그렇게 어려울 것도 없는 일이었다. 쌀을 훔쳐내기로 했던 것은, 짚까지 훔쳐내는 판에 만약 그것이 들통나는 날에는 이것저것 다 산통이 깨지고 말 것 같아 그만두기로 했다. 가마니만 부지런히 짜면 그것으로도 어지간히 계산이 설 것 같았다.

놈들은 되도록 짚을 많이 훔쳐내는 것으로 자기의 칠전팔기 정신을 과시라도 하겠다는 듯이, 서로 시새워 짚을 훔쳐내는 바람에 되레 짚이 남아돌 지경이었다. 가마니틀 두개를 차려놓고 한쪽에서는 가마니를 짜고 한쪽에서 날을 꼬고, 회원들은 재기의 흥분에 다시 신바람이 났다. 처음에는 손이 둔해 하루 저녁 한 틀에서 두 닢도 어려웠으나, 차차 솜씨가 늘어가고 여기서도 경쟁을 하기 시작하자 바늘대질이며 바디질이 번개같이 빨라져 나중에는 한 틀에서 세닢까지 거뜬했다.

첫달에는 백이십닢을 문길이 달구지로 내다, 한닢에 팔십환씩 구천육백환의 돈이 들어왔고, 초겨울 접어들면서는 궂은날이 많아 낮에도 일을 하다보니 삼백열닢으로 무려 이만사천팔백환의 엄청난 돈이 들어왔다.

그러는 사이 집에서 차차 신용도 회복이 되어 짚을 버젓이 들고 나와도 말이 없게끔 되었고, 어지간한 날은 어름어름 이쪽으로 빠져도 모른 체했다. '칠전팔기'를 종이에 써서 벽에다 큼직하게 붙여놓고 입안에 혓바닥 노는 솜씨로 날파람이 났다.

한창 이렇게 일이 신나던 어느날, 저녁밥을 먹고 나서 어느새 한 닢을 거둬내고 나서였다.

틀에 날을 걸다 변소에 간 차곤이가 그만한 시간이 훨씬 지났는데도 돌아오지 않았다. 이따금 엉뚱한 짓을 잘하는 놈이라, 제집에 가서 찐 고구마 바구니라도 들어 오는 것이 아닌가 하고 기다렸더니 느닷없이 잔뜩 흥분한 얼굴로 숨을 헐떡이며 뛰어들었다.

"야야, 노, 노름한다, 노름!"

더듬는 말에 숨이 넘어갔다. 패거리들은 손을 멈추고 빠듯 긴장했다. 동네 뒤 외따로 떨어져 있는 명산댁 주막에 노름판이 벌어졌다는 것이다. 일찍 불이 꺼진 것이 수상해서 살금살금 가봤더니 가마니때기로 앞문을 가려놓고 판을 벌였는데, 돈이 이렇게 쌓였더라고 흥분을 감추지 못했다.

"누구누구야?"

문길이가 물었다.

"판돌이, 질천이, 태문이."

놈들은 잠시 서로 눈을 맞댔다. 눈에서는 벌써 불길들이 훨훨 타고 있었다.

"좋아, 가자."

문길이가 힘진 소리로 단을 내렸다. 용수철에서 튕기듯 한꺼번에 일어났다. 신을 찾아 신으며 여기저기서 킬킬 소리가 터졌다.

"신들을 말이여, 세네끼로 깡깡 묶어!"

똥을 뒤집어쓰고 혼비백산할 꼴들을 생각하며 웃음을 참지 못했으나, 그렇게 웃으면서도 신을 동여매는 솜씨들이 또 가마니 짜는 솜씨만큼 날랬다. 전투태세가 완비되었다. 어둠 속에서 속삭이는 문길이의 지시에 따라 열사흘 달이 드리우는 울타리 그림자 속으로 허리를 굽히며 골목을 기어올라갔다.

차곤이 집 담 밑에 일렬로 늘어섰다. 산 밑에 웅크린 명산댁 주막의 동정을 한참 동안 살폈다.

"아무 집에나 가서 소매통을 한나쓱 들고 와! 안 들키게 조심해서, 얼른!"

낮으나 잔뜩 속힘이 진 소리로 문길이가 명령을 내렸다. 문길이의 명령은 절체절명의 위엄을 갖추고 있었다. 예닐곱 놈이 거미새끼처럼 어둠 속으로 흩어졌다.

여기저기서 개 짖는 소리가 나고, 그런 잠시 후, 벌써 한 놈씩 오줌통을 들고 날쌔게 기어들었다. 별의별 험상스런 꼴의 오줌통이 다 모였다. 귀퉁이가 깨진 질동이, 시커먼 나무통, 위아래로 테를 두른 옹배기, 온양온천에 모여든 헌 다리 꼴이었다.

"똥은 삼분지 이쓱만!"

"알었어."

한쪽이 길가로 물려 있는 차곤이 집 똥통에서 평식이가 똥을 퍼담았다. 똥바가지에서 똥이 부어지는 소리를 낼 때마다 모두 웃음을 참지 못했다. 소리만 들어도 기가 막힌 이 똥을 뒤집어쓰고 도망칠 것을 상상하면 웃음을 참을 수가 없었다.

"웃지 마!"

똥을 퍼붓던 평식이가 낮은 소리로 윽질렀다.

　　문길이의 지시에 따라 한 놈씩 명산댁 집 아래, 도랑가 논 언덕 밑으로 달려갔다. 손 붙일 데가 옹색스러워 똥통을 든 모습들이 쥐 달걀 끌어안은 꼴로 궁색스러웠으나, 일이 원체 신나다보니 그 무거운 것을 들고도 논둑 밭둑을 넘는 동작들이 족제비 담 넘어가듯 날랬다. 협협 하는 가쁜 숨결에 그 험한 냄새가 창자 속에까지 깊이 몰려들었으나 놈들은 구린 줄을 몰랐다.

　　똥통을 논둑 밑에 놓고 문길이를 중심으로 빙 둘러앉았다.

　　“인자부텀 참말로 웃지 마!”

　　“웃는 새끼는 칵 패 죽여.”

　　문길이의 주의에 평식이가 감찰부장의 위세로 한술 더 다졌다.

　　“종수하고 차곤이는 지금 가서 집 안을 얼른 한번 둘러보고 와!”

　　종수하고 차곤이가 어둠 속으로 사라졌다.

　　“종수하고 차곤이가 갔다 오면 말이다, 전부 똥통을 가지고 그 집 안으로 가서 뒷문 뒤에다 똥통을 늘어논다. 그때 소리내면 그만이다. 알었지? 그래놓고 오면 나하고 평식이가 앞문으로 가서, 내가 문을 칵 잡아채면 그때 평식이 니가 방 안으로 똥통을 사정없이 던져! 알겠냐?”

　　문길이는 입을 앙다물고 지시를 하면서, 평식이보고 똥통을 방 안으로 던지라고 할 때는 던지는 시늉까지 했다. 쿡쿡, 웃음소리가 또 한바탕 났다가 땅속으로라도 기어들듯 잦아졌다. 똥을 뒤집어쓰고 뒷문으로 뛰다가 이번에는 똥통에 엎어져서 입까지 맞출 판이니 웃음을 참을 수가 없었다.

　　“대가리가 한나 깨져도 존께 그것은 걱정 말고 사정없이 던져! 노름하는 새끼들은 대가리가 깨져도 좋아.”

킬킬, 또 한바탕 웃음소리가 파동쳤다.

"앞문이 잠겼을는지 모르는디?"

평식이였다.

"사정없이 잡아챌 텐게 문고리가 빠지든지 문이 부서지든지 할 것이다. 문이 안 열리더라도 뒷문으로 내빼기는 할 것인게 방 안에서 벼락은 안 맞아도 뒷문으로 튀다가 똥통에는 엎어져."

이런 어마어마한 음모가 벌어지고 있는 줄도 모르고, 방 안에서는 손바닥으로 뭣 가리듯 허망한 가마니때기 한장의 그늘에 숨어 노름이 한창 열이 오르고 있었다.

"섰어!"

표를 죄고 난 판돌이가 질천이 눈치를 살피며 십환짜리 한장을 찌른다. 질천이가 힘없이 죽는다. 태문이도 표를 던지고 만다.

"영감님 상투 커서 뭣한다냐? 동곳만 찌르먼 그만이제."

판돌이는 윗자 위에 칠자를 때려놓으며 약 좀 오르라는 가락으로 콧노래를 부르며 돈을 긁어갔다.

"제미, 자라새끼한테 연장 물렸네."

태문이가 담배를 태워물며 뇐다.

표를 나눴다. 이번에는 판돌이가 먼저 죽는다. 질천이가 태문이 눈치를 본다. 죽는다.

"제미랄 놈의 패가 쪼깐 잘 들어왔다 하먼 이 꼴이네. 뭣 존 과부 제 땅이면 뭣하겠어?"

셋자 두장을 방바닥이 뚫어져라 때려놓으며 푸념이었다. 질천이는 표를 긁어모아 날랜 솜씨로 나눈다. 죄고 난 눈들이 심상찮다. 질천이가 한장을 찌른다.

"삼수갑산을 갈망정."

태문이가 따른다. 판돌이도 따른다. 질천이 상판이 일그러진다. 똥 집어먹은 곰 상으로 다시 표를 뒤집어보더니 던져버린다.

"잣것, 죽음은 급살이 젤이다."

태문이였다. 판돌이도 지지 않고 따른다. 세번 다 섰다.

"뭣이여?"

"땅이면 묵어!"

"제미랄 것, 마흔살 첫 버선에 쌍가마 떴다냐?"

태문이가 뻥자와 두빗자를 까놓는다.

"허허. 이런 제미."

둘이 다 겐뻬이다.

"옳제. 어른 대접 할라고 큰상 한번 차렸구나."

질천이가 돈을 찌르며 한발 다가앉는다.

"하느님 부처님 당신덜은 노름 안해봤소? 그저 이 판 한판만!"

판돌이는 화투장을 운어쥐고 거기다가 절까지 하며 청승을 떨었다. 판돌이는 눈알이 튀어나올 듯 표를 죄었다. 겉장은 팔자다. 잔뜩 힘을 주어 죄어 내려갔다. 검다. 틀림없이 팔 아니면 뻥이다. 화투장을 돌려 잡는다.

"뻥아 뻥아, 날 살려라!"

부러 뻥자를 불러 숭을 쓰며 죄려다 얼핏 두 사람 눈치를 살폈다. 표를 죄고 난 질천이 눈치가 만만찮다. 태문이는 이미 죄었으나, 얼른 눈치를 챌 수가 없다. 판돌이는 손에 난 땀을 옷에 쓱 문지르고 죄기 시작했다. 손끝이 발발 떤다. 팔이냐 뻥이냐. 팔이었다. 판돌이는 숨을 몰아쉬었다. 팔땡, 이번에야 저 돈이 내 것이다.

278

"응, 맛 한번 보자. 서방 죽고 몇년 만이냐?"

"따랐어."

"손님이 좋아 나도 간다."

모두 만만찮다. 질천이 손끝이 발발 떨리고 있었다.

"섰어."

"따랐어!"

"죽더라도."

판돌이가 마지막 돈을 찌르는 순간이었다. 앞문에서 무슨 기척이 느껴졌다. 시선이 모두 문 쪽으로 갔다. 순간, 누가 훅 불을 껐다. 그때였다. 앞문이 벼락을 쳤다.

픽.

우당탕 뒷문으로 튀겼다. 질천이가 맨 앞이었다. 그 우악스러운 힘으로 잠긴 문을 그대로 박았다.

"워매!"

"아이고!"

"아이고!"

몸뚱이 셋이 똥통을 붙안고 나동그라졌다.

"아이고, 대가리야."

"아이고, 가슴이야."

"워매, 나 죽네."

작자들은 그대로 나동그라져 죽는소리를 하고 있었다.

밤늦게 집에 기어들었던 질천이는 아침 일찍 여편네가 일어나는 기척이자 눈이 뜨였다. 빨래통을 들여다보고 기겁을 할 것을 생각하니 기가 막혔다. 다시 울화가 끓어올랐다. 여편네는 빨래통을 들여다보지 않았는지 그대로 물동이를 이고 밖으로 나가는 것 같았다. 냇물에서 대강이라도 씻어보려 했으나, 얼음물이 뼈에 찔려 몸만 씻고 옷은 그대로 들고 와서 처박아두었었다.

질천이는 어제저녁 그길로 쫓아가서 문길이 녀석들을 요절을 내지 못한 것이 분했다. 이 새끼들을 언제 죽여놔도 죽여놓겠다고 이를 갈았다.

"워매 워매, 저것이 뭣이라요?"

여편네가 마당에다 물동이를 와장창 내동댕이치며 벼락에 소 뛰어들듯 방으로 뛰어들었다.

"뭣이?"

질천이는 자리에서 벌떡 일어났다.

"뫳등 쪼깐 가보시요, 뫳등."

여편네는 금방 숨이 넘어갈 지경이었다. 질천이는 가슴이 휑 내려앉고 등골이 서늘했다. 뫳등에 귀신이라도 기어나와 웅크리고 있다는 것인가? 날이 새기는 했지만 아직도 어두워 귀신 같은 것이 나댈 만했다.

"얼른 쪼깐 가보란 말이요!"

"뭣이 으쨌단 말이여?"

질천이가 다그쳤으나, 여편네는 자꾸 방구석으로 기어들며 나가보라고 숨넘어가는 소리만 했다.

설마 귀신이나 도깨비가 났을 것인가 싶어 질천이는 엉거주춤 일어섰으나, 그러다보니 입고 나갈 옷이 없었다. 어제저녁 농 속에서 여름 잠방이 같은 것을 하나 찾아 밑을 가렸을 뿐이었다. 그러나 사뭇 다급한 판이다보니 옷을 찾고 있을 수가 없었다. 웃통을 벗은 채 썰렁한 얼굴로 밖으로 나갔다. 그런데 또 신이 없었다. 그 죽일 놈들이 신까지 가져가버려 어제저녁 맨발로 왔었다.

발끝에 걸리는 대로 아이들 신을 꿰고 사립께로 갔다. 자기의 지금 꼴이 꼴이 아니라는 생각이 잠깐 들기도 했으나, 그 울화보다 당장 도깨비가 달겨들 것 같은 환상에 벗은 등짝으로 싸늘한 냉기만 겹으로 흘러내렸다. 질천이는 호랑이 아가리에 대가리라도 디미는 것 같은 비장한 기분으로 한껏 독기를 가다듬어 사립문 밖으로 발을 내밀었다.

순간 윽, 비명을 지를 뻔했다. 묏등 꼭대기에 시커먼 것이 서 있었다. 질천이는 저것이 지금 저렇게 생긴 도깨비가 아닌가 잠시 눈을 썸벅였다. 그러나 도깨비가 아니었다. 신이었다. 어제저녁 몽땅 쓸어갔던 신을 바지랑대 끝에다 매달아 묏등 꼭대기에 꽂아놓은 것이다.

질천이는 놀라기도 하고 기가 막히기도 해서 거기 그대로 한참 서 있었다. 신 뭉텅이를 노려보고 있던 질천이 얼굴이 험하게 일그러지고 있었다. 이를 악물었다. 눈에 불이 일었다. 우닥탁 뛰기 시작했다. 선불 맞은 멧돼지처럼 문길이 집 골목으로 쏠려들었다. 발을 벗은 채 정신없이 뛰어들어갔다.

사랑방 문고리를 홱 잡아챘다. 문고리가 안으로 단단히 잠겨 있었다. 두 손으로 힘껏 낚아챘다. 문고리만 훌렁 빠졌다. 뒤로 벌렁 나자빠지고 말았다. 벌떡 일어났다. 뒷문으로 뛰어갔다.

"이 개새끼들."

부서져라 문을 안으로 쾅 밀었다가 사정없이 잡아챘다.

"이 죽일 놈들."

질천이가 닥치는 대로 차고 박고 미쳐 날뛰었다. 물먹은 보릿자루처럼 늘어져 자고 있던 놈들이 날벼락을 맞고 뛰어 일어났다. 볼을 싸고 나동그라지는 놈, 문으로 튀는 놈, 난장판이었다.

"똥 삐렸으면 그만이제. 엥, 엥."

가마니를 사이에 끼어 자던 문길이와 평식이가 구석으로 몰리고 말았다. 질천이가 막아서며 주먹을 휘둘렀다. 서너대를 정신없이 맞았다. 평식이가 손을 휘두르다 질천이 팔을 붙잡았다. 평식이 머리가 번쩍했다.

"윽."

질천이가 면상을 싸쥐고 벌렁 뒤로 나가떨어졌다. 그러나 오뚝이처럼 발딱 일어났다. 다시 막아섰다. 문길이가 질천이 옆구리를 발로 내질렀다. 평식이가 다시 질천이를 틀어잡았다. 다시 머리가 질천이 면상에 번쩍했다.

"윽."

다시 면상을 싸쥐며 뒤로 나가떨어졌다. 두 놈이 마구 짓밟았다.

"노름한 새끼들이 뭣이 잘했다고."

다시 버르적거리며 일어나는 질천이와 뒤엉겨 난장판이 벌어졌다. 질천이 얼굴에 피가 낭자했다. 두 놈은 방을 뛰쳐나왔다.

방에서 악을 쓰며 뒤따라나오는 질천이 꼴은 말이 아니었다.

질천이는 앞니가 다섯개나 빠져버렸다.

이렇게 해서 지남회는 질천이 이빨과 함께 박살이 나버렸다. 꿈에 부풀었던 사업은 깨끗이 망가져버리고, 사업자금은 두 놈의 망명자금과 질천이 이빨 치료비로 거덜이 나고 말았다.

11

추석날 아침이다. 아침 해가 벙긋이 웃으며 그 포근하고 밝은 햇살을 자랏골 안통에 푸짐하게 쏟아놓았다. 예삿날이라고 다르던가마는, 그래도 오늘따라 햇살도 추석 햇살로 더 밝고 풍성하고 윤기가 흐르는 것 같았다.

끝심이의 움막집에도 그 햇살은 찬란하게 쏟아졌다. 때때옷을 입은 끝심이가 방긋 웃으며 거적문을 들치고, 그 햇살 아래 화사한 모습을 내놓았다. 연분홍치마와 색색으로 아롱진 까치저고리에 찬란한 아침 햇살이 마치 불이라도 붙은 것같이 황홀하게 쏟아지고 있었다. 너무 곱고 눈이 부셔 끝심이는 사람 앞에서가 아니고 햇살 아래서도 혼자 골이 붉어졌다. 끝심이는 수많은 사람들이 와하고 환성이라도 지르며 달려드는 것 같아 거기 그대로 서 있을 수가 없었다. 거적문을 들치고 안으로 몸을 숨기고 말았다.

끝심이는 어제 이 옷을 사와서부터 혼자 몇번이나 꺼내서 만져보고 볼에 비벼보고 했는지 모른다. 이 옷을 입고 사람들 앞에 나서면 사람들이 뭐라고 할 것인가. 모두가 자기만 쳐다보고 부러워할 것 같아 한없이 자랑스럽고, 그대로 날개라도 달린 듯 훨훨 날아갈 수 있을 것 같았다. 사람들이 너무 자기만 쳐다보며 부러워할 것 같아 속이 상할 것 같기도 해서 안절부절 잠을 설쳤다. 그러나 그렇게 여러가지로 생각하는 중에서도 사람 앞에서만 그럴 것이라고 생각했었는데, 햇살 아래서까지 이렇게 황홀해서 그만 감당을 할 수가 없었다.

끝심이는 거적문 뒤에 잠시 숨어 있다가 다시 거적문을 들치고 햇살 아래 밋밋이 몸뚱이를 내놓아보았다. 햇살은 동네 개구쟁이들처럼 그렇게 장난이라도 치려고 벼르고 있다가 와락 달려드는 것처럼 다시 와하고 쏟아졌다. 그러나 이번에는 뒤로 숨지 않았다. 양쪽 소매 끝을 쥐어 팔을 벌리며 부신 눈으로 자기 모습 위아래를 살펴보았다. 너무 곱고 아름다웠다. 어제저녁 등잔불 밑에서 보았던 것과는 딴판으로 고왔다. 세상에 이렇게 고운 옷이 있다는 것이 대견스럽고, 또 그것을 이렇게 자기 것으로 자기 몸에 입을 수 있다는 것이 얼마나 즐겁고 자랑스러운지 몰랐다. 이제부터는 동네 아이들 축에 낄 수 있을 것 같아 그것이 더 즐거웠다. 이제는 정말 자기도 한 사람 몫의 사람 축에 드는 것 같았다.

끝심이는 동네를 내려다보았다. 아직은 이른 아침이어서 동네 아이들이 몰려나온 것 같은 기척이 없었다. 그때까지 기다리기 위해서 거기 밭두렁에 있는 너리바위 위로 올라갔다. 다시 햇살 아래서 자기의 위아래를 훑어보았다. 어쩌면 이렇게 고울 수가 있을까? 이 고운 것을 그냥 입고 다녀버리면 얼마 안 가 때가 묻고 또 해어질 것이 아닌가. 이것을 입고 다니지 말고 그냥 두고 보고만 있을 수는 없을까? 이것을 꼭 입고 다녀야 하는 것이 아까웠다. 오늘 하루만 입고 다시 곱게 개두었다가 설에나 입어야겠다고 생각했다.

그뒤로는 꺼내보기만 할 셈인데 이 고운 것을 그렇게 오래오래 들여다보고 있노라면, 이 색색으로 곱고 이쁜 색깔이 그대로 속속들이 제 몸뚱이 속으로 빨려들어와 자기가 온통 이 때때옷처럼 곱고 예쁘게 될는지 모른다는 생각이 들었다. 치맛자락에서 만져지는 촉감은 또 얼마나 보드라운지 몰랐다. 거피 낸 녹두 고물처럼 녹아질 듯 부드럽게 만져지는 촉감이 마치 옛날 엄마의 젖가슴처럼 보드랍고 다정스러웠다. 끝심이는 치맛자락에 볼을 대고 오래오래 비비고 있었다.

이 보드라운 촉감에서 끝심이는 문득 여태까지 오래오래 잊어버리고 있었던 갖가지 아쉽고 그리운 것 가운데서 엄마의 포근한 웃음과 다정한 목소리가 살아왔다. 엄마가 지금 살아 있다면 이렇게 고운 옷을 입은 자기를 보고 얼마나 기뻐하고 예뻐해줄 것인가. 이런 생각을 하자 끝심이는 금세 심드렁한 얼굴이 되어 눈길이 먼 데 하늘로 올라갔다. 엄마 하고 소리를 지르고 싶었다. 그러면 엄마가 어디서 대답을 하며 저 찬란한 햇살을 타고 저 햇살 같은 웃음을 웃으며 다가와 자기를 안아줄 것 같았다. 그러나 엄마 소리를 내기만 하면 그것이 소리가 아니라 울음이 되어 나올 것 같았다.

끝심이는 한참 그렇게 앉아 있다가 동네로 내려왔다. 새 신에 아침 이슬이 묻어왔다. 전에는 이런 추석이 되면 마치 무슨 죄라도 지은 것같이 누더기를 걸치고, 동네 아이들이 노는 저만치서 구경이나 하고 있었지만, 이번에는 자기도 줄넘기하는 데나 숨바꼭질하는 데 끼워줄 것 같았다.

동각에는 동네 개구쟁이들이 서넛 나와 뛰놀고 있었다. 계집아이들은 아직 하나도 나오지 않았지만, 그 뛰놀고 있는 사내아이들 옷은 자기 옷에 비해, 새것이 아닌 아이도 있고 별로 신통치가 않았다. 자기같이 새 옷을 입은 아이는 네 아이 중에 두 아이밖에 되지 않았다.

놈들은 자기들 노는 데만 신이 나서 끝심이가 와 있는 것도 모르고 있었다. 끝심이는 한쪽 동각 처마 밑에 오도카니 서서 그들 노는 것을 보고 있었다. 자기가 동네에 내려오기만 하면 모두가 와하고 달려들어 옷에 대한 칭찬이 떠들썩할 것으로 알았는데, 놈들이 거들떠보지도 않자 끝심이는 좀 무색을 당한 것 같은 느낌이었다. 한참이나 그러고 서 있었으나 놈들은 그렇게 뛰놀고만 있었다.

"야, 끝심이도 곤 옷 입었다."

개구쟁이들이 한참 만에야 어쩌다가 끝심이를 발견하고 그중 한 놈이 소리를 질렀다.

"그 옷, 그 꾸렝이 폴아서 샀냐? 그지? 그 꾸렝이 얼마 받았냐?"

한놈이 다가서며 사뭇 호기심에 찬 표정으로 다그쳐 물었다.

"피이."

옷보다도 구렁이 이야기를 묻는 것에 속이 상해 피이 하고 입을 삐죽이며 돌아섰다.

"그 꾸렝이가 무지하게 비싼 꾸렝이라고 하던디, 얼마 받았어?"

"몰라!"

끝심이는 한쪽으로 팩 토라지며 쏘아붙였다.

"이 가시내야, 그것 쪼깐 가르쳐주면 못쓰겄냐?"

놈은 처음부터 놀리는 투가 아니었다. 구렁이 같은 것을 팔아가지고 이렇게 고운 옷과 신을 살 수 있다는 것이 신기하기만 한 모양이었다.

"내가 안 폴았은께 그런 것은 몰라."

끝심이는 다시 다그쳐서야 볼 부은 소리로 대답을 했다.

"꾸렝이 잡을 때 안 무섭디야?"

다른 놈이 나섰다.

"몰라."

옷에는 전혀 관심이 없고 그 구렁이 이야기만 짓궂게 물어오자 금방 울음이라도 쏟아지려는 것을 가까스로 참았다.

"꾸렝이 잡으면 그 꾸렝이가 죽어갖고 보 갚는다는디, 으짤래? 사람으로 둔갑해갖고 밤에 와서 업어간단다."

한 놈이 사뭇 겁주는 표정을 하며 놀려대자 곁의 놈들이 까르르 웃었다.

"미친놈, 너나 꾸렝이가 업어가거라."

끝심이는 앙칼지게 쏘아붙였다.

"으째서 나를 업어간디야, 나는 꾸렝이 안 잡았는디."

백정이 가마를 타면 동네 개가 짖는다더니, 오랜만에 고운 옷을 입고 나서니 개구쟁이들 등쌀에 견딜 수가 없었다.

개구쟁이들이 이렇게 한창 끝심이를 둘러싸고 웃고 있을 때 골목에서 문길이와 평식이가 내려오고 있었다. 그들은 양문이 묏벌 쪽으로 눈이 갔다. 질천이가 비를 들고 묏벌에서 나뭇잎을 줍기도 하고 검불을 쓸어내기도 하고 있었다.

"아이고, 뭣해싸시요? 그동안 별고 없으셨는가라우?"

문길이가 인사를 했다.

"오냐. 왔냐? 왔다는 말 들었다. 객지에서 고생이 많지야."

질천이도 흔연스럽게 인사를 받았다.

"우리사 먼 고생이라요? 농사나 잘됐소?"

"오냐. 그저 그런다. 그런디 문길이는 의가사제대 신청을 했다는 소리를 들었는디, 으짜냐, 그것이 맘대로 안되냐?"

"요새 돈 안 쓰면 되는 일 있습디여?"

"금매 말이다. 그래도 얼른 나와사 쓸 것인디."

“금방 될 것 같다는 소리를 듣고 오기는 왔소마는 으짤란가 모르 겠소.”

“존 소리다.”

문길이와 평식이는 질천이를 첨 만났을 때 그가 어떻게 나올 것 인가 그것이 은근히 겁이 났었는데, 이렇게 흔연스럽게 나오고 보 니 미리 찾아가지 못한 것이 되레 미안했다.

둘이는 따로 찾아가서 사과를 할 것인가 어쩔 것인가 의논을 했 었으나, 그러는 것이 되레 쑥스러울 것 같아 이년 가까이 지났으면 그만이지 언제는 촌놈들이 격식 찾아서 사과하고 어쩌고 했더냐고 그냥 말기로 했었다. 그래서 결국 이렇게 어물쩍 넘어가게는 됐으 나, 질천이가 제대 염려까지 하고 나오자, 그래도 동네 어른인데 자 기들 태도가 너무 되바라진 것이 아니었던가 하는 생각이 잠깐 머 리를 스쳤다. 문길이가 평식이 옆구리를 꾹 찌르며 웃었다.

그때 뒷벌 한쪽 외불이 울타리 구멍에서 닭들이 서너마리가 고 고거리며 뒷벌로 들어서고 있었다. 풍채가 늠름한 장닭 한마리가 암탉 두마리를 거느리고, 산주들 모시려고 말끔히 청소를 하고 있 는 뒷벌로 제 놈이 무슨 양문이나 된 것같이 의젓하게 들어서며 매 화타령까지 하느라고 꼬끼오 한가롭게 청승을 떨고 있었다.

“어허, 저런 방정맞은 달구세끼덜을 쪼깐 가두란께는 또 내났그 만잉.”

빠듯하게 눈꼬리가 치켜올라가는 것이, 속에서 잔뜩 울화가 치 미는 모양이었으나 꾹 누르는 표정이 곁에서 보기에도 민망스러울 지경이었다.

“가서 일들 봐라. 나는 금방 이(李)가들이 올 것 같은께 뒷벌을 더 손봐사 쓰겄다."

속에서 부글부글 괴어오르는 것을 누르고, 그래도 얼굴에는 잠시 웃음을 바르며 말을 건네놓고 돌아섰다.

"훠!"

악을 썼다. 평식이와 문길이는 나오는 웃음을 참으며 돌아섰다. 전에도 한번 저 닭똥 때문에 질천이가 양문이 식구들한테 혼뜨검이 난 일이 있었기 때문이다. 성묘 왔던 양문이가 그만 닭똥에 주저앉아버렸던 것이다.

"외불이, 어야, 외불이! 어야, 외불이!"

울화 끝에서 튀겨나온 소리라 말꼬리가 차차 칼끝같이 솟아올라갔다.

"어야, 오늘 명절 아닌가. 사람이 이런 날은 쪼깐 좋게 살자 해서 존 날 받아가지고 명절인께 이런 날은 피차에 좋게 쪼깐 살아보세. 시방 내 말이 먼 소린지 알겄제? 참말로 자네 미요한 사람이네. 그만치 쥐앙정(竈王經)을 읽었으면, 그것이 사람의 소린께 사람의 귓구녁을 지녔은다 치라면 그래도 쪼깐 알아묵을 만한디 으째서 그런가? 자네 시방 네지가 한나 어디서 빠졌어도 큰 놈이 한나 빠졌든지, 고장이 났어도 어디 한반디가 크게 고장이 난 모냥이여. 으째서 그래? 찰 것을 한나 덜 차서 그런가 으짠가?"

질천이는 생살에 쐐기 박듯 오금을 칵칵 박아가며 내질렀다.

계집 친 날 의붓아비 거동이라고, 아직도 종수하고의 뒷감정이 딩딩한 판에 한 패거리의 싸가지 없는 새끼들이 나타나자 묵은 감정이 뒤집혀, 겉으로는 허허했어도 지금 속은 소태 마신 속으로 환장하겄는데 어째서 너까지 사람 속을 쑤시냐는 울화 끝이라 말마디가 퍼렇게 독이 올라 있었다.

이것 내가 많이 미안하게 되었노라는 표정으로 똥 싸 담은 놈같이 바보스럽게 웃고 있던 외불이가, ‘찰 것’ 어쩌고 하는 대목에 이르자 대번에 얼굴색이 변했다.

“알겠네. 시방 내가 많이 미안하게 되었네. 내가 네지가 빠져 고장이 난 것이 아니고, 닭집이 못이 빠져갖고 그로크롬 되았은께 그것은 고침세. 고침세마는, 그 찰 것 한나 덜 찬 것은 애초에 이 일하고는 상관이 없는 일인디 멀라고 시방 자네 일도 바쁜 판에 그런 걱정까지 하고 나온가? 걱정을 해줘서 고맙기는 하네마는, 입은 삐뚤어졌어도 촐래는 바로 불더라고, 그것 한나 갖고도 둘 가진 자네보담 일은 똑 떨어지게 더 잘한께 다시는 그런 걱정 말소. 내 말이 미덥잖은다 치라면 오늘 저녁이래도 존께 자네 여편네를 내 방에 보내서 그런가 안 그런가 한번 시험을 해봐!”

“저런, 즉어멈.”

질천이는 눈이 홱 뒤집히며, 바득 이를 악물었다.

“즉어멈이 아니고, 자네 안으로 이애기여.”

“워매, 저런 상녀러 종자.”

질천이는 금방 울타리를 뛰어넘을 기세이다가, 얼핏 건너편 큰길로 눈이 갔다. 불 단 모루쇠라도 삼킨 놈같이 펄펄 뛰었으나 금방 양문이 가족이 달라들 것 같아 환장하겠는 표정이었다.

“오냐, 요녀러 종자. 이따 보자. 한나 남은 그것까지 칵 훑어서 내가 씹은가 안 씹은가 봐라.”

질천이는 묶인 호랑이 상으로 이를 갈며 돌아섰다.

외불이는 날 때 어쩌다가 불알을 한쪽만 달고 나와서 어렸을 때부터 그것 때문에 늘 놀림감이었는데, 아무리 말려도 이름까지 외불이로 굳어버리고 말았다. 어엿한 이름을 놔두고도 극성스럽게 그것만 건드리고 나와 그때마다 창피하고 부끄러워 견딜 수가 없었는데, 그런다고 일일이 붙들고 늘어져 싸울 수도 없고, 할 수 없이 이름만은 파탈을 해버렸지만, 내일모레면 손주 볼 나이에 이르러서까지 어린아이 그것 만지듯 그것을 건드리고 나서면 결이 나지 않을 수 없었다. 그래서 지금은 그런 놀림에 무색 주는 데도 이골이 나 있는데, 질천이가 홧김에 그것을 잘못 건드렸다가 코창을 떼고 만 것이다.

"질천이 성질 많이 죽었구나."

정자나무 밑에서 킥킥거리고 있던 패거리 중에서 평식이가 핀잔이었다.

"금방 사또 행차가 뜰 판인디 그런 행차 앞에서 싸우고 있겠어?"

사실 오늘 같은 명절은 사람이 일년 가다 한번씩 숨을 돌리자 해서 만들어진 날이지만, 그것이 자랏골 사람들에게는 즐겁다고 자기 기분대로 설칠 날이 아니었고, 화가 난다고 악을 쓰고 있을 날도 아니었다. 남의 선산 그늘에 얹혀사는 신세로서는 이런 명절이래야 항상 남의 추석이고 남의 설이어서 산주들 성묘길 바라지에 되레 들숨 날숨이 없었다. 질천이도 금방 양문이 가족이 들이닥칠 판이라 그 급한 성질에 질탕관에 기름 튀듯 하는 울화를 누르고, 배앓이에 풍월하듯 묏벌을 손질하고 있었다.

자랏골 사람들은 이렇게 모두가 한쪽에 매여 사는 사람들이었기 때문에 질천이 말마따나 사람이 일년 가다 한번씩 사는 것같이 살자 해서 좋은 날 받아 설이고 추석이었지만, 그런 날을 남의 뒷바

라지에 들어서도 뛰고 나서도 기다 나면 인생이 조금씩 처량하기
도 했다.

그러나 지금은 옛날보다 훨씬 나아져, 반거지로 말을 탁탁 부질
러 하대를 하거나 위토 같은 것도 마음대로 떼어 옮기지 못하게 법
이 되어 세상 개명 덕분에 산주들의 그런 횡포는 없어졌지만, 그래
도 옛날부터 부려오던 행티가 속속들이 없어진 것은 아니어서 그
들 눈 밖에 나는 날에는 제물(祭物) 마련이며 여러가지로 티격 붙
을 일이 많았다.

선조들 뼛골에 돈 들여 위토 장만할 적에는 이렇게 산지기 앞에
내로라고 뻗대어보는 맛도 있어야 할 것임은, 제상에 닭다리가 지
성은 위패(位牌)로 가도 실속은 산 귀신 차지가 되는 이치로도 대
강은 환한 것이어서 자랏골 사람들은 그만 물정이야 다 경험으로
터득해 알고 있었기 때문에 죽은 귀신보다 산 귀신 접대에 더 정신
을 써야 하는 것이었다.

그러나 젊은 놈들은 반드시 그런 것은 아니었다. 여기서 나서 그
냥 우물 안 개구리처럼 자랏골 칡덩굴 밑에서만 살아온 놈들은 그
럴 때의 떱떠름한 기분이 얼른 안 가시면 기껏 지게목발 두들기며
신고산타령이나 좀 구슬퍼질 따름이지만, 그래도 밖에 나가 사람
사는 것이 저런 것이구나 하고 구경을 하며 객지 바람을 쐬고 온
놈들은 그것이 아니었다. 서울 같은 데서는 이발소나 식당에서 하
루에도 골백번씩 '어숍쇼'를 연발하며 고개를 주억거려도 자기 기
분은 자기 기분대로 조금도 켕기고 구긴 데가 없었는데, 고향에 와
서 산주들 앞에 굽실거리는 부모들 꼴을 보고 있노라면 어찌 그리
도 궁색스럽고 추럿해 보이는지 몰랐다.

그래서 자랏골 아이들은 다시는 고향에 돌아오지 않으리라고 이를 물고 돌아서는 놈도 있었다. 모진 객지 바람을 쏘이다가 고향에 돌아올 적에는, 아무리 찌그러져가는 오막살이에 궁기가 안아팎으로 너덜너덜 찌들었어도 어미 아비 살같이 정답고 고향산천이 포근한 맛에, 일년 고생하며 그래도 그때 한번 고향에 돌아가는 보람으로 그날을 기다렸다가 뛰어오는 것인데, 그렇게 별러서 달려든 고향이, 아랫목은 산주들 차지가 되어버리고 부모들은 산주들 앞에서 젊어도 소승 늙어도 소승으로 주억거리는 것이 고개고 굽실거리는 것이 허리인 꼴을 보고 있노라면 구정물이라도 들이켠 것같이 창자가 기어나올 지경이었다.

"야, 이리 비켜봐라."

평식이가 갑자기 생각난 듯이 들돌 위에 앉아 있는 문길이를 비켜서게 했다. 들돌을 한바탕 들어보겠다는 기세였다. 어깨판을 쩍쩍 벌려 준비운동을 하고 나서 손에 침을 탁 뱉어 비비며 덤벼들었다. 모두 호기심에 찬 눈으로 평식이 하는 꼴을 지켜보고 있었다.

평식이는 들돌을 껴안으려다가 말고 다시 한번 어깨판을 벌려 익살스러운 몸놀림으로 폼을 잡으며 달려들었다.

들돌 위에 가슴을 가져다대고 양팔로 들돌을 싸안은 다음 알맞게 거리를 잡아 양쪽 발을 벌렸다. 다시 들돌 몸뚱이를 더듬어 얼터귀를 찾아 손을 붙였다. 빠듯이 힘을 주었다. 들돌 뿌리가 쉽게 떨어졌다. 더 뽑아올려 무릎에 해깝게 안으려다가 텅 놓고 말았다. 보기와는 다르다는 듯 고개를 갸웃거렸다.

"에이, 병신."

문길이가 나섰다. 아까 평식이가 했던 요령으로 들돌을 끌어안

았다. 숨을 크게 한번 들이마신 다음 빠듯이 힘을 주었다. 땅에서
해깝게 뿌리가 떨어졌다. 양쪽 무릎 위에 끌어안았다. 손을 고쳐 잡
아 가슴에 바싹 싸안았다. 다시 빠듯이 힘을 주었다. 얼굴이 벌겋게
달아올랐다. 마지막 힘을 써서 허리를 폈다.

"와!"

조무래기들의 환성이 터졌다. 그러나 문길이는 거기서 그치지
않았다. 손을 옮겨가며 가슴 위로 들돌을 밀어올렸다. 잔뜩 찡그린
얼굴이 펑 소리를 내며 터질 것 같았다. 들돌이 가슴 위로 올라앉
았다. 모두 손에 땀을 쥐고 숨을 죽였다. 문길이는 있는 힘을 다해
서 마지막 힘을 쓰고 있었다. 들돌이 왼쪽 어깨를 넘어가고 있었다.

텅.

"이야!"

조무래기들이 환성을 지르며 놀라는 눈으로 문길이를 건너다보
고 있었다.

"에잇!"

평식이가 이번에는 윗도리를 활활 벗었다. 아랫도리까지 벗었
다. 팬티 바람이 되었다. 옷이 망칠까 싶어 그랬지 내가 힘이 없어
그런 줄 아느냐는 기세였다. 모두 배를 쥐고 웃었다. 춘포창옷 단벌
호사라 그럴 법했다.

들돌에 엉겨붙었다. 대번에 무릎에 안아 손을 바꿔 잡고 허리를
펴버렸다. 거기서 잠깐 숨을 조절했다. 아까 문길이가 가슴으로 밀
어올리며 버둥거리던 곳에서 평식이도 한참 버둥거렸다.

"으얏."

모듭 힘을 불끈 쓰며 소리를 질렀으나 거기서 더 올라가지 않았

다. 그러나 그대로 말 수는 없는 듯 다시 한번 숨을 조절하고 자세를 바꾸더니 다시 힘을 썼다.

"으얏."

텅.

"야아!"

어깨를 넘어가자 조무래기들이 환성을 질렀으나 아까 문길이가 넘겼을 때보다 못했다.

차곤이가 덤벼들었다. 겨우 허리를 펴고 나서 더 올리지는 못했다. 종수도 한번 덤벼들었다. 가슴께까지 올리고 더 어쩌지 못했다.

모두 이렇게 덤벼들어 힘을 겨루었다. 어떤 놈은 겨우 무릎에만 껴안고 발발 떨다 말기도 했고, 또 어떤 놈은 겨우 땅에서 뿌리를 떼다 말고 물러서기도 했다.

작은 들돌에 붙어 이렇게 실랑이를 부리고 있는 사이에 평식이가 저쪽에 있는 큰 들돌 곁으로 갔다.

여기서도 어깨판을 벌려 힘을 발랐다. 들돌에 가슴을 붙이고, 손잡을 데를 더듬었다. 그러나 큰 들돌은 작은 들돌과는 전혀 문제가 달랐다. 덩치부터가 송아지에 황소 꼴로 아름에 벅차기도 했지만, 그 큰 돌덩어리의 온 몸뚱이가 온통 중대가리처럼 두루 민틋하기만 해서, 우선 어디다가 손을 붙여볼 데가 없었다. 시늉만이라도 손붙일 데가 있어 손이 붙기만 한다면 그래도 어떻게 힘을 한번 써볼 수가 있을 것인데, 도무지 그냥 수박덩어리같이 민틋하기만 했다.

평식이는 한참 동안 요리조리 손을 더듬어 그래도 옹색스럽게 손을 붙였다. 빠듯 힘을 주었다. 숨이 컥 막힐 지경으로 꿈적도 하지 않았다. 자세를 다시 고쳐 지그시 힘을 주었다. 땅에서 뿌리가 떨어지는 것 같았다. 이를 악물고 힘을 주었으나 더 올라오지 않았다.

"후유."

평식이가 가쁜 숨을 내쉬면서 어림없다는 표정으로 고개를 내둘렀다. 곰영감이 젊었을 때 어깨로 넘겼고, 질천이가 꼭 한번 무릎에 안았다는 들돌이었다.

이 들돌은 단순한 운동기구가 아니었다. 작은 들돌을 들어 허리를 폈다 하면 그때부터 어른 취급을 받아 무슨 품일을 나가도 그것을 한몫으로 쳐주었다. 그때부터는 담배를 피워도 너무 무람없이 되바라진 꼴로 빨아대지만 않으면 어른들이 외면을 해주기도 하고, 더러는 담배가 없어 쩔쩔매기라도 할라 치면 담배쌈지를 놓아두고 저쪽으로 피해주기도 했다.

사실, 그때는 나이로 쳐도 대개 스물 안팎, 안겨주지 않아서 한이지 안겨만 준다면 계집 하나쯤 걸퍽지게 껴안을 덕데들이고, 어느 모로 보든 장정 힘을 쓸 나이들이었다. 선거 같은 것은 나이로 잘라 어른 아이를 가르지만, 일하는 데는 첫째도 힘, 둘째도 힘, 힘이 문제인데, 나이가 어떻다 하더라도 일패고 늦패는 것이 꼭 나이 상관이 아니다보면, 만인 앞에서 이렇게 들돌을 들려 힘을 가늠해보는 것이 그에 더 정확할 수가 없었다.

그래서 작은 들돌 허리를 했다 하면, 그 집에서는 마치 경사라도 난 것처럼 그해 백중이나 칠석같이 술이 굴풋할 때 동네 사람들한테 막걸리를 한판 내어 간소하게나마 자축 비슷한 잔치를 벌이는 것이었다. 일테면 성년식 비슷한 행사랄 것이었다. 그래서 어른들은, 누구는 작은 들돌 허리를 몇살 때 하고 누구는 몇살 때 했다는 것을 가지고 그 사람 힘을 말하는 표준을 삼기도 했고, 또 그것이 자랑거리가 되기도 했다.

그래서 자랏골 아이들은 아주 쬐만한 꼬마 적부터 들돌 드는 구경을 하면서 자라기 때문에 그들에게 꿈이 있다면, 나도 얼른 커서 저 무겁고 큰 들돌을 어서 훌훌 들어 어른들의 칭찬을 들어보는 것이었다. 그렇게 들돌을 들어 어른이 되어보았자 기껏 꾀죄죄한 산중 놈이 되는 것이지만, 그래도 꿈이라면 그런 꿈을 가슴속에 지니고 자라서 들돌을 들고 어른이 되어 아이를 낳고 살아간다.

자랏골 아이들의 그런 꿈 중에서 그래도 좀 야심적인 꿈이라면, 옛날 용골영감이나 곰영감이 그랬다듯이 저 큰 들돌을 어깨나 머리 위로 훌훌 넘겨보는 것이었다.

그런데 곰영감이 저것을 어깨 너머로 넘긴 것은 동네 사람들이 다 본 일이지만, 그 아버지 용골영감이 머리 위로 올려 한 손으로 머리 위에서 빙그르 돌렸다가 다시 저쪽 손으로 옮겨 어쨌다고 하는 이야기는 누가 본 사람도 없고 믿기지도 않는 일이었으나, 자랏골 아이들은 다 그렇게 믿고 있어 들돌 이야기 끝은 항상 그 전설 같은 이야기로 뻗쳐 거기 살이 붙어가는 것이었다.

하여간 이 큰 들돌은 곰영감이 어깨 너머로 넘긴 뒤로 질천이가 조금 후려보았을 뿐, 아직까지 제대로 후려본 사람이 없었다.

언제 어디서 누가 가져다놓은 것인지, 지금 살아 있는 사람들로서는 그 유래도 알 수 없으려니와, 저것이 처음부터 저절로 저렇게 생겨 굴러다니던 것을 누가 떠메다 놓았는지, 또 누가 부러 저렇게 민틋하게 손을 보았는지, 그런 것도 전혀 알 수가 없었지만, 크고 작기가 꼭 형제처럼 신통하게 구색이 맞는 두개의 들돌이 비가 오나 눈이 오나 그렇게 나란히 눌러앉아 있었다.

하여간 자랏골 사람들이 그것이 사람 사는 것이라고 살아가는 그 인생살이만큼이나 답답하고 주변머리 없는 들돌들이 정자나무 밑에 버티고 앉아서, 자랏골 사람들이 나고 자라서 죽어가는 모습을 덤덤하게 지켜보고 있었다. 더구나 큰 들돌은 옛날에는 어쨌는지 모르지만, 곰영감이 한번 어깨 너머로 넘겼을 때, 그때 한번 공중에 훙청 떠서 그렇게 꼭 한번 호사를 했을 뿐 지금까지 저 모양으로 땅에 붙어 웅크리고 있었다.

그런데 자랏골 아이들은 이 들돌을 두고 좀 별난 이야기를 하는 것을 한번 들어본 적이 있었다. 몇년 전 대학생들이 그 위토 관계의 사회조사를 나왔을 때였다. 그 학생들과 함께 여기 쉬어 앉아 있던 교수가 이 들돌을 가리키며 뭐라고 이야기를 하자 학생들은 아주 감동하는 표정으로 고개를 끄덕이며 교수의 말을 감명 깊게 듣고 있었는데, 자랏골 아이들은 이 들돌에 관한 이야긴 것이 신기해서 같이 귀를 기울이고 있었다. 시시포스 어쩌고 어려운 말 뿐이어서 무엇이 어떻다는 것인지, 그 내용을 확연히 알아들을 수는 없었으나, 이야기 돌아가는 것이 이 동네와 관련해서 이야기가 좀 안쓰럽게 되어가고 있는 것 같은 짐작은 할 수가 있었다. 어찌 들어보면, 서양에도 시시포슨가 하는 힘센 장사가 한 사람 있어, 이런 들돌을 들고 산꼭대기까지 떠메고 올라가서, 그대로 굴려내리고 내리고 했다는 단순한 이야기 같기도 해서, 아이들은 우리 동네에도 옛날에 이 들돌을 들어올려 한 손으로 빙글빙글 돌렸던 용골 양반이라는 분이 있었다는 이야기를 해주려다가, 이야기 돌아가는 것이 꼭 그 장사 힘이 세었다는 것만이 아니라 운명 어쩌고 이 동네와 관련시켜 이야기가 어렵게 돌아가고 있는 것 같아 그냥 어리둥절했을 뿐이었다.

하여간 이 들돌은 자랏골 사람이면 누구나 수없이 부둥켜안고 실랑이를 하면서 자기의 성장을 비추어본, 답답하나 그만큼 정이 가는 물건이었다.

"양문이 온다."

동네 조무래기들이 저 아래 길 쪽을 보며 소리를 질렀다. 모두 그쪽으로 눈이 갔다. 양문이는 지금 팔십객 늙은이지마는, 이 동네 사람들은 어른이나 아이들이나 그 이름을 부를 때 존칭은 물론 성도 떼어버리고 그냥 양문이라고 했다.

택시 두대가 천천히 산길을 올라와 다리 건너에 멈추었다. 추석이나 설이면 으레 저렇게 택시를 타고 오기 때문에 자랏골 아이들은 저렇게 택시가 두대나 세대 나란히 들어오는 것만 보면 그것이 양문인 것을 단박에 알아냈다. 조무래기들이 택시 구경을 하려고 동구 쪽으로 우 몰려갔다.

"으흥. 서울서야 저까짓 택시 누구는 못 타는가?"

평식이가 밉살스럽다는 표정을 지으며 이죽거렸다. 뒷골목에서 조무래기들이 또 한 패가 몰려나왔다.

"야, 이 촌놈들아, 택시 구경 못했냐? 양문이가 니 할애비간디 우 몰려다녀?"

평식이가 느닷없이 악을 쓰자 놈들은 주춤했다.

맨 앞차에서 내리는 것이 양문이 같았다. 외팔이도 내렸다. 올망졸망한 손자들까지 열명 가까이 내렸다. 먼 데 있던 아이들도 대개 이렇게 추석 때는 성묘를 왔다. 양문이 가족들은 양문이를 앞세우고 돈 있고 권세 있는 사람들의 그 느긋한 위풍을 풍기며 천천히 동네로 들어서고 있었다.

"야, 쌍놈의 것, 우리 그 지남회가나 한번 부르자!"

"하하."

평식이의 엉뚱한 제안에 모두 웃었다.

"양문이고 양갈보고 우리는 노래나 한번 부르자. 으야, 으야."

양문이 일가가 어깨판을 벌리고 동네로 들어서는 것을 보자 뭔가 조금 추럿해지는 기분인지 평식이는 팔다리와 엉덩이를 익살맞게 흔들어대며 노래를 선창하기 시작했다.

"전우의 시체를 넘고 넘어, 으야 으야, 앞으로 앞으로, 으야 으야."

양문이가 곁에 오면 그 엉덩이로 쥐어박아버리기라도 할 듯 엉덩이를 크고 익살맞게 흔들어대면서 익살을 부리자 모두 둘러서서 웃고 있었다.

"야, 같이 해봐. 전우의 시체를 넘고 넘어 앞으로 앞으로, 으야 으야. 낙동강아 잘 있거라 우리는 전진한다. 으야 으야."

평식이가 문길이 손을 잡아끌면서 엉덩이를 흔들어대자 문길이도 이내 같이 흔들면서 노래를 부르기 시작했다. 그 노래의 원래 가락보다 더 빨리 엉덩이를 흔들면서 목이 찢어져라 악을 썼다. 어느새 선찬이도 나와서 웃고 있다.

"원한이야 피에 맺힌 적군을 무찌르고서, 으야 으야."

"꽃잎처럼 떨어져간 전우야 잘 자라. 으야 으야."

평식이와 문길이가 하도 신명나게 노래를 불러대자 어느새 다른 놈들도 따라 부르고 있었다. 다시 되풀이해서 불렀다. 어느새 한덩어리가 되어 목이 찢어져라 악을 썼다. 조무래기들도 한몫 끼어 악

을 쓰고 있었고 선찬이도 끼어 악을 쓰고 있었다. 동네 젊은이치고
는 득철이만 보이지 않았다.

양문이 일행은 골목을 돌아 묏벌로 올라서려다 말고 놀란 눈으로
이쪽을 보고 있었다. 어떤 놈들이 미친 지랄을 하느냐는 눈이었다.

"야, 어디 봐? 원한이야 피에 맺힌, 으야 으야."

노래는 계속되고 있었다. 양문이 일가는 좀 겁에 질리기까지 한
것 같은 눈으로 이쪽을 힐끔거리며 묏벌로 올라서고 있었다. 노래
는 악다구니가 차차 높아가 동네가 떠나갈 것 같았다.

그런데 선찬이는 노래를 따라 부르면서도 양문이 가족의 거동을
유심히 건너다보고 있었다.

그런데 태연하게 묏벌로 들어섰던 양문이가 봉분 앞의 상석을
내려다보더니 단박에 오만상을 찌푸렸다. 양문이는 똥 집어 먹은
곰 상이 되어 저만치 굽실거리고 있는 질천이를 잡아먹을 듯이 노
려보았다. 가족들도 상석을 내려다보더니 모두 똥 집어 먹은 상이
되었다. 도대체 이게 뭔가? 유리면같이 말끔한 상석 위에 물크덩한
닭똥이 한 무더기 험하게 내갈겨져 있었다. 질천이는 대통 맞은 병
아리 꼴이 되어 멍청한 눈으로 양문이를 건너다보고 있을 뿐이었
다. 황공무지의 자세로 무작정 굽실거리기만 하던 질천이는 마치
맹수 앞에라도 멈춰 선 놈처럼 그렇게 얼빠진 눈으로 양문이만 건
너다보고 있었다.

노랫소리가 잦아들며 모두 묏등 쪽으로 눈이 갔다.

"뭣이지?"

"몰라."

조무래기들이 뽀르르 몰려갔다.

“뭣하고 있어?”

양문이가 잡아먹을 듯이 악을 썼다. 질천이는 그제야 정신이 난 듯 훌쩍 뛰었다. 자기 집으로 달려가더니 걸레를 들고, 나갔던 상주 제청에 뛰어들듯 뛰어왔다.

유리면같이 윤이 나는 오석(烏石)의 말끔한 상석 위에 금방 내갈겨놓은 닭똥은 아침 먹은 것이 기어나올 지경으로 험한 꼴이었다. 아까 닭을 쫓을 때 너무 드세게 쫓는 바람에 혼겁을 한 닭들이 미끄러운 상석에 발이 미끌리며 이렇게 내갈기고 말았던 모양이었다. 질천이는 전에도 한번 이 닭똥 때문에 경을 친 일이 있어 정신을 쓴다고 썼겠지만, 외불이와의 입다툼 때문에 그 울화로 정신이 없었던 모양이어서, 화 끝에 좋은 일 없다고, 이런 험한 일을 당하고 말았다.

조무래기들이 킬킬거리며 뛰어내려왔다.

“닭똥! 흐흐흐.”

모두 킬킬 웃었다. 놈들은 너무도 기막힌 일이어서 소리를 죽이며 한참 동안 웃었다.

“제상에 달구똥, 으야 으야, 닭다리 말고 달구똥, 으야 으야.”

평식이는 엉뚱한 익살을 부리며 또 신나게 엉덩이를 흔들어댔다. 모두 배를 쥐고 웃었다.

“양문이 앞에 달구똥, 으야 으야, 냄새 나는 달구똥, 으야 으야. 누가 누가 젤이냐, 으야 으야. 달구세끼가 젤이다, 으야 으야.”

모두 배를 쥐고 간드러졌다. 평식이 말소리는 어쩌면 저쪽에서도 환히 들릴 것 같아, 웃으면서도 한쪽으로는 좀 위태롭다고 느꼈던지 모두 묏벌 쪽을 힐끔거렸다. 선찬이는 웃다 말고, 제물 진설하는 양을 빤히 건너다보고 있었다. 선찬이의 눈에는 알 수 없는 긴장이 올라 있었다. 그들의 하는 양을 보고 있다가 쫓아가서 몽둥이라도 휘두르려고 틈을 노리고 있는 것처럼, 쥐새끼를 노리는 고양이 같은 긴장이 아까부터 그의 눈에 어리고 있었으나, 젊은 축들은 평식이의 익살과 또 양문이 쪽에 신경을 쓰느라고 아무도 선찬이의 이런 심상치 않은 표정을 눈치채지 못하고 있었다.

"야, 야."

제물에 신이 나서 자꾸 커지는 평식이의 소리가 암만해도 위태롭다고 느꼈던지 종수가 제지를 했다.

"으째서 노래도 못 불러? 서천으로 경문 가지러 가는 놈은 가고 동네 큰애기한테 장가드는 놈은 드는 것이여, 젠장. 으야 으야, 성묘상에 달구똥, 으야 으야. 물크덩덩 달구똥, 으야 으야. 달구세끼도 킬라먼, 으야 으야. 저런 닭을 키어라, 으야 으야."

양문이 가족들은 이쪽으로 곱지 않은 눈을 돌렸다. 제물을 거진 진설했다. 절을 하려는 차례였다.

"야! 성묘하는 것 구경 못했냐? 우리는 노래나 부르자. 자, 문길이, 또 전우의 시체. 으야 으야, 전우의 시체를 넘고 넘어."

그러나 문길이 이외에는 얼른 따라 부르지 않았다. 둘이는 동네가 떠나가라 악다구니를 썼다. 평식이는 이놈 저놈 손을 잡아끌어 들였다. 하나씩 다시 따라 하기 시작했다. 그러나 아까보다는 소리가 크지 않았다.

"원한이야 피에 맺힌, 으야 으야. 전우야 잘 자라, 으야 으야."

차차 소리가 커지고 있었다. 평식이와 문길이는 목구멍이 찢어져라 악을 썼다. 다른 놈들 목소리도 차차 커져 동네가 떠나갈 듯

했다. 양문이 식구들은 겁에 질린 표정으로 이쪽을 힐끔거렸다.

보다 못한 질천이가 내려왔다.

"어야, 쪼깐덜 조용덜 해!"

못 들은 척 노랫소리가 더 커지고 있었다. 악다구니는 무슨 원한이 정말로 찢어지는 것 같은 가락이었다.

질천이가 문길이 등을 두드렸다.

"어야, 쪼깐 조앵히 해줘!"

질천이도 알아보게 기가 죽어 사정조였다. 문길이는 알았다고 고개를 끄덕였으나 아이들 노랫소리는 더 커지고 있었다. 노래가 한바퀴 끝났다. 그러나 다시 시작하지 않았다. 그래도 질천이 체면은 보아주는 것 같았다.

"순사 온다."

조무래기 하나가 큰길을 건너다보며 외쳤다. 웬 순경이 하나 자전거를 타고 오고 있었다. 모두 눈을 맞댔다. 다른 데서 순경은 예사지만 여기서는 달랐다. 이 산골까지 순경이 올 때는 꼭 그만한 일이 있어야 오기 때문이었다. 더구나 오늘은 추석이었다.

아이들이 동그란 눈을 하고 보고 있는 사이, 순경은 마을 동구에 이르러 거기 놀고 있는 조무래기들에게 무엇을 묻고 있었다.

"이 동네 양서운이라고 왔지?"

아이들은 전혀 못 들은 이름이라 뚤렁한 눈으로 서로를 쳐다보았다.

"서울서 식모 살던 양서운이라고 어제 안 왔어?"

"아! 써운이."

아이들은 이제야 알았다는 듯이 아 소리를 길게 빼며, 그것이 써운이지 어디, 서운이냐는 투로 겁먹은 속에서도 알은체를 했다.

"써운이? 뭣이 써운해서 써운이야?"

순경은 좀 일그러진 표정으로 핀잔이었다.

"아들 지달렀다가 딸 났다고 써운해서 써운이라요."

한 놈이 좀 되바라지게 나섰다.

"집에 왔지?"

"우리는 아직 보지는 못했는디, 엊저녁에 늦게 집에 왔다고 합디
다."

"집이 어디냐?"

"텃골양반 딸인디, 저그 저 지붕에 꼬치 널려 있는 집 있지라우?
그 집이여라우."

순경은 조무래기들을 자전거 뒤에 달고, 동네 사람들이며 양문
이 가족들까지 지켜보는 가운데 텃골양반 집으로 들어갔다.

정자나무 밑에 몰려 있던 젊은 축들의 눈이 선찬이한테로 쏠렸
다. 선찬이는 무슨 일인가 좀 겁먹은 표정으로 자기 작은아버지 집
을 향했다.

순경은 텃골댁과 잠시 이야기를 주고받는 것 같더니 이내 방으
로 들어갔다. 한참 아무 기척이 없었다.

한참 만에 순경이 나왔다. 써운이도 따라나왔다. 텃골댁이 트렁
크 두개를 내어놓고 있었다. 선찬이는 나오지 않았다. 트렁크 하나
는 순경이 자전거 뒤에 싣고 하나는 써운이가 머리에 였다.

골목에 몰려 있던 조무래기들과 여인네들이 길을 내어주는 사이
로 걸어나왔다. 써운이는 두 눈에 눈물을 뚝뚝 떨구면서 앞을 섰고,
순경은 그냥 덤덤한 표정으로, 벙어리 소 몰고 가듯 말없이 써운이

뒤를 따르고 있었다.

동네 사람들은 멀거니 서서 멀어져가는 써운이를 건너다보고 있었다. 이따금 돌이 발에 차여 넘어질 듯하다가 일어나며 산굽이를 돌아가는 써운이의 모습은 그 화사한 오렌지빛 원피스로 해서 한층 처량해 보였다.

텃골양반이 올 때까지 어물어물하고 있다가, 그냥 이대로 가만히 있을 수는 없지 않느냐 해서, 한참 뒤에 선찬이와 종수가 뒤쫓아갔다.

그들이 지서에 이르렀을 때 순경은 막 도착했던지 본서에 보고를 하고 있는 것 같았다.

그래도 선찬이는 서울서 굴러먹던 가락이 있어, 순경을 따로 불러낸 다음 미리 준비해가지고 온 봉투 하나를 순경 주머니에 찔러주면서, 장물만 찾고 범인은 놓쳤다고 할 수 없겠느냐고 했다.

"훔친 것이 패물 등 적잖이 십오만환 상당인데다, 또 금방 본서로 보고를 해버렸습니다."

"식모 살던 집입니까?"

"그런 것 같습니다."

"부끄러운 이야깁니다마는, 저 애 장래도 좀 고려를 하고 또 저애는 지금 몹시 앓고 있습니다. 어제저녁에는 헛소리까지 하면서 제정신이 아닌 것 같습니다. 여기서 어떻게 처리해버리는 수가 없습니까?"

"서울서 이첩 온 사건인데다 방금 보고를 해버렸다니까요."

"이것은 남의 관할 사건이니까 봐주기로 하면 더 쉽지 않겠습니까?"

306

"본서에서는 국에 보고를 해야 하니까 이런 사건일수록 신경을
더 씁니다."

"그래도 물건만 찾았다면 체면 유지는 되는 것 아닙니까?"

"안됩니다."

안에서 순경을 부르는 것 같았다. 곧바로 호송을 할 모양이었다.

"허허. 망신을 하자면 제 아비 이름도 안 떠오른다고 하더니 어
째서 아까 곧바로 쫓아오지 않고 어물어물하고 있었지? 한발만 빨
랐어도 되는 건데, 에이 참."

선찬이는 주먹을 쥐면서 후회를 했다. 이길로 서울까지 갔다 오
겠다며, 써운이가 타는 버스에 같이 올랐다. 종수는 파리한 써운이
모습을 차창으로 멀거니 건너다보고 있다가 터벅터벅 혼자 돌아
왔다.

12

추석 다음날 아침 다리 일이 시작되었다. 맨 먼저 톱을 들고 앞
장선 것은 질천이였다. 저 작자가 무슨 귀신이 씌어서 저 지랄인가,
동네 사람들은 잠시 어리둥절했으나, 무슨 귀신이 씌었건 지랄도
참지랄이니 덕석을 깔아줄지언정 말릴 법은 없었다.

종수는 종수대로 머루 먹은 속이 있어, 시치미를 따고 나무를 베
는 일이며 다리를 헐어내는 일 등 일가닥을 추려 이장답게 일을 채
근하고 있었다.

질천이는 어제저녁, 중간에 외불이를 넣어 저 아래 바우박이

논 흥정을 해왔었다. 양문이 묏등의 혈이 뭉쳤다고 종수 아버지가
6·25 때 떨어버리려다 일을 당한 문제의 바위가 박힌 논이었다. 물
론 양문이가 시켜 질천이가 그렇게 나선 것이겠는데, 그 논 서마지
기에 다섯마지기 값을 주겠다고 나오고 있었다. 전에도 한번 말이
있었는데 물론 거절을 했었지만, 그때는 한마지기 값을 더 얹겠다
고 하더니 이번에는 덤이 두마지기로 늘어난 것이다.

　이야기를 쉽게 하자면 평소 종수하고 가까이 지내는 외불이라야
하겠던지, 닭 사건으로 어제 그렇게 눈에 불을 켰던 외불이를 어느
새 구슬려서 중간에 넣어왔었다.

　종수는 그 이야기를 듣자 잠시 어리둥절하지 않을 수 없었다. 양
문이가 이토록 집요하게, 더구나 논을 두마지기토록 덤을 얹겠다
고 나오는 것을 보면, 풍수설이 황당무계한 것이든 어쩌든 양문이
가 저 바위를 그렇게까지 끔찍하게 생각하고 있는가 하는 것이 새
삼 놀라웠고, 양문이가 저 바위를 아낀 만큼 그때 자기 아버지를
살해한 것이 양문이라는 확신이 더 굳어지기 때문이었다. 선찬이
의 출현으로 종수는 이 동네에 무언가 어두운 그림자가 다가오고
있는 것 같은 막연한 두려움을 느끼고 있었는데, 양문이도 늙은이
의 육감으로 그런 불안을 느꼈음에 틀림없는 일이었다. 그런데 그
런 양문이의 불안이 저 바위로 구체화되어 이렇게 나타나고 있다
는 것에 종수는 긴장을 느끼지 않을 수 없었다.

　어제 성묘 왔을 때 양문이는 이번따라 한층 초췌하고 맥이 없어
보이는 얼굴로, 동네 아이들이 기세를 올려 노래를 부르는 것을 힐
끔힐끔 건너다보며 어딘가 초조하고 불안한 모습으로 묏벌을 서성
거리고 다녔었는데, 그러니까 젊은 놈들의 그 억센 기세를 자기 묏

등과 관련시켜 위태롭게 느꼈는지 모를 일이었다.

사실 어제의 그 목이 찢어질 것 같은 악다구니는 한번 그래보는 단순한 기분이 아니었던 것도 사실이었다.

그것이 양문이 쪽에서도 단순하게 보였을 리가 없었다. 전에는 별로 눈에 띄는 것 같지 않던 놈들이 갑자기 한 떼가 나타나서, 양문이 위세 따위는 아랑곳없이 그렇게 소리를 높여 악다구니를 쓰고 있었으니, 다른 사람들은 몰라도 평소에 이 묏등으로 해서 항상 마음을 놓지 못하던 양문이로서는 그들의 그 혈기가 불안하게 느껴졌을 것임에 틀림없었다.

그런데 그 불안이 결국 이 논 이야기로 나온 것이라면, 양문이가 가장 꺼림칙하게 생각하고 있는 것이 종수 아버지 사건이라는 이야기가 되는 것이다. 종수는 애써 외면하고 있는 사실에 자기의 얼굴을 똑바로 돌려놓으려고 하는 어떤 검은 손길 같은 것을 느꼈다. 그것은 이따금 꿈속에서 환청 비슷하게 들리는, 자기 아버지가 자기를 부르는 것 같은 그런 목멘 부름 소리 같은 것이었다.

"두고 생각해봅시다."

종수는 이 일 자체를 깊이 생각하고 싶지가 않았기 때문에 이렇게 어정쩡한 대답을 하고 말았다. 듣기에 따라서는 반승낙 같기도 하고, 또 그만큼 선선하게 들릴 법도 했는데, 외불이가 질천이한테 어떻게 말을 전했던지 오늘 아침 일찍 질천이가 톱을 들고 왔던 것이다. 종수는 잠시 어리둥절했다. 지난 회의 끝이 그 꼴이어서 다리 일은 이미 포기를 하고 있었는데, 그렇게 험한 소리로 막말을 하고 나왔던 질천이가 되레 그 일을 하자며 선봉장 투구 쓰듯 톱을 들고 이른 아침부터 설치고 나오니 어리둥절하지 않을 수 없었다.

"지난 회의 때는 무단한 일을 가지고 옆에서 속을 콕콕 쑤셔오는 바람에 마음에 없는 소리를 하기는 했네마는, 내가 어디 시살 묵은 어린애기라고 속까지 그랬을 것인가? 그래서 어지께 나는 나대로 양문이한테 말을 해가지고 나무를 지등가슴으로 두주나 얻어놨네. 동네 다리 형편이 보시다시피 저렇게 되었다고 말을 했등마는, 이 양반이 말이 떨어지기도 전에 그러니 마니 해야고 나무를 필요한 대로 비어다 쓰라고 허데. 그래서 두주면 되겠다고 했는디, 이럴 때 본다 치라면 그 양반 속 쓰는 것이 우리 같은 사람하고는 천지차이여. 하여간 어서 자네가 나서게. 잣것, 나부텀 나서서 나무를 빌라네."

질천이는 맹물에 홀딱 취해가지고 한껏 속이 너른 체 한바탕 호들갑스럽게 너스레를 떨었다. 그러나 종수는 얼른 내키지 않았다. 초장부터 티격이 붙었던 공사인데다, 질천이가 저렇게 덩덩하고 나대는 것도 속에는 딴 오쟁이를 차고 선무당 깨춤인 것이 뻔한데, 이쪽 속은 따로 두고 있으면서 그 장단에 고개를 끄덕이고 나선다는 것이 떨떠름했기 때문이다.

종수는 질천이의 성화에도 얼른 결정을 내리지 못하고 있다가 한참 만에 결단을 내렸다. 제 놈이야 속에다 오쟁이를 찼건 갈고쟁이를 찼건 처음부터 이쪽에서 그렇게 농간을 부리기로 작정한 일이 아닌 바에는, 건물에 취해서 자기야 말똥을 밤알로 알고 주워 담든지 말든지 북단 거둥에 망아지가 떨군 말똥 괘념까지가 당할 소리냐는 배짱이 섰기 때문이었다.

"가서들 나무부터 빕시다!"

종수는 자기도 톱을 들고 나섰다. 처음에는 좀 어리둥절했던 동네 사람들이, 일이 어우러지자 모두 제 일같이 신이 나서 앞을 다투었다. 그러나 종수는 일을 하기는 하면서도 안아팎으로 여러가지 꼬여드는 생각에 요강 뚜껑으로 물 떠먹는 것같이 꺼림칙한 기분이었다.

"나머지 사람들은 가서 다리를 헐어내시요!"

종수는 되도록 딴생각을 그렇게 뭉개버리기라도 하듯, 이리저리 바쁘게 뛰어다니며 일을 채근했다. 문길이와 평식이까지 나서서 일을 거들었다.

"양쪽 석축도 다 헐어내고 다시 싸사 쓰겄어. 가운데다 지등 나무를 세운다고 하기는 하제마는, 다리가 저것이 짐 실은 구루마까지 떠받칠라면 양쪽 석축이 우선 단단해사 쓸 것인디, 저로크롬 씨언찮은 석축에다 다리를 걸쳐논다 치라면 그것이 땅나구 등걸이에 기차 화통 짊겨논 것이제 뭣이겄어?"

판돌이가 이런 일에야 이 동네서 나 내놓고 또 누가 있느냐는 가락으로, 제법 뒷짐까지 끼고 서서 알은체를 했다.

"저 석축을 다 헐어내고 새로 싸사 쓴단 말이여?"

"배부른 돌담이란 소리 못 들었간디, 보면 몰라서 묻고 있어?"

뭣을 알아 참견이냐는 투로 튀겼다.

"저것이 배가 불러도 저절로 부른 밴디, 자네 솜씨 자랑하자고 생담을 헐고 새로 싸자는 소리여?"

"허허. 저것이 지절로 부른 배건 생으로 부른 배건, 저로크롬 아홉달 반 된 애기 어매 같은 담에다 다리를 걸쳐논다 치라면, 새로 논 생다리까지 저절로 무너져!"

"이것이 하루 잡고 시작한 일인디 그러다가는 하루가 열두나절이라도 어디 해전에 일 끝나겄어?”

“일을 하기 나름이제 지금 사람 수가 몇이간디, 이것이 걸리면 몇나절이 걸린다고 시작도 안해보고 기기부텀 하는고?”

“맘으로사 만리장성도 하루아침이제.”

“이왕 손댄 것 단단히 하게 판돌이 말대로 석축을 헐어!”

곰영감이 티격 판을 깨고 나섰다.

나무가 베어져 날려왔다. 베어오는 족족 옹이를 다듬고 껍질을 벗기고, 일이 제대로 손이 맞아 돌아갔다.

“아야, 차곤아, 너 이 팽나무 이것 안 닐라고 빼비작그래쌓등마는, 이것을 비어다놓고 본게 아무리 보아도 이것이 나무 구실 할 것 같지 않다. 아랫도리는 수퉁다리에다 웃도막은 참새다리가 되아논게 지가 손을 뻗어가지고사 포도시 다른 놈하고 같이 한질인디, 요것이 여그 찌어봤자 난쟁이 교자꾼 참여제, 다른 놈하고 어뜨크롬 심을 같이 쓸 것이냐?”

“잣것이 검을라면 얽지나 말랬더라고, 키도 키제마는 꼬부라지기도 이것이 꼭 사나쿠 날 풀어논 것맨키로 밸밸 돌려감시롱 꼬부라져놔서, 이것을 어뜨크롬 눕혀사 다른 놈하고 궁합을 지대로 맞춰 눕힐 것인고 남생이 등걸이 맞추기겄어.”

“나무를 볼라면 똑똑히 보고 말을 해도 해! 전에 어뜬 미련한 놈이 옹구전에 옹구를 사러 가서 말이다, 그런게 꼭 느그덜 같은 놈들이었던 모양인디.”

차곤이는 나무 다듬던 손을 잠시 멈추고 차근히 이야기를 늘어놓고 있었다.

“이 독아지는 주둥이가 없네. 어어? 밑에는 또 구먹까지 꼭 아가리만하게 뚫렸고마. 천하에 어뜬 미련한 놈이 이런 독아지를 다 맨들었으까, 이러고 가더란다. 그런께 그 잭인이 독아지를 엎어논 대로 보고 한 소리여. 엎어논 독아지를 그대로 본다 치라면, 욱에는 주둥이가 없고 밑에는 또 아가리만하게 구먹이 뚫렸을 것 아니냐? 인자 먼 말인지 쪼깐 알어묵겄냐? 몽망골 쥐똥나무도 뱁새 앉는 디는 지도 한몫이고, 굽은 나무는 안장감, 꺾인 나무는 질매감, 나무 생긴 것을 놓고 씀씀이를 지대로 보고 나서 말을 해도 해라. 내 말이 시방 먼 말인지 알겄냐?”

“아무리 뜯고 맵슬러보아야 생기기를 저로크롬 생긴 것이면 낮에 보아도 낫자루, 밤에 보아도 밤나무고, 별스럽게 던져보았자 지가 마름쇠제, 저것이 다리 놓는 디사 어디다 쓸데가 있다고 시방 타령소리가 그로크롬 요란스럽냐? 어디 말을 한번 해보아!”

“손에다 쥐어 모셔야 알겄다는 이애기구나. 지둥이다, 지둥! 알아볼 만한 사람들은 다 알아볼 만한 눈이 있어서, 치사받고 잘려온 나무를 놔두고 들봇감으로 이빨 새다구 쒸실 궁리만 하고 있으니 그놈의 궁리가 터지겠냐? 아이고, 밥이 죽었은께 너 같은 놈덜 입으로 넘어감시롱도 아이야 소리를 않고 고이 넘어간다. 끌끌.”

“뭣이 으째? 저것을 지둥으로 써? 존 다리 한나 베리네. 넥구다이에 지겟작대기를 짚어도 분수가 있제, 저것으로 지둥을 해? 하하하.”

“아야, 저그 끄집어내논 헌 지둥을 한번 구경을 해봐라. 물에 잠겼던 아랫도리가 썩어분 것은 보이지야? 그 자리에 저 수통다리가 들어가서 착 앉아논다 치라면 얼마나 오래가고 실하겄냐? 아까 넥구다이 타령을 했는디, 실하면 그만이제, 나무 다리가 넥구다이를 차면 얼마나 알량하게 찰 것이여, 응?"

"같은 값인다 치라먼 다홍치매여."

"허, 꼭 그쪽으로 말을 하기로 한다 치라먼 저것이 다홍치매는
또 아니간디? 잘 봐라. 느그덜 눈에는 그것이 지대로 보일란가 모
르겠다마는, 화초밭에 괴석(怪石)이라는 말은 원래 이런 데다 쓰라
고 있는 말인께 잘 뜯어봐."

한바탕 웃음판이 벌어졌다.

저쪽에서는 저쪽대로 판돌이를 붙잡고 시비가 벌어져 웃음판이
었다.

"어야, 폰돌이! 시방 자네 쥐 달걀을 궁글리고 있는가, 굼벵이 천
장(遷葬)을 하고 있는가? 독덩어리 한나를 붙들고 시방 몇나절을
뙤작거리고 앉았어? 그러고 있다가는 섣달이 열두개라도 시 안에
는 일 못 끝나게 생겼네."

"드문드문 걸어도 황소걸음인께 가서 이녁 일이나 해!"

"황소? 자네 심 쓰는 것 본다 치라먼 삶은 황소가 웃다가 꾸레미
찢어지겠네."

"장수가 뚝심으로 싸우간디? 그러먼 기운 시다고 소가 왕 노릇
하게?"

"뚝심으로 안 싸우먼 그 알량한 독 쌓는 디 장수 따로 있고 쫄병
따로 있고 한단 말이여?"

"굼벵이가 궁그는 디도 다 지 질속이 있대끼 다 질속이 있는 것
인께 굿이나 보고 있다가 떡이나 얻어묵어. 밀개떡도 안팎이 있고,
뻗어가던 개똥참외도 다 열매를 앉힐 때는 자리를 보아서 앉히는
것인디, 사람이 건너댕길 다리를 놈시롱 미친놈 장기 뒤대끼 아무

데나 독을 처박았다가 내중에 다리가 무너지는 날에는 누 다리가 부러질 것이여?"

"석수쟁이는 눈 깜작부텀 배운다는디, 척 보먼 몰라서 뙤작거려도 그로크롬 뙤작거리냔 말이여. 솜씨 자랑에 침이 마르글래 그런가부다 했등마는 오늘 본께 그것이 말짱 헛소리였그마. 허허허."

"이놈의 다리가 무너질 때 꼭 자네 혼자 다리만 부러지고 말 것 같으먼 한번만 뙤작거리고 놓겄네마는. 하하."

"그래도 쥐둥이 한나는 살아서. 아이고, 저놈의 쥐둥이가 솜씨라먼 폴쎄 일 끝났겄네."

모두 배를 쥐고 웃었다. 그래도 역시 판돌이 솜씨가 솜씨여서, 판돌이 손이 간 데라야 돌덩어리가 제대로 아귀를 물고 제자리에 앉았다.

그때 해룡이가 뒤뚱거리며 내려오고 있었다.

"해룡이도 오는가? 쪼깐 늦었네마는 어서 오소. 시방 내가 아무리 수를 시어봐도 동네 사람이 한나가 부족하글래 어뜬 되다가 만 작자가 동네일에 찌라시를 났는고 하고, 그 작자를 찾아내기만 찾아내먼 우선 귀싸대기부텀 허천나게 한대 올려붙여놓고 말로 따져도 따질라고 했등마는, 그러고 본께 내가 자네를 몰라보고 그로크롬 성급하게 생각을 했었네. 용서하게."

"하항."

해룡이는 입침을 흘리며 웃었다.

"그런디 어야, 해룡이. 시방 누구보담도 자네 건너 댕길 것을 생각하고, 폰돌이가 바우덩어리 한나를 가지고 한나절썩 뙤작거림시롱 실하게 놓기는 논다고 논다네마는, 그래도 다리가 지대로 질이 날 때까지는 쪼깐 살살 밟아 댕기소. 석축에다 또 지둥나무 받친 것만 생각하고 맘놓고 뒤뚱거렸다가는, 이것이 폭 내려앉는다는 소리가 날 판인디, 그로크롬 되고 보면 동네 사람들이 이로크롬 심을 들여서 해논 일이 말짱 헛일이 아니겄는가? 그런께 자네는 오늘 일을 거들 생각은 말고 내중에 그것이나 조심하면 오늘 백번 거든 것보담도 그것이 더 큰 부조겄네.”

“흐흥, 내 걱정 말고 양산양반이나 술 자시고 올 적에 조심하시요. 으흐항.”

모두 허리를 쥐고 웃었다. 양산양반 전방호가 얼마 전에 술을 마시고 오다가 이 다리에서 떨어진 일이 있었기 때문이다.

막걸리가 나왔다. 풋김치에, 그래도 추석 뒤라 몇가지 산나물까지 먹음직스럽게 안주가 나왔다. 동네 사람들 익살은 술판이 되자 한층 흥겨웠다.

점심을 먹고 나와서 석축이 거진 쌓여 올라갈 즈음이었다.

“오빠, 오빠!”

추석 옷을 곱게 입은 끝심이가 악을 쓰며 구르듯 달려오고 있었다. 모두 놀란 눈으로 손을 멈추었다.

“아부지가, 아부지가……”

죽었다는 것이다. 동네 사람들은 서로 돌아보았다. 몽망골 바위에서 발이 미끌려 죽었다는 것이다. 해룡이는 벼락 맞은 소처럼 멍청하게 서 있다가 어엉 울음을 터뜨리며 달려갔다. 네 활개를 휘저으며 요란스럽게 달려가고 있는 해룡이의 뒷모습을 자랏골 사람들은 한참이나 건너다보고 있었다.

“하던 일인께 이 일은 그대로 하소.”

곰영감이 한마디 남기고 곰처럼 어슬렁어슬렁 뒤를 따랐다. 문길이도 저만치 해룡이를 앞질러 달려갔다. 낙지발 같은 네 활개를 요란스럽게 휘둘러도 보통 사람 걷는 것밖에 되지 않는 해룡이의 모습이 오늘따라 한결 처참하게 보였다.

"일을 이로크롬 벌려놓고 말 수는 없은게 이 일은 일대로 끝을 맺어사 쓰겄소. 꼭 가보시고 싶은 분이 있으면 가보시고 나머지는 그대로 일을 얼른 끝냅시다."

종수가 아까 곰영감이 하던 대로 말을 했다. 웃음판이던 일판이 금세 침울해져버렸다. 같은 동네, 더구나 이 비좁은 산골에서 같이 살던 사람이 죽었으니 섭섭한 마음이야 누구라고 다를 것이 없는 일이지만, 해룡이 아버지 병만씨에 대한 자랏골 사람들의 감회는 유독 착잡했다.

화려하다면 그렇게 화려하달 수가 없는 젊은 시절을 보내기도 한 사람이지만, 또 그처럼 비참한 말년을 보낸 사람도 없을 것이다. 그는 일생을 거의 사냥으로 보낸 사람인데, 한때는 개를 열여덟마리나 거느린 호화판 사냥꾼이기도 했으나 말년에는 저 어쭙잖은 해룡이 거지 바랑에 목구멍을 얹혀살았으니 기구한 일생이었다.

옛날 3·1운동 때 똥 사건으로 경을 한번 치고 나서는 다른 일에는 전혀 염이 없고 사냥에만 미쳐 돌아다녔다. 지리산이나 오대산, 멀리는 강원도까지 짐승을 쫓아다닌다고 했다. 오소리나 너구리 같은 굴 사냥이 전문이었지만, 곰이나 멧돼지 같은 큰 짐승을 잡아 재미를 보기도 했다. 그렇게 한 철씩 쏘다니다 집에 올 때는 더러 목돈을 쥐고 와서 논밭을 장만하기도 했다.

그는 항상 앞뒤로 예닐곱마리의 개를 거느리고 손에는 총이 아니라 창을 들고 다녔다. 그가 개를 열여덟마리나 거느렸던 것은 해방된 뒤의 일로, 모두가 해방 덕분이었다. 일본 사냥꾼들이 몸만 빠져나가면서 사냥개를 거저 떠맡기기도 했고, 더러 욕심나는 것이 있으면 거의 공짜나 다름없이 사들이기도 했기 때문이다. 굴 사냥에 알맞은 진돗개가 태반이었고, 만주종이라고 키가 큰 놈도 있었다.

동네 사람들은 그가 젊었을 때 꼭 한번 총을 가지고 다니는 것을 본 적이 있었으나, 강원도에서 크게 오발사고를 내고 난 뒤부터는 총을 가지고 다니지 않는다고 했다. 구할 생각만 있었다면 일본 사람들이 들어갈 때 얼마든지 그것도 구할 수 있었겠지만, 욕심 사납게 개만 그렇게 구해들이면서도 총에는 마음을 두지 않는 것 같았다. 옛날에는 없거나 귀했으니까 그랬겠지만 요새 사냥꾼치고 총을 가지지 않은 사냥꾼이란 화물차 시대에 지게 지고 다니는 것에 비겨 다른 것이 없겠는데, 그는 끝내 총을 갖지 않았다. 자기 아버지처럼 동네에 들어와도 동네 사람들과 별반 이야기하는 법도 없고, 그저 창을 메고 개를 거느리고 호젓하게 혼자 산으로만 쏘다니며 산속에서 살았다.

더러 마을에 들어왔다 나갈 때, 촉기가 팔팔한 열여덟마리의 개를 앞뒤로 거느리고 창을 메고 나서는 그의 모습은 수천 군사를 거느리고 출전하는 장수의 위풍에 비겨 조금도 손색이 없었다.

그러니까 그의 사냥은 꼭 짐승을 잡아 돈을 벌자는 것이 목적이라기보다도, 그렇게 개를 거느리고 산에 묻혀 개와 얼려 살아가는 것이 목적이었는지도 모를 일이었다. 짐승을 만나면 개와 사람이 한덩어리가 되어 그것을 잡아 나누어 먹고 날이 저물면 또 개와 사람이 한덩어리가 되어 바위 밑에서 잠을 자고, 그렇게 살아가는 것이 그대로 그의 생활이었다.

그러나 그런 생활도 해방이 되고 나서 얼마 후 사실상 막이 내리고 말았다. 세상이 좌우로 갈려 어수선하더니 빨치산들이 산을 차지해버리자 보금자리를 빼앗긴 그는 물 밖에 난 고기처럼 집에 틀어박히고 말았다. 이따금 자랏골 안통에서 노루나 오소리 몇마리씩으로 사냥 명맥을 유지하고 있었으나, 그것은 접시물에서 물고기가 숨을 할딱거리고 있는 꼴이었다. 산을 잃은 사냥꾼이란 물 떠난 고기고 하늘 잃은 새여서, 발목 묶인 짐승처럼 집에 틀어박혀 있는 그의 꼴은 그에 더 추렷하고 맥이 빠져 보일 수가 없었다.

열여덟마리의 개 식구만으로도 살림에 멍이 들기 시작했다. 이렇게 다리 부러진 장수처럼 개를 놓아먹이고 있던 그가 마지막 기막힌 사냥 솜씨를 동네 앞산에서 보인 적이 있었다. 그 한번의 기막힌 사냥으로 그의 화려했던 사냥꾼 생활도 영영 막이 내리고 말았는데, 6·25가 나던 해 여름, 전쟁이 한창 밀려오고 있을 때였다. 자랏골 사람들 과장으로는 집채만한 멧돼지 한마리를 앞산에서 눕혔는데, 그 자리에서 각을 내어 다리 하나씩에 장정이 두 사람씩이나 달라붙어서도 땀을 뻘뻘 흘리며 떠메고 내려왔으니까 집채만하다는 과장이 그렇게 심한 것은 아니었다. 촘촘히 달아보면 육백근은 되었을 놈이었다. 그의 발목에는 전에 맞은 엽총 탄환이 그대로 살 속에 아물어 있을 정도의 엄청난 놈이었다.

해룡이 아버지는 난리가 몰아온다는 소리를 듣자, 세상이 어쩌는 것과는 다른 관심에서 사냥꾼으로서의 신경을 곤두세우고 있었다. 그런 짐승도 총소리나 폿소리에 놀라 도망칠 데까지는 도망을 쳐온다는 것이다. 그러니까 그는 전국을 사냥판으로 생각하고 그

목을 지키고 있는 셈이었다. 그때는 얼른 믿기지 않는 소리였으나 이 근방에서는 보지도 듣지도 못한 크기의 그런 멧돼지를 잡았으니 역시 사냥꾼다운 예언이었다.

　어느날 아침 느닷없이 개 짖는 소리가 산을 뜯었다. 얼핏 앞산을 건너다본 자랏골 사람들은 처음에는 그것이 무슨 검정 소가 아닌가 했다. 그런데 자세히 보니 소가 아니라 그만한 멧돼지가 아닌가. 그놈을 쫓고 쫓기는 개들은 쥐새끼만하게 보였다. 동네 사람들은 저것들이 어쩌자고 저 엄청난 놈한테 저렇게 덤비는가, 저러다가는 필경 멧돼지한테 물려 죽고 말 것 같아 가슴이 조였다. 그런데 찬찬히 보니 무작정 짖고 다니는 것이 아니라, 저것들이 짐승일까 싶게 일사불란한 작전을 펴고 있었다. 멧돼지를 가운데다 두고 사방 네 패로 갈라 짖어대고 있었는데, 약이 오른 멧돼지가 그중 한쪽으로 쫓아가면, 그쪽 놈들은 거미새끼들 흩어지듯 흩어지며 죽어라고 도망을 쳤다. 개들이 가시덤불 같은 데만 골라 도망을 쳤는데, 몸집이 큰 멧돼지가 그런 데를 헤쳐나가다 나면 개를 저만치 놓치고 말았다. 그러면 또 뒤에 달려드는 놈들을 쫓아갔다. 그러나 몸을 돌리고 보면 그 큰 몸집을 돌리는 사이 또 개들은 저만치 달아나고 있었다. 약이 오른 멧돼지는 그중 한 놈을 잡겠다고 비호같이 내달으나, 또 가시덤불 속으로 뛰어 들어가는 통에 어쩌지 못했다. 멧돼지는 몸집이 큰 만큼 달리는 속도는 무서웠으나, 개들의 그런 앙증스럽고 날랜 동작에는 당해내지 못했다. 그러는 사이 병만 씨는 저만치 몸을 숨기고 구경만 하고 있었다. 이렇게 거진 한나절이나 쫓고 쫓기는 실랑이가 계속되었다. 결국 멧돼지가 지치고 말았다.

멧돼지는 개들을 포기하고 그대로 도망을 치기 시작했다. 개들이 아무리 가까이 쫓아가며 엉덩이를 물듯이 짖어대도 멧돼지는 그것을 전혀 상관하지 않고 제 갈 길만 찾아 죽어라고 도망을 치고 있었다.

멧돼지 사냥에는 이것이 한 고비로, 이 고비만 넘기면 그 멧돼지는 이미 잡아놓은 것이라 생각해도 된다는 것이다. 개들은 마치 소라도 몰고 가듯 양옆과 뒤에 붙어 짖어대며 따라가고 있었다. 병만씨도 따라가고 있었다. 그러나 개들은 멧돼지를 쫓아가면서도 그냥 자기들만 쫓아가고 마는 것이 아니라, 주인한테 연락을 하면서 따라가고 있었다. 마치 전봇대처럼 늘어서서 주인에게 자기들의 방향을 가르쳐주며 달리고 있는 것이다.

저녁 술참 때가 되었을 때 멧돼지는 다시 동네로 들이닥쳤다. 개들이 몰고 온 것이다. 이제 멧돼지는 기진맥진하여 개들이 마음대로 방향까지 조종하고 있는 셈이었는데, 나중에 병만씨의 말을 들어보면, 먼 데서 창질을 해놓으면 집에까지 가져오기가 힘들기 때문에 제 발로 걸려 그렇게 제자리까지 오게 한 것이라고 했다.

병만씨는 소나무 밑에 목을 잡아 기다리고 있었다. 창질을 할 모양이었다. 멧돼지가 그 앞으로 지나갔다. 그대로 멧돼지 옆구리를 향해 창이 날아갔다. 창을 맞은 멧돼지는 한번 후닥닥 뛰는 것 같더니 무서운 속력을 냈다. 그러나 얼마 못 가 몸이 비틀거렸다. 옆구리에 찔린 창이 나뭇가지에 걸려 창자를 휘저은 것이다. 멧돼지는 그래도 달려갔다. 그러나 도랑을 건너려다가 거기 대가리를 처박고 다시 일어나지 못하고 말았다.

동네 사람들이 쫓아갔다. 늘어져 누워 있는 것을 보니 크기가 더 엄청났다. 송곳니가 거의 한뼘이나 되었고, 앞발 한쪽에 혹 같은 것이 붙어 있어, 병만씨가 칼로 거기를 후벼보니 엽총 탄환이 삐져나왔다. 옛날에 발목에 맞은 것을 그대로 싸안아 아물어버린 것이다. 병만씨도 혀를 내둘렀다. 이 멧돼지는 여태 자기가 잡은 것 중에서 제일 큰 놈이라고 했다.

이 사냥을 마지막으로 그의 사냥꾼 생활뿐만 아니라 그 인생도 사실상 막을 내린 셈이었다. 사냥은 못하고 개만 놓아먹이자니 사람 입보다 개 입이 더 억세어서, 일년 농사지은 것 개하고 같이 먹다 나면 제대로 해도 넘기지 못해서 고구마까지 바닥이 나고 말았다.

개를 한마리씩 팔기 시작했다. 토끼가 죽으면 사냥개를 삶는다는 야박한 인심에서가 아니라 논까지 몇마지기 개 입으로 넣고 난 다음이라, 입을 줄이지 않고는 사람과 개가 같이 굶어 죽게 될 판이었다. 병만씨는 그렇게 개를 한마리씩 남의 손에 넘길 때마다 팔다리가 잘려나가는 것 같은 아픔에 자식 잃은 아비의 넋 나간 꼴이 되었는데, 그때부터 사람이 차차 멍해지기 시작했다.

겨울 사냥이라도 할 때면 바위틈에 끼어 서로 살을 비비고 같이 체온을 나누면서 밤을 지새우던 정분이란, 사람끼리의 친살붙이에 비겨 덜할 것이 없던 것이어서, 그것들이 하나하나 자기 곁에서 떠날 때마다 자기의 인생이 그렇게 발아가는 것 같은 허망을 느끼는 것이었다.

그런 나날을 보내고 있을 무렵, 어처구니없는 사건이 벌어졌다. 밖에 나갔던 해룡이가 피투성이가 된 얼굴을 싸안고 악을 쓰며 들어왔다. 양문이 말한테 귀를 뜯겼다는 것이다. 그의 눈에는 단박 불이 켜졌다. 마루 귀퉁이에 세워뒀던 창을 낚아 들고 뛰어나갔다. 주인의 이런 심상찮은 거동에, 마당에 늘어져 있던 개들도 병만씨 앞뒤로 펄펄 날뛰었다. 날마다 마당에 늘어져 낮잠이나 자고 있던 개들은 눈과 귀에 번갯불 같은 촉기를 번득이며 컹컹 짖고 내달았다. 주인의 명령 하나면 불 속에라도 뛰어들 사냥개들이었다.

선불 맞은 멧돼지처럼 눈에 불을 켜고 내닫는 주인의 앞뒤를 싸고 여남은마리의 개들이 컹컹 살기를 번득이며 내달았다.

말은 한가롭게 양문이 뒷벌 한쪽에서 수박껍질을 주워 먹고 있었다. 미친 듯이 달려온 병만씨의 손에서, 아차 할 새도 없이 창이 날았다. 퍽 소리를 내며 창이 호마의 배때기에 꽂히고 말았다.

느닷없이 창을 맞은 호마는, 흐흥 비명을 지르며 앞발을 들고 하늘로 훌쩍 뛰어올랐다. 흐흥, 악을 쓰며 호마는 금방 미친개가 되어버렸다. 창 맞은 호마는 선불 맞은 멧돼지에 비길 바가 아니었다. 들로 산으로 미친 듯이 내닫고 있었다. 창자루가 나뭇가지에 걸려 창자를 휘저을 때마다 미친 소리를 지르며 더 험하게 날뛰었다. 그렇게 호마가 뛰어다니는 뒤를 사냥개들은 마구 짖어대며 따라다니고 있었다. 도대체 이것은 너무도 어처구니없는 일이었다. 양문이나 자랏골 사람들은 너무도 갑작스러운 일에 모두 넋이 나가 있었다. 그렇게 넋들이 나가 보고 있는 속에서 호마는 얼마를 뛰어다니다가 전에 병만씨 창을 맞은 멧돼지가 그랬던 것과 똑같이 도랑을 뛰어넘다가 그대로 고꾸라져 다시 일어나지 못하고 말았다. 개들이 거기 몰려 요란스럽게 짖어대고 있을 뿐이었다. 죽은 말을 보고 짖어대는 사냥개들의 컹컹 소리는 자랏골 안통에 공허한 메아리를 울리고 있었다. 그 공허한 소리는 어쩌면 주인의 허망한 창질을 짖는 호곡 같기도 했다.

논밭은 물론 개까지 팔아 양문이 말값을 물어주고, 완전히 거지 신세가 되어 동네 뒤에 움막을 짓고 나앉았다. 그래도 발에 익은 것이 산이라 군자 말년에 배추씨 장사로, 약초도 캐고 뱀이나 지네 같은 것을 잡아 욕된 목구멍에 근근이 풀칠을 하며 살아갔다. 그래도 마지막 남은 구마라는 개 한마리가 그의 뒤를 추렷하게 따르고 있었다. 그 구마는 모든 사냥개들 가운데서 늘 대장이었는데, 그런 사나운 사냥개답지 않게 사람들한테는 어찌나 순하던지, 남의 집 어린애들이 집에 놀러 와서 등에 올라타도 가만히 있을 정도였다. 그래서 그 개는 병만씨뿐만 아니라 온 동네 사람들의 귀염을 받았다.

근래는 해소에다, 무슨 병인지 모를 속병까지 겹쳐 항상 움막에 틀어박혀 있다가 이따금 집 근처를 서성거리는 것이 동네 사람들 눈에 띄었는데, 초가을 화창한 날씨에 끌려 산에 올라갔다가 실족을 한 모양이었다.

궂은일에는 역시 피붙이라 곰영감 집에서 출상 준비를 했다. 아무리 들고 난 초상이지만 그래도 형제간이 있다보니 살아 있는 형제간의 체면 때문에라도 거짓말일망정 갖추어야 할 격식은 어지간히 갖추어야 했기 때문에 이것저것 할 일이 많았다.

곰영감은 해룡이 식구들 때문에 속도 무던히는 썩였다. 처음 한두해는 곰영감 집에서 먹을 것을 거진 대었지만, 자기들도 빠듯한 살림에 언제까지 그럴 수는 없는 일이라 언제부터인가는 자기들도 제 살길을 찾아야 할 것이어서, 어떻게든 사는 데까지는 살아보라고 놔두었던 것이다. 그러나 이런 일을 당하고 보니 모든 것이 형제간 일로 돌아오고 말았다.

제대로 격식을 차리자면 택일도 우선 삼일장은 되어야겠지만 자기 것이라고는 빈 오쟁이 하나도 끼고 죽은 것이 없어 움막에서 나올 것이라고는 송장뿐, 막걸리 입가심할 짠 무쪽 하나도 나올 것이 없는데다가, 혹시 비라도 오는 날에는 엉덩이 하나 제대로 들이밀 집 기스락 한 자락도 없는 움막에서 그 알량한 격식 차리자고 송장을 사흘토록 눕혀놓을 수는 없었다.

동네 사람들이 모두 거들어 초저녁에 대강 출상 준비가 끝났다. 관은 곰영감 집에 쓰다 남은 판자쪽이 있어 여기저기 조각을 대어 그래도 대발에 말려나가는 궁색만은 면했고, 수의도 곰영감 집에서 해다가 판돌이가 염을 했으며, 움막 부엌 한켠에 새둥우리같이 영호도 흉내를 내는 등 이것저것 당나귀 찬물 건너듯 대강대강 일을 추렸다.

막걸리 서말을 풀어놓으니 푸짐했다. 낮에 다리 놓던 피로도 있어 나이 먹은 축들은 일찍 들어가고, 종수 또래의 젊은 축들이 모여 불을 지피고 철야를 했다.

"해룡이 자네도 한잔하소."

해룡이는 명색이 상주 주제에 제 것으로 쓴 막걸리 한잔 내놓지 못하고 보니, 제가 윗자리에 앉아서 권해야 할 상주이면서도 상전댁 안방에 들어온 놈처럼 울음도 제 설움대로 마음놓고 울지 못하고 한쪽에 엉거주춤 꾸어온 상주가 되어 있었다.

"자, 쭉 한잔해!"

평식이가 술동이에 사발을 푹 찔러 한잔을 떠주었다. 해룡이는 울음 반, 웃음 반의 얄궂은 표정으로 막걸리 사발을 받아다 입으로 가져갔다. 본시 떠는 손이라 술사발이 입에 가기까지 사발이 사뭇 요동을 치는 바람에 벌써 술이 반은 쏟아지고 있었는데, 그것을 덜 쏟으려고 언청이 굴회 마시듯 들이켜자 코로 절반, 입으로 절반, 또 쿡쿡 사레까지 들었다.

"너무 상심 말게. 산 사람이 걱정이제, 간 사람이사 언제 가도 한 번은 갈 것……"

되레 일찍 간 것이 자네 짐을 안 덜었는가. 이왕 죽으려면 빨리 죽기를 잘했어. 해룡이 형편이 하도 험하다보니 말꼬리를 이으면 이런 말이 되는 것이었다. 이런 데서는 항용 그렇게 하던 말이어서 위로랍시고 무심결에 한마디 지껄이다보니 이런 험한 말이 되고 말아 평식이는 좀 무안했다.

"하기사 산 사람 산 입에 거무줄 칠라든가마는……"

말을 돌려놓고 보아도, 그것을 이어나가면 들고 치나 메고 차나 한가지여서 평식이는 또 속으로 어어 했다.

"썩을 놈의 시상."

거기가 임자 없는 무덤 같아 세상 탓으로 어물쩍 말꼬리를 흘려 버리고 말았다. 이런 때는 빈말일망정 위로의 말이 푸짐한 법인데, 하도 찢어지는 초상이라 두고 쓰는 말부조 한마디 자리 잡아 찾아 들 데가 없었다.

"그런께 요새는 몸은 쪼깐 괜찮았는디, 뜬금없이 이로크롬 되았는가."

"응, 항상 그냥 그랬어."

한참 말이 끊어졌다. 사람이 사람 사는 구색을 그래도 방불하게 갖추고 살았어야 말부조도 구색을 갖추어 오고 갈 것인데, 몸이 성했고 뭐가 어쨌고 한다는 게 끼니 굶는 놈한테 감기 고뿔 걱정의 얼빠진 수작이어서, 그러다가는 죽은 송장이 아니라 살아 있는 해룡이를 업고 나서야 할 판이었다.

"낼 날은 좋겠지?"

"그래. 날은 존 때 갔다마는……"

평식이가 또 말을 뚝 끊으며 해룡이 쪽을 봤다. 말끝에 또 구렁텅이가 도사리고 있었기 때문이다. 터서구니 사나운 집에는 말 뭣도 벙긋 못한다고 하더니, 원체가 험한 꼴의 인생이라 도대체 어데다 대고 입 한번 제대로 벌릴 수 없었다.

"서울서는 말이다, 어뜬 상녀러 것이 죽었는가, 장의차 뒤에 따른 자가용이나 택시만도 백대는 넘겄더라."

"높은 놈이 죽었던 모양이구나."

"높은 놈이 아니고 지 에미나 애비였겄제. 정승 말 죽은 데는 문상객이 미어져도, 정승 죽은 데는 문상객이 없다고 안 그러던."

"말 죽은 데는 왜?"

"그런 것을 말이라고 묻고 있어? 정승한테 잘 뵐란께 말 죽은 데는 가제마는, 정승 죽은 데 가가지고 말한테 잘 뵈서 뭣하겄냐."

"아하, 서울놈덜은 본시 그로크롬 야박하냐?"

"서울놈덜뿐이간디? 지금 세상에는 체면이고 나발이고 제 잇속밖에는 없어. 서울서 내 돈 없어봐라. 돈 떨어진 자리가 그대로 초상난 자리여. 돈만 있으면 강아지새끼도 멍영감 멍사장이고, 도둑질을 하든 갈보질을 하든 하여간 돈만 벌어서 쭉 빼고 나서봐. 저사 갈보질을 해서 돈을 벌었는지 다리 밑에서 되야지 흘레를 붙어서 벌었는지, 어뜬 놈이 알겄냐? 또 알면 그런 돈이라고 택시를 안 태와주겄냐, 비행기를 안 태와주겄냐?"

다음날 아침 상여가 나갔다. 상여는 젊은 축들이 전부 나서서 멨고, 전방호가 요령을 흔들며 소리를 메겼다.

해룡이의 소울음 같은 울음소리를 배음으로 전방호가 메기는 상엿소리와 요령 소리에 섞여 끝심이의 울음소리가 찢어졌다.

상여 뒤를 따르고 있는 해룡이와 끝심이의 꼴을 본 자랏골 여인네들은 모두 눈시울을 적셨다.

해룡이는 문길이 아버지가 입던 옷을 빨아 입어 그래도 상주 꼴을 어지간히 갖추었다. 초상 덕에 호사랄까, 어쭙잖은 몰골엘망정 땟국 빠진 상복에 머리에다 굴건을 얹어놓으니, 굴건의 수질(首絰)에서 올라간 건깃이 제법 위풍까지 풍겨 주제꼴에도 상주 풍신이 잡혔다.

"가아나암 보오사알(관음보살)."

"가아나암 보오사알."

전방호가 메기는 상엿소리는 언제 들어도 구슬프고 구성졌다. 젊은 축들은 김칫국에 말 반찬으로, 막걸리를 한잔씩 걸친 다음이라 전방호의 소리에 따라 목소리들이 창창했다.

"가안다아 가안다아 나느은 가안다아."

"가아나암 보오사알."

"부욱마앙사안으로 나느은 가안다아."

공수래에 공수거로
너를 두고 나는 간다
한번 왔다 가는 인생
눈물은 지어서 무엇하나

앞골 뒷골 자랏골 산천아
인제 가면 은제 볼거나
젊어 청춘 싸대던 산천아
멧돼지 노루도 잘 있거라
인생 일장춘몽이라
북망산이 흩벽이구나

상여가 동네를 빠져나가기 시작했다.

언문 풍월에 염 있겠냐
얹혀난 초상에 격식 찾겠냐
거리제 귀신아 물러가거라
빈손 인생이 가련하다

벌써 전방호의 익살이 시작되었다. 거리제 지내지 못한 것을 말로 인사닦음 해버렸다. 숙연한 속에서도 모두 빙긋이 웃었다. 한쪽에서는 콧물을 훌쩍이며 여편네들이 울고 있었다. 명산댁은 엉엉 소리까지 내어 울었다.

명산댁도 나왔는가
명부에 가면 안부 전함세
수절한다고 전할 텐께
말년 신수나 훤하게 피소
근심 걱정은 구름에 띄우고

　　남은 말년 맘 편히 살소
　　부귀영화가 뜬구름인께
　　편히나 살다가 뒤에 오소

　전방호가 동네 앞에서 한참 서성거리며 청승맞게 익살을 부리자
남자들은 비죽비죽 웃고 명산댁은 더 소리 높이 울어댔다.

　　가자 가자 어서 가자
　　질을 멈춰서 뭣하겄냐
　　상두꾼들아 미안타마는
　　도랑이 있어도 눈 감아라
　　얹혀난 초상에 노잣돈 있겄냐
　　질이 맥히면 넘어서 가자

　상여는 맑고 푸른 초가을 하늘 아래 덩실하게 호방산을 띄우고 산
으로 올라갔다. 꾀죄죄한 말년이 그래도 죽어 호사를 하는 것이다.
　"그래도 저 잭인이 치상 복은 탔던갑네. 모심길 때같이 손 바쁠
때 죽었어보소. 생애가 뭣이여, 송장이 방 안에서 그대로 썩고 말
제."
　"그러고저러고 저놈의 새끼덜 으짜까?"
　"자기가 살았을 적에는 새끼덜 먹여살렸간디?"
　"썩어도 지둥이라고 그나마 죽어분께 새끼덜이 안 불쌍한가?"
　"지둥이고 지랄이고, 해룡이 형편에 입 한나가 어디여? 자기 입
이라도 덜어준 것이 큰 부조제."

330

"그런디 명산댁은 뭣이 설어서 그로크롬 서럽게 우는고?"

"저 새끼덜 불쌍해서."

"죽은 자네 영감 생각하고 그랬제, 놈의 새끼덜이 그로크롬 불쌍해?"

"하기사 영감 생각도 하기는 했네. 깔깔."

명산댁은 금세 깔깔거렸다.

"늙어서 영감을 뭣에 쓰자고 생각하고 말고 해?"

"그래도 있다가 없어보소. 늙을수록 영감이여. 곯아도 젓국이 좋고 늙어도 영감이 좋다고, 감기 고뿔이래도 들어봐. 늙을수록 서로 몸 생각 해주는 것은 이녁 속으로 빠진 자석들보담 영감이여. 곁에 앉아서 말푸접만도 그것이 어디간디?"

"깔깔."

13

추석 쇠고 일손을 잡으려는 자랏골 사람들에게 또 어이없는 사건이 벌어지고 말았다. 간밤에 질천이 소가 없어져버린 것이다.

"이것이 먼 일이란가, 이것이 먼 일이여?"

질천이는 같은 말만 되풀이하면서 그냥 정신없이 싸대기만 했다. 그러나 도둑은 어디로 쫓든 쫓아야 잡을 것이어서, 종수는 재빠르게 동네 사람들을 모아 서너 패로 뒤를 쫓게 했다. 문길이, 평식이, 차곤이 등 발 잰 젊은 축들부터 파발을 세웠다.

그런데 그렇게 한참 나대다보니 득철이가 보이지 않았다. 종수는 설마 하면서도 아찔한 생각이 들었다. 동네 사람들도 잠시 멍청한 눈이었다. 어제저녁에 나간 것 같더니 안 들어왔다고 득철이 큰어머니도 잠시 썰렁한 눈을 하면서 겁먹은 표정을 지었다.

만약 이것이 득철이의 소행이라면, 일은 그가 끌고 갔을지 모르는 질천이 소 한마리로 끝날 문제가 아니었다. 미친놈 신골망태같이 어질러놓은 비료대를 촘촘히 따져본다면 그것은 간단하게 소 한마리 정도가 아닐지 모를 일이었다. 종수는 새롭게 정신이 나서 소리를 지르며 사람들을 재촉했다.

동네 사람들은 처음에는 좀 놀란 속에서도, 우선 내 것 잃지 않았다는 안도감에 덩더꿍이장단에 덩달아 나대기는 하면서도, 사돈네 초상에야 절 한자리로 문상하면 그만 아니냐는 어정쩡한 기분이었는데, 이것은 사돈네 초상만이 아니어서 그제야 화닥닥 정신이 났다. 모두 뒤꿈치에 불 단 걸음으로, 도둑을 쫓아 숨이 목에 닿는지 코에 닿는지 모르게 뛰었다.

그러나 그렇게 뛰어나갔던 기세와는 달리 해거름이 되자 모두가 비 맞은 상두꾼들처럼 맥이 빠져 한 패씩 지친 다리를 끌고 들어섰다. 그 다음날도 그렇게 싸댔으나, 방불하다 싶은 무슨 꼬투리하나 물고 오는 사람이 없었다. 장이 서는 곳을 중심으로, 지나갔을 만한 곳은 거의 빼놓지 않고 돌아다니며 만나는 사람마다 이러이러한 사람이 이러이러한 소 끌고 가는 것 못 보았느냐고, 길목마다 게 구멍 쑤시듯 하고 다녔으나, 그 큰 소를 끌고 갔으면 어디 한군데쯤 흔적이라도 있을 법한데, 도대체 어디로 사라졌는지 안개 속에서 구름 날아간 자리였다.

중 도망은 절에 가서 마룻장이나 뜯어보겠지만, 도대체 아무리 나대보아야 꿩 귀 먹은 자리였다.

"이럴 줄 알았더라면 갱찰 알림이래도 하는 것인디 그랬는가 모르겠어."

"갱찰 알림? 촌놈덜 소 찾아줄 양반덜이 그로크롬 생겨묵었간디 그놈덜한테 알려? 붓대롱 깐닥거리고 앉아서 바쁜 사람 오라 가라 해갖고 되레 잃은 놈만 닦달할 것인디, 소 잃고 이참에는 병신 발명까지 하자고 그놈덜한테 알린단 말이여? 또 수사비 내라고 손은 안 벌리간디? 내 것 잃고 병신 사고, 이참에는 생살까지 뜯겨."

전에 소를 한번 잃어본 적이 있는 태문이가 쏘아붙였다.

"그러먼 이로크롬 생눈 뻔히 뜨고 소를 잃고 말자는 소리여?"

"그런다고 소도둑한테 잃고 개도둑한테 발괄을 하먼 개도둑이 소도둑 잡아줄 것이여?"

다음날도 장 서는 곳을 중심으로 사뭇 먼 데까지 쫓아갔다. 그저 믿는 것이라고는 발 하나밖에 없는 사람들이라 첫새벽부터 그렇게 나대는 것이었으나, 이미 도둑은 멀리 뛴 도둑이었는지, 아무리 나대보아도 돋우고 뛰어야 복사뼈로, 별 뾰족한 수가 없었다.

동네 사람들은 자기들 품 버리는 것쯤 아랑곳없이 나대었으나, 며칠간 그러다보니 거기 드는 경비가 또 무시할 수 없었다. 버스값에 점심값에 또 막걸리값까지 얹다보니 이러다가는 소 잃고 송아지까지 퉁길 판이었다.

마지막으로 하루만 더 나가보기로 했다. 동네 사람들은 행여나 해서 해거름이 되자 몽망골 쪽으로 자주 눈이 갔다. 그러다가 느닷없는 광경에 무춤하고 말았다.

웬 여자 하나가 봉두난발의 험한 꼴에 보퉁이 하나를 끼고 벼락에 소 뛰어들듯 동네로 뛰어들고 있었다. 매무새가 말이 아닌데다가 뛰어내려오는 꼴이 도무지 총한 정신 가진 사람 같지가 않았다. 동네 사람들은 모두 놀란 눈으로 그가 뛰어내려오는 것을 지켜보고 있었다. 그가 가까이 오자, 그러지 않아도 놀랐던 동네 사람들 눈이 다시 크게 뜨였다. 써운이였기 때문이다.

순경한테 잡혀갔던 다음이라, 도망쳐온다고밖에는 달리 추측할 수가 없었는데, 도망을 쳤으면 어떻게 쳤으며, 또 그랬다면 어쩌자고 다시 저렇게 동네로 뛰어들고 있는 것인가, 도무지 영문을 알 수가 없었다.

써운이는 동네 사람들의 주발만큼씩한 눈길 사이를 바람처럼 달려 자기 집으로 쏠려들었다. 동네 조무래기들이 뒤를 따랐다. 동네 여인네들도 너무나 어이없는 꼴에 잠시 일손을 놓고 그 집 동정을 지켜보고 있었다. 그러나 써운이가 들어가고 나서 얼른 무슨 기척이 없었다.

잠시 후, 자기 어머니하고 싸우는 것 같은 큰소리가 밖으로 새어나왔다. 텃골댁은 혼자 있다가 딸을 맞은 모양이었는데, 방 안에서 간간이 흘러나온 소리는 밖에까지 확실히는 들리지 않았으나, 어찌 들으면 싸우는 소리 같기도 하고 애원하는 소리 같기도 했다. 한참 조용한 것 같아 귀를 기울이고 있노라면 또 그런 소리가 튀어나왔다. 써운이의 목소리는 그렇게 도망쳐온 사람 같지 않게 당돌하기까지 해서, 동네 사람들은 영문을 몰라 어리둥절하고 있었다.

"써운이가 어쨌다고?"

명산댁이 어디서 뒤늦게야 숨을 헐떡거리며 뛰어왔다. 이런 일에 내가 빠져서야 되겠느냐는 듯이, 늦참 한 상주 제청에 뛰어들듯 서두르며 이 사람 저 사람 붙잡고 영문을 물었다. 마을 사람들의 어정쩡한 추측만으로는 직성이 안 풀리는지 한참 안달이 나 있던 명산댁은 이내 치맛귀를 여미고 텃골댁 집 쪽으로 우죽우죽 걸어가고 있었다. 이런 일은 응당 자기가 나서서 알아보아야 한다는 태도였다.

"아따, 이 집 꼬치는 여물기도 하네."

변죽 좋게 능청을 떨며 마당으로 썩 들어섰다. 어지간한 염치라면 이렇게 흉사 난 집에는 정작 볼일이 있어도 들어가기가 꾸릿꾸릿할 것이지만, 원체가 큰애기 성복 술에도 권주가 얹혀가며 얻어 마실 명산댁이다보니 왕지네 마당에 씨암탉 걸음으로 써억 들어서며 너스레를 떨었다.

"거그 눠서 한숨 푹 자거라."

마당에 인기척을 느끼자, 밖에다 마음을 쓰는 소리로 대수롭지 않은 듯 이르며 방문을 열고 나왔다. 텃골댁은 밖으로 내색을 않으려고 안간힘을 쓰고 있었지만, 얼굴이 이미 반은 죽을상이었다.

"엄니, 어디다 뒀어?"

방문이 발칵 열렸다. 텃골댁은 소스라쳐 딸을 방 안으로 훌쩍 떠밀면서 방문을 꽝 닫았다. 누가 잔뜩 쥐어뜯다 둔 것같이 흐트러진 머리며 부성부성한 얼굴이 도무지 예삿일이 아니게 험한 꼴이었다.

"엄니, 우리 애기 어쨌어? 얼른 내놔. 젖 주게."

명산댁은 너무나 갑작스러운 소리에 어안이 벙벙해서 텃골댁을 멍하니 건너다보고 있었다. 남의 안 볼 데를 덜컥 봐버린 꼴이었다.

"저녀러 가스나그가 먼 소리를 저로크롬 뜬금없는 소리를 하고 있는가 모르겄네 시방."

“얼른 애기 내놔. 어디 뒀어?”

“먼 애기를 어쨌다고 그런 정신없는 소리를 자꼬 해쌓냐, 이 죽일 년아!”

“얼른 애기 내놔!”

너무도 어이없는 꼴에 너무도 어이없는 소리여서, 낮짝이 양푼 밑바닥인 명산댁도 얼른 뭐라 참견을 하고 나서지 못하고 어리둥절하고 있었다.

“저놈의 가시내가 미쳤다냐 으쟀다냐? 먼 애기를 으쟀다고 그런 미친 소리를 하고 있어?”

“나 안 미쳤어. 어지께 서울서 엄니가 데리고 온 애기 내노란 말이여.”

“내가 서울서 애기를 데리고 왔다고?”

“그래, 그 애기 말이여.”

“어디가 많이 아픈 모냥이요.”

명산댁은 한참 동안 어리둥절해 있다가 겨우 이렇게 한마디 거들고 나왔다.

“금매, 아프먼 어디가 어뜨크롬 아프간디 저런 총찮은 소리를 자꼬 하고 있으까라우?”

텃골댁은 여태 손바닥으로 하늘 가리듯 하던 너울을 벗고 호소하는 가락으로 명산댁을 건너다보았다.

“어디가 아퍼도 크게 아픈 모양인디, 객지에서 누가 지대로 구완도 못하고 한께 탈기가 져서 저런 헛소리를 하는가 모르겠소. 끌끌. 어린것이 객지에서 병이 났으면 누가 찬물 한모금이래도 지대로 떠줬겄냐? 끌끌, 시상에도.”

"금매 말이요."

텃골댁은 금방 눈물을 짰다. 꿈보다 해몽이 좋아 텃골댁은 그냥 그렇게 눈물을 짜고 있었다.

"그런디 어디가 아퍼도 자꼬 저런 소리를 해쌓는 것을 보면 혹시 뭣이 씌었는가 모르겄소. 어디 가서 묵묵쟁이한테라도 쪼깐 물어보씨요."

"참말로, 그러고 본께 그리 어찌 해사 쓸란가 모르겄소. 어디 점쟁이가 영하다요?"

텃골댁은 이제야 정신이 난 듯 명산댁한테로 바싹 다가앉으며 서둘렀다. 그렇게라도 돌려 생각을 하지 않고는 너무도 기가 막히고 엄청난 일이어서, 정말 그러기라도 바라는 마음인 것 같았다.

"쩌그 물 아래 귀신 점쟁이가 즈그 어매가 씌어서 점을 한다는디, 눈으로 본 것맨키로 집어낸다고 합디다. 옆에서 지키고 앉아서 보았어도 그리 못하게 손바닥에다 놓고 본 것맨키로 집어낸다요."

"워매, 그래라우. 그러면 얼른 내가 쪼깐 갔다 와사 쓰겄소. 그런디 이 집 영감탱이는 어디를 가서 왼종일 빗감을 안하는가 모르겄네."

텃골댁은 영감 타박을 하면서 방으로 들어가다가, 써운이 손에서 무슨 옷가지 하나를 냉큼 낚아챘다. 깃을 빨갛게 두른 아기 옷이었다.

"엄니, 울 애기 어쨌어?"

그때 텃골양반이 들어서고 있었다. 이미 소식을 듣고 들어오는지 찬물에라도 들어서는 것 같은 얼굴에 토끼눈이었다.

"먼 일이여?"

"먼 일인가 모르겄소. 내가 전생에 먼 죄를 졌간디 이런 일을 당하까?"

텃골양반은 방 안으로 들어서자 놀란 토끼 벼락바위 건너다보듯 멍청한 얼굴로 딸의 몰골을 내려다보고 있었다.

텃골댁은 옷을 갈아입고 밖으로 나갔다. 아까 딸이 그러고 들어왔던 만큼이나 바쁘게 네 활개를 저으며 동네를 빠져나갔고, 명산댁은 명산댁대로 텃골댁만큼이나 바쁘게 골목으로 나와 목을 늘이고 있는 동네 사람들에게 써운이 이야기를 늘어놓기 시작했다.

명산댁이 이야기를 채 반도 늘어놓지 못했을 때였다. 느닷없이 이번에는 텃골양반 고함소리가 터져나왔다. 동네 사람들은 깜짝 놀라 그쪽으로 눈이 쏠렸다. 어느새 써운이가 집을 나와 도망을 치고 있었다. 옆구리에는 아까 그 애호박만한 보퉁이를 끼고, 아까 왔던 길을 되짚어 부리나케 뛰어가고 있었다. 텃골양반은 딸의 이름을 고함쳐 부르면서 뒤쫓아가는 것이었으나, 원체가 절름거리는 다리라 토끼 뜀에 거북이 경주였다.

"아이고, 내 정신 쪼깐 보소. 애기를 기찻간에다 두고 왔는 것을. 이 일을 으째사 쓰꼬?"

혼자 중얼거리며 재를 향해 뛰어가고 있었다. 동네 여편네들도 그쪽으로 몰려갔으나, 써운이를 잡으려고 쫓아가는 사람은 없었다. 발 잰 장정들은 다 소를 찾으러 가버려 그럴 만한 사람이 없기도 했지만, 동네 사람들은 쫓아가고 어쩌고 할 만큼 영문을 제대로 알지도 못했고, 설사 알았다 하더라도 미친년 쫓기가 끔찍해서 누가 쉽게 나설 것 같지도 않았다.

써운이가 몽망골 잿길을 올라채고 있을 때, 마침 소 찾으러 갔던 사람들 한 패가 내려오고 있었다. 그중에서 앞으로 나서는 사람이 있었다. 선찬이였다. 서울서 써운이를 데리고 오다가 놓치고 그들과 동행이 되었던 모양이었다. 써운이는 선찬이를 보자 그 자리에 무춤 서버렸다.

"뭣하러 가?"

선찬이가 버럭 악을 썼다. 써운이는 마치 매라도 피하는 동작으로 보퉁이를 가슴에 싸안으며 잦아들듯이 그 자리에 쭈그려앉아버렸다.

선찬이는 잡아먹을 듯이 써운이를 내려다보고 있었다.

"아니, 이것이 시방 말짱 먼 일이라냐?"

텃골양반이 쫓아오더니 넋 나간 소리로 선찬이한테 다그쳐 물었다. 선찬이는 작은아버지 물음에는 대답을 하지 않고, 일그러진 상으로 써운이만 내려다보고 있었다.

"어서 가!"

선찬이는 써운이를 향해 주먹을 으르며 악을 썼다. 선찬이를 피해 한쪽으로 조그맣게 잦아들었던 써운이가 선찬이 호령에 냉큼 일어섰다. 선찬이 앞에서는 고양이 앞에 쥐 꼴로 주눅이 들어 있었다.

가슴에 보퉁이를 껴안은 써운이를 앞세우고, 선찬이와 텃골양반, 그리고 동네 사람들이 뒤를 따르고 있었다. 뚝비 맞은 중놈들처럼 말이 없이 걸어 내려오고 있는 일행의 모습은 마치 써운이가 가슴에 껴안은 보퉁이만큼이나 커다란, 무슨 기막힌 원한이라도 싸안고 어디론가 붙잡혀가는 죄인 행렬 같기도 했다.

"먼 애기를 어쨌다고 해쌓는디, 그것은 또 먼 소리라냐?"

집에 들어서자 텃골양반은 자기한테 들어오는 칼이라도 받는 것 같은 처참한 표정으로 선찬이를 건너다보며 물었다.

"애기를 하나 낳는디, 나도 하도 험하게 나서 저것이 시방 저 꼴이 아니요."

"저것이 애기를 나? 먼 애기를?"

텃골양반은 선찬이를 한참 건너다보고 있다가 마치 비명처럼 이렇게 묻고 있었다.

"시방 잡아서 찢어 죽일 것들이 있는디, 그놈들을 못 잡아서 환장하겄소."

텃골양반은 또 한참 선찬이 얼굴을 건너다보며 서 있었다.

선찬이는 방으로 들어가 옷을 벗어던졌다.

"일이 어뜨크롬 된 일이냐? 첨부터 이애기를 쪼깐 해봐라."

"어뜬 상녀러 것들한테 돈을 받고 애기를 하나 나주었는디, 거기서 받은 돈은 또 사기꾼한테 사기를 당했던 모냥입디다. 일을 당해도 이로크롬 골라감시롱 존 일만 당해갖고 내중에는 돈에 환장한 년이 되어, 지난번 여그 올 적에는 식모로 들어갔던 집에서 도둑질까지 해가지고 온 바람에 그 난리였소그랴."

텃골양반은 얼음판에 나자빠진 소처럼 멀건 눈으로 선찬이를 건너다보고 있었다.

"저녀러 가스나그가 정신이 쪼깐 온전해사 그 연놈덜을 잡아서 지지든지 볶으든지 할 것인디, 저로크롬 실성해서 뛰어댕기는 통에 저것 말 듣고 따라댕기다가 나도 미친놈만 되었소. 아이고, 그냥."

선찬이는 창피당한 분이 아직도 덜 풀린 모양이었다.

"그런께 저것이 뉘 집에서 먼 돈을 받고 먼 애기를 나주었단 말이냐?"

"그것을 알란게 서울 천지를 그 우세를 함시롱 쫓아댕겼지라우. 저것이 젤 첨에 식모로 들어간 집 여편네가 애기를 못 낳는 병신 돌치(石女)였던 모냥입디다. 그 승악한 년이 애기는 못 나도 엉큼하기는 생사람 잡게 엉큼했던가, 다른 년 뱃속에서 지 남편 애기를 한나 빼내가지고 즈그 새끼를 맨들 궁리를 했소그랴. 그래서 저것한테 이십만환을 줄 테니 애기를 한나 나주라고 흥정을 안했겠소? 허허."

선찬이는 지금까지도 기가 막힌지 헛웃음을 쳤다.

"하여간 가난이 원순디, 저것을 그렇게 꼬셔가지고 자기 남편을 저것 방에 처넣어서 애기가 든 성부른게 자기 남편을 저것한테 더 못 가게 하느라고 다른 데다 따로 방을 얻어 몰래 살렸던 모냥입디다. 그런디 그로크롬 따로 사는 동안은 달리 할 일도 없고 해서 그 동안에 편물 기술을 배웠던갑습디다. 그런디 거그서 사귄 친구 한나가 또 그만한 돈을 가지고 있어서, 둘이 합자를 해가지고 편물점을 한나 내기로 했더라요. 지금 이 이애기도 그 가스나그한테서 들었는디, 이것덜이 둘 다 얼뱅이덜이었던가, 편물점 낼 집을 계약한다고 한 것이 집주인은 따로 두고 엉뚱한 사기꾼놈하고 계약을 했소그랴. 계약서에 도장 들어가는 것만 보고 그것이 백문선이 헛문선지는 모르고 잔금까지 치르고 본게 주인은 따로 있소그랴. 이로크롬 새도록 호박씨 까서 엉뚱한 사기꾼놈 아가리에 털어넣고 말았으니 꼴이 뭣이 됐겄소? 그래도 당장 목구멍은 먹고살아사 할 판이라 또 할 수 없이 식모로 들어갔소그랴. 편물 기술이 있기는 있다고 하제마는 누가 자리 만들어놓고 기다리는 것도 아니고, 촌년</p>

덜 서울 가면 식모 아니면 갈보질이제 별 조화 있간디라우.”

독장사 경륜의 허망한 꿈이 깨지고 말자, 돌아본 마실 뀌어본 방귀라 하는 수 없이 식모로 들어가서 우선 목구멍에 풀칠을 해야 했다.

추석이 돌아오고 있었다. 고향이 그립고 부모가 보고 싶었다. 그러나 이 꼴을 하고는 고향에 갈 수가 없었다. 어머니 아버지는 놓아두고 동생들 옷가지 하나나 신발 한켤레씩은 사가지고 가야 할 것인데, 손에 돈 한푼 쥔 것이 없다보니 새삼스럽게 서글퍼졌다. 설사 돈이 있다고 하더라도 들어온 지 얼마 되지 않은 집에서 고향에 가겠다고 염치 좋게 나설 수도 없었으나, 이년 만에 고향에 가면서 맨손 쥐고는 차마 고향에 들어설 수가 없을 것 같았다.

추석을 며칠 앞둔 어느날이었다. 그 집 식구들은 가족 소풍을 간다고 점심을 싸가지고 모두 집을 나갔다. 휑뎅그렁한 집에 혼자 남아 소풍 간 뒤치다꺼리를 하고 있었다. 방 청소를 하느라고 비질을 하고 있는데, 이상한 쪽지 하나가 비 끝에 걸렸다. 무심결에 집어 보니 무슨 숫자가 적혀 있었다. 캐비닛 넘버였다. 전에 살던 집에서 자기 몫으로 캐비닛을 하나 가지고 써본 적이 있기 때문에 그것을 알 수 있었다.

써운이는 잠시 그 종이쪽지를 들여다보고 있다가 얼핏 윗목에 있는 캐비닛으로 눈이 갔다. 번호에 맞춰 다이얼을 돌렸다. 돌리고 나서 가만히 손잡이를 제껴보았다. 마치 노크 소리에 대답이라도 하듯 딸그락 문이 열렸다. 넘버가 맞으면 그렇게 열리기로 되어 있는 것이지만, 그렇게 경쾌한 소리를 내며 열리는 것이 마치 자기의 무슨 음모에 은밀하게 동조라도 하고 있는 것 같았다. 가슴이 뛰고 있었다. 그러나 자기는 이렇게 한번 열어보는 것일 뿐, 나쁜 짓을 하고 있는 것이 아니라고 생각했다.

안에는 하단에 또 작은 문이 있었다. 그것도 열었다. 서랍이 있었다. 서랍 속에는 예쁘장한 갑들이 여러개 들어 있었다. 그중 하나를 열어보았다. 금반지가 들어 있었다. 또 하나를 열어보았다. 목걸이가 들어 있었다. 또 하나를 열어보았다. 팔찌가 들어 있었다. 보석 반지도 있었다. 써운이는 그렇게 정신없이 들여다보고 있다가 제물에 소스라쳐 놀랐다. 그것들을 바삐 제자리에 넣어놓고 깡깡 문을 닫아버렸다. 마치 자기 마음속에 꿈틀거리고 있는 못된 마음을 그렇게 쥐알려버리기라도 하듯 깡깡 문을 닫았다.

두근거리는 가슴을 진정하며 하던 비질을 계속했다. 가슴이 방망이질을 하고 있었다. 써운이는 비를 내던지고 걸레를 들고 수도게로 갔다. 걸레에 방망이질을 했다.

자기 마음속에서 자꾸 고개를 치켜들고 있는 못된 생각을 그렇게 두들겨버리기라도 하듯 힘차게 방망이를 내두르고 있었다. 눈앞에 아른거리는 패물 위에 방망이를 내둘렀다. 그래도 아른거렸다. 더 힘차게 내둘렀다. 자기 돈을 사기해갔던 놈들 얼굴이 아른거렸다. 대가리가 깨져라 방망이를 내리쳤다. 옛날 집주인 여자가 떠올랐다. 거기에도 방망이를 휘둘렀다. 그 집 남편이 떠올랐다. 거기도 힘껏 방망이를 내리쳤다. 아버지 어머니 얼굴이 떠올랐다. 어디서 애기 우는 소리가 들리는 것 같았다. 써운이는 방망이를 두들기다 말고, 그대로 넋 나간 사람처럼 거기 한참 멍하니 앉아 있었다.

써운이는 걸레를 주물러 들고 들어왔다. 이번에는 그런 생각들을 그렇게 닦아내기라도 하듯 휘휘 걸레질을 했다. 그런데 방 한쪽

구석에 아까 그 종이쪽지가 뒹굴고 있었다. 써운이는 그 종이쪽지
가 마치 자기를 그렇게 기다리고 있는 것 같은 착각이 들었다. 집
어들고 글씨를 빤히 내려다보았다. 글씨가 펄펄 살아 있는 것 같았
다. 써운이의 눈이 상기되었다. 캐비닛 곁으로 갔다. 다이얼을 돌렸
다. 아까보다 손놀림이 빨랐다. 손이 몹시 떨고 있었다. 패물갑을
모두 챙겨들고 자기 방으로 왔다. 트렁크를 열고 자기 옷가지 사이
에 그것을 끼워넣었다. 그제야 자기가 무엇을 하고 있다는 것을 알
수 있었다. 써운이는 되도록 침착하게 옷을 갈아입었다.

전에는 만약 이런 짓을 하면 바로 그 자리에서 깡 벼락이라도 맞
는 것으로 생각하고 있었으나, 아무 일도 없었다. 밖에는 햇볕이 쨍
쨍 내리쪼이고 있었고, 거리에는 자동차 소리만 요란스러웠다. 방
안에 있는 물건들이 자기를 향해 악을 쓰는 것도 아니었고, 무엇이
와서 자기를 덮치는 것도 아니었다. 갑자기 외로움이 엄습해오고
자기 동작들이 생소하게 느껴지기 시작했다. 써운이는 정신없이
뛰어나왔다.

텃골댁이 악을 쓰며 들어서고 있었다.

"아니, 멀라고 무단한 묏등에 손을 대갖고 멀쩡한 가스나그를 저
꼴을 맨들어놨소? 할 일이 없으면 낮잠이나 자제, 으짠다고 무단한
묏등에 손을 대기는 대난 말이요?"

텃골댁은 방으로 뛰어들며 잡아먹을 듯이 남편을 닦아세웠다.
텃골양반은 이번에는 여편네를 향해서 멍청하게 홍두깨 맞은 표정
을 하고 있었다.

"묏등을 으쨌다니, 누가 먼 묏등을 으쨌다는 소리여?"

텃골양반은 눈을 썸벅이며 반문했다.

"묏등에 손을 대서 저것이 시방 저 지경이 됐다고 합디다."

텃골댁은 금방 남편을 쥐어박을 듯이 악을 썼다.

"이참에는 이놈의 여편네까지 실성을 했다냐 으쨌다냐?"

"그러면 당신이 묏등에 손을 안 댔단 말이요?"

"손은 놔두고 묏등 옆에도 안 갔어!"

이번에는 텃골양반이 버럭 고함을 질렀다.

"점쟁이 말이 코째기 내기를 하면 해도, 묏등에 손을 대서 일어
난 일이라고 합디다."

"허허. 시방 한집에서 총찮은 것이 쌍으로 났네. 코째기 내기를
했으면, 다시 가서 그 점쟁인가 당골랜가, 그년 코나 째고 와!"

"코고 지랄이고 얼른 묏등에나 한번 가보고 오씨요. 사람이 손을
안 댔으면 쥐가 구먹을 냈을지도 모르고, 묏등으로 탈이 붙을라면
독덩어리 한나만 잘못 건드려도 탈이 붙는다고 합디다."

"집안이 이 꼴이면 하나래도 쪼깐 정신을 차려감시롱 나대도 나
대소. 사람이 기가 맥혀서 환장을 하겄는디, 이로크롬 쌍으로 미쳐
서 날뛰면 생사람까지 또 한나 미치겄어."

"아니, 시방 이러고 있을 때가 아닌께 얼른 쪼깐 가보고 오란 말
이요."

"허허. 이것이 시방 먼 재변이 이런 재변이 있는가 모르겄네. 총
찮은 것들 등쌀에 참말로 이러다가는 생사람까지 미치고 말겄그
마. 정신을 쪼깐 채려가지고 탈 붙은 내력은 여그 선찬이한테서 찬
찬히 들어봐. 들어보고 새끼 감장이나 똑똑히 해!"

텃골양반은 버럭 악을 썼다.

"내력을 들으나마나, 먼 일이 있었으면 다 그것이 뭣이 씌어댔은

께 그러제, 멀쩡한 가스나그가 저로크롬 되았겄소?”

처음 서슬이 누그러지기는 했으나, 점쟁이한테서 듣고 온 이야기가 틀림없다고 생각하는 모양이었다.

선찬이는 멍청하게 앉아 내외의 티격을 구경하고 있었다.

저녁에 무당이 왔다. 요란스러운 푸닥거리가 시작되었다. 선찬이는 집에서 밀려나 사랑방으로 발길을 옮겼다. 푸닥거리 소리는 마치 자랏골 원귀들이 살아나서 징을 두드리며 요란을 떠는 소리 같이 들렸다. 특히 양문이 묏등으로 해서 죽은 원귀들이 그 푸닥거리 소리에 맞추어 춤을 추며 돌아다니고 있는 것 같았다.

선찬이는 객지에서 저 푸닥거리 소리를 들을 때면, 그때마다 가슴을 찌르르 후비고 지나가는 전율을 느꼈다. 모든 것이 낯설기만 한 객지에서, 그래도 그 소리만은 자랏골 사람들의 소리같이 정겨웠으나, 그것은 그냥 정겹기만 한 소리가 아니라 마치 자랏골 사람들이 그 깊은 원한을 하소연하는 호곡같이 느껴졌다. 그래서 가슴에 찐득찐득 엉겨오는 그 소리는 여태 잊어버리고 살아오던 울컥한 정감을 몰아왔고, 더러는 자기 인생을 저 밑바닥에서부터 홱 뒤집어버릴 것 같은 전율을 몰고 오기도 했다. 꽃상여가 상엿소리를 길게 빼며 지나갈 때도 마찬가지였다. 자랏골 원혼들이 그렇게 살아 그런 꽃상여로 서성거리고 있는 것 같았고, 그래서 그 청승맞은 상엿소리는 더 깊이 가슴속을 후비는 것이었다.

문길이 사랑방에서는 소 찾으러 갔던 사람들이 모여 그 공론을 벌이고 있었다.

“인자 소 찾기는 암만해도 틀린 것 같어. 정 섭섭하거던 한두 사람만 더 보내고, 전부 나댕기는 것은 여그서 그치는 것이 좋을 것 같네. 경비만 해도 이것이 얼마여? 이러다가는 소 잃고 새로 소값 들어가게 생겼어."

"그런디 누가 눈으로 딱 본 것이 아닌께 모르기는 모를 일이제마는, 이것이 득철이 소행이라고 한다 치라면 그 자석이 이장을 함시롱 비료대야 잡부금이야, 그런 것도 많이 어질러놓고 갔을 성부른디, 어야, 종수, 자네는 우선 그런 것부터 알아보아사 안 쓰겄는가? 첨부터 도적질을 해처묵기로 작정을 하고 해묵은 놈이라면 그런 것도 시방 말이 아닐 것이여."

"그런께 미꾸라지한테 뭣 물린다고 하등마는, 믿는 도끼에 발등을 찍혀도 유분수제, 세상에 이런 일이 또 쉽게 있으까?"

"이것이 까마구 날자 배 떨어진 일인지도 모른께 미리 그로크롬 표를 박을 것은 없고, 하여간 득철이가 동네를 나간 것은 틀림이 없는 일인께 그런 잡부금 뒷이나 잘 알아봐."

득철이가 동네 것을 먹고 도망을 쳤다면 자랏골 사람들은 어디 호소할 데도 없었다. 득철이는 아버지가 왜정 때 징용에 끌려가서 죽어버리자 어머니도 개가를 해버려 홀로되어 있는 큰어머니한테 얹혀살았기 때문이다.

선찬이는 오랜만에 찾아온 고향이 너무나 궁상스러운 일뿐이어서 허탈한 기분이었다.

그런데 선찬이는 다음날 써운이 때문에 또 한바탕 곤욕을 치렀다.

써운이가 또 집을 나가 도망을 친 것이다. 어제 가지고 왔던 그 애호박만한 보퉁이를 끼고 몽망골 잿길을 저만치 뛰어간 뒤에야 동네 조무래기들이 소리를 질러 그때야 발칵 뒤집혔다. 선찬이가 쫓아나갔을 때는 이미 써운이가 몽망골 잿길에서 모습을 감춘 다음이었다.

"아이고, 이 웬수를 으째사 쓰꼬?"

텃골댁은 반 우는 소리를 하며 쫓아가고 있었고, 텃골양반은 절름거리는 다리를 한껏 요란스럽게 움직이며 따라가고 있었다.

선찬이는 잿길에 붙자 금방 숨이 턱에 꺽꺽 막혔다. 처음 나설 때 너무 드세게 뛴 바람에 대번에 힘이 빠져버린 것이다. 발바닥에 피엿이라도 붙은 것같이 발이 땅바닥에 쩍쩍 붙었으나, 이를 악물고 한 발 한 발 떼어 옮기고 있었다. 꼭 고장난 기계라도 억지로 돌리는 것 같았다. 선찬이는 죽는다는 것이 이런 답답한 고통으로 사람을 쥐어짜는 것인가, 경황 중에도 잠시 이런 엉뚱한 생각을 하면서 그런 죽음 속에 대가리라도 들이밀듯 발을 떼어 옮겼다. 목구멍이 바싹바싹 말라 째지는 것 같은 속으로 협협하게 숨이 들락거리고 있었다.

온몸에 땀을 흠뻑 뒤집어쓰고 재 꼭대기에 올라섰다. 써운이의 모습은 보이지 않았다. 맥이 빠졌다. 이러다가는 또 읍내까지 쫓아가서 미친년 붙잡고 창피를 보는 것이 아닌가 아뜩했다. 선찬이는 올라챘던 기세대로 내리막길을 뛰어내려갔다. 사뭇 거세게 뛰어내려가다가 하마터면 그대로 대가리를 땅바닥에다 처박을 뻔했다. 텅텅, 다리가 바윗등에 기둥나무 박치듯 골을 울려왔다.

그렇게 정신없이 뛰어내려가다가 발을 멈추었다. 길이 가파르게 내려가다가 벼랑을 끼고 꺾이는 곳이었다. 여기서부터는 앞이 툭 틔어 저 앞 들판까지 보이는 곳이었으나 얼른 써운이 모습은 보이지 않았다. 길이 산자락을 돌아 모습을 숨겼다가 나온 데가 몇군데 있어, 선찬이는 땀을 닦으며 그런 데를 빠져나올 만한 시간을 기다려보았다. 그러나 나오지 않았다. 이상한 일이었다.

선찬이는 도깨비한테라도 홀린 놈같이 오던 길을 되돌아보았다. 저 위에서 잿길이 한군데 갈리는 곳이 있었으나 그쪽으로 갔을 리는 없고, 또 어디다 몸을 숨기고 있다고 할 수도 없었다. 그렇게 머리를 쓴다면 미친년이라 할 수가 없겠기 때문이었다.

선찬이는 닭 쫓던 개 꼴로 그 자리에 멍청하니 서 있다가 얼핏 벼랑 끝으로 몇발짝 옮겼다. 밑을 내려다보는 순간, 윽 하고 비명을 지를 뻔했다.

써운이가 벼랑 밑에 걸레처럼 나동그라져 있었다. 선찬이는 그렇게 한참 동안 벼랑 밑을 내려다보고 있었다. 그러나 써운이는 꼼짝도 하지 않았다.

선찬이는 저쪽으로 돌아 벼랑을 내려갔다. 선찬이는 또 써운이를 저만치 두고 다시 우뚝 서서 썰렁한 눈으로 써운이를 건너다보고 있었다. 선찬이는 이내 맹수한테라도 달려드는 걸음으로, 한발짝씩 써운이 쪽으로 발을 옮겼다. 코와 입에서는 피가 흘러내리고 있었고, 얼굴은 이미 백지장이었다.

선찬이는 그 곁에서 또 한참 동작을 잃고 서 있었다. 멍청하게 써운이를 내려다보고 있다가 치마폭으로 살을 한군데 가려주고 옆으로 비켜섰다. 담배를 한대 태워물었다. 곁에 있는 바위에 엉덩이를 내려놓고 길게 담배연기를 뿜어올렸다. 담배연기가 길게 뿜어져나가는 하늘 한편에는 흰 구름 한 송이가 한가롭게 떠 있었다.

텃골댁이 달려 내려왔다. 아래를 내려다보고 기겁을 하더니, 아차 할 겨를도 없이 벼랑을 미끄러져 내려왔다. 선찬이가 벌떡 일어섰다. 순간, 나무뿌리를 붙잡은 채 우닥탁 벼랑 밑으로 굴러떨어졌다. 오뚝이처럼 발딱 일어섰다. 펄펄 뛰면서 악을 썼다.

선찬이는 작은어머니의 그 처참한 울음소리에 아무런 감동도 느낄 수가 없었다. 그 울음소리는 자기와는 전혀 무관한, 어디 라디오에서라도 나온 소리 같았다.

작은아버지가 쫓아 내려오다 우뚝 멈추어섰다. 벼랑 아래를 내려다보고 망연자실 넋 나간 꼴로 멈춰서 있었다. 한참 그렇게 서 있더니 벼랑을 내려오기 시작했다. 가뜩이나 시원찮은 다리라 동작이 그지없이 불안했으나 선찬이는 그쪽에서 고개를 끌어당겨와 버렸다. 자꾸 그쪽으로 고개가 돌아가려 했으나 선찬이는 억지로 이쪽으로 돌리고 앉아 하늘 한쪽에다 눈을 꽂은 채 담배만 빨고 있었다.

작은아버지가 불쌍하다기보다 알 수 없는 증오와 모멸감이 끓어올랐다. 자기 마음속 어디 깊은 데 숨어 있다가 갑자기 소리라도 지르며 뛰쳐나온 것 같은 이 증오와 모멸감은 얼른 정체를 알 수 없는 것이었으나, 도무지 걷잡을 수 없을 만큼 격렬한 것이었다. 선찬이는 이런 감정이 어째서 이런 자리에서 이렇게 격렬하게 끓어오르고 있는지 알 수 없었다.

텃골양반은 자기 여편네가 악을 쓰고 있는 곁에 장승처럼 서서 딸의 시체를 내려다보고 있었다. 그 모습은 도무지 사람 같지가 않고 그대로 장승이었다. 악이라도 쓰고 있는 작은어머니한테서는 그래도 사람이 느껴지는 것이었으나, 장승처럼 굳어 서 있는 작은아버지의 그 궁상스런 모습은 보기만 해도 울화가 끓어올라 견딜 수가 없었다. 무슨 커다란 죄의 덩어리 같기도 하고, 그 인간 자체가 하나의 커다란 모욕의 덩어리같이 느껴지기도 했다.

선찬이는 그러고 서 있는 자기 작은아버지를 흘겨보다가 문득
그 다리로 눈이 갔다. 굵은 핏줄기가 두 줄기 커다랗게 흘러내리고
있었다. 핏줄기는 걷어올린 정강이에서 마치 뱀처럼 다리를 타고
기어 내려와 검은 고무신 속에 대가리를 처박고 있었다. 그 핏줄기
를 보자 잠깐 숨을 죽이는 것 같던 그 증오의 불덩어리가 다시 기
름이라도 먹은 것같이 새로 타올라왔다. 선찬이는 고개를 돌렸다.
뜨거운 것이라도 우물거려 삼키듯 그 격렬한 감정을 누르고 있었
다. 그러나 핏물처럼 닝닝하면서도 독 오른 뱀 대가리 같은 이 불
덩어리는 자꾸 대가리를 뻗지르며 목구멍으로 기어올라 숨을 꺽꺽
막았다. 선찬이는 숨을 몰아쉬며 그 불덩어리를 지그시 누르고 있
었다.

선찬이는 어쩌다가 밤중 같은 때 잠이 깨어 호젓이 자기 아버지
죽음을 생각하거나 자랏골 사람들을 생각하면 이런 불덩어리가 목
구멍을 뻗질러오르는 것이었는데, 어쩔 때는 도무지 걷잡을 수 없
이 격렬했었다. 이 불덩어리는 자기의 가슴속에서 피어오르고 있
었지만, 자기의 의지와는 전혀 상관없이 자기를 어떤 파멸의 구렁
텅이로 몰고 가버릴 것 같은 그런 파괴적인 감정이었다. 자기 내장
속 어디에 따로 쓸개같이 독물을 담고 있는 주머니가 있다가 그 주
머니가 독물을 쏟아놓기라도 한 것 같았다. 그래서 그것을 오래 누
르고 있으면 자기의 내장이 그대로 녹아져버릴 것 같기도 했다.

선찬이는 담배꽁초를 길게 빨아 그것을 멀리 던지고 시체 있는
데로 갔다. 시체의 매무새를 가다듬었다. 두 팔로 가슴에 안아올렸
다. 맥을 놓아버린 시체는 의외로 무거웠다. 그대로 잿길을 오르기
에는 너무 힘에 겨울 것 같았으나 선찬이는 그대로 끌어안고 비탈

을 돌아 잿길을 오르기 시작했다.

선찬이는 땀을 뻘뻘 흘리며, 무거운 시체를 끌어안고 답답한 잿길에 한 걸음 한 걸음 발을 떼어 옮겼다. 가슴에 한아름 뿌듯하게 느껴지는 이 시체의 부피와 무게는, 단순히 써운이 혼자의 살덩어리 무게가 아니라 그 부모들을 포함한 선찬이 자신, 그리고 자랏골 사람들 전부의 원한과 통분이 응어리진 부피와 무게로 느껴졌다. 선찬이는 이 시체에서 느껴지는 그 원한과 통분을 으스러져라 껴안고 이대로 땅에 대가리라도 처박고 싶은 통곡 같은 충동을 느끼면서 땅바닥에 쩍쩍 엉겨붙는 발을 어거지로 떼어 옮기고 있었다.

텃골댁은 그대로 통곡을 하면서 뒤를 따르고 있었고, 텃골양반은 비 맞은 중놈처럼 고개를 떨구고 뒤를 따르고 있었다.

선찬이는 이 시체에서 느껴지는 무게를 견뎌내는 것으로 자기 작은아버지와 작은어머니에게 빚지고 있는 것을 갚는다는 생각을 하면서 이를 악물고 재를 넘고 있었다.

14

깐깐 오월, 미끈 유월, 어정 칠월, 건들 팔월, 농사철 일년치고 어느 때라고 바쁘지 않던 때가 있던가마는, 그래도 팔월은 큰 명절까지 긴데다가, 다른 때에 비기면 동동거려도 당장 쫓기는 일이 없어 건들거리는 셈이었는데, 그 팔월이 지나고 구월달에 접어들면서 제대로 가을걷이가 시작되자 자랏골 사람들은 이런 때 항용 쓰는 말마따나 죽었던 중도 꿈적거리게 일손이 바빴다. 석자 베를 짜도 베틀 차리기는 일반이듯, 농사가 많은 집이나 적은 집이나 바쁘고 수선스럽기는 일반이었다.

얻어먹는 해룡이도 마당곡식일 때가 한철이라, 아침부터 바랑을 메고 나대는 팔다리가 한층 부산스러웠다. 개구리 물 거르듯 허공에 네 활개를 휘저으며 아침에 나갔다가 해거름에 돌아올 때 보면, 그 알량한 걸음걸이에 콧노래라도 끼었음직하게 제법 불룩한 바랑이 마파람에 불알 놀듯 했다.

그러나 곡식을 거두어들여도 덩더꿍이 소출로, 가을 농사 한철 바라고 사는 자랏골 사람들에게는, 거두어들이는 수확만큼이나 시름이 또 한 짐씩이었다. 갖바치 날 물리듯 가을 추수 끝으로만 물려온 자잘한 살림 속의 쓰임새며, 성도 이름도 제대로 알 수 없는 가지가지 잡부금에, 터주에 놓고 조왕에 놓고 나면 아무리 손톱여 물을 썰어보았자 마포바지에 방귀 꼴도 제대로 아닐 것이었다. 그나 그뿐인가. 어쩌다가 색갈이라도 짊어진 사람들은, 그것은 그것대로 항아리만한 구멍이어서, 큰 구멍 작은 구멍에다 부어넣고 나면 타작마당에서 색갈이를 내야 할 판인데, 엎치고 덮친 위에 옆구리까지 차이느라고, 득철이가 떼어먹고 도망친 비료대가 또 시퍼렇게 살아 아가리를 벌리고 있었다. 눈썹만 뽑아도 똥 나오게 생긴 판에 이런 생돈까지 이중으로 물어야 하니 기가 막혔다. 득철이는 열 가마니 푼수나 비료대를 떼어먹고 도망을 쳐버렸던 것이다.

이렇게 자기 몫으로 짊어진 시름에다, 또 날로 떨어진 시름까지 덮치고 겹친 시름 속에 어지럽게 날던 고추잠자리도 자취를 감추어가고, 짧아가는 가을 햇살 속에 싸늘한 계절의 냉기가 베잠방이 속으로 차갑게 스며들고 있었다.

종수는 득철이 사건 때문에 면으로 조합으로 며칠을 쏘다니고 났더니 가을걷이가 너무 늦어버려, 오래전에 베어놓은 벼를 그대로 논바닥에 잠을 재우고 있었다. 몇 사람 품을 사서 벼를 훑고 고구마를 캐 들이고, 그동안 밀쳤던 일을 이틀 동안에 얼추 해치워버렸다. 가을일은 미련한 놈이 잘한다고, 급한 대로 이것저것 한꺼번에 서둘렀더니 처음에 심란했던 것보다 훨씬 쉽게 추려졌다.

모두 알이 나지 않는다고 엄살들이어서 그러는가 했더니, 바위박이 서마지기에서는 적잖이 아홉섬이 나고, 금년 봄에 개간을 했던 안골 산다랑치에서는 닷되지기 푼수에서 한섬 꼴이 실한데다가 알도 들곡식보다 여물었다. 산자락에 옹색스럽게 얹혀 찬물이 너무 친데다가, 점심 먹고 나면 산그늘이어서 햇볕 가난이 저래가지고서야 저것이 논 구실을 할까 했더니, 봄에 다른 논의 두 배나 풀을 처넣었던 보람이다 싶어, 바위박이 아홉섬보다 그것 한섬이 되레 더 흐뭇했다.

고구마가 다섯 가마니에 좁쌀이 두 가마니, 콩이며 팥 등 밭곡식도 두루 섭섭지 않아, 자기 살림에 일년 농사가 이만했으면 방불하다는 생각이 들었다. 여기서 비료대 두 가마니하고 작년에 송아지 사느라고 짊어진 색갈이 두 가마니만 나가면 다른 자잘한 잡부금이나 가용은, 이장 나가시가 한 집에서 닷되씩이니, 그것으로 얼추 꾸려나갈 수 있을 것 같았다. 어머니하고 두 식구, 우선 입이 단출하니 일년 계량(繼糧)을 하고도, 잘하면 다른 계획도 하나 조촐하게 세워봄직했다.

이렇게 대강 살림 작량(酌量)을 해보고 있는데 외불이가 찾아왔다.

"인자 가실도 얼추 끝나고 했은게 몬자 운을 띄었던 그 바우배기 논 이애기 말이네, 쇠뿔은 단짐에 빼고 술은 괼 때 거르랬다고, 이참에 그것을 각단을 지어불면 으짜겄는가 해서 내가 시방 이로크롬 왔네. 이것이 좋으면 서로 좋자는 일이글래 내가 이로크롬 덩덩하고 나선 것이제, 따로 뭣을 얻어묵은 것이 있어서 이러고 댕긴 것은 아닌게 달리 생각은 말소. 하하하."

외불이는 종수 눈치를 보며 호들갑스럽게 너스레를 떨고 나왔다. 종수는 머지않아 이런 이야기가 있을 것으로 짐작을 하고 있었다. 추석 쇠고부터 별반 할 일도 있어 보이지 않는데, 외팔이가 여기를 두어번 넘어오는 것 같았고 질천이도 바쁜 걸음으로 읍내를 넘나들었으며, 더구나 질천이는 길을 가다가도 종수를 만나면 떡 사온 아재비 대하듯 살갑게 굴어 모두가 그 공론으로 형제 아우 짝짜꿍이 되어 떡 사줄 양반은 꿈도 꾸지 않고 있는데 김칫국 추렴이 요란하구나 생각하고 있었다. 종수는 득철이 사건으로 동네일이 한 짐인데다가, 전부터 그랬듯이 그 일을 깊이 생각하고 싶지 않았던 평소의 태도대로, 이렇게 나올 때 딱히 어쩌자고 결정을 하고 있었던 것은 아니었다. 아니, 결정을 하고 어쩔 것도 없이 그것은 그럴 수 없는 것으로 이미 작정이 되어 있었으니, 크게 유감없이 거절을 하자면 어떻게 말을 해야 할 것인가를 생각하지 않았달 뿐이었다.

"또 무슨 이애기가 있던가라우?"

"아니, 먼 이애기가 새삼스럽게 꼭 있어서라기보담도 이왕에 있었던 이애긴게 마무리를 지어불자 이것이여."

외불이는 이것이 자기가 자청해서 나온 것같이 한 자락을 깔고

있었다. 꿍기고 깔고 하잘 것도 없는 일이었으나, 이쪽 눈치 보아가
며 하자는 이야기라 그렇게 능을 치는 것 같았다.

"그동안 생각을 해보았는디 그러고저러고 할 생각이 별반 없그
만이라우. 대대로 내려온 땅을 그러고저러고 하는 것이 그렇게 좋
은 일이 아닐 것 같소."

외불이는 웃던 얼굴에 주먹이라도 맞은 꼴로 한참 종수를 건너
다보고 있었다.

"아니, 시방 그것이 먼 소리여? 아무리 물려 내려온 땅이라고 하
제마는, 그것을 갖다가 망해묵는 것이라면 모르제마는, 더 늘리자
는 일인디 그로크롬 생각을 한단 말이여? 우엣논이 두마지긴다 치
라면 우리 같은 형편으로사 하늘이 알 만한 일인디, 제절로 굴러들
어오는 복덩어리를 발로 차냉겨분다는 소리여?"

외불이는 그것이 어디 말이나 되는 소리냐는 투였다.

"놈의 공것이 뭣이 그리 졸랍디여? 그것이 아니더라도 냇가 쪽
으로 석축을 쌓고 합배미를 한다 치라면 한마지기까지는 몰라도
좋게 일곱되지기는 늘어나겠습디다. 지 손으로 이로크롬 일을 해
도 늘어날 논을 가지고, 멀라고 바꾸고 으짜고 하겠소?"

종수는 여기까지는 좀 막연하게 생각하고 있던 일이었으나 말을
하면서 생각을 해보니 정말 논일을 해야겠다는 생각이 드는 것이
었다. 논을 늘리려고 석축을 쌓기 위한 것이라면 문제의 바위를 떨
어낼 핑계도 그럴싸해서 종수는 빠듯 긴장감이 들었다. 막연하던
바위에 대한 태도가 이런 이야기를 하는 사이 구체적인 생각으로
정리가 되고 있었다. 그러나 외불이는 거기까지는 미처 눈치를 채
지 못한 것 같았다.

"아니, 나는 자네 생각을 알다가도 시방 모르겄네. 일곱되지기가 아니고두 두마지기를 공짜로 준다면, 이것은 불감청이언정 깨소금인디, 짚그물에 걸려들어온 봉은 그대로 끌러서 놔주고, 죽도록 고생을 해서 일곱되지기라사 그것이 논이 늘어나는 맛이란 말이여?"

"내 이애기는 놈의 공것이 그로크롬 쉬운 것이 아니라는 것이지라우."

"가만있자, 그러고 본께 시방 내가 궁리를 하다가도 궁리가 쪼깐 덜떨어졌던 것 같네. 자네 말을 인자 쪼깐 알아묵겄네. 그러고 본께 내 궁리가 한쪽 장단에 외짝 춤만 추고 있는 서캐조롱 장사 궁리였그마. 허허허."

외불이는 무슨 생각을 했는지 무릎이라도 칠 듯 혼자 감탄을 하며 설레발을 쳤다. 종수는 무슨 이야긴가 잠시 멍하고 있었다.

"원하고 급창이 거래를 해도 흥정에는 에누리가 있고 덤이 있는 것인디, 내가 추다가 본께 보릿대춤이더라고, 한쪽 장단에만 놀아나고 있었단 말이네. 자에도 모자랄 것이 있고 치에도 넉넉할 것이 있는 법인디, 무단한 놈의 논을 가지고 느그덜이 외기러기 짝사랑으로 눈독을 들이고 나올 적에는 느그덜도 생각이 있을 것 아니냐? 나는 이것으로는 부족한께 논을 더 얹을라면 뚝 부질러서 배로 올려라, 이로크롬 한번 배짱을 부려볼 만도 하겄어. 양문이 살림에야 논 한마지기 더 주고 덜 주는 것이 우리 같은 놈덜 쌀 한두 됫박 요량백이 더 되겄어?"

그러니까 논을 한마지기 더 얹어서 서마지기를 달래자는 것이다. 외불이는 혼자 신명이 나서, 차 치고 포 치고, 제것이라도 떼어주는 것같이 이런 엉뚱한 소리를 하고 나왔다.

"거, 먼 소리요? 내 말은 절대로 그런 소리가 아닌께 행여나 그런 소리 마씨요."

종수는 펄쩍 뛰었다. 이야기가 사뭇 엉뚱한 데로 비약을 하다보니 당황하지 않을 수 없었다.

"허허. 말 말고 먹으란께는 뜨겁다고 한다더니, 또 먼 소리를 하고 있어? 내가 다 좋도록 눈치 보아감시롱 이얘기를 할 것인께 자네는 그저 구경이나 하고 있어. 이런 일에사 그래도 내가 그만한 요령은 다 있은께 염려 말고 있게."

외불이는 종수 말이 단순한 사양인 것으로 알고 가볍게 넘기면서, 한쪽 다리를 홱 끌어다가 잔뜩 비틀어 앉으며 제법 거드름까지 피우는 것이었다.

"무단한 사람 날도적놈 맨들지 말고 이 일에서 손 띠시요. 지금 내 생각은 논이 서마지기가 아니라 서른마지기를 준다고 해도 그 사람들하고는 그런 거래 하고 싶은 생각이 애초부터 없어서 하는 소린께, 내 말 헛듣지 말고 나중에 피차 입장 곤란한 일 없도록 합시다."

"아니, 이 사람아, 자랏골에서 논이 서마지기면 그것이 얼만디, 자네는 내 노랑 병아리만 병아리로 여기고 있는가? 그리고 내가 그런 이얘기를 하더라도 그때그때 눈치 보아감시롱 말을 하기에 달렸제, 자네를 갖다가 누가 도적놈을 맨들고 말고 한다고 그래쌓는 가? 내가 시살 묵은 어린애기로 보이는가?"

외불이는 이런 답답한 꼴이 세상에 또 있겠느냐는 표정으로, 사뭇 원망에 찬 눈을 하고 종수를 쳐다보았다.

"그것이 아니고 나는 나대로 따로 생각이 있어서 하는 소린께 더

이애기 맙시다. 저것을 이대로 가지고 있다가는 자꼬 이런 소리가
나와서 속이 상할 것 같은게 이참에는 아주 저 바우를 떨어내번질
작정이요. 그것을 떨어내면 논도 그만치 넓어지고 석축 쌀 독도 제
절로 나오고 할 것인게 가실 끝나고는 그 일을 시작해사 쓰겠소.”

“그 바우를 떨어부러?”

외불이는 주먹이라도 한대 얻어맞은 꼴로 한참 동안 종수를 건
너다보고 있었다.

“예, 그 바우를 떨어부러사 이런 속상한 소리가 다시는 안 나올
것 같그만이라우.”

종수는 단호하게 말을 했다.

“그런께 자네는 그런 속이 있어서 그랬던가? 그래도 나는 자네
를 생각한다고 이로크롬 나서서 이애기를 했등마는, 그러고 본께
내가 말짱 속없는 소리를 하고 있었는 모양이네.”

외불이는, 옛날 일은 이미 나간 집 아궁이에 사라진 잿불로 쳐놓
고 이야기를 하다가 종수가 이렇게 나오자 송장이라도 건드린 것
같이 썰렁한 얼굴로 변명하듯 했다.

“예, 다 알고 있습니다. 그래서 이런 호의는 나도 고맙게 생각하
고 있은께 달리 생각 마씨요.”

“그런디 양문이는 저것을 신줏단지 모시대끼 하고 있는디 그래
도 쓸란가 몰라? 논을 두마지기나 더 준다고 나오는 것은 그 논이
욕심나서가 아니고 그 바우 땀새 그러는디, 그것을 바꿔주지는 못
할망정 떨어분다고 나온다 치라면, 금매 그것이 쪼깐.”

제물에 한창 신이 나서 야단이던 외불이는 주먹 맞은 망건 꼴이
되어 종수 눈치를 슬슬 살피면서 벙거지 시울 만지는 소리로 한마

디 했다.

종수는 이런 말까지 이렇게 쉽게 해버리고 싶은 생각은 없었다. 그러기로 미리 그렇게 작정한 바도 없었으려니와, 더구나 그런 소리를 이런 자리에서 하고 싶은 생각은 없었다. 외불이가 엉뚱한 소리를 하고 나오는 바람에 그 말막음으로 내친 것이 여기까지 이야기가 되어버리고 만 것이다.

양문이 쪽의 그런 제의는 그 바위에 얽힌 자기 아버지 죽음까지를 싸잡아서 도매금으로 넘기라는 이야기가 되는 것인데, 저 작자들은 그 죽음 부분에 대해서는 언제 그런 일이 있었느냐는 듯이 시치미를 떼고 나오고 있어 그것이 더 괘씸했다. 종수는 마치 선전포고와 같은 소리를 하면서 한 다리를 건너서 한 것이 좀 떳떳하지 못하게 느껴졌지만, 그렇게라도 속에 있던 말을 해버리고 나니 후련한 기분이었다.

사실 전에는 이런 소리를 입 밖에 내기만 해도 바로 그 순간에 무슨 어마어마한 일이 벌어질 것 같은 막연한 공포를 느꼈었는데, 이 말을 해버리고 난 지금 자기는 비로소 한몫 사람이 된 것 같은 기분이었다.

종수는 그러면서 지난번 선찬이가 여기 왔다 갈 때 남기고 갔던 말이 떠올랐다.

"결혼? 글쎄, 나이를 먹으면 결혼을 해야겠지. 하하."

무슨 이야기 끝에 이제 결혼할 나이가 넘었는데 결혼을 않느냐고 물었더니 선찬이는 이렇게 말을 받아놓고 한참 공허하게 웃었다.

"모두 나이를 먹으면 결혼을 하고 아이를 낳고 하는데, 나는 그것이 쉽게 안될 것 같다. 내 뱃속에는 무슨 댓진 같은 험한 찌꺼기가 잔뜩 찌어 있어서, 그것을 말짱 닦아내지 않고는 결혼 같은 것을 할 수가 없을 것 같아. 담뱃대에 짚홰기를 넣어 뽑아내면 꺼멓게 묻어나오는 그 댓진 같은 것을 싹 뽑아내든지, 창자를 저 밑에서 훌렁 뒤집어가지고 휘발유 같은 것으로 칼칼이 씻어낸 다음이라사 내 곁에 누구를 가까이하고 속을 터놓고 살 것 같단 말이다. 하하.”

선찬이는 이런 알쏭달쏭한 말을 해놓고 설에 오겠다며 떠났었다. 그때는 그 말이 무슨 소린가 도무지 알쏭달쏭하기만 했는데, 실은 자기한테도 그런 댓진 같은 것이 잔뜩 끼어 있는 것 같고, 아까 그 말을 했을 때 느끼는 기분은 마치 그 담뱃대에서 댓진이 뽑혀나온 것 같은 후련한 기분 같기도 했다. 하여간 자기는 지금 어디 큰 바윗돌 밑에라도 눌려 있다가, 그 꼼짝도 할 수 없던 몸을 조금 움직일 수 있게 된 것 같기도 했다.

외불이가 가고 얼마 안 있어 밖에서 기침소리가 났다. 질천이였다.

질천이가 오리라고 예상을 하고 있었으나, 정작 밖에서 질천이의 기침소리가 나는 순간, 기둥나무가 바위에라도 내려앉는 것같이 가슴이 쿵 하고 울려왔다. 종수는 되도록 태연하게 질천이를 맞았다. 그러나 아무리 태연하게 태도를 가지려고 해도 그때 아버지를 죽였던 그 검은 그림자가 다가오고 있는 것 같은 써늘한 전율이 느껴졌다.

“외불이가 하도 뜬금없는 소리를 하글래 먼 소리를 헛듣고 온 것이 아닌가 싶어서 왔네. 바우배기 바우를 으짠다는 것이 사실인가?”

질천이는 도대체 그것이 있을 법이나 한 말이냐는 표정으로 물었다.

"그것을 떨어서 논을 넓혀사 쓰겄그만이라우."

종수는 대수롭지 않은 일인 듯 아주 쉽게 말을 했다. 그러나 종수는 누가 뒤에서 도끼라도 으르고 있는 것같이 뒤통수에 싸늘한 냉기가 느껴졌다.

"자네한테는 그 바우가 논을 늘리는 데뱅이는 소용이 없는 바우제마는, 양문이는 따로 그것이 소중해서 우엣논까지 얹어주겠다고 나오는디, 그것을 꼭 그래사 쓰겄어?"

질천이는 달래듯 말했다.

"그 사람한테야 소중하건 말건 나하고는 상관이 없는 일입니다. 놈의 우엣것 묵고 싶은 생각도 없고요."

"자네가 억지로 주라고 사정한 것도 아니고, 자기덜이 자청해서 그러고 나오는 것인께 못 이긴대끼 받아두먼 될 것 아닌가?"

질천이 말은 이미 겉돌고 있었다. 종수 자기 아버지 죽음에 대한 부분은 떼어놓고 하는 이야기였기 때문이었다. 그러면서도 그것이 상전댁 일이다보니 얼굴에는 없는 웃음까지 발라가면서 자기 깐에는 달래는 가락이었으나, 말이 겉돌다보니 웃음이 제대로 되어 나오지 않았다.

"하여간 그 사람덜하고는 처음부터 그런 거래를 하고 싶은 생각이 없은께, 그런 줄만 알고 이 일에는 더 나서지 마씨요."

질천이하고 더 이야기를 길게 하고 싶지가 않아 말을 자르고 나섰다.

"이애기를 그로크롬 할 것이 아니라 옆엣사람 입장도 쪼깐 생각할 것은 생각을 해보고 이애기를 하소. 영감이 죽을 날이 가까워온 께 그런가 으짠가, 자기 죽기 전에 저 논을 자기 앞으로 이전하는 것을 봐사 쓰겠다고 한께 이러고 나오는 모양인디, 그 영감 소원도 소원이제마는 자네가 꼭 저 바우를 떨어분다 치라면 내 형편은 뭣이 되겠는가?"

질천이는 거의 애원에 가까운 소리로 말을 했다.

"그 영감 소원이 무엇이든, 그런 것은 나한테는 관둘 배앓이고, 내가 지금 이 일을 장난으로 하자는 것이 아닌께 누 입장이나 형편을 생각하고 있을 수가 없소."

"허허. 그 형편이라는 것이 옆엣사람 한나가 쪽박을 차게 생긴 형편인디, 그런 것은 남의 일이라고 그로크롬 쉽단 말인가? 자네가 막말로 저 바우를 떨어분다고 하세. 그런다 치라면 양문이는 저 묏 등을 파 윙긴다는 소리가 나올 판인디, 그로크롬 묏등을 윙길 때는 질천이 이삐다고 산직답은 여그다 놔두겠는가? 이 일이 나하고 상 관이 없는 일인다 치라면 자네사 털토시를 찌고 귀구먹을 쑤시건, 호랭이 코에다 불침을 놓건 옆엣사람이 뭣이라고 하겠는가?"

"허허. 떵 소리 듣고 벼락이라고 놀래는 것 같소. 저 바우가 무엇이 그로크롬 대단해서 생묏등을 파다 윙기고 말고 한단 말이요?"

"묏자리가 그로크롬 생겼다고 그래싼께 그러제, 내가 알겠는가? 저그다가 생논을 두마지기나 얹겠다고 나오는 것을 보소. 그 사람 덜이라고 돈 주체 못해서 그로크롬 많은 돈을 처맽길 것인가?"

"하여간 고량진미도 내 입에 안 맞으면 마는 것인께 두마지기고 서마지기고 그런 소리는 더 하지 마써요."

"그런께 이 사람아, 그것은 그런다 치더라도 양문이는 저 바우를 태백산 백호 송송낙월 어르듯 하는디, 그것을 바꿔주지는 못하더라도 꼭 그래사 쓰겄어? 탕개도 데면 터지고 쇠도 강하면 부러지는 것이네. 세상 사는 지혜란 것이 그러는 것이 아닐 것 같어."

은근한 공갈이 아닌가 싶어 종수는 눈꼬리가 치켜올라갔다.

"더 이애기 맙시다. 나는 이미 결정을 한 일인께 더 나서지 마씨요."

"이 사람아, 그래도 귀신은 경문에 맥히고 사람은 인정에 맥히는 것인디, 사람 한나가 쪽박을 차게 생긴 일을 가지고 꼭 그래사 도리란 말인가? 옆엣사람 입장이나 형편도 쪼깐쓱 생각할 것은 생각을 하고 먼 일을 해도 해사 그것이 한동네 사는 정분이제 뭣일 것인가?"

질천이는 끈질기게 물고 늘어졌으나, 종수는 끝내 누그리지 않았다. 질천이는 같은 말을 두번 세번 되풀이하다가 밤이 이슥해서야 돌아갔다.

양문이 쪽에서 저 바위를 그렇게 끔찍하게 생각하고 있다는 것은 종수도 이미 알고 있는 일이었지만, 저 바위를 없애버리면 묏등을 파 옮길지 모른다는 소리를 듣자, 저 바위가 그 묏등과 그렇게까지 깊은 관계가 있는 것인가 새삼스럽게 놀라지 않을 수 없었다.

풍수설이 어떤 것인지는 잘 모르지만, 그것을 믿기로 하는 사람들에게는 이러기까지 한 것인가, 다시 한번 놀라지 않을 수 없었고, 그것으로 인한 자기 아버지의 죽음에 대한 의혹이 의심의 여지 없는 확신으로 굳어졌다.

자기 아버지가 죽은 것은 저 바위 때문에 양문이가 어떤 방식으로건 뒤에서 시켜서 그랬을 것이라는 생각을 하기는 하면서도, 저런 하찮은 바위 하나 때문에 살인까지야 했겠는가 어정쩡한 생각을 갖기도 했었다. 풍수지리설이라는 것에 실감이 가지 않는 만큼, 저 바위로 인한 자기 아버지 죽음에 확신이 서지 않았던 것이다.

그런데 종수는 오늘 저녁 그렇게 애원을 하다시피 하고 나오는 질천이의 태도에 고개가 갸웃거려졌다. 평소에도 질천이 행동을 유심히 보면 그가 살인에 간여한 사람이라고 볼 수 없는 점이 많았었는데, 오늘 저녁에 나오는 것도 그랬다. 만약에 그가 살인에 간여를 했다면 그가 아무리 배짱이 좋고 칙칙한 사람일지라도 그 일에 간여했고서야 그렇게 나올 수 있을까 싶었기 때문이었다.

다음날 외팔이가 왔다. 다시 가슴이 덜컥했다. 어제저녁 질천이가 왔을 때와는 또다른 충격이었다.

"저 아래 논 이애기에 자네 의견은 다르다문서?"

외팔이는 능청맞게 나왔다. 한쪽 팔이 팔목에서 잘려나가 그쪽 빈 소매를 허리띠에 찌르고 다니는 외팔이의 모습은, 그것만으로도 사람을 한풀 얕보는 것같이 얼핏 거만하게 보였는데, 이렇게 지체가 성하지 못한 사람 특유의 냉기가 얼굴에 흐르고 있어 얼른 끌리지 않는 인상이었다.

"의견이 다른 것이 아니라 처음부터 그런 거래를 하고 싶은 생각이 없습니다."

종수는 되도록 침착한 목소리로 말했다. 외팔이는 종수를 한참 동안 빤히 건너다보았다. 하룻강아지 범 무서운 줄 모른다더니, 너 같은 촌놈이 뉘 앞에서 삶은 개다리 뻗지르듯 거만을 떨고 나오냐는 눈이었다.

"그러면 그런 거래는 하기 싫다 치고, 우리는 그만치 필요해서 위엣까지 얹어주겠다고 하는 것을 떨어버리겠다는 것은 또 뭔가?”

“그 이유는 이미 들어 아실 줄 아는데요.”

따지고 나오는 가락이 비위가 상해서 한마디로 퉁겨버렸다. 네가 뭔데 아무한테나 상전 가락으로 나오느냐는 결기도 있었다. 외팔이는 상판이 일그러졌으나 성깔을 누르는 것 같았다.

“이 사람아, 자네는 그것을 떨어서 논 늘리자는 데백이는 쓰잘데가 없는 바우제마는 우리는 그만치 중요해서 그만한 댓가를 주겠다는디, 까마구 똥도 약이라 한께 으짠다고, 꼭 그로크롬 해사 쓰겄어?”

외팔이는 제 성미에 못 이겨 말꼬리가 치켜올라갔다.

“까마구 똥이고 까치 똥이고 입에 싫은 음식은 못 먹는 것 아니요?”

“아무리 입에 싫다고 하더라도 이만치 대접을 해서 사정을 한다치라면 들을 만한 것은 들어사 쓸 것 아닌가?”

“싫은 음식은 처묵으라 해도 싫은 것이고, 잡수시요 해도 싫은 것인께 더 이애기 맙시다.”

“아니, 그것이 도대체 무슨 배짱인가?”

“배짱이 아니라 싫다니까요.”

“이 자식이 정말 뭣을 믿고 이러지?”

“뭐여? 뭣을 믿고?”

종수는 대번에 눈꼬리가 치켜올라갔다.

“나는 보시다시피 자랏골 촌놈이라 믿는 데가 없는 놈이여. 당신덜은 왜정 때는 왜놈덜 앞잡이로 왜놈덜 믿고 설쳤고, 이 세상 되아서는 국회의원까지 있은께 항상 아망위에 턱을 걸고 있제마는,

나는 믿는 것이 없어. 어디 왜정 때 헌병 몰아넣던 솜씨 한번 보여
준다는 소린가? 그렇게 쉽게는 안될걸.”

“이 건방진 새끼가 죽을라고 환장을 했네.”

외팔이는 펄펄 뛰었다.

“죽이겠다는 소리요? 어디 한번 죽어봅시다. 그러면 나는 당신
덜 때문에 죽어간 사람덜 중에서 아홉번째가 되겠그마.”

종수는 퍼렇게 독기를 피우고 나섰다. 외팔이는 별생각 없이 한
소리 같았으나, 종수가 이렇게 옛날에다 비끄러매서 곱새기고 나
오자 좀 당황하는 눈치였다. 질천이가 끌고 가자 그대로 못 이긴
듯 따라가고 말았다.

종수는 이제야 자기가 해야 할 일이 무엇인가 너무도 환히 드러
나는 것 같았다. 종수가 울화를 삭이지 못하고 씩씩거리고 있는데,
질천이가 다시 왔다. 외팔이는 지금 말을 해놓고 후회를 하고 있으
니 금방 사과를 하러 올 거라며, 처음부터 그렇게 깊이 생각하고
한 말이 아니니, 오거든 자기 체면 보아서 조금 누그려달라고 부탁
을 했다.

“그 새끼, 달구세끼가 발 벗었은께 항상 오뉴월인 줄 아는데 두
고 보라고 하씨요. 깊이 생각하고 얕이 생각할 것도 없이 이애기는
이것으로 다 끝났은께 사과고 지랄이고 없어요. 제 놈덜은 항상 돌
진 가재, 산 진 거북이라 나 같은 놈 하나 으짜기는 식은 죽 먹길 것
이요. 어디 한번 해보라고 하씨요. 나는 기어코 저 바우는 떨고 말
텐께 할 대로 해보라고 해요.”

다시 외팔이가 왔다. 종수는 들어서는 외팔이를 하얗게 노려보
고 있었다.

"아까는 내가 쪼깐 말이 과했던 것 같네. 나는 그런 뜻으로 한 소리가 아니었는디 자네가 너무 깊이 새긴 것 같아. 사람한테는 누구한테나 한번 실수라는 것은 있는 것인디 그로크롬 지난 일까지 함부로 말하는 것은 자네도 쪼깐 심한 것 같네. 하여간 나잇살이나 먹어가지고 채신을 못 채렸던 것 같은께 그것은 너무 깊이 생각 말게. 그리고 지금까지는 내 입장만 생각하고 말을 한 것 같은디, 서로 솔직히 털어놓고 이애기를 한다 치라면 서로 할 이애기들이 있을 것 같아서 왔은께 어디 툭 털어놓고 이애기를 해보세."

외팔이는 꼬리를 사려도 크게 사리고 나왔다. 그가 자랏골 사람에게 이렇게 나오기는 지금까지 아마 처음일 것이다.

"성인도 하루에 죽을 말을 시번은 한다고 않던가? 술은 첫 물에 취하고 사람은 홋물에 취하더라고, 사람이란 것이 싸우고 벗 사구고……"

벗이란 소리에 외팔이는 허옇게 질천이를 노려보았다. 질천이는 기생의 자릿저고리로 상전 앞이라면 그저 진 데 마른 데 가리지 않고 나서다보니 또 이런 실수까지 하고 말았다.

"일트면 말인께 벗이라고 했제마는 나이가 얼마 차이라고 벗일 것인가마는, 하여간 자네가 나이를 덜 묵었어도 덜 묵었은께 접어서 생각하소."

잔뜩 주눅이 들어 말을 바른다고 바른 것이 이번에는 나이 많은 아재비가 참으라는 가락이 되고 말았다.

"저 바우를 꼭 떨어사 쓰겄다는 자네 속을 모르겄는디, 어디 속 시원하게 그 이유를 한번 말해보소."

종수는 외팔이가 숙이고 나온 바람에 울화가 좀 누그러지기도 했고, 또 이왕 이렇게 된 바에는 투철하게 자기 태도를 밝히고도 싶었다.

"이유는 간단합니다. 아버지가 하다 두신 일이니까 자식이 해드리자는 것이지요."

증거가 없는 일이라 자기 아버지 죽음에 대한 의혹을 조금이라도 내비쳤다가는 되감길지도 몰라 이런 명분을 내세울 수밖에 없었다.

"그것은 자네 아버지가 잘못 생각한 일이여."

"여보시요, 돌아가신 분 놓고 지금 시비를 가리자는 것이요? 그러면 당신하고 이애기할 것 없습니다."

종수는 외팔이를 노려보며 쏘아붙였다. 기왕 배짱으로 맞닥뜨리기로 한 것, 아산이 무너지나 평택이 깨지나 밑질 것이 없었다.

"아니, 내가 돌아가신 이를 놓고 새삼스럽게 으짜자는 것이 아니라, 사리가 그렇다는 것이여."

"나도 사리를 말씀드린 것입니다."

"맞네. 부모가 하시다가 둔 일을 자식이 해드린다는 것도, 그것만 가지고 따진다면 사리에 맞는 일이여. 그러제마는, 사리라는 것이 사람이 사는 이치라놔서 그로크롬 외곬로만 따져지는 것이 아녀. 그러면 막말로 부모가 사람을 죽이다가 둔 일이라도 부모가 하다 둔 일이라고 자식이 마자 한다면 그것도 사릴 것인가? 그런께 시방 내 말은 자네보고 꼭 글타는 것이 아니라 저 바우를 떨어서 돌아가신 이 원을 풀어드려사 쓰겄는디, 우리한테는 저 바우가 뭣등으로 해서 크게 필요한께, 그것을 못한 벌춤을 해드리겠다는 것이네. 산 사람이나 죽은 사람이나 부모 된 소원이라는 것이 우선

자식들이 논 한마지기라도 늘려 잘사는 것이 소원 중에서도 젤 큰
소원이 아니겠는가? 그런께 자네가 생각하는 그런 소원보다 이런
소원을 풀어드리는 것이 돌아가신 이로 보아도 더 낫겄다 이 말이
네. 이것은 천하에 어디다 내놓고 보아도 그르다는 사람이 없을 것
이여. 논 두마지기로 섭섭하다면 한마지기를 더 얹을 생각도 있은
께 이애기를 길게 할 것이 아니라 여그서 그치세.”

“내가 돌아가신 이 핑계 삼아서 돈 벌자는 도적놈인 줄 아시요?”

종수는 한마디로 퉁겨버렸다.

“아니, 왜 그로크롬 외곬로만 생각하는가? 돌아가신 이 맘 편하
게 하기로 해서 더 드린다는 것 아닌가?”

“그것은 피차에 생각 나름이지라우.”

“생각 나름이 아니라 사리가 그렇다 이 말이네.”

“나도 사리를 말씀드린 것입니다.”

이 자식이 자기 아버지 죽은 이야기는 끝까지 시렁에다 얹어놓
고 시치미를 떼고 나오는 것이 괘씸해서 끝내 뻗지르고 나왔다.

“그것은 사리가 틀리지 않은가?”

“당신 사리는 그러는 것이 사리제마는 내 사리는 다르다 이 말입
니다.”

“젊은 사람이 어째서 그로크롬 갑갑한가? 사리가 그것이 묵다
둔 떡 쪼가리간디, 니 사리 있고 내 사리 있고 할 것인가? 옳아야
그것이 사리제.”

외팔이는 성깔이 또 꼬약거리는 것 같았으나 누르는 안간힘이
겉으로 나타났다.

“떡 쪼가리가 아닌디 으째서 당신 사리는 옳고 내 사리는 틀리단

말이요?”

종수도 언성을 높였다.

“이애기를 이로크롬 하고 있다가는 암만해도 매듭이 안 풀리겠네. 그러면 이로크롬 하세. 자네는 저 바우 일은 아버님이 허시다 둔 것인디, 그것을 해드리지는 못하고 잇속만 취한다는 것이 옆엣사람 보기에도 쪼깐 떳떳하지 못한 것 같아 그것이 걸리는 모냥이네. 그러면 저 바우를 동네다 적선을 한 셈 잡고 이로크롬 하면 으짜겠는가? 두마지기 없는다는 것은 그대로 없기로 하고, 나머지 한마지기 값으로는 내가 동네다 정각을 하나 지어줌세. 그러면 그 일이 옆엣사람한테까지 덕이 가는 것인께 동네 사람들도 좋고 자네 입장도 떳떳할 것 같네. 이것은 지금 대답하라는 것이 아니고 찬찬히 더 생각을 해보라는 것인께 깊이 한번 생각을 해보게. 그러면 내가 또 한번 찾아올 것이니 그때 이애기허세. 나는 바쁜 일이 있어서 지금 넘어가봐야겠네.”

이쪽 마음을 제멋대로 해석해서 엉뚱한 제안을 해놓고 훌쩍 자리에서 일어섰다.

종수는 어리둥절했으나, 다음날 보니 거기에는 만만치 않은 술수가 숨어 있었다. 동네 사람들이 정각 이야기에 마치 종수가 그렇게 승낙이라도 한 것같이 들떠 있었다. 질천이가 어떻게 이야기를 퍼뜨렸는지 동네 사람들은 이미 맹물에 홀딱 취해서 금방이라도 정각이 들어설 것같이 이야기를 하고 있었다.

사실 동네 사람들한테는 그 소리가 이만저만 반가운 소리가 아니었다. 전에 정각이 있을 때는 여름이면 그만한 안식처가 없었다. 어른 아이 할 것 없이 밥숟갈만 뺐다 하면 정각으로 몰려들어 동네 사람들이 여름은 거의 거기서 지낸다고 해도 과언이 아닐 지경이었다. 다른 동네보다 정자나무도 더 울창하고 또 시원해서 낮잠뿐만 아니라 밤에까지 한여름을 꼬박 거기서 지새우는 사람이 한둘이 아니었다.

그것이 재작년 태풍에 무너져버린 뒤 지금 동네 형편으로는 지을 엄두를 낼 수가 없는 판인데 그것을 공짜로 지어주겠다니, 이것은 귀신 듣는 데 떡 소리였다.

그런데 동네 사람들은 그것이 어떻게 나온 소린지는 생각하지 않고, 쿵그렁하니 굿인지 알고 선산 무당이 춤을 춘다더니, 동네 사람들은 자기들한테 돌아올 혜택에만 들떠 초상집에서 팥죽타령으로 깨춤에 매화타령이 요란들 했다.

종수는 동네 사람들이 이렇게 속없이 들뜨고 나오자 동네 사람들보다 이런 식으로 자기를 곤경으로 몰아붙이고 있는 외팔이한테 대한 적개심이 더해갔다. 그 작자가 선거를 여러번 치러보더니 사람 다루는 가락이 있어 동네 사람 체면에다 묶어 꼼짝을 못하게 하려 하고 있었다. 그러나 종수는 네깟 놈 그런 얄팍수에 내가 넘어갈 것 같으냐고 속으로 콧방귀를 뀌고 있었다.

15

종수는 동아줄에 꽁꽁 묶여 어디론가 끌려가고 있었다. 그렇게 꼼짝 못하고 끌려가는 자기를 빤히 건너다보고 있는 눈이 있었다. 원망과 연민과 어쩌면 허탈한 감정까지 착잡하게 뒤얽힌 아버지의 눈이었다. 아버지도 종수 자기처럼 그렇게 묶여 어디론가 끌려가면서 그 처량한 눈으로 자기를 건너다보고 있었다. 아버지가 끌려가는 것은 양문이 묏등을 파버렸기 때문이고, 자기는 바위박이 논의 바위를 폭파해버렸기 때문이라는 것이다. 종수를 끌고 가는 것은 선찬이였고 아버지를 끌고 가는 것은 6·25 때 민청원 같기도 하고 순경 같기도 한 사람이었는데, 선찬이는 연방 쿡쿡 웃어대면서 뭐라 수없이 지껄이고 있었다. 아버지와 자기 뒤에는 양문이, 질천이, 곰영감, 그리고 양문이 일가 지치레기들이며 동네 사람뿐만 아니라 낯모르는 사람까지 수많은 군중들이 뭐라고 수없이 떠들고 깔깔거리며 따라오고 있었다. 그들은 어깨에 삽을 메기도 했고 몽둥이를 들기도 하고 있었다. 종수는 뭔가 좀 억울하고 어이없는 기분이었으나 도무지 어쩔 수 없이 된 속에서 그냥 기진한 상태였다. 선찬이는 연방 킬킬거리기만 하면서 종수가 물고 있는 담배에다 불을 붙여주었다. 그 담배는 실은 다이너마이트였는데, 거기다 불을 댕기자 픽픽 소리를 내면서 맹렬한 기세로 타들어오고 있었다. 그러나 종수는 꼼짝할 수 없는 상태에서 이미 절망적인 기분으로 그것을 꽉 물고 있을 수밖에 없었다. 다이너마이트는 마구 타들어오고 있었고 선찬이는 그것을 보고 키들키들 웃고만 있었다. 다이너마이트는 이내 입술 가까이까지 타들어오고 있었다. 그러나 자기는 그것을 꽉 물고 있는 것밖에는 달리 어떻게 해볼 수가 없었다. 픽픽, 뻥.

종수는 식은땀을 흘리며 잠에서 깨어났다. 이것이 꿈이었구나 하는 안도감에 후유 한숨을 내쉬었다. 그렇게 뻥 터져버린 것이 현실이 아니고 꿈이어서 자기가 지금 이렇게 살아 있다는 것이 얼마나 다행스러운지, 어디다 대고 감사라도 하고 싶은 심정이었다. 꿈이었지만 너무도 절박하고 기막히는 심정이었다. 종수는 가슴이 지금까지 벌렁거리고 있었다.

그런데 그 꿈속의 어수선한 영상 가운데서 자기를 멀거니 건너다보고 있던 아버지의 그 처량한 눈이 유난히 또렷하게 남아 있었다. 군중들이 강물처럼 흘러가는 속에서 자기를 보던 그 원망과 연민과 허탈감이 교차되어 있던 아버지의 그 눈은 전에 민청원한테 당하면서 아이들 속에 끼여 있는 자기를 언뜻 발견하고 경황 중에도 멀거니 바라보던 그 눈이었다.

종수는 그때 아버지의 그 눈을 도무지 잊을 수가 없었다. 경을 치면서도 잠시 허탈한 표정으로 자기를 바라보던 그 눈이 너무도 뚜렷한 영상으로 뇌리에 박혀 아버지의 영상이라면 언제나 그 눈부터 떠오르는 것이었다. 그러나 종수는 지금까지 되도록이면 아버지의 그 눈을 떠올리지 않으려고 했다. 그 눈과 함께 아버지의 죽음에 대한 기억이 떠오르고, 그러고 나면 그 죽음에 대한 의혹을 도무지 어떻게 할 수가 없어 종수는 그때마다 머리를 돌리며 고개를 흔들어버렸다.

종수는 머리에 착잡하게 엉겨오는 상념을 털어버리기라도 하듯 몸뚱이를 한바퀴 뒤채며 잠을 청했다. 그러나 잠이 올 것 같지는 않았다. 열이레 교교한 달빛이 창에 비치고 있었다. 너무도 밝은 달빛이었다. 이 밝은 달빛이 허허롭게 내리비치고 있는 이 교교한 적막 속에서는 하얀 원귀들이 나돌아다니며 무슨 밀회라도 함직하게 인간이 범접할 수 없는 차디찬 냉기가 흐르고 있었다. 종수는 아까 자기가 꾸었던 꿈속의 세계가 지금 저 달빛 아래서 연장이 되고 있는 것이 아닌가 싶었다.

난리가 났다고 세상이 뒤숭숭했다. 삼팔선이 터지고 서울이 쑥밭이 되고 이제 세상은 갈데없이 김일성이 세상이 된다는 것이었다. 시골 사람들은 언제나 그렇지만 자랏골 사람들도 자리 진 늙은이 골방에서 덩덩 소리로 버꾸놀이 짐작하듯 어디서 어디까지가 사실이고 어디까지가 거짓인지 알 수 없는 뜬소문만으로 난리 소식을 듣고 있었다. 누가 보태거나 떼어도 탓할 사람이 없는 임자 없는 뜬소문이라 입에서 입으로 건너다니는 사이 눈덩이같이 부풀고 커져서 자랏골에 들어올 적에는 터무니없이 변해 있었는데, 워낙 전황이 급하던 때라 시골 사람들의 과장이 미처 그 급변을 따르지 못할 지경이었다.

그러자 공산당 세상이 되면 세상이 어떻게 될 것인가에 이러쿵저러쿵 멍첨지 맹자왈로 저마다 아는 소리들을 멋대로 늘어놓고 있었다. 남의 논이 제 것이 되고 양문이 같은 놈은 이번에는 정말로 힘을 쓰지 못하게 된다는 것이었다.

자랏골 사람들은 남의 논이 자기 것이 된다는 소리보다 양문이 같은 놈이 힘을 못 쓰게 될 것이라는 말에 더 귀가 쏠렸다.

남의 논이 제 것이 된다고 해보았자, 그러지 않아도 거의 공짜나 다름없이 벌어먹고 있던 것이라, 쌈지 것이 주머니 것이고 팥이 풀어져야 솥 안에 있을 것이어서 별반 실감이 가는 일이 아니었다. 없던 것이 새로 생겨난다면이나 모를까, 정말 그러기로 해서 제 것이 된다면 기껏 등기에 제 이름이 오른다는 것 정도인데, 그러지 않아도 요새 산주들은 이리저리 떼어 옮기지 못하도록 법이 되어 있어 거의 자기 것이나 마찬가지였기 때문이다.

시제를 차리던 사람은 시제를 차리지 않아도 되고, 산소에 벌초 같은 것도 할 필요가 없을 것이라고 떠들어대는 사람도 있었으나, 그것도 별로 탐탁하게 들리는 소리가 아니었다. 시제까지는 그런다 치더라도, 산소 벌초까지야 그래도 그 그늘에서 여태 벌어먹고 살아왔는데, 아무리 세상이 어쩐다기로서니 따로 무슨 원수가 졌던 것도 아닌 다음에야 낫 한 자루 들고 나서면 많아야 하루에 너끈할 일을, 자랏골놈들이 제가 언제부터 무슨 샌님이었다고 묵어가는 산소를 앞에 놓고 손 개얹고 버티고 있어야 그것이 꼭 새 세상 사는 기분이겠는가 하는 생각들이었기 때문이었다. 하루 품이 그렇게 아깝다면 추석 같은 날 노는 입에 염불하기로 낫 한 자루를 들고 나서면 그쯤 수고로 그만큼 생색나는 일도 없을 것이었다. 그리고 시제는 꼭 안 차린다 하더라도 먼 데서 예까지 성묘 오는 사람들을 점심 한 끼 대접하면 그것이 다 정이 되고 공이 될 것인데, 꼭 남의 집 사위 보듯 해야 도리일 것 같지도 않았다.

그래서 자랏골 사람들은 양문이 같은 놈이 맥을 못 추게 된다는 것이 그런 것보다 더 통쾌하고 고소해서, 오히려 그런 관심으로 시국 소식에 가슴을 졸이고 있었다.

드디어 그들의 세상이 되고 말았다. 그들은 나오기만 하면 노동자 농민 어쩌고 떠벌려대는 것이었으나, 딱히 어쩐다는 소리는 없고 순경들이 혹시 나타나면 당장 때려잡으라는 소리만 하고 돌아갔다. 자랏골 사람들은 시국이 어찌 되는가 어쩡어쩡한 자세로 그저 멀뚱거리고만 있었다.

그러던 어느날 해거름이었다. 난데없이 절골 쪽에서 여남은명의 장정들이 서로 쫓고 쫓기며 엉뚱하게 동네를 향해 달려오고 있었다. 쫓기는 사람은 두 사람이었고, 쫓는 사람은 대여섯 명으로, 총을 들고 쫓아오며 동네 사람들을 향해 뭐라 고래고래 악을 쓰고 있었다. 쫓는 놈들은 먼발치로 보아도 어깨에 완장을 두른 것이 민청원들 같았는데, 동네 사람들보고 그놈들을 잡으라고 악을 쓰는 것 같았다.

쫓기는 놈들은 우선 달리기 좋은 길만 고르다보니 그대로 동네로 달려들고 있었다. 뒤쫓는 민청원들은 그놈 잡으라고 고래고래 악을 썼다. 쫓기는 사람들은 입술이며 얼굴이 거의 사색이 되어 동네 정자나무 밑을 달리고 있었으나, 동네 사람들은 누구 하나 선뜻 나서서 그들을 잡을 생각을 하지 않고 있었다. 입에다 거품을 물고 기진맥진 달려가고 있었기 때문에 곁에서 손가락만 하나 갖다대도 그 자리에 풀썩 주저앉을 것 같았으나, 동네 사람들은 그저 멀찐멀찐 건너다보고만 있었다.

그들이 그렇게 보고만 있는 것은 짐승도 동네 들어온 짐승은 잡지 않는다거나, 또 처참하게 도망치고 있는 그들이 불쌍해서가 아니었다. 이렇게 죽고 살기를 두고 핏발이 서 있는 일에 누구를 잡아주고 어쩌고 할 만큼 쫓고 쫓기는 일이 자기들과는 전혀 무연한 일로 느껴졌기 때문이었다. 여기서는 이들을 잡아준다는 것은 그들이 핏발이 서 있는 만큼 자기도 어느 쪽에 핏발 선 열기로 끼어선다는 것이겠는데, 자랏골 사람들은 그냥 세상이 덩덩하니까 그런가보다 하고 물 건너 불 구경으로 그저 구경을 할 수밖에 없었다.

"이 반동들, 왜 안 잡어?"

쫓던 놈들은 악을 쓰며 동네 사람들을 흘겨보고 지나갔다. 앞에 쫓던 놈들은 그렇게 욕만 퍼붓고 그대로 쫓아갔으나 맨 꽁무니에 따르고 있던 대장인 듯한 놈이 정자나무 밑에 어물거리고 있는 사람들한테 악을 썼다.

"빨리 쫓아가 저놈들을 잡으시요. 빨리!"

놈은 총을 들어 갈길 기세로 몰아세웠다. 멍청하게 섰던 사람들은 손을 들어 총을 막으며 옆걸음으로 뛰기 시작했다. 놈은 그들을 쫓아놓고 이번에는 엉뚱하게 양문이 묏등 꼭대기로 뛰어올랐다. 놈은 냅다 따꿍 하고 총부터 한방 갈겨, 그 엄청난 소리로 동네를 꽝 짓이겨놓고 악을 썼다.

"이 동네 사람들은 한 사람도 빳지 말고 몽둥이나 연장을 들고 나오시요. 쩌그 이승만이 개들이 도망치고 있소. 안 나오는 사람은 반동이요. 반동은 그 자리에서 총살이요, 총살!"

따꿍총을 또 한방 갈겨, 안 나오는 반동은 이렇게 쏘아 죽이겠다는 서슬로 거푸 악을 썼다.

"빨리 나오지 못해! 안 나오는 놈은 전부 반동이다. 총살이야, 총살!"

모닥불에서 뛰어나온 미친놈같이 눈에 벌겋게 핏발을 세우고 총을 갈겨대며 날뛰는 것이, 저 서슬에 어물어물하고 있다가는 저 총에 무사하지 못할 것 같은데, 또 저놈들 날뛰는 서슬이 하도 험하다보니 뛰어나가도 너무 앞에 뛰어나갔다가는 저 미친 서슬에 그도 안될 것 같은 생각이 들었다. 하도 뜻밖의 일이라 무슨 영문인지 그것부터 알 수가 없어 놀란 토끼 벼락바위 건너다보듯 울타리 너머로 놈을 건너다보고 있었다.

"빨리빨리 나오지 못해?"

놈은 골목을 쓸고 다니며 총부리를 들이댔다. 총부리를 가슴 앞에 들이대자 동네 사람들은 그제야 펄쩍 뛰었다. 잡히는 대로 연장이나 몽둥이를 하나씩 주워들고 놈이 몰아붙이는 대로 안골을 향해 달려갔다. 골목을 쓸고 다니며 악을 쓰는 통에 우선 그놈 총에 안 맞으려면 그렇게 모는 대로 뛸 수밖에 없었다.

텃골양반은 가뜩이나 절름거리는 다리에 그나마 좀 미치적거리다가 나왔더니 동네 사람들은 저만치 앞에 가고 자기가 맨 꽁무니에 붙어 있었다. 그놈 총이 어디 몸뚱이 한군데다 구멍을 내고 마는 것이 아닌가, 사뭇 겁을 집어먹고 있는 힘을 다해 달리기 시작했다.

텃골양반이 외따로 떨어져 있는 평식이 집 앞에 이르자 그 집 마당에서는 이미 한놈을 잡아 결박을 짓고 있었다. 놈이 어수룩하게 집으로 뛰어들었던 모양이었다. 몇 사람이 남아서 그놈을 묶고 있고 나머지는 다른 놈을 쫓아 안골로 뛰어가고 있었다.

“동무는 이리 와서 이놈이나 지키시요!”

한 놈이 텃골양반을 향해 손짓을 하며 말했다. 칡덩굴과 새끼로 꽁꽁 묶어 마당 한가운데 꿇어앉혀놓은 놈을 지키라는 것이다.

“이 새끼, 쪼깐만 눈치가 틀리면 그 곡괭이로 골통을 찍어버려요. 곡괭이를 쳐드시요!”

텃골양반은 엉겁결에 곡괭이를 쳐들어 묶인 놈 대가리 위에 겨누었다. 텃골양반은 아까 집을 나올 때 마땅한 몽둥이나 연장이 없어 손에 쉽게 잡히는 대로 사립문께 놓여 있는 곡괭이를 추켜들고 나왔던 것인데, 이 곡괭이로 정말 사람 대갈통을 찍으라고 하니 경황 중에도 자기가 곡괭이 같은 무지한 연장을 들고 나왔던 것이 후회스러웠다.

텃골양반더러 잘 지키라고 닦달을 해놓고 돌아서던 놈이 사립문께서 다시 뒤를 돌아보았다.

"그놈 놓치면 알지요? 그때는 당신이 대신 죽어!"

무지한 놈이 따꿍총 노리쇠를 철거덩 퉁겨 텃골양반한테 겨누면서 윽박지르는 것이었다. 텃골양반은 찔끔해서 곡괭이를 바싹 추켜올렸다. 텃골양반은 묶인 놈 대가리 위에 곡괭이를 추켜들고 사천왕의 자세로 겁먹은 눈알을 부라리며 서 있었다.

"물 한 그릇 주시요. 죽일 놈도 먹을 것은 먹여서 죽인다고 않던가요?"

죽을상으로 고개를 떨구고 있던 놈이, 민청원이 나가고 나서 얼마 되지 않아 고개를 쳐들면서 뜻밖에 침착하고 또렷한 목소리로 물을 청했다. 이렇게 곡괭이 밑에서라면 제대로 숨도 못 쉬고 있을 줄 알았다가, 이렇게 침착하게 나오자 곡괭이를 쳐들고 있는 자신의 모습이 머쓱해지고 말았다. 텃골양반은 이렇게 골통이 내리찍힐 것 같은 곡괭이 밑에서 이놈이 이렇게 침착하고 태연하리라고는 미처 생각도 못한 일이었다.

"젊은 양반이 어쩌다가, 끌끌."

어느새 평식이 할머니가 물을 떠가지고 물그릇 시울을 치맛귀로 훑어내며 다가오고 있었다.

"웬수놈의 시상."

평식이 할머니가 물그릇을 입으로 가져다댔다. 놈은 박속같이 바싹 말라붙은 입술을 물그릇으로 가져가려다 말고 얼핏 평식이 할머니를 쳐다보더니, 잠시 그렇게 빤히 건너다보는 것이었다. 사내는 한참 그렇게 평식이 할머니를 건너다보고 있다가 이내 사발에다 입을 댔다. 꿀꺽꿀꺽 마른논에 물 들어가듯 찰찰하던 물 한 사발이 금방 밑바닥 뒤집어졌다.

"더 떠다 드리꺼니라우?"

사내는 고개를 저으며 아까 그 좀 처량해 보이는 표정으로 다시 평식이 할머니를 쳐다보았다. 단순히 고맙다는 감사의 표정이 아니었다.

"왜 그로크롬 보시요?"

평식이 할머니는 웬일인가 하는 눈으로 같이 바라보고 있었다.

"우리 어머니 생각이 나서 그럽니다."

사내는 처량한 소리로 말을 하며 후유, 한숨을 길게 내쉬었다.

"아이고, 시상에도 끌끌. 그러면 그 어무니 연세가 시방 어뜨크롬 되았소?"

"금년에 막 일흔인데, 삼대독자 외아들이 이 꼴이 되었습니다."

"우매, 나하고 동갑이네. 시상에도 끌끌. 고향이 어데간디 어쩌다가 당해도 이로크롬 험한 꼴을 당했소?"

평식이 할머니는 안쓰러워 못 견디는 표정으로 다가서며 물었다.

"이 손 좀 늦춰주시요. 피가 안 통해서 죽겠습니다."

할머니 물음에 대답을 남겨놓고 손이 아파 못 견디겠다는 시늉을 하며 텃골양반을 쳐다보았다. 사천왕의 자세를 조금도 흩트리지 않고 곡괭이를 으르고 있던 텃골양반은 잠시 당황하는 표정이었다.

"워매, 이것이 먼 짓이란가? 손이 다 죽어부렀네. 쪼깐 늦춰주소. 큰일나겠네. 얼른!"

곁에 서 있던 조무래기놈들도 같이 비명을 질렀다.

칡덩굴로 어찌나 꽁꽁 동여매놨던지 손이 퍼렇게 부어올라 터질 것 같았다. 텃골양반은 잠시 어쩔 줄을 몰랐다. 사실 지금 자기는 이렇게 곡괭이를 을러메고 있기는 해도 이놈이 만약 도망을 친다면 아까 민청원이 말한 대로 차마 대갈통을 찍어버릴 수는 없을 것 같아, 이놈이 제발 도망칠 생각을 말고 그대로 다소곳이 있어주기만을 바라고 있었는데 이걸 어째야 하는가. 자기가 곡괭이를 내리기만 하면 이놈이 도망을 치고 말 것 같아 겁이 났다.

"이 사람아, 얼른!"

평식이 할머니가 발을 구르며 성화였다. 텃골양반은 경황 중에도 자기가 이 사람 손을 늦춰주지 않으면 나중에 자기는 얼마나 무지한 놈 말을 듣겠나 하는 생각이 스치고 지나갔다.

"행여나 도망칠 생각은 마씨요잉! 깐딱하면 애먼 사람까지 한나 죽은께."

텃골양반은 곡괭이 쳐든 자세를 조금 누그리며 다짐을 두었다.

"그것은 염려 마시요. 은혜를 원수로 갚겠소?"

사내의 목소리는 아까보다 더 침착했다.

"참말로 그런 생각 안하지라우?"

"염려 마시요. 인자 죽기나 곱게 죽을 생각이요."

텃골양반은 거듭 다짐을 받고 나더니 이내 안심이 된 듯 곡괭이를 내렸다. 칡덩굴을 끌렀다. 그 순간이었다.

떡.

"아이고."

놈이 내두르는 고갯짓에 텃골양반은 턱을 싸쥐며 뒤로 벌렁 나가떨어지고 말았다.

"저놈 잡아라!"

텃골양반이 벌떡 일어나며 소리를 질렀을 때는 이미 울타리를 뛰어넘고 있었다. 텃골양반은 절름거리는 다리로 쫓아갔으나 어림도 없었다.

다른 놈을 쫓아갔던 동네 사람들과 민청원들은 나머지 한 놈을 잡아 묶어가지고 돌아왔다. 외불이가 파놓은 함정에 빠져 쉽게 잡은 것이다. 놈들은 다 잡았다고 의기양양해서 돌아오다가 이 소리를 듣고 대번에 눈이 확 뒤집혔다.

"이 개 반동의 새끼, 총살이다, 총살!"

놈들은 개머리판으로 텃골양반의 턱을 사정없이 갈겨놓고 그놈을 쫓아갔다. 그러나 이미 어둠이 깔려들고 있었다. 놈들은 환장한 놈들이 되어 동네 사람들을 어둠이 깔리는 산으로 몰아붙이며 악을 썼다. 그러나 금방 어둠이 짙어져 산도 사람도 다 같이 검은 장막 속에 감싸여버리고 말았다.

놈들은 동네 사람들을 몇 사람씩 데리고 가서 도망갈 만한 길목을 몇군데 잡아 매복을 하고 밤을 지새웠다. 그러나 허사였다.

아침이 되자 어디다 분풀이할 데가 없는가 눈을 번득이는 것 같더니, 대장인 듯한 놈이 또 양문이 묏등으로 기어올랐다. 따꿍, 그 무지한 따꿍총을 한방 갈겨놓고 악을 썼다. 또 연장을 가지고 한 사람도 빠짐없이 정자나무 밑으로 나오라는 것이다. 도망쳤던 놈이 다시 나타났는가, 동네 사람들은 다시 황망하게 연장을 주워들고 정자나무 밑으로 모여들었다.

"빨랑빨랑 나오시요."

묏등 위에서 사방으로 돌며 고래고래 악을 썼다. 동네 사람들은 겁먹은 얼굴을 하고 모여들었다. 거진 모였다. 악쓰던 대장이 앞으로 나섰다. 그중 한 놈은 어제 잡은 놈을 끌고 갔는지 보이지 않았다.

"동무들은 모두가 썩어빠진 반동이요. 더구나 어제는 이승만이의 개를 놓아준 악질도 있소. 우리 노동자 농민의 위대한 혁명과업을 수행하는 마당에서 이것은 도저히 묵과할 수 없는 일이요. 그 썩어빠진 반동의 정신을 이 자리에서 당장 뿌리 뽑겠소."

총대로 땅을 꽝꽝 구르며 악을 썼다. 텃골양반부터 요절을 내겠다는 소리가 아닌가 겁을 먹었다. 작자들은 어제저녁 밤잠을 자지 못해 벌겋게 핏발이 선 눈으로 쏘아보며 독기를 피우는 것이 암만해도 일은 나고야 말 것 같았다. 인민재판을 하면 이렇게 연장으로 사람을 찍어 죽인다는데, 오늘 연장을 가지고 나오란 것은 그 속이 아닌가 싶어, 놈들이 막상 텃골양반을 놔두고 찍으라고 하면 어쩔 것인가 미리 몸서리가 쳐졌다.

"동무들의 정신이 얼마나 썩어 문드러졌는가는, 바로 저것을 보면 백번도 알고 남음이 있소."

놈은 엉뚱하게 양문이 묏등을 가리키며 잡아먹을 듯이 동네 사람들을 쏘아보았다. 그러지 않아도 저 묏등 때문에 동네 사람들은 이에 신물이 나게 곤욕을 치러왔는데 저것이 또 어쩐다는 것인가 어리둥절했다.

"도대체 저것이 누 묏등이요? 저것이 누 묏등이냔 말이요? 왜정 때는 왜놈들의 앞잡이, 해방되어서는 이승만이의 앞잡이로 우리 노동자 농민의 피를 빨아먹은 최고 악질 이양문이 묏등이라는 것을 여러분이 모르고 있었단 말입니까? 그 악질 반동의 묏등을 지금까지 저렇게 동네 가운데다 모셔놓고 보고만 있는 동무들은 사람이요 벌레요?"

우선 사람 죽이자는 이야기만 아닌 것이 적이 안심이었다. 그러면서 저놈이 악을 쓰는 것이 듣고 보니 그럴듯한 소리를 한다고 생각했다.

"저것을 지금까지 보고만 있는 동무들의 정신상태는 도대체 어떻게 되어먹은 정신상태냐 이 말이요. 죽은 뼈다귀를 가져다가 저런 짓을 해놓는 것은, 반동적 처사 가운데서도 가장 악랄한 봉건제 국주의적 퇴폐 취미의 최고 악질적 잔재이며, 농민을 제 놈의 뼈다귀 밑에까지 노예로 만드는 극악무도한 처사의 표본이 아니고 무엇이란 말입니까? 우리 삼천만 동포의 위대한 수령 김일성 동지가 지금 무엇 때문에 싸우고 있는지 여러분은 알고 있소? 송장의 뼈다귀 밑에까지 이렇게 노예가 되어 있는 우리 노동자 농민의 해방을 위해서 싸우고 있는 것이요. 그런데 동무들은 저것을 보고도 아무것도 느끼지 못할 만치 혁명정신이 썩어빠져 있기 때문에 어제는 이승만이의 개를 잡는 데도 그렇게 굼벵이같이 꾸물거렸고, 심지어는 놓아준 놈까지 있었습니다. 오늘 여러 동무들은 우리 앞에서 위대한 노동자 농민의 투철한 혁명정신을 보여주어야 합니다. 저 묏등을 동무들 손으로 빠개서 그 속에 든 뼈다귀를 씹어 가루를 내야 한다 이 말이요."

놈은 제물에 시퍼렇게 악이 받쳐, 마치 땅바닥이 그 혁명정신이 썩어빠진 자랏골 사람들의 대가리기나 한 것같이 총대로 땅바닥을 꽝꽝 찍어대면서 악을 썼다.

"저 묏등을 당장 까뭉개서 뼈다귀를 가루를 내야 한다 이 말이요.”

“옳소!”

같이 따라온 패거리들이 손뼉을 치며 소리를 질렀다.

그러나 자랏골 사람들은 업어다놓은 중놈들처럼 놀란 눈만 멀뚱
거리고 있었다.

“옳으면 옳다고 박수를 치시요!”

그중 한 놈이 눈알을 부라리며 동네 사람들을 향해 버럭 악을 썼
다. 이럴 때 박수 하나도 칠 줄 모르는 얼뱅이들만 모였느냐는 서
슬이었다. 그래야 하는가, 자랏골 사람들은 다급하게 손에 들었던
연장을 따로 간수하느라 한참 딸그락거리고 나서 놈들의 성화에
따라 박수를 토닥거렸다.

“왜 박수가 그따위요? 정신이 썩어빠졌어요, 썩어빠져. 다시!”

다시 손바닥을 토닥거렸다. 그러나 놈들의 서슬에 비기면 꿩과
리 청에 비 맞은 버꾸 소리였다.

“아니, 이 동무들, 정 이러기요? 정 이러기여? 저 묏등을 까는 데
반대하는 동무 있으면 손들어보씨요!”

대장이 소리를 지르자, 한 놈이 어깨에서 따꿍총을 떼어 철거덕
노리쇠를 퉁기며 을렀다. 의사를 묻는 것이 아니라 반대하는 놈이
있기만 있으면, 이 자리에서 그대로 따꿍 갈겨버리고 말겠다는 서
슬이었다. 물론 아무도 손드는 사람이 없었다. 저 묏등을 파버리자
는 것은 내가 부를 노래를 엉뚱한 사돈이 불러주는 격이어서 그 일
만으로라면, 형 아우 짝짜꿍으로 가서 얼싸안기라도 하고 싶을 것
이겠으나, 이놈들이 동행하자면서 엉덩이 걷어차는 서슬이라 도무
지 주눅이 들어 제대로 정신을 차릴 수가 없다보니 그저 머쓱하게

있을 수밖에 없었다.

"보시다시피 반대하는 사람이 한 사람도 없소. 그러면 저 봉건적 잔재의 반동적 굴레에서 벗어나려는 우리 노동자 농민의 자발적이고 일치된 혁명적 의사에 따라 지금부터 악질 양문이 묏등을 깝시다."

놈은 주먹을 불끈 쥐고 휘두르며 악을 썼다.

"옳소!"

곁에 섰던 민청원 패거리들이 또 박수를 치며 소리를 질렀다. 동네 사람들은 깜짝 놀라 한참 뒤늦게야 막걸리 괴는 소리로 옳소 하며 손바닥을 토닥거렸다.

"소리가 또 왜 그 모냥이요? 아직도 동무들 혁명정신은 형편없이 죽어 있어요. 그따위 미온적이고 썩어빠진 정신으로 어찌 우리 노동자 농민의 위대한 혁명대열에 낄 수 있단 말이요? 이번에는 나를 따라 구호를 외치시요! 큰 소리로 따라 외쳐요!"

놈은 다시 한번 총대로 땅바닥을 깡 구르며 악을 썼다.

"우리 위원장 동무가 선창을 하면 복창을 할 때 이렇게 손을 드시요. 알겠소?"

아까 따꿍총 노리쇠를 철거덕거리면서 설쳤던 놈이 앞으로 나서며 구호를 외치는 요령을 설명했다.

"양문이 묏등 까부수자!"

위원장이 소리를 질렀다.

"양문이 묏등 까부수자!"

놈의 서슬에 비기면 동네 사람들의 소리는 크기도 크기지만, 그나마 소리가 서로 맞지 않아 뒤죽박죽 팥죽 끓는 소리였다. 위원장

놈의 얼굴이 또 험하게 일그러졌다.

"아하, 이따위로 혁명정신이 죽어 있단 말이요, 앙?"

놈은 머리끝까지 약이 올라 또 총대로 땅바닥을 찍으며 악을 썼다.

"큰 소리로 외쳐요, 큰 소리로! 자, 반동의 묏등 박살을 내자!"

반동의 묏등이 아니고 자랏골 사람들을 박살을 내겠다는 서슬이었다.

"반동의 묏등 박살을 내자!"

뒤죽박죽인 대로 아까보다 소리는 조금 맞았으나, 놈들의 시퍼런 서슬에 비기면 장마에 흙담 무너지는 소리였다.

"정 이러기요? 다 한번 죽어보겠소? 다 한번 죽어보겠어?"

놈은 잔뜩 악이 받쳐 따꿍총을 훌쩍 들더니 동네 사람을 향해 또 철거덕 노리쇠를 퉁겼다. 모두 몸을 움찔했다.

동네 사람들은 크게 안 지르자는 것이 아니라, 놈들이 원하는 대로 크게 질러주고 싶었지만 잔뜩 주눅이 들어 소리가 제대로 되어 나오지 않은데다가, 또 혹시 자기 혼자만 너무 크게 악을 쓰다가 제 목소리만 되바라지게 튀어나와버리면 안될 것 같아 엉거주춤 남의 소리에 맞추자니 제대로 소리가 되어 나오지 않은 것이다. 도대체 자랏골 사람들은 이렇게 소리를 한꺼번에 맞추어 질러보기도 난생처음 일이고, 동작을 한꺼번에 같이 맞추어 주먹 같은 것을 휘둘러보는 것도 귓불에 피 마르고 처음이었다. 예삿일로 누구를 부를 때나 악을 쓸 때는 자랏골 안통이 떠나갈 만큼 쩌르릉쩌르릉 산을 울렸지만, 이렇게 같이 묶어서 지르자니 도무지 조심스럽기만 한데다가 또 겹겹으로 주눅까지 들어놓으니 제대로 나오던 소리도 자꾸 목구멍으로 기어들어갔다.

"동무들, 또 그 모냥이면 알지요? 이번에는 그냥 두지 않겠소. 자, 크게! 양문이 묏등 쪼개자!"

"양문이 묏등 쪼개자!"

소리가 조금 커졌다. 그러나 놈들의 직성이 풀리기에는 어림없었다.

"반동의 묏등 가루를 내자!"

"반동의 묏등 가루를 내자!"

여러번 하니까 조금씩 나아져갔다.

"더 크게 해요! 노동자 농민의 원수 이양문이 묏등을 빠개자!"

또 엉망이었다. 너무 길다보니 뒤죽박죽인 소리가 시들엄씨네 막걸리 괴는 소리로 어물어물 꼬리가 잘려버리고 말았다.

"한심하군, 한심해. 여보시요, 저 수염 많이 난 영감동무, 이리 나오시요!"

느닷없이 곰영감을 가리키며, 마치 수염이라도 잡아끌듯 손짓을 했다. 곰영감은 머쓱한 눈으로 놈을 건너다보고 있었다.

"빨리 나와요!"

영감은 한참 그렇게 작자를 건너다보고 있다가 다시 소리를 질러서야 미치적미치적 굼뜬 걸음으로 앞으로 나갔다.

"동무가 한번 선창을 해보시요!"

"내가라우?"

영감은 자다가 깨어난 사람처럼 뚤럼한 눈으로 작자를 건너다보았다. 이것은 또 무슨 지랄이냐는 눈이었다.

"반동의 묏등 빠개자, 이렇게 영감동무가 선창을 해요."

“나는 그런 것은 할지 모르요.”

영감은 고개를 돌려버렸다.

“뭣이라고? 이 동무가 시방 정신이 있이 하는 소리요?”

놈은 발끈했다. 곁에 있던 놈들도 저 작자가 지금 죽으려고 환장을 했나 하는 눈으로 영감을 쏘아보고 있었다.

“당신덜이 하면 아까맨키로 따라는 할 것인게 당신덜이 하씨요.”

원체가 곰처럼 주변머리가 없고 무뚝뚝한 성격인데다, 새파란 것들이 수염까지 건드리며 동무 어쩌고 방정을 떠는 것이 몹시 쏘였던지 말이 뚝배기 깨지는 소리였다.

“할 수 없이 따라는 해도 앞에는 못 나서겠다? 이런 회색분자!”

영감의 말뜻이 그런 것이 아니라는 것은 누가 들어도 환했으나, 놈들은 억지로 그렇게 곱새기며 생트집을 잡고 나왔다.

“그러고 보니까 그야말로 위험천만한 악질반동 회색분자가 여기 하나 있었군!”

곁의 놈이 한술 더 뜨며 어깨에서 따꿍총을 낚아다 노리쇠를 철거덕거렸다.

“하겠어, 못하겠어?”

따꿍총으로 영감의 배를 꾹 찌르며 윽박질렀다.

“나는 그런 소리는 안해봐서 할지 모르요.”

별로 겁먹은 표정도 아니었다. 겁먹으라고 을러멘 총부리가 영감의 이런 태도 앞에 머쓱해져버리자 놈은 정말 쏠 듯이 총을 을러멨다.

“정말 한번 죽어볼텨?”

놈은 사정없이 영감의 배를 찔렀다.

"아니, 왜 이래쌓소?"

영감은 총부리를 휙 걷어제끼며, 이런 호로자식, 누구한테 이런 방정을 떠느냐는 눈으로 놈을 쏘아보았다.

"아니, 이놈의 영감탱이가 죽으려고 환장을 했나? 하겠어, 못하겠어?"

"나는 안해봐서 그런 소리는 할지 모른단 말이요!"

"에끼, 이 반동!"

턱.

따꿍총 개머리판이 영감의 볼에 불을 냈다. 곰영감은 볼을 싸안으며 옆으로 비칠거렸다. 놈들은 금방 환장한 놈이 되어 영감에게 악을 썼다. 그러는 사이 위원장이란 놈이 다시 동네 사람 한군데를 가리켰다.

"저 동무, 이리 나오시요!"

동네 사람들의 겁먹은 눈이 그놈 손가락 끝으로 쏠렸다. 종수 아버지였다. 곰영감 다음으로 어깨판이 발그라지고, 허우대가 훤칠한 종수 아버지가 놈들의 눈을 끌었던 모양이었다.

"저것 보았지요? 이번에는 총살이여."

볼을 싸안고 쭈그려앉아 있는 곰영감을 가리키며, 시뻘겋게 충혈이 된 눈알을 부라렸다.

"빨리 해요!"

놈은 이번에야말로 갈겨버리겠다는 서슬로 윽박질렀다. 놈들이 소리를 지를 때는, 저런 작자들은 으레 저러거니 해서 아무렇지도 않게 느껴졌는데, 이편에서 정작 이렇게 나와놓고 보니 사람들 앞에서 그런 되바라진 소리가 나와질까 싶지 않았다. 덴 소 뛰듯 설

치는 저놈들 서슬이, 잘못하다가는 이번에야말로 사람이 결딴이
나도 크게 날 것 같았지만, 이렇게 만중 앞에 나서서 주먹을 휘두
르며 악다구니를 쓴다는 것이 늘 해본 놈들이면 모를까, 그런 데
파급이 안된 촌놈으로는 마치 남 앞에 알몸뚱이로 나서서 방정을
떠는 것같이 느껴졌다.

"하겠어, 못하겠어?"

"하기는 할라요."

내질러오는 총부리에서 한발 물러서며, 얼핏 곰영감 쪽을 훔쳐
보았다. 영감은 쭈그리고 앉아 입에서 피를 뱉어내고 있었다.

"빨리 안해?"

총구가 또 배를 찔렀다.

"한단 말이요."

"얼른!"

"뭣이라고 하꺼니라우?"

"반동의 뼛골 가루를 내자, 이렇게!"

"하라고 한께 하기는 할라요마는, 묏등을 파잦혜불라먼 그것이
나 얼른 파잦혜불제, 멋할라고 한번 한 소리를 자꼬 또 하고 또 하
고 또 하고 하라고 해쌓소?"

양문이 묏등이라면 자기들보다 동네 사람들이 더 이를 갈고 있
었기 때문에 혁명정신 어쩌고가 아니더라도 그것을 파제껴버리고
싶은 마음이야 굴뚝같았지만, 시국이 하도 어수선해서, 금승말 갈
기가 바로 질 것인가 외로 질 것인가, 시국 돌아가는 형편을 어정
쩡 가늠하고 있던 판이라 저들이 이렇게 나오는 것은 불감청이언
정 고소원이었다. 그들의 서슬에 몰려 일을 한다면 나중에 다시 양

문이가 힘쓰는 세상이 된다 하더라도, 우리가 그런 짓을 한 것은 권에 띄어 방립(方笠)이 아니라 총부리에 못 이겨 목숨 살라니까 한 짓이었다고 제대로 발 뺄 자리가 생기는 것이어서, 봉충다리 의지 걸음으로 못 이긴 듯 일을 할 참인데, 정작 해야 할 일은 하지 않고 초라니 거동에 망건 쓰듯 썼다 벗었다 방정만 떨고 있으니 경황 중에 역정이 나서 한마디 푸념을 한 것이다.

"이런 썅, 잔소리 말고 하라먼 해!"

"예, 할라요."

종수 아버지는 목청을 가다듬다가 한쪽에 옹기종기 모여 있는 동네 조무래기들 쪽으로 얼핏 눈이 갔다. 그중에서 아들놈 종수의 눈이 유달리 까맣게 이쪽을 보고 있었다.

"해, 안해?"

또 총구가 배를 찔렀다.

"예, 시방 하요."

다시 다급하게 목청을 한번 가다듬고, 죽는 것보다 낫겠지 하고 소리를 질렀다.

"반동의 뼛골 가루를 내자!"

제대로 소리가 끝나기도 전이었다.

"에끼, 이 우라질 놈!"

픽, 따꿍총 개머리판이 볼따구니에 날아붙었다. 아까 곰영감보다도 더 거세게 갈겨버렸다. 기껏 별러 한다는 소리가 시들방귀도 아니고 고자 힘줄도 아니었다. 놈들은 나가떨어진 종수 아버지 몸뚱이에다 사정없이 발길질을 했다.

"야, 이 얼뱅이 같은 놈들아. 아무리 산중에서 칡이나 캐 먹고 산다고, 어째서 그렇게 생긴 대로백이는 못 놀아묵냐? 느그들한테는 해방이고 개나발이고 없다. 여그 엎어져서 칡이나 캐 먹다 뒈져라, 뒈져!"

놈들은 침이라도 퉤퉤 뱉듯 더러운 욕설을 퍼부었다. 촌놈들 해방시키려 다니다보니 별 더러운 꼴을 다 보겠다는 듯이 욕설을 퍼부으며 더러운 것 털듯 털털 털고 돌아섰다. 동네 사람들은 그저 멍청하니 서 있었다. 놈들은 좋게 돌아서다가 다시 이쪽으로 돌아서더니, 또 욕설을 퍼부으며 이번에는 어깨에서 따꿍총을 휙 따냈다. 철거덕, 노리쇠를 퉁겼다. 동네 사람들 향해서 갈기는 것이 아닌가 찔끔했다. 그러나 사람들을 향해서 쏘는 것이 아니고, 양문이 묏등을 향해서 따꿍, 따꿍, 서너방이나 갈겨놓고 돌아서버렸다.

자랏골 사람들에게는 자다가 날벼락도 이런 날벼락이 없었다. 느닷없는 놈들이 제청에 황소 뛰어들듯 뛰어들어 멀쩡한 사람들을 몰아붙여다놓고 별의별 방정을 다 떨더니 나중에는 이렇게 생사람까지 잡아놓고 가버린 것이다.

자랏골 사람들은 한참 동안 그놈들이 사라진 쪽을 바라보고 섰다가 겨우 제정신을 차리고 곰영감과 종수 아버지한테로 다가갔다. 종수 아버지는 어금니를 두개나 뱉어내고, 곰영감은 턱뼈가 상했는지 제대로 입을 놀리지 못했다.

도대체가 법에서 나왔다는 놈이면 어느 시대 어느 놈 할 것 없이, 촌놈들이라면 제 애비 잡아먹은 원수도 아니고, 죽 돌라먹은 강아지도 아니게 닦달을 했다. 백성을 다스리자면 더러는 욱대길 일도 있겠지만, 그래도 제가 잘난 백정이라면 더러는 선은 이렇고 후는 이러니 이만저만 해야겠다고 조근조근 일러가면서 끌고 가면,

지랄도 제 흥이라야 엉덩이가 제대로 돌아가고, 여우가 쪽박을 쓰고 삼밭에 들어도 제 발밑은 보는 것이니 촌놈들도 알아먹을 만한 것은 알아먹고 몰지 않아도 앞장을 설 일은 설 것인데, 그저 촌놈이라면 몽둥이로 소 몰듯 욱대겨붙이기만 하는 것이 법에서 나왔다는 놈들의 한결같은 행티였다. 어쩌다가 선거라도 돌아오면 그때는 조금 사람대접을 하는 것 같았으나, 그것도 알고 보면 간 내가려고 등 어르는 더러운 수작이고, 하여간 법에서 나왔다는 놈치고 촌놈들을 사람같이 여기는 놈은 없었다.

더구나 이놈들은 제 놈들 입으로 노동자 농민 어쩌고 나불거리기에, 그래도 혹시 그렇겠구나 하는 대목이 조금이라도 있어 보일까 싶어 두고 보았더니 천둥에 개 뛰어들듯 무단한 동네에 뛰어들어 개방정을 떨며 사람 치는 것을 보니 다른 놈들보다 한술 더 뜨는 것 같았다.

하여간 이런 날벼락도 따지고 보면 저 묏등 덕분이었는데, 그 험한 서슬에 정작 어긋나야 할 묏등은 '쪼개지고, 빠개지고, 부서지고, 박살이 나서 뼈다귀가 가루가 된다' 하는 순간에 공교롭게 살아나고, 애먼 사람만 턱이 깨지고 이가 부러진 것이다.

종수 아버지는 이렇게 어이없는 꼴을 당하고 나니 그놈들에 대한 원한보다 저 묏등에 대한 원한이 새로 살아났다. 상처가 어지간히 아물기를 기다렸다가 곰영감을 찾아가, 그동안 울화를 삭이며 궁리했던 이야기를 털어놓았다.

"아무리 생각을 해보아도 저 묏등은 이 동네하고 원수 연분이 있어도 크게 있는 묏등이요. 저 묏등 싸가리 일이 벌어졌다고만 한다치라면 이로크롬 생사람이 결딴이 나니 양문이가 저그다가 묏등을

쓴 것은, 저는 묏등을 쓴다고 썼을런지 모르제마는 우리 동네로는
그놈이 매골 방자를 했다고밖에는 볼 수가 없소. 저것이 제 놈한테
는 명당인가 지랄인가 모르제마는, 죽은 뼉다귀 상관으로 산 사람
이 어긋나서 골병이 들어도 이로크롬 몇십년을 내리 차곡차곡 골
병이 들어가기로 한다면, 저 묏등이 동네에 있는 도막에는 그 앙화
가 대를 물려도 여러 대를 물려감시롱 자식들까지 이 모냥이 되고
말 것 아니요? 저것을 파젖혜불자는 소리가 뉘 입에서 나왔든지,
이왕 말이 나온 짐에 저것을 파젖혜부러사 쓸 것 같소.”

곰영감은 종수 아버지 말에 가타부타 말이 없이 한참 동안 저쪽
을 보며 곰방대만 빨고 있었다.

“맺은 놈이 푼다고, 저 일은 나 혼자 나서서 해번져도 해번져야
못난 조상 탓을 안 들을 것 같소.”

곰영감은 소눈 같은 눈을 껌벅이며 한참 동안 곰방대만 뻐걱뻐
걱 빨고 있다가 이내 입을 열었다.

“조상 탓이야 옛날 일을 다 알고 난 지금에 와서는 말할 것이 못
되네. 자네 아버님이 저것을 폴아넘길 적에 자기 잇속 차리자고 한
것이 아니고 그런 큰뜻이 있어 한 것이니, 그것은 되레 자랑스런
일일지언정 탓할 일은 아닌께 그런 소리는 지금 와서는 새삼스런
소리니 할 것이 없고, 저 묏등을 파젖힌다고 하더라도 세상이 이로
크롬 뒤숭숭한 판에 덩덩하는 시국 장단에 맞춰서 그러는 것은 지
혜가 아닌 성불러. 만당 간에 시국이 또 뒤집혀서 양문이가 다시
심을 쓰고 나온다 치라면 이참에는 사람이 다쳐도 크게 다치네. 하
늘에 구름이 찌었을 적에는 백년 내내 찌어 있을 것 같제마는, 아
침에 비가 오던 하늘이 저녁나절이면 해가 나와. 왜정 때 보게. 그

놈덜 설치던 것으로는 백년천년 그놈덜 세상일 것 같았제마는, 으 짜던가? 더구나 양문이는 시방 재산 몰수까장 당하고 어디서 몸만 한나 은신해가지고 목숨이 붙어 있는 모냥인디, 사람이 이로크롬 곤궁에 처해 있을 때 맺힌 원한이라는 것은 수월하지가 않은 법이 여. 그런게 지금 그런 일을 하는 것은 지혜가 아니네."

아닌게아니라 세상이 다시 뒤집힐지 모른다는 소리에는 새삼스 럽게 가슴이 뜨끔했다. 요사이 시국 소식이 심상치가 않아 마음이 걸리는 데도 그 점이어서, 우선 그 점에 용기를 얻자고 찾아왔던 것인데 영감이 이렇게 나오자 맥이 빠졌다.

"그 말쏨 옳습니다. 옳습니다마는, 세상이 또 뒤집혀서 양문이가 다시 심을 쓰고 나온다 치라면 그때는 참말로 저 묏등에는 손을 못 대고 말 것 아니요? 일을 저질러도 나 혼자 저지르고, 죽게 되더라 도 나 혼자 죽을란게 그것은 걱정 마씨요. 아까 내가 앙화가 대를 물릴 것이라는 말을 했소마는, 우리 새끼덜 가운데 주먹에 핏사발 이라도 담고 나온 놈이 한나나 있어보씨요. 우리맨키로 이로크롬 못 당할 꼴을 당하고 가만히 있겠소? 이럴 때 파잦헤불기나 지대로 파잦헤불고 일을 당해도 당하먼 여한이 없을 것 같소. 애비 에미가 못나서 새끼덜한테 논밭물림은 못해준다 하더라도, 이런 앙화 끝 이나 물려준다먼 그것이 애비 된 도리도 아니고 지혜도 아닐 것 같 소."

영감의 무른 태도에 역정이 나기도 해서 종수 아버지는 굳은 결 의를 보이고 나섰다. 영감은 한숨을 꺼쉬었다.

"이 동네서 저 묏등 싸가리에 욕본 것으로 친다면 죽은 사람 내 놓고는 나보담 더 욕을 본 사람도 없을 것이네. 그래도 그때마다 그런 일이 아니면 무슨 일이 없었을라디야 하고 죽을 운수만 안 낀 것을 다행으로 생각해왔네. 이참 일만 하더라도 우리가 이로크롬 쪼깐 당하고 마는 것이 낫제, 그놈들 등쌀에 저 묏등을 파잦혜부렀 드라면, 똥 싼 놈은 달아나고 내중에 당하는 것은 방구 뀐 놈이 당할 것 아닌가?"

영감은 한참 곰방대를 빨며 뜸을 들였다가 다시 계속했다.

"물은 흘러가도 항상 도랑은 도랑대로 있는 것이네. 덩덩하는 시국 장단에 맥 모르고 나섰다가 그 시국이 바뀌는 날에는 그로크롬 덩달아 뛰던 놈들만 물 밭은 도랑에 짜가사리 신세가 돼. 죽고 살기를 내놓고 어쩐다고 하제마는 사람 죽고 사는 것이 밥상 받고 물리듯 쉬운 일이 아닌게 여태까지도 참고 살아온 것, 금방 저것이 우리 밥 뺏어가는 것도 아니고 더 두고 보세. 동네 가운데 묏등이 첨부터 순리가 아니라 저것은 언제 없어져도 동네서 없어지고 말 것이네."

나이가 있다고는 하지마는 그래도 곰영감이 이렇게까지 공자왈 맹자왈 하고 나올지는 몰랐다. 그러나 영감의 말은 그대로는 일리 있는 말이었고, 또 이쪽을 저렇게 타이르고 나오는 태도라면 더 말을 해보았자 이 일에 무슨 협조를 얻을 수 있을 것 같지도 않아 그냥 물러나오고 말았다.

집에 와서 다시 곰영감 말을 곱씹으며 생각에 생각을 거듭해보았으나, 이때를 놓치면 다시는 이런 기회가 없을 것 같았다. 종수 아버지는 하룻밤을 뜬눈으로 뒤채며 생각을 하다가 혼자 일을 해치우기로 작정했다.

밤중을 기다렸다가 삽을 들고 나갔다. 저까짓 묏등 하나쯤, 혼자라도 하룻밤이면 충분히 파헤쳐 속에 든 뼈를 끄집어낼 수 있을 것 같았다. 하늘이 찌뿌듯하여 안성맞춤이었다.

묏등 꼭대기로 올라가 마치 자기 가슴에 삽을 찌르기라도 하는 기분으로 삽을 찔렀다. 소리가 멀리 들리지 않게 조심조심 흙을 던졌다. 그렇게 한참 파제끼고 있는데 텃골양반 집에서 무슨 인기척이 있었다. 귀를 쫑긋했다. 텃골양반이 나왔다.

"이것이 먼 짓이여?"

"자네는 가만히 있소. 이 일은 내가 하고 당해도 내가 당할 것인께."

"아니, 시방 그것을 말이라고 하고 있어. 지금 자네 총한 정신인가? 안되네. 내가 이 집 산지기로 살아 있는 도막에는 안돼!"

텃골양반은 삽자루를 붙잡고 늘어졌다.

"죽고 싶어?"

"그래, 죽일라면 죽여보소. 나는 지금까지 이 집 묏등 지켜주고 밥 묵고 살아온 놈인께 나를 죽이기 전에는 이 묏등에 손 못 대네."

두 사람은 밤중에 삽을 붙잡고 실랑이를 치고 있었다. 죽을 일에 동무 청할 수도 없어 혼자 감쪽같이 해치우고 말겠다고 나왔던 것인데 이 작자가 어느새 알고 이렇게 나와 붙잡고 늘어지니 도리가 없었다.

이 묏등이 어떻게 깨지기라도 할 물건이어서 단번에 찍어 박살을 내버릴 수 있는 것이라면 모를까, 한 삽 한 삽 떠내야 할 일이다 보니 열 놈이라도 한 놈을 당해낼 수가 없을 것 같았다. 그러니까, 텃골양반은 이런 것을 미리 예상하고 밤마다 귀를 쫑기고 있었던지 모를 일이었다.

이렇게 되고 보니 일은 하지도 못하고 역적 이름만 박힌 꼴이 되고 말았다. 종수 아버지는 울화를 참지 못하고 끙끙 몸을 뒤채며 어떤 방법이 없을까 궁리를 짜보았다. 그러다가 퍼뜩 떠오른 생각이 있었다. 저 아래 자기 논에 있는 바위였다. 전에 어떤 풍수가 뇌까리던 말이 떠올랐다.

"아하, 이 묏등이 발을 뻗기를 공교롭게 뻗었군. 당신이, 아닌 말로 좀 심보가 고약해서 저 바우를 떨어버린다고 나온다 치라면 저 묏등 주인은 당신을 신주 모시듯이 모실 것이요. 저기 충청도에도 이런 형국이 하나 있었는데 그 논 주인이 그 묏등 임자하고 비위 상한 일이 있어 그 바우를 떨어낸다고 나오자 그 묏등 주인은 그 앞에 벌벌 기었습니다. 내중에 논 두마지기를 열마지기 값을 받고 팔았지요. 하여간 저 바우를 떨어낸다는 것은 그대로 업족제비 대가리 깨는 이치나 같어요. 하하하."

이왕 써붙인 역적, 이것이라도 떨어버리고 싶었다.

종수 아버지는 이런 돌 일에는 내로라하는 판돌이를 찾아갔다.

"그런 일이라면 이 근동에서 나 내놓고 또 누가 있간디?"

말이 채 떨어지기도 전에 판돌이는, 전후 사정은 차치하고 우선 자기 솜씨 한번 부려볼 것에만 신명이 나서 찰떡같이 달겨붙고 나왔다.

"구먹은 니개만 뚫으면 될 것이여."

"먼 구먹?"

"아, 남포 구먹이제 먼 구먹?"

"남포를 튀게?"

"그러면 남포 안 튀고 먼 재주로 저것을 떤단 말이여? 젠장, 그것을 정으로 떨라다가는 손주 턱에 수염이 나도 여러번 나.”

“그러면 약이 어디가 있간디?”

“허허. 그런께 내가 이런 디다 쓸라고 그 약을 냉겨뒀든 모냥이 그마.”

판돌이는 종수 아버지 귀에다 대고 속닥이었다. 왜정 때 쓰던 것을 조금 숨겨둔 것이 있다는 것이다.

그 말을 듣자 종수 아버지 눈에 긴장이 감돌았다. 그것으로 바위를 뜰 것이 아니라 그대로 묏등을 튀어버리고 싶었기 때문이다. 종수 아버지는 그러기로 작정을 하고 기회를 노렸으나 텃골양반은 이번에는 아주 묏벌에다 거적때기를 깔고 자면서 묏등을 지켰다. 그러나 묏등 옆구리에다 작대기 하나만 찔러가지고 약을 처넣은 다음 심지에 불만 댕기면 될 것이어서, 그때 저 작자만 어데로 끌고 가버리면 일은 간단할 것 같았다.

종수 아버지는 판돌이한테까지는 그 말을 하지 않고 판돌이의 성화에 못 이겨 바위에 발파 구멍을 뚫기는 뚫으면서도 궁리는 그 궁리였다. 그런데 묏등을 어긋내도 그렇게 엄청나게 한다는 것이 좀 주저되었고, 또 시국 돌아가는 것이 아무래도 심상치가 않아 어쩔 것인가 주저하고 있었다. 밤중에 한다 하더라도 잘못하다가는 옆 사람이 다칠 것도 같고, 종수 아버지는 이리저리 궁리를 하며 일을 하는 사이 어느새 발파 구멍이 다 되어가고 있었다.

그동안 곰영감이 말리기도 했고 텃골양반이 쫓아와서 실랑이를 부리기도 했으나, 내 논에 있는 바우 내가 떠는데 무슨 상관이냐는 말에는 텃골양반도 말문이 막혔고, 곰영감도 종수 아버지의 결의 앞에 더 어쩌지 못했다.

이쪽에서는 그렇게 생각하고 있지 않았으나, 발파 구멍이 다 된 것만 보고 내일 발파한다고 소문이 나서 동네 사람들은 주먹에 땀을 쥐고 바위가 터지는 것을 기다리고 있었다.

그런데 다음날 아침 동네 사람들이 일어나보니 엄청난 일이 벌어져 있었다. 종수 아버지가 처참한 모습으로 정자나무 밑 자갈밭에 죽어 늘어져 있었다. 동네 사람들은 도대체 어이가 없어 말문을 열지 못했다. 병신인 텃골양반이 그랬달 수도 없고, 이 동네에 양문이 편을 들어 그랬을 사람은 도무지 있을 것 같지가 않았기 때문이다.

그러고 나서 얼마 있지 않아 또 엄청난 일이 뒤따랐다. 느닷없이 텃골양반 행랑채, 그러니까 양문이 산직집 행랑채에서 불길이 치솟은 것이다.

16

"허허. 마른하늘에 날벼락은 소리나 남시롱 떨어지겠네. 그런께 득철인가 그 날강돈가 그놈이 우리 도장을 갖다가 지멋대로 찍어놓고, 이참에는 농자금인가 지랄인가를 내다가 자시고 도망을 쳤는디, 그것을 시방 애먼 떡뚜께비가 물어사 쓴다, 이 말이여?"

"촌놈덜 뜯어묵을 놈이 한나 부족하다 했등마는, 그런께 시방 그 미꾸라지 같은 새끼가 생사람을 가만히 세와놓고 골을 쏙 빼갔그마. 사람한테 콧구녁을 두개나 뚫어놨글래, 멋할라고 저것을 두개나 뚫어놨는고 했등마는, 이럴 때 본께 그 속을 알겠네. 허허."

"나는 하늘이 두쪽으로 뽀개져도 그런 돈은 못 물어. 조리장사 체곗돈을 내다가 중놈 외입값을 물어주라면 줘도, 그런 돈은 못 물 겄어. 못 물제, 못 물고말고. 가당 택도 없는 소리!"

비료대에 소 일만 가지고도 동네 사람들이 펄펄 뛰었는데, 벼락을 때려도 쌍에 덤까지 얹어서 때리느라고, 이번에는 비료대하고는 또 비교가 안되게 동네 사람들 앞으로 농자금을 스물엿섬이나 내다 먹고 도망친 것이 발견되어 동네 사람들은 억장이 무너지고만 것이다.

"그런 오기진 소리는 내중에 해도 한께 이애기가 어뜨크롬 생겨 묵은 이애긴가, 그 내막이나 찬찬히 들어보고 악을 써도 써!"

"애초부터 우리덜하고는 상관이 없는 소리를 무엇에 쓰자고 듣기는 들어? 당골래 푸념한 데 가서 파랭갱 소리를 추려 듣고 앉었제, 묏등 속에 들어 있는 우리 한아씨가 살아 나와서 해도 같잖은 소리를, 무엇에 쓰자고 내막을 들어보기는 들어보냔 말이여?"

"그런께 그것을 우리가 안 물어낸다 치라면 으짠다고 하던가? 애먼 유그장사도 아니고, 똥 뀐 놈 옆에서 군내도 못 맡은 놈덜 생배를 딴다고 허던가?"

"도리가 없는 것 같더만이라우."

"도리가 없다니? 득철인가 그 날강돈가 하는 놈이 은행에서 돈을 내갔는지 나락을 내갔는지, 우리는 군내도 못 맡고 낸내도 못 맡은 놈덜인디, 도리가 없으면 으뜨크롬 없다는 소리여?"

"작년에 다른 동네서도 이것하고 비젓한 일이 있었는디, 꼼짝없이 동네 사람들이 물어내고 말았다고 합디다. 법에다 내놓아보아도 이녁 도장이 그로크롬 한번 찍힌 담에는 꼼짝달싹을 못한다고 안 그러요.”

“허허. 그 썩을 놈의 법은 또 어뜨크롬 생겨묵은 놈의 법이간디, 알게 뜯기고 모르게 뜯기는 것만도 억울한 놈덜한테서 이런 생살을 뜯어가도 꼼짝달싹을 못하게 생겨묵었어? 돈을 물릴라먼 그런 도적놈한테 돈을 쥐여준 즈그덜이 물든지 말든지 할 일이제, 으째서 중놈 회값도 아니고 외입값도 아닌 이런 애먼 돈을 영도 모르고 상도 모르는 산지기가 물어사 쓰냔 말이여?”

종수는 마치 자기가 죄라도 진 것 같아 자꾸 말이 목구멍으로 기어들어갔다. 그러나 일단 정확한 이야기를 해주어야 할 것 같아 가지밭에 든 놈처럼 죄 없이 잔뜩 주눅이 들어 보리죽 끓는 소리로 대답을 하고 있었다.

“그래서 그 사람들한테 나도 그런 소리를 한번 해보았는디, 그것이 말이 안되는 소립디다. 동네 사람들이 그 작자를 이장으로 내세워서 거그다가 도장을 맡겨놀 적에는, 이 사람을 믿고 그런 돈이먼 돈, 비료먼 비료를 내주라고 한 것이 아니냐, 그래서 우리는 그것을 믿고 다른 일도 다 그로크롬 해왔다, 그런께 그 사람한테 돈을 준 책임은 은행에 있는 것이 아니고, 그 사람을 이장으로 뽑아 보낸 동네 사람들한테 있다, 이것이지라우.”

“제미랄 놈덜, 그놈덜이 둘러대기로 한다 치라먼 말이 없어서 못 둘러댈 것이여? 그 질속으로 묵고사는 놈덜인디 즈그덜 빠져나갈 구역 보아감시롱 피아말 궁뎅이 둘러대대끼 둘러대제.”

“둘러대고 으짜고보담도, 그로크롬 많은 돈을 내줄 적에는, 더구나 작년에도 딴 데서 그런 일이 한번 있었은다 치라먼 그 돈이 농민덜 손에 지대로 들어갔냐 안 들어갔냐, 이것은 쪼깐 알아보아도 알아보아사 쓸 것이 아녀? 도장이 으쨌다고 하제마는 나무 쪼가리에다 끌쩍끌쩍하먼 되는 놈의 것, 어뜬 개자식은 그런 도장 한나 못 팔 것이라고 그로크롬 많은 돈을 그런 나무 쪼가리 한나 믿고 갈포래 다발 내던지대끼 내던졌던 놈덜이, 인자 와서 책임은 느그덜한테 있은께 모르겄다 하고 과부년 똥넉가래 내밀대끼 내밀고 나와사, 그것이 꼭 촌놈덜 닭달하는 맛이란 말이여?”

“그러고 보면 그것을 득철이 그 자석 혼자 해처묵은 것이 아니고 은행놈 어뜬 놈 한나하고 짜고 해처묵었는가 모르겄그마. 다른 데 어디서도 그로크롬 짜고 해묵었다는 소리를 들은 것 같어.”

“참말로 말을 해서 듣고 본께 그리 어찌했는가 모르겄네. 그로크롬 많은 돈을 해처묵은 놈이 어디가 한반디 믿는 데가 없고서사, 머루 따 묵은 곰맨키로 그로크롬 천연덕스럽게 왼눈 한나도 깜짝을 안하고 있다가, 이참에는 또 소까지 끗고 가?”

여태까지 소 이야기는 직접 눈으로 안 본 일이라 득철이한테 명토 박아 그의 짓이라고 말하기를 꺼렸었는데, 이렇게 일이 되어버리자 소도 내놓고 득철이 소행으로 단정을 해버렸다.

이 영농자금이란 입도선매를 방지하기 위해서 가을에 나올 미곡을 담보로 비교적 낮은 이자로 농민들한테 융자를 해주었다가 가을에 상환을 받는 제도였다. 상업자본이 농촌에 끼어들어 높은 이자로 농민을 수탈하는 것을 방지해보자는 정책에서 나온 제도인데, 그 액수가 농민들이 원하는 만큼 되지 않아 배정 과정에서부터 말썽이 많은데다가 또 이런 엉뚱한 부작용까지 있어 이래저래 농민들만 골탕을 먹었다.

그런데 금년에는 작년도 상환 성적이 나빴기 때문에 자랏골에는 한푼도 배정이 없다고 해서 모두 그런 줄만 알고 농자금의 '농' 자도 입에 올려본 사람이 없었는데 이런 날벼락이 떨어지고 만 것이다.

작년에 상환 성적이 좋지 않았던 것도 따지고 보면 득철이 때문이었는데, 되레 그것을 이용해서 이런 날벼락을 때려놓은 것이다.

농자금이 나온다고 해서 그 돈 나오기만을 칠년대한 비 바라듯 목이 빠지게 기다리고 있었더니, 이것이라고 달랑 손에 쥐여주는 돈을 받아보니 나온다는 액수와는 사뭇 엉뚱한 금액이었다. 다른 잡부금으로 공제를 당해버리고 온 것이다.

동네 사람들은 득철이가 내민 돈을 밤송이라도 받아든 꼴로 엉거주춤 받아들고 서서, 한참 동안 소한테 물린 놈들처럼 득철이를 건너다보고 있었다. 득철이는 울먹이기까지 하면서 그렇게 된 경위를 늘어놓고 있었다. 돈이 나온다는 소리를 듣고 면직원이며 순경, 심지어는 상이군인들까지 목을 지키고 있다가 득철이가 은행 문을 나서자 도둑놈 붙잡듯이 붙잡아서 한쪽으로 끌고 가더니 벼락 맞은 소 뜯어가는 것도 아니게 반강제로 공제를 해가버렸다는 것이다.

"뭣이 으짜고 으째? 잡부금으로 공제를 당해? 아니, 생사람 간을 내다가 강아지새끼 장복을 시키고 말제, 그래 시방 농자금이 어디다 쓰자는 돈이간디 잡부금으로 공제를 당했단 말이여? 이 돈 도로 갖다줘. 나는 이런 돈 못 받은께 도로 갖다줘."

동네 사람들은 펄펄 뛰면서 득철이한테 돈을 도로 팽개치고 말았다. 득철이가 당한 사정이 딱하기도 했으나 이것은 너무 어이없는 일이었다.

득철이는 집집마다 찾아다니며 사정을 했다. 동네 사람들은 비는 장수 목 못 벤다고, 악을 쓰기는 쓰면서도 하는 수 없이 울며 겨자 먹기로 한 사람씩 돈을 받아들었다. 그러나 질천이 등 몇 사람은 끝내 받지 않고 버티었다.

그뒤, 그 돈을 어떻게 했는지 동네 사람들은 관심도 두지 않았었는데, 이제 생각해보니 그때부터 득철이 돈 쓰는 것이 달랐다. 난데없이 시계를 차고 나서지 않나, 옷을 쏙쏙 빼입지를 않나, 좀 수상하기는 했으나 설마 그런 돈에 손을 대리라고는 꿈에도 생각을 못 했었는데, 그때부터 이미 내놓은 역적으로 동네 사람들 골을 내서 그렇게 떡을 사 먹고 있었던 것이다.

그런데 그 돈을 받았던 사람들도 한번 속이 상했던 것이라 가을 상환 때 고분고분하지 않았었는데, 금년에 그것이 말썽이 되어 배정이 없다고 하자 그런 줄만 알고 오부, 육부, 더러는 일할변이나 되는 돈을 읍내 상회에서 내다 쓰면서도 그런 속상한 돈은 입 밖에도 내보지 않았다.

그러니까 그때 당한 앙심으로 처음부터 도적 속셈을 품고 있다가 그때 농자금 퇴쳤던 사람부터 차례로 이런 똥바가지를 뒤집어 씌워놓고, 질천이한테는 그것으로도 부족했던지 한 바가지 더 씌워 소까지 끌고 달아나버린 것이다.

"더구나 은행에서 득철이를 믿어버린 것은, 동네 사람들이 서로가 상호연대보증이 되아 있어논께 그랬어라우. 우리 동네에서 첨에 은행하고 거래를 할 적에, 리(里) 단위로 동네 사람 전부가 서로 연대보증이 되아 있고, 또 그렇게 돈을 내올 적에는 한 사람 앞에 또 따로 두 사람쓱 연대보증이 되아 있습디다. 그런께 그중에서 누

구 한 사람이 묵고 도망을 친다거나, 하여간 무슨 사정으로든지 돈
을 내지 못하는 사람이 있은다 치라면 젤 몬자 그 두 사람이 물고,
그 두 사람도 못 문다 치라면 동네 사람덜이 전부 물어내게, 이것
이 이중 삼중으로 묶여 있습디다.”

“그런께 연대보증이라면, 그 어깨보증 말인가?”

“예, 맞소. 서로 니가 나를 서주고, 내가 너를 서주는 어깨보증이
지라우.”

“음마, 그런께 요녀러 새끼가 이참에는 죽어도 동무해서 같이 죽
으라고 어깨동무까지 시켜놓고 똥벼락을 쌔렸그만잉. 허허, 사람
환장하겄네.”

“허허. 그런께 꼴엣것 등쌀에 어깨동무 짝짜꿍까지 함시롱 죽어
도 죽게 생겼그마. 어디, 누가 장단이나 한번 쳐봐! 콧구녁이 두개
뚫에진 이치를 나도 인자 알겄네.”

“그런디 거그다가 또 인감도장까지 찍어놔서 더 꼼짝달싹을 못
하게 생겼어라우.”

“인감도장? 도장이면 도장이제 인감도장은 또 먼 개뼉다구 몰라
진 도장이여?”

“이 도장은 이 사람 도장이 틀림이 없다고 면장이 증명을 해준
도장인디, 그것이 한번 찍혀논 날에는, 그것이 찍힌지를 자기가 알
았든지 몰랐든지, 집이면 집, 논이면 논, 다 날아가는 도장이여라
우.”

“그런께 그 인감도장인가 개뼉다군가는 어뜬 제미 떡을 치다가
꼬꾸라질 자석이 맨들어다 찍었단 말이여?”

“득철이제 누구겄소.”

"그러먼 그 도적놈한테 열쇠 내맽긴 놈은 면장인가 된장인가 그 자석이그마. 돈 물어낼 놈은 그러고 본께 거그 있네."

"맞네. 돈 물어낼 자석은 거그 자빠져 있었그마. 나는 득철이 그 자석이 가지고 쓰던 도장도 그것이 나무 쪼가리로 맨들어진 도장인가, 쇠토막으로 맨들어진 도장인가 모르고 사는 놈인디, 인감도장은 뭣 몰라 비틀어진 것이여? 나는 벼룩 쭈그려앉을 논 한뙈지기도 내 이름 밑에 문서 가져본 적이 없고, 내 엉뎅이도 놈의 산직집에다 디밀어놓고 비를 피하고 있는 놈이라, 인감도장이고 땡감도장이고 나한테는 그것이 개 발에 주석 편자도 아니고 쇠발에 놋대갈도 아닌 물건인디, 그런 것이 찍혔다고 생살을 뜯기라? 가당 택도 없는 소리!"

"하여간 더 알아볼 대로 알아보소. 가실 추수라고 오소리 검불 뜯어들이대끼 뜯어들이기는 들였는디, 비패런 땅나구 귀 비어내고 좆 비어내고 난께 새앙쥐 볼가심할 것도 없고 괴죽 쑤어줄 것도 없는 형편이라, 별지랄을 해보았자 동네 형편이 사탕붕어 튀김으로 속이 휑휑 비어 있은께 골을 내자도 낼 것이 없고, 피를 뽑을래야 뽑을 것이 없는디 으쩔 것이냐, 이로크롬 배짱으로 한번 버텨도 보고, 알아볼 만한 데 찾아가서 더 알아도 보아. 그러고 이런 일에는 맨입으로 앞 교꾼 서라는 소리가 아닌께, 이런 일을 보는 데는 경비도 쓸 데는 쪼깐쓱 써감시롱 알아볼 대로 알아보게. 그런 경비사 우리가 다 생각이 있은께 일만 똑똑히 보아."

"맞네. 여그서 콩팔칠팔 새삼륙 해보았자 다 쓰잘 데 없는 소리고, 아무리 은행놈덜이 돈만 가지고 노는 놈덜이라고 하제마는 그래도 사침에도 용수가 있고, 달괄도 구르다가 서는 모가 있는 것인디, 아무런들 우리같이 비패런 놈덜한테서 이런 생살이사 뜯어갈 것인가? 이미 타작마당에서 손 털고 나선 사람이 여럿인디, 아닌 말로 차압딱지가 들어온다 하더라도, 서발장대 거칠 것이 없고 생 배를 따도 군내 나는 똥백이는 어디서 살 한점 볼가낼 데가 없다고 엄살도 피워보고, 배짱도 내밀 때는 야물딱지게 한번 내밀어보게. 사람 사는 것이 말짱 순임금 독장산께 수단껏 해보아.”

“맞네. 억지가 낫을 때는 사촌보담 낫고, 거짓말도 잘하면 올벼 논 닷마지기보담 나은 것이여. 이런 데 하는 거짓말이사 놈덜 돌라 묵자는 것이 아닌께 그럴듯하게 해.”

“알아보기는 여러군데 알아보았어라우. 이의신청 수속을 알아 봄시롱 대서방 영감한테 이런 동네 사정 이애기를 했더니, 이것이 금년에 자랏골에만 있는 일이 아니라 할 수 없을 것이라고 합디다. 이의신청도 쪼깐 연기를 하자면 모를까, 마당 터진 데 솔뿌리가 당 할 것이냐고 하더만이라우.”

“허허. 이런 제미럴 일이 있는가?”

“그라고 은행원을 한 사람 데리고 나와서 점심까지 대접을 함시 롱, 우리 동네 형편을 다 털어놓고 어뜨크롬 사는 길이 없겠느냐고 이애기를 했등마는, 동네 사정이 딱하기는 딱하제마는 은행에서 돈을 빌려줄 적에는 이런저런 일 앞뒤로 다 생각을 하고 여러 불로 연대보증을 받아논 것이 아니냐 하더만이라우.”

“뭣이? 은행원을 붙잡고 알아보아? 그놈덜이사 즈그덜 돈 받아 낼 놈덜인디 자랏골놈덜이 즈그 할애비라고, 살아날 구녁 가르쳐 줄 것인가? 알아보아도 해필 은행놈을 잡고 알아보다니, 자네 지금 기생년한테 가서 수절 의논하고 왔네.”

종수는 어리둥절하지 않을 수 없었다. 아까 득철이가 은행원 한 놈과 짜고 어쨌을지 모른다는 것은 억지소리가 분명했으나, 이것은 그것과는 전혀 다른 이야기였기 때문이다.

"그런디 그것은 그것이고, 아까 득철인가 그 자석이 동네 사람덜을 갖다가 어깨보증인가 연대보증인가를 세워놨다고 했는디, 아닌 말로 누구 한나래도 자기 앞으로 돈이 나간 사람이, 나는 이런 돈 못 물겄다, 이러고 나자빠진다 치라먼 그것을 보증 세워진 사람이 물어사 쓴다는 소린가?"

"은행에 묶이기를 그로크롬 묶여 있어논께 일이 시방 그로크롬 생겼지라우."

"이 사람아, 그래도 죽든지 살든지 자기 앞으로 돈이 나간 사람이 물어사제, 이참에는 이런 쎙벼락을 동네 사람덜한테 나누어서 쌔리란 소리여?"

"저 사람이 시방 먼 소리를 저런 소리를 하고 있어? 아무리 내 앞으로 도장이 찍혀져서 돈이 나갔다고 하제마는, 미친년 모심대끼 아무 도장이나 잽히는 대로 집어다가 꾹꾹 찍어놓고 해처묵고 달아난 것을, 우리는 먼 웬수 졌다고 죽는 놈만 죽으라는 소리여?"

"허허. 저 사람이 다른 때는 경오가 팅겨논 먹줄이등마는 오늘은 경오를 처갓집에 보냈는가, 외갓집에 보냈는가? 그러먼 그 자석이 질천이 소 끗고 갔을 적에는 동네 사람들이 나누어서 소값 물어줬던가? 으째, 자네 소값 물어낸 적 있어?"

"그 일하고 이 일하고는 첨부터 이치가 달러."

"어째서 다르기는 달러, 같은 이치제."

"아니, 어뜨크롬 같단 말이여?"

“이 집 소 끗고 가사 쓰겄다 하고 소 끗고 간 이치나, 이 사람 것 돌라묵어사 쓰겄다 하고 그 사람 도장 찾아다가 찍어놓고 돌라묵은 이치나, 동태가 명태제 뭣이여?”

여기에는 또 미처 생각하지 못했던 분쟁의 불씨가 도사리고 있었다.

“아니, 이것은 지금 따질 일이 아닌께 차차 일 되아가는 것 보아감시롱 따져도 따집시다.”

종수가 사이에 끼어들었다.

“이 사람아, 시방 자네 맥도 모르고 침통 흔들고 있네. 내중에 따지자니? 따질 건덕지도 없는 것을 내중에는 뭣에 쓰자고 따져? 그 일이 어뜨크롬 되어가든지, 이런 데 쓰는 경비고 뭣이고, 내 앞으로 돈이 안 나간 우리하고는 애초에 상관이 없는 일인께 그로크롬 알아둬. 사돈네 송사에 중놈이 무슨 상관이여.”

“허허, 저 사람 말하는 것 쪼깐 보아. 다른 사람들은 다 말해도 자네는 그 소리 못해. 득철이를 이장으로 세우자고 젤 몬자 말한 사람이 누구간디?”

“뭣이 으째? 득철이를 내가 이장으로 내세우자고 했은께 내가 물어사 쓴다는 소리여, 나하고 짜고 했다는 소리여?”

“자네하고 짜고 했다는 소리도 아니고, 자네보고 물어내란 소리도 아닌께 그런 삐틀어진 소리는 읍내 삐틀엄씨네 술집에 가서나 하고, 말을 해도 쪼깐 앞뒤를 가려감시롱 해! 동네 사람들이 이로크롬 곤경에 빠져서 살림을 하나 못하나 하는 판인디, 느그덜이사 죽든지 살든지 내 발등에 불만 끄자고, 똥 묻은 쇠발 털대끼 털고 나설 입장이 자네는 못된다는 소리여. 사돈네 송사에 중놈이 무슨 상관이냐니, 그것이 시방 말이라고 하고 있는 것이여 막걸리라고 걸치고 있는 것이여?”

“이 사람아, 아무리 그런다고 나 물에 빠졌은께 느그덜도 같이 빠자고, 우물귀신 생사람 잡아넣대끼 아무나 집어넣을라고 하는 것은 그것이 말이여 초장이여? 이장을 내세우자고 했을 적에는 누가 몬자 말을 끄집어냈든지 다 좋다고 해서 내세운 것이제, 싫다는 것을 나 혼자 우겨가지고 시켰간디? 아무리 동네 사람들이 곤경에 빠졌다고 하제마는, 아재비 장가보내기는커녕 내 연장도 대롱에 넣고 댕기는 놈이 쥔네 마누라 속옷 걱정도 아니고, 중놈 외입값도 아닌 일에 알은체를 해가지고 뭣에 쓰자고 알은체를 해?”

“허허, 저 사람 보게. 이 사람아, 자네가 금방 말했대끼 득철이를 이장으로 내세우자고 했을 적에는 다 좋다고 해서 내세웠는디, 질천이 소를 끗고 갔을 적에는 이장 자격으로 끗고 간 것이 아니제마는, 이것은 이장 자격으로 우리 도장을 가져다가 이장 자격으로 찍고 돌라묵은 것인께 동네 사람들이 다 책임이 있어. 그런께 이것은 중놈 외입값이 아니라 우리가 다 좋다고 뽑아논 이장이 우리 골을 내간 값이라놔서 다 물어사 쓴다 이 말이여. 내 연장이사 대롱에 넣고 댕기든지 말든지, 아재비 장가를 보내사 쓸 때는 보내고, 쥔 마누라 속옷 걱정도 형편이 그로크롬 생겼으면 해사 써.”

“그러고 본께 자네 말 한번 뚝 떨어지게 하네. 그러면 우리가 뽑아논 국회의원이 도적질을 해처묵었으면 그놈을 국회의원으로 뽑아논 것은 백성덜인께 그런 돈도 백성덜이 물어사 쓰겄그마. 자네 경오가 그러고 본께 삼칠장이네, 허허.”

“허허. 아무리 자네가 범 본 여편네 창구녁 틀어막대끼 틀어막고 이불 속으로 들어갈라고 하제마는, 그것이 다 쪽박 쓰고 벼락 피하기여. 자네 같은 사람 그로크롬 못 내빼게 할라고 득철인가 그 자석이 우리덜 어깨를 잡아다가 시 사람쓱 짝을 지어놓고, 그래도 자네같이 내뺄라고 할 사람이 있을까 싶어서 이참에는 동네 사람덜 어깨를 몽땅 잡아다가 은행 문서에 꽝꽝 도장을 찍어서 묶어놨어. 그런께 우리는 이로크롬 다 같이 어깨동무 짝짜꿍이 되아 있어논께 우리는 죽어도 어깨동무 짝짜꿍하고 같이 죽고, 살아도 어깨동무 짝짜꿍함시롱 같이 살게 생겼어. 요로크롬 우리는 지금 모도가 물 밭으는 웅뎅이에 짜가사리 신센게 내빼자도 내뺄 구녁이 없고, 뛰자도 뛸 데가 없어. 헌께 무담시 뛸라다가 인심만 잃지 말고 가만히 있게."

"인심이고 지랄이고, 내 짐도 색갈이에 물읍에 고슴도치 물외짐으로 한 어깨에 두·지게 시 지게를 지고 시방 눈앞에 영광(靈光) 이 앙당제를 쳐다보고 있는디, 도적놈보고 인사불성이라고 나무라제, 인심이 어쩐다니, 인심이 밥 멕여주간디?"

이런 티격이 있고부터 자랏골 사람들은 제 실속 차리기에 바빴다. 색갈이 짊어진 사람들은 우선 그것부터 갚았고, 아랫동네 현미기로 내려갔던 볏섬이 제 양대로 올라오지 않았다. 자기 먹을 것도 떨어졌다고 엄살인가 하면, 누구는 마루 밑을 파고 곡식을 묻었다거니, 하여간 꼭 왜정 때 공출 피하려고 난리이던 어처구니없는 일이 벌어지고 있었다.

그러나 손바닥만한 동네, 뉘 집 아버지 제사가 며칠날이고 뉘 집 아들 돌이 며칠날인가까지 속속들이 알고 있는 형편으로는, 그것이 다 눈 감고 아웅이지만, 그래도 은행을 상대로 내 배 따라고 버텨볼 배짱이라면 이렇게 쪽박도 써보고, 손바닥으로 하늘도 가려보고, 하여간 할 대로는 해볼 법했다.

이미 타작마당에서 손 털고 나선 사람이 서너집이다보면, 그런 집으로 떨어질 벼락까지 겹으로 떨어질 판이니 누구를 탓하고 어쩌고 할 형편이 아니었다.

사실, 텃골댁 같은 집만 하더라도 그랬다. 산직답 너마지기 지은 것, 풋대부터 뜯어다 먹기 시작한 것이, 한마지기 푼수는 이미 가을도 들기 전에 결딴이 나버렸고, 나머지 서마지기에서 양섬씩이 빠듯한 것, 부검지까지 바수어서 찧어보아야 쌀로 여섯 가마니, 거기서 색갈이 네 가마니에다, 또 당장 시제를 차리자면 못 잡아도 세 가마니는 들어야 할 판이라, 목구멍은 봉해서 시렁 위에다 얹어놓는다 하더라도, 우선 마당에서 계산이 한 가마니는 당장 색갈이로 돌려앉혀야 할 판이었다. 밭곡식이래야 황토밭 다섯마지기에서 서숙 한 가마니하고 고구마 네댓 가마니 거두어들인 것, 일곱 식구나 되는 억센 입으로 맞물 누에 먹듯 하고 나면 한달도 버티기 어려울 것이었다.

목구멍도 목구멍이지만 속살도 제대로 못 가리는 주제에 새끼들은 쪽박에 밤알 주워담듯 해놓고, 먹다 떨어지면 먼 산 쳐다보고 있을 것이니, 이런 집 몫까지 나누어 지기로 한다면, 이것은 생벼락에 덤까지 붙을 판이었다.

동네 사람들이 이렇게 불난 집 여편네 싸대듯 술덤벙물덤벙 정신없이 싸대고 있을 때, 벼락이 자리를 잡느라고, 천둥소리가 울려오기 시작했다. 우선 제 이름 밑으로 돈이 나간 사람들한테 지불명령과 함께 가집행선고가 떨어진 것이다. 이의가 있으면 이주일이내에 신청을 하라는 생색 비슷한 단서가 붙어 있었으나, 그것은 누그러는 소리가 아니라 칼 겨누고 서서 할 말이 있으면 해보라는 서슬일 뿐이었다.

얼어 죽는 데 홑이불이 당할까마는, 그래도 죽을 날을 안 물릴 수가 없어 종수는 이의신청 수속을 했다. 지불명령 받은 사람들은 물 밭은 웅덩이에 짜가사리처럼 뛰었으나, 이미 벼락은 맞아놓은 벼락이었다.

그런데 이렇게 농자금 사건으로 동네 사람들이 제정신이 아닐 때 엉뚱한 소문이 하나 나돌아 자랏골 사람들은 경황 중에도 눈을 멀뚱거렸다. 홀로되어 집에 와 있는 곰영감 딸 필순이가 외팔이 소실로 들어간다는 소문이었다. 재취도 아니고 지금 마누라가 살아 있으니 첩인 셈이었다. 모두 멍청한 눈이었다.

이 소문에 누구보다 놀란 것은 종수였다. 종수는 한참 동안 머리가 띵한 혼란에 빠고 말았다. 사생결단을 하는 결전장에서 이쪽 장수가 적진에 항복을 해버리고 만 꼴이었다. 바우박이 논 사건으로 양문이와의 대결에 있어 곰영감이 직접 종수 편을 들어 앞에 나선 것도 아니고, 또 종수가 그를 찾아가서 무슨 타협을 한 것도 아니었지만, 그래도 종수가 마음속으로 기둥처럼 의지하고 있던 것이 곰영감이었기 때문이었다.

아직 부러진 내막을 알 수가 없고, 어디까지나 뜬소문이었으나 소문은 꽤 자세하게 나 있었다. 외팔이 마누라가 삼년 전부터 중풍으로 자리에 누워 있는데, 자식이라고는 딸이 둘 있을 뿐이기 때문에 되레 그 마누라가 서둘러 소실 맞아들이기를 원한다는 것이다.

그러니까 이 근래 질천이와 외팔이 사이에 내왕이 빈번했던 것도 바우박이 논 이야기만 아니라 이런 일까지 겹친 것이 아니었던 가 생각하니 소문은 틀림이 없을 것 같았다. 그리고 동네다 정각을 지어준다는 것도 종수 논 때문만이 아니라 이런저런 것을 겸해서 동네에 인심을 사자는 수작이 아니었던가 싶어 종수는 배신을 당한 기분이었다.

그러나 종수는 곰영감 입에서 그런 허락이 떨어졌을 것인가에 이르러서는 고개가 갸웃거려졌다. 저 묏등으로 해서 곰영감이 사십년을 당해온 곤욕이 하나하나 종수 머리를 스쳐 지나가면서, 비록 과부가 되어 와 있기는 하지만 한 떨기 들국화처럼 복스럽고 고운 필순이 얼굴이 종수의 눈앞에 아른거렸다. 그리고 외팔이의 볼꼴 사나운 외양과 싸늘한 냉기가 흐르는 눈이며, 축축한 그의 얼굴이 필순이 얼굴 위에 겹치자 종수는 등골이 싸늘한 전율이 느껴질 지경이었다. 도대체 필순이가 외팔이 소실이 된다는 것은 마치 병아리새끼를 구렁이 아가리에다 처넣는 것만큼이나 부당하게 느껴졌다.

그러나 자랏골 사람들의 가난과 궁기에 생각이 미치고 거기에 양문이 집안의 권세와 재산이 비교가 되자 종수는 갑자기 몸뚱이에 결박이라도 진 것 같은 무력감이 느껴졌다.

종수는 필순이에 대해서, 그가 친구의 누님이었기 때문에 누님 같이 다정하게 느껴졌고, 필순이 쪽에서도 종수를 동생처럼 살뜰하게 대해주었을 뿐 다른 감정이 있었던 것은 아니었지만, 막상 그가 외팔이한테로 시집을 간다고 생각하니 꼭 그를 빼앗기는 것 같았다. 마치 자기하고 결혼이라도 하기로 되어 있던 필순이를, 외팔이가 이 동네 사람들한테 평소 하던 뽄새로 빼앗아가버리는 것 같았다. 종수는 자랏골에서 무언가 소중한 것이 하나 유린당한 것 같은 생각이 들며, 필순이를 구해야겠다는 의분심 같은 감정이 일었다.

그런데 외팔이는 필순이를 소실로 맞는다는 것이 단순히 그 사실로 끝나는 것이 아니었다. 곰영감과는 친부자간이나 진배없는 장인 사위가 되는 것이니, 옛날의 원한을 씻는 것은 물론, 그런 든든한 장인한테다 묏등의 안전을 비끄러매게 되는 것이다. 그러니까 외팔이는 이것이 임도 보고 뽕도 따는 신선놀음이었다.

그러니까 양문이가 종수 논을 흥정해오는 것이나, 이런 혼사일이나가 모두 묏등의 안전을 도모하자는 것이겠는데, 양문이가 그렇게 제 할 일을 다 해놓고 안심하고 죽어서는 안된다는 생각이 들었다. 지금 세상은 옛날같이 사람을 마음대로 잡아다가 조질 수도 없고 더구나 자기 아들 이종석이 선거 때문에 그런 인심 사나울 일은 하지 못하니까 이런 수작으로 나오고 있는데, 그것을 마음대로 하도록 가만두고 있어서는 안된다는 생각에 종수는 새삼 주먹이 쥐어졌다.

종수는 우선 바위 일이 바쁘게 느껴졌다. 양문이가 이렇게 묏등 일을 서두르는 것을 보면 그가 죽을 날도 얼마 남지 않은 모양인데 그 안에 바위를 떨어내든지 폭파를 하든지 해버려야 했다. 종수는 농자금 사건이 어떤 방식으로든지 조금 가닥이 잡히기만 하면 바위 일을 시작해야겠다고 마음먹었다. 발파는 허가를 내야 하기 때문에 어려울 것 같고, 판돌이를 품을 사서 한 조각씩 떨어내야겠다고 생각했다. 단번에 뻥 터뜨려버리는 것보다 한 조각씩 떨어내는 것이 거기 응어리진 울분을 그렇게 떨어내는 것이 될 것 같아 제대로 분이 풀릴 것 같기도 했다.

양문이와 외팔이가 악을 쓰는 속에서 그렇게 바위를 한 조각씩 떨어낸다고 생각하면, 마치 그 바위에서 떨어져나간 바위 조각들이 한 조각씩 어디 찬물에라도 풍덩풍덩 떨어지는 것 같은 신선한 감동이 가슴을 울려왔고, 또 한편으로는 자기 아버지를 죽였던 그 무시무시한 손길이 목덜미를 만지는 것 같아 지레 뒤통수가 스멀스멀했으나, 설사 그것이 몽둥이로 자기 대가리를 때려부수는 일이라 하더라도 되레 자기의 멍멍한 대가리가 펑펑 소리를 내면서 그 몽둥이를 튀겨올려 맑은 정신이 날 것 같은 짜릿짜릿한 쾌감이 느껴지기까지 했다.

종수는 필순이가 외팔이한테로 시집을 간다는 사실에 걷잡을 수 없는 모멸과 울분으로 댓진 먹은 구렁이 꼴이 되어 혼자 몸뚱이를 뒤틀고 있다가, 거기 가면 이런 소문 내막이 좀더 자세하게 밝혀질 것도 같아 사랑방으로 나갔다.

"마침 잘 오셨네. 글 안해도 자네를 쪼깐 찾아갈라고 하던 참인디 잘 왔그마."

엉뚱하게 질천이가 반색을 했다. 종수는 무슨 지랄이냐는 눈으로 질천이를 빤히 건너다보았다.

"농자금 사건 땀세 자네가 혼자 하도 고생을 하는 것 같아서 나도 쪼깐 알아본다고 알아보았는디, 어뜨크롬 구먹을 찾아본다 치라면 뚫리는 구먹이 꼭 없는 것도 아닐 것 같데."

종수는 이야기가 이야기라 떨떠름하게 바라보던 눈에 긴장이 피어올랐다. 이 작자가 변죽을 울리고 나오는 가락이 어디서 이야기를 들었어도 그럴싸한 이야기를 듣고 온 것 같았기 때문이다.

“달괄도 구르다가 서는 모가 있더라고 말이여, 우리가 이로크롬 독 안에 앉아서 벼락 떨어지는 날만 기다리고 하늘이나 쳐다보고 있을 것이 아니라, 눈을 쪼깐 크게 떠본다 치라면 으짤란가 싶어서 시방 동네 사람들이 당하고 있는 억울한 사정을 빈말 삼아서 외팔이한테 한번 해보았어. 그랬더니 자기 성님, 그런께 이종석 의원 말이여. 이런 일에는 그런 양반이 한번 나서서 일을 본다 치라면 으짤란가 모르겄다고 슬쩍 운자를 띄워놓고 지나가더란 마시.”

종수는 그런 구멍이 있겄구나 싶어 속으로 무릎을 쳤다. 그런데 그것이 또 하필 이야기가 외팔이한테 걸려 있는 것이 비위가 상해 겉으로는 얼른 자기 감정을 내비치지 않았다. 그런 사람이 나서서 제대로 위꼭지를 틀어버리기만 한다면 이런 일쯤 식은 죽 갓 둘러먹기가 아니겠는가 하는 생각과 함께 자랏골에 한 줄기 서광이 비치는 것 같았으나, 이런 것이 모두가 뭣등과 관련된 생색일 것이어서 종수는 여러 겹으로 얽혀드는 생각을 정리하느라 한참 동안 질천이 얼굴을 쳐다보고만 있었다.

“더 뭣이라고는 안하고라우?”

종수는 대수롭지 않은 듯 물었다.

“그런게 뭣이라고 한다기보담도, 내가 말을 하기도 지나가는 말맨키로 했제마는, 그냥 그로크롬 운자만 한번 띄워놓고 다른 말은 없는디, 혼잣소리맨키로 슬쩍 하는 이애기가 국회의원이 나서서 일을 봐주기로 하면 쉽게 될 것 같은 눈치여.”

“그러면 이것이 다 저저금 일인게 그로크롬 청치 않은 잔치에 묻지 않은 대답이면, 이왕 말이 나온 짐에 그런 사람이 나서서 일을 한다 치라면 어뜨크롬 일이 될 것 같은가, 대번에 동곳은 못 빼더라도 대강 알아볼 것을 알아보고 와서 말을 해도 해사 쓸 것 아니요?”

종수는 이 작자들이 칙칙한 속셈이 있는 것 같아 눈을 칩뜨며 핀잔을 주었다.

“이 사람아, 그런 관청 일속으로사 굴속 너구리보담도 깜깜한 놈이 어뜨크롬 섣부른 입을 놀릴 것인가? 쓰잘 데 없이 입을 잘못 놀렸다가 자기 성가실 것만 생각하고 꼴랑지를 싹 쌔려분다 치라면 미련한 강아지 잡지도 못할 꿩만 내모는 격이 되겠글래, 너구리 굴 맞춰논 것맨키로 슬쩍 속치부만 하고 와서 이로크롬 자네한테 말을 하는 것이여.”

너스렌즉 그럴싸했으나 필순이 소문까지 난 다음에야 그런 일을 제 힘으로 해결할 수만 있을 것 같으면, 불감청이언정 처가 동네 쇠말뚝일 것이어서 되레 당겨다가 일을 한달 법도 한 일이었다. 그러니까, 기왕 일을 하기로 하려면 떡 삶은 물에 중의도 데치고 고쟁이도 데치고, 차릴 실속은 고루 차리고 해주자는 속셈으로 우선 이 일로 종수 자기부터 제 놈 무릎 앞에 꿇려 논 문제를 해결하자고 귓속말이 오갔을 것임에 틀림없었다.

“참말로, 그런께 동네 형편이 원을 만나든지 시주를 받든지 해야 할 판에 시방 질을 찾기는 제대로 찾은 것 같네. 큰북에서 큰 소리 난다고, 이런 일에는 그런 사람이 나서서 일을 보아야 될 것 같어.”

“그런다 치라면 종수 자네가 한번 가서 잘 알아보아사 안 쓰겠는가?”

동네 사람들은 이놈들이 모는 데로 몰리고 있는 셈이었다.

“시방 내 입장을 몰라서 허시는 말씸이요? 나는 그 사람덜이 논을 두마지기나 더 준다고 논 흥정을 하자고 해도 그 사람덜하고는 상종을 하기가 싫어서 외면을 하고 있는디, 아무리 동네일이라고 하제마는 내가 지금 그 사람들한테 갈 입장이냔 말이요?"

종수는 정면으로 쏘아붙였다. 이 일에서 자기 입장을 미리 못 박아 따로 떼어놓아야지, 어물어물하고 있다가는 외팔이 수작에 꼼짝없이 말려들고 말 것 같았다.

종수의 말에는 너무도 엄청난 사건이 뒤에 도사리고 있었기 때문에 누구 하나 감히 더 입을 열고 나서지 못했다.

"그래도 그런 이애기를 해볼라먼 그런 속으로 쪼깐 가닥을 추려도 추릴 수 있는 사람이 말을 해도 해사 쓸 것인디, 우리 같은 무지렁이들이사 열 놈이 떼끓어 가보았자 풀강아지 관청에 들어가는 것도 아닐 것이고, 이것 참."

종수의 서슬에 한참 말이 없다가 고추 먹은 소리로 입맛을 다시면서 푸념을 했다.

"금매, 값싼 망둥이가 장마다 나는 것도 아닐 것이고, 이런 존 질이 있은다 치라먼 지름길은 종종걸음이라고, 그런 말이 떨어지기가 바쁘게 꿩 뒤에 매 뜨듯 해사 쓸 것인디, 보고도 못 먹는 떡이그마."

"솥 안에 콩도 쪄야 익는 것이고, 북도 쳐야 소리가 나는 것인디……"

"백성덜이 국회의원을 뽑아놀 적에는, 즈그덜이 선거운동할 직에 때알 따묵대끼 말한 것맨키로 백성덜이 이런 일을 당해서 곤궁에 빠져 있은다 치라먼 그 속을 다 알아서 해결해줄 것은 해결을 해주고 발라줄 것은 발라주라고 뽑아논 것이제, 서울 가서 기생년 찌고 외입질이나 하라고 뽑아놓았다요? 그런께 누구든지 가서 우

리 동네가 시방 이런 일을 당했은께 쪼깐 해결을 해주어사 쓰겄다,
이랬으먼 되았제, 봉치(封采)에 포도군사를 딸릴 것이요, 이것이 먼
쥐 잡는 일이라고 날랜 괭이새끼를 추려 보낼 것이요? 즈그덜도 내
중에 표 찍어주라는 소리를 할라면 선거가 코앞에 당했을 적에사
고산강아지 감 꼬챙이 물고 나서대끼 알량한 고무신짝이나 돌릴
것이 아니라, 내중에 볼 나무는 그루 적부터 다지더라고, 다 이럴
때 일을 해도 해주어사 그럴 때 오는 정 가는 정일 것 아니요? 하여
간 나는 다른 일이라면 밤송이를 맨손으로 까라고 해도 까겄소마
는 그 사람덜한테 가는 일이라면 배를 딴다고 해도 못 가겄은께 그
리 아씨요. 요새 소문난 것 들어보먼 나 아니고도 갈 사람 많겄습
디다."

맨 나중 말은 곰영감을 걸고 하는 말이어서, 여태까지 아버지처
럼 받들어오던 처지로서는 더구나 문길이를 생각하더라도 너무 당
돌하고 무람없는 소리여서 말이 돌 씹히는 것같이 입안에 아프게
씹혔으나, 마치 칼이라도 내두르듯 뱉어버렸다. 종수는 이 말을 내
뱉고 나자 꼭 혈연이라도 끊는 것 같은 외로움이 느껴지면서 알 수
없는 울분이 다시 끓어올랐다.

동네 사람들은 초상난 절의 중놈들처럼 모두 눈만 말똥거리고
있다가 다시 의논 끝에 전방호와 질천이를 보내기로 했다.

외팔이는 그들 두 사람이 온 것을 보자 눈살부터 찌푸렸다. 이쪽
에서 보리죽 끓는 소리로 용건을 말하자, 외팔이는 성깔을 누르며
이것저것 물었다. 꼬치꼬치 내막을 묻자 어물어물할밖에 없었다.

"그런께 이놈의 일이 괴가 불알을 앓는 일인가, 소한테 우황이
든 일인가, 그 자세한 내막을 알아도 알아사 어디다 대고 말을 하

든지 죽을 쑤든지 할 것 아니요. 콩밥 묵고 배앓이 부탁도 아닌 일을 가지고 일을 맽길라면 내막이라도 끼래지게 알고 말을 해사제, 개발괄도 아니고 쇠발괄도 아닌 소리를 하고 있으면 나보고 으짜란 소리요? 어느날 어뜬 놈이 누 도장을 찍어놓고 얼마를 돌라묵었는디, 일이 시방 어뜨크롬 되었다, 또 이의신청인가 지랄인가는 어뜨크롬 했다, 그런 일을 잘 알 만한 사람이 와서 촘촘히 내막을 이애기함시룽 살려주든지 말든지 하라고 해사제, 벙어리 하소연으로 그냥 통째로 살려만 달라고 한다 치라면 내가 어뜨크롬 일을 하라는 소리난 말이요.”

사무적인 내막을 묻는 바람에 전방호와 질천이는 송사청에 든 송아지처럼 눈만 말뚱거리고 앉아서 핀잔만 뒤집어쓰고 하릴없이 재를 넘어오고 말았다.

이 자식들이 부전조개 이 맞추듯 서로 말을 맞추어가지고 요리조리 쌍절구질을 하고 있는 수작들이 눈에 보이는 것같이 환했으나, 그래도 때리는 시늉이라면 우는 시늉을 해주어야겠어서 그 자세한 내막을 적어주었다. 전방호와 질천이는 마음에 없는 염불이었으나, 한번 벌인 춤이라 당골래 머슴 부작 심부름하듯 종수가 적어준 종이쪽지를 들고 가서 또 멍청하게 외팔이 앞에 내밀었다.

“허허, 이 양반덜이 으째서 그로크롬 말귀덜이 어둡소. 호랭이도 으르렁거릴 적에는 짐승 노는 것 보아서 으르렁거리는 것인디, 아무리 국회의원이라고 하제마는 무작정 호령만 한다고 먼 일이 그냥 얼음에 박 밀대끼 되는 줄 아시요? 선은 이렇고 후는 이렇게 된 일인게 이로크롬 해서 안되겠으면 이로크롬 해주고, 또 그로크롬 해서 안되겠으면 이로크롬 해주라, 이러고 제대로 말가닥을 추릴

만한 사람이 가서 말을 해도 해사 일이 될 것 아니냔 말이요? 차압
딱지가 코앞에 닥쳐가지고사 나대는 놈의 일, 이것이 시방 돼진 놈
인중 틀어지대끼 이미 틀어진 일을 가지고 시방 우리가 성복 뒤에
약 공론을 하고 있는가 으짠가도 모르겄는디, 그런 험한 일을 갖다
가 물묵은 갈포래짐 내뱉기대끼 나한테 통째로 떠맽긴다 치라면
나보고 으짜란 소리요? 다시는 내 집에 발걸음도 하지 마씨요."

　이야기가 지난번하고도 달라졌다. 말 돌아가는 것이, 밉다니까
얻어온 장 한번 더 뜬다더니, 이번에는 종수하고 같이 서울을 가자
는 수작인 것 같았다. 그러나 종수는 더 알은체를 하지 않았다.

　동네 사람들은 앉으면 그 공론이었으나 외팔이는 외팔이대로 이
런 엉큼한 속셈이 있다보니 자랏골 사람들이 아무리 비리발괄, 한
냥 장설에 고추장이 열두 단지라도 꿈쩍도 하지 않을 것 같았다.

　며칠 그런 실랑이가 벌어지고 나서 동네 사람들이 또 몰려왔다.

　"벼룩도 낯짝이 있더라고, 자네 입장 뻔히 암시롱 여북하면 이로
크롬 생눈이 멀겄는가? 자네 입장 백번 알제마는 우리 같은 놈 궁
리로사 아무리 궁리를 한다고 해보았자, 돌다가 보아도 물레방아
고, 던져보아야 마름쇠로, 자네 내놓고는 사정을 하자도 해볼 데가
없어서 얼굴에다 명태껍데기를 한 꺼풀씩 두르고 이러고 왔네. 일
을 따지고 보면 동네일은 동네일이고 자네 일은 자네 일인께 이 일
하고 자네 일은 상관이 없는 것으로 치고 쪼깐 나서주게. 매가 꿩
을 잡아다줄 적에는 꿩을 잡아다주고 싶어서 잡아다줄 것인가? 사
람이 살다가 보면 사정에 못 이겨서 애면 방갓도 쓰는 것인께 자네
가 마음을 쪼깐만 누그리고 한번만 발걸음을 해주어사 쓰겄어. 목
구멍 먹고사는 일이라 못 죽은께 이러고 왔네."

"쇠뿔도 각각, 염불도 몫몫이라고, 자네 일하고 이 일은 뚝 잘라 떼어서 착 갈라놓고, 이것은 어디까지나 이장 자격으로 동네일 하는 것이다, 이로크롬 맘을 따로 고쳐묵고 동네 사람 사정을 한번만 들어주게. 자다가 드는 병은 이각을 못한다더니, 구들동티 같으면 물맥이라도 하겠네마는 우리 같은 놈한테는 달리 재주가 없네. 개살구를 꼴로 보고 묵고 맛으로 보고 묵을 것인가?"

동네 사람들이 이렇게 낯을 내놓고 나오는 데는 사람 환장할 지경이었다. 이것이 다 외팔이가 만들어놓고 걸려오기를 기다리고 있는 함정이라는 것을 잘 알고 있으면서도, 자기들 입장만 생각하고 망둥이 제 동무 잡아먹기로, 올가미 속에다 모가지를 디밀라고 매화타령을 늘어놓고 있는 것이다.

종수는 그럴수록 외팔이한테 대한 적개심이 구렁이처럼 목구멍을 타고 기어올라왔다. 이 작자가 선거를 여러번 해보더니 사람 이용하는 솜씨에 이력이 나서, 동네 사람에 대한 체면과 정분에다 사람을 꼼짝 못하게 얽어매고 나오는 것이 더 괘씸했다.

종수를 이렇게 여기 끌어들이려고 하는 것은 두말할 것도 없이 이 일에다 바위박이 논 흥정을 묶어서 하자는 것인데, 그 일이 이런 엷은 가락으로 될 것이라고 생각하고 있다는 것에 더 울화가 치밀어 당장 쫓아가서 요절을 내고 싶을 지경이었다. 이 바위박이 논 흥정이 예사 논 흥정이 아니라, 그 바위에 얽혀 있는 자기 아버지의 죽음과 원한까지를 도매금으로 넘기라는 이야기가 되는 것인데, 이 작자가 이렇게 쉽게 나오는 것은 사람을 그만큼 만만하게 보는 것이고, 또 동네 사람들도 남의 일이라 그 장단에 춤을 추고 나오고 있었다.

"시살 묵은 어린애가 보아도 뻔한 일을 가지고 눈 어둡다고 엄살인디, 그것은 다 내 쓸개를 낼라고 명태 한마리 놓고 딴전 보고 있는 것이요. 이 동네서 꽃 같은 소실까지 얻어가는 사람이 하고많은 생선에 복생선이 맛이라고, 어째서 이쁘지도 않은 나만 보자고 그럴 것이요? 내가 보기에는 일이 손바닥에 놓고 본 것맨키로 훤해서 나하고 따지고 자시고 하잘 것도 없는 일인디, 이러고 나오는 것을 보면 그 속을 몰라서들 그러시요? 내 쓸개에 뜬물이나 들었으면 모를까, 온전한 쓸개를 지니고는 시방 이러고 가만히 있는 것도 다행인 줄 알고 사람 더 건들지 말라고나 전하씨요."

종수는 지난번에 곰영감을 걸고 악담을 할 때보다 더 독기를 품고 나오는 대로 내뱉었다. 동네 사람들은 뭐라고 더 주접을 떨며 벙거지 시울 만지는 소리를 하는 것이었으나, 종수는 더 들으려고 하지 않았다.

17

이의신청해놓은 결과도 알아볼 겸 종수는 은행에를 갔다. 그런데 종수가 미처 무엇을 알아보기도 전에 지난번에 점심을 사주면서 이 관계를 물어보았던 은행원이 종수를 보더니, 이리 좀 따라오라는 눈짓을 하면서 은행 뒷문으로 나갔다. 종수는 혹시 무슨 수가 있는 것이나 아닌가 하는 은근한 기대로 그를 따라가면서 역시 쇠먹은 똥이라 삭지 않는다는 생각이 들어, 기생년한테 가서 수절 의논하고 왔다고 핀잔이던 동네 사람들 얼굴이 얼핏 스치었다.

"혹시 그 일에 이종석 의원이 무슨 관계가 있습니까?"

예기치 못했던 소리에 종수는 깜짝 놀랐다. 그런 사실을 이런 사람들까지 알고 있으리라고는 미처 생각을 못했기 때문이었다.

"조금 상관이 있다면 있습니다마는."

종수는 어디까지 이야기를 해야 좋을지 몰라 엉거주춤 얼버무렸다. 은행원은 고개를 끄덕였다.

"무슨 일입니까?"

"말씀드리자면 이야기가 깁니다."

"그래요. 그런데 이런 귀띔을 해드리는 것은, 동네 형편이 하도 딱해서 말씀드리는 것이니까 절대로 입 밖에 내지 말고 마음속에 치부만 하고 일을 처리하십시오. 약속하지요?"

"예, 염려 마십시오."

종수는 다짐을 두며 침을 꼴깍 삼켰다. 은행원은 다시 주위를 한 번 살폈다. 종수는 마치 은행원의 말을 귀로 빨아들이기라도 할 것 같은 표정으로 다가섰다.

"이 일은 암만해도 좋게는 안될 것 같습니다. 어제 우리 소장이 농자금 회수 관계로 읍내 조합에 다녀왔습니다. 이번 농자금 회수에 있어서는 되도록 농민의 원성을 사지 않도록 주의를 할 것이며, 이런 사고건도 되도록이면 명년으로 미루어서 해결을 하는 방향으로 일을 처리하라는 지시를 받고 온 모양입니다. 그런데 회의가 끝나고 나서 전무가 우리 소장을 따로 부르더니 자랏골 사건은 원칙대로 금년 내에 해결을 하라고 별도 지시를 하더랍니다. 어제 소장이 몇 사람 간부들하고 잡담으로 하는 이얘기를 귓결로 들었는데, 이종석 의원 어쩌고 하기에 설마 그런 사람이 일을 나쁘게 하라는

데 압력을 넣을 수가 있을까 했더니, 그러니까 그럴 만한 이유가 있는 모양이군요. 하여간 이 일은 이의신청이 기각되고 강제집행이 들어갈 것입니다. 며칠 안 남았지요?"

은행원은 잘 알아서 처리하라는 말을 남기고 총총히 들어가버렸다. 종수는 돌아서는 은행원한테 고맙다는 인사도 잊고 벼락 맞은 놈처럼 그 자리에 한참 동안 서 있었다.

종수는 몽둥이로 한대 되게 얻어맞은 것같이 얼얼한 기분으로 은행 뒷문을 나와 어디라 목적도 없이 거리를 걷다가 아무데나 주막으로 들어가 의자에 엉덩이를 내려놓았다. 종수는 아무도 없는 술청에 혼자 앉아, 물 건너 손자 죽은 늙은이처럼 멍청하게 밖을 내다보고 있었다.

"술 드리까요? 막걸리?"

"예."

종수는 막걸리가 나오자 잔에다 그득 따라 꿀꺽꿀꺽 들이켰다. 몹시 목이 타고 있어 목구멍으로 들어가는 술이 마치 숯불에라도 붓는 것같이 파삭파삭 소리를 내는 것 같았다. 종수는 평소에 술을 좋아하는 편이 아니어서 마지못하는 경우가 아니고는 마시지 않았으나 오늘은 막걸리가 마른논에 물 들어가듯 쿨쿨 들어갔다.

막걸리를 두어 잔 들이켜고 나자 종수는 새로 정신이 나면서 마음이 조금 정리되는 것 같았다. 마치 칼을 벼르고 달려드는 놈을 어떻게 처치해야 할 것인가 할 때처럼, 외팔이에 대한 울분이 아니라 여기에 대처해야 할 방법을 찾아야 한다는 생각으로 마음이 산골짜기 웅덩이물처럼 맑고 잔잔했다. 그러나 얼른 무슨 생각이 떠오르지 않았다. 종수는 다시 그 은행원 생각이 났다. 더 자세한 내막을 알고 싶었다. 마침 지금이 점심시간일 것 같았다. 종수는 다시 은행으로 가서 은행원을 불러냈다. 먼저 점심을 샀던 식당으로 갔다.

종수는 자랏골과 양문이 관계를 대강 이야기하고, 자기 논에 대한 이야기도 일에 필요한 부분만 추려서 이야기를 했다.

"그런께 이 일은 이종석이 동생 외팔이란 놈 수작입니다. 동네 사람들 숨통을 조여가지고 내 논 문제를 해결하자는 것이지요."

"읍내 전무가 이종석이 빽입니다. 그러니까 그 집 일이라면 별짓 다 하겠지요."

"그런 놈들이 벼리를 잡고 있으니까 우리같이 그물에 든 송사리들이 별수 있습니까? 그런데, 죽어도 어떻게 된 것인가 그 구체적인 내막이나 좀 알고 싶습니다."

"귓결로 들은 이야기라 자세한 내막은 더 모르고, 이 사건에 이종석이가 끼어 있는 것은 확실하다는 인상을 받았는데, 그런 사람이 끼면서 좋게 해달라는 이야기가 아니어서 이상하다 하고 있다가 아까 물었을 뿐입니다. 그러니까 달리 무슨 내막이랄 것도 없지요."

"그러면 말입니다, 꼭 우리 동네 같은 사건이 아니더라도, 이 출장소에서 삼개 면을 관할하고 있으니까 이런 사건과 비슷한 사건이 더러 있을 것인데, 대개 몇건이나 되고 내용이 어떤 것들입니까?"

"자랏골 사건하고 비슷한 사건은 꼭 한건 있는데, 거기는 액수가 별로 많지 않습니다. 그리고 살림이 몽땅 거덜이 나서 논밭은 다른 빚에 이미 넘어가버리고 반봇짐을 싼 사건이 두건 있고, 나머지는 도망은 치지 않았지만 의지가지가 없이 거덜이 난 사람들입니다. 그러니까 여섯건인가 될 것입니다. 그런데 엊그제 신문을 보니까 국회 농림분과위원회에서 '농가 고리채 정리 자금 융자안'을 만들어가지고, 일할 이부로 자금을 방출하려고 자금원까지 만들었더군요. 아까 그 명년으로 미루라는 것도 봄에 다가오고 있는 대통령선거 때문에 농민들을 자극하는 일을 되도록 피하려는 옅은 수작인데, 물론 이것도 그런 것이니까 자금을 방출한다고 해야 그것이 새발의 피일 것입니다마는, 하여간 정부에서는 그것이 옅은 가락이든 어쩌든 이렇게 신경을 쓰고 있는데 한쪽에서는 또 이 꼴이군요. 바로 이종석이가 농림분과위원 아닙니까."

은행원은 묻지도 않은 소리까지 하면서 혼자 탄식을 했다. 종수는 아까 말한 사건들을, 동네 이름과 사건 내용을 다시 물어 그것을 수첩에 대강 적었다. 그러니까 명년 선거를 앞두고 이런 사건을 처리하더라도 아는 죄인 묶듯 인심 안 잃게 하라는 모양인데, 이놈은 자기 형을 등에 엎고 엎뎌진 놈 꼭뒤 차고 있는 것이다.

종수는 집에까지 오면서 어떻게 할 것인가 여러가지로 궁리를 해보았다. 이렇게 된 다음에는 하늘이 두쪽이 나도 외팔이한테 굽힐 수는 없는 일이고, 그렇다고 빠져나갈 구멍을 찾아본대야 저놈이 이러고 있는 다음에는 그물 속에서 파닥이는 송사리 꼴일 것이었다. 그대로 버티자. 그러면 받아놓은 밥상으로 차압이 들어올 것이다. 차압이 들어오면 돼지 대가리에까지 붙는다니 동네 사람들은 울고불고 난리가 날 것이다. 그리고 모든 원망은 종수 자기한테로 쏠아질 것이다. 먹고 도망친 놈은 그렇다 치고, 잦힌 밥에 재 뿌리기로 올가미 쥐고 있는 놈은 또 이렇게 따로 있는데 죄는 도깨비가 짓고 벼락은 고목이 맞는다고, 눈앞에 있는 자기만이 죽일 놈이 될 것이다.

이때 외팔이 수작을 폭로하면 어떨까? 그러나 달리 생각해보니 그때까지 갈 것 없이 외팔이의 이 수작을 미리 폭로하고 자기는 자기대로 바위를 떨어버리는 것이 더 나을는지도 모른다. 우물고누도 선수라고, 선수를 치고 나서는 것이 좋을 것 같았다.

종수는 저녁을 먹고 판돌이한테로 갔다.

"양문이가 가만히 있으까?"

바위를 떨자는 소리에 판돌이는 단박 겁부터 먹고 나섰다. 옛날 일이 있다보니 송장이라도 건드리는 것같이 끔찍한 모양이다.

"그것은 염려 마씨요. 옛날하고는 다른께, 그저 품일을 한다고만 생각하고 나 하자는 대로 일만 합시다."

"하기사 내 논에 있는 바우 내가 떠는디, 나사 삶아 묵든지 볶아 묵든지 어뜬 제미랄 놈이 머라고사 할라든가마는, 그래도 저 잣것들이 하도 험한 자식들이 되아논께 쪼깐 으짤란가 해서 하는 소린디, 하여간 일을 하세."

판돌이는 겁먹었던 자신을 좀 얼뜨다고 생각했던지 배짱을 부리고 나섰다. 농자금 같은 것하고는 애초에 상관이 없는 판돌이인데다 손이 놀고 있는 판에 모처럼 생긴 품일이기도 하고, 또 그것이 돌 일이다보니 슬인 춤에 지게 지고 엉덩이춤 추듯 신명이 나는 모양이었다. 평소에는 어디가 한군데 빈 것같이 보이는 판돌이지만 흔히 이런 미욱한 사람이 그러듯 한번 객기를 부리고 나서기로 하면 만만찮은 객기가 있었다.

"그런디 읍내 독 떠는 놈덜이 다 괄시를 해도 이 판돌이 괄시는 못할 것인께."

판돌이는 갑자기 눈을 밝히며 아무도 없는 방 안을 한번 둘러보고 나서 종수 귀로 입을 가까이 가져갔다.

"그 남포약을 여그 쓸 만치는 구할 수 있을 것이여. 전에 자네 아부지하고 쓸라고 했던 것은 말이여, 그때 어뜨크롬 놀랬던지 우선 그것부텀 없애부렀제 으쨌더란가? 이러고 본께 그때 그것을 어디다가 잘 숨겨놓든지 할 것을 잘못했어."

"남포를 튀게요?"

"남포를 안 튀고 먼 재주로 저 산덩어리만한 바우를 떨어?"

되레 판돌이가 의아한 눈으로 종수를 건너다보았다.

"겐노로는 안되까라우?"

"어림없는 소리. 생각을 해보아. 성냥개피로 달괄을 치는 격이제, 저로크롬 큰 바우가 겐노 가지고 당하겄어?"

"그래도 찬찬히 본께 여그저그 여러군데 금이 가 있기는 합디다마는."

"그래도 남포를 대서 지대로 얼을 들인 담이라사 겐노가 말을 해도 하제, 생으로는 어림도 없어."

"그래도 날짜만 쪼깐 더 잡으면 안되꺼니라우?"

"백날 잡아도 안돼."

"그런디 남포를 튈라면 경찰서에서 허가를 내사 쓸 것 아니요?"

"허가고 지랄이고 밤중에 가서 터잦혜불면 그만이제, 저런 것 한나 으쨌다고 징역 살릴 것이여?"

종수는 판돌이의 단순한 생각에 어이가 없었다. 그러나 정으로 안된다면 발파를 하는 수밖에 없었다.

“그러면 남포약은 쉽게 구하겠소?”

“그런 것이사 염려 말어. 그 자석덜이 누구한테 일을 배왔간디 판돌이 괄시를 할 것인가? 막걸리 한잔만 받아준다 치라면 얼마든지 줄 것이네. 하여간 술값 같은 것은 상관 말고 그냥 나한테만 맽겨.”

누구한테 일을 배왔느냐고 하는 소리는 흰소리 같았으나, 그래도 어느만큼 자신이 있기는 한 모양이었다.

종수는 주머니에서 천환짜리 한장을 꺼내주었다.

“아니, 내가 술값 주라고 한 소리간디?”

판돌이는 펄펄 뛰었다. 그러나 뻔한 형편, 종수는 억지로 맽겼다.

“술값 몇푼이 문제가 아닌께 일만 잘 보씨요.”

판돌이는 끝내 돈을 사양했으나 종수가 억지로 맽기자 하는 수 없다는 듯 받아쥐었다.

그러나 다음날 오후에 판돌이는 좀 떨떠름한 표정을 하고 왔다. 일이 안된 모양이었다.

“요새는 약을 안 쓸 때라고 며칠 뒤에 보자고 하더란 마시. 즈그덜이 약을 놔두고 쓰는 것이 아니고 즈그 오야붕이 가지고 있는 모냥인디, 요새는 그런 약을 아조 심상스럽게 단속을 한다는마. 그래도 즈그덜이 내 괄시는 못할 것인께 염려 말소. 그런디 술을 입에 대다본께 돈은 그것을 다 써불고 와서 시방 내가 그것이 많이 미안스럽네마는, 하여간 내가 약은 기어이 구해올 것인께 염려 말소.”

판돌이는 뒤통수를 긁으면서도 한편으로는 장담이 땅이 꺼졌다.

“요새 단속이 심해요?”

“응, 선거 때가 가까워오거나 하면 그런 단속이 있는 모냥이여.”

"그러면 약은 차차 구하기로 하고, 우선 금이 가 있는 데부터 일을 합시다. 가서 연장 챙겨오씨요."

"그러면 그것이라도 해보까?"

판돌이는 석수 연장을 챙겨가지고 내려왔다. 종수가 정을 메고 앞장을 섰다.

"가만있자, 이쪽 한쪽은 이만치는 될 것 같은디 다른 데는 어려울 것이여."

"하여간 되겠는 데부터 떱시다."

판돌이는 동네 쪽을 한번 건너다보고 나서 손에 침을 뱉어 정을 발라잡았다.

텅.

정 소리는 밖으로 울린다기보다 바위 안으로 파고드는 소리였다. 판돌이는 계속 그 자리를 내리쳤다. 바위는 텅텅 정을 튕겨올렸다.

텅.

텅.

정 소리는 반은 바위 속으로 파고들고, 거기서 남은 소리가 밖으로 울려 자랏골 안통을 메아리쳐 갔다. 조무래기들이 뛰어내려오고 여기저기서 동네 사람들이 이쪽을 내려다보고 있었다.

턱.

턱 하고 텅 소리를 삼키며, 바위 한쪽이 사람 몸뚱이 반 크기로 떨어져나갔다.

"잣것이 이런당께."

한쪽이 꽤 크게 떨어져나갈 것 같더니 엉뚱한 데로 먹어버린 것이다.

"이런 바우도 나무맨키로 떨어져나가는 질이 있어. 그 질을 보아서 때려도 때려사제, 서당 오래비 장작 패대기 아무 데나 치기만 한다고 되는 것이 아녀."

판돌이는 잠시 손을 고쳐 잡으며 변명하듯 한마디 했다. 종수는 곁에 서서 판돌이가 켄노우질하는 것을 망연히 건너다보고 있었다.

이 바위는 자랏골 사람들의 피맺힌 원한과 통분이 오래고 오랜 세월 앙금으로 굳어지고 옹이로 맺혀, 이렇게 한 무더기 돌덩어리로 굳어앉아 자랏골을 지켜보고 있었던 물건이었다. 이것은 돌덩어리라기보다 그대로 피맺힌 한, 그것이었고 그 한이 너무나도 단단히 뭉쳐서 지금 쇳덩이에도 깨지지 않고 텅텅 정을 튕겨올리고 있는 것 같았다. 종수는 정 밑에서 튕겨나와 얼굴을 아프게 때리는 돌쪼가리의 아픔을, 그 한 조각씩의 한이 그렇게 매운 것이라 느끼면서 견디고 있었다.

텅.

텅.

자랏골 안통을 울리고 있는 이 텅텅 소리는 더러는 산줄기를 타고 올라가고, 더러는 골골마다 골을 타고 올라가서, 지금 죽어서도 눈을 뜨고 있을 원혼들의 땅속에까지 스며들고 있을 듯했다.

한참 이렇게 일을 하고 있을 때, 동네 쪽에서 소리를 지르며 뛰어오는 사람이 있었다. 질천이였다.

"저 새끼가 미쳤다냐?"

판돌이가 객기를 부리는 것이었으나 말과는 달리 좀 겁먹은 표정이었다.

"어야, 쪼깐 살고 보세. 왜 이러는가?"

질천이는 설삶은 말 대가리 상판을 하고 다가들며 댓바람에 판돌이 손에서 정을 낚았다. 종수는 말없이 질천이를 건너다보고 있었다. 질천이는 판돌이한테 악을 썼다.

"이 자식아, 너는 독 일 못해서 뒈진 삼시랑으로 태어났냐 으쨌냐? 독 일이라면 니 애비 대가리도 떨어낼래? 이 되다가 만 자식아."

질천이는 애먼 판돌이를 붙잡고 잡아먹을 듯이 악을 썼다.

"이런 제미, 으째서 나를 잡고 소락떼긴고?"

질천이와 판돌이는 서로 정을 빼앗으려거니 안 빼앗기려거니 한참 실랑이를 벌였다.

"그것 놓지 못하요?"

종수가 쫓아갔다. 순간, 질천이는 판돌이를 뒤로 홱 떠밀어버리고 정을 빼앗아 들었다. 판돌이는 뒤로 벌렁 나가떨어졌다. 질천이는 정 모가지를 잡고 종수를 향해 버티고 섰다.

"이 바우는 자네 바우제마는 그래도 여그는 내 밥통이 달려놔서 자네 맘대로 못해! 죽은 사람 원을 풀자고 산 사람이 죽을 수는 없는 일이여. 꼭 떨고 싶으면 여그다가 내 대가리를 엎어놓고 그것부텀 뽀개고 떨게. 자!"

질천이는 대가리를 종수한테다 디밀고 들어왔다. 종수는 그 자리에 버티고 서서 질천이를 노려보고 있었다.

"당신, 대신 댁 송아지 백정 무서운지 모른다더니, 지금 내 마음에 먼 서슬이 졌는지 알고 시방 덤벙거리고 있소?"

"알겄네. 알겄네마는 나하고 상관이 없는 일이라면 자네사 독서슬을 품어서 그것으로 호랭이를 잡건 칼서슬로 사람 모가지를 짜르건 내가 뭣하러 나서겄는가마는, 나는 이 바우가 없어지면 죽는 사람이라 할 수 없어. 양문이가 이뻐서가 아니고 내가 살잔께 이러는 것이여. 못 떠네, 못 떨어. 내 눈에 흙이 들어가기 전에는 이 바우는 못 떨어."

질천이는 말을 뱉어놓고 그대로 돌아섰다.

"겐노 놓고 가! 겐노가 먼 죄가 있다고 그것을 가지고 가는고?"

판돌이가 쫓아갔다.

"이 자식아, 또 바우 떨라고 겐노를 놓고 가? 이 쌍놈의 것을 그냥 칵."

이것이 쇳덩어리라 그냥 칵 씹어 먹어버릴 수도 없고, 때려 박살을 낼 수도 없는 것이 환장하겄다는 표정으로 켄노우를 노려보다가 그대로 들고 돌아섰다.

"놓고 가란 말이여. 겐노 놓고 가!"

판돌이가 쫓아갔다.

"이 자식아, 너는 시방 불난 집에 부채질하고 있냐, 안질에 고춧가리를 뿌리고 있냐? 이 겐노로 대갈통을 부수기 전에 쩌리 가!"

그러나 판돌이는 와락 달려들어 켄노우를 붙잡았다. 한참 잡고 실랑이를 부리는 것 같더니, 판돌이가 휘딱 고갯짓을 해버렸다.

"윽!"

질천이가 발랑 뒤로 나가떨어졌다. 왈짜가 망해도 왼다리질 하나는 남는다고 하더니, 옛날 노가다판으로 굴러먹던 가락이 있어 고갯짓이 제법 가락수가 있었다.

"야, 이 새끼, 너 사람 쳤어!"

질천이는 볼을 싸쥐고 일어나며 눈에 불을 켰다. 판돌이는 그 자리에 버티고 서서 질천이를 노려보고 있었다. 만만찮은 자세였다.

"이참에는 택이 아니라 그대로 대갈통이 뽀개져."

판돌이가 으르자 질천이는 달려들지 못하고 그 자리에 서 있었다.

"너 참말이냐?"

"야 이 자식아, 내가 시방 자랏골 칡덩굴 밑에서 썩고 있다마는 팔도를 무른 메주 밟대끼 밟고 댕기던 놈이여. 이 자식아, 이것이 누 겐논지 알고 함부로 손을 대."

"저 새끼가 죽고 싶어 환장했네."

질천이가 달려들려고 하자 판돌이는 다시 자세를 잡았다. 여차하면 또 박치기가 들어갈 판이었다. 판돌이한테 저런 가락과 객기가 있는 줄을 질천이도 미처 몰랐던 모양이어서, 그는 이미 기가 죽어 있었다.

"이 새끼, 내가 참는다. 두고 보자."

질천이는 그래도 한마디 오기진 소리를 남기고 돌아섰다. 질천이는 그길로 휭하니 읍내를 향했다.

"내가 지대로 가락을 쓰기로 하면 저런 새끼 열 놈이 오면 못 당할 줄 알고. 상놈의 새끼, 대가리를 그냥."

판돌이는 마치 바위덩어리가 질천이 대가리이기나 한 듯 힘껏 켄노우를 내둘러 바윗등을 쳤다.

텅.

텅.

판돌이한테 그런 가락이 있었는지는 정말 아무도 몰랐다. 그는 그런 가락이 있으면서도 그냥 바보스럽게 선량하기만 했는지 모른다.

약한 데만 몇군데 더 찾아 떨다가 어두워지기도 하여 종수는 일을 끝냈다. 종수는 판돌이와 저녁상을 받고 앉아, 판돌이가 뭐라 제 솜씨 자랑을 늘어놓고 있는 사이 혼자 골똘한 생각에 잠기어 있었다. 아까 바위 떨 때 와서 달려들던 질천이 행동을 생각하고 있었다. 질천이의 그런 당돌한 행동은 아무래도 살인에 간여한 사람의 그것같이는 느껴지지 않았었다. 종수가 그런 일을 하면 질천이는 그리 쫓아오는 것이 아니라, 읍내 외팔이한테로 뛸 줄 알았었다. 그런데 직접 그러고 나서는 것을 보면, 그것이 비록 십년 가까운 옛날 일이라 하더라도, 그 살인에 간여했고서야 그렇게 당돌하게는 나오지 못할 것 같았다. 종수는 평소에도 아무리 의뭉한 작자라 할지라도 그런 데 간여를 했다면 자기를 대하는 태도 가운데 어디 한 군데쯤 구린 데가 있을 것이라고, 그의 행동거조를 유심히 지켜보았었다. 그러나 그런 것을 쉽게 발견할 수가 없었다. 종수는 질천이에 대한 그런 의혹이 깡그리 없어지는 것은 아니었으나, 그래도 이런 태도를 보면 조금은 안심이 되기도 했다. 같은 동네 살고 있는 질천이가 그런 일에 관계가 있었으리라고 생각하면 몸서리가 쳐졌기 때문이다.

다음날 아침이었다. 웬 낯선 사람 하나가 종수 집으로 들어섰다. 마치 제집에라도 들어오는 것같이 당돌하게 들어오고 있었다.

"당신이 김종수요?"

"왜 그러십니까?"

"서에서 왔습니다. 조사할 일이 있으니 잡부금 장부하고 비료대 장부 좀 봅시다."

종수는 너무 갑작스런 일이어서 한참 동안 멀거니 그를 건너다보고 있었다.

짚이는 것이 있었다. 결국 이런 수작으로 나오는가? 종수는 가볍게 한숨을 깔아 쉬었다. 종수는 아무 말 없이 장부를 내놓았다. 형사는 그 자리서 장부를 보는 것이 아니라, 장부를 한군데 챙겼다.

"서에까지 갑시다."

종수는 되레 마음이 차근해졌다. 두말 않고 그대로 따라나섰다.

경찰서에 이르자 그대로 유치장에 집어넣었다. 종수는 절간에 따라온 새댁처럼 그저 하라는 대로 고분고분했다. 죄 없는 놈 어쩌겠느냐는 배짱과 함께 되레 잘되었다는 안도감이 들기까지 했다. 동네에 차압이 들어오는 것을 안 보아도 되고 바위를 떨어낼 구실만 더 굳어진다고 생각되었기 때문이다. 부처님 밑을 들추면 삼거웃이라도 나올지 모르지만, 잡부금이나 비료대 관계라면 아무리 털어봐야 먼지 하나 나올 데가 없을 것이니, 그저 자기 깨끗한 것만 믿고 차첩 맡은 벙어리처럼 아무 말도 하지 않고 그저 하라는 대로만 할 뿐이었다.

점심때쯤 해서 불러냈다. 아침에 자기를 잡으러 왔던 형사가 아니고, 더 험상궂게 생긴 놈이 취조를 시작했다.

"이 새끼 너, 해처먹어도 많이 해처먹었구나. 이 새끼가 낯빤대기는 빤드름해가지고 순 날강도 배때기를 지녔그만."

종수는 멀거니 형사를 건너다보고 있을 뿐이었다.

"야 이 새끼야, 무슨 배짱으로 이렇게 많이 해처먹었어?"

형사는 피우던 담배꽁초를 비빌비빌 손끝에서 돌리며, 강아지새끼라도 놀리는 가락으로 놀려대고 있었다. 상체를 의자에다 잔뜩 버티고 앉아 유들유들한 웃음을 흘리며 놀려대고 있었다.

"이 새끼야, 말해봐! 무슨 배짱으로 이렇게 많이 처먹었어!"

"한푼도 먹은 적 없습니다."

종수는 똑바로 말했다.

"한푼도 먹은 것이 없다고? 아, 이 새끼 노는 것 봐라. 그러면 면사무소 신축비는 받아다가 어데다 모셔놓았어?"

형사의 얼굴에는 그대로 장난기가 흐르고 있었다.

"그 미납액이 나왔으면 다른 조목서는 동네 사람들한테서 걷은 것보다 과납된 액수도 나왔을 텐데요?"

"이 새끼 노는 가락 봐라. '나왔을 텐데요?' 야 이 촌놈의 새끼야, 그게 어디서 배워먹은 버릇이냐? 어디서 배워먹은 버릇이여?"

놈은 벌떡 일어나더니 대번에 종수 따귀를 한대 갈겼다. 종수는 눈에서 불이 나는 것 같았다. 이놈은 종수를 마치 자기에게 개인적인 원한이라도 있는 놈 닦달하듯 했다. 종수는 볼을 만지며 빤히 형사를 건너다보고 있었다. 도대체 형사의 저런 독기가 어디서 나오는 것일까? 이런 애먼 일에 이토록 험한 독기를 피우고 나오자 종수는 잠시 이런 한가한 생각을 하고 있었다. 양문이 세도가 아무리 파고 세운 장나무라 하더라도, 부처님한테 생선 토막을 돌라먹었다고 닦달하는 것만치나 애매한 일을 가지고 이런 독기를 피우게 만들 수가 있을 것인가, 잠시 허탈한 기분이었다.

"야 이 촌놈의 새끼야, 뭣을 믿고 그따위 건방진 가락으로 놀아묵냐, 엉?"

형사의 얼굴 위에 외팔이 얼굴이 어른거리고 있었다. 양문이 얼굴도 어른거렸다.

"당신은 양문이 믿고 이렇게 생사람을 조지제마는, 나는 당신 말대로 자랏골 산골에서 살다 온 촌놈이라 아무것도 믿는 것이 없는 놈이요."

종수는 형사를 똑바로 쳐다보면서 또박또박 침착하게 말을 했다. 주먹이 아니고 몽둥이로 늑신하게 얻어맞고 싶은 충동이 온몸에 스멀스멀하고 있었다. 이렇게들 죄 없이 많이 얻어맞아왔다. 그래서 더러는 병신이 되고 골병이 들고 또 죽기까지 했다. 그 사십 년 동안의 곤욕이 한 덩어리 울분으로 뭉쳐 방망이 같은 덩어리로 목구멍을 아프게 뒤틀어오르고 있었다.

"어어, 이 새끼 노는 것 봐라. 야 이 새끼야, 여기가 어디냐? 지금 니가 앉아 있는 데가 어딘지나 알고 아가리를 놀리고 있는 거냐?"

형사는 좀 의외라는 표정이었으나, 놀리는 가락을 수그리지 않았다.

"잘 알고 있습니다. 여기가 경찰서 취조실입니다. 왜정 때부터 사십년 동안 양문이 묏등 등쌀에 자랏골 칡덩굴 밑에 사는 산골 무지렁이들이 개 끌리듯 끌려와서 피나무 껍질 벗겨지대끼 얻어맞아 골병이 들고 병신이 되고 죽기까지 한 경찰서 취조실이라는 것을 잘 알고 있습니다."

종수는 자신도 깜짝 놀랄 만큼 침착한 소리로 마치 둑 터진 봇물이 쏟아지듯 말을 쏟아내고 있었다. 자신이 말을 한다기보다 말이 그렇게 제절로 쏟아져나가는 것 같았다. 형사는 종수를 빤히 건너다보며, 얼굴에 감돌고 있던 그 잔인한 조롱기가 사라지고 있었다. 묶여온 맹꽁인 줄 알았다가, 치고 보니 장비(張飛)라는 놀라움이 잠시 지나갔다.

"자랏골을 통틀어서 치면 나는 지금 삼대째 끌려와서 옛날에는

왜놈 헌병들이나 순사들한테 얻어맞았고, 오늘은 당신한테 얻어맞
고 있는 것입니다."

형사는 거기까지야 모르고 있었을 것이어서, 종수의 말에 송장
치고 살인내는 것이 아닌가 하는 뻥한 눈이었다.

"이 새끼야, 이것은 양문씨하고는 상관이 없는 일이여. 묻는 말
에 대답이나 해! 이 새끼가 어디서 털 뜯기고 와서 지랄이야? 야,
면사무소 신축비는 어쨌어?"

형사는 아까 그 조롱기가 넘실거리던 표정을 거두고 버럭 악을
썼다.

"내가 먹었습니다."

묻을 자리 보아놓고 도끼 들고 안문인데, 죄 없는 놈 목 베는 법
이 있으면 칠성판에 누워주겠으니 어디 베어보라는 배짱이었다.

"이 새끼가 정말, 너 죽지 못해서 환장했냐?"

"죽음에는 급살이 제일 아니요?"

"어어, 이 새끼, 너 지금 누구를 놀리고 있냐?"

"놀리고 있는 것은 당신입니다."

"이 새끼를 그냥, 너 한번 죽어볼래?"

"예, 이미 각오하고 있습니다."

"허허, 이 새끼가 정말."

형사는 미치겠다는 표정으로 종수를 바라보았다. 잡아먹을 수도
없고 구워 먹을 수도 없어 환장하겠다는 표정이었다. 종수는 너무
도 마음이 평온했다. 이런 경우 벌벌 떨 줄 알았는데, 도무지 자신
도 의심이 갈 만큼 마음이 평온하게 가라앉아 있었다. 형사의 일그
러진 얼굴에 외팔이와 양문이 얼굴이 겹치고 있었다.

“야, 제대로 말해! 면사무소 신축비 나머지 어쨌어?”

좀 누그리고 나오는 기색이었다.

“내가 먹었습니다.”

“이 새끼. 음, 좋아.”

형사는 다시 종수를 노려보더니, 신음소리를 한번 내고 나서 그대로 써내려갔다.

“나협회비(癩協會費)는?”

“그것도 내가 먹었습니다.”

“잘 논다. 나중에 후회하지 마!”

후회하고 말 것도 없었다. 아무리 제가 별짓을 해보아야 서류가 있고 보면 용수가 채반 될 이유는 없었다.

“치도비(治道費)는?”

“그것도 내가 먹었습니다.”

“상이군경 원호비는?”

“그것도 내가 먹었습니다.”

“중학교 증축비는?”

“그것도 내가 먹었습니다.”

맹랑한 질문과 맹랑한 대답이 말고누 들락꼰으로 한참 동안 오고 가고 있었다.

“부녀회비는?”

“그것도 내가 먹었습니다.”

“예방접종 부대경비도 먹고?”

“그것도 내가 먹었습니다.”

“지서주임 송별금은?”

“그것도 먹었습니다.”

“야 이 새끼, 일어서!”

완납했거나 걷지 않은 것까지 먹었다고 하자 놈은 반 미쳐버렸다. 형사는 한쪽에 있는 몽둥이를 집어들었다. 종수는 그대로 꿈쩍 않고 있었다. 바로 그때 문이 열렸다.

“서장님이 오시랍니다.”

급사가 빼꼼히 들여다보며 말을 했다. 몽둥이를 꼬나쥐고 숨을 씨근거리던 놈이 몽둥이를 던졌다.

“오늘 너는 죽는 줄 알어.”

한바탕 을러놓고 밖으로 나갔다. 종수는 조금도 겁이 나지 않았다. 그저 낯선 집에 와 있는 것같이 여기가 좀 생소하다는 생각뿐이었다.

외팔이 얼굴이 떠올랐다. 그는 지금 어디 술집에라도 앉아서, 꿩 뒤에 매 띄워놓은 놈처럼 형사를 기다리고 있을 것이다. 그 자식이 벌벌 떨면서 살려달라고 빕디다, 칼칼칼. 수고했습니다. 그 자식이 진작 그럴 것이지. 자, 한잔하십시오. 칼칼칼. 처음에는 이 자식이 제법 뻗댑디다. 그래서 막 조졌지요. 매 앞에 장사 있습니까? 칼칼칼. 촌놈의 새끼들한테는 매밖에는 약이 없다니까. 여태 망치가 가벼우니 못이 솟았던 것을. 칼칼칼. 종수는 이런 웃음소리를 듣고 있었다.

외팔이 이 자식이 제 아비 속에서 기어나와 제 아비 품에서 자란 놈이라, 제 아비 그 나이 때의 형조 패두 버릇 그대론데, 옛날에야 시국이 그래서 어혈탕국에 뼈가 녹아나도 찍소리 한마디 못하고 당했지만, 달구세끼가 발 벗었으니 항상 오뉴월인 줄 아느냐는 생각이 깨진 독서슬처럼 마음속에서 날이 서고 있었다.

잠깐 만에 다시 문이 열렸다. 놈은 똥 집어먹은 곰 상을 하고 들어서고 있었다. 아직도 기를 꺾지 못했느냐고 얻어듣고 들어오는 것인가 생각했다. 종수는 이런 생각이 들자 아까 던져놓은 몽둥이로 얼핏 눈이 가면서, 옛날 용골영감이 그 무지한 일본 헌병들의 쇠좆몽둥이에도 꿈쩍하지 않았다는 이야기가 떠올랐다.

"야 이 새끼야, 서장실로 가봐!"

형사는 따귀라도 몇대 맞고 온 놈처럼 볼이 부어 씹어뱉듯 했다. 종수는 예기치 않았던 소리에 멍청하게 놈을 쳐다보고 있었다. 서장이 어쩐다는 것인가.

"이 새끼야, 귀에다 말뚝 박았냐?"

놈은 조서용지를 홱홱 걷어쥐면서 악을 썼다.

"내 참, 더러워서."

종수는 그렇게 멍청하게 있다가 문을 열고 나오면서, 형사가 조서용지를 박박 찢으며 욕설을 퍼붓는 소리를 들었다.

종수는 아까 들어올 때 보았던, 저만치 서장실이라고 쓰인 방으로 갔다. 조용히 노크를 했다. 예, 소리가 났다. 아까 그 급사 소리였다. 비짓이 문을 열고 들어갔다. 그러다가 멈칫 서고 말았다. 뜻밖에 거기 양문이가 와 있었다. 양문이는 병색이 짙어 몹시 초췌한 얼굴이었다.

"미안하게 됐네. 모두 부족한 생각으로 이런 일이 생겼으니 너무 섭섭하게 생각하지 말게."

뜻밖의 소리였다. 이 작자가 팔십에야 총명이 난 것인가? 종수는 빠히 양문이를 건너다보았다. 양문이는 일어서서 종수 곁으로 다가오며 손을 잡으려 했으나, 종수는 고개를 저쪽으로 가져가면서 양문이가 잡으려는 손을 피해버렸다. 뺨 치고 등 어르는 손이어서, 우선 싸늘하게 느껴졌기 때문이었다.

양문이는 어물어물 제자리에 가서 앉았다. 종수는 자기가 이렇게 서장실에 불려온다는 것도 갑작스러운 일이었고, 또 여기에 양문이가 와 있다는 것도 뜻밖의 일이었으며, 더구나 양문이가 손을 내미는 것은 거의 돌발적인 사태였지만, 종수는 사람이 죽어가는 순간에나 이렇게 정신이 초롱초롱할까 싶은 맑은 정신으로 그 순간순간을 받아들여 의젓하게 대처해나가고 있었다.

양문이는 외팔이가 이런 일을 저질렀다는 것을 알고 깜짝 놀라 뛰어온 것 같았는데, 종수는 아까 취조실에서 조금도 겁을 먹지 않았던 것과 똑같이 양문이의 이런 출현과 호의에도 무슨 고마움이나 감동이 느껴지는 것이 아니었다.

종수는 그렇게 침착하고 맑은 정신이었기 때문에 양문이가 내미는 손을 서장 앞에서 뿌리칠 수가 있었다. 서장실이라는 으스스한 장소에서, 더구나 서장이 버티고 있는 앞에서 양문이 손을 뿌리친다는 것은 마치 자기의 몸뚱이에 칼이라도 찌르는 것같이 써늘한 일이었으나, 그러고 나니 새로운 배짱이 생겼다. 그러니까 종수는 당신들과 영원히 화해할 수 없다는 선언을 말로가 아니고 행동으로 그렇게 해버린 셈이었다.

"젊은 사람이 왜 그렇게 엉뚱한 고집을 피우나? 어른들이 말을 하면 들을 것은 들어야지. 자네 한다는 소리를 들어보니까 좀 심한 것 같군. 영감님께서 많이 편찮으신데도 여기까지 어려운 발걸음을 하셨기 때문에 특별히 봐주는 것이니까 다음부터는 영감님 하신 말씀을 각별히 명심해서 서로 일을 좋도록 하는 거야. 생기기는 저렇게 얌전하게 생긴 사람이 어디에 그런 고집이 들었나? 하하하.”

아무리 양문이가 국회의원 애비라고 하지마는, 그래도 명색이 서장 자리에 틀거지를 틀고 앉은 놈이, 열녀각 밑에서 서방질도 유분수지, 특별히 봐준다니, 아가리가 어떻게 생겼으면 그런 말도 아랫입술이 윗입술에 붙는가, 종수는 빤히 서장 입을 건너다보고 있었다.

“이것 실례가 많았소.”

양문이가 자리에서 일어섰다.

“아니올씨다.”

서장이 따라 일어섰다. 서장이 문밖에까지 따라나섰다.

“바쁘신데 그만 들어가시요.”

“아닙니다. 제 차로 모시겠습니다.”

종수는 복도를 걸어나오다가 아까 그 취조실 앞에 이르렀다. 그 방문을 열었다.

“뭣하러 가는 거야?”

서장이 물었다.

“장부 가지러 갑니다.”

“장부라니?”

종수는 대답하지 않고 그 방으로 들어갔다. 아까 그 형사는 낙태한 고양이 상을 하고 담배를 빨고 있다가 종수를 돌아보았다.

“이것 가져가도 되지요?”

“가져가.”

형사는 똥 싸다 들킨 놈처럼 고개를 돌려버렸다.

종수는 책상 위에 널려 있는 장부를 챙겼다. 동네 사람들 이름이 수십벌로 쓰여 있는 장부를 마치 강간이라도 당해 늘어져 있는 여편네라도 거두듯 챙겨가지고 밖으로 나왔다.

양문이는 서장이 자기 차를 타고 가라고 했으나, 종수하고 이야기할 것이 있다며 사양을 했다.

종수가 경찰서 문을 나서자, 저만치 어머니가 조그맣게 쭈그리고 앉아 있다가 눈물을 글썽거리며 다가왔다. 종수는 어머니의 그 처참한 표정을 보자 불꽃같은 울화가 치밀었다. 여태 찬물같이 잔잔했던 감정에 확 불이 붙는 것 같았다.

"저 집에 갔었소?"

종수는 양문이 쪽을 가리키며 어머니를 노려보았다. 어머니는 목이 메어 말을 하지 못하며 고개만 흔들었다.

"옅은 소견에 잠깐 실수를 한 것이니, 너무 섭섭하게 생각하지 말게. 내 일간 한번 찾아가겠네."

양문이는 종수의 날 선 감정을 눈치채고, 이렇게 한마디 얼버무리며 자리를 피했다. 종수는 양문이를 돌아보지도 않았다.

18

며칠 뒤였다.

"니 땅이냐 내 땅이냐, 장땅이냐 콩땅이냐."

아침에 동냥 나가는 해룡이를 놀리는 조무래기들의 떠드는 소리가 골목을 가득 채웠다. 왁자지껄하던 소리가 사라지고 얼마 뒤였

다. 조무래기들이 택시 온다고 소리를 지르며 우르르 골목을 쏟아
져나갔다. 종수는 양문이라는 것을 짐작했다. 일이 다급하니까, 급
하면 부처님 다리 안는다고, 서장 말마따나 또 여기까지 어려운 발
걸음을 하는 모양이었지만 일은 이미 돼진 놈 인중 틀어지듯 틀어
져버렸는데 당신이 온다고 별 조화 있을 것 같으냐고 종수는 속으
로 실소를 머금으며 마음을 느긋하게 가졌다.

"워매, 해룡이가 엉덕으로, 엉덕으로."

느닷없는 고함소리가 나며 우르르 몰려가는 발소리에 종수는 깜
짝 놀랐다. 밖으로 황급히 뛰어나갔다. 저 아래 산굽이에 택시가 멈
추어 있고, 운전사인 듯한 사람이 구르듯 벼랑을 내려가고 있었다.
그 밑에 논바닥에는 걸레처럼 늘어진 것이 있었다.

종수도 뛰어내려갔다. 차가 멈춰 있는 자리를 보니 사고 순간을
짐작할 만했다. 좁은 산길이라 차가 소리를 내지 않고 올라왔던 모
양인데, 이런 데서 차가 나타나리라고는 꿈에도 생각을 하지 못하
고 무심하게 산굽이를 돌아가다가 느닷없이 차가 나타나는 바람에
갑자기 피한다는 것이, 원체가 온전하지 못한 걸음걸이다보니 훌
쩍 뛰며 허우적거리다가 벼랑으로 떨어졌을 것 같았다.

운전사는 해룡이를 여기저기 만져보는 것 같더니 이내 끌어안았
다. 서너길이나 되는 벼랑이라 많이 다쳤는지 해룡이는 사지를 축
늘어뜨리고 있었다. 운전사는 저쪽으로 비탈을 돌아 언덕을 올라
가고 있었다. 양문이가 차 뒷문을 열자 차에 실었다. 운전사는 잽싸
게 운전석으로 들어갔다. 차가 그대로 오던 길을 올라오고 있었다.
더 올라와야 차를 돌릴 데가 있었기 때문이었다.

차를 돌리고 있던 운전사는 동네 사람들이 몰려가자 새파랗게

질린 얼굴로 어쩔 줄을 몰랐다.

"많이 다쳤소?"

모두 택시 안을 들여다보며 물었다. 해룡이는 택시 뒷자리에 맥을 놓고 늘어져 있었다. 겨우 숨을 헐떡거리며 고통스러운 표정으로 신음소리를 내고 있었다.

"병원에 가보아야 알겠습니다. 친척이나 누구 있으면 타십시오."

운전사는 자기한테 주먹이라도 한대 날아오지 않는가 겁에 질린 표정으로 말했다. 동네 사람들은 한 사람 타라는 말에 서로 얼굴만 건너다보았다. 눈길이 종수한테로 쏠렸다. 종수는 눈길을 피해버렸다. 양문이는 택시 곁에 엉거주춤 서서 고추 먹은 입을 하고 있었다.

"곰영감이 오시는그마."

저만치 곰영감이 내려오고 있었다. 양문이는 마치 똥 싼 담은 얼굴을 하고 한쪽에 서성거리고 있었다. 곰영감이 가까이 왔다. 사람들이 길을 내주었다.

"같이 타고 갔다 오셔야 쓸 것 같소."

누가 곁에서 거들었다. 영감은 차 안을 들여다보았다. 영감은 차를 탈 생각을 않고 한참 동안 한심한 얼굴로 해룡이를 내려다보고 있었다. 이내 해룡이 머리를 들어 안으며 차 안으로 몸을 들여놓았다. 부르릉, 차가 움직였다. 동네 사람들은 차가 사라진 산굽이를 한참 동안 보고 있었다.

"야, 너 내려가서 저것 줏어가지고 와!"

종수의 말에 조무래기 하나가 벼랑을 내려갔다. 벼랑 중간에 해룡이 바랑이 늘어져 있었다. 조무래기는 땟국이 꺼멓게 전 해룡이 바랑을 마치 뱀 꼬리라도 잡듯 한쪽 끝을 잡아들고 올라왔다.

"허허. 제미랄, 평지에서 낙상한다등마는, 저것이 먼 꼴이여. 터서구니 신 집에는 말 뭣도 벙긋 못한다고, 저 작자는 이 동네하고 웬수 연분을 졌으면 먼 웬수 연분을 어뜨크롬 졌간디, 이 동네 놈이라먼 멀쩡한 발부리에까지 저로크롬 살(煞)이 내려가지고 생사람이 어긋나냔 말이여."

비 맞은 중놈들처럼 동네로 들어가던 사람들 가운데서 누가 푸념을 늘어놓았다.

질천이가 재를 넘어갔다가 저녁나절 돌아왔다. 해룡이는 허리를 상했는데, 죽을 염려는 없지만 앞으로 어떻게 될는지는 치료를 해보아야 안다는 것이다.

"치료가 오래 걸린다는 소린가?"

"허리가 상했은게 오래 걸릴 모냥이제."

"제기랄 것, 허리는 부러졌어도 얻어묵고 사는 것보담 편하게는 되았다."

"허허. 허리까지 부러져났으면 그놈의 몸뚱이가 뭣이 되까?"

그 흐늘흐늘한 몸뚱이가 그래도 성한 데가 한군데 있다면 허리가 성한 셈이어서 낙지발 같은 사지가 거기 한군데다 힘을 주고 있었는데, 그 허리가 부러졌다면 이제 그 몸뚱이가 어떻게 된다는 것인지, 도대체 그런 몸뚱이도 거기에 숨이 붙었다고 해서 그것을 사람이라고 해야 할 것인지 어이가 없었다.

그런데 질천이는 그 소식과 함께 기막힌 소식을 하나 가지고 와, 자랏골 사람들은 그것이 참말인가 한참 질천이 입을 보고 있었다. 농자금 사건이 해결이 되었다는 것이다. 양문이가 서울에 있는 자기 아들한테 전화를 해서 결손처분을 하도록 어제 오후에 여기 농업은행으로 지시가 내려왔다는 것이다.

"허허. 그런께 일이 되기로 하면 이로크롬 되는 수도 있기는 있그마. 그물이 삼천 코라도 벼리가 으뜸이라고 웃꼭지를 틀어야 한당께, 웃꼭지를."

"국회의원 심이 좋기는 참말로 좋네. 그런께 그것을 할라고 그로크롬 기를 쓰는 모양이제. 우리 같은 촌놈이사 때리면 맞는 수백이는 없는 벼락인디, 눈앞에 떨어진 벼락칼을 이로크롬 부지르는 장사가 있으니 사람이랏 것이 날라먼 크게 나고 볼 일이여."

"그런께 그 영감이 그 소식을 가지고 오다가 그런 못 당할 꼴을 당했그마. 허허, 그 영감 안됐네."

"그래도 그 영감이 맘을 쓸 때는 다 이로크롬 크게 쓰는그마. 허허, 가다가 참말로 그 영감 덕 한번 옳게 보았네."

"그런께 이것이 인정도 품앗이라고 이로크롬 오는 정이 있으면 가는 정도 있어사 쓸 것인디."

질천이가 한마디 푸념처럼 뇌까렸다.

"이 사람아, 우리 같은 촌놈덜이 그런 영감한테 인정을 쓸래야 쓸 건덕지가 있는가?"

질천이는 종수를 두고 하는 말이었으나, 뚱딴지같은 소리를 하고 나왔다.

"그래도 그 양반 선산이 여그 있는 담에사 짝 하면 입맛이더라고, 하다못해 묏벌에 똥 싸는 개를 한번 쫓아줘도 그것이 다 정으로 하는 것이제 뭣이간디."

"그런 것도 그런 것이제마는 종수 말이여, 종수가 저로크롬 고집

454

을 부리고 있은께 탈이그마."

질천이가 그쪽으로 이야기를 옮겨놓았다. 동네 사람들은 양문이의 호의에 금방 감격하여, 호칭도 양문이가 아니라 영감이었고, 또그 양반이었다. 질천이는 동네 사람들의 이런 감격을 종수한테로몰아, 종수를 어떻게 누그러뜨릴 수 없을 것인가 하는 속셈인 것같았다.

"옛날 일 같은 것은 바람에 날려버리고, 서로 웃자 할 때 웃고 산다 치라면 이런 험한 일이 있더라도 큰사람 덕은 보는 것인께 이로크롬 속한 꼴을 보는디 말이여."

"그 양반이 동네 사람덜한테 이만치 맘을 썼으먼 사람대접이 방불하기도 한께 종수가 맘을 누그릴 법도 해. 너무 서두르지 말고추갠추갠 이애기를 한다 치라면 매듭이 풀리는 대목이 있을 것도같어."

문길이가 제대를 하고 왔다. 종수는 문길이가 그렇게 반가울 수가 없었다. 마치 깊은 산속에서 길을 잃고 헤매다가 아는 사람을만난 기분이었다. 자기 심정을 이야기하고 같이 타협할 사람이 그렇게 아쉬울 수가 없는 판에 문길이가 온 것은 나갔던 사람이 들어온 것같이 반가웠다.

종수는 그동안 자랏골에 있었던 이야기를 털어놓았다. 문길이는주먹을 쥐고 외팔이에게 죽일 놈 소리를 수없이 했다. 외팔이가 곁에 있으면 당장 요절을 낼 것 같은 서슬이었다. 그러다가 자기 누님 이야기를 듣고 금방 멍청해져버렸다.

"우리 누님이 외팔이한테? 그것이 참말이냐?"

"저쪽에서만 넘어온 소문이고 느그 집에서는 아무 말이 없는 것 같은디, 소문은 느그 누님이 그 집에 들어가는 일만 남은 것 같더라."

"우리 아부지가 승낙을 했단 말이냐?"

"글쎄, 모르기는 하겄는디, 하여간 그 소문이 나고부터 느그 아부지는 동네일에도 통 간섭을 않고, 하여간 전하고는 다르더라."

종수의 말을 듣고 있던 문길이는 자리를 훌쩍 일어나 자기 집으로 갔다.

"누님이 외팔이한테 혼담이 있다는 소리가 참말이요?"

문길이는 어머니에게 대들듯이 물었다. 문길이의 표정을 본 곱댁은 한숨부터 꺼쉬었다.

"그리 보내기로 했다."

이왕 알 것, 너도 집안 식구니 알아두라는 표정이었다.

"보내기로 했어라우?"

"그만한 자리도 쉽지 않다. 부러진 팔자 고치기가 나무젓가락 짝 맞추듯 쉬운지 아냐?"

"아무리 보낼 데가 없다고 그런 개백정 같은 놈한테 보낸단 말이요? 그놈이 우리집하고 어떤 사이요? 우리집도 우리집이제마는 그 놈들은 자랏골 전부하고 원순디, 그런 놈한테 시집을 보내면 동네 사람들이 우리를 어뜨크롬 보겄소?"

문길이는 댓바람에 막말을 하고 나왔다.

"철없는 소리 마라. 그런 일을 당할 때는 누구든지 생초목에 불이 붙을 일이었을 것이다마는, 밤 잔 원수 없고 날 샌 은혜 없다고, 세월이 이만치 흘러서 석서그러질 만치는 석서그러진 일인께 잊을 만한 일은 다 잊고 살아사제, 몇십년 저쪽 일을 가지고 항상 가슴에 칼만 세우고 있으면 세상을 어뜨크롬 살 것이냐? 사나운 강아지 콧등 아물 날 없더라고, 그러다가는 제 성미에 상하는 것이다. 사람이 살다가 보면 별일을 다 당하는 것인디, 그런 일을 한나한나 가슴에 새겨두고 보아라. 세상을 못 사는 것이다."

"잊을 일이 따로 있제 양문이 한 짓은 달라요. 이번에 종수한테 했다는 것 들어보씨요. 그놈덜이 지금도 자랏골 사람을 사람 축에 놓고 보는 줄 아요?"

"그래도 혼담을 들여보낸 것은 사람대접 한다는 소리제 뭣이겄냐?"

"허허. 그것이 다 등 치고 간 내갈라고 그러제, 우리를 꼭 사람대접 해서 그러는 줄 아시요? 더구나 그 자석 꼴 모냥새는 놔두고라도, 나이가 얼마 차이요. 더구나 본처가 살아 있다는디 이것이 송장 치러 가는 것이요, 시집가는 것이요?"

"후살이 열칠팔 차이는 흠이 아니다. 헌신짝 짝 맞추는디 헌 짝 새 짝을 가리겄냐? 본처가 있다고 하제마는 중풍으로 이미 내논 사람이고, 그 본처가 당거서 하는 일인께 본처나 다름없다. 그런 것을 숭이라고 하더라도 이미 사나워서 부러진 팔자, 한두가지 숭을 숭이라고 가리다가는 그대로 늙고 만다."

"아니, 어디 가면 삼시 세때 밥 못 먹고 산다고, 골라도 해필 동네 원수 집을 골라서 팔자를 고쳐사 쓴단 말이요? 재산 많으면 뭣할 것이요?"

"철없는 소리 마라. 산 석숭이는 누구든지 부러운 것이다. 여편네 팔자는 뒤웅박 팔자라 여자 높이 놀고 낮이 놀기는 시집에 매인 것인디 우선 입격정만 잊어분다는 것도 어디냐? 이 서름 저 서름

해도 배고픈 서름보담 더한 서름은 없는 것이다. 너도 인자 이런 에미 속을 알 만한 나이가 되았은게 싫더라도 못 이긴대끼 가만히 있어라."

"동네 사람들 체면도 생각해사 쓸 것 아니요?"

"체면이 밥 멕여준다던? 요새 일을 나도 들어 알고 있다마는, 종수 혼자 저 고집이제, 그래도 동네가 몽땅 거덜이 나게 생긴 판에 동네일을 그만치 크게 봐주었으면 동네 사람 대접도 방불하고 체면도 슬 만치는 섰다. 그런 일이 아니더라도, 우리가 도적질을 하는 것이냐, 딸을 폴아묵는 것이냐? 그런 체면 생각하다가는 구럭에 든 게도 놔줘사 쓰겄다. 인자 그런 철없는 소리 말고 세상 물정도 알 만한 나이가 되았은게 뭣을 생각해도 앞뒤를 봐감시롱 생각을 혀!"

곱댁은 어느때 없이 단호했다. 딸자식 하나라도 사람 사는 데 보내 사람대접 받고 살게 하기가 항상 소원이던 곱댁으로는, 그런 집이면 지체도 그렇거니와, 친사돈이 못된 형제보다 낫더라고, 집안에 무슨 일이 생겨도 서로 돌봐주고 의지할 먼 친척 하나 없어 고단하던 처지로는 이만한 혼사 자리가 없다 싶었다. 또 건듯하면 뭣등 일로 동네에 일이 벌어져 그때마다 문길이 결기가 항상 위태롭던 다음이라, 이렇게 혼사를 맺어놓으면 그런 일도 마음을 놓겠다고 이런 깊은 데까지 생각이 미치기도 했던 것이다. 그런데 혼삿말이 나고부터 종수가 그렇게 객기를 부리고 나오는 바람에 마음이 초벌 얼음 밟듯 조마조마한데 문길이까지 이러고 나오니 애가 달 밖에 없었다.

"하여간 나는 그런 자식한테 누님 시집가는 꼴 못 보겄소."

문길이는 볼 부은 소리로 말을 부지르고 나왔다.

"이놈아, 너보고 시집가라고 하냐? 지금은 같은 울안인께 누님이제, 너도 장가가서 니 새끼덜 생겨보아라. 느그 누님이 굶어 죽는다고 해도 니 뒤지에서 쌀 한 됫박 떠주기가 쉬울 성부르냐? 철딱서니 없는 소리 그만 하고 입 봉하고 있어."

"아부지는 어뜨크롬 생각하고 있간디라우?"

"그 영감탱이가 이런 일에고 저런 일에고 잘잘 말하는 사람이냐? 첨에는 뚝배기로 개 으르는 상판이더라마는, 내가 하도 쥐앙정을 읽어싼께 그런가 으짠가, 요새는 그런 소리를 해도 잠잠한 것이, 누그러진 성부르다. 그 영감탱이 입에서 보내라는 소리는 떨어지지 않을 것인께 안 듯 모른 듯 싸서 보낼란디, 동네가 자꼬 스끄러운 일만 벌어져싼께 시방 살얼음을 볿고 있는 것 같다."

"누님은?"

"부모가 가라면 가제, 팔자가 저 꼴이 되어가지고 친정에 얹혀 있는 년이 쓰다 달다 입을 놀리겄냐?"

"그러면 이것이 다 어무니 혼자 생각이그만이라우. 나도 누님 형편을 알 만하요마는, 그 자식 이번에 동네다 했다는 소리 들어보고, 더구나 종수한테 했다는 소리 들어본께 개백정이제 사람의 새끼가 아닙디다. 그 자식한테 시집을 보내든지 혼사를 치든지 알아서 하씨요. 나는 저 아래 바우를 종수하고 같이 떨어서 자랏골놈덜도 사람이라는 것을 한번 보여줄 참이요."

"아니, 뭣이 으짜고 으째? 아니, 너 시방 총한 정신으로 하는 소리냐? 저 자식이 한살 더 묵은께 똥 싼다고, 나이를 처묵더니 철이 드는 것이 아니라 객기만 늘었구나. 놈의 초상에 단지도 아니고, 니가 어째서 종수 장단에 깨춤이란 말이냐, 깨춤이?"

곱댁은 펄쩍 뛰며 종주먹이었다.

그때 커엄, 마당에서 곰영감 기침소리가 났다. 곰영감은 말없이 들어와 자리를 잡아 앉았다.

"이 자석 말하는 것 쪼깐 들어보씨요. 망둥이가 뛴께 절간의 빗자루도 뛴다등마는, 이 망할 놈이 종수하고 같이 저 아래 바우를 손대겄다고 안 그러요. 시방 이 자석, 정신이 있는 놈인가 없는 놈인가 잔 보씨요."

곱댁은 바로 지금 문길이가 바위라도 떨고 있는 것같이 혼겁을 해서 영감을 채근했다. 영감은 말없이 곰방대에 담배만 욱여넣고 있었다. 문길이는 징 난 뿌사리 꼴로 볼이 부은 얼굴을 하고 아버지를 건너다보고 있었다.

"탕개도 데먼 터지고 쇠도 강하먼 부러지는 것인디, 장목에 낫걸이도 아니고 종수가 하는 일이 먼 일인지나 알고 덤벙거리냐? 생호랭이 코에 불침을 놓는 일에 니가 무슨 상관이 있다고 거둥에 망아지새끼 따라나서대끼 니가 따라나서기를 나선다는 말이여, 응?"

곱댁은 화끈 달아올라 부뚜막에 오른 강아지 닦달하듯 대잡고 나섰다.

"아니, 뭣이라고 쪼깐 말을 하씨요. 이런 일이 어쩐 일이라고 사람이 살 일에나 죽을 일에나 이녁 새끼덜 일을 놓고도 밭둑에 돌부처맨키로 그러고 있소!"

이놈 멱살을 잡든지 뺨을 치든지 해야 할 것이 아니냐는 서슬로 안달이었다. 그러나 영감은 소눈 같은 퉁방울눈을 껌벅거리며 곰방대만 뻑뻑 빨고 있었다.

"허허, 사람 복장이 터져 못 살겠네. 아니, 이 자석이 버릇 배우랑께는 과부댁 문고리 빼들고 엿장사 부른다고, 그래도 나이를 한살이래도 더 묵으면 속창아리가 쪼깐 들지 알았등마는, 한다는 소리가 이놈이 시방 지정신 가진 소리냔 말이요?"

곱댁은 영감한테 대들듯 했다. 그러나 영감은 구렁이 참새 여기듯 눈만 껌벅거리며 곰방대만 빨고 있을 뿐이었다. 그렇게 한참 만에야 입이 열렸다.

"종수하고 저 바우를 으짜겠다는 것이 참말이냐?"

눈은 여전히 제자리에 둔 채였다.

"이차시에 자랏골 사람들도 사람이라는 것을 한번 보여줘사 쓰겠소."

문길이는 벼락 밑에 모가지라도 디미는 기분으로, 마치 대들듯이 말을 했다. 이것은 단순히 그 일만 하겠다는 것이기보다, 자기 누님이 외팔이한테 시집가는 것을 반대하는 것이 이런 소리로 되고 있는 셈이었다.

영감은 또 한참 말이 없었다. 곰방대를 재떨이에다 털털 털더니 이쪽으로 눈이 왔다. 퉁방울눈에 가벼운 노기가 어려 있었다. 이미 각오하고 있었으나, 정작 아버지의 그 눈을 대하니 가슴이 섬뜩했다.

"그런 일을 헐 놈이 미리 토설부텀 해? 되다가 만녀러 자식 같으니라고."

낮은 소리였으나, 귀가 아니고 몸뚱이를 울려오는 것같이 무겁고 힘진 소리였다. 영감은 그대로 아들을 쏘아보고 있었다. 문길이는 잠시 어리둥절했다. 어리벙벙한 눈으로 아버지의 눈을 한참 동안 맞보고 있었다. 이내 눈을 떨구었다. 역시 그렇구나 하는 감동이 등에 찬물이라도 부은 듯 물결치고 있었다.

"아니, 시방 그것이 먼 소리요? 자식놈이 죽을 데를 뛰어든다는디, 말을 하고 뛰어든다고 나무라는 소리요? 워매 시상에, 이것이 먼 소리란가?"

곱댁은 억장이 무너진 듯 되레 허탈하게 맥을 놓는 표정이었다.

"아니, 그러면 필순이란 년 혼사 일에도 그런 속으로 여태까지 아무 말도 않고 계셨소? 아이고, 참말로 복장이 터져서 못 살겠네."

곱댁은 안달복달 단 솥에 메뚜기 뛰듯 했으나, 영감의 입은 또 한번 다물어지고 나서 열릴 줄을 몰랐다.

문길이한테서 이 말을 들은 종수는 역시 곰영감이구나 하는 뿌듯한 감동과 함께, 마치 자기가 여태 어디 어둠 속에 파묻혀 있다가 화창한 햇볕 아래라도 나서는 것 같은 기분이었다.

종수와 문길이는 바위 발파할 의논을 했다.

"이왕 바우를 튀어도 말이다, 그 작자들 보는 앞에서 튀게 쪼깐 밀어뒀다가 설날 튀자. 설이 며칠 안 남았은께 말이다. 오늘이 보름이지?"

"설날? 그것이 좋겄다. 그런디 문제는 다이나마이트란 말이다. 판돌이가 장담은 땅이 꺼지는디, 선거를 앞두고 단속이 심한데다가 외팔이가 경찰한테 따로 단속을 부탁했을 것도 같어."

"그래. 그럼 선찬이가 설에 온다고 했으면 거그다가 부탁을 해놀 것인디 그랬구나. 공병대서 군대생활을 했다면 그 질속을 알 것 아니냐?"

"그런디 선찬이도 자기대로 먼 속셈이 있는 것 같았어."

“속셈이라니?”

“아직도 양문이한테 원한이 창창하잖던?”

문길이는 크게 고개를 끄덕였다. 그러다가 다시 고개를 가로저었다.

“아녀. 그런 생각이 있으면 지난 추석에 와서 먼 일을 내도 냈제 그로크롬 오랜만에 온 작자가 그냥 왔다만 가겠어.”

“그래도 쪼깐 눈치가 달랐어.”

“그 작자 배짱은 커도 쪼깐 부황하게 보이더라. 하여간 선찬이는 선찬이고 우리 일은 우리 일인게 구할 대로 구해보자. 내 생각은 말이다, 판돌이를 앞세우고 가서 돈을 쪼깐 넣어주고 이애기를 해보면 으짤까 싶은디.”

“낼은 한번 그래볼까?”

다음날 양문이가 왔다. 질천이가 얼굴에 억지웃음을 바르며 종수 집으로 들어서고 있었다.

“어야, 시방 우리집에 영감님이 오셨네. 자네 집으로 찾아오실라고 집을 가르쳐달라는 것을, 그래도 자네를 만날라고 편찮은 몸으로 오시다가 엊그제는 그런 험한 일까지 당했는디 그로크롬 두번이나 오시는 걸음이면, 그래도 자네가 우리집까지는 찾아가본다고 해사 쓸 것 같글래 그냥 집에 계시라 해놓고 내가 이러고 왔네. 어려운 동네일도 그로크롬 쉽게 해결을 해주시고 했은게 그런 인사닦음도 겸해서 자네가 가서 만나보는 것이 인살 것 같네. 나하고 같이 가세.”

질천이는 말을 하면서도 매라도 바우는 표정으로 종수 눈치를 보며, 잔뜩 꿀리고 굽힌 소리로 이죽거렸다.

"여보시요, 나는 인자 그 사람들하고는 할 이애기가 없는 사람인
디 내가 뭣하러 그 사람한테 간단 말이요? 당신네 상전을 내가 모
실 것도 없고, 또 나는 그 사람한테 할 말도 들을 말도 없는 사람인
께 내가 갈 것도 없고 우리집에 올 것도 없소. 정 나를 만나고 싶으
면 읍내서 경찰을 몰고 와서 나를 끄집어다가 자기 앞에 주저앉히
라고 하씨요."

종수는 버럭버럭 악을 썼다.

"으야, 그래도 으짤 것인가? 한동네에 사는 내 체면도 쪼깐 생각
해주게."

질천이는 죽을상이 되어, 가슴을 겨냥한 총구 앞에서 기기라도
하듯 처참하게 오그라드는 몸짓으로 이죽거렸다.

"체면이요? 당신 입이 어뜨크롬 생겼으면 그런 소리 하는 입도
있소? 생사람을 개 끌어가대끼 끌어다가 억지 도적놈을 맨들라고
조지던 개백정 같은 종자들을 내가 시방 사람으로 여기간디, 그래
그런 종자 앞에 당신 체면 생각해서 이 갈리는 이빨로 웃으라? 그
것이 시방 어림 반푼어치나 근종에 나가는 소리라고 하고 있소?"

질천이는 어쩔 줄을 모르고 파리발이 되어 안절부절못하다가 어
물어물 그대로 돌아갔다.

좀 만에 질천이를 앞세우고 양문이가 종수 집으로 왔다. 자랏골
놈들이라면 눈 아래로 십리나 내려다보던 작자가 잔뜩 밑줄이 당
기니까 헌 갓 쓰고 똥 누기로, 체면 불고하고 나대고 있지만 오뉴
월 감주 맛 변한 지 오래라는 느긋한 생각으로 소 닭 보듯 양문이
를 건너다보았다.

"내가 지금 몸이 편하들 못한데 두번씩이나 이러고 온 것은 우선

엊그제 자네가 경찰서 불려간 일이 너무 미안해서 사과를 할려고 온 것이니, 우선 그 일로 가진 섭섭한 마음을 풀게.”

종수는 마당에 서서 얼굴을 한쪽으로 돌린 채 양문이 말을 듣고 있었다. 양문이는 엊그제 해룡이 사건으로 놀라기도 해서 그런지 엊그제보다 더 초췌해 뵈는 얼굴에 심하게 가래를 끓이고 있었다. 양문이가 골골하는 꼴을 보니 이종석이 수진상전(壽進床廛)에 작대기 짚고 나설 날도 얼마 남지 않았구나 하는 생각과 함께, 묏등 단속에 이렇게 초조한 까닭을 알 만했다.

“들어갑시다.”

이렇게 되고 보면 어차피 영감과 한바탕 담판을 벌여야 할 판인데, 골골하는 영감을 밖에다 세워놓고 실랑이를 벌인달 수도 없어 종수가 먼저 방으로 들어갔다.

종수는 영감과 대면을 하고 자리를 잡아 앉았다. 그러자 자랏골을 여태까지 주물러온 무슨 염라대왕하고나 맞보고 앉은 것 같은 비장한 기분이었다.

양문이는 자리를 잡아 앉자부터 콜록콜록 심하게 기침을 했다. 한참 기침을 하고 나더니 가쁜 숨을 헐떡거리며 손수건을 꺼내 기침 뒤를 수습했다.

“엊그제 일은 백번 미안하게 되었네. 미안하게 되었네마는 저 아래 논에 있는 바우를 가지고 한다는 소리를 들어본께 나도 이해가 안 가는 대목이 있어서 서로 이얘기를 한번 툭 터놓고 하고 싶네. 그래서 오해가 있은다 치라면 오해를 풀고, 바를 것이 있은다 치라면 바르도록 하세.”

영감의 목소리는 골골하는 가래에 잠겨, 이만 이야기도 여러번 쉬어가면서 할 지경이어서 되레 듣는 쪽에서 답답했다. 그런데 터놓고 이야기하자면서 오해라니, 그렇다면 자기 행실은 부처님 가운데토막으로 윗자리에 모셔놓고 하는 소리인데, 영감의 태도가 이렇다면 이야기를 길게 들을 것도 없겠다는 생각이 들었다. 이야기를 들어보았자 사람 죽인 자기는 옳은 부처로 앉아 그른 잡귀 쫓자는 푸념일 것이 뻔했기 때문이었다.

"나도 죽을 날을 얼마 안 남긴 인생이니 바를 일이 있은다 치라면 그래도 바를 만치는 발라놓고 죽어도 죽어사 쓸 것 같네."

종수는 한쪽으로 얼굴을 돌린 채 어디, 벌인 춤이니 매화타령을 하든 각설이타령을 하든 해보라고 놔두었다.

"이 일은 하도 묵은 일인께 어디, 첨부텀 가닥을 추려서 이애기를 해보세. 내가 저 묏자리를 사들일 때 어떤 경위로 사들였는가는 자네도 들어서 알고 있을 것이네. 그때 내가 사백섬을 내놓았었는디, 그것은 그때 시세로는 저것이 명당이 아니라 금덩어리가 쏟아져나오는 자리라 하더라도 시세라고 할 수 없는 값이었네. 겉으로 남 보기에는 묏자리 산다고 그랬제마는, 속살로는 그때 자네 백부 되는 이가 큰 뜻을 가지고 나랏일에 쓰자고 그렇게 큰돈을 구한다는 것이어서, 우선 그 뜻이 가상하기도 하려니와, 나도 속으로 은근히 그런 생각을 품고 있던 다음이라, 고지기 준 것은 나라로 들어가는 것이 아니냐는 생각으로, 놈 보기에는 묏자리 핑계 삼아 안 듯 모른 듯 괴값에 쇠값을 주었던 것이네. 그런디 저것이 동네 가운데 있어논께 이래저래 말썽도 많았네마는, 그것은 어디까지나 묏등 쓰자는 내 욕심 챙기는 일만이 아니고, 그렇게 눈 가리자는 수작이기도 했던 것이네."

양문이가 나랏일에 큰 뜻을 가지고 그 많은 돈을 내놓았다니, 삶은 소가 웃다가 꾸레미 찢어질 소리였다. 아까 염라대왕 걸어놓고 바를 것은 바르자는 입에서 이런 소리가 나오고 있는 것이다. 자기가 여태까지 이런 가락으로 광복회 회장이 되어 떵떵거리며 이 고을 사람들을 속여왔지만, 종수 자기까지 속이려들다니 어리석은 영감이라고 생각했다. 이런 입으로라면, 아무리 암고양이 얼굴에 침 바르듯 고운 소리로 째고 발기고 변설을 풀어보아야 화냥년 수절타령이지 무엇이겠는가. 죽은 사람은 이미 땅속에서 백골이 되고, 살아 있는 종수 마음은 불 맞은 개가죽인데, 이런 허황한 소리로 무엇을 바른다고 이죽거리고 있는 것인지 따분한 생각이었다.

"그런디 내가 지금까지도 이해할 수 없는 일은 자네 아버지가 육이오 때 하다 둔 저 바우 일이네. 내가 피난을 갔다가 왔더니 멀쩡한 사람이 그런 정신없는 일을 했다는 것이고, 또 그런 험한 꼴을 당해도 까마귀 날자 배 떨어지는 격으로 꼭 우리가 해쳤다기 알맞은 그런 일을 당했어. 우리는 믿는 도끼에 발등을 찍혀도 분수가 있는 것인디, 자네 조부하고 그런 큰 뜻으로 한 일을, 왜정 때는 쉬쉬해서 모르니까 그렇다고 치더라도 해방이 되어서 그런 일을 다 알게 된 마당에서는, 다른 사람이 그런 짓을 한다 하더라도 말려야 할 사람이 앞에 나서서 그런 일을 할라고 했다니, 섭섭해도 너무 섭섭하더라 이 말이네."

영감은 헌 풀무질하는 소리로, 가래를 달래가며 말을 이어나갔다.

"그런디 이참에는 자네가 다시 저 일을 할라고 한다니, 여그는 오해가 있어도 큰 오해가 있는 것 같네."

양문이는 말을 일단 맺고 종수를 건너다보았다.

“어디 털어놓고 한번 이애기를 해보게.”

“제가 저 일을 할라고 하는 이유는 간단합니다. 저 일을 한다고 이렇게 나서면 전에 우리 아부지를 죽였던 사람이 나타나서 또 나를 죽일라고 할 것이 아닙니까? 그러면 어떻게 생긴 사람이 생사람을 죽이는 사람도 있는가, 그 얼굴을 한번 볼라고 그럽니다.”

종수는 주먹 같은 것이 목구멍에서 뻗질러오르고 있었으나 지그시 누르며 남의 이야기 하듯 담담하게 말을 했다. 양문이는 종수를 빤히 건너다보았다. 가래 끓는 소리가 한참 동안 방 안의 무거운 침묵을 울리고 있었다.

“그런게 자네 말은 자네 아버님을 해친 사람이 저 바우하고 이해 상관이 있는 우리라는 소린가?”

양문이는 의외라는 표정이었다. 떡국이 농간한다더니, 원체가 험한 인간이라 늙어도 험하게 늙었구나 싶어 종수는 양문이 눈을 되받아 빤히 건너다보았다. 그런데 이렇게 말을 추슬러 다그치고 나오는 가락이, 단순한 능청이 아니라 속에 엉뚱한 올가미를 차고 무슨 허점을 노리고 있는 것이 아닌가 하는 생각이 얼핏 스쳐 빠듯 적개심이 끓어올랐다.

“글쎄요, 까마구가 아니었으면 생배가 떨어졌을까 싶지 않습니다마는 그것은 내 눈으로 본 것이 아니라 모르겠고, 하여간 저 바우를 떨어보면 아픈 사람이 아야 소리 하고 튀어나올 것 같소.”

올가미를 찼으면 무슨 올가미를 찼느냐, 던질 테면 던져보라는 배짱으로, 겨누고 있던 칼을 던지듯 쉽게 말을 뱉어버렸다.

“허허, 그런게 나는 여태까지 자네한테 살부지원수가 되어 있었네그랴.”

영감은 어이없다는 표정을 지었다. 그 표정으로 한참 동안 종수를 건너다보며 가래를 끓이고 있다가 또 기침을 하기 시작했다. 이번에는 기침이 아주 숨이 넘어가게 심했다. 한참 그렇게 기침을 하고 나서 다시 손수건으로 기침 뒤를 수습했다. 그때 질천이가 큼하고 기침을 했다. 숨어 있기라도 하다가 잘못 터진 것 같은 기침소리였다. 종수는 질천이의 그 기침소리에 실없이 찔끔했다.

사실 아까부터 종수는 영감에게 말을 하면서도 자꾸 질천이 쪽으로 신경이 쏠렸었다. 그러나 보아서는 안될 것이기나 한 듯이 그쪽으로는 눈을 돌릴 수가 없었다. 어쩌면 양문이와 질천이 사이에는 침묵 속에서도 수없는 말이 오가고 있는지 모른다는 생각이 들자, 이 침묵 속에 살기가 어리어 있는 것 같아 등이 써늘했다.

"자네가 이러고 나오는 것은 대강 그런 생각에서일 거라고 짐작은 했었네마는, 이것은 애매해도 너무 애매한 일이네. 허허."

영감은 공허하게 웃었다. 영감의 그 공허한 웃음 속에는, 어떤 적막과 곤혹이 얽혀 있었다. 이 착잡한 영감의 표정은 거짓으로는 쉽게 지어 가질 수 없는 표정이었다. 그러나 아무리 생각을 해보아도 일이 너무도 뻔하다보니, 저것도 다 손자 밥 떠먹고 천장 쳐다보는 늙은 여우의 떡국 농간일밖에 무엇이겠나 하는 생각이 들었다.

"그런데 자네가 그로크롬 표를 박아서 생각을 할 적에는 그래도 그만한 근거가 있을 것인디, 누가 본 사람이라도 있는가? 혹연 다른 증거가 있든지?"

영감의 말에 종수는 긴장했다. 영감의 올가미가 이것이 아닌가 하는 생각이 들었기 때문이었다. 증거를 내놓으라는 것이다. 종수는 아까 내 눈으로 안 보아서 모르겠다고 한 자락을 깊이 깔아두기는 했지만, 이 작자가 이것을 어떻게 물고 늘어질지 몰랐다. 생사람을 잡아다가 날도적을 만들려고 했던 엊그제 외팔이 억지가 씨가 있는 억지고 뿌리가 있는 행티다보면, 이만한 것도 물고 늘어질 꼬투리가 되는지 모를 일이었다. 경찰서에서부터 미안이니 쌀눈이니, 등 어르는 수작이 그럴싸해서 쥐 죽은 데 고양이 눈물이 눈 가장자리 적시랴 하면서도, 이게 어쩌면 나잇값인지도 모른다고 생각했었는데, 그것이 다 때려잡지 말고 살살 달래서 옭아매자는 수작이런가 싶자 종수는 마음속에 품은 독서슬에 새로 날이 섰다.

그러나 이럴수록 침착해야 한다고 생각했다. 이럴 때 제대로 정신을 차리지 않았다가는 이 늙은이의 흉측한 어느 올가미에 어느 다리가 걸릴지 모른다는 생각이 들었기 때문이었다.

"누가 본 사람도 없고 증거도 없습니다."

"동네 사람 누구하고 무슨 원한이 있었던가 하는 일도 없었고?"

"저는 그때까지 우리 아부지가 누구하고 입다툼하는 것도 본 일이 없고, 또 그분 평소 성품으로 보아서도 누구하고 죽이고 죽일 원한이 있었을 리 없습니다."

"허허, 일이 딱하게 되었그마."

영감은 곤혹에 찬 표정으로 혼잣말처럼 뇌며, 기침이 좀 뜸한 사이를 타서 담배를 한 가치 빼 물었다. 후, 연기를 한번 길게 내뱉고 나서 말을 이었다.

"자네가 내 말을 어디까지 믿을지 모르겠네마는, 자네가 믿든 안 믿든 이것은 모두가 사실이네."

영감은 또 차근히 변설을 풀고 나설 자세였다. 이미 철 그른 동남풍, 아무리 풀어보아야 희고 곰팡 슨 소릴 것이어서, 종수는 시답

잖다는 표정으로 다시 얼굴을 걷어가버렸다.

"나는 그 난리 때 멀리 부산에서 피난을 하고 있었네. 그때 그 난리 험하기가, 당장 목숨이 붙어 있다고 해서 살았다고 안심을 하고 있을 수 없을 만치 험한 난리였네. 산 사람 목숨도 이런 판에 죽은 묏등 경황 있겠는가? 그때 우리 두째놈이 피난을 못하고 있다가 다급한 판에 이리 들어와서 은신을 하고 있다가 그게 눈에 띄었던가, 또 그런 험한 꼴을 당하고 쫓겨났던 모양인디, 그놈은 이런 묏등일 같은 것에는 첨부터 관심이 없는 놈인데다가, 또 사람이 유약해서 쥐 죽는 것도 못 보는 성격이라 조막손이 달걀 도적질이라면 몰라도 그런 일을 저지를 만한 위인붙이가 첨부터 못된 사람이네. 더구나 제 목숨 살라고 들어온 놈이, 배짱이 땅거죽이 아닌 담에사 그런 짓을 할 것인가? 우선 그놈의 소행이 아니라는 것은 하늘에 걸고 맹세를 할 수가 있네. 그러면 다른 놈이 나 모르게 그런 일을 저질렀다고백이는 생각할 수가 없는디, 그런 일을 했다면 제 생색낼라고 내중에 귀띔을 해도 했을 것이여. 헌디 지금까지 그런 놈도 없네. 그래서 나는 자네 아버님이 그런 흉변을 당한 것은 어디까지나 다른 일로 그런 줄로만 알고, 그것을 알아볼 생각도 안했어. 그런디 이제 와서 보니 그것이 내가 한 일로 자네는 생각을 하고 있으니, 지금 이런 날벼락이 없네."

얼핏 듣기는 그럴싸했으나 호랑이 골에서 노루가 물려갔다면 그것이 토끼 짓일 것인가, 너구리 짓일 것인가? 영감의 말대로 여기 숨어 있던 자기 둘째아들의 소행이 아니라 하더라도, 6·25가 터졌을 때 그 난리가 여기까지 하루아침에 덮친 것이 아니고 거의 두달 사이는 있었는데, 질천이 말마따나 평소에 태백산 백호 송송낙월

으르듯 하던 저 묏등에 그만한 뒷마련을 안해놓고 피난을 갔을 것
인가 싶지 않았다. 자랏골에 사십여년을 자기가 한 짐작이 있고 보
면, 6·25 같은 난리 때 저것이 남아나지 않으리라는 것은 자기 스
스로가 너무도 잘 알고 있었을 것이기 때문이었다.

"질천이 자네는 그때 무슨 소리 못 들었던가?"

영감은 질천이를 끌어들였다. 종수는 처음으로 질천이 쪽으로
눈을 돌렸다.

"모, 못 들었습니다."

질천이는 마치 자기보고나 했다는 것처럼 펄쩍 뛰며, 허리춤에
서 뱀 집어내듯 다급하게 되받아넘겼다.

"그래도 동네서 그로크롬 험하게 사람이 죽은 뒤라먼 뭣이라고
귓속말이라도 돌았을 것 아녀? 이양문이 아들이 더금 속에 숨어 있
다가 그런 무지한 짓거리를 했달지, 아니먼 이양문이가 질천이를
시켜서 그랬달지."

영감은 말꼬리를 빠듯 치켜올렸다. 질천이가 아까 너무 놀란 것
이 못마땅해서, 변죽에 놀라는 것을 복판을 쳐서 눈 가리자는 수작
이 아닐까 싶게 질천이를 직접 걸어 큰 소리로 핀잔이었다.

"그런 소리는 통 없었습니다."

질천이는 손이라도 흔들듯 했다.

"아무리 험한 판이라고 하제마는 그래도 사람이 죽었는디 뜬소
문도 없었단 말이여?"

영감의 소리가 더 커졌다.

"통 그런 소리가 없었습니다. 모두 잔뜩 겁이 나서 꾸악 입들을
다물고 있었은께라우."

질천이는 영감의 거듭된 핀잔에 어쩔 줄을 몰랐다.

"저런 답답한."

영감은 제물에 약이 올라 뚝배기로 개 으르는 표정이었다. 영감은 다시 표정을 바르며 종수 쪽을 향했다.

"그런께 지금 자네 이애기는 니 소가 아니었으면 내 각담이 무너졌으랴는 소린디, 나는 하늘에 걸고 애매하니 이것이 딱한 일 아닌가?"

종수는 속으로 실소를 했다. 사람 죽인 발명이라면, 말 없는 하늘이니 하늘에도 걸고 맹세를 하고 땅에도 걸고 맹세를 할 것이었다. 마음을 바로 가져야 죽어도 옳은 귀신이 된다는데, 이 영감이 저승 문턱을 오락가락하면서도 저 꼴이라면 막된 영감이 아닌가 싶었다.

"하여간 일이 이로크롬 되었으면, 자네도 자네제마는 나도 그놈을 찾아서 애먼 혐의를 풀어야겠네."

종수는 대구를 하지 않고 있었으나, 영감의 말이 얼핏 마음에 걸려왔다. 이미 십년 가까이 묵은 일을 이제 들쑤신다고 해서 범인이 밝혀질까도 싶지 않았지만, 그 범인을 찾는다면 필경 형조패두의 버릇으로 자랏골에 또 경찰을 몰아붙일 판이니, 그렇게 되면 또 애먼 자랏골 사람들만 난장박살에 어혈탕국이 되고 말 것 아닌가. 종수는 생각이 여기에 미치자 이것이 은근한 공갈이 아닌가 싶었다.

"또 자랏골에 경찰을 몰아붙이게요? 그러지 맙시다. 자랏골 사람들은 이제까지 저 뭣등으로 해서 당할 만치 당했는데 무엇이 부족해서 또 이러십니까?"

종수는 말소리가 거칠어졌다. 양문이는 종수를 빤히 건너다보았다. 수염이 씰룩거리고 있었다.

"자네, 젊은 사람이 말이 너무 과하네. 나잇살이나 한 사람 앞에서 젊은 사람이 그러는 것 아녀!"

양문이는 노기를 띠며 근엄하게 나무랐다. 종수는 자기 말이 과했는지는 모르지만 잘못했다는 생각은 없었다. 양문이 얼굴 한쪽이 수염과 함께 계속 씰룩거리고, 담배 든 손가락이 파르르 떨고 있었다. 다시 무슨 말을 하려는 순간 기침이 나왔다. 기침은 파도처럼 길게 이어지며 자지러질 것 같은 고비를 두번 세번 넘겼으나 얼른 그치지 않았다.

"하여간 내가 더 말할 기력이 없으니 서로 더 생각을 해보고 담에 또 이애기를 하세."

양문이는 더 견딜 기력이 없어 보였다. 더구나 종수가 경찰 어쩌고 하는 소리에 끓어올랐던 노기를 삭이기가 더 어려운 모양이었다.

선찬이가 왔다. 아직도 설이 열흘이나 남았는데 벌써 온 것이다. 종수는 선찬이가 오자 문길이가 왔을 때와는 또 달리 마음이 든든했다. 동병상련의 신뢰가 있었기 때문이다. 선찬이는 그동안 동네에 있었던 이야기를 들으며 그냥 눈만 껌벅거릴 뿐 문길이처럼 흥분하지는 않았다.

"그러니까 양문이가 득철이가 먹고 간 농자금 사건을 깨끗이 해결을 해주었단 말이야? 허허, 팔십에 첫 슬기구나."

"국회의원 심이 무섭기는 하더만."

"해룡이 병세는 지금 어떠냐?"

"허리를 상해놔서 한두달 가지고는 안되는 모낭이여. 치료비는 택시회사에서 대는 모양인디, 그렇게 허리를 다쳐가지고 오년이 넘어도 안 낫는 사람이 있다더만. 그러면 택시회사는 망하는 것 아녀?"

"허허, 그 회사는 송장 치고 살인 낸 셈이겠구나."

문길이는 이런저런 이야기 끝에 저 아래 바위 이야기를 했다.

"판돌이가 다이나마이트를 구해온다고 지금 재를 넘어댕기고는 있는디 어려울 것 같어. 그것을 구하는 방법이 없으까 몰라."

넌지시 떠보았다.

"느그덜, 그것이 어떤 물건인지나 알고 구할라고 그러냐? 그것은 자격 없는 놈이 허가 없이 손만 대도 걸리게 생긴 물건이여. 총포화약류단속법이란 것이 있는데, 이 법은 그 총이나 화약만치 무시무시한 법이다. 자격 없는 놈이 허가 없이 그것을 가지고 있어도 걸리고, 허가된 장소가 아닌 데 놔둬도 걸리고, 허가 없이 운반해도 걸리고, 허가 없이 팔고 사도 걸리고, 자격 없는 놈이 허가 없이 튀어도 걸리게 생긴 법이 그 법이야. 하여간 자격 없는 놈은 허가 없이 거기다가 눈만 흘겨도 걸린단 말이다. 그런께 그것으로 저 바우를 떨어봐라. 사람이 걸려들어도 뭇으로 걸려든다."

종수와 문길이는 멀쑥한 얼굴로 선찬이를 건너다보고 있었다.

"젠장칠 것, 징역을 살면 몇년이나 살 것이여? 생사람을 죽이고도 씽씽한 놈이 있는디."

"그래, 그런 배짱이 있냐?"

"약만 구해줘!"

"좋다. 그런 배짱이라면 내가 약을 구해주마."

"정말?"

"정말이야. 설 전날까지만 구해주먼 되겠지?"

처음에는 말이 너무 쉽게 나와 농인 줄 알았으나, 그게 아니었다. 설날까지 구해주기로 단단히 약속을 했다.

19

설날 아침 종수는 자기 아버지 산소에 성묘를 하고 할아버지 산소로 가다가 얼핏 건너편 산등성이로 눈이 갔다. 종수는 잠깐 발을 멈추었다. 선찬이가 자기 아버지 산소 묏벌 한쪽에 앉아 망연히 동네를 건너다보고 있었기 때문이었다. 종수는 실없이 가슴이 뜨끔했다. 묏벌 한쪽 조그마한 바위 위에 시커멓게 쭈그리고 앉아 있는 선찬이의 모습은, 마치 그 묏등 속에 들어 있던 원귀가 잠깐 그렇게 나와 동네를 건너다보고 있는 것이 아닌가 하는 착각이 들 지경이었기 때문이다. 더구나 선찬이 아버지 묏등은 산등성이 응달 쪽에 붙어 있어 아침 햇살을 받지 못하고 있었기 때문에 더 귀기를 풍기고 있었다.

종수는 할아버지 산소를 향해 걸으면서도 자꾸 그쪽으로 눈이 갔다. 선찬이는 꼭 그렇게 깎아 앉혀놓기라도 한 석상처럼 꼼짝을 않고 있었다. 종수는 할아버지 산소에 건성으로 성묘를 하고 선찬이 쪽으로 발을 옮겼다.

지금 양문이 묏등에는 다이너마이트가 설치되어 있다. 선찬이는 지금 그것을 건너다보고 있는 것이다. 그런데 저렇게 꼼짝도 않고 앉아 시커먼 모습을 하고 거기를 건너다보고 있는 선찬이는 꼭 그 묏등에서 나온 원귀가 그렇게 건너다보고 있는 것같이 생소하게 느껴졌다.

선찬이는 이번에 다이너마이트를 설치하면서도, 한참 같이 일을 하다보면 이상하게 생소하게 느껴질 때가 많았다. 그가 앞장서서, 설치하는 일도 그가 거진 다 했으나, 자기대로 이쪽과는 다른 꿍꿍이속이 있는 것같이 생소하게 느껴질 때가 많았는데, 지금 저렇게 앉아 있는 것을 보니 또 그런 생소한 느낌이 들었다.

묏등을 폭파해버리자는 것부터가 그의 계획이었다.

"칠라면 복판을 치제 멀라고 변죽만 울려?"

선찬이는 장난기 어린 표정으로 헤실헤실 웃으며 이렇게 말했다.

"복판이라니?"

종수가 멍청하게 물었다.

"묏등 말이다."

선찬이는 아주 쉽게 말을 했다.

"묏등을?"

이번에는 문길이가 놀라 물었다. 모두 선찬이를 건너다보고 있었다.

"그래도 그것은 쪼깐."

종수가 좀 물러서는 소리로 말했다.

"겁나냐?"

선찬이는 여전히 그렇게 웃고 있었다. 그런다고 장난으로 허황하게 웃고 있는 것은 아닌 것 같았다.

"겁난다기보담도 바우만 떨어도 될 일을 가지고 멀라고 일을 크게 벌려?"

"바우만 떨어도 되다니?"

“바우는 우리 것인께 법에도 안 걸릴 것이고, 또 그래번지면 묏
자리가 못쓰게 된다고 한께 양문이는 묏등을 파갈 것 아녀?”

“안 파가먼?”

“양문이가 저 바우 애끼는 것으로 보먼 틀림없이 파갈 것이여.”

“안 파간다.”

선찬이는 입에 물고 있던 담배꽁초를 으깨면서 단정을 했다.

“왜?”

“즈그덜 말대로 저것이 명당이라먼 저런 바우 한나가 없어지더
라도 보통 자리보다는 몇 배 나은 자릴 것 아니냐?”

종수는 말문이 막히고 말았다.

“자는 호랭이 콧집을 건드리먼 일어나서 문다. 죽은 호랭이는 못
물어도 상한 호랭이는 무는 법이다. 일을 할라먼 아주 끝장을 내야
제 어정쩡했다가는 되레 이쪽만 다치고 말아.”

죽은 호랑이 어쩌고 하는 소리는 좀 엉뚱한 소리였으나, 그럴 법
한 말이기는 한 것 같았다.

“실은 말이다, 저 일은 나 혼자 해치울라고 지난 추석에 내가 다
준비를 해가지고 왔었다. 그런디 서울서 일이 있어 좀 늦게 왔더니
날짜가 너무 촉박했어. 또 달이 밝아서 그날 저녁에는 일을 할 수
가 있어야지. 그래 이번으로 밀어놓고 갔었는데, 이번에 와보니 사
정이 달라졌어.”

“달라져?”

“질천이가 눈치를 챘단 말이다.”

“질천이가 눈치를 채? 다이나마이트로 으짤 것이라는 것은 모를
것인디?”

종수는 깜짝 놀라 받았다. 선찬이는 가볍게 또 웃었다.

"어제저녁에도 묏등으로 저 아래 논으로 싸대다가 문길이 사랑
방 뒤에 와서 귀를 종그고 있다가 가더라."

모두 놀란 눈으로 서로를 봤다.

"생각해봐라. 지난번에는 겐노로 손을 대다가 종수가 경찰서에
끌려가서 경만 쳤다. 또 문길이가 어머니한테 말을 했다니, 지금 그
양반 처지로서는 그런 귀띔을 했을 것이다. 질천이가 어제 나서 간
밤에 이슬 먹고 자란 놈이냐? 판돌이가 일없이 늘 재를 넘어댕겼으
니, 그 뒤도 벌써 쟀을 것이다."

모두 머쓱해지고 말았다.

"그래도 우리가 힘을 합치면 일을 할 수가 있다."

선찬이가 다시 담배를 태워물며 말을 했다.

"어뜨크롬?"

평식이가 성급하게 나섰다.

"나는 느그덜한테 이 말을 하지 않고 나 혼자 해치우고 도망을
칠라고 했는디, 느그덜하고 일을 하지 않으면 안되겠어서 지금 말
을 하고 있는 것이다. 사실 나는 일을 저질러놓고 도망을 치면 그
만이제마는 느그덜까지 끄집어들였다가는 똥 싼 놈은 달아나고 방
구 뀐 놈만 잡힐 것 아니냐? 그런디 형편이 이로크롬 달라졌은께
느그덜이 망만 쪼깐 봐줘사 쓰겄다."

"그것이사 쉽제."

평식이였다.

"그런디 묏등을 튀면 집들이 가까이 있는디 괜찮을까?"

종수가 물었다.

"아마, 옛날에 느그 아부지도 그것이 겁이 나서 묏등 튈 생각을 못했을 것이다. 남포는 바우를 튀는 것이라 흙으로 된 묏등 튈 생각은 처음부터 못했을지 모르제마는, 그런 생각을 했더라도 남포라면 그냥 엄청나게만 생각됐을 것 아니냐? 그래서 저 바우에다 갑갑하게 구멍을 뚫고 계셨을 거여. 그런디 그런 것은 염려 마라. 나는 군대에서 근 삼년 동안을 이 일만 한 놈이다."

모두 서로 돌아보았다.

"그런디 아무리 질천이가 돌아댕긴다 하더라도 별반 큰 문제가 아닐 것 같은디?"

문길이였다.

"왜?"

"질천이가 저 아래 바우나 어디로 가는 새에 묏등 옆구리에다 작대기만 하나 쑤셔박아가지고 거그다 약을 넣고 불을 댕기면 되는 것 아녀?"

선찬이는 고개를 저었다.

"쉽게 하기로 하면 그렇게도 되기는 된다. 그러제마는 나는 설날 양문이하고 그 식구들이 보는 앞에서 튀어야겠다."

선찬이 말에 모두 얼굴을 번갈아 보았다.

"그래도 도망을 칠라면 밤중에 튀어놓고 도망치는 것이 안전하지 않을까? 동네 사람들도 덜 놀래고."

"동네 사람들 놀랠 것까지 생각하다가는 일 못한다. 그러고 내가 잡힐까는 염려 마라. 누울 자리 봐놓고 발 뻗는다고 그만한 계산은 내가 다 하고 있다. 그러고, 나는 저것을 도폭선으로 튀는 것이 아니라 전기 밧데리로 튈 참이다. 묏등에다 다이나마이트를 설치할 때 다이나마이트 양을 미리 잘 조절을 해서 한나는 봉분만 날아가게 묻고, 또 한나는 그 속에 든 뼉다구가 박살이 나게 묻는다. 그것을 전선에다 연결을 시켜서 묏벌 잔디 밑으로 뀌어가지고 밧데리에 연결을 시킨다. 밧데리는 외불이 뒤안 시누대밭 짚벼늘 있는 데다 숨겨놓는 것이 좋겄더라. 거그는 그때 숨어 있기도 좋고.”

“그러먼 그런 것을 시방 다 준비를 해가지고 왔단 말이여?”

평식이가 물었다.

“벌써 지난 추석 때 다 갖다놨다.”

선찬이는 또 가볍게 웃었다.

“그런디 그 묏벌 뗏장 밑으로 전선을 묻으면 표가 날 것인디?”

문길이였다.

“그것도 내가 미리 다 그만한 궁리를 해서 준비를 해가지고 왔다. 철사로 두어자 길이나 되는 바늘을 만들어가지고 왔어. 그 끝에다 전선을 뀌어가지고 잔디 밑을 뀌어나가먼 감쪽같다. 내가 군대에 있을 때 저만한 묏등 튀어넘길 다이나마이트 분량도 실험을 해보았고, 잔디 밑으로 전선을 뀌는 것까지 다 연습을 해보았다.”

모두 눈이 둥그레졌다. 이토록 치밀하게 준비를 했던가에 새삼 놀라는 눈들이었다.

“허허, 오랜만에 저 묏등이 지대로 어긋나는구나.”

평식이가 감탄을 했다.

“그런데 그날 느그덜이 또 할 일이 하나 있다. 저것이 전부가 흙으로 된 묏등이라, 봉분 밑으로 돌아가 있는 석축 밖에는 큰 돌이 없어서 별 위험은 없다마는, 그래도 혹시 모른께 튈 때 그 옆으로 사람이 지나댕기지 못하도록 길 우아래서 쪼깐 지켜줘사 쓰겄다.

양문이 식구들이 묏등 앞에서 절을 할 때만 사람들이 옆으로 못 지나댕기게 하면 될 것이다.”

“그러면 양문이 식구들은 어쩌고?”

“그런 것은 걱정 말고.”

모두 놀라는 눈으로 서로를 보았다.

“혼만 나고 말 것인께 그 걱정까지는 할 것 없다. 이왕 그날 봉분을 날릴라면 절을 할 때 그것이 튀어올라야 쓸 것 아니냐.”

선찬이는 일그러진 웃음을 웃었다.

그들은 다음날부터 기회를 보았다. 질천이는 선찬이 말대로 그들을 감시하고 있었다. 문길이 사랑방 동정부터 살피고 나서 얼마 있다가는 저 아래 바위로 내려갔다가 또 묏벌에서 서성거렸다. 종수와 문길이 평식이는 선찬이의 지시대로 질천이가 밤에 일어나서 돌아다니는 시간과 다니는 길을 대강 알아냈다. 이틀 밤을 그렇게 뒤를 밟아보니 대강 같은 시간에 같은 길을 돌아다니고 있는 것 같았다.

그 시간에 맞춰가지고 일을 시작했다. 셋은 질천이 집 앞에서 망을 보고 선찬이는 전선줄과 다이너마이트를 매설했다. 전선줄을 매설하고 나서 다음날 슬쩍 들어가보니 정말 감쪽같았다.

“일찍 오셨네.”

“오, 종수냐?”

선찬이는 종수를 돌아보면서 동네를 건너다보고 있던 석상의 자세를 흩뜨렸다.

종수는 선찬이 아버지 묏벌에 들어서서 동네를 건너다보는 순간, 실없이 깜짝 놀라고 말았다. 여기서 내려다보니 동네가 생각한 것보다 가까이 코앞에 내려다보였고, 또 양문이 묏벌이 너무나 똑바로 건너다보였기 때문이었다. 이 묏등이 동네를 향하고 있다는 것은 늘 보아 알고 있는 일이었지만, 세전 토끼 바위 건너다보듯 늘 건성으로만 보아왔지 별로 유심히 본 적이 없었는데, 동네가 너무나 가까이 눈 아래 보였다. 그대로 공중에서 내려다보는 것같이 집집마다 마당이며 방문이며 또 동네 골목들이 그대로 한눈에 들어왔다. 그리고 거기 걸어다니는 동네 사람들의 모습이 너무나 똑똑히 보였다. 그러니까 이 묏등은 여기 들어앉아서부터 지금까지 동네 사람들이 살아가는 것을 이렇게 지켜보고 있었다는 데 생각이 미치자, 종수는 갑자기 어디 부끄러운 데라도 내놓고 있다가 들킨 것 같은 기분이었다.

"너 술 한잔해라."

선찬이는 자리에서 일어섰다. 한되짜리 소주병이 반쯤 술을 담고 봉분 곁에 누워 있었다. 그 곁에는 잔과 안주가 놓여 있었다. 종수는 잔이 좀 커서 거북했다. 반 잔만 받았다. 선찬이는 술을 따르면서도 동네 쪽을 한번 힐끔 돌아봤다. 종수는 잔을 비우고 선찬이한테로 넘겼다.

"양문이는 대개 술참 때 되어야 오지?"

"대개 그런 것 같아."

선찬이의 잔이 입으로 가려다 동네 쪽을 또 건너다보더니 눈에 긴장이 피어올랐다. 질천이가 비를 들고 묏벌로 나오고 있었다. 질천이는 비를 들고 묏벌을 한번 휘돌았다. 둘이의 눈에는 쥐라도 발견한 고양이 눈처럼 긴장이 피어올랐다.

질천이는 지난 추석 닭똥 때문에 하도 험하게 경을 쳤기 때문에 안절부절못하는 모양이었다. 질천이는 금방 집으로 들어갔다.

"전선을 개구멍으로 뀌어논 것이 잘못한 것 같다."

선찬이가 술을 들이켜고 나서 말했다.

"거그 손만 안 대면 모를 거여. 잘 묻어놨제?"

"잘 묻어가지고 댓가지를 고루 발라 찔러놓기는 했는디, 언덕이라 흙이 부실부실 파인단 말이다."

"거그 손만 안 대면 염려 없을 거여."

선찬이는 다시 종수한테로 잔을 넘겼다. 둘이는 여기서 술을 마시며 무슨 큰 결의라도 따로 하는 기분이었다.

"그런데 나는 느그덜한테 지금까지 숨기고 있는 일이 한나 있다."

"뭔데?"

종수가 물었다. 선찬이는 대답을 남겨놓고 종수의 잔에 술을 채웠다. 종수는 이번에도 반 잔만 받았다.

"실은 묏등 속에만 다이나마이트를 설치해둔 것이 아니라 상석 앞에도 설치해두었다."

종수는 술잔을 든 채 잠시 어리둥절한 표정이었다.

"상석 앞에?"

선찬이는 일그러진 웃음을 웃으며 고개를 끄덕였다.

"그러면 양문이랑 그 가족까지?"

종수는 얼빠진 얼굴로 물었다. 선찬이는 고개를 끄덕였다. 종수는 가슴속에서 쿵 소리가 나는 것 같았다. 그리고 보니 다이너마이트를 매설할 때 너무 오래 꾸물거리고 있던 일이 생각났다. 그리고 여태 자기 혼자 꿍꿍이속이 있는 것같이 느껴지던 것이 머리를 쳤다. 상한 호랑이는 물어도 죽은 호랑이는 물지 못한다고 하던 말도 떠올랐다.

"들어!"

종수는 그대로 술을 입에 털어넣었다. 선찬이가 손을 내밀었다. 종수는 잔을 넘기고 술을 따랐다. 선찬이는 냉수라도 마시듯 술을 쭉 들이켰다.

"카아!"

선찬이는 잔을 묏벌에 내려놓았다.

"너 느그 아버지 묏등의 좌향을 똑바로 본 적이 있냐?"

종수는 뚱딴지같은 소리에 또 멀뚱했다. 선찬이가 언제부터 그 따위 시껍은 풍수설을 입에 올리게 되었던가 싶기도 했다.

"그러면 이 묏등의 좌향을 한번 똑똑히 보아라. 어디를 향하고 있는가. 이것은 그냥 동네를 향하고 있는 것이 아니라, 바로 양문이 묏등을 향하고 있다."

그러고 보니 이 묏등은 너무도 똑바로 양문이 묏등을 향하고 있었다.

"이것은 제절로 이렇게 앉은 것이 아니라, 그때 동네 사람들이 이렇게 좌향을 잡아 앉혀놓은 것이다. 이 묏등에 들어 있는 송장의 원한이 향하고 있는 데로 좌향을 잡은 것이여."

종수는 몽둥이로 뒤통수라도 한대 맞은 것같이 얼얼한 기분이었다. 그러니까 그때 동네 사람들은 그 시체를 떠메고 와서, 좌청룡 우백호의 시껍은 풍수설이 아니라, 그 시체의 원한이 향하고 있는 데로 방향을 잡아 송장을 눕혔던 것이 분명했다. 바로 양문이 묏등이 눈 아래 내려다보이는 이리 떠메고 왔던 것부터가 그런 속셈이었음에 틀림없었다.

"묏등의 향은 산줄기가 뻗어나간 데로 향하는 것이 보통인데, 이 묏등은 산줄기를 엇질러서 향을 잡지 않았냐? 느그 아부지 묏등도 마찬가지다. 이 묏등보다 멀리 있고 더 낮게 있어서 그렇지, 그 묏등도 산줄기 흘러내려간 것에서 엇질러서 일부러 양문이 묏등을 향해 둘러놨어."

종수는 턱 떨어진 강아지처럼 멍청하게 선찬이 입만 쳐다보고 있었다. 자기 아버지 묏등의 좌향이 그랬던지는 정말 까맣게 모르고 있었다. 그저 그러거니만 보아왔을 뿐이었다.

종수는 도무지 얼얼한 기분이었다. 묏등 속에 들어 있는 망령들이 살아 펄펄 뛰고 있는 것 같았고, 그때 이렇게 좌향을 잡아 묏등을 쓴 동네 사람들이 어디서 함성이라도 지르고 있는 것 같았다.

"십년을 보고 있으면 생돌멩이에도 구멍이 뚫어지는 것이다. 이 묏등 속에 들어 있는 백골의 원한도 원한이제마는, 그때 동네 사람들의 원한이 이렇게 살아 있다는 말이다. 느그덜은 어쩌는가 모르겠다마는, 나는 양문이 묏등 정도 튀어가지고는 안되겠다. 떡으로 치면 떡으로 치고 독으로 치면 독으로 치는 것 아니냐?"

선찬이는 잔디 위에 뒹굴고 있는 잔에다 자작으로 술을 따라 꿀 격꿀격 들이켰다.

"그래서 상석 앞에다 자잘한 다이나마이트를 감자뿌리같이 여남은개 줄줄이 묻어놨다. 실은 내가 꼭 설날 튈라고 한 것은 겁이 없어서가 아니라 이 때문이다."

"그래도 혹시 잡히기라도 하면……"

종수는 겨우 이렇게 한마디 했다.

"가는 방망이 오는 홍두깨라는 말이 있지? 남의 눈에 피를 내면 제 눈에서는 고름이 나는 것이다. 양문이 같은 놈은 한번 그래봐야 세상 사람들이 사람 무서운 줄도 알 것 아니냐? 사람이 죽고 살기는 시왕전에 매인 것이고, 그래도 이왕에 손에 묻혀서 일을 할라면 제대로 한 것같이 하고 죽어도 죽어야 한다."

선찬이는 단호하게 말을 맺었다.

"나는 이 일을 할라고 군대 가서도 공병대를 지원했고, 또 누구도 꺼려하는 발파 일을 익힌 것이다. 그러고 군대 갔다 나와서도 곧바로 이리 오지 않은 것은, 일을 저질러놓고 숨어 살 만한 자리를 잡아놓느라고 그랬다. 십년, 그런께 십년을 나는 이 궁리만 하고 있었던 셈이다. 개구리가 오래 움츠린 것은 멀리 뛰자는 속셈 아니겠냐? 나는 그 가족 전부를 몰살을 시키지 않고는 분이 안 풀리겠어서 십년 동안 움츠리고 있었던 것이다. 내가 일을 저지르고 나가면 느그덜이 쪼깐 고통을 당할 것이다마는, 지난번에 말한 대로 느그덜은 절대 모르는 일이라고 무조건 잡아떼기만 하면 될 것이다. 설사 내가 잡히는 한이 있더라도 느그덜은 물고 들어가지 않을 것인께 그것은 안심하고 잡아떼기만 해."

사십년 동안의 양문이 행적이 종수 머리를 스치고 지나갔다. 그 말로가 이토록 처참하게 끝이 나는가 생각하니 한 가닥 허망한 생각이 들었다. 이 세상이나 저 세상이나 항상 아망위에 턱을 걸고 떵떵거리던 양문이였지만, 메뚜기도 오뉴월이 한철이고 돌절구도 밑 빠질 날이 있다더니, 양문이 죄업 때문에 그 자식들까지 한꺼번에 그렇게 된다는 것은 너무도 처참한 일이었다. 그러나 종수는 너무도 엄청난 일이어서 그냥 아뜩하고 얼얼하기만 했다.

양문이가 올 참이 되자 종수는 문길이 평식이와 함께 정자나무 밑으로 갔다. 종수는 문길이와 평식이한테 그 말을 하지 않았다. 친구들을 배신하고 있는 것 같았지만, 너무도 엄청난 일이어서 쉽게 입에 올릴 수도 없었고, 또 입에 올리는 식으로나마 선찬이 일에 방해가 될 일을 하고 싶지가 않았기 때문이었다. 자기는 이 일에서 그만치 떨어져 있고만 싶었다. 지금 선찬이가 꾸미고 있는 일은 마치 엄청나게 큰 쇠바퀴처럼 무서운 힘으로 돌아가고 있는 것 같아, 자기가 간여하고 어쩌고 할 여지가 없었다. 먼 데서 그냥 말없이 보고만 있어야 한다고 생각했다.

"야, 이따 우리는 저쪽으로 갈 텐께 종수 너는 여기 있어라."

문길이의 말에 종수는 건성으로 고개를 끄덕였다. 종수는 되도록 마음을 담담하게 가지려고 노력했으나, 가슴이 몹시 뛰고 있었다. 양문이가 너무나 엄청난 대상이고 또 이 일이 너무도 엄청난 일이다보니, 이 일이 이렇게 되어야 하는지 어쩐지 그저 어리벙벙하기만 했다. 그러나 일은 이미 고개 넘은 수레바퀴처럼 엄청난 힘으로 굴러가고 있어 누가 간여하고 어쩌고 할 여지도 여유도 없었다. 그저 이렇게 보고만 있으면 되는 것이다. 불구경 않는 군자 없다고, 이것이 엄청난 일이면 엄청난 일인 만큼 큰 구경거리였고, 더구나 자기가 나서서 어쩌지는 못할망정 양문이가 그렇게 당한다는데야 양문이 혼자 당하건 그 가족이 몰살이 되건 고양이 죽는 데쥐 구경이었다.

그때 저 아래 산굽이에서 택시 한대가 고개를 내밀었다. 또 한대가 뒤를 따랐다. 또 지프차 한대가 꼬리를 물고 있었다. 종수는 가슴이 철렁했다. 셋이는 그 지프차를 보는 순간 서로 얼굴을 돌아보았다. 그 지프차는 선거 때 낯이 익은 이종석 의원의 차였기 때문이다.

이종석이는 명절 때 성묘 오는 일이 거의 없었는데, 하필 오늘을 골라 오고 있었다. 마치 염라대왕의 사자들이 서울 가서 이종석 의원까지 그 가족 전부를 한꺼번에 모아다가 저렇게 차에 태워 저승길로 몰고 오고 있는 것 같았다.

그때 선찬이가 외불이 집 변소로 슬그머니 스며들고 있었다. 소변을 보는 척 집 안의 동정을 살피다가 뒤란으로 슬쩍 모습을 숨겼다. 담 넘어가는 고양이같이 날렵한 동작이었다.

질천이는 뫼벌에 서성거리다가 그들의 차가 나타나자 뭣 빠진 강아지처럼 괜히 부산하게 뫼벌을 싸대고 다녔다.

한 발 앞이 저승이라더니, 양문이 가족들은 자기들 앞에 이런 어마어마한 일이 기다리고 있는 것도 모르고 저렇게 죽음의 길을 오고 있었다.

종수는 이따금 버스나 기차 사고가 나서 수많은 사람이 죽었다고 할 때, 만약 신이란 것이 있다면 그런 것을 미리 다 알았을 텐데 그것을 미리 알려주지 않는 신이란 얼마나 매정스러운 것인가 하는 생각을 한 적이 있었는데, 그러니까 그렇게 죽는 사람들도 양문이같이 이렇게 죽거나 다칠 만한 일이 있었기 때문이 아니었을까 하는, 좀 엉뚱하고 한가한 생각을 하고 있었다.

양문이 가족을 태운 택시들은 미끄러지듯 굴러들어와 다리 저쪽에서 한대씩 멈추었다. 맨 앞에 회색 두루마기를 입고 내리는 것이 양문이였다. 외팔이도 내렸다. 올망졸망 꼬마들도 서넛 내렸다. 종수는 그 꼬마들을 보자 다시 가슴이 철렁했다.

질천이는 그들이 내리는 것을 보자 그쪽으로 달려가려다가 다시 돌아섰다. 또 묏벌을 한바퀴 휘둘러보더니 외불이 울타리 쪽으로 갔다. 개구멍 한군데를 손보았다. 전선줄이 묻혀 있는 곳은 아니었다. 질천이는 바쁜 손으로 거기 막아놓은 댓가지를 발라 찔렀다.

"이놈의 집구석 강아지새끼들은 구먹 뚫다 못해 환장한 넋으로 빠져나왔으까 으쨌으까?"

질천이는 불난 집 여편네처럼 바쁜 가운데서도 욕설을 퍼부으며 손을 놀리고 있었다. 그 위쪽에 있는 개구멍 댓가지도 발라 찔렀다. 마지막 전선줄이 묻혀 있는 구멍으로 갔다. 댓가지를 발라 찌르고 있었다.

"저 새끼가!"

평식이가 주먹을 쥐었다. 그때 질천이가 바삐 놀리던 손을 멈칫했다. 무엇을 집어내는 것 같았다. 질천이 손에 전선줄이 따라 올라왔다.

"이것이 뭣이여?"

질천이는 느닷없는 전선줄이 뽑혀나오자 고개를 갸웃거리며 잡아당겼다. 세 가닥이나 되는 전선줄이 한쪽 끝은 묏벌 뗏장 밑에 묻혀 있고, 다른 쪽은 외불이 뒤란으로 뻗혀 있었다. 셋은 손에 땀을 쥐고 질천이를 건너다보고 있었다. 질천이는 외불이 집으로 향한 끝을 잡아당기고 있었다.

"워매, 저 새끼!"

평식이가 쫓아가려는 것을 종수가 말렸다.

"그것 노씨요!"

짚벼늘 뒤에 몸을 숨기고 있던 선찬이가 나섰다.

490

"누, 누구여?"

질천이가 울타리에다 바싹 눈을 대고 그쪽을 보았다.

"당신 꼼짝 말고 거그 그러고 있어요."

선찬이는 총이라도 겨누며 으르듯 위협적인 소리로 윽박았다.

"아니, 자네 선찬이 아녀?"

질천이는 너무도 느닷없는 일이라 멍청하게 묻고 있었다.

"당신 내 말 똑똑히 들어요. 시방 이 묏벌 안에는 다이나마이트, 남포약 말이요, 그 남포약이 수십개가 묻혀 있소. 여그서 이것만 누르면 저 묏등이고 사람이고 한꺼번에 박살이 나는 판이요. 만약에 당신 내 말 제대로 안 듣고 어물어물했다가는 그대로 박살을 내고 말 텐께 정신 똑바로 차리고 그렇게 가만히 있으시요."

질천이는 단박 얼굴이 새파래지며, 다이너마이트가 금방 발밑에서 터지기라도 할 것 같은 눈으로 발아래를 엉거주춤 내려다봤다.

"아니, 그런께 이 사람아, 시방 이것이 먼 일이란가? 이것이 말짱 먼 일이여?"

"내 말만 듣고 있으면 애먼 당신은 털끝 한나도 안 건드릴 텐께 목숨이 아깝거든 가만히 그러고 있어요. 양문이 식구들이 묏벌로 들어올 때까지만 그러고 있으면 당신은 도망칠 틈을 줄 것인께 그렇게 이쪽을 보고 가만히 서 있어요. 알겠소?"

선찬이는 되도록 침착하게 설명을 했다.

"알겠네. 그런디, 이것이 시방 먼 일이여, 응?"

질천이는 입술이 새파래지고 다리가 달달 떨리고 있었으나 경황 중에도 자꾸 이죽거렸다.

"당신 이 자리에서 죽고 싶소?"

선찬이 손이 스위치로 갔다.

"죽고 싶소 살고 싶소, 말만 하씨요!"

"알겄네, 알겄네."

질천이는 쫓아가서 선찬이 손이라도 붙잡을 듯이 울타리에 달라붙으며 숨넘어가는 소리를 했다.

"알기는 뭣을 알았소? 살고 싶소 죽고 싶소? 두가지 중에 한가지만 말하씨요!"

선찬이는 금방 스위치를 누를 듯 손끝으로 스위치를 누르는 시늉을 하며 을러멨다.

"살고 싶네, 살고 싶어. 가만두소."

질천이는 울타리에 찰싹 달라붙으며 다급하게 대답했다.

"그러면 아무 말 말고 그러고 가만히 있어요."

"어이, 알겄네."

질천이는 다리가 달달 떨리고 있었다.

"저 새끼 산통 깨는 것 아니냐?"

평식이가 또 쫓아가려 했다.

"가만있어. 선찬이가 제대로 닦달을 하는 것 같다."

문길이가 말렸다. 저만치 양문이 식구들이 동네로 들어서고 있었다.

"우리는 저 욱으로 가자."

문길이가 평식이 등을 밀었다.

"저 새끼부터 저리 끌고 가불자!"

평식이가 가면서 또 나섰다.

"선찬이가 제대로 닦달을 하고 있는 것 같단 말이다."

양문이 가족들이 외불이 울타리를 돌아 정자나무 밑으로 돌아서고 있었다. 앞장서 오던 양문이가 정자나무 밑에 있는 종수를 힐끔 보았다. 종수는 멍청하게 양문이를 건너다보고 있었다. 고개를 숙여 인사를 하든지, 아예 고개를 돌려버리든지 하는 것이 아니라, 멍청하게 건너다보고 있는 종수를 외팔이가 힐끔 돌아보고 올라갔다.

그러다가 질천이의 엉뚱한 꼴을 보고 외팔이는 잠시 걸음을 멈췄다. 달려와서 인사를 하는 것이 아니라, 여기 올 때까지 울타리에 붙어 딴전을 보고 있으니 저 작자가 지금 정신이 있는가 하는 눈이었다.

꼬마들이 묏벌로 뛰어들며 환성을 질렀다. 그때였다. 울타리에 붙어 있던 질천이가 홱 돌아섰다.

"나, 남포 트요, 남포!"

질천이는 이렇게 외치며, 손으로 사람을 밀어내듯 들어오지 말라는 시늉을 했다. 그러면서 그 자리에 보릿자루처럼 제물에 피글 까무러치고 말았다.

이 해괴한 광경에 양문이 식구들은 종수 쪽으로 고개를 돌렸다. 종수는 제가 그런 짓을 하다가 들킨 놈처럼 멀쑥하게 그들을 맞바로 보고 서 있었다. 그들은 저 위에 있는 문길이와 평식이를 건너다보았다. 그들도 멍청하게 이쪽을 보고 있었다.

그러자 외팔이가 자기 아버지 팔을 잡아당기며 묏벌을 향해 고함을 질렀다.

"인수야, 인종아, 이리 나온나!"

아이들이 멍한 눈으로 이쪽을 돌아보았다. 외팔이는 다시 악을

썼다. 그들은 느닷없는 소리에 놀라 멀쑥하게 서 있다가 거듭 소리
를 질러서야 이쪽으로 뛰어왔다. 그들이 뛰어나오고 나서였다.

뺑.

자랏골 천지가 쪼개지는 소리가 났다. 봉분이 그대로 하늘로 튀
어올랐다. 양문이 가족들은 그 자리에 주저앉아버렸다.

뺑.

봉분이 날아간 자리에서 또 한번 터졌다.

뺑.

앞에 터진 것보다 더 엄청난 소리를 냈다. 봉분 앞 묏벌이 한일
자로 찢어지듯 길게 튀어올랐다.

양문이 가족들뿐만 아니라 저 위에 평식이와 문길이도 땅바닥에
고개를 처박고 있었다. 튀어올랐던 흙덩어리가 우두둑 또 엄청난
소리를 내며 소나기처럼 쏟아졌다. 굵은 흙비가 아까 다이너마이
트가 터지던 그 간격으로 무섭게 쏟아졌다. 정자나무에며 이웃집
에까지 그 흙비가 쏟아지는 속에서 뺑뺑 메아리 소리가 크고작게
뒤얽혀 자랏골 안통을 어지럽게 울리고 있었다.

메아리 소리가 저 멀리 사라져버렸다. 잠시 정적이 흘렀다. 그러
나 아무도 움직이지 않았다. 하늘에서 천둥번개가 꽝꽝 터질 때도
이만한 사정이 있어서 그렇게 하늘이 찢어지고 번갯불이 날았던가.

봉분이 앉았던 자리에는 거꾸로 그 봉분 덩어리만한 흙구덩이가
하늘을 향해 입을 벌리고 있었다. 그 앞에 한일자로 찢어진 묏벌은
양문이 식구들이라도 삼켜버릴 듯이 또 크게 입을 벌리고 있었다.

그대로 죽어버리기라도 한 듯 꼼짝 않고 있던 양문이 식구들이
한 사람씩 꾸물거리며 일어나기 시작했다.

종수는 그대로 정자나무 밑에 굳어 서 있었다. 이 엄청난 사건이 도무지 이 세상 일로 느껴지지 않았다.

양문이 식구들은 한 사람씩 일어나서 눈을 썸벅였다. 이것이 지금 사람 사는 세상인가 저승인가 얼떨떨한 모양이었다. 죽어 땅에 묻혔다가 한 십년 만에나 깨어난 사람들처럼 그렇게 잠시 얼떨떨한 표정이다가 옆 사람을 흔들었다. 이종석이가 그 곁에 늘어져 있는 자기 아버지를 흔들었다. 그러나 그대로 사지를 늘어뜨리고 있었다. 후닥닥 일어나며 자기 아버지 상체를 일으켜 세웠다. 오른쪽 무릎을 꿇고 왼쪽 무릎에다 상체를 기대 세웠다. 그러나 양문이의 고개는 비틀어놓은 닭 모가지처럼 옆으로 돌아가버렸다.

아이들이 울음을 터뜨리기 시작했다. 아이들의 울음소리가 나자 이것이 어렴풋이 이 세상 일 같았으나, 종수는 귀가 먹먹하여 그 울음소리가 아스라하게 들렸고, 아직도 이 광경이 그만큼 생소하게 느껴졌다.

새파랗게 질린 동네 사람들이 골목을 메워왔다. 그 엄청난 소리에 얼마나 놀랐던지 모두가 제정신이 아니었다.

그때 외불이 집 쪽 골목에서 사람들을 헤치고 나서는 사람이 있었다. 선찬이였다. 모두가 새파랗게 질려 있는 속에서 선찬이 하나만 사람 같게 보였다.

선찬이는 양문이를 둘러싸고 있는 그 가족들을 노려보고 있었다. 그 가족들의 시선이 이쪽으로 쏠리기 시작했다.

"내가 바로 저 다이나마이트를 튼 사람이요."

선찬이가 당돌하게 앞으로 한 발 나서며 말을 뱉었다.

"당신!"

선찬이가 외팔이를 향해 손가락질을 했다. 외팔이는 찔끔해서 한발 물러섰다.

"당신, 해방되기 전해에 이 동네서 사람 죽인 일 있지? 바로 내가 그 아들이여. 오늘 당신들 가족을 몰살을 시킬려고 했는데, 산지기 하나 잘 둔 덕에 이렇게 살아났소. 육이오 때도 당신들이 저 행랑채에 든 줄 알고 불을 질러 죽이려고 했다가 실패를 했었소. 오늘은 기어코 다 죽이려고 했으나 또 이렇게 실패를 했어. 그렇지만 이것으로 일이 끝난 것은 아닌께 안심하지 마시요. 언제 몰살을 시켜도 기어코 몰살을 시키고 말텨."

선찬이 입에서는 말이 아니라 불이 쏟아져나오고 있는 것 같았다. 무릎을 꿇고 자기 아버지 상체를 한쪽에 껴안고 있는 이종석이를 중심으로, 그 주위에 둘러서서 선찬이 말을 듣고 있는 양문이 가족의 모습은 마치 저승에서 염라대왕의 질타를 당하고 있는 무슨 지옥도 같은 광경이었다. 그 가족을 둘러싸고 있는 동네 사람들도 손가락 하나 까딱하지 않고 선찬이 말을 듣고 있었다.

"나나 당신덜이나 똑같은 사람이라, 당신덜한테 애비가 중하면 나한테도 애비가 중해. 이 세상이나 저 세상이나 권세나 법은 당신덜 권세고 당신덜 법이어서 자랏골 사람들은 당신덜한테 난장박살에 어혈탕국으로 녹아왔제마는, 이렇게 사잣밥을 뒤꼭지에 붙이고 나서는 데야, 당신덜 몸뚱이도 철판이 아닌 담에는 다이나마이트나 칼에는 찢기고 찔린다는 사실을 알아두라 이거여. 법으로야 날 쥐고 나대는 촌놈덜이 자루 쥔 당신들 앞에서는 달걀로 바우 치기제마는 목숨 하나 내던지고 나서기로 하면 다 한가락씩은 있어. 이담에 다시 만납시다. 사십년 동안 당신덜이 이 자랏골에 한 일을 생각하면 나보고 모질다고 원망은 못할 것이여.”

선찬이는 얼굴에 잔인한 웃음을 흘리며 돌아서려다 다시 걸음을 멈추었다.

“당신덜 나를 잡을라고 환장을 하겠제마는, 내가 그렇게 호락호락 잡히지는 않을 것이여. 그러고 그것은 당신덜 명을 그만치 재촉한다는 사실을 알아둬!”

선찬이는 말을 마치고 외팔이를 한번 길게 노려본 다음 돌아섰다. 동네 사람들은 길을 내주었다.

양문이는 의식을 회복하기는 했으나, 얼굴이 이미 죽은 상이었다. 양문이는 해룡이가 입원해 있는 공생(共生)의원에 입원을 했다. 양문이는 도처에 선화당이라 양문이가 들이닥치자 병원이 발칵 뒤집혔다. 의사는 보던 환자를 내팽개치고 양문이한테 달라붙어 수선을 피웠다.

크게 다친 데는 없는 모양이었으나, 노구에 그런 충격을 받아 그런지 입원을 해 있어야 하는 모양이었다.

왕후장상에 따로 씨가 없고, 정승 날 때 강아지도 나는 법이라, 항상 돈피에 잣죽으로 곤자소니에 발기름이 끼어 살던 양문이였지만, 그런 양문이나 얻어먹던 해룡이나 하늘 아래 벌레기는 마찬가지여서 병 앞에서는 따로 장사가 없다보니, 같은 병원에 나란히 누워 같은 의사의 치료를 받으며 같이 앓고 있었다. 천덕꾸러기로 굴러다니며 얻어먹던 해룡이로서는 비싼 약이며 알뜰한 치료며, 또 먹는 것이나 잠자리 등이 이건 도무지 도령 상(喪)에 구방상(九方相)이어서, 해룡이는 자기 허리가 상한 것도 잊고 노상 미안하고 황송해서 못 견뎠다. 택시회사에서는 그것을 이용해서 어떻게 내

보낼 궁리를 하는 모양이었지만, 그래도 이쪽에 사람이 있는 것을 알고 만만하게는 나오지 못했다.

택시회사에서는 치료비뿐만 아니라 끝심이까지 먹여살려야 할 판이어서 쌀이며 김치까지 거기서 댔는데, 밥은 끝심이가 끓여주고 있었다. 끝심이는 춘포창옷 단벌 호사라, 지난 추석 때 구렁이를 팔아 사 입은 추석 옷을 입고 오빠 병간호를 하고 있었다.

그런데 그런 엄청난 일이 벌어졌으나 자랏골에는 아무 일도 없었다. 이보다 못한 일에도 애먼 사람들이 곤욕을 치르던 서슬로는 이번에도 동네에 큰 난리가 한바탕 날 것이 아닌가 자랏골 사람들은 죄 없이 떨고 있었는데 아무 일도 없었다.

그 다음날 양문이 집에서 사람들이 넘어와 뭣등이 폭파된 자리에서 뼈를 주워갔을 뿐이었다. 자랏골 사람들은 그들이 뼈를 주워 모을 때 같이 나서서 모아주었다. 두번째 터졌던 다이너마이트는 바로 곽 옆에서 터졌던지 뼈가 성한 것은 거의 없고 또 너무 풍비박산이 되어 제대로 찾을 수가 없었다. 발목뼈 한둘이 형체를 갖추고 있었을 뿐 해골도 으깨져서 이빨은 이빨대로 턱뼈는 턱뼈대로 박살이 나 있었다. 거진 한나절을 주워 모았으나 한됫박 요량도 되지 않았다.

그 일로 자랏골 사람들이 무사한 것뿐만 아니라 선찬이도 잡으려는 것 같은 눈치가 아니었다. 선찬이를 잡으려면 여기 와서 그 주소며 여러가지로 조사를 해갈 것인데, 전혀 그런 일이 없었다. 이것은 선찬이가 마지막 한마디, 자기를 잡으려고 하면 그만치 명을 재촉하는 일이 될 것이라는 공갈 때문만은 아닌 것 같았다.

이 일은 이 근방 사람들만 알았을 뿐, 신문에 난다거나 하는 일도 없었는데, 그것은 신문기자들한테 미리 돈을 뿌려 입을 막았기 때문이라는 소문이 나돌았다. 이 일이 신문에 나서 미주알고주알 파제끼기로 하면 옛날일이 뒤집어질 것이고, 그러고 보면 창피한 것은 그만두고라도, 이종석 의원 선거에 당장 영향을 줄 것이기 때문에 그랬을 것이라는 풀이였다. 자랏골 사람들은 관의 공갈 한두 마디, 혹은 고무신 한두켤레나 또는 막걸리 한두 잔이면 술 취한 놈 품일 맞추듯 표가 오락가락하는 것이었으나, 그래도 선거 얘기만 나오면 모두가 한몫씩 사람이 된 것 같아 선거에 얽힌 시국담이나 그 풀이에는 멍첨지 맹자왈일망정 저마다 그럴싸한 소리를 한 마디씩 했다. 더구나 양문이는 아들 이종석이 선거 때문에 자랏골 사람들한테도 고개가 조금은 수그러져 거드럭거리던 가락이 누그러졌기 때문에 이 일도 쉽게 그쪽으로 풀이를 하는 것이었다.

그런데 입원한 양문이는 기력을 조금 회복하기는 했으나, 어찌 된 일인지 전혀 말을 못한다는 것이다. 정신도 말짱한 것 같은데, 어떻게 말을 하려고 입을 들먹이면 그것이 말이 되어 나오지 않고 입술만 조금씩 들먹이다 만다는 것이었다.

"양문이가 벙어리가 되아부렀다는 것이 참말이여?"

"말을 못한께 그것이 벙어리제 뭣이겄어?"

"그런께 묏등은 터지고, 양문이 입은 봉해졌단 말이여? 허허, 살 다본께 별일이 콩노물 질대끼 하네."

"묏등 터진데사 입이 백개라도 할 말이 없을 것인께 아가리 꽉 봉하고 있으라고 입에다가 주걸을 쌔려번진 모양이제. 하하하."

"그런께 그동안에 뭣이 내려다보고 있기는 있었던가?"

자랏골 사람들은 모두 한마디씩 핀잔이었다.

　그런데 세상은 대통령선거로 뒤숭숭해지기 시작했다. 선거 때면 어느 선거 때나 마찬가지였지만, 이번에는 어찌 된 일인지 놈들하고 나서는 꼴이 아무래도 심상치 않겠다 싶게 설쳐도 더럽게 설치고 있었다. 선거가 첫 조짐부터 싹수가 글러서 야당 후보로 나섰던 조병옥 박사가 미국으로 무슨 수술을 하러 간다더니 덜컥 죽어버려, 이제 선거는 하나마나한 선거라고 맥이 풀려 있는데, 그게 아니었다. 대통령도 아니고 부통령 하나 뽑자는 외짝 선거를 가지고 그 난리였다. 세 사람 다섯 사람 짝을 지어 동네서 나설 때부터 투표장에 들어갈 때까지 절대로 떨어져서는 큰일이 난다고 잡도리를 않나, 또 포장까지 쳐놓고 하는 선거에 표를 찍어가지고는 서로 보여준 담에 투표함에 넣으라고를 않나, 이것은 도무지 몽둥이로 소모는 것도 아니게 자식들이 해도 너무했다.

　그렇게 험하게 놀아나더니 심상치 않은 일이 벌어지고 있었다. 마산서는 발칵 뒤집혀 사람이 여럿 죽고 난리가 났다는 소문이었다. 선거 뒤의 시끄러운 소문이 얼른 가라앉지 않는 것 같더니 소문은 차차 흉흉하게만 나고 있었다.

　자랏골 사람들은 선거 때는 으레 그놈들이 그러는 것으로 생각했기 때문에 이놈들이 전보다 더 설친다고만 생각했지, 그렇게 대단한 일로는 생각하지 않았으나, 이번에는 암만해도 무사하지 않을 것 같았다. 자랏골 사람들은 자기들이 어쩌고 나설 만한 위인붙이들은 처음부터 아니었으나, 놈들 하던 꼴이 하도 눈이 시리다보니 터지려면 한번 크게 터지라고 남산골샌님 역적 바라듯 하며 시국 소식을 기다리고 있었다.

　그러는 사이 해룡이가 퇴원을 했다. 다 나은 것은 아니어서 아직

도 제대로 걸음을 걷지 못했으나 꼭 병원에 누워 있어야만 치료가
되는 것도 아니래서 집에서 치료를 하기로 하고 퇴원을 했다. 그동
안 약값은 물론 먹고살 것까지 택시회사에서 대기로 문서에다 도
장까지 찍어 단단히 약속을 하고 나왔다.

양문이는 기력이 차차 쇠해져서 그길로 죽는 것이 아닌가 싶었
다. 해룡이가 나올 무렵에는 서울로 한번 가보자거니, 가보았자 특
별히 아픈 데가 없으니 헛일이라거니 어수선했다. 갈 필요가 없다
는 쪽은 이미 죽을 것으로 내놓고 객사나 안 시키는 편이 낫겠다는
속셈인 것 같았다.

시국이 어수선한 속에서도 자랏골 사람들은 일손이 바빠지기 시
작했다. 못자리를 하고 또 여인네들은 산으로 고사리며 나물을 캐
러 나섰다. 일년 가다가 이 고사리철 한철은 여인네들이 푼돈이나
마 쥐어볼 수 있는 계절이었다. 손데가 좋은 집에서는 잘 꺾으면 한
장도막에 고사리만으로도 오붓한 재미를 보았다. 끝심이도 여인네
들을 따라 산으로 싸대며 어린것답지 않게 억척으로 꺾어다 제 신
을 사 신기도 하고 고등어 마리라도 사다가 오빠 밥상에 놓곤 했다.

그런데 차차 시끄러워지던 시국은 기어코 터지고 말았다. 서울
서 학생들이 일어나 발칵 뒤집히고 말았다는 소문이었다. 학생들
수백명이 죽었다는 엄청난 소문이 넘어오더니, 마지막에는 귀를
의심할 소문이 넘어왔다. 이승만이가 물러났다는 것이다.

"아니, 이승만이가 대통령 자리에서 물러났다는 소리여?"

"학생들이 들이닥치는 통에 별 조화 없이 물러났다는마."

"허허. 저 무지한 양문이 묏등을 어긋내는 장사가 있등마는 이참
에는 이승만이를 몰아내는 장사가 있단 말이여?"

"세상을 오래 살다보면 씨엄씨 죽는 날도 있다등마는 이승만이가 물러나는 날도 있어?"

"장마에 호박넌출이 벋어날 적 같아서야 이 세상천지를 다 덮을 것 같제마는 다 때가 있는 것이라, 늦가을 서리 앞에서사 맥을 추간디?"

"그런디 이승만이가 물러남시롱 말이여, 백성덜이 물러나라고 원한다 치라면 물러나졌다고 물러났다여."

"허허. 팔십에 첫 슬기라더니, 그 잭인 백성 무서운지를 인자사 알았던 모냥이그마. 그 슬기가 쪼깐만 먼저 들었더라면 대접받음시롱 물러났을 것인디, 어디 그것이 물러난 것이여, 쫓겨난 것이제. 끌끌."

"그런디 양문이도 저 뭣등 터진 일에 한 말쏨 있어사 쓸 것인디, 아가리에다 저로크롬 주걸을 콱 쌔려놨으니 그 소리를 못 들어서 한이네."

"참말로, 그러네. 우리는 이승만이 소리보담도 양문이 말쏨을 듣고 싶은디, 어뜨크롬 그 입을 열어보는 재주 없는가?"

"글씨 말이여. 그 잭인이 죽더래도 이승만이맨키로 머라고 철든 소리를 한마디 하고 죽어사, 저승에 가서도 염라대왕 앞에 할 말이 있을 것인디, 주걸을 쌔려도 해필 아가리에다 쌔려놨으니, 저것이 뭔 꼴이여."

"이 사람아, 그 잭인 아가리가 벌어진다고 까마구 열두 소리에 하나 고운 소리 있을 것 같은가? 그로크롬 입 딱 봉하고 있다가 죽기나 곱게 죽으라고 허소."

"하하하."

호들갑스럽게 웃어제꼈다. 그 앞으로 고사리를 한 바구니 꺾어 인 끝심이가 맹감잎으로 풀피리를 불며 지나갔다. 코끝에는 땀방울이 보송보송 곱게 맺혀 있고, 고사리 바구니 한쪽에는 탐스러운 철쭉꽃이 한움큼 소복이 꽂혀 있었다.

  『자랏골의 비가』가 처음 출간된 것이 1977년이니 어느덧 근 40년 세월이 흘렀다. 이렇게 새 얼굴로 독자들과 마주하게 된 감회가 크다. 저 수십년 동안 우리네 삶은 변해도 너무 많이 변했다. 그러나 이 소설에 그려진 많은 이들의 고통과 가난, 민족의 비극 같은 것들은 그대로도 잊지 말아야 할 것이되, 조금씩 다른 모습일지언정 여전히 반복되고 있다. 민중의 삶과 말, 그리고 역사를 문학으로 담아내고자 했던 지난날의 포부를 떠올리며 다시 이 작품을 세상에 내놓는다.

2012년

송기숙

이 작품은 『현대문학』에 연재했던(1974. 2~1975. 6) 것을 개작한 것이다. 부분적인 표현은 전반적으로 손질을 다시 했고, 후반부의 내용과 구성은 거의 바꿔 썼다. 여기에는 몇분의 조언과 격려가 있었다.

후반부의 문장은 전반부에 비해 호흡과 템포가 빨라진 곳이 많다. 근대적인 인물이랄까 하는 젊은이들의 생활을 표현하자니까 자연히 그렇게 되었다. 문장의 통일성 때문에 그 점 무척 고심했으나 별수 없었다. 속담 같은 걸 곁들여 호흡을 길게 한 문장은 전근대적인 인물들의 생활이나 의식 내용을 표현하는 데는 그만큼 효과적이었지만, 그런 스타일은 거기까지에서 일단 한계를 드러낸 셈이다. 이런 사실은 어떤 고정적인 스타일에 얽매인다는 것은 그런 스타일에 알맞은 내용밖에 선택할 수 없다는 이야기가 될 것 같다.

이 소설은 자랏골이라는 동네에 사는 산골 무지렁이들이 삼대에 걸쳐 당해온 파란중첩의 수난과 그에 대한 항거의 기록이다. 자랏골은 실재하는 동네는 아니고, 그 지리적인 배경만 내가 성장한 동네를 모델로 했다. 따라서 여기 나온 사건도 내가 직접 겪었거나 본 사건이 아니며 들은 이야기도 아니다. 그러나 여기에는 조금도 과장이나 거짓은 없다. 일곱번쯤 고쳐 썼지만, 그들의 곤핍과 고통을 더 핍진하게 형상하지 못한 아쉬움이 남을 뿐이다. 나는 이런 무지렁이들의 결기가 뭉쳐 폭발하는 또다른 동네 사람들의 분노와 절규, 그리고 더러는 그것을 삭이고 다져가는 청승과 익살을 기록해볼 작정이다. 이것은 그들에게 내가 잔뜩 빚지고 있는 그 빚을 갚는 일인데, 나의 이런 작업이 그 빚의 이자 턱이나 제대로 될는지 모르지만 그래도 나는 그렇게 열심히 갚아가겠다. 이것만이 내가 내 혼을 지키며 살아가는 최선의 방식이라 생각하고 있다.

이 작품을 다시 정리할 수 있는 계기를 준 창작과비평사에 감사한다.

1977. 9.
송기숙

자랏골의 비가

초판 발행 • 1977년 9월 20일
개정판 1쇄 발행 • 2012년 8월 30일

지은이/송기숙
펴낸이/강일우
책임편집/전성이
펴낸곳/(주)창비
등록/1986년 8월 5일 제85호
주소/413-120 경기도 파주시 회동길 184
전화/031-955-3333
팩시밀리/영업 031-955-3399 · 편집 031-955-3400
홈페이지/www.changbi.com
전자우편/lit@changbi.com
인쇄/한교원색

ⓒ 송기숙 2012
ISBN 978-89-364-3394-9 03810